清詩話全編

道光期二

張寅彭　編纂

張宇超　朱洪舉　點校

上海古籍出版社

第二册目次

匏廬詩話……沈濤 五一九
三家詩話……尚鎔 五八三
杜詩瑣證……史炳 五九九
小清華園詩談……王壽昌 七〇一
勸戒詩話……黄坤元 七五九
生香詩話……俞儼 九八五

匏廬詩話

匏廬詩話提要

《匏廬詩話》三卷，據道光年間汪雲仙館刊本點校。撰者沈濤（一七九二—？），原名爾振，字西雝，號匏廬，又號柴辟亭長，浙江嘉興人。嘉慶十五年舉人，二十一年銓授江蘇如皋縣令，咸豐初署江西鹽法道，遷興泉永道。有《十經齋遺集》、《柴辟亭詩集》等。沈氏曾從阮元、段玉裁遊，長於考據金石之學，亦頗知詩。此書有道光四年自序及吴嘉淦序。其論詩話「起於有宋，唐以前則曰品，曰式，曰例，曰格，曰範，曰評，初不以話名」，最有歷史及體例意識。匏廬於清人詩學中特服膺漁洋，故詩識亦精微，以唐詩之藴藉爲尚，而亦能識宋人之「詩到無人愛處工」，亟推黄山谷詩當之，謂黄詩勝蘇，亦略與漁洋同趣。卷上有二處糾任淵注之疏失，即可見其讀黄詩之細。大抵以録近人之作爲主，然必一一與唐、宋人比較，道其沿革長短，見識具體而微，乾、嘉人詩之新意境，竟隨所議論而出矣。而評析所涉之唐宋人詩作，其見亦多有不同於習尚者。近人中評吴文溥爲第一，又與陳文述交密，頗以其論爲是，此則不免受自其師阮元之影響。全書録存之詩多雋永可誦，於嘉、道間江浙一帶詩壇尤爲深入，如謂嘉興有郭麐、徐熊飛兩詩派；吴門有朱綬、王嘉禄等之「後七子」、「十子」詩派，復借用當年竹垞、漁洋之併稱，而戲反趙秋谷之評，曰「王貪多，朱愛好」，此亦陳文述語也。是皆細中有大，關乎乾嘉詩史。

自序

詩話之作，起於有宋，唐以前則曰「品」、曰「式」、曰「例」、曰「格」、曰「範」、曰「評」，初不以「話」名也。天水一朝爲詩話者無慮數百家，惟梅澗、菊莊稍存雋永，餘俱難免疵累。近賢所作益多，或且以之代毛刺闒匾、樓雪舟虹，每況愈下。詩有話而詩亡，豈虛語哉！余於詩初無所解，而儕輩謬以見推，別裁品藻，輒奮筆舌。歲月既積，評騭遂多，聊於瑟居多暇之時，删削舊稿，仿《漁洋詩話》之例，編存三卷。夫昔賢論詩，以不涉理路、不落言詮爲上乘。詩之有話，猶不免筌蹄之見。余比年以來，既深皋魚之悲，復懷騎省之悼，出則銜恤，入則靡至，流離瑣尾，極人世困厄之境。終歲侘傺，既不作詩，又烏能話，詩與話且兩忘之矣。然則余之於詩，其或將進也夫？道光四年焉逢涒灘律中夷則之月柴辟亭長沈濤序於公路浦上之蘆屋寓廬。

吴序

昔漁洋山人之在京師，好以詩奬借後進。有一二語之工，譽之不去口，閒摘其雋句，著之於書，而其人遂以不朽。此其用心至爲深厚已。大抵詩人之於詩，莫不鏤肝劌腎，模形範物，以冀幸身後之名。而楮墨不靈，往往厄於覆瓿，賢者傷之。即其生平所見聞，標舉一二，以存梗概，因而辨論工拙，評騭性情，以上及乎古之作者，皆得寓其知人論世之微意，此詩話之作所以與詩相循而不廢也。匏廬太守博雅好古，尤工爲詩。所至輒交其賢豪長者、文人墨士，相與斟酌醇醲，抗墜音節。意思所愜，登諸翰簡，歲月浸久，成《詩話》三卷，郵書乞序。其言不襲前人，不逐時好，論古之語，十裁二三，餘皆於師友閒擇其雋永之作載之，以寄表章之志。吾以是知君之用心猶之漁洋山人也。不然，第於詩窮極指趣，則自嚴滄浪以下皆不免筌蹄之見，況其餘哉！予與君别八年，予學日益荒落，而君以治事之暇，猶能摩挲古蹟，陶寫性靈，古人所謂「人之度量相越，豈不遠哉！」然書中有譽予「崔黄葉」之語，讀之蓋彌增媿也。道光二十一年歲在辛丑五月吴縣吴嘉洤序。

匏廬詩話卷上

嘉興沈濤撰

林和靖《湖村晚興》云：「映竹犬初吠，弄船人各歸。」「各」，一本作「合」，非是。詩意言湖上晚來游人已散，弄船人亦各歸家耳。「各」字下得簡峭有致，若作「合」字便索然矣。且此詩通首寫望，「合」字乃佇想之辭，其爲淺人妄改無疑。

前人游孤山，弔和靖詩不一而足。韋梅磵獨取徐抱獨之「咸平處士風流遠，招得梅花枝上魂。疎影暗香如昨日，不知人世幾黄昏」，蜀僧北磵之「先生一意若雲閒，潔白都無一點斑。名字不須深刻石，暗香疎影滿人間」。余謂二詩固佳，然不如黄宜山之「墳邊疎影尚横斜，鶴老苔荒處士家。獨立東風難著語，只攜樽酒酹梅花」，更有不著一字之妙。若吴蘭皋之「高風千載梅花共，説著梅花便説君」，未免直犯正位矣。又高菊磵《孤山雪後》云：「近來行輩無和靖，見説梅花不要詩。」意非不超，亦同此病。黄詩見《咸淳臨安志》。

歸愚尚書《説詩晬語》：「《廬江小吏妻》詩中别小姑一段，悲愴之中，自足温厚。唐人《棄婦篇》直用其語，而忽轉二語云：『回頭語小姑，莫嫁如兄夫。』輕薄之言，了無餘味，此漢、唐詩品之分。」余案此説本之羅大經《鶴林玉露》，云：「李太白《去婦詞》：『憶昔初嫁君，小姑纔倚牀。今日妾辭去，小姑如妾長。回頭語小姑，莫嫁如兄夫。』古今以爲絶唱。以余觀之，特忿恨決絶之詞耳，豈若《谷風》之詩曰：『毋逝我梁，毋發我笱。』雖遭放棄，而猶反顧其家，戀戀不忍乎！乃知《國風》優柔忠厚，信非後世詩人所能彷彿也。」以上皆羅說。宋人每多此種議論，不知《谷風》詩又云「我躬不閱，遑恤我後」，何等決絕；「不我能畜，反以我爲讎」，又何等忿恨耶！此詩本顧況所作，見韋縠《才調集》。羅以爲太白，亦非。

《列女傳》載阿谷處女事，至子貢授以絺綌五兩，處子曰：「子不早命，竊有狂夫名之者矣。」相拒之辭，抑何婉也。張文昌《節婦吟》「還君明珠雙泪垂，何不相逢未嫁時」，正與達情知禮意合。而歸愚詆之。是必如瞿宗吉《續還珠吟》方爲得體，尚成何語耶？又王仲初《當窗織》末句云：「當窗却羡青樓倡，十指不動衣盈箱。」蓋從古語「刺繡文不如倚市門」翻出，且「青樓倡」乃指豪家歌舞者言，更非「倚市門」之比。歸愚乃謂：「人即無志，何至羡青樓倡耶？」是直不知「青樓倡」作何解，亦太鹵莽。

《列女傳》：「楚伐息，破之，虜其君，使守門。將妻其夫人，而納之于宫。楚王出游，夫人遂出見息君，謂之曰：『人生要一死而已，何至自苦。生離于地上，豈如死歸于地下哉？』乃作詩曰：『穀則異室，死則同穴。』遂自殺，息君亦自殺，同日俱死。」所載與《左氏》異。唐宋延清《息夫人》詩：「可憐楚破息，腸斷息夫人。仍爲泉下骨，不作楚王嬪。楚王寵莫盛，息君情更親。情親怨生别，一朝俱殺身。」正用中壘之說。仁和錢謝莽吏部枚、錢唐陳雲伯大令文述《詠息夫人》皆主其說。余謂詩以敦厚爲教，傳聞異詞，善善固當從長。

王井叔《春江花月夜》云：「玉樹奇葩燦，金波皓月流。春簫吹夢破，飛作滿江秋。」《玉臺》諸公，無此哀艷。

《鶴林玉露》謂趙紫芝「野水多於地，春山半是雲」，《文苑英華》所載唐詩兩句多有之，但不作一處耳。然此天然湊泊，的是神來之句，當非有意相襲也。吴江郭頻伽上舍麐《夜游荻莊》云：「野水欲扶月，是花皆有烟。」句法之妙，不減紫芝。

甘泉張浄因女史因《清明即事》云：「十里紅樓醉管絃，揚州春色最堪憐。逢人怕説晨炊斷，只道連朝是禁烟。」蓋從唐人《寒食》詩「慚愧四鄰教斷火，不知厨裏久無烟」翻出，語意尤較藴藉。女史爲揚州名士黄秋坪之配，食貧相對，有梁孟風。其《冶春詞》云：「鶴背腰纏未是仙，槐柯蟻穴也非賢。不如買個春風棹，載酒裝詩年復年。」可想見其高致矣。

東臺布衣于秋渚泗，居邑之栟茶場，窮老苦吟，不事干謁，有楊朴、魏野之風。余嘗赴場句當公事，造其廬，拒弗得見。旋以詩見投，有「識公名自未官時」之句，遂相吟和。秋渚母夫人頗有孝行，嘗刲股療姑疾。京兆朱茮堂師詠其事云：「蠻羹進啜慈顔霽，只作尋常菽水看。」

洪稚存《醉翁亭》詩「一成坯，再成英，一再曲折山以名。注川曰谿，注谿曰谷，谿行谷行水聲複」，與宋晁補之《酬李唐臣贈山水短軸》詩「大山宫，小山霍，欲識山高觀石脚。大波爲瀾，小波爲淪，欲識山深觀水津」句法相似，皆用《爾雅》。稚存此篇全奪胎盧陵集中《贈沈遵》詩。

歷城王秋史云：「亂泉聲裏才通屐，黄葉林間自著書。」又「黄葉下時牛背晚，青山缺處酒人行」，時人呼爲「王黄葉」。太倉崔不雕云：「丹楓江冷人初去，黄葉聲多酒不辭。」阮亭目爲「崔黄葉」，皆見

《漁洋詩話》。近人吴清如茂才云：「寒楚唳征雁，空階瘦粉蝶。此夜荒山中，不知幾黄葉。」余謂亦當呼爲「吴黄葉」。

吴門壇坫之地，東莊、北郭，著美當時。乾隆間，習庵、竹嶼諸公復有「七子」之目。近時朱西生綬、沈閏生傳桂、王井叔嘉禄、潘功甫曾沂、彭詠莪藴章、吴清如嘉洤、韋君繡光黻稱「吴門後七子」，又加曹艮甫楙堅、蔣澹懷志凝、褚仙根逢椿爲十子。就中西生、井叔最爲翹楚，人又目爲朱王，以比阮亭、竹垞。井叔才調宏富，西生格律精嚴。陳雲伯嘗戲反趙秋谷語云：「王貪多，朱愛好。」

功甫《西湖秋柳詞》「小紅一去笙歌歇，月碎風尖水磨頭」二句，頗爲時人膾炙。余謂不如其「細雨濛濛艓子來」七字，尤令人黯然銷魂也。功甫爲吾師芝軒尚書長君，門蔭承華，摘髭科第，而爲人藴藉修潔，如孤雲野鶴，詩亦泠雋如其人。近且杜門逃禪，不事進取，韵語益造古澹，所進真未可量耳。

吾鄉計壽喬學博枏《與人夜話》云：「紅燈碧酒消今夕，人語蟲聲共一樓。」或謂下句本《石林詩話》吴縣寇主簿題寺壁詩「人語鷄聲共一丘」耳。余謂不特此也，天隨子《宿嘉陵館樓》詩「月色江聲共一樓」不在前乎？暗合曩篇，不礙其爲佳句。學博居秀水之王江涇，司鐸某邑。後即隱居不出，青鞵布襪，與田夫野老相倡酬，人以高士目之。詩如《寒夜寄葉改吟》云：「一夜因君添别思，爲風爲雪爲梅花。」頗有逸趣。

改吟名樹枚，吴江布衣。嘗有《無題》句云：「如何一樣簾櫳影，只覺今朝易夕陽。」未免有情，感均頑艷矣。

吾家惰畊村叟《牽牛花》詩云：「睡起秋屏露未乾，殷勤相對到朝餐。山翁野叟閒題品，雨過天青一色看。」不減秦淮海「銀漢初移」之作。村叟名岸登，號覃九，平湖人。有《黑蝶齋詩集》，其詞選入《浙西六家》。

歐公《詩話》：「陳公時得杜集，至《蔡都尉》詩『身輕一鳥』下脱一字，數客補之，各云『疾』、『落』、『起』、『下』，終莫能定，後得善本，乃是『過』字。」《唐子西文録》：「東坡作《病鶴》詩『五尺長脛瘦軀』，闕其一字，使任德翁輩下之，凡數字，東坡徐出其藁，蓋『閣』字也，此字既出，儼然如見病鶴矣。」觀此二條，可見古人鍊字苦心。

余家舊居城南，老屋數椽，跡遠闤市，齋宇不廣，而有竹石之勝。先大夫嘗有詩云：「推窗欲礙數竿竹，掃徑更侵片石山。争似園亭春鎖住，主人身在玉門關。」又命不肖和云：「半牀落葉侵書幌，一徑寒雲起研山。除却愛閒雙白鷺，更無剥啄到柴關。」一行作吏，屋歸他姓，化鶴歸來，瞻烏誰止。敝廬風雨之感，能不泫然？又余有《齋居》詩云：「此君自占三弓地，老衲應題十竹軒。門外樹精來問字，窗間石友共忘言。庭餘杞菊堪行藥，徑有山池便當園。跂脚忽驚清夢破，芭蕉葉大雨聲喧。」可想見其地偏心遠矣。

吴江程竹庵侍御邦憲，幼有神童之目。年十三《賦新秋》云：「候蟲涼入户，得月樹先人。」黄仲則《綺懷》云：「玉鈎初放釵初墮，第一銷魂是此聲。」何等旖旎；蔣心餘《響屧廊》云：「憐伊幾兩平生屐，踏碎山河是此聲。」何等感慨；王藝齋《夜泊》云：「黄河一夜風兼雨，磨鍊英雄是此聲。」

何等悲壯。三詩所謂異曲同工。藝齋名家相，常熟人。官給諫時，嘗條陳漕弊萬餘言，有十不可之論。朝上書，夕報可，人比之魏文貞《十思》、《十漸》。主聖臣直，一時傳爲美談。

仲則《横江春詞》云：「門外晴洲香草香，浣紗女伴愛春陽。柳絲幾尺花千片，遮得春江爾許長。」常熟季問紅士訢《春晚》云：「鶯漸無聲蜨尚癡，捲簾人困日斜時。桃花雨後楊花雪，蕩得春雲賸一絲。」二詩句調相似，讀者誠未易優劣。

姜堯章、黄巖老皆學詩于蕭千巖，皆號白石，時有「雙白石」之稱。黄詩集不傳，《詩人玉屑》記其《梨嶺遇雨》云：「黑風吹雨又黄昏，雞犬數聲何處村。身在嶺雲飛處濕，不關别泪濺成痕。」亦不減《江湖》諸賢。《成齋退休集》有《答賦永豐宰黄巖老投贈》詩云：「吾友蕭東夫，今曰陳後山。道腴詩彌瘦，世忙渠自閒。」又云：「都邑黄永豐，與渠中表間。黄語似蕭語，已透最上關。莫道不是蕭，蕭乃墮我前。」是黄實蕭入室弟子，今世皆知重姜，黄幾不能舉其姓字，故爲表而出之。

古句曲之「句」皆作平聲，然亦有作去聲者。《苕溪漁隱叢話》載宋初黄台《留題新安問政山》詩「草暗碧壇思句曲，松昏紫氣度函關」，讀如本字。其詩係七言長律，平弱曼衍，中惟一聯佳，句云：「溪童乞火朝敲竹，山鬼聽琴夜撼攘。」

藥名詩起于梁簡文，唐張籍、宋陳亞皆踵爲之，自後作者遂多。小言破義，君子弗尚。且如張詩之「黄葉霜前半下枝」、陳詩之「衣嫌春瘦縮紗裁」，假字牽合，尤爲無工。此種詩當以渾成爲主。吾鄉蔣春雨明經元龍有句云：「破故紙中尋獨活，一燈如豆笑空青。」離合處如羚角之無跡，又何嘗不佳耶？

丹徒李琴夫布衣御與夢樓道人同時齊名，殁後無子，詩稿散佚。如皋汪春田觀察爲霖梓其遺集，不及什分之一。如《登雲臺山》云：「萬井烟開秋有色，一江風定浪無花。」《山行即事》云：「將軍墓冷餘殘碣，翁仲年深補斷橋。」集中皆所不載。又有「枯樹絡秋瓜」五字亦妙。相傳揚州巨商某取婦，以折枝畫幅請賀客分題。時琴夫在坐，得繡毬花，有「緑鬟團欒到白頭」之句，巨商大喜，贈以三百金。

琴夫有句云：「微雨天如人病酒。」周含卉云：「才霽天如人醉起。」句雖相反，實一意耳。周下句云：「獨行雲讓鳥先飛。」亦佳，李下句不稱。

明文、沈《落花唱和》詩數十首，余於中取二言焉，曰「美人遲暮無家别」、「逐客春深盡族行」。乾隆間袁簡齋、胡稚威輩亦有《落花》詩各十餘首，余亦取二言焉，曰「嬋娟有恨生相見」、「弱水無端死欲西」，一石田句、一稚威句。

家石田翁《五柳先生圖》詩：「典午江山已不支，先生歸去尚嫌遲。寄奴小草連天緑，剛剩黄花一兩籬。」雖從元人劉静修「歸來荒徑手自鋤，草中恐生劉寄奴」二句翻出，而語意尤較藴藉。

白樂天《晚春酒熟尋夢得》詩「還攜小蠻去，試覓老劉看」，宋人説部皆以「小蠻」爲酒榼之名，余謂「小蠻」蓋謂「小蠻榼」耳，省一「榼」字，語似歇後，唐人詩中每有之，非酒榼名「小蠻」也。白詩又有「小花蠻榼二三升」之句。

今染帛家以青之淺白者爲「西湖色」，蓋即宋時「天水碧」耳。前人罕見入詩，亡室墨華道人《西湖柳枝詞》云：「儂家愛著西湖色，莫唱當年《金縷衣》。」

墨華道人姓戴氏，名小瓊，性愛菊，又號菊亭。頗耽吟咏，嬾不收拾。歿後搜其遺篋，僅數十首，然皆卓卓可傳。墨華以辛巳七夕病疫，歿於當湖。余時應官畿輔，訃音未至，時嘗作《秋宵雜咏》云：「別是一般惡滋味，不愁不病不魂銷。」竊訝詩語不祥，未數日而得悼亡惡耗。詩讖之説，其或然歟？

余與墨華在吴興郡齋甥館嘗有《秋宵坐月聯句》詩云：「把盞邀明月，吟商怯素秋。濤。蟲聲工絮影，露氣足清愁。小瓊。煮茗松風静，支頤石磴幽。濤。涼柯貪徙倚，一葉打人頭。小瓊。」魏塘金文沙夫人淑爲繪《郡齋坐月圖》。山陰吴梅梁同年傑題云：「鷗波亭下涼蟾影，曾照前身五百年。」

姊氏采石女史轂爲余作《郡齋坐月第二圖》，并和韵云：「梧竹清陰處，涼生一味秋。前身天上月，不識世間愁。對影尋詩興，雙聲寫韵幽。何時共酬唱，著我屋西頭。」一時閨秀題者甚衆，以曹墨琴夫人貞秀四詩爲最佳，詩云：「詩懷清沁一壺冰，官閣聊吟夜翦燈。重到鷗波亭外路，沈吴興是趙吴興。」「茗椀熏爐結静因，雲階月地記前身。等閒莫羨高寒處，只恐姮娥正妒人。」「坐看銀河絡角斜，更無清夢惱啞鴉。樓臺如此成孤負，却笑菰城十萬家。」「神仙清福證三生，墨會靈簫妙得名。此去鴛鴦湖水上，月明雙髻想吹笙。」其他如胡智珠女史相端云：「露下空階碧蘚滋，涼生薄袖未曾知。一雙人影如秋瘦，吟到更闌月墮時。」許少瓊女史淑賢云：「一片虛明月在空，雙移短榻受涼風。吟情怪底清於水，身坐蟲聲露氣中。」其妹定生女史淑慧云：「秋空雲散浄纖塵，露下高梧落葉新。好是白蘋洲上月，飛來剛照比肩人。」少瓊、定生，智珠二女也。

謝玄暉《游東田》詩：「遠樹曖芊芊，生烟紛漠漠。」「生」乃生熟之「生」，方與「遠樹」相對。陸放翁詩：「陂塘秋水瘦，墟落暮烟生。」亦當爲生熟之「生」，或解爲烟之方生，非是。長洲董琴涵編修國華《鷗園觀荷》詩「重來池館生若烟」，「生烟」二字拆用尤妙。

己卯六月，余寓居吴門之清蔭禪房，招同人作延秋之會。是日會者十三人，因以姜石帚詞「三十六陂人未到，水佩風裳無數」二語分韻。琴涵之弟琢卿孝廉國琛得「十」字，詩云：「亭亭西泠雲，吹作今雨集。新涼禪氣清，一甌試米汁。詩成借佛看，不語各合十。」

車半林先生《子夜歌》云：「歡來蝴蜨雙，歡去鴛鴦隻。不喜卜金錢，生憎單與拆。」甚合古意。先生諱向榮，仁和人，司鐸吾邑最久，余總角時即蒙國士之賞。先生又有《新月》絶句云：「斜挂黄昏映綺樓，誰家西望咏刀頭。却嫌纖影珠簾隔，搭上雙鉤拜一鉤。」

昔人盛稱黄庴堂《芭蕉》詩：「日不紅三伏，天惟緑一庵。」余謂不如吾師阮雲臺宫保句云：「簾櫳微隔緑逾净，風雨不來心亦涼。」饒有神韵，下句尤極體物之妙。

《隱居通議》載宋人陳九皋《送别》詩曰：「江邊出相送，君去我當反。裴回未忍還，孤帆夕陽遠。」以爲語短而意甚長。今觀王柳村《石城橋送别》一章可以相配，其詩曰：「我歌君莫愁，君愁我欲泣。别路石城橋，楊柳西風急。」止二十字，而不盡之意見於言外。柳村名豫，丹徒人，其詩深得唐賢三昧，故嘗自謂「歸愚後身」。余贈七古一篇，中曰：「頽波力挽追正始，要使清氣流乾坤。」又曰：「讀君詩罷三歎息，確翁已往今疑存。」非過譽也。

柳村女弟碧雲女史瓊能詩，佳句云：「山静七絃響，花深一鶴鳴。」

鎮洋汪耐山司馬丈彦國同官畿輔，嘗邀作詩會，以「擬唐人咏宫人入道」命題。余謂此題名作如林，在當時已不盡佳，至今日尤難制勝。及汪丈詩成，警句云：「一賦西風白團扇，幾番東海碧桃花。」同人皆爲閣筆。汪丈集中又有《近見》一詩云：「近見軍符下九天，石壕小吏捉人船。嬌娃不解《關山月》，猶唱紅橋離别絃。」真有唐人遺意。

汪丈《嘉禾道中》詩云：「烟雨樓頭正烟雨，四圍罨畫抵青山。」最切吾鄉風景。蓋各郡諸名湖皆有峰巒環繞，而鴛湖獨以平遠取勝。昔人謂「方萬里出户即乘船，徐昌穀看桑過石門」，語淺而實切，何如此詩之詞意俱工耶！又葉筠潭都轉紹本《烟雨樓》詩云：「百步橋南夕照明，落帆亭外晚潮生。空江日暮蘋風起，吹斷吴船水調聲。」朱、李《櫂歌》而後，無復有此神韻。

擬唐人《塞下曲》之佳者，錢唐陳曼生司馬鴻壽云：「白骨青燐瀚海頭，琵琶一曲起邊愁。眼前滴盡征人泪，并作黄河地底流。」其姪小雲别駕裴之云：「琵琶馬上唱雙鬟，身在龍堆夕照間。嗚咽黄河東下水，不流春夢入榆關。」工力悉敵，不愧大阮、小阮。又吾鄉金芷蘭女史芳英有七古一篇，卒章云：「將軍手提賊人頭，英風凛冽見者愁。馬行迷路不可識，且卧沙場枕白骨。」似此傑作，得之閨閣尤難。

常熟孫子瀟原湘《紀夢》詩云：「削玉玲瓏指爪長，十漿親勸九霞觴。人間久斷麒麟種，却被行廚作脯香。」使楊廉夫見之，必當繞牀三叫曰：「雖老鐵無以著筆矣！」

澮懷《少年行》云：「廐伏神駒匣寶刀，有金只結五陵豪。平生兒女英雄意，笑看紅閨繡戰袍。」頗近唐人。又有「林響聚萬葉，水容鮮一鷗」、「山霧白含星斗重，海潮黄入水雲腥」，皆佳句也。

明黄石齋《黄金臺》詩云：「宿瘤如有貌，想當不自媒。」覺樂毅、劇辛一齊抹倒。

謝文節公橋亭卜卦研，前輩題詠極多，余甚愛方丈蘭坻薰二句云：「無家問南宋，此研即西山。」十字抵人千百語。

竹枝初不言竹，柳枝則專咏柳，自唐已然，頗不可解。今柳枝詞又或兼言風土，比附尤難。近見南城曾賓谷中丞燠《漢陽柳枝詞》，真有園客獨繭、天衣無縫之妙。詩云：「楊花滚滚復濛濛，生與桃花命略同。妾在桃花庵畔住，年年寒食雨兼風。」「樓下烟波緑一彎，樓中少婦損春顔。生憎此樹關離别，那更當頭大别山。」

禽言皆雜言短章，罕作絶句者。宋趙威伯《詩話》載有二詩極佳，《子規》云：「剛道故鄉如此好，其如游子不歸何。自從五柳先生死，空染千山血泪多。」《著新脱故》云：「蠶繭方成四月初，烏能早計巧相呼。誰知機杼聲纔息，已有王官來索租。」惜不傳其姓氏。

昌黎《庭楸》詩：「朝日出其東，我常坐西偏。夕日在其西，我常坐東邊。當晝日在上，我在中央間。」此等句法雖古而實拙，近人或效之不已，何也？

賈長江「獨行潭底影，數息樹邊身」，三年方得對句，然終不及出語之工。固知「楓落吴江冷」，所見自難逮所聞耳。《今是堂手録》載賈島詐爲高麗使梢人聯詩云：「棹穿波底月，船壓水中天。」余謂二語並不佳，且離長江詩體甚遠，當出好事者附會。

錢唐許青士給諫乃濟《擬孟東野聞砧》云：「新寒昨夕至，户户傳哀砧。秋風一萬里，送入游子心。不怨軍門笳，不悲關塞笛。如何枕戈者，泪滿征衫滴。」又云：「寄書書不達，寄衣衣欲裂。誰將一片聲，敲落千山月。欲知聲中悲，請看指上血。血指猶可澣，奈此兩鬢雪。」二詩逼真東野，非淺學所能到也。

昌黎詩云：「酸寒溧陽尉。」劉叉詩云：「酸寒孟夫子。」皆言其人，非謂其詩也。後人遂有「郊寒島瘦」之論。不知東野義心苦調，其源出於靈均，而戌削清奇，獨有千古，高處并遠勝於韓，更何論賈。東坡「小魚蟛蜞」之誚，直未造其堂而嚌其胾耳。

放翁云：「詩到無人愛處工。」又云：「俗人猶愛未爲詩。」然放翁未能如此也。宋詩能到俗人不愛者，庶幾黄豫章乎？豫章詩如食橄欖，始若苦澀，咀嚼既久，味滿中邊。余每謂孟詩勝韓，黄詩勝蘇，世或未之信也。

萊陽趙北嵐大令曾詩在賈島、姚合之間。《酬李叔裴》云：「爲詩如理琴，難得是知音。吾子有真賞，外人嫌苦吟。筠蘿荒徑窄，燈火小廬深。回首廿餘載，新霜頭欲侵。」他句如《抵里後作》云：「還於到家日，便典出門衣。」《遣僕北歸後獨坐》云：「前路可逢雪，此心同過江。」皆戛肌刻骨而出，所謂「成如容易却艱辛」者耳。

吴縣金手山上舍襄名其集曰「三李堂」，謂瓣香所在，青蓮、長吉、義山也。然其詩或不盡似，豈得其神明而遺其面目者歟？手山《對酒言愁作》有云：「花白頭上絲，花紅眼中血。舊雨新相知，生人死離别。」《園林春盡曲》云：「可憐妾心如古井，井底窺郎見郎影。」皆似孟東野。又絶句云：「病境頹唐小院東，難忘人影此簾櫳。秋聲總有秋心管，一葉梧桐一葉風。」每於紙窗竹屋，一燈青熒，諷誦再三，如聽《雨淋鈴》曲。

杭大宗《榕城詩話》：「黄莘田侍兒金櫻《夜來香》絶句云：『知隔絳紗帷暗坐，謝娘頭上過來香。』」今觀二句載莘田《秋江集》中，「香」字作「風」。通首云：「湘簾無月影空濛，忽地鮮香一陣通。知隔碧紗帷暗坐，謝娘頭上過來風。」初不以爲金櫻所作，杭説未知何據。人傳莘田罷官後，橐中僅存二千金，因以千金購十研，以千金買妾，未知即金櫻否耶？

莘田絶句淒入脾肝、哀感頑艷者，不一而足。《初月》云：「已去還留落似升，茗香琴寂露如冰。如何更無人到愔愔坐，不下疎簾不上燈。」《三月十六夜作》云：「傳語吴棉半臂添，楝花風到晚來尖。記得無燈香霧濛濛濕，愛忍春寒不下簾。」《對晚香玉有感》云：「半分冰簟半瑶簪，吹氣都教上枕函。記得無月夜，滿身暗麝白秋衫。」昔人謂唐茂業得義山清峭感愴之一體，余於莘田亦云。

家石田翁《門神》詩「檢爾功名惟故紙，傍誰門户有常情」，不如國初唐實君日華之「將軍自昔名當户，丞相於今亦抱關」，語較典切有味。

袁海叟以《白燕》詩得名，《静志居詩話》謂不如琴川時大本之「珠簾十二中間捲，玉翦一雙高下飛」。然如徐文長之「漢將玉門投老入，趙妃雪夜待人歸」，典雅渾成，亦不媿唐人咏物正宗也。「珠簾」二語，《南濠詩話》以爲楊廉夫作，且謂海叟因此作詩，當别有所據。

楊誠齋《送朝士使虜》云：「詩成紫塞三更月，馬踏黄河十丈冰。」此等句法，又何減唐人耶？誠齋盛稱晚唐黄滔《聞雁》詩「一聲初觸夢，半白已侵頭」。余謂國初阮亭尚書之「懷人江上楓初落，卧病空堂雨易成」，亦自未肯多讓。

謝无逸詩「相知四海孰青眼，高卧一庵今白頭」，乃本東坡之「身行萬里半天下，僧卧一庵初白頭」耳。又《詩人玉屑》載喻汝楫《征夫》詩「殘陽欲落未落處，照見人間今古愁」，兩句全見徐仲車《淮之水》篇，而菊莊并存之，何也？

平湖朱雅山布衣鍾隱居邑之乍浦，高節似李潛夫，而詩格過之。嘗於除夕食豆渣賦詩，人因呼爲「朱豆渣」。他句如「城影盎春靄，山痕交午烟」、「佛屋風懸松頂磬，客檣鳥譯島人言」，皆能搜難抉新，誓脱常態。

揚州有范淩霙者，諸生，能詩。佳句云：「病餘黄葉色，秋盡白楊聲。」

余在如皋得一古研，上有篆銘「不雕不琢，乃存其璞」八字，款曰「子昂」。背又有行書二行，文曰：「人以巧，我以拙；少鋒鋩，耐歲月。」末署「其年」二字。蓋松雪齋中物，後爲迦陵所得。余得七古一篇，同人題咏甚衆，惟嘉應李繡子大令黼平及朱酉生二詩最佳，今録于此。李詩云：「吴興書畫世難到，遠法晉唐窺閫奥。風流歇絶五百年，一研流傳等圭瑁。此石國初初得之，考古曾經陳與冒。水繪園中絶烟景，論詩説賦才名譟。亭亭楊柳拂牋立，浩浩梅花横筆掃。先生昨官如皋城，孰惠瓊瑶投所好。金錢火捺不復言，紅絲紫雲亦難傲。清蔭禪林六月末，名士披襟齊脱帽。松雪清涼憶天水，鷗波蕭瑟思旗纛。雖緣學士共摩抄，頗爲王孫疑節操。我未見研難隨聲，作詩却欲存公評。貴戚不同異姓卿，九廟爲重一身輕。紀季入齊經所稱，此亦微子朝周情，請看泪滴蟾蜍盈。崖山絶島風雨暗，尚有黑龍歸水晶。」朱詩云：「至元以前一片石，五百年歸十經室。苕花繡墨生古香，天水王孫字深刻。中間藏者陽羨陳，背陰十二銘辭新。王孫書畫世傳寶，髯也文章還絶倫。十經主人飫經學，餘事爲詩氣磅礴。暇時自寫《古研篇》，鸜鵒雙晴泪應落。吁嗟乎，六更鼓歇蝦蟆死，司户居然作承旨。劫外夫妻倒好嬉，鷗波亭小曾陳此。天荒地老滄桑多，石不能言如石何。豪吟湖海有狂客，曷不爲汝歌悲歌。主人舊住苕溪渡，蓮花莊子秋雲暮。三年作吏雉皋城，水繪園中弔荒樹。一物留傳若有神，風流兩地都非故。翰墨因緣自可珍，紅羊往事未須論。即看老應徵車者，亦是東吴少保孫。」吴縣曹稼山堉據《湖海紀聞》，謂此即吴次尾於永嘉江心得，以贈冒巢民者，則此研洵可寶矣。

繡子言其宗人秋田茂才光昭《寄内》句云：「昨夜夢中曾見汝，花陰小立看雙星。」武進湯雨生都尉貽汾爲作《看星小影》，嶺嶠一時傳爲韵事。

李義山《隋宫》詩：「地下若逢陳後主，豈宜重問《後庭花》。」此調後人率相祖襲。吕由庚《温公挽詩》曰：「地下若逢申執法，爲言今日再昇平。」見《聞見前録》。黄姓《万俟丞相挽詩》云：「地下若逢秦相國，也應説不到沅湘。」見《清波雜志》。又敖器之《三元樓題壁》：「九原若遇韓忠獻，休道如今有末孫。」調亦本此。然義山自用《異聞録》隋煬帝見陳後主故事，非若宋人之掉虚也。

汪鈍翁《西山漁父詞》云：「魚價今年逐漸强，偶因换酒到山鄉。笭箵個個盛魚滿，一寸銀魚論斗量。」自注：「吴人謂賤爲强。」今吴中方音猶然。「西山」謂洞庭之西山。唐皮日休《釣侣》詩「趁眠無事避風濤，一斗霜鱗换濁醪。」注：「吴中賣魚論斗。」觀此則國初濱湖魚市猶尚論斗，故竹垞《太湖罛船竹枝詞》亦云：「盼取湖東販船至，量魚論斗不論秤。」今則盡皆論秤不論斗，物價騰踴，日甚一日，可勝慨哉！

鈍翁有《洞庭橘枝詞》，蓋仿宋之葉水心，於《竹枝》、《柳枝》之外别創一格。嘉定王竹所初桐官山東，嘗爲《棗枝詞》，有云：「棗花織就簾櫳様，棗核燒爲豆蔻香。」語亦工麗。余有《蔗枝詞》，句云：「郎心却似糖心蔗，越壞衷腸口越甜。」蓋蔗味將變，其心先潰，俗呼爲「糖心蔗」。陳雲伯謂與孫子瀟《白門柳枝詞》「歡今何似堤邊柳，受盡東風却向西」有異曲同工之妙。

《静志居詩話》：「袁敬所，不知其名，靖難後流寓常山之松嶺，酒酣書《五柳圖詩》，擲筆悲吟，繼以濺泪。有江右布商見之曰：『此吾鄉某編修，何爲在此？』敬所趨掩其口，不顧而去。」詩云：「藜杖芒鞋白布裘，山中甲子自春秋。呼兒檢點門前柳，莫遣飛花過石頭。」虞山《列朝詩》亦載其説。余謂此係元貢師泰《題淵明像》詩，其首句云：「烏帽青鞋白鹿裘。」餘三句皆同。流俗附會爲此，曝叟、竹翁偶未檢《玩齋集》，遂信其説耳。又李西涯《麓堂詩話》記楚人彭民望《淵明圖》曰：「義熙人物羲皇上，典午山河甲子中。恨殺潯陽江上水，隨潮還過石頭東。」意正相反，實從貢詩奪胎。

《輟耕録》載揭曼碩先生遇盤塘水仙事，仙留詩曰：「盤塘江上是奴家，郎若閒時來喫茶。黄土築墻茅蓋屋，庭前一樹紫荆花。」此詩見張伯雨《句曲外史集》，題爲《湖州竹枝詞》。下三句與此詩正同，惟第一句作「臨湖門外是儂家」，末句「庭前」作「門前」耳。大抵神仙鬼怪之詞，半出當時附會也。

黄山谷《次韵劉景文登鄴王臺見思》詩：「平原秋樹色，沙麓暮鐘聲。」任淵注：「平原，今德州。山谷是時監德州德平鎮。」予謂「平原」二字當讀如江文通《恨賦》「試望平原」，謂地高平之原，不必指地名也。沙麓在魏州元城縣東，與鄴城相近。二語皆指景文登臺時所見之景物耳。以空對實，正是詩人活潑潑地。作地名解，轉覺膠柱。

山谷《送舅氏野夫之宣城》云：「霜林收鴨脚，春網薦琴高。」任淵注：「琴高，鯉魚也。《列仙傳》：琴高爲宋舍人，後乘赤鯉，見其弟子。歐公亦有《琴高魚詩》。」案《賓退録》：「今寧國涇縣東北二十里有琴溪，溪中有種小魚，他處所無，俗謂『琴高』。投藥滓所化，號『琴高魚』。梅聖俞、王禹玉、歐陽文忠公皆有和梅公儀《琴高魚》詩。」然則山谷所云「琴高」，乃指琴溪之小魚，任氏以鯉魚釋之，誤矣。

焦仲卿妻姓劉，見《藝文類聚》三十二《人部·閨情類》：「後漢焦仲卿妻劉氏爲姑所遣，時人傷之，作詩」云云。「箱簾六七十，緑碧青絲繩」，作「交文象牙簟，宛轉素絲繩」；「人賤物亦鄙，不足迎後人」，作「鄙賤雖可薄，猶中迎故人」，皆與《玉臺新詠》異。「故人」字恐誤，當作「新人」。

吾鄉樊桐山人顧列星窮愁苦吟，以明經終老。嘗自號退飛，又顔其堂曰「苦雨」。然詩學杜陵，不爲郊島寒瘦之態。余尤愛其《明月詞》云：「十載從戎冷鐵衣，秋來知潰幾重圍。可憐一片關山月，長照征人夢裏歸。」「玉宇沈沈漏點長，陰蟲淒切滿簾霜。羅幃不隔玲瓏影，照過沙場照畫梁。」絶似王龍標。

王孤絳《新月》詩：「黄如浮醉酒，瘦比壓琴弦。」刻劃惟肖，語亦新穎。然不如黄仲則之「遠鐘林外寺，薄霧水西樓」，能於題外傳神。余嘗有《新月寄内》詩云：「穴鼻始成魄，纖纖正兩頭。痕涼墮秋影，眉淺印春愁。半面獨窺牖，有人乍倚樓。吹笙今夕夢，應逐淡黄流。」内子謂第二聯刻劃不減孤絳，第三聯神韻遠過仲則，豈其阿所好耶！内子嘗取石湖詞意，顔其所居爲「花影吹笙閣」，故結聯云然。

余悼亡後《咏月》云：「結成萬古可憐色，照得幾人無泪痕。」嗚呼，碧落黄泉，返魂何術；綺樓青瑣，弔影空憐。縱未神傷，其能理遣乎？

桐城姚别峰士陛《西陵感舊》詩纏綿哀怨，名流膾炙。錢唐朱青湖彭《湖上遺事》詩所謂「重訪西陵夕照昏，荒烟迷却苧蘿村。傷心只有姚公子，哭過枇杷白板門」是也。余嘗見其《空明閣詩鈔》，中如《五弟有蕭山之游詩以寄之》云：「故家皇散最酸辛，兄弟栖栖異國身。又是書來愁滿紙，可憐貧到汝依人。出門含泪初離母，長路衝寒獨問津。未信艱難能早歷，十年前是掌中珍。」「宦游記得初生汝，一瞬滄桑十八年。早歲負薪廉吏後，重來衣葛故人前。山陰恐載空回雪，父老應遺未受錢。好認荒祠拜先子，江郎橋畔古壇邊。」字字沈摯，與緣情之作如出二手。又《晚步》句云：「僧立暮烟呼野渡，馬馱青草入空城。」亦佳。

井叔《樓中坐雨》詩有「比似江湖聽已佳」之句，余極賞之。曾記趙璞函亦有句云：「同是小窗翦燈雨，打來篷背倍瀟瀟。」非飽閱江湖滋味者，不知此二詩之妙。

從兄浩字巖莊，受業於先大夫，並與余同學，先大夫畜之如子。丁丑孟冬，先大夫捐館雉皋官舍，兄得信後一慟幾絶，因作哭詩四首，中有「白日翻疑夢，青天訝忽雷」、「獨推猶子意，時向阿戎憐」、「十月纔離别，終天隔死生」等句，皆從至性中流出。

匏廬詩話卷中

嘉興沈濤撰

惰耕邨叟《黑蝶齋小牘》云：「秀水朱十嘗效俞羨長《古意新聲體閒情》詩三十首，錢塘陸麗京誦之傾倒。作《望遠曲》思勝之，不敵也。一序尤爲計孝廉甫草擊節。今集中止存八首，吾鄉馮柳東大令登甫嘗於集外搜得十三首，其『大道青樓百尺高』一首，頷聯『門前種樹名烏桕，水上飛花是碧桃』二句，與集中『一自神珠别漢皇』一首相同，惟『是』字爲『盡』字耳。」竊意二首本屬一首，編集時改竄舊稿，故自二句外皆不相同，是可見者共止二十首，其餘十首惜無從搜采得之。所云「計甫草擊節」之序，尤不可見矣。

竹垞檢討詩《風懷》二百韵及《洞仙歌》十七首俱道本事，人皆知之。集中又有《古意》二首，有云：「何用問遺君，約指于闐玉。」又云：「何用問遺君，却月裁胸前。」上首言别時贈以約指，下首言别後寄以抹胸。蓋即《風懷》詩所謂「約指連環脱，茸緜袙複裝」，亦本事中之瑣事，托爲擬古，初非偶然漫與耳。

吾禾三李，秋錦而外，惟分虎足稱二難。詩固抗行，詞則有過之無不及。分虎客閩中某官署，其夫人亦能詩，慕分虎才，因越禮焉。某官偵知之，召分虎與眷屬共飲，酒半，舁一巨棺，强二人入之，遂葬後園，至今土人猶呼爲「鴛鴦冢」。裊香師聞之蘭泉少寇云。分虎《與遯公》詩：「倘饒香積厨中飯，添我新來黄面僧。」吾鄉盛宜山遠謂此計早決，烏致有閩幕之變。其詩今集中不載。「故國關河遠，高臺日月荒。頗聞蘇屬國，海上牧羝羊」，元馬伯庸《李陵臺》詩也。始知新城尚書《豫讓橋》詩「似聞杜厲叔，死報莒敖公」，句法有自。

宋褧《燕石集·小姑賢祠》詩：「離鸞别鵠兩沉冥，腸斷廬江焦仲卿。不見虎丘南畔月，至今常爲小姑明。」注：「虎丘南地名小姑賢。舊時民家有姑惡新婦，欲羅織而去之者，其小姑悉自擎爲己過，冀以悟母。母悔而止，鄉人祠之。」云云。今院本雜爨有《小姑賢》一齣，蓋即演此故事。

國初吴天章「門前萬里崑崙水，千點桃花尺半魚」二語，爲新城尚書所稱。「尺半魚」三字乃用甯戚《飯牛歌》「河中鯉魚長尺半」也。風調固佳，下字亦俱有來歷。商寶意《舟行雜詩》：「平添新漲琉璃闊，二寸公蝦半尺魚。」改「尺半」爲「半尺」，便覺杜撰，不僅傚顰貽誚耳。

「戰死玉龍三百萬，敗鱗風捲滿天飛」，英雄語也；「四萬八千修月户，斧斤餘柹向空飛」，是才子語。上二句宋人張元《雪》詩，下二句近人翟灝《雪》詩。

陳眉公《書畫史》有王元章《自題飛白竹絶句》云：「瀟灑三君子，是伊親弟兄。所期持大節，莫負歲寒盟。」今《竹齋集》不載。

李義山以對花啜茗爲殺風景，與燒琴煮鶴同類並譏，蓋意謂看花宜飲酒耳。故晏元獻《煮茶》詩「未向人間殺風景，自持醪醑醉花前」是也。余量不勝蕉葉，而性頗嗜荈，嘗反其意曰：「一甌相對宜清絶，風味無如橄欖仙。自有惠泉烹日注，何須醪醑醉花前。」

三月三日爲上巳，亦謂之重三；五月五日爲端午，亦謂之重五；九月九日爲重陽，亦謂之重九；至十月十日，亦有稱重十者。《中州集》滕茂實《天寧節有感》詩：「節臨重十慶天寧，古殿焚香祝帝齡。」注：「汴梁故老云：『徽宗本以五月五日生，以俗忌，移之十月十日。』」故此詩有「重十」之句。

唐子畏《題墨菊》云：「多少天涯未歸客，借人籬落看西風。」蓋本葉靖逸《九日》詩：「腸斷故鄉歸未得，借人籬落賞黄花。」葉詩「賞」字一本作「種」，便覺無味。此與陶淵明詩「采菊東籬下，悠然見南山」，未可改「見」爲「望」同一消息也。

方萬里《重陽吟序》：「陶淵明曰『閒居愛重九之名』，此閑寂之極感；蘇長公曰『菊花開時即重陽』，此曠達之極感；潘邠老曰『滿城風雨近重陽』，此衰謝之極感；吕居仁曰『亂山深處過重陽』，此羈旅之極感。予嘗有詩曰『干戈影裏見重陽』，此亦亂離之極感。」以上皆方語，余謂司空表聖「今朝第七十重陽」，爲桑榆之極感；林亦之「客船摇艫作重陽」，爲江湖之極感；李西涯「百年風物幾重陽」，爲登臨之極感。余亦嘗有「紅塵烏帽又重陽」之句，豈非鞅掌之極感乎？

錢塘屠琴隖太守倬《大雨至拂塵庵》云：「山上白雲山下水，水聲只在隔山聞。看來雲水無分别，便是青山亦化雲。」孫子瀟《美人障子》云：「霧鬟風鬢秀絶群，碧天如水翦羅裙。從中看破《離騷》旨，只是湘江幾片雲。」甯化伊墨卿太守秉綬《九松嶺》云：「登程西日落高峰，匹馬三關紫翠重。流水不停雲欲暝，一僧枯坐九株松。」東坡云：「每逢佳處輒參禪。」作詩能到此境，便有鳶飛魚躍、活潑潑地之妙。

吾鄉近日詩人以吳丈澹川文溥爲第一，《關中》、《閩游》諸草，沈鬱蒼涼，尤爲獨絕。然吳丈亦有極穠麗新艷者，《相逢》云：「相逢女伴踏莎回，共試簾前鸜鵒杯。別有酸心傳不得，暗將釵股刺青梅。」《春情》云：「春情摇蕩木蘭橈，楊柳娉婷學楚腰。細到不勝烟雨處，送人離别替人嬌。」二詩僅見所著筆記中，蓋以少作删去。余謂詩緣情而綺靡，麗而不纖，故亦無傷風雅也。

雲臺宫保師視學浙江，時按試吾郡，以「鴛鴦湖咏鴛鴦」命題，嘉興蔣花隱茂才浩詩云：「莫翻《水調》傍篷窗，莫打蘭橈過石矼。水若打開還再合，怕鴛鴦去不成雙。」有《竹枝》、《欸乃》遺意，最爲是題合作。余少時嘗擬作四首，有云：「烟波偶爾浮家住，却被斯湖占小名。」花隱謂可與竹翁《櫂歌》「自從湖有鴛鴦目，水鳥飛來定自雙」之句下一轉語。

「楓梩支酒甕，鶴蝨落琴牀」，孟東野《懷南岳隱士》句也。范晞文《對牀夜語》指爲貫休，又作「楓根」，皆誤。孟集作「梩」，亦非，當爲「榸」字。《廣韵·十四皆》：「榸，卓皆切，枯木根出聲類。」貫休自有「石罅青蛇壓，楓榸白菌乾」之句，與此正不相涉。《懷南岳隱士》第一首頷聯云：「藏千尋瀑布，出十八高僧。」昔人以七言律下四字相聯者爲折句，此其五言之折句乎？

貫休《經孟浩然鹿門舊居》云：「𣚍深黃狖小，地煖白雲多。」「𣚍」字字書無考。陸魯望《樵子》詩：「生在蒼崖邊，能諳白雲養。」自注：「山家謂養柴地爲養，去聲。」然則「𣚍」即「養」字，後人以養柴之地加「木」作「𣚍」耳。

《分甘餘話》：「閩中紙織畫，山水、花卉、翎毛皆工，設色亦佳。江淮間又有添畫，渲染花鳥，意態如生。」《茶餘客話》：「往時見同人作《三畫》詩，蕪湖鐵畫、饒州磁畫、松江火筆畫也。聞向有王秋山能以指甲掐畫紙，點染作色，如古名畫。掐畫亦可詠。秋山掐畫見鈕玉樵《觚賸》。」余謂如皋貼絨畫，山水、人物、花草，無不工麗，尤在諸品之上。相傳冒巢民姬人蔡氏始爲之，楊蓉裳有《董宛君貼梅扇子歌》。然則水繪諸姬皆工錯采，當不僅蔡夫人矣。

余極愛元人高房山《題畫》詩「雲氣外無出路，水聲中有人家」二語，嘗屬姊氏采石女史畫一横幅，卧遊其間。他日擬於此境營菟裘，未知能如願否也。

陽湖劉芙初編修嗣綰《題水閣》云：「一程春雨一程愁，小閣重簾水上頭。依約曉窗人未起，賣花聲裏到蘇州。」尾句正如王明之「滿天梅雨」之例，移置他州不得。

李長吉「下階自折櫻桃花」、温飛卿「碧蕪狼籍棠梨花」、黄山谷「只欠一枝萵苣花」、李仲修「開門自掃枇杷花」，句法固佳，花名亦各有宜稱，若云「下階自折萵苣花」、「碧蕪狼籍櫻桃花」，便不成語。此中三昧，漁洋山人以外罕能知之。吴處厚欲改「五月臨平山下路」爲「六月臨平」，宋人已然，況今日乎？

明鄱陽劉炳《寒夜怨》詩「月來愁亦來，心憐月去愁應改。樓高月轉遲，停箏坐倚熏籠待。月落却成眠，誰知枕冷愁仍在。」通篇一句五言、一句七言，古無此體。又《好古堂書畫記》：「王子裕《觀泉圖》上題云：『杖策入深澗，雨後山泉流。盍簪咸來攀，予意良優游。況有盈樽酒，閒言間清謳。顧瞻松影，能不爲留。』」通首五言詩，而結聯忽作四言，亦創格也。

唐孫魴《金山寺》詩：「過櫓妨僧定，驚濤濺佛身。」李翱《金山寺》詩後四句云：「過櫓妨僧定，驚濤濺佛身。誰言題咏處，流響更無人。」李子田謂習之唐之名士，不應蹈襲同時之人。余謂此李自用孫語，故云「誰言題咏處，流響更無人」，乃不肯讓崔顥題詩之意。新城尚書《成都跋道士》一首「大江流日夜，孤艇接殘春」，用費密句，乃足之云：「十字須千古，何爲失此人。」正用此體。

柳子厚《别弟宗一》詩結句云：「欲知此後相思夢，長在荆門郢樹烟。」妙處全在「烟」字。宋人周紫芝《竹坡詩話》乃謂當作「邊」字，又爲之改曰「欲知此後相思處，望斷荆門郢樹邊」，所謂癡人前不得説夢。

陳獨漉《姑蘇懷古》詩：「寶劍賜來吴命短，美人恩重父仇輕。」汪上湖《詩學纂聞》謂「吴命」當作「吾命」，引《越絶書》子胥謂馮同曰：「王不親輔弼之臣，而親衆豕之言，是吾命短也。」余謂獨漉詩「美人恩重父仇輕」乃指夫差言，非指子胥言，則當作「吴命」爲是，不必定用《越絶》語也。且即以《越絶》語論，似亦當作「吴命」。「吴命短」，猶言吴祚不長耳，恐獨漉所見《越絶》較今本爲善。

唐劉駕《棄婦》詩云：「昨日惜紅顔，今日畏老遲。」「老遲」云者，謂垂老而遲暮也。陳章侯自號老遲，當取諸此。

宋徽宗《宫詞》云：「民間財貨雖豐富，未識新頒大觀錢。」是當時年號「觀」字作去聲讀。案《易·觀》卦，陸氏《釋文》云：「宫唤反。」又「大觀在上」，《釋文》云：「王肅音官。」夫曰「王肅音官」，則他家皆讀「宫唤反」矣。又「以觀天下」，《釋文》云：「徐唯此一字作官音。」夫曰「唯此一字作官音」，則「大觀」字，徐邈亦音「宫唤反」矣。今人每呼宋大觀爲平聲者，其難免山陰陸務觀之誚乎？

人皆知八月十五爲中秋，而不知二月十五爲中春。唐徐凝詩：「長短一年相似處，中秋未必勝中春。不寒不暖看明月，况是從來少睡人。」題云：「二月十五作。」

宋有兩「小東坡」：唐子西風流文采，人號爲「小東坡」；趙逵文章似蘇軾，亦稱「小東坡」。又東坡詩「小坡解與竹傳神」，謂公子過也。

顧俠君《觀西樓傳奇》云：「翠鈿拾得在荒園，月動花梢宿夜魂。今日樽前看白美，眉尖一半舊啼痕。」自注：「白美，木姬本名也。故址在秀野園旁。」案今院本作「穆素徽」，蓋假「木」之音爲「穆」，假「白美」之義爲「素徽」耳。樓後爲余婦家所得，婦翁太守兩軒公生於此樓，今不知更屬何姓矣。

山陰李松雲中丞堯棟官翰林時考差，試題「麥浪」，有句云：「一犁新雨露，萬頃緑波瀾。」仁廟時爲皇子，閲卷歎賞不置，欲擬首進。同閲卷官梁文定公引宅相之嫌，啓置第四，聖意殊未慊也。御極後，中丞以郡守入覲。仁廟憶及此事，因爲誦此二句，遂由監司洊擢封疆，固知皐颺夔拊，遇合之隆，非偶然矣。中丞《金陵懷古》詩云：「西風秋柳王司李，流水棲鴉紀阿男。」頗有三河少年風流自賞之致。

上元車秋舲茂才特謙亡室方蓮漪夫人能詩，有句云：「飛入湘簾雙燕子，一銜柳絮一銜花。」秋舲嘗調《闌干萬里心》云：「澹烟如絮裹重門，花户遥窺月一痕。十二樓臺暮色昏。思沉沉，病不分明夢不真。」蓋爲悼亡作也。秋舲言茂苑女子陳弱雲《莫愁湖題壁》云：「選勝纔停湖上橈，秋山寂寂水迢迢。憑君莫話盧家事，一曲傷心《望海潮》。」秋舲嘗有《弔莫愁・望海潮》詞，旗亭傳唱，故詩句云然。

石門方鐵珊參軍廷瑚牽絲畿輔，下考左遷，浮沈衙官，怡然自得。嘗詠《水仙花》云：「托根白石清泉裏，寫影湘簾棐几前。」余謂此君自道詩品人品。

國初曹顧庵《元城竹枝詞》云：「火樹燒殘雪已消，春盤雅會互相招。市酤價重南和縣，小瓮紅箋盡姓刁。」明陸深《天爵堂筆餘》：「清豐呂氏所釀，北酒之最上；南和刁氏次之，亦爲北酒之上品。」今南和猶産酒，然釀家已非刁姓，清豐則更無復名酒矣。

華亭王義士澐，陳黄門弟子。黄門死難，義士收其骨葬之，蓋王炎午、謝皋羽一流。又爲《野哭》詩以弔黄門。「秋風零落三千客，暮雨寒生十四陵」、「樽前羽檄飛風雨，江上樓船弔鸛鵝」，皆佳句也。

揚州羅兩峰聘布衣，自稱前生花之寺僧。《分甘餘話》：「沂水縣有花之寺，不解其義。張杞園問之土人，云：『以寺門多花卉，而徑路窈折如「之」字形，故以爲名。』」今觀吾鄉盛柚堂明府《贈兩峰》詩注：「兩峰每夢入花之寺，未知寺在何處。及見山農集，始知在沂州。寺以女子得名，花之，即女名也。」二説不同，未知孰是。

初白老人《七十三吟》：「鷄聲驚起兒時夢，五十年前二十三。」下句乃用宋詹義語。義事載《清夜録》，義登科《解嘲》詩：「讀盡詩書五六擔，老來方得一青衫。佳人問我年多少，五十年前二十三。」又《清波雜志》引樸樕翁《陶朱集》云：「閩人韓南老就恩〔科〕，有來議親者，韓以一絶示之：『讀盡文書一百擔，老來方得一青衫。媒人却問余年紀，四十年前三十三。』」詞意全同，當是一事而傳聞互異耳。

近世竊鉤之徒竄身都市，潛於人叢中，割取珮物，俗呼「翦綹」。二字見明人説部，京師則稱爲「小李」。國初釋借山元璟《京師百咏》有《小李》詩：「都門喧熱名利區，白日奔走良可虞。中有小李善剽竊，如鬼如蜮滿路隅。」云云。按田汝成《委巷叢談》：「宋時臨安四方輻輳，浩穰之區，游手游食，姦黠繁盛，有翦脱衣服、環珮、荷包者，謂之『覔貼兒』，知此風南宋已然。」「小李」之名見葉文莊《水東日記》。

明楊樞《淞故述》一條：「夢莽陸潤玉之女名娟，有索其父《送行》詩，父不在，爲代作云：『津亭楊柳碧毵毵，人面春風酒半酣。萬點落花舟一葉，載將春色過江南。』」此詩亦何減鄭仲賢，《列朝詩》及《明詩綜》佚之名媛，亟録出之。

明趙叔鳴《登岱》詩：「天壓星辰從下看，海浮天地自東迴。」竹垞以比李獻吉「日抱扶桑，天横碣石」之語。雲臺宫保師《舟過小孤山》詩「獨撑江漢成孤注，遠壓金焦在下游」，魄力相似，語帶身分，詩中有人，非前賢所可及矣。

《述征記》：「召伯埭到三救埭十五里，三救埭到鏡梁埭十五里。」今召伯北去十里許，地名三溝，當即古之三救埭。「溝」、「救」，一聲之轉耳。長樂梁芷林觀察章鉅《召伯埭》詩云：「湖瀦淮流兩道分，蕪城北去幾斜曛。鏡梁三救無人問，珍重東山一片雲。」

井叔悼亡後咏《殘月》云：「碧海青天萬古愁，誰能看到五更頭。眉痕宛轉留空鏡，扇影淒迷近畫樓。玉玦初分魂欲斷，金波不動泪常流。無因得傍高寒處，星斗闌干桂樹秋。」華亭改七薌琦爲作《眉匳殘月圖》，余調《疎影》題之。結句云：「恁盼他，第二回圓，不是舊時眉嫵。」井叔當時詫爲絶唱，豈知今日却成余之詞讖耶！

法梧門祭酒式善《偶題》云：「荷葉無花葦葉昏，板橋石路宛江村。孤蛩莫訴年來怨，秋雨秋風客閉門。」法詩人皆以孟、韋、柳稱之，余觀其全集，恰純似放翁耳。惟此作意味深遠，不減唐人。

渾源張水屋刺史道渥工書善畫，性不羈，人呼「張風子」，刺史即以自號。詩未能成家，而亦時有佳句。梧門祭酒嘗稱其「庭鋪曉日坐捫虱，池濯春流婢釣魚」二語，余尤愛其《崇化屯署即景》「嵐翠一庭山孕屋」之句，惜對語不稱耳。又《春日過紫荆關》云：「暖律蘇邊草，晴光活亂山。」亦佳。

陳眉公《試茶》四言詩：「竹爐幽討，松火怒飛。」絶似六朝人語。

引舟百丈，今人呼爲「繂」，古人只作「牽」字，讀去聲。金党懷英《高郵道中》詩「牽閒時掠水」，元方回《聽航船歌》「阿郎拽牽阿奴撑」是也。然亦有作「繂」字者，孟東野「高張繫繂帆，遠過梅根渚」，范石湖《愛雪歌》「灘子挽繂拖素虬」，韓翃《送齊明府赴東陽》詩「緑絲帆繂桂爲檣」是也。「牽」字亦如字讀，陳後山《寓目》云「野曠低歸鳥，江平進晚牽」，梅村《烏棲曲》「沉香爲笮錦爲牽，白玉池塘翡翠船」，獨漉《東湖曲》「金環玉腕親持槳，錦袖紅靴自打牽」。「牽」亦謂之「⿱竹怱」，元微之《南昌灘》詩「船到名灘拽⿱竹怱遲」。

徐文長《龕山凱歌》云：「短劍隨槍暮合圍，寒風吹血着人飛。朝來道上看歸騎，一片紅冰卧鐵衣。」「無首有身衹自猜，左嗁魂魄右嗁骸。憑將老驛傳番語，此地他生敢再來。」較之吾家嘉則「狹巷」、「短兵」二語尤爲奇傑。世每以青藤與中郎並稱，此豈袁所能及耶！「昨宵殺蝨三十個，亦報將軍破月支」，文長句也。金匱錢梅溪泳《養蠶詞》云：「支持兒女眠初穩，十萬生靈正待餐。」奇趣相似，而語較闊大。

海昌楊虛谷謙少年工詩，早世。佳句云：「春暮殘花猶戀樹，雨深新水欲平田。」

吾鄉布衣汪一江澍居梅花里，隱於市廛，人比之做詩賣米之周青士。句如「漁艇雨濛濛，劃破烟波去」、「野雲閒共鳥歸樹，溪月忽隨僧過橋」，徐雪廬孝廉尤稱之。

近日詩僧皆稱鐵舟、小顛，余謂顛公故未脱蔬筍氣，鐵道人則江湖結習太重。所見惟焦山借菴上人巨超詩天機清妙，截斷衆流，兼之戒律精嚴，不媿參寥、覺範。嘗記其《弁山雜興》云：「竹裏香臺樹裏鐘，看山人到碧芙容。愁他客至無由入，山繞一重雲一重。」《秋日山居》云：「十日秋光不出門，蟲聲如雨落牆根。囑他漫掃梧桐葉，恐損階前碧蘚痕。」他句如「古井無波填落葉，斷碑有字絡枯藤。」又《西湖船》云：「薄暮繫垂楊，寂無人語響。一雙白鷺鷥，替作船家長。」皆極工妙。

吾鄉松齋上人居秀水之新塍鎮，能詩。佳句云：「松聲聽作雨，楓葉變成花。」

余交當湖詩人，惟胡瘦山金題、屈弢園爲章二人最密，詩亦最工。瘦山稱詩鄉前輩服膺吾家南疑。所作如《田家》云：「田家能款客，招我就寒烟。引水灌魚蕩，擔雲補石田。缺籬麋跡亂，古樹鵲巢圓。殘照西風裏，村村社鼓填。」《十杉亭》云：「曲檻俯烟汀，迴廊路舊經。夕陽明斷塔，水氣入孤亭。薙草蛇還穴，捎花雀墮翎。向來華屋感，忍對十杉亭。」《毘陵懷趙艮甫》云：「百里春潮闊，寒烟翠不分。雪晴申浦樹，山帶晉陵雲。品水過蕭寺，尋碑上古墳。西蠡河上月，照我夢夫君。」皆不愧《學古堂》中得意之作。弢園詩境較瘦山闊大，而雋逸遜之，然如《村居即事》云：「青精飯熟掇山薇，雲碓聲中掩竹扉。閒煞夕陽烏桕樹，野禽無數隔溪飛。」亦可與瘦山相伯仲。

瘦山弟東井茂才金勝《客夜》句云：「柝聲深巷雨，人囈小樓鐙。」亦佳。東井嘗輯《續檇李詩繫》，繼南疑書而作，搜采甚富。余有《寄懷》詩云：「鷗盟北郭寄蕭寒，鬼唱秋墳伴夜闌。竹屋紙窗燈似豆，也應羅拜古衣冠。」梓桑潛德、賴發幽光，故應如顧俠君選元詩故事耳。

弢園誦其族妹梧清女史鳳輝《美人吹簫圖》詩云：「湖山石畔隱芭蕉，無限新愁寄洞簫。依約碧桃花下客，撩人腸斷赤闌橋。」可入《返生香集》。又有《水晶簾》一闋云：「春雨濛濛草色齊。繡簾垂，暮雲低。愁聽林中，時有一鶯啼。無奈落花留不住，亂紅飛過小橋西。」《斷腸》、《漱玉》不是過也。

平湖戈韞石上舍溫如居邑之北郭，有《紀嬾》詩云：「日長谿午畫簾斜，活火新泉手試茶。一枕松聲春睡足，不知開落滿庭花。」可想見其閒適之趣。韞石歸妹於吾宗雲客秀才步瀛。雲客嘗以《春草》詩得名，句云：「纖纖弱影愁無力，又被東風着意牽。」幽怨纏綿，銷魂絶代，讀者已知其不永年矣。

戴石屏云：「天台山與雁山鄰，只隔中間一片雲。一片雲邊不相識，三千里外恰逢君。」陳衡仲云：「柳絮飛時話別離，梅花開後待郎歸。梅花開後無消息，更待明年柳絮飛。」二詩清空一氣，純是天籟，此非學力所能到耳。

長洲尤二娛廣文維熊《端江花船詞》：「心字香熏心字衣，爐灰撥盡焰微微。歡來一似收香鳥，守定羅襦總不飛。」若使阮翁見此，當不數彭少宰《嶺南竹枝》。

華亭張遠春丈興鏞《茉莉花詞》：「未到黄昏先摘取，要花開在玉搔頭。」此本王西樵「花在美人頭上開」，而語尤風韻。又方鐵珊《題沈樹玉茉莉便面》云：「值得名姝留一盼，憐伊無分上釵梁。」

國初淮陰布衣杜湘草《游西湖》詩有「黄鸝養就嬌情性，罵得桃花没處飛」之句，時人呼爲「杜黄鸝」。余謂二句乃詞曲之最下者，何可言詩。《折楊》、《皇荂》，易娱俗耳至此。若宋人郭功甫「謝家莊上無多景，只有黄鸝三兩聲」二語，真可稱「郭黄鸝」，豈不較訓狐爲雅馴耶？又國朝吴天章悼亡後《安昌》絶句云：「蒲葉青青夾堰齊，殘雲涼雨郭門西。緑楊盡是傷心樹，只遣黄鸝一個啼。」較郭詩尤極淒怨，惜無好事如荆公繪作圖耳。

東坡云：「唐末五代文章衰陋，詩有貫休，書有亞棲，村俗之氣，大率相似。」今亞棲書不可見，貫休詩極有佳句。如「壑風吹磬斷，杉露滴花開」、「風吹窗樹老，日曬竇雲乾」、「乳鹿暗行樫徑雪，瀑泉微濺石樓經」、「僧採樹皮臨絶壑，狖争山果落空階」、「童子唸經深竹裏，獼猴拾蝨夕陽中」，略舉數聯，正未可概以「村俗」斥之。

仁和湯點山禮祥《題畫》云：「似曾相識住横塘，遠遠春山淡淡妝。何事停橈不歸去，恐驚三十六鴛鴦。」頗有神韻。

張喬《宴邊將》云：「一曲《涼州》金石清，邊風蕭颯動江城。坐中有老沙場客，横笛休吹塞上聲。」《河湟舊卒》云：「少年隨將討河湟，白首清時返故鄉。十萬漢家零落盡，獨吹邊曲向殘陽。」二詩試掩其名，讀者鮮不以爲右丞、龍標，然則初、盛、中、晚之分，其亦可以已乎？

當塗黄左田尚書鉞《雁門關》云：「百戰雄關抵死争，一時草木識威名。而今營卒渾無事，閒倚關門聽雁聲。」寫出太平景象，格調不減唐人。

建平龔西原太守文虎詩筆清雋，七言絶句頗近「江湖」諸賢。與余同官畿輔，一見相得。殁後，賴同舟佽助，方克歸櫬，其清節可想。遺孤不能讀父書，詩稿不知流落何所。因於所贈詩扇中録得數絶，以存一斑片羽。《新秋湖心亭雜咏》云：「湖波静不受風驚，湖柳何知管送迎。要洗筝琶嘈雜耳，扁舟來聽木魚聲。」「樹影湖光緑到天，此間宜佛亦宜仙。老僧怕引鴛鴦鳥，只種魚苗不種蓮。」《舟中雜咏》云：「乘興西風一葉舟，雲林染翰亦須愁。只消幾個荒蘆雁，畫出江天萬斛秋。」「無處高風借羽翰，吴綿薄怕倚闌干。船頭葉是樓頭樹，恐有新詩細檢看。」

詩家用「乾坤」字多廓而腐。余最愛國初佚老奚大蒙「詩酒有乾坤」之句。近人蔣心餘《秦淮懷古》云：「南朝幾片風流地，酒色乾坤戰馬場。」語亦奇崛可喜。又張船山太守問陶《讀桃花扇傳奇》云：「秀才復社君聽曲，如此乾坤絶可憐。」皆化朽腐爲神奇。

僧惠崇《詠鷺》詩：「棲烟一點明。」《庚溪詩話》謂能言其標致，非祇及其羽毛。余謂此從雍陶「行傍白蓮魚未知」句翻出，且亦祇及羽毛耳。若文與可「静依寒蓼如畫，獨立晴沙可憐」，乃真言其標致矣。

海昌陳素庵相國詩：「千帳美人歌夜月，四郊殘鬼哭秋星。」董潮《東皋雜鈔》：「舅氏副憲存齋公曾云：『美人當喪亂之時，對此夜月，豈盡歌者？』欲以『悲』字易之。」云云。余謂陳詩從高常侍「壯士軍前半死生，美人帳下猶歌舞」二句翻出，易以「悲」字，豈復成語？東亭詩人，不應仍此謬論。

《南濠詩話》：「元末，吾鄉有虞堪勝伯者，嘗題趙子昂《苕溪圖》云：『吴興公子玉堂仙，寫出苕溪似輞川。回首青山紅樹裏，那無十畝種瓜田。』」《明詩綜》載此詩作：「王孫今代玉堂仙，自畫苕溪似輞川。如此青山紅樹底，可無十畝種瓜田。」字句稍異。余嘗見舊鈔《鼓枻集》，正與都元敬所見本同。前人題子昂畫詩，如陶九成「水晶宫裏清幽地，不信無人着釣舟」、張伯雨「悵望王孫杳何許，年年芳草滿江南」、虞伯生「直似故園花石外，銅盤和露寫東風」，皆有諷託。又史明古《題子昂畫蘭》云：「誰道有人和露寫，托根無地怨東風。」此與張伯雨之「近日國香零落盡，王孫芳草遍天涯」同一感慨。朱近修因此遂疑子昂畫蘭亦如鄭所翁之不畫土，誤矣。

嘉應宋芷灣觀察湘《病起看菊》云：「人因秋老心先瘦，花爲名高理不肥。」下句真能寫出菊花身分，較之唐人「此花開後更無花」，尤爲蘊藉可喜。

嘉善人汪芝亭上舍繼熊，黄丈退庵女夫也。詩筆清新，酷似其舅，惜其早世，不能成家。余絶愛其《湖上納涼》絶句云：「驟雨新荷香可憐，水風摇動白鷗天。鴛鴦不分涼如許，仍背銀塘兩處眠。」大興舒鐵雲位《題柳》云：「翠幔高樓定幾家，封侯夫壻隔龍沙。飛揚春夢三千里，直到天涯捉柳花。」若使集中盡如此作，夫亦何減唐人。

青浦陳花南司馬韶謝病後，居西湖之梅莊，雲山勝處，魚鳥親人。嘗有《梅莊雜詩》云：「一峰烟靄一峰雲，雲斷山迴翠不分。日暮捲簾高閣坐，黛痕深淺挂斜曛。」「春漲桃花港口烟，花開花落自年年。春光流盡無人管，暮雨空波冷釣船。」「鳴鳩嘑雨濕雲飛，石磵寒泉入翠微。幽壑更無人漱石，春風開偏野薔薇。」「世外移家水一灣，竹籬雞犬傍青山。栽花種竹年年事，自在焚香晝閉關。」其境其人，皆可想見。司馬嘗欲以愛女字余，聞其女亦能詩，今未知所適何人。

宋朱韋齋《丹溪道中》：「秋杭已照眼，社酒欲香村。」「香」字活用得妙。然賈島《題章博士新居》云：「斗牛初過伏，菡萏欲香門。」是唐人已有之矣。韋齋，文公之父也。

徐凝詩：「嘉興郭裏逢寒食，落日家家拜掃回。只有縣前蘇小小，無人爲送紙錢來。」今縣治前有蘇小墓，後人據徐詩謂蘇小當在嘉興，不在錢唐。然唐人詩言錢唐蘇小小者，不一而足；古詩亦言「何處結同心，西陵松柏下」，西陵即今之西興，六朝時爲錢唐地。嘉興蘇小或别是一人耳。白樂天詩：「揚州蘇小小，人見是天斜。」是揚州亦有蘇小。古女子名不嫌相同，未可據以爲疑也。

海鹽吴思亭上舍修句云：「近山老樹凍猶緑，出水晚烟低不飛。」其兄榕園應和亦有句云：「雲壓炊烟低墮水，樹移帆影遠浮天。」真不媿伯仲之間。思亭精鑒别，收藏甚富，嘗載古人法書名畫遨游江湖間。余在高郵道中贈之詩云：「子京天籟今無閣，君更浮萍别構軒。載得船游吴楚越，摸將絹辨宋明元。頻年湖海兼忘漫，一舸烟波獨避喧。莫認滄江貫虹月，夜深甓社浪珠翻。」浮萍軒，王元章舟名。

遂寧張亥白廣文問安，船山之兄。王惕甫嘗稱其「遥山微辨樹，積水遠添明」，謂詩格出難弟之上。

東海半人姓鍾，名大源，號箬谿，海昌布衣。病廢，因以「鑿齒半人」自號。偃卧一榻中，嘯歌不輟，亦畸人也。詩全學放翁，平美有餘而庸峭不足。余爲録其佳句云：「一嫗掃殘雪，孤禽啄凍苔。」詩人狀難寫之景，全在用字之工。石曼卿「折花移鳥聲」，妙在「移」字；嚴坦叔「風池行落葉」，妙在「行」字。若换個字，便不成文，所謂好句正須好字耳。

德清俞劍華孝廉鴻漸《潯溪舟中》句云：「孤舟摇暝色，雜樹瀉秋聲。」工夫全在「瀉」字。宋人評韓持國「一池秋水沸鼉魚」，「沸」字直錢。余於俞詩此字亦云。

宋潘閬「夜涼如有雨，院静若無僧」，爲東坡所愛。余謂此聯固佳，然實本保暹之「涼生初過雨，静極忽歸僧」，脱胎成句耳。一經點染，便覺青出於藍。保暹，九僧之一。

程魚門《送弟之廣陵》詩：「春水方生夜，孤帆獨去時。」不著一字，而黯然之情見於言外。李繡子亦有《送弟還里》詩：「城晚孤帆出，江寒一雁飛。」功甫嘗稱此二語，以爲不減程作。

仁和宋小茗廣文咸熙，爲茗香助教嗣君，詩繼家聲，不媿名父之子。句如《簡麗水廣文》云：「官貧兒代僕，署冷屋連山。」《與曹少梅泛舟河渚》云：「新漲着橋低礙艇，寒瓜眠屋老經霜。」皆佳。

德清戴芝山茂才丙客吴興郡署，以詩酒自豪。余在甥館時，倡予和汝，相得甚歡。尤工倚聲，余嘗比之陽羨陳髯。别後十年，音耗兩絶。今有人自餘溪來，云芝山窮老且病，詩稿亦多散佚，因於篋衍中録其《途中即景》句云：「天擁凍雲吞曉日，風扶落葉走春冰。」猶想見元龍湖海氣也。

芝山從弟銅士秀才如琦詩有唐音。《秋夜懷巳生》云：「落葉下如雨，秋鐙影欲沉。美人此遥夜，静坐弄瑶琴。獨雁隨風去，寒蛩伴月吟。迢迢烟水闊，無限别離心。」嘗有《日湖寄巢圖》，余爲題七古三首，詩長不録。

吴興有「城南二隱」，一奚疑字虚白，一王皾字二樵，皆以布衣工詩。奚佳句如「寒風孤艇小，晴雪亂山多」、「遠浦寒聲驚落雁，荒城暝色入清秋」，皆極志和音雅，無山澤癯枯槁之氣。二樵詩不多見，友人爲誦《春苔》句云：「幾番憐爾足生意，終日對之無俗情。」亦有逸趣。

吴興吾宗東榑秀才名宸，工文，通經史，博覽群籍，詩其餘事。性傲兀，少可多否。年近不惑，遽賦玉樓，殊可惜也。余爲録其佳句云：「斜日隔疏雨，亂山生暝烟。」又有沈燮者，字五亭，歸安諸生。余嘗賞其《紅葉》詩「繁華秋世界，著色老文章」之句，又《登高》云：「秋來雁比流民少，霜後花如名士稀。」亦佳。

歸安嚴悔庵明經元照高隱餘溪，閉關却埽，以著書自娱。詩筆疎澹，似韋蘇州，五律尤清空一氣。《歸舟》云：「殘年歸思切，孤艇夜隨風。梅信故園早，客愁烟水空。微茫千嶂白，掩荧一燈紅。去住皆非計，真憐類轉蓬。」《碧浪湖即景》云：「明滅秋山外，參差落照分。平橋依廢港，孤塔閣餘雲。暮帆去連天没，微鐘隔嶺聞。蘋花猶可采，我欲問夫君。」悔庵有小印「香修」二字，乃其姬人小字，即用之押尾，亦韵事也。譚緗卿女史《題悔庵畫扇齋秋怨詞後》云：「蘼蕪詩句横波墨，又見香修小印紅。」

緗卿名印梅，歸邑之菱湖人，適同里孫氏。十二三時即有詩名，爲苕溪女士之冠，所著《九疑仙館詩》，人比之瘦吟樓。《春日》云：「日暮閒庭静，紅稀緑轉肥。離情芳草長，曉夢落花飛。雲懶常棲榻，山濃欲上衣。餞春無限恨，酒力尚嫌微。」他句如《道中偶成》云：「小病愁家遠，新吟怕鬼聞。」《初秋》云：「江鄉雨細將歸燕，水國涼新未醒鷗。」皆有性靈。

歸安邵餐霞同年謹《挽周七橋》云：「東榑死，虛臺死，嗚呼遂及七橋子。造物忌才竟如此，才士人人自危矣。揚州簫聲凍不起，落梅如雪月如水。」乃不數年，餐霞即繼七橋而死。「人人自危」一語，可爲吴中戴逵解嘲矣。餐霞詩，五言尤佳。《訪寺僧道融不值》云：「閒吟杜老詩，爲問巳公屋。犬迎吠溪樹，鶴睡倚庭竹。杳然空外蹤，去來兩黄鵠。風鐸定無聲，冉冉茶烟緑。」詩格在右丞、左司之間。

如皋宗蕙亭秀才佩鸞《春夜憶平山》句云：「不知此夜簫聲裏，吹到揚州第幾橋？」頗有纏綿悱惻之致。

江都周鑑塘秀才勳能詩，授徒瓜洲。余事至江上，鑑塘以詩來謁。爲録其佳句云：「秋聲穿樹入，雲影隔江飛。」「山容晴似初烘畫，梅意親于久别人。」

仁和孫秀芬女史蓀薏句云：「坐到夜深人語寂，絡絲蟲響一燈秋。」余《澄江秋夜》亦有句云：「仄月墮半壁，幽蟲絡一絲。」皆與前人「風定小軒無落葉，青蟲相對吐秋絲」、「月色如銀庭樹冷，一絲和露墮青蟲」意趣相似。彼以目治，此以耳治耳。女史《夕陽》詩：「流水杳然去，亂山相向愁。」爲稚存編修所賞。余謂不如其絶句云：「一院落花風，茶烟濬空緑。」得左司澹遠之神。

秀芬族姊碧梧女史雲鳳，隨園女弟子也。余極愛其《春暮寄妹絶句》一詩云：「落盡楊花草正肥，雁書望斷嶺南稀。年來大有閒鷗意，祇傍秋江冷處飛。」

如皋宗杏原明經孔思善琴工詩，歿後遺稿散佚。余於其從孫少雲金枝處見其詩數十首。如《桃葉渡曉望》云：「渡口蕩青烟，根葉渺何許。倏忽渡江雲，化作涼秋雨。」又《暮笳》句云：「壯士得無泪，旅人何苦行。」吉光片羽，卓卓可傳。少雲言此僅一月之作耳，篇章甚夥，後人視之不甚惜，又秘不示人，未識何意。皋之人有好事者，購其詩刻之，不致湮没失傳，亦大功德也。

少雲又言東臺周西苓明經庠詩筆清峭，誦其《曉起》云：「曉起憑欄浥露涼，攬衣猶覺酒痕香。昨宵貪立階前月，損却一枝秋海棠。」《村居》云：「雨過涼生荇藻肥，水光摇碧入窗扉。夕陽低到芙蓉外，没個人呼鴨自歸。」

匏廬詩話卷下

嘉興沈濤撰

竹垞謂《玉臺新詠》可勘《文選》之僞製。余謂今本《文選》誤字甚多，亦有賴是書以訂正者。如曹子建《七哀詩》云云，是「客子妻」，《玉臺》「客子」作「宕子」，古「宕」、「蕩」通用，「宕子妻」即所謂「蕩子婦」也；陸士衡《前緩聲歌》云「遊山聚靈族」，《玉臺》「遊山」作「遊仙」；陸士龍《爲顧彦先贈婦詩》云「佳麗良可美」，《玉臺》「良可美」作「良可羨」；劉休玄《擬行行重行行》詩「遥遥行遠之」，《玉臺》「行遠之」作「行遠歧」。細閲詩意，皆當從《玉臺》爲是，乃《選》本傳寫之誤。惟顔延之《秋胡詩》云「戒徒在昧旦」，《玉臺》「戒徒」作「戒途」，案《選》注引《易歸藏》曰：「君子戒車，小人戒徒。」自當作「徒」爲是。蓋淺人不識「戒徒」之義，妄改爲「途」耳。

石崇《王明君辭》：「延我於穹廬。」《玉臺新詠》作「窮廬」。「穹」、「窮」古字通。《詩》：「在彼空谷。」《韓詩》作「穹谷」，猶言「窮谷」也。陸士衡《擬涉江采芙蓉》詩：「穹谷饒芳蘭。」《玉臺》正作「窮谷」。

《雁門野説》：「南唐後主自撰《念家山》一曲，既而廣《念家山破》。」案，《念家山》，唐時舊曲，見《教坊記》，非後主所自撰。陸游《南唐書》：「後主演《念家山破》。」曰「演」，得之矣。

王季友《贈山兄韋秘書》詩云：「出山秘芸署，山水已再春。食我山中藥，不憶山中人。」云云，見

《文苑英華》二百五十二。「山兄」當爲住山隱者之稱。貫休《禪月集·思匡山賈區》詩云：「山兄寒癖甚。」

楊貴妃縊死馬嵬，傳記無異説。劉夢得詩「貴人服金屑」，乃用《晉書·賈后傳》趙王倫矯詔遣尚書劉宏等賫金屑酒賜后死故事，以喻當日貴妃賜死情事耳。或遂疑貴妃實服金屑，誤矣。

表丈徐鈍葊世鋼有詩、書、畫三絶之目，寫生花鳥，兼擅邊、徐之勝，與先大夫同學相得。嘗擬唐人《塞下曲》，有「星馳五百騎，夜度萬重山」之句，先大夫尤亟稱之。

先大夫闇修苦吟，不事標榜，嘗自擬「閉門覓句」之陳正字。捐館後，余因倩鈍葊丈寫《閉門覓句圖遺意》，潘功甫用雙聲叠韵體題之云：「平生擬下賢，聲名日逼迫。挂角無端倪，精靈自來宅。次第狀奥妙，搜求合繩尺。許與正字詩，步武鞏儒式。希微詰屈思，局促孏慢客。豈容百蚊蚋，諠譁卧榻側。静影自闌干，轉面仍石壁。蟋蟀鳴瓦根，苔莓斷履迹。門前剥啄聲，想像磽如璧。欹危木上座，展轉三十刻。」董琴涵亦效其體云：「郊居致蕭寥，地偏謝隘迫。洒然隱俟樓，竹木清夾宅。却掃散吟襟，曠盪鄙檢尺。冥搜出奇思，逸氣壓昔式。酒澆槎枒腸，户絶褦襶客。獨立斷聞根，裴徊秋樹側。一室耿心鐙，無須鑿鄰壁。蒼茫想高懷，妙悟合轍迹。伊誰享千金，自擬等連璧。奉詢納楹書，麻沙待雠刻。」二詩用法緻密，妙處尤在自然，覺少陵之「卑枝接葉」、魯望之「獨竹穿烟」不得專美也。

卿憐，琴川民家女，乾隆間某相國侍兒也。仁廟親政，相國籍没，卿憐流落人間，爲怨詩若干首。時年二十九矣，嗣後不知所終。余嘗載其詩《續婦人集》中。尤愛其二句云：「金谷輸人傳墜粉，他家夫壻是英雄。」不減豫讓衆人國士之論。陳雲伯有《卿憐曲》七古一篇，絶似吴梅村。

中表朱桂軒上舍仁榮工詩善畫，年十八以瘵疾夭。尊人菊邨丈刊其遺藁，屬爲點定。忽忽二十年矣，人琴之痛，每不能忘。一日搜篋衍中，得其《秋荷》二律，清麗芊綿，消魂絶代。然不載集中，不知當時何以删去。亟爲録出，以補吾過。詩曰：「一湖蕩漾卸紅衣，欲望亭亭景已非。隔浦雨聲聽漸密，横塘露冷采應稀。空教葉底鴛鴦睡，妒煞蘆邊鳧雁飛。回憶鮮妍初出水，留連相賞忍相違。」「花潭蕭瑟見猶憐，一片沙明籠曉烟。虚想碧筩情渺渺，重携蘭槳恨綿綿。六銖仙佩歸何處，十里香風待隔年。贏得崔徐傳畫稿，鷺絲汀畔越溪邊。」

嘉慶丙子冬，余銓授江蘇之如皋令。先是，邑有勘驗之案，見村民房屋高大者，輒指爲鄰證，株逮到官。但論貧富，不問遠近，謂之「望鄰」，最爲蠹民弊政。余莅任之後，即嚴行禁革，又有牽引田主、房主者，概不準勾攝。偶閲《容齋三筆》：「元豐以後，州縣榷賣坊場，而收净息以募役，行之浸久，弊從而生。往往鬻室抵産，抑配四鄰。四鄰貧乏，則散及飛鄰、望鄰之家，必得償乃止。」是知「望鄰」之説自古有之，惟當日用之科歛，爲稍異耳。余銜恤受代後，邑之士大夫賦詩贈别，宗生金枝一聯云：「波平瓜蔓緑，風入秫田清。」上句即指余禁革望鄰諸事，而語頗藴藉。

余在雉皋銜恤後，僑寓邑之霽峰園。園爲徐湘浦運副觀政别墅，水木明瑟，極亭臺竹樹之勝。一時裙屐風流之盛，幾與水繪園相埒。運副次子生葊少尹珠能詩，尤善古樂府。《烏夜啼》云：「樓前月已西，城上烏夜啼。孤寢不成寐，雙眉顰欲低。征人留遠道，賤妾守空閨。亦有機中錦，含悲未忍題。」得齊、梁、初唐遺意。使君家僕射見之，亦當編入《玉臺》矣。

如皋近日詩人，無過布衣江片石干。居邑之掘港場，窮老苦吟，聲出金石。東坡云「秀語出寒餓」，其洵然歟？句如「生無我輩情何著，久在人間劫未除」、「破廟塵多僧亦黯，孤墳樹盡鬼尤貧」、「佛定慈悲知客恨，天教飢凍老人才」，皆經千錘百鍊而出者。今皋之後生爲詩淺易，盍範黄金鑄賈島乎？

庚辰秋，余以事至如皋，父老争爲余言沈潔婦事。婦某氏，夫沈某。時村人某甲被殺，無主名。役承官指同村之人，被逮者無算；并拘婦，誣以與某甲姦。婦至役家自縊。其夫固鄉愚良懦，且啗以重賂，事遂得寢。余謂此婦之死，不惟畏累，兼且明志，蓋潔婦也。用歌其事，以俟世之采風者。詩云：「灼灼河陽花，桃李春風香。倡條多婀娜，冶葉何飄揚。誰歟女貞木，獨抱冬心强。農家有好女，窈窕姿無雙。十三當窗織，十五餢田旁。二十適所天，蓬首洴澼絖。夫既事耕作，婦亦勤蠶桑。結言永偕老，貞壹無他腸。村中有某甲，身死被八創。屍横衢路側，鄰里皆傍徨。官符下鄉來，當道盈豺狼。兇人置不問，無辜横被殃。出符示鄉民，一網艾而張。捕捉到雞狗，驅撲同牛羊。縣胥謂沈婦，汝可自忖量。聞汝有穢行，此獄應汝償。捉汝官裹去，汝承免敲搒。婦呼嘑向天，此語來何方。十三當窗織，十五餢田旁。二十適所天，蓬首洴澼絖。獄自有主名，汝弗自忖量。何故將苦李，代此甘桃僵。縣胥赫然怒，貫索聲鋃鐺。縶婦向城去，置婦私室藏。謂婦且須臾，明質汝公堂。婦聞無言答，默默趨東廂。生懼蒙不潔，死或留餘芳。捐軀明志節，作計何慨慷。晻晻黄昏後，人静即空房。掩面不敢嘑，自繫喉問吭。重重一尺布，畢命於匡牀。官吏聞婦死，相顧色倉惶。士民痛婦冤，泪下何淋浪。謂當坐縣胥，駢戮正憲章。并上婦節行，綽楔門閭光。農民易受紿，墨吏多彊梁。冤憤竟誰雪，夫也胡不良。嘗論古循吏，懲蠹嚴秋霜。毋使妄攀引，受牘恒周詳。老弱與婦女，尤勿輕勾當。奈何虎而冠，聾聵居堂皇。爪牙恣横行，流毒遍城鄉。我來媿舊尹，茇舍無甘棠。忍聞一路哭，雀鼠聲啾鎗。往者不可諫，來日方苦長。寄語賢使君，戒之慎勿忘。」陶香泉以爲不減《孔雀東南飛》。

江陰孔堯山布衣千秋通六書，工篆刻。嘗游錫山，見漢人孔千秋銅印，喜與己名相合，囊無一錢，典臥具購得之，其癖嗜如此。有《夢餘小草》若干首，佳句云：「春蠶絲已盡，苦殺不成綿。」甚得齊、梁古意。嘗著《説文疑疑》一書，謂《説文》自漢以來傳寫詰屈，亥豕溷淆；又嘗塗李氏鼎臣兄弟各附新説，熒惑後世。故以鐘鼎古文及歷來字學之書參考得失，臆説頗多，而大旨尚不謬於許。堯山同時有姜冶夫，亦布衣，能詩。《詠雁》云：「關山新月色，逆旅舊蘆花。」「草衣」、「竹田」不是過也。

嘉興王仲瞿孝廉曇少以任俠破家，詩文有奇氣，又能爲公孫大娘技，好談兵法。時川楚不靖，其座主吴白華總憲疏薦孝廉能平賊，措詞失當，幾陷不測。仁廟寬慈，謂書生庸妄，飭地方官管束而已。後屢上春官不售，行益不羈，落魄以死。詩稿藏陳雲伯處，金石千聲，雲霞萬色，流鈴擲火，誕幻靡涯。今録其稍平易者。《兜子巖雷雨》云：「處女白猨公，團欒一洞中。霓裳奔月入，雷斧駭人紅。龍影青天熱，魈聲夕照烘。鵂鶹伺人過，驚落滿山風。」《書稚存太史大江東去詞後》云：「銅絃鐵撥到江東，胡粉妝花一塞翁。除死頭顱孤注擲，補天文字女媧窮。身從魑魅荒山後，人與辛蘇辣味同。誰是關西閒大漢，爲君彈唱夜燈紅。」他句如《昭關》云：「此關送盡吹簫客，前路重開乞食天。」《詠錢》云：「生從三日須湯洗，死到重泉要紙焚。」皆極抑塞磊落之致。

張祜《金山寺》詩落句：「因悲在城市，終日醉醺醺。」淺率極矣。大興李子文孝廉雲章云：「嘗見先龍州公手書此詩，結句作『憑闌指瓜步，帆席去紛紛』，大勝前語，然未知所本。」子文謂即公改之。龍州公，子文尊人，名惟寅，號廉餘，官粤西龍州司馬，有循聲榦才。嘗從福文襄王及總督長白吉公慶先後平苗逆，事定不言功，人以此高之。歿後，子文刻其遺詩。句如「遠浦明黄葉，孤邨點碧烟」、「乾坤容我老，風雨入江寒」，皆入唐人作者之室。

楊升庵云：「古謂使者曰『信』，今之流俗遂以遺書饋物爲『信』。然如《廣陵妖亂志》所云『信物一角，附致阿鼻地獄』，是古亦以饋物爲『信』矣。」又皮襲美詩「明朝有物充君信，榼酒三瓶寄夜航」，白樂天詩「紅紙一封書後信，緑芽千片火前春」，賈閬仙《題朱慶餘所居》「寄信船一隻，隔鄉山萬重」，皆不得謂爲「使者」。《青箱雜記》載王文正公與楊文公爲空門友，楊公謫汝州，親筆與公云：「山栗一秤，聊表村信。」非以「村物」爲「村信」耶？

《摭言》：「温庭筠燭下未嘗起草，但籠袖憑几，每賦一咏，一吟而已。故場中號爲『温八吟』。」世皆知飛卿爲「八叉」，不知又爲「温八吟」也。又李白「飯顆山頭」一詩，《摭言》作「長樂坡前逢杜甫」，亦異。

段家橋見《武林舊事》。霞山趙汝茪《夢江南》詞亦有「滿湖春水段家橋」之句，是南宋時已有此名。瞿存齋乃以曲江老人爲杜撰，何耶？張玉笥《端午詞》「段家橋下水如潮」，元人用段家橋者甚多，非止思復。

「惆悵後庭風味薄，自鉏明月種梅花」，劉武子句也。薩雁門《贈答來復上人》云：「手持一鉢走京華，乞食王侯宰相家。今日歸來如作夢，自鉏明月種梅花。」「了無公事鉤簾坐，一樹冬青落細花」，任斯菴句也。方富山《田家》云：「晌午鴉鴉響踏車，那邊叢薄有人家。老農歇熱藤陰下，一樹冬青落細花。」用成語渾如己出，此境頗不易到。

濟寧王禮思刺史宗敬《美人篇》云：「歧途不可立，豈敢怨秋胡。」然則士君子立身，當知所以自處矣。

「花開蝶滿枝，花謝蝶來稀。惟有舊巢燕，主人貧亦歸」，于濆《對花》詩也。《唐才子傳》誤作「于瀆」，且以爲地名，屬之唐備，誤甚。

唐備詩：「狂風拔倒樹，樹倒根已露。上有數枝藤，青青猶未悟。」《法藏碎金》作「猛風拔大樹，其樹根已露。上有寄生草，青青猶未悟」，以爲不知何人所作。

古詩：「河漢清且淺。」李白《游太山》詩：「捫天摘匏瓜，恍惚不憶歸。舉手弄清淺，誤攀織女機。」是即以「清淺」爲河漢，然則宋人之「鉤輈」、「郭索」，亦何譏乎爾？

如皋詩僧默然卓錫金陵之攝山，禁足十二年。寂後，余爲編定其詩。録其尤佳者，如《雪夜歸山》云：「踏雪歸來臘盡時，江村道上且吟詩。夜鐘撞醒山禽夢，飛上梅花占一枝。」《初秋》云：「樹裏聲來客倚樓，暑消頓覺又新秋。幾番欲去尋雲翦，補好袈裟作遠遊。」皆無酸餡氣息。

通州徐弁江孝廉錫爵《咏紅梅》云：「縱然偶被朱顔誤，不是人間没骨花。」實爲自己寫照也。又《花朝偶成》云：「儂生合以花爲命，何不與花同日生。」風趣可想。

柳東居邑之梅花里，少時與周桐北鳴盛、史竹南蓉、屠梅西之堯結爲四友，故號柳東。余與屠、史二君不甚熟識。桐北殁後，搜其遺詩竟不可得。柳東通經史，著述甚富，詩學宋人。《夏日》云：「斷雲已起將成雨，遠樹全低欲化烟。」《南湖歸舟》云：「綠陰十里矮於屋，白鷺一拳閒看魚。」《南湖雨後晚眺》云：「半幅藕衣遮小雨，一繩菱汊界殘陽。」皆極清新靈活之妙。

柳東室人梅卿女史，姓李氏，工詩，早卒。嘗咏海棠，有「紅泪偷彈羞燭短，綠窗遲睡得春多」，柳東訝其幽艷，即於是年辭世。柳東《水龍吟・春盡夜有悼》詞：「正東風，吹斷芳心，又何苦、瀟瀟雨。」幽憶怨斷之音，令人不忍卒讀。梅卿又自題《倚梅圖》云：「雪影壓殘鳥夢，月痕冷靠花身。」皆非世間語也。

魏塘雁塔寺天寥上人《歲暮雜詩》云：「紙帳生寒布被輕，卧聽凍雨打窗聲。北風無力作成雪，又被西風吹老晴。」極似楊誠齋。上人本姓吴，名鯤，字獨游，住吴江之蘆墟村，以縫人爲業。喜爲韵語，與郭君頻伽、黄丈退菴相倡和，其格遂進。忽改服爲緇流，句益清妙。蓋其夙根勝人，所謂「詩有别材，非關學耳」。

平湖錢夢廬上舍天樹《子夜歌》云：「笑指燈前花，開成合歡樹。更下一重帷，生怕天光曙。」極似唐人。夢廬精鑒别，收藏書畫圖籍各數萬卷，幾與曝書亭、天籟閣相埒，詩其餘事也。

夢廬室人陸若筠女史錫貞工詩，早卒。夢廬誦其《登弄珠樓》句云：「緑疎三面柳，青入一樓山。」《秋懷》云：「幾點疎花明瘦石，萬條衰柳見秋心。」皆刻劃幽秀。女史有遺畫《紫丁香小幀》，墨華題云：「霜毫染出紫綃衣，百結同心願竟違。賸有返生香一段，只愁還化彩雲飛。」

東坡《出潁口初見淮山是日至壽州》詩「我行日夜向江海」云云，乃拗體律詩。阮亭尚書選作七古，誤也。

錢塘汪西顥沆《紅橋秋禊詞》：「垂楊不斷接殘蕪，雁齒紅橋儼畫圖。也是銷金一鍋子，故應唤作瘦西湖。」「瘦西湖」三字甚新，可配「小秦淮」。

桐鄉蔡浣霞太守鑾揚詩宗盛唐，不減高、岑、王、李。録其《鐵馬》云：「秋風蕭瑟度簷牙，無限商聲感歲華。一夜沙場消息遠，不堪吹入故侯家。」《金吾子》云：「十三夫壻羽林郎，白馬金羈入建章。莫奏《烏啼》舊時曲，青城門外月如霜。」置之空同、大復集中，當未易猝辨也。

雲伯盛稱丹徒嚴麗生上舍學淦詩，大概如七寶樓臺，以富麗取勝耳。閲之，頗未能終卷。雲伯爲誦其《柳枝詞》云：「拋却江南唤奈何，今宵悵觸綺愁多。一絲澹入春人影，知是眉痕是眼波？」又斷句云：「淒清夜雨度中宵，滴損冰荷蠨淚消。寒到緑天人影瘦，春愁不翦似芭蕉。」余不覺絶倒，曰「未免有情，哀感頑艷」矣。

吾鄉王穀原《咏蟬》云：「斜陽江浦雨，疎樹郭門烟。」十字頗近錢劉。

江右吴白莽廣文照句云：「散步一溪水，應門兩朵雲。」白莽與雲衣、蘭雪有「三吴」之目。時人皆右蘭雪，余終以白莽爲翹楚。

皮襲美《新秋言懷寄魯望》云：「檜身渾個矮，石面得能皾。」「渾個」、「得能」，皆吴語。

錢塘張仲雅大令雲璈《白桃花》詩：「呼來芳字猶嫌碧，斷盡春魂欲洗紅。」所謂令人之意也消。

查初白《楊花》詩：「春如短夢初離影，人在東風正倚欄。」不如彭甘亭兆蓀之「大地空香人去去，一天遥想夢依依」。甘亭晚歲逃禪，庚辰冬日，無疾趺坐而終，鼻垂玉筯，洵有夙因矣。

武康徐雪廬孝廉熊飛，詩筆性靈不如郭頻伽，而氣韵過之。如「樵徑不逢人，秋蟲樹根語」、「汀洲澹容與，一鳥破寒碧」，標格在襄陽、右丞之間。雪廬少孤，爲當湖秦贅，遂家焉。時頻伽亦從蘆墟移居魏塘，故吾郡一時詩派有二：鶴湖騷客率皆瓣香靈芬，竹滬後生亦競規模白鵠。大抵兩寓公之詩，雖互有得失，要皆無媿作者。求其探源漢、魏，沿波齊、梁，合洽唐、宋，以上契興觀群怨之旨，旁寫嬉笑怒駡之情，經術之光，發爲韵語，吾黨固自有人在也。

萍鄉劉金門宫保師題余《篝燈圖》云：「三魚堂後幾英流，太瘦生今見隱侯。關繫六經明晦事，望君鐙炬照千秋。」余雖有媿斯語，而先達誘掖奬借之意，不勝知我鮑子之感。又嘉善陳小孟編修鴻墀題云：「十經今樸學，六代古才人。」

南城陶香泉大令焜午題余《坐月聯句圖》云：「由來何地無吟咏，肯信他家有别離。」頗似唐人句法。大令官通州倅時，榜其室曰「且食蛤蜊」，又自撰楹帖曰：「莫漫觀魚觀結網，何妨有蟹有監州。」

如皋季學耘布衣標工山水，嘗爲余畫《載酒訪詩圖》。余自題四絶句云：「種秫公田未療貧，依然天與一閒身。自攜琴鶴新詩本，來訪烟波舊酒人。」「酒痕零落賸詩魂，宿草堆前哭暮雲。我倚夕陽江上舫，一杯先酹鮑家墳。」「訪得詩人更得詩，歸舟酒醒獨吟時。青衫爛作枯霜葉，莫認紅衣是釣師。」「天地間詩幾卷留，《江湖集》小亦千秋。只愁萬馱牛腰重，如此蜻蛉載得不？」同人題者甚衆，今録其尤佳者。家閏生云：「雙槳去斜日，一花開前津。蘿幽竹深窈，中有《離騷》魂。誰抒醉吟筆，洗此塵俗因。穆然太古意，青山白雲人。妙趣無字句，烟霞與爲鄰。眉月照螺黛，笑酌芙蓉春。」董琴涵云：「沈侯抱雅尚，落落人中奇。每攜一尊酒，獨品千秋詩。古瑟悟清響，暮江多遠思。小敷好風雨，都遣下賢知。」徐雪廬云：「夕陽飛鳥倦投林，山岫雲歸暝色深。尋得新詩答天籟，酒酣端合抱山吟。」「風懷澄澹白鷗知，江上芙蓉入《楚辭》。相約小敷山下路，一篷秋色共論詩。」潘功甫云：「歙墨川箋贈答時，麻家七歲已能詞。十年人比黄花瘦，手抱枯琴自訪詩。」「眼冷青天一鶴斜，葫蘆闊匾遍天涯。只知詩盡梅花衲，尚有姜敖六十家。」「八社西湖集勝流，品題名字入蕭樓。舊時楊柳仍青眼，詞客江湖半白頭。」歙縣汪巳山員外敬云：「不是疎狂戀酒徒，關心詩派入江湖。試憑春甕千頭拆，更譜張爲《主客圖》。」「江山勝概足盤桓，載酒船容十斛寬。却笑灞橋驢背上，去尋詩境太清寒。」「好擬窊樽島嶼間，雲巒相匝水周環。篋中詩是沈千運，酒舫何如元次山。」此外如王井叔、屈弢園、李子文皆七古長篇，不備載。

余嘗於邗上書攤市得舊鈔《曲洧舊聞》，以虞山張氏、長塘鮑氏刊本校之，俱有異同，亦互有得失。

内夾紙簽數條，自某字至某字，第某卷云云，合之《宋詩紀事》所采字數、卷數皆同，蓋樊榭山人所藏之本。末有樊榭手書數行：「公墓在西湖九里松普福寺之旁，有碑云『宋通司副使朱公之墓』。予嘗過之，敬賦七言一首，今附於此：『突兀殘碑立古阡，行人猶記紹興年。青衣已見君王辱，皓首何期使節旋。老泪冰天終古恨，遺聞《曲洧》至今傳。一坏築傍花宫地，夕唄晨鐘更惘然。』雍正八年八月十九日錢唐後學厲鶚書。」其詩見《樊榭初集》，「皓首」作「白髮」，「終古」作「千載」，餘俱相同。蓋後來定本如此。然「白髮千載」不如「皓首終古」遠甚，洵乎初榻《蘭亭》，剛剛恰可也。

山谷《浯溪題摩崖碑後》詩：「臣結《春秋》二三策，臣甫杜鵑再拜詩。」「春秋」今刊本作「春陵」，任淵注：「『春陵』或作『春秋』，非是。」然石刻作「春秋」，則作「春陵」者誤。任注乃以不狂爲狂矣。「《春秋》二三策」指《中興頌》，天子幸蜀，太子即位靈武，數語隱寓《春秋》書法。若《春陵行》，次山自叙乃爲諸使徵求而作，與此碑奚啻風馬牛。楊誠齋《浯溪賦》：「彼靈武之履九五，何其亟也。宜忠臣之痛心，寄《春秋》之二三策也。」范石湖《中興頌》詩亦云：「絶憐元子《春秋》法，却寓唐家清廟詩。」是宋人皆以漫叟此頌有《春秋》之義，故豫章云然。

少陵「老去詩篇渾漫與」，後人皆誤作「興」。竹垞以爲起于楊鐵厓，今觀月泉吟社第三十一名陳希邵詩第一首云：「春來非是愛吟詩，詩是田園漫興時。」其第二首云「樂興」，第三首云「飲興」，第四首以下，「懶興」、「引興」、「寄興」、「乘興」、「遺興」、「盡興」、「感興」，皆是「興」，非「與」，是杜詩誤字，宋末已然。鐵崖特踵其誤耳。

長洲陶梟香觀察師樑以翰林出守正定，六年不調，因作《忽忽》一首云：「忽忽六年住，青山戀長官。漸於村老熟，直作故鄉看。牆竹手親種，園蔬時獨餐。祇應僮僕笑，還比在京寒。」時余已奉諱南旋，郵筒寄示，因作《奉懷》詩一首云：「未許天門掉臂行，六年坐嘯此專城。一腔熱血從何洒，兩腋清風是處生。恒嶽割愁森北峙，滹沱流夢杳南征。升沈大抵尋常事，吾道如今要主盟。」師極賞結聯二語，然詩甫達，而師已擢清河觀察矣。

余十二即受知於長白伊小尹閣部師。時師守吾郡，招至署中，偕公子鍾仰山學士昌讀書。丙子秋，余出宰如皋，師作五言律送行，其下半首云：「宰邑誠良吏，郎官應列星。勗哉勤撫字，吾道有箴銘。」屬望之意甚厚。師諱湯安，著有《耐圃詩稿》，吴丈澹川筆記中録其《括蒼山即事》云：「清秋露冷猿啼樹，黑夜風號虎到門。」以爲不減唐賢風格。

繼蓮龕方伯昌《鴛鴦湖歌》云：「鴛鴦湖水淺且清，鴛鴦湖上鴛鴦生。雙槳送郎過湖去，願郎莫忘此湖名。」絶似鐵厓《竹枝》。方伯，閣部師之長君也。

揚州張老薑布衣鏐工詩善書，兼精篆刻，不求聞達，窮老以終。佳句如「問臘指高樹，封門教白雲」、「倚樹看流水，尋僧款夕扉」、「自撑艇子延秋色，閒與鄰翁話夕陽」、「青山對影孤舟遠，獨樹當門野寺秋」，皆不減逋仙、通老。余嘗題其遺集云：「山人野鶴性，貌古癯且修。自命爲老薑，取義椒桂侔。奈何所爲詩，抑若重有憂。辣少酸味多，㥄耳聲醆鄹。」云云，頻伽以爲知言。老薑右耳微缺，儕輩每戲以「乖龍」呼之。

臨川欒連裳孝廉鈞《歷下雜詩》云：「海棠已見委蒼苔，急爲紅梨冒雨來。春色春情都絶世，可憐牆角背人開。」後二語爲天下失路才人同聲一哭。

族兄遠亭大令蓮生爲文恪公次君，少工倚聲，《香草溪詞》嗣響《黑蝶》。詩如寒池蕉雪，瀟遠出塵，擬之前修，其吾家之石田翁乎？録其《銷夏雜詩》云：「蜻蛉風起過前陂，小坐溪陰理釣絲。怪底閒鷗獨無語，石磯西畔立多時。」「墨雲飛墮晚涼生，雨滴空階夢不成。只有芭蕉解人意，未秋先爲作秋聲。」「石磴迎涼擁素琴，坐邀明月上高林。曲終忽作松風調，一派寒濤瀉碧陰。」於炎囂塵雜中讀之，可抵一服清涼散也。

《容齋隨筆》載李頎詩云：「遠客坐長夜，雨聲孤寺秋。請量東海水，看取淺深愁。」謂客中襟抱，十字盡之。此詩今見李群玉集中，下尚有「愁窮重如山，終年壓人頭」十餘句。據容齋所見，則爲李頎詩，且祇二十字。然此四語含蓄無盡，的是盛唐名作。群玉蓋用以興起，自爲足成，豈知冗黯平衍，難免續凫脛之誚乎？

王荆公《和微之藥名勸酒詩》：「史君子細看流光。」元陳孚《交趾驛藥名詩》：「史君子何來，山椒遠於役。」初疑二詩假「史君」爲「使君」，後見《洛中記異録》云：「絳州碧落觀天尊名象唐，龍翔中刺史李諶爲母氏追薦所造也。有先黄冠云：李使君即高宗大帝之子，其文未刻之前，忽有二道士謁史君云：『聞君欲篆刻其文，我二人即天下之名篆也，請爲史君足成之。』」云云。諸「使君」字皆作「史君」，又正定元氏縣新出土北齊《李功曹墓誌》有「某州史君」之語，知「使君」自可作「史君」，初非假「史」爲

「使」也。

荆公《遊土山示蔡天啓祕校》云：「桓温適自斃，苻堅方天厭。」與「蝶」、「捷」爲韵。案《論語》：「天厭之。」《釋文》：「塞也，於艷反。」今荆公作「於葉反」讀，誤。又公《再用前韵寄蔡天啓》云：「聞予再三歎，往往心不厭。」更以「厭」讀「於葉反」，亦誤。

海昌查梅史大令揆《落葉》詩云：「低頭一笑渾相識，見汝春風緑上時。」此意爲前人所未道。

吴子魚《朝鮮詩選》有月山大君婷一首，《明詩綜》載之，云是朝鮮女子。蒙古博西齋洗馬明辨之云：「朝鮮制，王兄弟封大君。婷乃懷簡王子，康靖王弟，非女子。」洗馬，座主穆鶴舫尚書之外祖也。

元栯堂禪師《山居》詩，與《禪月集》中《山居雜咏》工力悉敵，未易伯仲，今摘數聯於此。「灌蔬月下擔寒浪，移石雲邊接斷橋」、「黄狖林中偷果去，翠禽籬下引雛飛」、「夜火晴收楓塢葉，午茶寒煮石池冰」、「秋竹走篴穿斷石，老藤行蔓上枯松」，真脱盡蔬筍氣也。

元妙明子《析疑論》五卷，設爲主客問難，其辨論指歸，大抵取諦於牟融《理惑篇》。中兩引牟子，皆在三十七篇之外，則知《弘明集》所録尚非太尉完書矣。妙明子名子成，字彦美，至正間封紫閏大國師，白水屈蟠。《析疑論》叙載其《鸚鵡》詩云：「學得人言字字明，便能巧語爲通情。不知身在樊籠裏，猶向堂前弄舌輕。」《水心亭》云：「緑芰青荷香滿池，環亭泠浸碧琉璃。高軒矮榻無纖暑，卧看青波浴鷺鷥。」皆能妙脱蹊徑，不落言詮。

戴石屏「春水渡傍渡，夕陽山外山」，上句乃范鳴道所對，見《石屏續集》。晏元獻「無可奈何花落去，似曾相識燕歸來」，下句乃王君玉足成，見《復齋漫録》。

田山薑論詩云：「讀郊、島、皮、陸詩，如逢幽花異酒，别有賞心；玄暉含英咀華，一字百鍊乃出，如秋山清曉，霏藍翕黛之中，時有爽氣；摩詰五言律詩恬潔精微，如天女散花，幽香萬片，落人巾幘間。」見《古歡堂雜著》。

《梁溪漫志》：「雍孝聞，蜀人。崇寧間廷試對策，力詆時政闕失，駮放。後雖授以右列，然卒不仕，浪迹山林，遂遇異人得道。政和末，變姓名爲道士，入内説法。徽宗謂其得林靈素之半，因賜姓木，名廣莫，竟不知其爲孝聞也。嘗自詠云：『百萬人中隱一身，深如勺水在滄溟。獨醒自負賢人酒，天闊難尋處士星。照影自憐湖水碧，高吟贏得蜀山青。城南老樹如相問，不枉翻空過洞庭。』」案王明清《揮麈前録》：「孝聞，元符末有聲太學。崇寧初省試，奏名第一。殿策中力詆二蔡及時政不便者，徽宗大怒，減死竄海外。宣和末，上思其忠，親批云：『雍孝聞昨以上書致罹刑辟，忠誠可嘉，特開落過犯，授修武郎、閤門宣贊舍人。』命頒而孝聞死矣。於是録其子子張爲右選。」云云。是孝聞實以竄死，費氏變名賜姓之説及自詠之詩，恐均出好事者之附會。

國初太原傅青主徵君山隸體奇古，與鄭谷口齊名。詩亦雄傑可喜，所傳《霜紅龕詩鈔》頗近白傘山人。尤愛其《病征》一首云：「青外響孤鵠，緑中哀亂蟬。秋心滿天地，病骨瘖山川。開眼見村店，支頤問水泉。若能來野化，真足飽烏鳶。」義心苦調，擲地猶作金石聲也。

金匱楊伯夔大令夔生，爲蓉裳農部長君，詩詞皆有家風，余尤愛其《新柳》句云：「千里家如前日別，一年愁莫此時多。」覺陳樗山撰之「春風驛路初横笛，夜雨江城恰禁烟」，有此旖旎，無此清妙也。

伯夔娣氏蕊淵女史芸詩有家風，不媿左芬、謝韞。録其《小遊仙》詩云：「清曉琳宫啓玉扉，彩霞縹緲護仙衣。雙成捲起真珠箔，放出青鸞逐隊飛。」「明妝晚出蕊珠宫，碧纈緗絇小步工。通體花光看不定，一層雲影一層風。」「百頃瓊田接上清，白榆花老易飄零。春來却怪濃陰少，柳宿光中要種星。」

錢唐吴更生州倅長卿以新城尚書《卞忠貞公墓》詩「緬懷永嘉時，流人競南渡」，又云「堂堂卞將軍，授命青溪渡」爲重韵。然二「渡」字有虚實之分，義各不同，正如「高山本高，高門使之高」，不嫌重複耳。昔東坡《送江公著》詩「忽憶釣臺歸洗耳」、「亦念人生行樂耳」，自注二「耳」義不同，故得重用。古人本有此例，曹子建《美人篇》兩用「難」字，鮑明遠《行路難》兩用「息」字，義皆不同。竹垞太史《河豚歌》「急取投畀煩丁寧」，又「累客坐久心方寧」，亦謂二義不同也。

更生《築城詞》云：「百金償博進，千金教歌舞。役夫私語人，此是城上土。」聶夷中《田家公子行》諸作不是過也。海昌陳受生同年均《咏史》云：「似聞寡鵠思前匹，不信蓮花竟變驍。」蓋指嘉慶元、二間川楚事。

浦江周倬雲明經爲漢詩才奇艷，與嚴麗生齊名。然如「虎睛燈遠戍，蟲響雨空城」、「燒丹魔瞰鼎，采藥虎馱囊」，皆非嚴所能及也。

吾鄉盛柚堂明府百二詩格清秀，頗類姜白石。嘗記其《夜過平望》詩云：「江豚吹浪夢還驚，來去三湘萬里程。不信櫻桃湖外月，今宵已作故鄉明。」殊不減「小紅低唱」之作。

《東家雜記》：「夫子車從國東門，因覩杏壇，歷級而上，顧弟子曰：『兹魯將臧文仲誓將之壇也。』覩物思人，命琴而歌，其歌曰：『暑往寒來春復秋，夕陽西去水東流。將軍戰馬今何在，野草閒花滿地愁。』若是則七言絶句始於孔子。」又《衝波傳》載蟻穿九曲珠事云：「夫子遊陳，見二女采桑，夫子曰：『南枝窈窕北枝長。』二女曰：『夫子遊陳必絶糧。九曲明珠穿不得，再來問我采桑娘。』是聯句亦始於孔子。」瑣語無稽，抑何可笑。

詩至九言而止，然亦有十言詩。《懷麓堂詩話》引太白詩「黄帝鑄鼎於荆山鍊丹砂，丹砂成騎龍飛上太清家。」余謂長孫無忌《新曲》云：「阿儂家住朝歌下早傳名，結伴來遊淇水上舊長情。」又云：「迴雪凌波遊洛浦遇陳王，婉約娉婷工語笑倚蘭房。」是初唐已有十言詩矣。惟通首仍是七言。

今人以出物質錢爲「當」。《西湖志餘》載蜀僧《賦湖中漁翁》云：「幾回欲脱蓑衣當，又恐明朝是雨天。」是宋時語已如此。《後漢書·劉虞傳》：「以賞賚典當。」胡夷注：「丁浪反。」

古人製墨皆用松烟，宋時始用油烟。東坡有《歐陽季默以油烟墨見餉》詩。《避暑録話》：「近有授余油烟墨法者，用麻油然密室中，以一瓦覆其上，即得煤，極簡易。」又云：「大抵麻油則黑，桐油則不黑，世多以桐油賤，不復用麻油，故油烟無佳者。」《春渚紀聞》：「潭州胡景純專取桐油燒烟，名桐花烟。」然潘谷、沈珪輩擅名當世，仍用松烟爲之。蒲大韶油烟墨亦和以松烟。元朱萬初猶純用松烟。今則專用油烟，無復易水、三衢古法矣。元泰忠介公不華《桐花烟爲吴國良賦》云：「吴郎骨相非食肉，朝食桐花洞庭曲。洞庭三月桐始花，千枝萬朵摇江緑。吴郎采采盈頃筐，寶之不啻瓊膏粟。」云云。詳味詩意，乃吴生以桐花燒烟爲墨，非用油烟，與《紀聞》所云名同實異。

東坡《贈李方叔》詩：「平生謾説古戰場，到眼終迷日五色。」謂李華《弔古戰場文》、李程《日五色賦》，皆用李氏故實。《中州集》密國公璹《送王生西遊》詩：「温子徒勞手八叉，蘇老猶迷目五色。」以「目」對「手」，似是誤「日」爲「目」。蓋當時蘇集傳鈔訛誤，如莽未暇深考耳。

（吴忱、楊君、張宇超點校）

三家詩話

三家詩話提要

《三家詩話》不分卷，據道光間刊持雅堂全集本點校。撰者尚鎔（一七八五—一八三六），字喬客，一字宛甫，江西南昌人。諸生。晚客河南，歷主三山、聚星、崇實、唐縣等書院。有《持雅堂全集》。此篇據道光五年姜曾序，乃作於是年鄉試落榜後之第五夜，剔燈疾書而成，蓋夙喜袁、蔣、趙三家詩，積久有年，遂能一揮而就也。其論三家，首重時代氣運，所謂乘國家全盛之勢，才情學力之發揮，較國初牧齋、梅村、漁洋諸老更擅勝場。此誠正論，可備一說。又以總論、分論、餘論多方比較三家源流得失，大抵許袁之筆巧而非其纖佻，許蔣之氣傑而非其粗露，許趙之典贍而非其冗雜，可謂持平。然或以同產江西故，論蔣似較深入，如謂「苕生之粗在面目，肌理則未嘗不細膩」，「懷人諸詩憲章歐陽文忠」等，可謂獨發其秘也。袁等三家，嘉、道間評論或譽或詆，不啻天壤，求平允有見如此篇者，洵爲難得。然其中如論「子才律詩往往不對」，七律轉推趙勝袁、蔣，則大失準。袁詩諸體以七律爲第一，王曇、舒位等先已論之，後張維屏等亦持此議，《瓶水齋詩話》更以老杜、義山、放翁以下此體之第四變許之，袁詩國朝大家之位置，實亦賴此體之成就，宛甫此篇或以成之過速，乃有此誤評，轉較諸家之論反覺遜色矣。

序

或謂自鍾嶸《詩品》而後，詩話充棟，大都妄下雌黄，無裨詩教。然觀吴札觀樂，不廢美譏；子夏序詩，並論哀樂，即詩話之濫觴也。豈可議其無裨哉！吾友尚君喬客，詩古文詞皆博且精，而詩尤兼諸家之長。嘗撰《律詩杜骨》一書，謂李義山、陸放翁、元遺山皆得杜少陵之骨，評選三家，自出手眼。余既讀而喜之。兹於本朝袁、蔣、趙三家，又有詩話一帙，實成於今年落解後之第五夜。蓋是日同余游大安寺，賦鐵香鑪，語及欲著《三家詩話》。不料其歸剔孤燈，疾書蕆事，且未檢原書，無將伯助，視窮年仰屋著書者，反精審過之。何也？積厚負力，深造逢原，故泉湧峽倒，汩汩乎來矣。余玩其語，多戇直而無游移，簡覈而無剽販；且論詩之下，於各家之文章性行，傳授源流，亦莫不隱括於其中。識者觀之，亦可以想見其爲人，知其胸次之所有，非徒盡此區區者。喬客將有遠行，以草付余，校而梓之，以爲行篋貯。余愛其論之宏，而又悲其遇之窮，愧無以濟也，姑以目見者引其端。若存貴遠賤近之見，或以爲妄下雌黄，或以爲互相標榜，則喬客與余皆所不計焉。

道光五年乙酉九月十六日，同學弟姜曾懷哲拜序。

三家詩話

南昌尚鎔喬客著

三家總論

近日論詩競推袁、蔣、趙三家，然此論雖發自袁、趙，而蔣終不以爲然也。試觀《忠雅堂》集中，於袁猶貌爲推許，趙則僅兩見，論詩亦未數及矣。

自明七子以後，詩多僞體僻體。牧齋遠法韓、蘇，目空一代，然如危素之文，動多詭氣。梅村、漁洋、愚山、獨漉諸公，雖各擅勝場，而才力不能大開生面。三家生國家全盛之時，而才情學力，俱可以挫籠今古，自成一家，遂各拔幟而起，震耀天下，此實氣運使然也。

子才之詩，詩中之詞曲也。苕生之詩，詩中之散文也。雲松之詩，詩中之駢體也。

子才如佳果，苕生如佳穀，雲松如佳肴。

子才學楊誠齋而參以白傅，苕生學黄山谷而參以韓、蘇、竹垞，雲松學蘇、陸而參以梅村、初白。平心而論，子才學前人而出以靈活，有纖佻之病；苕生學前人而出以堅鋭，有粗露之病；雲松學前人而出以整麗，有冗雜之病。

《雨村詩話》以三人皆學宋人，意頗不滿。而又推袁爲天授，蔣不及趙，殆因蔣詩不數己，遂有意抑之與？

曩嘗倣敖器之《詩評》，評本朝詩人，有曰：「子才如畫舫摇湖，蕩人心目；苕生如劍仙躍馬，所向無前；雲松如吴越錦機，力翻新樣。」見者以爲切中。

詩文至南宋後，文章一大轉關也。就詩而論，雖放翁以壯悲勝，遺山以沉雄勝，道園以老潔勝，鐵崖以奇麗勝，青丘以爽朗勝，西崖以清峭勝，究不逮李、杜、韓、白、歐、蘇、黄之全而神，大而化，況他人乎？「詩到蘇黄盡」，真篤論也。漁洋自謂放翁、遺山可以企及，由今觀之，修飾有餘，才情不足。竹垞與漁洋齊名，《談龍録》譏其貪多。其實竹垞之詩文高在典雅，而皆欠深入。三家兼有放翁以下諸人之長，雖醖釀之功未極深厚，然已如天外三峰，躋攀不易矣。

子才筆巧，故描寫得出。苕生氣傑，故撑架得住。雲松典贍，故鋪張得工。然描寫而少渾涵，撑駕而少磨礱，鋪張而少鎔裁，故皆未爲極詣也。

讀三家之詩，巧麗者愛子才，樸健者愛苕生，宏博者愛雲松。取其長而棄其短，是在善讀者。

三家分論

子才《與雲松書》曰：「我輩争奇競巧，不肯一語平庸，要爲運之以莊，措之以雅，而於詩文之道盡之矣。」乃雲松固欠莊雅，而己亦多蹈纖佻之弊，何也？

苕生有生吞活剥之弊，而子才點化勝之。雲松有詩多門靡之弊，而子才簡括勝之。子才專尚性靈，而太不講格調，所以喜誠齋之鏤刻，而近於詞曲。鳥之飛也，必回翔而後下。水之流也，每渟蓄而後行。袁、蔣多一氣直下，而不耐紆徐，皆少韓昌黎迎而距之一段工夫也。

子才律詩往往不對，蓋欲上追唐人高唱也，然失之率易矣。

子才與苕生唱和則效苕生體，與雲松唱和則效雲松體。蓋自以爲兼有二人之長，視二人之詩，衹如腰間之寶劍也。觀其《論詩絶句》可見。

漁洋詩以游蜀所作爲最，竹垞詩以游晉所作爲最，初白詩以游梁所作爲最，子才詩以游秦所作爲最。王蘭泉《湖海詩傳》，專録子才少年未定之作而故没真面，似不及懷寧潘瑛《國朝詩萃》之平允也。

子才性好女色，而詩必牽合古人以就己。如咏羅隱廟則曰「隔簾嬌女罷吹簫」，咏銅雀臺則曰「招魂只用美人妝」，咏張睢陽廟則曰「刀上蛾眉唤奈何」，咏周瑜墓則曰「小喬何幸嫁夫君」，咏謝安石則曰「東山女伎亦蒼生」。然此猶題中所應有也，至咏郭汾陽亦必曰「歌舞聊消種蠡愁」，則太牽合矣。其咏睢陽廟有「殘兵獨障全淮水，壯士同揮落日戈」一聯，則爲此題絶唱，苕生集中二首皆不及也。

少年聰明兒女，血氣未定，略知吟咏，罕有不喜流宕者。子才風流放誕，遂詩崇鄭、衛，提倡數十年，吴、越間聰明兒女，今猶以之藉口，流弊無窮。此爲風雅之罪人。惲子居誌孫韶之墓，所以極力詆之也。

子才古體詩多不諧聲調，而轉韵尤啞。雲松亦然。苕生則十失二三矣。昔趙秋谷著《聲調譜》，《四庫提要》極推之。然秋谷雖能作譜，而詩歌則未盡諧也。且其所舉爲法者亦疏而不密，而子才譏其拘，宜其不知聲調也。

與子才同時而最先得名者，莫如沈歸愚。歸愚才力之薄，又在漁洋之下，且格調太入套，毋怪蔣、趙二公皆不數及也。

《隨園詩話》大率取清真之作，然艷詞側體太多，殊玷風雅。其極推夢樓，譏議蔣、趙之類，亦皆顛倒是非，不符公論。《續詩品》極佳，但「是新非纖」一語，便不能踐。

子才古文自是侯朝宗以後作者，近人因其詩之纖巧，并詆其文，惲子居至以猖狂無理斥之，皆非平心之論。

吴山尊《本朝八家四六》：「子才長於大題，自是一時冠冕。」山尊才力之大，庶幾可接子才，至詩之冗而笨，則不足稱三家之嗣音。以上論子才。

苕生詩有不可及者八：才大而奇，情深而正，學博而醇，識高而老，氣豪而真，力鋭而厚，格變而穩，詞切而堅。但恃其逸足，往往奔放，未免蹈裴晉公譏昌黎之失也。

劉彦和有言：「彩乏風骨，則雉竄文囿；風骨乏彩，則鷙集翰林。唯藻耀而高翔，乃文筆之鳴鳳。」今觀三家之詩，袁、趙似「雉竄文囿」，蔣似「鷙集翰林」。至「文筆鳴鳳」，則自曹子建、李、杜、韓、蘇之外，唯遺山、青丘差堪接武。而苕生乃云「鳳凰好文章，鵰鶚吾何取」，恐猶未能踐此語也。

翁覃溪論茗生詩，比以吴天章、陸聚緱，似俱不及茗生，且亦不肖。王蘭泉則謂論詩於當代，以茗生爲首，而尤以其五七古詩爲極則。吴山尊亦謂茗生五七言詩，擺脱凡近，自然入格，而離奇變幻，無所不有。二君皆知言也。然茗生詩雖勝人，而頓挫沉深之妙，則終遜李、杜、韓、蘇矣。

茗生古詩好用僻韵，好次元韵，多牽强而無味。昌黎、山谷亦所不免，子才則無之也。

或謂茗生面目肌理俱近於粗，似不及袁、趙之細膩。不知茗生之粗在面目，至肌理則未嘗不細膩也。且體裁較袁、趙爲雅，學之者弊少。

茗生有《京師》、《豫章》、《固原》新樂府，《豫章》、《固原》失之直率，唯《京師》十四篇，兼元、白、張、王、鐵崖、西崖之勝。

歐陽文忠之詩，才力最近昌黎，而情韵較勝西江之詩，陶彭澤以後，當推第一。介甫、涪翁以刻酷抗之，然不及其自然也。其集中有以五古短篇懷人咏己者，蓋本顔延年《五君咏》。茗生懷人諸詩，憲章文忠，多可括諸人一生言行，而上追延年。

茗生論詩，於西江阿其所好，稍乖公允。至極推北地、信陽，力詆初白、樊榭，尤爲持論之偏。

茗生少與汪鞏雲、楊子載、趙山南齊名。趙則略成體格，汪則寒瘦逼人，楊之新樂府與五古庶可肩隨茗生，惜其未能全美也。

茗生於廣昌何鶴年極力扶奬，然鶴年亦失之寒瘦。茗生「水氣乘間出，山身向晚分」二語，最近鶴年。

茗生初寓金陵，感子才訪己題壁之殷，於是作詩以題其詩、古文、駢體，極其推崇，然不存於集中，則不滿於子才也。子才知其輕己，言不由衷，故題茗生集詩，晚年亦删第一首，而且時刺茗生爲粗才。至雲松於茗生，始曰「跋扈詞場萬敵摧」，又哭之曰：「久將身入千秋看，如此才應幾代生？」可謂推服至矣。乃觀其集中論詩稱子才而遺己，遂題詩三首，第以才氣推茗生，而陰致不滿之意。後有知人論世者，最宜於此索隱而持平。

茗生詞學蘇、辛、陳其年，而較爲細膩。《九種曲》出於玉茗堂，而較爲正大。古文雖直舉胸情，空所倚傍，然祇可接李穆堂一派，非但不及魏叔子，並讓子才出一頭地。

三家詩集皆有兩本，袁、趙則晚年所手定；茗生一刻於京師，再刻於揚州，皆在身後。論者多以再刻勝初刻，其實初刻經張瘦銅諸人所删改，多足爲茗生功臣；再刻則存其原本，且增入數十首應酬之詩，覺觸目冗濫，反爲白璧微瑕。以上論茗生。

雲松《十家詩話》，最爲具知人之識，持千古之平。但其所爲之詩，則效前人而尚少簡練。

雲松五七言古，意欲以議論之警闢，才力之新奇，獨開生面，幾於前無古人。然趁韵湊句，殊欠雅健。且茗生性好詼諧，爲詩則極嚴正。雲松禔躬以禮，而詩乃多近滑稽之雄，使人失笑，較子才而更甚，何也？豈不善學東坡而墮入誠齋惡道耶！

雲松宦游南北數千里之外，所表見固皆不虛，而極險之境地，極怪之人物，皆收入詩料，遂覺少陵、放翁之入蜀，昌黎、東坡之浮海，猶遜其所得所發之奇，可謂極詩中之偉觀也。

雲松七律格雖不高，而語無不典，事無不切，意無不達，對無不工，兼放翁、初白之勝，非袁、蔣所能及也。

少陵《李潮八分書歌》，開詩中考據之端。而竹垞爲詩，每好以此等爲能事。雲松才學宏富，亦好考據以見長，然弔詭搜奇，俱覺冗蔓可厭。近日此風盛行，而詩遂同胥抄矣。

讀苕生長篇，人或嫌其單薄；讀雲松長篇，人多嘆其典贍。然苕生本色極高，且精光貫注，使人不敢逼視；雲松則近於掉書袋矣。蓋苕生失在矜才，雲松失在逞博也。

張船山之詩，多近袁、趙體，亦能自出新意。其《竇鷄驛題壁十八首》，力詆將帥養癰，與雲松《擬老杜諸將十首》，同一忠憤。但矯變沉雄，俱不能及老杜。

明七子如何、李、滄溟詩，雖摹古未化，然其生平之行誼，各有卓然自立之處。所以前人雖極力貶斥，詩究難泯。讀三家之詩，須知三家之大節各有可傳，不第以真才本色鼎立一時，而雲松尤爲醇美。過求新巧，必落纖小家數。如子才「殿上歸來履幾雙，三分天下更分香」，雲松「如此容華嫁窮羿，教他那得不分離」之類，乃晚唐、元人惡派，以之入詞曲可也。

雲松好作俚淺之語，往往如委巷間歌謠。若「被我説破不值錢」，「一箇西瓜分八片」等句，成何説話！

雲松經學不深，而《廿二史劄記》，則多揭古人之隱，以自見其識力之深微，覺《史通》、《史糾》諸書，猶爲識小忘大。同時唯錢竹汀《廿二史考異》，異曲同工。王禮堂《十七史商榷》，殊不及其精審也。至《陔餘叢考》，則頗近於淺陋矣。

雲松於同時諸人，只以「千秋」二字推袁、蔣、王、錢四人，蓋自以詩歌與袁、蔣鼎立，考據與王、錢鼎立也。然王禮堂尊鄭學太過，尚非千秋之人。以上論雲松。

三家餘論

曹子建《贈白馬王彪》詩第六首，忽作曠達語，彌覺沉痛難爲懷，而文勢亦倍深曲矣。少陵「家鄉既蕩盡，遠近理亦齊」，「反畏消息來，寸心亦何有」等句，當從此等脱胎。子才仿《贈白馬》詩，只知蟬聯而下，略無紆折，似全不知古人妙處。蔣、趙五古，亦罕能於此着眼學古人也。

七古如太白「錦城雖云樂，不如早還家」，少陵「明眸皓齒今何在，血污游魂歸不得」，昌黎「將軍欲以巧伏人，盤馬彎弓惜不發」，盧陵「耳目所及尚如此，萬里安能制夷狄」，東坡「桃花流水在人世，武陵豈必皆神仙」，山谷「安知忠臣痛至骨，世上但賞瓊琚詞」，放翁「亦知興廢古來有，但恨不見秦先亡」等句，皆古人妙處。三家富於才調，此等伸縮轉換之妙，似未曾領取也。

高青丘「此時何暇化明光，去照逃亡萬家屋」，「當時不識顔平原，豈復知有張睢陽」，妙亦不減古人。

五律之妙，少陵之後，李義山最爲擅場。袁、趙力求新巧，去少陵甚遠。苕生《河口夜泊》等作，尚有少陵之遺，氣格更勝義山也。

七律亦以少陵《諸將五首》爲極則，義山、放翁、遺山爲嗣音，本朝唯梅村、竹垞間有少陵風格，三家則皆無之。學義山宜去其浮艷，學放翁宜去其滑碎。

子才長排如《禹陵》、《孝陵》、《廬山》、《王文成紀功碑》，雖錯綜變化不及少陵，以視元、白、竹垞，則勝之矣，蔣、趙未能鼎峙也。

絶句詩，蔣、趙皆宋音，然蔣猶挺拔，趙則諧俗。袁雖間學唐人，亦少雅音。蓋此體自龍標、嘉州、夢得、樊川後，唯薩雁門、王漁洋堪接跡也。

杜詩瑣證

杜詩瑣證提要

《杜詩瑣證》二卷，據道光五年句儉山房刊本點校。撰者史炳（一七六二—?），字恒齋，江蘇溧陽人。乾隆四十二年舉人。屢試不第，任興化、涇縣教諭，主修《溧陽縣志》。有《大戴禮正義》、《句儉堂集》等。此書有道光五年自叙，略謂少習杜詩，泛覽群書，時有考訂，於此年删定付梓。史氏有學有識，考釋杜詩字辭、典故、音韵乃至史地名物之有歧義者，引申、辨正宋以來諸家之説，凡百二十則。所涉以趙次公注爲最夥，約有四十則，徵引及趙注四十八條，而有三十八條被指疏誤，似可證《郡齋讀書志》所語趙注之「不善」。其中「曾老姑」條「趙注又載一説，謂珪之祖僧辯爲梁太尉尚書令，則知珪之母杜氏爲其婦也」云云，「寶鏡」條「萬國入京獻壽，金吾實伺察之，玄宗升遐，萬國各回，而不來」云云，此兩條今人林繼中輯本失載，可知趙注當有别種鈔本流傳。對其他杜詩注本及《猗覺寮雜記》、《能改齋漫録》、《丹鉛録詩話》、《日知録》等詩話筆記之説，亦多有駁議，其見頗爲精審。如《千秋節有感二首》之二「寶鏡群臣得，金吾萬國回」二句，趙注歎爲難解，錢注、仇注皆誤解爲「臣獻於君」，而非原詩「君賜而臣得之」之意。史氏據《舊唐書·玄宗紀》「開元十八年八月丁亥，上御花萼樓，以千秋節百官獻賀，賜四品以上金鏡、珠囊、縑采」之記，即得的解。（「寶鏡」條）今人蕭滌非、張忠綱主編之《杜甫全集校注》未及史氏此説，而仍沿舊誤。又如《送重表姪王砯評事至南海》「我之曾老姑，爾之高祖母」二句，史氏據《爾雅》，親至高祖而盡，以上别無稱謂，故此處之高祖母，應是「高高祖母」之省稱，且以合五言之體，纔不在句中重一「高」字、而在題中出一「重」字。（「曾老姑」條）此説大優，趙注「公四世、王砅五世」之釋遺一「重」字，仇注「兩重表親」之釋義無著落，又有「重表」猶同姓兄弟叔侄之「從」（施鴻保《讀杜詩説》）等説，皆不若史説確鑿。此書駁議仇注亦甚可觀，有不出仇注名者，如「兩當縣」一則，平列説縣名者多端，即仇注所爲，仇注雖非獺祭，而每按而不斷，史氏則斷之矣，此即其識高之處，可助仇注之用。

杜詩瑣證自叙

放翁譏今人解杜，但尋出處，元不知其所以妙絶古今者何在。然則讀公詩而徒摘疏字句，汩没殘膏賸馥間，非惟無當於其忠愛之旨，風雅之原，并其語言之妙而失之矣。雖然，公詩大矣，由唐宋以來至於今，有學杜，有注杜，有評杜，有隨手掇拾典故而證杜，雖所得不同，其爲有得則一也。余自少習公詩，妄有考訂數十百條，皆泛覽群書時隨録者，是以詩之先後都不詮次。今兹長夏無事，偶取删定之。其目則仍舊貫焉，命曰《杜詩瑣證》。行篋少書，舛漏不免，輒以付梓，俟大雅訂正云爾。道光五年六月初四日，溧陽史炳書於句儉山房。

杜詩瑣證目録

溧陽史炳撰

卷上

裴虬　曾老姑　婁宋　抗士卒　楊契丹
猿透　石榞　寶鏡　澶漫　艓子
白萄　圉人太僕皆惆悵　藥欄　櫸柳　天闕
緑葵　匡山　三川　江總黑頭　奏苦發聲
上夜關　白團　山鬼蝮蛇　東絹　玉衣鐵馬
何遜在揚州　石壕詩用韵　「薄雲」、「孤月」二句　魚龍水　瑟瑟
馬軍　江夏李公　吕太一　烏麻　橘柚
玉魚金盌　腰衱　莫傜　卧柳生枝　江蒲
寡鶴誤一響　東征逐子　用如快鶻　升庵增改字句　朔方兵
戎王子　更秉燭、蔚藍天　犀浦　東蒙峰　恰恰啼
無馬　若耶溪　多羅樹

卷下

肺腑　雲子　破瓜霜落刃　泉出巨魚　筍根稚子
嬋娟、碧鮮　雙峰寺、七祖禪　一斗三百　金鎖甲、緑沉槍　千里蓴
同谷　明光殿　戎戎、淰淰　織成　野航
黄姑渚　蘞草　烏鬼　千里井、九州箴　榿木
屠蘇　菰米　紫宸朝　褥隱、椒花　鷹稱父子
戲爲六絶　玉華宫　横參　麗春　色未填
船可掘　吹、毳　何階　雲逐風　瑪瑙盌
無行亂眼多　信使　知禁、無良　果栽　草木長
「兵革自久遠」二句　短衿　甘菊　夏殷、褒妲　因風想玉珂
三殿　麝香　兩當縣　西戎逼、北斗殷　巃嵸
早知乘四載　侍祠恧先露　「向時禮數隔」二句　行最能　休翻鹽井横黄金
星月　國容　七星在北户　牽牛織女　天棘蔓青絲
水府　口號　盍簪　三鱣　人日
意内稱長短　孤雁相失

杜詩瑣證卷上

溧陽史炳撰

裴虯

公有《湘江宴餞裴二端公赴道州》詩，又《暮秋枉裴道州手札率爾遣興》，又《江閣對雨有懷行營裴二端公》。《九家集注》不見裴名者，以杜集中别有《送裴二虯作尉永嘉》詩，則其餘裴二之名虯，可以不注耳。吴曾《能改齋漫録》云：「鮑彪不注裴爲何人。予偶讀蔣參政之奇《武昌怡亭序》云：『《怡亭銘》，乃永泰元年李陽冰篆，李莒八分，而裴虯作銘。』又云：『因過浯溪，觀唐賢題名，有河東裴虯，字深源。大曆四年爲著作郎，兼侍御史、道州刺史。』始知杜所謂裴二端公者，爲虯也」云云，可謂精覈。案然《漫録》似偶忘杜集别有《送虯作尉》一詩者，且《唐書・宰相世系表》固有其人，不必旁徵石刻。案《表》，洗馬裴之下，有元簡尉氏尉曠御史中丞虯諫議大夫，復河南少尹。而《昌黎集》有《裴少尹墓誌》叙其三代，與《表》合。但《表》、《誌》俱不言虯刺道州。歐陽公《怡亭銘》跋則云：「虯，代宗時爲道州刺史。」蓋據浯溪題名耳。《昌黎集》注疑歐公得之《怡亭銘》。案：今銘、辭具在，並無「道州刺史」字。且《銘》刻於永泰元年乙巳，而虯以大曆四年戊申刺道州，《銘》安得預署此銜耶？又據《表》，虯兄鷗容州長史，即《銘》首所稱怡亭，裴鷗卜而亭之者。蓋鷗又嘗官武昌，虯往省之，作此一段勝事，而其尉永嘉乃從前事也。《江閣有懷》詩稱爲「行營」者，黄鶴注謂虬爲道州刺史，同平臧玠之亂，故有行營。而趙次公乃云：「裴應在廣南，觀詩中使南紀并銅柱可見。」案：裴虬未嘗仕廣，趙説非是。又案：《漫録》此條首引鮑彪《杜詩譜論》第十卷，大曆十四年己酉，年五十八，有次《湘江宴餞裴二端公赴道州》詩，又有《暮秋枉裴道州手札》詩，此大誤也。二詩當作於大曆四年己酉。據浯溪題名，裴以是年刺道州，則杜公亦以是年送其赴任，得其手札，時事顯然。且杜公卒於大曆五年，安得至十四年乎？「十」爲衍字無疑也。又鮑《譜》於《湘江》、《暮秋》二詩之外，稱又有《暮秋》、《湘江》二詩，亦屬訛衍。鮑書今不可見，或《漫録》傳寫之誤，未可定也。

曾老姑

《送重表姪王砅評事使南海》詩，玩其文義，砅是珪之後人。而自來解者紛歧，兹具論之。案詩云：「我之曾老姑，爾之高祖母。」則砅乃公之表姪，不應云「重」，故洪龜父只作「送表姪王評事」。不知公之曾老姑，蓋是砅之高高祖母，但親至高祖母而盡，《爾雅》謂之高祖，王母以上，别無稱謂，故詩只稱高祖母。且詩是五言，能無省字耶？是删去題中「重」字者，非也。《九家集注》本，「砅」作「殊」，引趙云以曾老姑言之，至公則四世也；以高祖母言之，至殊則五世也。故公視殊爲重表姪。不知以四世視五世，正是表姪，何「重」之有？是趙解「重」字，亦非也。仇注云：「重表，蓋有兩重表親。」考之古今，從無此稱謂，是仇解「重」字亦非也。詩又云：「爾祖未顯時，歸爲尚書婦。」爾祖、尚書，皆指王珪，而杜爲珪妻甚明。下文鬻髪留賓，識太宗、房、杜之爲真主名臣，及貞觀初，肩輿上殿者，亦皆珪妻，而非珪母也。《桐江詩話》亦以爲是妻非母。乃《唐書·珪傳》稱：「珪隱居時，與房元齡、杜如晦善，母李嘗曰：『而必貴。』會元齡等過其家，李闚大驚，勑具酒食，歡盡日，喜曰：『二客公輔才，汝貴不疑。』」事迹略與杜詩同，但不云秦王在坐，又係母李而非妻杜。蔡夢弼亦謂：「珪母李，珪婦杜，詩中所稱則皆指李氏。」炳案：秦王之在坐與否，或者傳聞異辭，至鬻髪留賓，不過借用陶侃母故事，而詩中並無珪母意思。又，王、杜皆簪纓世胄，男娶女適，譜牒可徵，豈有杜公誤認姻婭，而又攘奪姑李之善歸諸其媳耶。蔡絛《西清詩話》又稱《唐書·列女傳》以珪母爲盧氏，而據杜詩駁之，謂珪母杜氏，非盧氏。《容齋隨筆》云《唐·列女傳》元無此事，又誤以李爲盧，曾不知杜詩並未及珪母，李、杜、盧之辯皆非也。趙次公載《西清詩話》引《唐書·珪傳》母李云云，不云《列女傳》，亦不云母盧，一書而兩説，又何耶？趙注又載一説，謂珪之祖僧辯爲梁太尉尚書令，則知珪之母杜氏爲其婦也。據此則詩所云「歸爲尚書婦」者，乃是梁尚書令王僧辯之子婦，北齊樂陵郡太守王顗之妻，而亦即王珪之母，然何得竟呼「子婦」爲「婦」耶？且下文云：「及乎貞觀初，尚書踐台斗。夫人常肩輿，上殿稱萬壽。」此尚書又豈僧辯耶？是以杜氏爲僧辯子婦，尤非也。仇滄柱《詳注》云：自高祖起兵至代宗大曆五年，共一百六十餘年。公祖審言仕武后、中宗之世，其曾祖姑應生於太宗季年，不應生於隋文之代。以年數、世次考之，則杜爲珪妻尚疑太早。此條記事斷屬差誤。炳案：仇意以秦王、房、杜之過珪家，當在煬帝大業十三年高祖起兵時，而公詩作於大曆五年，故從此扣算，然亦只百五十四年，非百六十餘年也。其誤一。且以年數核世次，當據生年，公以睿宗太極元年生，距大業十三年高祖起兵，只八十七年耳。其誤二。公祖仕武后朝，假令三十餘歲出仕，其生或在太宗之末、高宗之初，豈其曾祖姑亦當生於太宗季年耶？其誤三。杜氏於公祖乃姑姪也，姑長於姪五十餘歲，世間常事，則固可生於隋文開皇之末，何嫌大業末年尚未能嫁爲珪妻耶？公《别張建封》詩云：「彭城英雄種，宜膺將相圖。爾惟外曾孫，倜儻汗血駒。」「彭城」，謂勸唐高祖起兵之劉文静也。建封年輩似小於杜，而得爲劉之外曾孫，何嫌杜之曾祖姑不得爲王珪妻，豈杜自家誤認，而又代建封誤認耶。且杜氏或係公祖之從姑，亦不必定是親姑也。其誤四。《隨筆》據史珪爲建成太子中允，後楊文幹事起，高祖歸罪珪等而流之，太宗即位，乃召還任用，斷珪與太宗之非素交。吴曾《漫録》亦謂：房、杜舊不與太宗相識，及太宗起兵，房始杖策謁軍門，乃薦杜如晦、王珪，則誅建成而後見知，似杜詩「秦王在坐」非實者。然詩之與史亦是傳聞異辭，而杜氏爲珪妻及房、杜之與珪交善，則無可疑也。《野客叢書》又謂「《傳》言母李，而詩言妻杜，有以知婦姑皆賢。母見房、杜則謂『二客公輔才，汝貴不疑。』妻見太宗則謂『子等成名』，皆因此人。詩、《傳》皆可爲據」云云。此亦調停兩可之説。

婁宋

《折檻行》：「嗚呼房魏不得見，秦王學士時難羡。青襟胄子困泥塗，白馬將軍若雷電。千載少似朱雲人，至今折檻空嶙峋。婁公不語宋公語，尚憶先皇容直臣。」意謂房、魏勳名固不得再見，即如瀛州諸學士以文學受知一時之盛，亦難仰羨。蓋天寶喪亂以來，士子困於泥塗，武夫赫若雷電，時事如此，而千載絶少直諫如朱雲其人者，至今折檻雖高，亦徒然也。然朱雲固少，而本朝亦非盡阿諛之臣，如高宗、武后朝，婁師德性多容忍，雖無諫諍之語，而武后、中宗、睿宗、玄宗之世，宋璟固以忠諫名，先皇之容直臣，尚堪記憶，而歎今時之不能容也。詩意本甚明。師民瞻注乃云：「詳此詩意，蓋歎世無宋公之敢言，而亦無婁公之容物。」誤甚矣。詩只是思直臣，無思及容物意也。而《容齋續筆》云：「人多疑婁公既無一語，何得爲直臣？錢伸仲云：『朝有闕政，或婁公不語，則宋公語。』但師德乃是武后朝人，璟爲相時，其亡久矣。杜有《祭房相國》文，言『群公間出，魏、杜、婁、宋』，亦併二公稱之。詩言先皇，意爲明皇帝也，婁氏别無顯人有聲開元間，爲不可曉。」炳案：此又大誤。婁公一生未嘗諫諍，何言或不語，而待宋公之語耶？婁公雖當武后朝，而宋公亦逮事武后，歷中、睿、玄三宗，風采夙著，何必待其爲相時，始堪與婁並數耶？且篇首輒思貞觀房、魏與一時學士，而復遠及漢代之朱雲，末乃説及近代婁、宋，又何必定爲同朝大臣耶？惟《續筆》「朱雲陳元達」一條下謂「至今宫殿正中一間横檻，獨不施欄楯，謂之折檻，蓋自漢以來相傳如此」云云。此是杜詩「至今折檻空嶙峋」句真確注脚，宋制尚然，况唐又前此耶？故杜云「至今」也。

抗士卒

《贈李八秘書别》：「對敭抗士卒，乾没費倉儲。」「抗」本或作「抏」。故趙次公注云：「其對敭之所抗舉，必以士卒爲言者，爲其乾没而費廪食也。」然以抗論軍事爲抗士卒，不成文義。吴曾《漫録》作「抏」，引《上林賦》「抏士卒之精，費府庫之財」，言李方入對，宜論蜀中兵老財匱也。又引《四子講德論》「鶩邊抏士」。炳案：宋尤延之本《文選・上林賦》作「抏」，《四子講德論》作「扤」，善無音注。鄱陽胡氏《考異》云：「袁本、茶陵本『扤』作『杌』，何云《能改齋漫録》作『抏』，何校是也。善不音注者，已見《上林賦》『抏士卒之精』下也。又此字見於《史記》、《漢書》、《鹽鐵論》者甚多，其訓損也，耗也，其音五官反。袁、茶陵二本所載銑注云：『杌，動也』，而不著校語，以五臣亂善，致爲乖謬，尤作『扤』，亦非。」朱注杜詩，亦以《講德論》「扤」字爲「抗」字之訛，其杜詩或作「抗」，又或作「扤」，亦皆「抏」字之形譌耳。又《漫録》「抏，挫也」，是。《漢書・司馬相如傳》師古注，善引郭語「抏，損也」，亦當是。《漢書・上林賦》注，挫、損二義正同。而「抏」字雖亦音翫，讀杜詩從五官反爲諧。

楊契丹

《奉先劉少府新畫山水障歌》云「筆跡遠過楊契丹」，《九家集注》不詳楊契丹何許人。吳曾《漫録》引朱景元《畫斷》云：「楊契丹，隋、唐人。官至上儀同。六法備該，甚有骨氣。」沙門彦琮《後畫録》則云：「隋參軍楊契丹。」獨《千家集注》蔡夢弼謂：「隋楊素畫傳於契丹，故以爲號。」炳案《隋書·素傳》，素未嘗歷官參軍，其後屢封國公，拜司徒，贈太尉，亦非終於儀同者。又以大業二年卒，不得謂之隋唐人也。且傳稱素善屬文，工草隸，留意風角，亦不聞其能畫。《畫斷》、《畫録》所云，自是隋唐間別一人，曾爲參軍，而後至上儀同者，非素也。張彦遠《名畫記》大雲寺塔有鄭法輪、田僧亮、楊契丹畫壁。

猿透

《泥功山》詩「哀猿透却墜」，各注不及「透」字。案《古文苑》王延壽《王孫賦》：「或群跳而電透。」又左思《吳都賦》説猿狖之屬有云：「驚透沸亂。」劉逵注引《方言》：「透，驚也。」蓋杜所本。謝靈運《山居賦》：「飛泳騁透。」自注：「獸走者騁，騰者透。」杜《天狗賦》：「必不虚透。」亦此義也。

石榞

《上後園山脚》詩：「勿謂地無疆，劣於山有陰。石榞遍天下，水陸兼浮沉。」杜田《補遺》云：「《唐韵》：『榞』音原，木名。皮可食，實如甘蔗。炳案：草木結實，無似甘蔗之理。《廣韵》作實如甘蕉，而皮可食，是也。謂之石榞，未究其旨。」沈氏説謂：石榞子如芎藭，皮可禦饑，時天下荒亂，民轉溝壑，水陸並載石榞以充糧。此皆不切詩義。趙注曰：「或云善本止是『石原』，蓋平地曰『原』。承上句『山有陰』之下，言山陰石平處雖遍天下有之，而涉水行陸以往，兼有浮沉而難到。」炳案：作「石原」固是，然趙注亦殊支離。竊謂平原多土，今名爲石原，則是磽确不毛險惡之處。《魏都賦》注引《尸子》：「莒國有石焦原者，廣尋，長五十步，臨百仞之谿，莒國莫敢近也。」張衡《思玄賦》注引《尸子》石焦原廣五十步，此廣字下脱去「尋」、「長」二字也。原廣五十步，復何險之有？王琦注太白《梁父吟》引《尸子》誤同《思玄賦》注。疑杜用此以言行路之難耳。再以此詩文義求之，蓋云勿謂大地無疆，我僅於此山有其背陰園地，而石焦原之險且遍天下，行旅有水陸浮沉之苦。下接「自我登隴首，十年經碧岑。劍門來巫峽，薄倚浩至今」云云，正自述其水陸浮沉苦況。其不曰「石焦原」而曰「石原」者，節字以就句也。若作「焦原遍天下」，義更明確。《魏都》、《思玄》賦語及太白詩語，皆作「焦原」也。

寶鏡

《千秋節有感》詩：「寶鏡群臣得，金吾萬國回。」趙注引《舊唐書》：「千秋節，群臣皆獻寶鏡。」炳案：此則臣獻於君，非君賜而臣得之也。舊紀開元十八年，「八月丁亥，上御花萼樓，以千秋節百官獻賀，賜四品已上金鏡、珠囊、縑彩。」朱注已引之，而《實録》亦有其文，此所謂「寶鏡群臣得」矣。下句則趙注以爲萬國入京獻壽，金吾實伺察之，玄宗升遐，萬國各回而不來，其説是也。

澶漫

《承聞河北諸道節度入朝歡喜口號》云：「澶漫山東一百州。」鄭注：澶，市連切。朱注仍其音，引《西京賦》「澶漫靡迤」，非也。《説文》：「澶淵，水，在宋。市連切。」《廣韵》亦收入二仙，引杜預説澶淵，地名，在頓丘縣南。而二十八翰之「澶」，徒案切，云澶漫也。李善注《西京賦》：「澶，徒旦切。」而《子虚賦》直作「壇曼」。善注「壇」亦徒旦切。然則「澶漫」之「澶」不可讀市連切，亦明矣。《南都賦》「澶漫陸離」，善注「澶」亦音徒幹。

艓子

《最能行》：「富豪有錢駕大舸，貧窮取給行艓子。」《補遺》但云「艓，小舟名，音葉。」而無故事。吴曾《漫録》引王智深《宋記》：「司空劉休範舉兵，潛作艦艓。」可謂得事始矣。《宋記》今不傳，此語僅見《初學記》，而作「劉彦範」，誤也。又案，《宋書・沈攸之傳》：攸之發兵反，齊王遣衆軍西討，「龍驤將軍程隱雋，輕艓一萬，截其津要」。梁武帝《移京邑檄》：「沿波馳艓，掩據新亭。」《隋書・來護兒傳》：「楊素擊高智慧於浙江，賊據岸爲營。素令護兒率數百輕艓登岸，破之。」並宜補注。

白蒟

《課伐木》詩序：「列樹白蒟，鏝爲墻，實以竹。」《容齋隨筆》引「蒟」作桃聲，誤也。「爲」作「焉」，形誤也。一本「蒟」作「菊」，亦形近而誤，菊無鏝墻之理。然白蒟未知何物。趙注云：「蓋荻屬。」而不言所本。《説文》：「蒟，艸也。」豈亦指葦荻之屬耶？若詩指蒲蒟，又不應名爲「白蒟」，而蒲蒟之爲物，將以得其蔭而食其實，非可取之作墻也。

圉人太僕皆惆悵

《丹青引》叙曹霸畫先帝玉花驄云：「玉花却在御榻上，榻上庭前屹相向。至尊含笑催賜金，圉人太僕皆惆悵。」趙注云：「玉花驄，先帝之馬也。畫手精妙，盡得其真，至尊賞之，揮涕而賜金可也，乃笑而賜，若圉人太僕，却知感概，爲之惆悵，則公詩微意可推矣。」《墨莊漫録》亦謂：「肅宗見先帝之馬，含笑賜金，曾不若圉、僕之能惆悵。」此皆誤認肅宗詔霸畫馬，不知詩雖作於肅宗時，而自開元之中常引見，以下則皆追述玄宗時事。所稱詔畫玉花驄「含笑催賜金」者，皆玄宗詔之而賜之，文義明甚。而《名畫記》稱：「霸在開元中，已得名，天寶末，每詔畫御馬及功臣。」事據確鑿，何乃全不體會詩義，而深文比附，指爲譏刺肅宗耶？宋人説詩多鑿，此類是矣。《容齋續筆》論此詩云：「讀者或不曉其旨，以爲畫馬奪真，圉人、太僕皆所不樂。是不然。圉人、太僕蓋牧養官曹及馭者，而黄金之賜乃畫史得之，是以惆悵。」炳案：詩謂畫馬奪真，圉、僕爲之歎息。惆悵者，歎息之謂，非不樂也。至以爲妬賜金而惆悵，亦恐失之。

藥欄

《有客》云：一本作《賓至》「乘興還來看藥欄。」《將赴成都草堂》云：「常苦沙崩損藥欄。」此必花藥之欄也。李匡乂《資暇集》獨爲異説，謂：「欄即藥，藥即欄，猶言圍援，非花藥之欄。《漢宣帝紀》：『池藥未御幸者，假與貧民。』《漢書》『闌入宫禁』，率多作草下闌，則藥欄尤分明也」云云。宋王楙《野客叢書》謂李説固是，然《宣帝紀》作「池籞」，非藥字。又歷引梁庾肩吾，唐王維、杜子美、張籍、李商隱、許渾詩，或云藥欄，或云欄藥，或云欄圍紅藥，以證藥欄爲花藥之欄，致詳覈矣。顧李説之謬，而王以爲固是，竊所未解。夫《宣帝紀》「池籞」之或作「池藥」。不過「籞」、「藥」二字，形近而誤，李據誤本《漢書》，輒立新説，非有他證也。胡仔《苕溪漁隱叢話》已駁李之因誤穿鑿矣。又案《宣帝紀》注，蘇林曰：「折竹以繩綿連禁禦，使人不得往來，律名爲籞。」據此則「籞」字音義，俱從「禦」得來，若作「藥」字，於六書之指安屬耶。「闌」固同「欄」，而古「闌」字亦作「蘭」。《管子・小匡篇》「蘭盾」，《方言》注「蘭」、「圀」並即「闌」字。但《漢書・成帝紀》虒上小女「闌入尚方掖門」，並不作「蘭」字，而云《漢書》多作草下闌，又何耶？且以之解詩固不佳，而以解杜公《有客》詩，尤堪噴飯。夫不約人來看花藥，而但約人來看闌援，田舍翁亦不作此語，曾謂杜公而有此乎！

櫸柳

《田舍》云：「櫸柳枝枝弱，枇杷樹樹香。」顧陶本作「楊柳枝枝弱，枇杷對對香。」吴曾於上句從楊柳，因櫸柳是二物，與枇杷不對故也。下句則從樹樹。朱注據《本草衍義》：「櫸柳，葉謂柳非柳，謂槐非槐。」又《爾雅注》：「柜柳似柳，皮可煮飲。」徐氏曰：「柜或作欅，謂欅柳，正是一物。」炳案：《正異》本「欅」作「柜」，朱説是也。《爾雅》云：「椵柜枊。」郭注載或説「枊」，當爲「柳」。方以智《通雅》云：「柜與欅同。」引杜詩「欅柳枝枝弱」。邵晉涵《爾雅正義》亦以柜柳爲欅柳。其爲一物明矣。惟《通雅》以欅柳即杞柳，考之《毛詩》、《爾雅》，本草家並無其説，方氏誤也。又或説欅柳者，柳之一種，非雙聲字也。枇杷乃雙聲字，相對未工。王觀國《學林新編》則謂：「偶見二物，舉以成對。如《覓松子苗》詩：『落落出群非欅柳，青青不朽豈楊梅。』楊梅乃梅之一種，以此相配，乃正對也」云云。炳案：或人雙聲之説太拘，王説亦非是。楊梅别一果，豈梅之一種耶？

天闕

《遊龍門奉先寺》云：「天闕象緯逼，雲臥衣裳冷。」「天闕」之義，説者多端。《九家集注》載薛夢符《續注》引山謙之《丹陽記》「王茂弘望牛頭山兩峰曰：天闕也」云云。此以金陵之天闕比西洛之龍門也。黄氏《多識録》則據韋述《東都記》：「龍門，號雙闕。以與大内對峙，若天闕焉。」杜田《正謬》義同此，則直指爲龍門也。《能改齋漫録》頗取薛義，而又據《南史·梁·何徹傳》「欲樹雙闕」之語，乃云：「闕者，謂之象魏，懸法其上，蓋杜詩本誤以『魏』爲『緯』，且不記《南史》，是致紛紛耳。」炳案：《漫録》之意謂杜詩當作天闕象魏逼，但題係「龍門山寺」，而以魏闕比之，未免擬不於倫。「象緯」只指天象星緯，山寺絶高，如相逼近，詩非有誤也。王介甫謂「天闕」當作「天閲」，蔡絛、劉辰翁不以爲然，仍從「天闕」。蔡伯世《正異》則謂：「世傳古本作『天闚』，《丹鉛録》亦據張表臣詩話舊本作『天闚』，引《史記》『以管闚天』。又陸賈《新語》：『楚王作乾谿之臺，闚天文。』」炳案：此説是也。「闚」形近「闕」，録杜詩者因譌作「天闕」耳。「天闚」、「雲卧」，屬對自然，虚實亦稱。且此詩雖係古體，而通篇每句第二字皆平仄相間，若作「闕」字則與「卧」字俱屬仄聲，爲不類矣。朱注從「天闕」，謂古體詩何必拘拘偶對，恐不然耳。

緑葵

《茅堂檢校收稻》詩：「秋葵煮復新。」又《佐還山後寄》詩説黄粱云：「香宜配緑葵。」秋葵即緑葵也，而注家甚略。吴曾《漫録》據顔之推《家訓》：「有蔡郎者諱純，遂專呼『蓴』爲『露葵』，面墻之徒，遞相放傚。承聖中有士人聘齊，主客郎李恕問曰：『江南有露葵否？』答曰：『露葵是蓴，水鄉所出。今食者緑葵耳。』」云云。吴下引杜公二詩。炳案：《漫録》之意，以杜詩指北方緑葵，非江南露葵一名蓴者，蓋《家訓》所載，乃江南士人聘於北齊，主客李恕與之宴飲，食品有緑葵，而恕誤以爲露葵，故問江南有此否，而士人答以露葵即蓴，正江南水鄉所出，今席上食者乃緑葵，而非露葵也。據此，則露葵乃水産之蓴，宋玉《諷賦》「烹露葵之羹」當即指此，而絶非陸種之緑葵。潘岳《閒居賦》：「緑葵含露。」自言葵之承露，未可以此附會，强名「露葵」也。而本草家云：古人採葵必待露解，故名露葵。不知《齊民要術》載種葵之法，掐必待露解，收必待霜降，不謂掐待露解，故名露葵也。公《夔府書懷》云：「傾陽逐露葵。」則以向日葵爲露葵，亦誤矣。

匡山

《不見》篇，懷李白也。末云：「匡山讀書處，頭白好歸來。」有以爲江州之匡廬者，黄鶴注據白《望廬山五老峰》詩「吾將此地巢雲松」，《望廬山瀑布》詩「且諧夙所好，永願辭人間」，又《南康軍圖經》「五老峰下，有白書堂舊基，白後北歸，指廬山曰：『與君再會，不敢寒盟』。」又《送姪耑遊廬山》序「慚未歸於名山」等語爲證。《苕溪叢話》謂：「太白遊廬山舊矣，子美既不得志，而太白復以譖出，故詩云『頭白好歸來』，蓋欲招隱爲廬山之遊。」云云。《寰宇記》注亦指爲江州之匡廬。炳案：白之曾住廬山，確證尚不止此。如本集一題云《贈王判官時余歸隱居廬山屏風叠》，詩云：「大盗割鴻溝，如風掃秋葉。吾非濟代人，且隱屏風叠。」此天寶亂後作也。曰居則有室廬，曰歸則前已居此。流夜郎書懷贈韋太守，復追叙之云：「僕卧香爐頂，餐霞漱瑶泉。門開九江轉，枕下五湖連。」而張世南《游宦紀聞》載張宗瑞和湯仲能廬山泉詩，末云：「山靈似語湯夫子，恨殺屏風李謫仙。」下云：「屏風之下，舊有太白書堂。」是白住廬山屢自言之，即《圖經》、《紀聞》之「書堂」，非附會杜詩矣。有以爲緜州彰明縣之大匡山者，《九家集注》載杜田《補遺》引范傳正《李白新墓碑》：「厥先避仇，客居蜀之彰明。太白生焉，讀書大匡山，有讀書臺尚存，其宅在清廉鄉，後廢爲隴西院，院有太白像。唐緜州刺史高忱及崔令欽記」云云。斷之曰：所謂匡山，乃彰明縣之大匡山，非匡廬也。《唐詩紀事》載元符間東蜀楊天惠《彰明逸事》稱：「白本邑人，微時募縣小吏，棄去，隱居大匡山。學者以甫詩匡山爲匡廬，非也。今猶有讀書臺，而清廉鄉故居廢爲隴西院，有唐梓州刺史碑，失其名，及緜州刺史高祝記。」祝、忱形似，必有一譌。云云。而《能改齋漫録》、《野客叢書》、《緜州圖經》之類，亦並以匡山爲在綿州。炳案：白集具載范碑大略，稱：「白凉武昭王九代孫，隋末竄於碎葉。神龍初，潛還廣漢，因僑爲郡人。」並無《補遺》所引「生於彰明，讀書匡山以下」等語，是以《容齋續筆》疑《補遺》所引爲僞書。而《西溪叢語》亦謂恐係《圖經》之妄，是杜田所引及《圖經》似俱不足據矣。《逸事》載白爲縣吏，時有《牽牛》詩，鄙俚不堪。其續縣令《山火》、《女子溺江》等詩，亦復庸淺，明爲贋作，則所載匡山故跡，安知非僞？是《逸事》亦似不足據矣。然悉心考之，白固蜀人，而未必生於彰明。彰明實有大匡山，白蓋嘗寓遊於此，而杜詩匡山則究以匡廬爲覈，何也？白集載范碑於「潛還廣漢」下云：「父客以逋其邑，遂以客爲名。」而不著何邑。案：廣漢郡於唐爲漢州，而彰明唐之昌明也。《元和志》：「漢州管雒、緜竹、德陽、什邡、金堂五縣。」而昌明別屬綿州，一可疑也。或謂昌明亦漢之廣漢郡，屬涪縣地，碑舉廣漢，足該昌明，但碑以紀實，何惜多寫「昌明」二字而但舉古郡之名？且此外尚有同時族人李陽冰序白《草堂集》，述其先世，但云：「逃歸於蜀，復指李樹，而生伯陽。」又同時交好魏顥序白集亦但云白「家於緜」，劉全白幼嘗以詩爲白所知，其撰白墓碣，亦但云：「君廣漢人。」夫以同時、同族之知交，俱但著其州郡，而訖無縣名，何怪乎《元和》、范碑之祇稱廣漢，而杜田引范碑獨著其爲彰明，二可疑也。且昌明之改彰明，始於宋代。范乃唐憲宗時人，而預稱彰明，三可疑也。《方輿勝覽》引陽冰《序》作「逃歸蜀之昌明」，恐亦是據他文添入，未必《序》本有之，而白集字脱。《四川總志》以白生於龍安府平武縣，平武與彰明鄰近，古今地有割并，則或以白生彰明，或以白生平武，亦不甚遠，然恐後人地志仍襲《逸事》之文。《能改齋》「匡山非廬山」一條，既信杜田引碑，則白爲蜀人矣。而又有「白非蜀人」一條，據杜公《簡薛華醉歌》「汝與山東李白好」之句，謂舊史以爲山東人，不爲無據。一人兩説，何耶？且此條既以爲山東人，下文又引范碑「潛還廣漢，僑爲郡人」之文，斷之曰：「由此觀之，則白本非蜀人。」炳案：漢分蜀郡，置廣漢郡，於唐爲蜀之東川，而反據此以證白非蜀人，又何耶？計白之生當在神龍以前，尚未還蜀時，然父已僑爲蜀人，子非蜀人而何？至杜詩「山東李白」自指流寓處言之，升庵改爲東山，惟恐山東奪去太白耳，不足深辨也。竊就諸家碑序妄意之，白蓋綿州州人耳。州本漢之廣漢郡，屬涪縣地，舉漢郡則曰廣漢人，舉唐州則曰綿州人，概言之則曰蜀人。而唐世未有或著其縣者，是生於彰明，恐未確也。《寰宇記》：「龍州江油縣，南八十里有大匡山。」江油與彰明接壤，地經割并，即以爲彰明之山，亦自有理。至匡山讀書故跡，諸地志所載，亦不出江油、平武、彰明三縣，而江油又有小匡山讀書臺，固恐其並以《逸事》爲藍本。元好問《濟南行記》：「濟南西北有匡山，世傳李白讀書於此。」王琦注白集謂：「濟南無匡山，而有筐山，在府城西十里，疑元氏所云即此，土人依附杜詩以證太白之爲山東人耳。」炳案：朱竹垞寄李因篤詩：「三載齊東留滯日，愁看李白讀書山。」亦信《行記》屬實，要之不足據也。然《寰宇記》彰明縣已載有「李白碑在寧梵寺門下，梓州刺史于邵文。」王琦注白集引《元豐九域志》「綿州有李太白碑，唐梓州刺史于邵文。」今本無之。案：《九域志》體例不得載人物碑版，琦誤憶《寰宇記》爲《九域志》

耳。蓋即《逸事》所稱梓州刺史失名之碑，則非盡楊君杜撰矣。白蓋寓遊於此，故旁州刺史爲撰碑文，否則何爲而作耶？是白於彰明既非無涉，即讀書故跡亦或非妄也。唯是白一生寓遊之處，多見諸詩文，而於彰明匡山獨無一語。《方輿勝覽》載白《題竇圌山》詩：「樵夫與耕者，出入畫屏中。」云山在彰明縣，竇子明名圌，隱此山，故名。即白《送竇主簿》詩所云「願隨子明去，煉火燒金丹」者。王注白集謂詩指陵陽子明，以爲竇圌之字，殊不可信，則白所題句亦恐未真矣。意者白隱居故鄉詩具載左綿人所編少作中，而今不傳耶？至白於匡廬則言念非一，杜詩當即指此，故曰以是爲覈也。朱鶴齡云：「白爲永王璘迫致時正在廬山，此詩蓋深惜其放逐之久，望其歸尋舊隱也。杜田云云，事容有之，但此詩則斷指匡廬，不當引彰明爲證。」此說平允，無以易之。杜田引碑文異，誠爲可疑，然豈不知世有真碑也者，而顧僞爲之。案：范自言今作新墓銘，兼刊二石，一置泉扃，一表道路。豈内外二碑文有詳略，故傳本不同耶？又《升庵文集》引《成都古今記》：「白生於彰明之青蓮鄉。」炳案：《寰宇記》：「彰明本漢涪縣，西魏昌隆縣地。初在清廉鄉，大同移讓水。魏移孟津里，唐先天改昌明。建中移於舊縣，今改彰明」云云。杜田引碑及《彰明逸事》亦俱作清廉鄉，蓋縣有廉水、讓水見於《宋書》，清廉鄉或者以水得名，而《古今記》以白自號青蓮居士，改鄉爲青蓮，地志遂多仍之矣。

三川

《晚行口號》云：「三川不可到，歸路晚山稠。」諸家釋「三川」多誤。蓋三川有三，其一在長安，《國語》：「幽王二年，西周三川皆震。」韋昭解：「西周謂鎬京，三川：涇、渭、洛是也。」其一在洛陽，《前漢書・地理志》河南郡注云：「故秦三川郡，高帝更名雒陽。」韋昭説有河、洛、伊，故曰三川是也。其一在鄜州，自後魏時，州有三川縣。《元和郡縣志》云：「以華池水、黑源水及洛水，三川同會，因爲名。」是也。公自鳳翔往鄜州省家，歸心迫切，故曰「三川不可到」，其爲鄜州之三川何疑。乃舊注引「周之亡也，三川震」，是誤作長安矣，趙注非之是也。仇注既引邵注三川在鄜州，而復據顔延之詩「日夕望三川」，案顔詩乃使洛時道中作，而以證杜詩，是又誤作洛陽矣。

江總黑頭

《晚行》末句云：「遠愧梁江總，還家尚黑頭。」案杜公以至德二載謁肅宗於鳳翔，授左拾遺，時家在鄜州，制許省視，故云「還家」。計公年四十六耳，貧賤亂離，早衰頭白，故云遠愧於總之黑頭也。劉辰翁謂：「總自梁入陳，自陳入隋，歸尚黑頭，其人物心事可知。著一梁字，不勝其愧。」顧亭林《日知録》據《陳書・總傳》：「總入隋，爲上開府。開皇十四年，卒於江都，時年七十六。計去禎明三年，陳亡之歲又已五年，頭安得黑？」而以陳天嘉四年，總自嶺南還朝，年四十五，爲黑頭還家，可謂精確矣。仇注雖引顧語，而與原文異。原文據總卒年，故云七十六，仇引據陳亡之年，而云七十一。由今考之，總之自隋南還，即在卒年七十六歲與否，史集無文。而據總撰《梁度支尚書陸襄碑》，自稱「隋開皇九年，於長安致仕」，下又有「南冠永縶」、「馬角徒生」等語，是七十一歲入隋，雖致仕而未即放還矣。然顧語及仇引，祇以見其自隋還家，無論何年，要在七十以外，理亦無礙。惟「卒於江都，時年七十六」之下，仇添一句謂「《傳》無還家之文」。此則有誤。隋文都長安，總入隋爲開府，而《傳》稱卒於江都，非還家安得到此？且總集有《南還尋草市宅》詩，詩云：「紅顔辭鞏洛，白首入轘轅。乘春還故里，《藝文類聚》引作「還故里」，義與題合。《初學記》及吳曾《漫録》引作「行故里」，非是。徐步采芳蓀。徑毁悲求仲，林殘憶巨源。見桐猶識井，看柳尚知門。花落空難遍，鶯啼靜易喧。無人訪語默，何處叙寒温。百年獨如此，傷心豈具論。」題稱「南還」，詩稱「白首」，爲自隋還建康無疑。又眼見徑毁林殘，而尚知門識井，其還到舊宅亦無疑。宅在青溪大橋北，見宋景定《建康志》，唐宋詩人多詠之。總集又有《於長安歸還揚州九月九日行薇山亭》詩云：「心逐南雲逝，形隨北雁來。故鄉籬下菊，今日幾花開。」是總之南還以秋日到揚，乘春始渡江抵建康舊宅，《傳》稱卒於江都者，非傳聞之誤，即是還家後，復遊揚州而卒耳。吳曾《漫録》引《尋宅》詩作自梁南還，梁乃隋字之誤。又以此證杜詩之黑頭還家，忽不省詩稱「白首」耶？又案：自晉永嘉南渡，鞏洛、轘轅之地，久屬北朝，桓温、宋武雖暫有克復，旋即失之，總雖祖籍濟南考城，然非鞏洛，且累世南朝貴顯，亦豈容家在敵境？詩中「紅顔」之「辭」，「白首」之「入」，何以稱焉？蓋南渡以後，每僑置中原州郡名目，其建康外城十二門皆用洛城門名，至文人屬辭，亦並假借。如齊謝脁《三山望京邑》，而云：「灞涘望長安，河陽視京縣。」梁劉孝威《出新林》，而云：「芒山眡洛邑，函谷望秦京。」蕭子暉《應教使客春遊》，而云：「洛陽城閉晚，金鞍横路歸。」

劉孝標《江州還石頭》，而云：「鼓枻浮大川，延睇洛城觀。」此類甚多，皆因河洛自古帝都，借以比喻建康。其稱鞏洛、轘轅者，如謝脁《後齋迥望》，而云「鞏洛常睠然」。庾肩吾《奉使北徐州》，而云「雲邊開鞏樹」。《亂後行經吴御亭》，而云「雜種亂轘轅」。何遜《夕望江橋示蕭諮議》，而云「爾情深鞏洛」。劉孝綽《侍宴離亭》，而云「轘轅東北望」。總詩正同一例。所云「紅顔辭鞏洛」者，謂三十一歲避亂辭建康，「白首入轘轅」者，謂七十一歲後自隋還入建康耳。總又有《歲暮還宅》詩云：「悒然想泉石，驅駕出城臺。甑竹春前筍，驚花雪後梅。青山殊可對，黄卷復時開。長繩豈繫日，濁酒傾一杯。」次句總集及《藝文類聚》引皆作「出城臺」，《初學記》引作「出樓臺」，似誤。城臺疑即臺城，《建康志》引竟作「出臺城」，第四句改爲「驚花雪後春」，不知「城」與「梅」固非韵，「城」與「春」亦非韵。且「春」、「筍」二字不對，而一聯兩「春」字，又犯重，其陋而且妄亦甚矣。似總入直在臺，心憶家園泉石，歲暮始得出臺歸宅者，蓋總之黑頭還家還自廣，白首南還還自隋，而歲暮之還，別是一事也。

奏苦發聲

《秋笛》詩：「奏苦血霑衣。」仇注引蔡文姬詩「長笛聲奏苦」，可謂的確。又「故作發聲微」，仇引《搜神記》「發聲而泣」，不如吴曾《漫録》引向秀《思舊賦》序山陽「鄰人有吹笛者，發聲嘹喨」。

上夜關

《宴王使君宅》：「泛愛容霜鬢，留歡上夜關。」別本作「卜夜閒」，語不對而義亦欠老。趙次公注及《英華辨證》俱從「上夜關」，盧注引王維《登裴迪小樓》「樓」一作「臺」：「應門莫上關」是已。然庾肩吾《南苑看人還》詩已云「青門欲上關」，不始王維也。

白團

《湘江宴餞裴二端公》云：「熱雲集曛黑，從九家、千家本，《英華》作「初集黑」，非。缺月未生天。白團爲我破，華燭蟠長烟。」《讀杜心解》謂：「『白團』句即指缺月意，以月本團圓，爲我破缺。」不成文義，宜從蔡注、師注，指扇説，謂熱天摇扇幾破耳。朱注引何遜詩「逶迤摇白團」是已，但此吴均《古意》詩，非何遜也。

山鬼、蝮蛇

《憶台州鄭十八司户》云：「山鬼獨一脚。」舊注：一足曰夔，魍魎也。炳案：《魯語》：「木石之怪曰夔、蝄蜽。」韋昭解或云：「夔，一足。越人謂之山繅，音騷，或作『𤢖』。富陽有之，人面猴身，能言。」或云：「獨足蝄蜽，山精，傚人聲而迷惑人也。」是夔即山魈，魈與「繅」、「𤢖」字異音同。又越中有之，正合台州事矣。蝄蜽雖亦獨足，而韋解與夔别説，恐非一物。《荆楚歲時記》：「正月一日，庭前爆竹以辟山臊惡鬼。」注引《神異經》「西方山中有人長尺餘，一足，名曰山臊。」《玄黄經》謂之「山𤢖鬼」，此即山魈矣。又《海録碎事》：「嶺南有一足反踵，手足皆三指，雄曰山丈，雌曰山姑。」想亦其類，與郭璞《山經圖讚》「又有槖𩇯神䰠，俱稱一脚，人面」未知同異。而《酉陽雜俎》：「山魈又有山蕭、山臊、山魅、山駱、濯肉、熱肉、飛龍、蚑暉等名，據云如鳩，青色，亦曰治鳥。」似别一妖鳥，非獸類也。詩又云：「蝮蛇長如樹。」此自一種大蛇，名蝮，非《爾雅・釋魚》一名虺之蝮「博三寸，首大如擘」者也。首大如擘之虺，今俗名土虺，亦名七寸頭，言身長七寸耳。如樹之蝮，亦名虺，今江浙未聞有之。《南山經》：「猨翼之山多蝮虫。」虫即古虺字也。郭注言：「大者百餘斤。」其《三倉解詁》則云：「大者長七八尺。」而《寰宇記》蜀州晉原縣鶴鳴山銘記云：「張陵應作張道陵。爲蝮蛇所吸，門徒以爲登仙。」此並杜詩所謂「長如樹」者矣。

東絹

《戲爲雙松圖歌》：「我有一匹好東絹。」吴曾《漫録》引梁庾肩吾《答武陵王賚絹啓》曰：「關東之妙，潛織陋其卷綃。」黃鶴注則云：「梓州鹽亭縣出絹，甚良，時人謂之鵝溪絹，即東絹也。」《潛丘劄記》又據《唐書・地理志》：「陵州仁壽郡土貢鵝溪絹。」炳案：陵州屬東川，故名東絹。時杜公在蜀，當易得此物，未必遠指關東之絹也。然《唐書・志》及《元和志》仁壽並無鵝溪水，惟《寰宇記》「陵州土産進鵝溪絹」注云：「出梓州元武縣鵝溪。」則是梓州出絹，而陵州進之，然又非鹽亭所出也。因考《元豐九域志》「梓州鹽亭縣有鵝溪鎮」，則黃鶴之説不爲無因，豈兩地皆産佳絹耶？

玉衣、鐵馬

《行次昭陵》云：「玉衣晨自舉，鐵馬汗常趨。」趙注引《漢儀注》「以玉爲衣，如鎧狀連綴之。《前漢書・霍光傳》師古注引《漢儀注》作「以玉爲襦」。而『晨自舉』三字，以爲意度鬼神之事。」炳案：《前漢書・平帝紀》元始元年二月乙未：「義陵寢神衣在柙中，丙申旦，衣在外牀上。」此所謂「晨自舉」也。朱注引《王莽傳》：「杜陵便殿乘輿虎文衣廢，臧在室匣中者出，自樹立外堂上。」亦玉衣自舉之事，特晨字無著耳。張邇可《會稡》引《通鑑》所載孝平紀義陵神衣事，而不直引《漢書》，亦非是。趙又謂「鐵馬非戰莫用，所像之鐵馬猶汗以趨，則太宗勤兵之意，瞑目而未終」云云。此則穿鑿無理。仇注據《南史》，吴興楚王廟神救益州刺史蕭猷，有田老逢一騎浴鐵從東方來，俄有數百騎如風，廟中侍衛土偶皆泥濕如汗。疑杜用此事。《日知録》則據杜《朝享太廟賦》「弓劍皆鳴，汗鑄金之風馬」，謂必古記有此事，而今失之，要皆鐵馬神靈之證也。王原叔則謂杜用昭陵石馬助戰事，蓋《禄山事蹟》載潼關之敗，見黄旂軍數百隊與賊將崔乾祐鬥，俄不知所在。後昭陵奏，是日，靈宫前石人馬汗流云云。後人頗主此說。夫石馬與鐵馬原不必過泥，但以昭陵石馬助戰事證杜詩，則詩爲天寶亂後作，以通篇考之，殆不然也。案：詩自「舊俗疲庸主」，至「賢路不崎嶇」十二句，叙隋唐廢興、貞觀致治，義至明白矣，下云：「往者災猶降，蒼生喘未蘇。指揮安率土，盪滌撫洪鑪。」如以「往者」二句爲天寶之亂，則「指麾」二句當指肅宗言之。但肅宗之世，反覆喪亂，訖未太平，何云率土之安、洪鑪之撫耶？《日知録》又以「往者」爲武、韋之禍，「玄宗再造唐室，本於太宗遺德在人，故詩中及之」云云。案，開元初，政誠不愧於「安率土」、「撫洪鑪」，但武、韋之禍止於毒流搢紳，兵起宫壼，而天下承平已久，於「蒼生喘未蘇」之句亦殊不合。惟仇注取張南湖、王右仲之義，謂：「隋末唐初，水旱之災猶降，民困未蘇。太宗勤恤以安民，修省以回天，遂能安率土、撫洪鑪，此再叙當時仁政，以補上文所未備。」其說得之。下文「壯士悲陵邑」四句，是說人心之感慕太宗之神靈。結處「松柏瞻虚寢」四句，則趙注謂「公自紀其過陵之實」，是也。因悟此詩黄鶴以爲「天寶五載公自東都西歸應詔，道經昭陵所作」者，得之。《草堂詩箋》誤編在《北征》詩後，而朱注乃以爲是。案，公以至德二載閏八月，自鳳翔行在所東北行，途經邠州、坊州，而至鄜，公有《九成宫》、《玉華宫》詩。九成在鳳翔之麟遊，詩云「天王狩太白」，知爲還鄜時作。玉華在坊之宜君，亦當作於同時。又《北征》詩有「邠郊」、「涇水」之語，知還鄜必由邠境。無東向長安而行次昭陵之理，其誤一也。昭陵距長安，祇一百三十餘里，是時長安猶爲安慶緒所據，四出寇掠，豈有士夫送死到此？其誤二也。且詩果作於還鄜道中，則其時宗社淪亡，豈其經過陵下，曾無一語告訴在天之靈？如以「往者」二句當之，則時方喪亂，何云往者？蒼生塗炭，何但喘餘？即結語「寂寥開國日，流恨滿山隅」，亦只是天寶間亂兆已形，追思貞觀之治，非謂天寶失國以後也。

何遜在揚州

《和裴迪登蜀州東亭送客逢早梅相憶見寄》詩云：「東閣官梅動詩興，還知何遜在揚州。」舊注謂《梁書・遜傳》不見揚州事。趙注云：「遜卒於廣陵王記室，舊注所云固然，而以公詩逆之，則遜遊於揚，裴寄於蜀，其詠早梅同也。」因引遜《早梅》詩：「兔園標物序，驚時最是梅。銜霜當路發，映雪擬寒開。枝横却月觀，花繞凌風臺。應知早飄落，故逐上春來。」謂：「詩首云『兔園』，則以梁孝王園比之，必在揚州太守園中。『却月』、『凌風』應是園中臺觀之名。《寰宇記》：『揚州有風亭、月觀、吹臺，乃宋徐湛之所營。』遜在湛後，豈在後更有此名乎」云云。炳案：趙注殊不可曉。遜爲廬陵王記室，非廣陵也。設是廣陵，則正揚州事，何又以舊注爲固然耶？然此或「廬陵」誤刻「廣陵」，非必趙氏之失，但遜之游揚，既無所謂廣陵王，則梁孝王「兔園」之名，豈尋常刺史太守之園林所敢比擬耶？《潛丘劄記》謂：「建安王偉以天監六年遷都，督揚、南徐二州諸軍事，揚州刺史遜掌其書記，故曰『何遜在揚州』。自晉以來，揚州治丹陽郡，爲今江寧府，於廣陵迴不相涉。若徐湛之出爲南兖州刺史，此却在廣陵起風亭、月觀、吹臺、琴室，亦偶與後來遜詠《早梅》詩『枝横却月觀，花繞凌風臺』臺觀之名略合，豈得便附會爲一」云云。炳案：此以遜在揚州，爲今江寧府，其説是已。然宋人已有辨之者。張邦基《墨莊漫録》謂：「遜本《傳》但言南平王引爲記室，《傳》作建安王，時未改封南平，《漫録》引《傳》誤也。不言在揚州。及觀遜有《梅花》詩，見於《藝文類聚》《初學記》『兔園標節物』云云。後見別本：『遜東海郯人，舉本州秀才，射策爲當時之冠，歷官奉朝請。時南平王殿下亦當作建安王。爲中權將軍、揚州刺史，望高右戚，實曰賢王。本作主，誤。擁彗分庭，愛客接士。東閣一開，競收揚、馬。左席皆啓，争趨鄒、枚。君以詞藝早聞，故深親禮，引爲水部行參軍事，仍掌文記室。』乃知遜嘗在揚州也。蓋本《傳》但言『南平引爲記室』，亦當作建安。略去揚州耳。然東晉、宋、齊、梁、陳，皆以建業爲揚州，則遜之所在揚州乃建業，而非廣陵」云云。此則揚州東閣俱切遜事。蓋別本所謂「東閣一開」，雖用《前漢書》公孫弘東閣延賢故實，閣、閤字通。而杜詩之「東閣」，正用別本語。胡震亨以別本云云，爲遜墓誌，謂載《墨莊漫録》，其《潛丘》揚州之辨，不引《漫録》，偶忘之耳。葛常之《韵語陽秋》引遜《早梅》五言，謂杜詩亦爲早梅，故用遜事，是已。然謂遜《傳》無揚州事，亦無揚州梅花詩，是未知當時揚州之爲建康也。又案，《能改齋漫録》引《三輔決録》「遜在揚州，見官梅亂發，賦四言詩，人得傳寫」云云，謂杜指此事，是遜之《詠梅》本有二詩，五言者《早梅》，四言者《官梅》。四言詩今不傳，無從考其作於何處，五言首稱「兔園」，指爲建安王府所作，今之江寧，而當時之揚州，固無可疑矣。或曰：據《梁書》，遜又嘗爲安西安成王秀參軍，高祖平建康，秀都督南徐、兖二州軍事、南徐州刺史。南徐，今鎮江府，南兖，今揚州府也。若北兖則今之淮安府。王既都督南徐，豈其越南兗而管北兗哉？其爲南兗必矣。王雖南徐刺史，與南兗祇隔一江；又係二州都督，豈無行館在彼？遜或嘗隨至南兗，事未可知。而五言詩所稱「却月觀」、「凌風臺」，與南兗州風亭、月觀故蹟正合，取其叶韻，故易「亭」爲「臺」，取其足句，故增「却」字、「凌」字，此文人屬辭之常。則即以遜在今之揚州，用湛之故蹟入詩，亦似無不合者。但案秀本《傳》，秀都督南徐、兗二州時，尚未封王。天監元年，始封安成郡王，七年爲荆州刺史，遷號安西將軍，俱在都督南徐、兗以後。而遜《傳》稱遜爲安西安成王參軍，則時在荆州，非南兗也。仍以遜在揚州即今江寧府爲是。杜公稽古，故從梁代州名耳。

《石壕》詩用韻

《石壕吏》云：「暮投石壕村，有吏夜捉人。老翁踰墻走，老婦出門看。」《日知録》謂下二句無韻。錢竹汀《十駕齋養新録》非之，謂「寒」、「桓」與「魂」、「痕」，古韻本通，其説是也。杜《彭衙行》二十三韵，其十六韵在寒、桓、删、山、先、仙部，其七韵在真、文、魂部，參錯用之，絶非换韵，正與《石壕》詩同。朱注亦以「人」、「看」爲韵，然讀「人」爲如延切，未知是否，或改作「出看門」，與人韵；或改作「出門首」，與走韵，皆坐不知古韵之故也。仇注從「出看門」謂「村」「人」與「門」叶，又疑「人」、「看」可叶，而「村」字未合，亦未知古音本通，無所謂叶，而「村」字又有何未合耶？

「薄雲」、「孤月」二句

《宿江邊閣》云：「薄雲巖際宿，孤月浪中翻。」《西清詩話》謂：「原於何遜《西塞》詩：『薄雲巖際出，初月波中上。』雖因舊而益妍，類獺髓補痕。」《九家集注》以爲蘇氏説。炳案：宋之問《早發始興江口至虚氏村》詩：「宿雲鵬際落，殘月蚌中開」句法，亦本於何，其事則用《莊子·逍遥遊》「鵬翼若垂天之雲」。《大戴禮·易本命》：「蚌蛤龜珠，與月盛虚。」而《淮南子》云：「明月之珠，螺蚌之病。」則謂珠光如月耳。詩以雲、月屬之鵬與蚌，雲、月似真非真，最爲巧妙，而又切粤中風景，此雖不及杜句之雄渾，不可謂非奇麗之作也。

魚龍水

《秦州雜詩》：「水落魚龍夜。」《千家集注》沈氏曰：「《水經注》一水發源天水縣，水出五色魚，俗以爲龍，而莫敢捕，因謂之魚龍水。」炳案：《水經注》上文稱「汧水出汧縣之蒲谷鄉」，下云「水有二源，一水出縣西山」，仍謂汧縣之西山耳，非天水縣也。又案，《水經注》本作「龍魚水」，即倒稱「魚龍」，義亦無礙。

瑟瑟

《石笋行》：「雨多往往得瑟瑟。」各家注徵引略備。但據僧惠嶷引前史，説蜀少城飾以金璧珠翠，桓温怒其太侈，焚之。則其華飾之事，應近在李蜀之世，與《華陽記》開明氏造七寶樓漢武時爐時事不合。而《蜀都故事》所謂昔有胡人於此立大秦寺，門樓皆珠碧爲簾者，又與前二説互異，亦不知爲何代。蜀地僻遠，傳聞異辭，無從詳考矣。至「瑟瑟」之爲碧珠，固非生自蚌中者，蜀傳稱爲萇弘血所變，附會不足致詰。然《華陽志》云「寶有珠碧」，又云「碧珠出不一處」，則固蜀産也。《通雅》云：「瑟瑟有三種，寶石如珠，真者透碧。番燒者，圓而明。中國之水料燒珠，亦借名瑟瑟。」

馬軍

《謝嚴中丞送青城山道士乳酒》云：「洗盞開嘗對馬軍。」公自注「軍州謂驅使騎爲馬軍」云云。據此則「馬軍」祇是當時俗稱，别無典故。《能改齋漫録》云：「韓持國《謝邵堯夫九日遠送新酒》詩：『有客忽傳龍阪至，開尊如對馬軍嘗。』自注云：『錦屏山題名有記河南府使馬軍送新酒，予乃知杜詩「洗盞開嘗對馬軍」。』」炳案：此以題名作證，似未見杜公自注者。《元豐九域志》：「河南府壽安縣有錦屏山。」而據《元和郡縣志》，開元元年已改洛州爲河南府，則未知錦屏題名「河南府馬軍送酒」之爲唐爲宋，當俟再考。

江夏李公

《八哀詩》有《贈祕書監江夏李公邕》，趙注云：「李，揚州江都人。而云江夏，以俟博聞。」朱注據《唐書·宰相世系表》：「後漢會稽太守高陽侯徙居江夏，遂爲江夏李氏。其後玄哲徙居廣陵，生善，善生邕。」以趙注爲失考，是已。炳案：太白有《題江夏静修寺》詩，自注云：「此寺本李北海舊宅。」但據《世系表》，則邕祖已徙廣陵，而江夏舊宅猶屬之邕者，概言邕家之舊耳。本傳謂邕江都人，不誣也。杜云江夏李公，則舉其郡望言之。又詩云：「嗚呼江夏姿。」黄希注云：「雖用『天下無雙，江夏黄童』，然邕父善本江夏人。」不知江夏乃其郡望，善父已徙廣陵矣。

吕太一

《自平》云：「自平中官吕太一。」「中官」舊譌作「宫中」，《東坡志林》謂妄者以爲唐有自平宫，而據《玄宗實録》中官吕太一叛嶺南事釋杜詩，是矣。《潛丘劄記》謂尚有一吕太一，中書舍人，爲張嘉貞所薦。見《張嘉貞傳》。《養新録》則引《魏知古傳》「所薦洹水令吕太一」。炳案，知古卒於開元三年，嘉貞以八年爲中書令，二人之薦太一，雖不審其何年，要之知古薦在前，太一時爲洹水令；嘉貞薦在後，太一時爲中書舍人。故兩《傳》互異，非别一人也。若杜詩吕太一，則别是宦官。《劄記》、《養新録》特據兩傳以見姓名與宦官相同耳。

烏麻

《寄彭州高使君虢州岑長史》云「烏麻蒸續曬」，即今脂麻之黑者耳。脂麻亦名胡麻，趙注云「服胡麻之法，九蒸九曝」，是已。《潛丘劄記》亦以爲胡麻。然謂「桑麻之麻，不聞可以蒸曬服食」，此則非是。桑麻之麻，無子者爲牡麻，有子者爲苴麻子，一名蕡。鄭注：「《周官・太宰》：麻居九穀之一。」即今大麻仁、火麻仁也，在古人爲常食之穀，而醫家則古今多用之。雖性頗滑利，而《本草》稱其甘平無毒，補中益氣，久服肥健。何云「不聞服食」耶？若杜詩「烏麻」，固不指此。

橘柚

《放船》云：「黄知橘柚來。」送客蒼溪回船作也。樓鑰説：「嘗與蜀黄文度裳食花椑，因問：『蜀中有此乎?』黄曰:『此物甚多,正出閬州。杜詩所謂「黄知橘柚來。」誤矣。曾親到蒼溪縣,順流而下,兩岸黄色照耀,直似橘柚,其實乃此椑也。問之土人,云工部既誤,有好事者欲爲解嘲,於其處大種橘柚,終非土宜,無一活者』」云云。是謂杜公誤認椑柹爲橘柚也。炳案:《本草綱目》「椑柹下」,柹字同柿。據《日用本草》,一名花椑。《證類》云:「似柿而青黑。《閑居賦》梁侯烏椑之柿是也。」《綱目》申之,謂「他柹熟則黄赤,惟此雖熟亦青黑色,擣碎浸汁,謂之柹漆」云云。因思黄裳以現在食物,證合杜詩「黄」字,則所食殆他柹黄赤者,必非青黑之椑。樓、黄自不識椑,而議杜詩之誤耶。杜雖遥望之語,豈不辨青黑之與黄赤?其非椑柹明矣。他柹與橘柚熟非同時,亦不應誤認,其并非他柹,亦明矣。至述蒼溪土人語,尤不可信。土人即知杜工部,亦安知杜句之誤?而亦未必有好事者,大種橘柚以解嘲,此即黄裳自造此段,以證成己説耳。且蜀中橘柚屢見諸書,必欲閬州從古無此物,是何意耶!

玉魚、金盌

《諸將》云:「昨日玉魚蒙葬地,早時金盌出人間。」王洙注引《西京新記》:「長安大明宫改葬漢楚王戊太子,玉魚宛然。」《九家集注》引孔氏《志怪》崔女棺中金椀事,雖係小説,殆無以易之。姜宸英獨據《唐書·肅宗本紀》寶應元年盜發敬陵、惠陵,謂金盌之出人間自是實事。炳案:此詩凡五首,其稱王縉爲相國及嚴武第三次持節,皆廣德年間事,故編詩者繫之代宗朝。而「玉魚」、「金盌」二句之下繼之云「見愁汗馬西戎逼」，則是吐蕃入寇有發冢之禍，似與肅宗時盜發二陵事無涉。然杜《送郭中丞充隴右節度使》詩作於至德初，其叙禄山之亂，已云：「宸極祅星動，園陵殺氣平。空餘金盌出，無復繐帷輕。」則其時已有園陵發掘之慘，《諸將》所云「早時金盌出人間」，或是追溯言之，要非盜發也。

腰衱

《麗人行》：「背後何所見，珠壓腰衱穩稱身。」此當先辨「衱」爲何物。案《爾雅・釋器》：「衱謂之裾。」郭注云：「衣後裾也。」其注《方言》「袿謂之裾」，亦云：「衣後裾。」與劉熙《釋名》：「裾，倨也。倨倨然直，亦言在後常見倨也。」義正同，並指背後衣裓之下半段耳。裓，古得切，吾鄉土音呼衣裓之裓爲平聲。而《方言》注又有或作「袪」。《廣雅》云：「衣袖八字。」案《廣雅》袖異名十四，有「袿」無「袪」。「裾」是郭所見，或本《方言》作「袿」，謂之「袪」，而「袿」乃衣袖，不得爲衣後裾，亦即不得爲衱矣。《方言》又云：「衱謂之褗。」郭注以爲衣領，亦與《雅》注義違。竊疑衣後裾之説得之。何也？《爾雅》、《方言》「衱」與「袿」皆裾之異名。郭既皆云「衣後裾」，而《釋名》又云「婦人上服曰袿，其下垂者上廣下狹，如刀圭也。」雖不言衣之前後，而其爲衣裓下半段，則同義可從也。《玉篇》「袿」字下既云「裾也，婦人上服」，而又有「袪也」二字，是用或本《方言》及《廣雅》之義。然此外古書罕有以袪爲裾者，袪乃袂之末，而袂即袖也。《孔叢子・儒服篇》：「子高衣長裾，振褒袖。」此雖僞書，而近古，足證裾之非袖矣。《爾雅》：「黼領謂之襮。」郭注云：「繡刺黼，文以褔領。」明與「衱謂之裾」别爲一物。而《方言》乃云：「衱謂之褔。」顯違《雅》訓，是衱之非領，又明矣。今杜詩言見麗人背後腰衱，正與《爾雅》「衱」字注「衣後裾」義合。但腰衱連文，疑衱上腰間，别有結束之物。趙注以爲裙腰，夢弼以爲裙帶，並非也。婦女裙腰、裙帶俱在衣内，遊人安得見之乎？腰衱蓋即劉緩詩所謂「襪小稱腰身」、隋煬帝詩所謂「寶襪楚宫腰」者。《類篇》云：「襪所以束衣。」其在衣外可知矣。權德輿《雜興》詩「珠襻香腰穩稱身」，正用杜句，其「襻」字已見庾信《鏡賦》：「裙斜假襻。」王筠《裁衣詩》：「襻帶雖安不忍縫。」又《唐書・車服志》：「小史有紫碧腰襻。」並謂腰衱也。又《釋名》：「帕腹，横帕其腹也。」「抱腹，上下有帶，抱裹其腹，上無襠者也。」又庾信《夢入堂内》詩：「纏絃掐抱腰。」《夜聽擣衣》詩：「圓腰運織成。」注引《釋名》，此亦並即腰衱耳。《丹鉛録》以襪即崔豹《古今注》腰彩。案，此見馬縞《中華古今注》，非崔豹也。又云注引《左傳》，衵服謂日日近身衣也。案，衵服即汗衣，並非腰彩。

莫徭

《歲晏行》云：「歲云暮矣多北風，瀟湘洞庭白雪中。漁父天寒網罟凍，莫徭射雁鳴桑弓。」《隋書・地理志》：「長沙郡雜有夷蜑，名曰莫徭，自言其先祖有功，常免征役，故以爲名。」師注已引之。

然「莫徭」之見於唐詩者，杜公而外，尚有常建《空靈山應田叟》云：「土俗不尚農，豈暇論肥磽。莫徭射禽獸，浮客烹魚鮫。」劉禹錫《莫徭歌》云：「莫徭自生長，名字無符籍。市易雜鮫人，婚嫁通木客。星居占泉眼，火種開山脊。夜渡千仞谿，含沙不能射。」

卧柳自生枝

《過故斛斯校書莊》云：「卧柳自生枝。」「卧柳」字見劉孝威《枯葉竹》詩，句法則本庾子山《奉和法筵應詔》「春柳卧生根」。仇注引庾作「卧生枝」，誤也。但庾詩紀時物耳。杜著一「自」字，便見老樹荒涼無人剪拂情景。詩文貴能用虚字，信矣。

江蒲

《解悶》詩：「側生野岸及江蒲，不熟丹宫滿玉壺。」謂荔枝也。趙注云：「自戎僰而下，以甽爲蒲，今官私契約皆然，因以押韵。師民瞻本作『江浦』，非是。」炳案：方土之言，固不可求其義理，然即呼甽爲蒲，江豈可以甽計？而荔支又豈生於江耶？如謂江旁田地之甽，又可直云江甽耶？宋王楙《野客叢書》引杜詩，亦作「江浦」，與師民瞻本正同，疑得之。案，此詩七絶十二首，首句末一字用仄聲者，如

「沈范早知何水部」、「陶冶性靈存底物」、「先帝貴妃今寂寞」，皆是也，而首句又有「翠瓜碧李沉玉甃」，則竟是古體。竊謂此首首句作「江浦」，亦是用仄，非與下句「壺」字爲韵也。若作「江蒲」，則是荔支生於蒲草，成何文義？或據《釋名》「草團屋曰蒲」。一本作圓屋。義亦迂僻，非絶句中所應有耳。而楊慎《丹鉛録》乃據《周禮》「汧浦」作「弦蒲」，《左傳》「萑浦」作「萑蒲」，因以杜詩之「江蒲」爲即「江浦」。炳案：《周禮·職方》：「雍州澤藪曰弦蒲。」鄭司農云：「弦或爲汧，蒲或爲浦。」蓋蒲、浦音轉，以致字有異同，未聞讀浦爲蒲、讀蒲爲浦也。《左傳》：昭公二十年「萑苻之澤。」《釋文》：「苻音蒲。又如字。」唐石經初刻作「雚蒲」，後改「萑苻」，蓋苻、蒲字異音同，而未聞有作萑浦者，楊所據《左傳》何本耶？且浦、澤俱水名，而複稱萑浦之澤，亦不成文義。

寡鶴誤一響

《八哀》鄭虔篇：「昔獻書畫圖，新詩亦俱往。滄洲動玉陛，寡鶴誤一響。三絶自御題，四方尤所仰。」朱注云：「玉陛之上，展滄洲之畫圖，而寡鶴誤爲發響，形容其繪事逼真。」此説非也。畫於詩爲小技，豈遺詩而獨申言畫哉？宜從趙注，言本滄洲隱淪之客，而動天子玉陛之上，其義較妥。下文御題三絶，正所謂「動玉陛」矣。「滄洲」二句，義本《小雅》「鶴鳴于九皋，聲聞于天。」蔡伯喈《焦君贊》云：「泌之洋洋，樂以忘食。鶴鳴九皋，音亮帝側。」亦本《雅》義。趙注引《小雅》是已，而意從别本，作

「寡鶴悟一響」，言感悟君王，在乎一響也。句法似不妥，仍從「誤」爲是。蓋鄭本隱淪，一旦以才藝受知，卒罹放逐，所以爲「誤」。後半首詩備述鄭失志流離之狀，皆從「誤」字生出也。

東征逐子

《送王判官扶侍還黔中》云：「大家東征逐子回。」《丹鉛録》取或説，改爲「將子」。朱注非之，引《東征賦》「余隨子乎東征」，謂逐子即隨子之義，是也。澤州陳氏則云：「依賦直當作隨子。」案，「隨」字固現成，然用「逐」字，句法爲健。而朱瀚至謂「逐」字無出，不知此亦何須出典，唐詩以「隨」爲「逐」者甚多，而用之於人，則如蘇味道「正月十五夜，明月逐人來」，李太白《贈崔秋浦》「地逐名賢好」之類，又有何語病？而周賀《送張諲之睦州》云：「東征逐子去，俱隱薜蘿間。」則正用杜語。蓋唐人使熟不怪，必欲易之，千載更無人知《樂府》有「一母將九雛」、何承天有「鳳凰將九子」語耶？

用如快鶻

《戲作花卿歌》：「用如快鶻風火生，見賊唯多身始輕。」蒼舒注引《南史》曹景宗語：「耳後生風，鼻尖出火。」於詩中風火字固略近之，而「快鶻」字未及。案，《北史》齊文宣謂左衛大將軍思孝曰：「爾擊賊如鶻入鴉群。」杜蓋本此。

升庵增改字句

《丹鉛録》「詩話」類云：「松江陸三汀語予：杜詩《麗人》古本『珠壓腰衱穩稱身』下有『足下何所著，紅蕖羅襪穿鐙銀』二句，今本亡之。」《潛丘劄記》謂「宋本並無此，因思『紅蕖羅襪』即用杜詩『羅襪紅蕖艷』，『穿鐙銀』用韓偓《馬上見》詩『和裙穿玉鐙』」云云。炳案：宋寶慶本《九家集注》「珠壓腰衱」下並無「足下」二句。朱長孺亦謂宋本未見，其爲僞造無疑。「羅襪紅蕖艷」係杜《千秋節有感》詩，豈其窘於五字而自用《麗人》舊句耶。至不曰「穿銀鐙」而曰「穿鐙銀」，則以就韵之故，而忘其句義之欠通矣。不惟此也，杜有《鄭駙馬池臺喜遇鄭廣文同飲》詩云：「燃臍郿塢敗，握節漢臣回。」《贈衛八處士》云：「夜雨剪春韭，新炊間黄粱。」周紫芝《竹坡詩話》謂：「晁以道家有宋子京手書《杜少陵詩》一卷，如『握節漢臣歸』乃是『禿節』，『新炊間黄粱』乃是『聞黄粱』。升庵取之。」炳案，《九家集注》宋子京正居其一，寶慶本具在，不聞「握」作「禿」，「間」作「聞」也。且「握節」之改「禿節」，雖據《後漢書·張衡傳》「蘇武以禿節效貞」，而《前漢書·武傳》本無「禿」字。仇注杜詩引《左傳》「公子卬握節以死」，《晉書·王機傳》「郭訥握節避機」及祖孫登詩「握節暮看羊」爲證，則但作「握節」，未嘗不典。又此詩五排用「灰」韻，而《竹坡詩話》誤「回」作「歸」，則在「微」韻矣。至衛八之留賓新炊不皆稻米，而間雜黄粱，與上句「夜雨剪春韭」同一處士素風，又何不妥，而必改「聞」字耶。

朔方兵

《諸將》云：「豈意盡煩回紇馬，翻然遠救朔方兵。」《文選》鮑明遠《出自薊北門行》「分兵救朔方」，杜正用此。

戎王子

《陪鄭廣文遊何將軍山林》云：「萬里戎王子，何年别月支。異花來絶域，滋蔓匝清池。漢使徒空到，神農竟不知。露翻兼雨打，開拆漸離披。」注家不能指戎王子爲何草，許彦周詩話亦然。或説《本草日華子》云：「獨活，一名戎王使者。」戎王子當是其類。炳案：《日華子》書今不傳，以諸家《本草》考之，則獨活與羌活同類，而獨活亦名羌活，又一名護羌使者、胡王使者，非戎王子也。且據稱雍州隴蜀多有之，何必月支萬里？而按之《本草圖》，二活俱非蔓生，何云滋蔓耶？又案，鄭廣文嘗撰《胡本草》七卷，杜公《八哀》所云「藥纂西極名」者也，當日同遊見此，未知採入否。

更秉燭、蔚藍天

《羌村》云：「夜闌更秉燭，相對如夢寐。」《老學庵筆記》云：「意謂夜已深矣，宜睡而復秉燭，以見久客喜歸之意。僧德洪妄云『更』當平聲讀，烏有是哉。」炳案，此見《冷齋夜話》，《筆記》不從，是也，而《漁隱叢話》顧採之。又杜《金華山觀》詩「上有蔚藍天，垂光抱瓊臺。」《補遺》據《度人經》「三十二天、三十二帝，皆有隱諱隱名，第一太黃皇曾天，鬱鑑玉明。」趙注不從，謂「蔚藍是天之青色」，其說是矣。而《筆記》乃謂「蔚藍，隱語，天名，非可以義理解。杜詩云『上有蔚藍天』，猶未有害。韓子蒼乃云『水色天光共蔚藍』，恐又因杜詩而失之」云云。此則《筆記》非是。説詩忌穿鑿，如「夜闌更秉燭」，「更」讀平聲，「上有蔚藍天」，解作天名，索然無味矣。

犀浦

《梅雨》詩「南京犀浦道」，一本作「西浦」，而趙注從之，謂「是成都江水西邊之浦，公所居正在此。而以一本作『犀浦』，爲惑於成都屬縣之郫有犀浦鋪。」又云：「殊不思下有『長江』之句，則犀浦道無江。」炳案：《元豐九域志》：「熙寧五年，省犀浦縣爲鎮入郫。」此趙注所謂郫縣之犀浦鋪也。然《元和郡縣志》：「犀浦縣東至成都府衹二十七里。」則距大江亦不遠，而犀浦縣北四里有都江水，是亦江也，何云「犀浦道無江」乎？再参以杜公《江畔獨步尋花》詩「黄師塔前江水東」，《老學庵筆記》稱「予在成都，偶以事至犀浦，過松林甚茂，問馭卒此何處，答曰師塔也，乃悟杜句」云云，則犀浦有江，而公所曾遊可知，何必定從西浦？又何必定是公所居耶？

東蒙峰

《玄都壇歌寄元逸人》云：「故人昔隱東蒙峰，已佩含景蒼精龍。故人今居子午谷，獨在陰崖結茅屋。」王洙以爲兖州之蒙山，《九家集注》亦引《論語》「東蒙」，放翁《老學庵筆記》獨以杜詩「東蒙」爲終南山峰名。案，子午谷與終南山俱在長安之南，但公詩明言「昔隱」、「今居」，則東蒙何必本與相近？仇注謂元蓋自山東而遷居秦嶺，是也。況東蒙之爲終南别峰，《筆記》僅據种放《東蒙新居》詩「登遍終南峰，東蒙最孤秀」云云，而别無古籍可據。惟《宋史》放傳稱其隱於「終南豹谷之東明峰」，亦非東蒙也。豈「明」、「蒙」字母同，北音通轉，呼「東明」爲「東蒙」耶？朱注以放翁説爲未足信，良是。然以公《昔遊》詩「東蒙赴舊隱，尚憶同志樂」正指元逸人，此恐未然。蓋公有《與李白同尋范十隱居》詩云：「余亦東蒙客，憐君如弟兄。」則《昔遊》詩所憶者，即李、范諸人耳。元逸人或在其内，然無明據也。又杜所寄詩之元逸人，或即李白寄詩之元丹丘，白寄詩極多，亦或稱爲逸人，逸人即逸民，避太宗諱耳。

然白所與遊者，隱於嵩山、石門等處，又與蒙陰、終南無涉。

恰恰啼

《江畔獨步尋花》絶句：「自在嬌鶯恰恰啼。」趙注云：「如王無功之『恰恰來』也。」炳案：無功《春日》詩：「年光恰恰來，滿甕營春酒。」似是恰好之義，以解杜詩未爲不合。朱新仲《猗覺寮雜記》云：「説詩以謂『恰恰』，鶯聲也。《廣韵》云：恰恰，用心啼爾，非其聲也。」朱以「用心」解杜詩，猶昌黎《贈同遊》所謂「無心花裏鳥，更與盡情啼」，於義亦通。但《廣韵》衹云「恰，用心」，並無「啼」字，朱當云：「《廣韵》云：『恰，用心。』則『恰恰啼』者，用心啼爾，非其聲也。」文義乃明妥。豈今本《雜記》文有訛脱耶？又《説文新附》已云「恰，用心也」，亦不始於《廣韵》。

舞馬

《鬥雞》篇云：「舞馬既登牀。」《山海經》稱「夏后啓舞九代馬於大樂之野。」不足信也。《藝文類聚》載曹植《獻馬表》，稱臣得大宛紫騂或作騮。馬，教令習拜行，與鼓節相應。《宋書》大明中吐谷渾獻舞馬，謝莊爲作賦，注家已及之。然《梁書》尚有河南獻舞馬，周興嗣、到沆、張率作賦一事，則由來已久，然大抵舞於平地耳。《明皇雜録》則稱：「舞馬曲謂之《傾盃樂》，舊首鼓尾，縱横應節。又施三層板牀，乘馬而上，抃轉如飛。或命壯士舉榻，馬舞於榻上。」據此，則馬既舞於平地，又能載人舞於牀榻，甚而壯士舉榻以舞馬，可謂惡作劇矣。然非惟小説云然也，《通典》載：「翔麟鳳苑，厩有蹀馬，俯仰騰躍皆合節，朝會用樂則兼奏之。」而《唐書·禮樂志》稱玄宗以馬百匹，盛飾，分左右，施三重榻，舞《傾盃》數十曲。與《雜録》同，惟衹稱壯士舉榻，馬不動，不云乘馬而上耳。其馬之登牀則無疑。《猗覺寮雜記》據《樂天實録》樂字譌。「有馬舞者，攏馬人著彩衣，執鞭於牀上，舞蹀躞蹀或作「蹄」，非。皆應節」云云，謂登牀而舞乃馭者，而馬應節於下也，因以唐子西《舞馬行》「天寶舞馬四百蹄，彩牀襯步不點泥」爲誤。案，《雜録》之意，當以衆馬舞蹈非牀所勝，衹是馭者登牀，而舞馬仍舞於平地耳。然今俗演戲，頗有騎真馬盤旋臺上者，設所立戲臺，厚其材而廓其度，雖衆馬舞蹈可矣。《容齋三筆》稱「先忠宣得唐人畫《驪山宫殿圖》一軸，殿外垂簾，宫人無數，穴簾隙而窺，一時伶官戲劇，品類雜沓，皆列於下。杜詩真所謂親見之」云云，是也，何必致疑。

若耶溪

《奉先劉少府新畫山水障歌》：「若耶溪，雲門寺。」《補遺》引《南史》何子季居若耶山、雲門寺。炳案：今《南史》亦作若耶山，但考《水經》《地志》，會稽衹有若耶溪，非山也。《猗覺寮雜記》引《南史》若耶溪、雲門寺，謂杜全用此六字，蓋古本《南史》正作「溪」耳。

多羅樹

《山寺》詩：「吾知多羅樹，却倚蓮花臺。」《補遺》引《酉陽雜俎》「貝多出摩伽陀國，西土用以寫經，樹長六七丈。或訛作「六尺」。經冬不凋。此樹有三等：一多羅婆力叉貝多，二多梨婆力叉貝多，三部闍婆力叉貝多多羅多梨。並書其葉，部闍一色，取其皮書之。貝多漢翻爲葉，婆力叉漢翻爲樹」云云。

炳案：《雜俎》又云：「菩提樹出摩伽陁國，蓋釋迦如來成道時樹，一名思惟樹。莖幹黄，白枝，葉青翠，經冬不凋。此樹有梵名二：一曰賓撥梨婆力叉，二曰阿濕曷咃婆力叉。以佛於其下成道，即以道爲稱，故號菩提婆力叉，漢翻爲道樹。」而《魏王花木志》云：「思惟樹，漢時有道人自西域持貝多子，植於嵩之西峰下，樹極高大。」據此則多羅樹即貝多樹，亦即菩提樹也。鄱陽胡中丞克家嘗贈余菩提葉數張，圓長而鋭，其端長四五寸，闊二三寸，與《天中記》所稱貝多葉長一尺五六寸、闊五六寸者不合。然《天台志》稱：「西天佛菩提樹，智藥三藏移植於廣州光孝寺，葉之筋脉細緻如絹」云云。曩中丞所贈葉雖不甚細緻，然正與粗絹同可以作字也。其曰「多羅」者，《華嚴經》音釋云：「多羅花如椶櫚，葉長稠密，久雨無漏，此翻爲高聳。」

杜詩瑣證卷下

溧陽史炳撰

肺腑

《岳麓山道林二寺》云：「一重一掩吾肺腑，山鳥山花吾友于。」以花鳥比兄弟，義甚明白，其以「友于」對「肺腑」，虚實不倫。錢氏《養新録》載一説「唐人精於聲律，『肺腑』、『友于』皆雙聲，故可屬對，猶《滕王閣詩序》以『丘墟』對『已矣』。予聞之大父」云云。但「一重一掩」，自謂岡巒層叠耳，何以比之「肺腑」？薛注引《漢書》衛青曰：「吾幸得以肺腑待罪行間。」案，今《漢書》青傳作「胏附」，字與「肺腑」同。師古云：「胏附謂親戚也。」因悟杜以「友于」對「肺腑」，猶以兄弟對親戚，其不嫌於以虚對實者，則雙聲之説得之。

雲子

《與鄠縣源大少府宴渼陂》云：「飯抄雲子白。」舊注：雲子，雨也。引荀子《雲賦》「友風而子雨」。許彦周《詩話》亦以「雨點」釋之，此最無理，飯之白安得取譬雨點耶？薛注引《漢武内傳》：「太上之藥有風實雲子。」固非事實。趙注以爲菰米飯香滑潔白，足當雲子之譬。此以飯爲菰米也，而「雲子」究不知爲何物。朱注據《抱朴子》：「服雲母十年，雲氣常覆其上。服其母以致其子，理自然也。」云是雲子疏義，此以雲子爲雲氣，不謂雲母石也。但雲爲雲母石之子，何得名雲爲雲子乎？竊謂彦周「雨點」之説固繆，其下文又一説似得之。據云：「葛洪丹經，用雲子碎雲母也。今蜀中有碎礫，狀如米粒，圓白，雲子石也。」以杜詩對句「瓜嚼水精寒」例之，「雲子」、「水精」，同是石類耳。升庵《韵藻》直以「雲子」爲稻名，朱注謂不知何本。竊疑升庵以杜句有「飯」字，故附會爲之。

破瓜落刃

《孟冬》云：「破瓜霜落刃。」《猗覺寮雜記》以《歲時雜咏》所載「破甘霜落瓜」爲是，因孟冬無瓜故也。然此詩上云：「殊俗還多事，方冬變所爲。」下云：「巫岫寒都薄，烏蠻嶂遠隨。」極言其風俗殊異，方冬不寒，或竟作「破瓜霜落刃」，亦未嘗無理。杜又有《園人送瓜》詩云：「落刃嚼冰霜，開懷慰枯槁。許以秋蒂除，仍看小童抱。」玩其詞義，固是作於夏時，而語正相似。

泉出巨魚

《沙苑行》本叙牧馬事，結句乃云：「泉出巨魚長比人，丹砂作尾黄金鱗。豈知異物同精氣，雖未成龍亦有神。」趙注謂：「龍或魚所化，或馬所爲，故云異物同精氣。」又謂：「沙苑有水，正馬之浴處，而水中有是魚。」其説是也。惟趙云「水中有是魚」，惜圖志不載，此恐未盡。《猗覺寮雜記》引《同州志》：「沙苑有泉，泉多大魚。」則固載之志矣。

筍根稚子

絶句《漫興》云：「筍根稚子無人見，沙上鳧雛傍母眠。」本或爲「竹根稚子」。贊寧《雜志》曰：「竹根有鼠，大如貓，其色類竹，名竹豚，亦名稚子。」此以「稚子」爲竹鼠也。洪覺範《冷齋夜話》引唐人《食筍》詩：「稚子脱錦裍，駢頭玉香滑。」《西溪叢語》及《猗覺寮雜記》俱引杜牧詩：「小蓮娃欲語，幽筍稚相携。」此並以「稚子」爲筍也。趙注則謂古樂府有《雉子班》，故用對「鳧雛」，此從別本作「雉子」，而以爲野雞之子也。數説誠未知孰是。但細案《食筍》詩及杜牧詩，只是以「稚子」比筍耳，未可直謂之筍根稚子、竹根稚子也。而宋人本亦無作「雉子」者，則趙氏之説恐是以意改字，非有別本可據。惟竹鼠之説似近之。案，竹鼠亦名竹鼯，《王氏見聞》稱其生於深山溪谷竹林之中，無人之地，山民發地取之甚艱。《蟫史》亦云：「好伏土底食竹根，未嘗見日。」與杜詩「無人見」義合。然考《本草綱目》，竹鼯一名竹㹠，㹠即豚也，而别無「稚子」之名。惟《藝文類聚》引劉欣期《交州記》曰：「竹鼠如小狗子，食竹根，出封溪縣。」雖云如「小狗子」，而亦不聞名爲「稚子」，姑闕所疑可耳。又「沙上鳧雛傍母眠」，《夜話》「傍」作「並」，並即傍也。《史記·秦始皇本紀》：「並勃海。」《正義》：「並，白浪反。」

嬋娟碧鮮

《法鏡寺》云：「嬋娟碧鮮净，蕭槭寒籜聚。」王洙注引《吴都賦》「檀欒嬋娟，玉潤碧鮮。」可謂典確。《正異》、《英華》皆作「碧蘚」。《猗覺寮雜記》據《吴都賦》并五代時扈蒙以《碧鮮賦》得名，斥作「蘚」非是，是已。炳案，宋本《文選·吴都賦》作「蟬蜎」，劉逵注只作「嬋娟」，云妍雅也。成公綏《嘯賦》亦云「蔭脩竹之蟬蜎」，李善注引《楚辭》「㛹娟之脩竹」，蓋蟬蜎、嬋娟古今字，嬋又音轉爲㛹，亦或但作「便」字，皆風致綽約之意，豈可加諸苔蘚哉？朱注反從「蘚」字，以「嬋娟碧鮮」四字皆言竹爲無此句法。案，《吴都賦》本只形容竹之質色如玉之潤，如碧之鮮，並不以爲竹名。但文字久遠，便成典故，後人竟以「碧鮮」名竹。而「嬋娟」乃竹之態，何嫌四字重複乎？碧，水碧也。《西山經》：「高山下多青碧。」郭璞注云：「碧亦玉類。」是也。「寒籜」則恐是「寒蘀」之譌，蓋蘀爲一切草木落葉之名，而籜乃新筍之皮也。公以乾元二年冬，自秦州往同谷途中作此詩，時不得有新篁解籜，且與「碧鮮」犯複矣。

雙峰寺、七祖禪

《秋日夔州詠懷寄鄭監李賓客》云：「身許雙峰寺，門求七祖禪。」《補遺》引《釋氏要覽》：「曹溪在韶州雙峰寺下。」此誤也。杜公嘗欲出峽之吴楚，未嘗欲適嶺南，豈以身許曹溪雙峰寺哉？自當從寺在黄梅縣之説。案，《寶林傳》：「唐武德七年，道信大師住蘄州破額山。貞觀中，改爲雙峰。」《寰宇記》：「黄梅縣慈雲塔在縣西北四十里雙峰山，第四祖道信大師寂滅之所。」杜詩指此耳。《猗覺寮雜記》云：「雙峰，惠義寺也。」因引杜公《惠義寺送辛員外》詩「雙峰寂寂對春臺」。炳案：此以《惠義寺》詩偶有「雙峰」二字，遂謂寺在六祖所住之雙峰，亦誤也。杜公《惠義寺》凡有數題，陪章梓州、王閬州、蘇遂州、李果州四使君登此寺，及於寺送王少尹赴成都者，五律也。於寺園送辛員外，其一七律，即《雜記》所引；其一七絶，所謂「朱櫻此日垂朱實」者也。據地志，寺在梓州郪縣北，縣附州郭。公時寓梓，故常往縣北此寺陪遊送别也。且五律二題其在梓亦甚明，而七律結句云：「直到綿州始分手，江邊樹裏共誰來」，此豈蘄州之雙峰耶？七祖之説多端，《補遺》據佛書，毗婆尸佛、尸棄佛、毗舍浮佛、拘留孫佛、拘那舍牟尼佛、迦葉佛、釋迦牟尼佛，謂之天竺七祖，以解杜詩，似乎迂遠，不切雙峰事實。其震旦作祖者，以《舊唐書·神秀傳》及王維《六祖能禪師碑》、李舟《能大師傳》、杜《送李校書》詩云：「李舟名父子。」《傳燈録》之類參考之，初祖達摩，二祖慧可，三祖璨，四祖道信，五祖弘忍，四、五祖皆住黄梅雙峰東山寺，五祖高行弟子曰神秀、曰慧能，而能師實傳受衣法，歸老曹溪，是爲南宗六祖。此後不復傳衣，惟弟子有神會者，遇師晚景，獲最上乘，然至貞元間，始勑立爲七祖。事在杜公以後，非詩所指也。而據《猗覺寮雜記》又稱六祖傳法清源，不傳衣，謂之七祖。地志又有江西安福人真寂，事曹溪六祖，傳其衣法，亦名七祖。其間異同真僞，須俟博考。竊謂以授受之統論之，能師既是六祖，即七祖必其門徒，而北宗神秀未傳衣法，不當爲六祖，又何七祖之有？《傳燈録》謂神秀門人普寂立其師爲六祖，而自稱七祖，可謂僭妄矣。然以時事論之，則杜詩所稱「七祖」反應是普寂，即大照禪師也。蓋神會之勑立，非杜所及見，而普寂之自立，當在其前。一時北宗之盛，具見諸公碑記，而李華亦謂之七祖，不獨杜公也。詩又云「勇猛爲心極」，固本《楞嚴經》「發大勇猛」，然經無「心」字。《梁書·劉歊傳》有老公謂歊曰「心力勇猛」，亦或本此。

一斗三百

《偪仄行》：「速宜相就飲一斗，恰有三百青銅錢。」趙注載真宗問唐酒價，丁晉公引此詩以對。《二老堂詩話》亦引此事，而據白樂天：「憶昔羈貧應舉年，脱衣典酒曲江邊。十千一斗猶賒飲，何況官供不著錢。」又古詩「金尊美酒斗十千」，謂詩人一時用事，未必實價。《野客叢書》亦謂詩人所言出於一時，未知果否一斗三百。因引唐《食貨志》「德宗建中三年置肆釀酒，斛收直三千。」又楊松玠《談藪》載北齊盧思道嘗云：「長安酒賤，斗價三百。」謂杜詩引此，亦未可知云云。炳案：杜詩上文云：「街頭酒價常苦貴，方外酒徒希醉眠。」則一斗三百，自是當時實價，何必致疑？又公詩作於肅宗乾元元年，時尚未有官酤，而市價與德宗時官價等，宜公之苦其太貴也。但杜以三百爲貴，盧以三百爲賤，意者盧生割據久亂之時，米價極貴，故以斗酒三百爲賤。杜承天寶以來，斗米十三錢之後，至此酒價驟增，故見爲貴耶？黄鶴注既引建中酒價，復引貞元斗錢百五十，而未及盧語。

金鎖、緑沉

《重過何氏》云：「雨抛金鎖甲，苔卧緑沉槍。」《竹坡詩話》謂甲抛於雨，爲金所鎖。《野客叢書》譏其不通，引貫休詩「黄金鎖子甲」爲證，是已。然崔顥《古遊俠》已云「錯落金鏁甲」，不始貫休也。而魏曹植表稱：「先帝賜臣環鏁鎧一領。」《唐書·康國傳》：「開元初貢鎖子鎧。」鎧即甲也。又《六典》武庫有鎖子甲，云是「鐵甲」，鐵亦金耳，不必定如苻堅所造金銀細鎧也。「緑沉槍」，《丹鉛録》云：「謂以緑沉色爲漆飾槍柄。」此説得之，蓋緑沉之爲色，亦可用之於筆管、衣服、弓甲、屏風、扇子、瓜竹之類。薛注杜詩及王楙、吴曾、楊慎諸君所引略備矣。而王、薛皆以「緑沉槍」爲精鐵，此則非是。鐵雖精，安能作深緑色耶？槍亦名槊，《北史·蠕蠕傳》魏明帝賜阿那瓌赤黑漆槊各十張，亦謂「漆髹其桿」耳。「緑沉槍」出典以陳琳《武庫賦》「緑沉之槍」爲最古，而薛注杜詩、《西溪叢語》、《能改齋漫録》並引《北史》隋文帝賜張奫緑沉槍甲。案，今《北史》及《隋書·奫傳》祇云「賜奫緑沉甲」，俱無「槍」字，引者誤增也。《會要》開元十三年「勅四軍槍矟，左飛騎用緑紛，右飛騎用緋紛，左萬騎紅紛，右萬騎碧紛。」案，《顧命》鄭注「紛，以玄組爲之」。恐《會要》所云，只是槍纓之類，未必謂漆飾。

千里蓴

《贈别賀蘭銛》云：「君思千里蓴。」《晉書·陸機傳》：機入洛，王濟指羊酪，謂曰：「卿吴中何以敵此？」答云：「千里蓴羹，末下鹽豉。」《世説》則云：「千里蓴羹，但未下鹽豉耳。」不作「末下」，亦不以爲地名也。末下，地無可考。《景定建康志》載或説以「末」爲「秣」字之省文，即秣陵也，然亦無他證。至千里湖則確在溧陽。《太平寰宇記》：昇州溧陽縣千里湖産蓴，云陸機所稱即此。《建康志》：「千里湖在溧陽縣東南十五里，至今産美蓴，俗呼千里湒，與故縣湒相連。」炳案：今溧陽城南十五里有古縣，即故縣也，孫吴之永平縣，晉、宋、齊、梁、陳之永世縣並治此，今其左近皆小港平疇，絶無巨浸，而尚有所謂黄墟蕩者，舊志謂即千里湖，蓋溧陽之大水湖、湒蕩，率皆通稱千里湖，在黄墟一帶，可無復疑，但今絶不産蓴耳。夢弼《杜詩箋》云：「千里，吴石塘湖名也。」案，溧陽祇有長塘湖，而無石塘湖，須俟再考。黄朝英《緗素雜記》既主「末下」之説，而言洛中去吴有千里之遠，亦不以爲地名，成何文理！

同谷

《秦州雜詩》云：「州圖領同谷。」趙注：「同谷郡在唐乃成州，隸山南西道採訪。今公所賦《秦州》詩乃隴右道，而云『州圖領同谷』，何也？此因在秦州，更欲西往，而賦成州詩也。」炳案：此説不可通。同谷郡縣俱不屬秦州，何得以欲往同谷，遂云秦州所領耶？朱注引《唐書》「秦州都督府督天水、隴西、同谷三郡」，此説得之。然此乃黄鶴注，而朱用之也。今以《唐六典》及《唐書・地理》、《百官志》、《元和郡縣志》、《太平寰宇記》、《通鑑》、《地理通釋》、《方輿紀要》等書，參互考訂，秦州自唐武德二年立總管府，管秦、渭、岷、洮、疊、文、武、成、康、蘭、宕、扶十二州。貞觀十四年，祇督秦、成、渭、武四州。景雲二年，置都督二十四人，秦州爲中都督。天寶元年，改爲天水郡，督天水、隴西、同谷三郡，同谷則成州屬也。乾元元年，復爲秦州。公以乾元二年至此，故題曰「秦州」，時州之都督尚仍舊制，管下有同谷，故可言「領」，非以欲往同谷，而謂爲秦州所領也。公以二年十月離秦州往同谷縣，十二月復由隴右入蜀，而秦州隨以寶應元年没於吐蕃。

明光殿

《石硯》詩爲平侍御作，末云：「公含起草姿，不遠明光殿。致於丹青地，知汝隨顧眄。」注家或誤認「明光殿」爲明光宮。《野客叢書》云：「有兩明光宮，一明光殿。」因引《三輔黄圖》，明光宮一屬北宮，一屬甘泉宮，而明光殿自在桂宮，三者原不相干。其説是已。然《叢書》又云「明光宮屬北宮者，正成都侯商避暑之所」，下文何又以《漢紀》師古注爲謬。案，《漢紀》：「太初四年起明光宮。」師古注謂「蓋成都侯借以避暑者」，考之《黄圖》，此正在北宮。《叢書》駁之，是自相矛盾矣，豈以北宮大内非人臣所敢借，所借當在甘泉宮耶？案，《元后傳》載成都侯借宮避暑，原極言其僭妄，豈復有人臣禮耶？明光宮與杜詩無涉，牽連及此，以免疑誤耳。至明光殿之在桂宮，則《西都賦》云：「自未央而連桂宮，彌明光而亘長樂。」《西京賦》云：「屬長樂與明光，徑北通乎桂宮。」李善注並以爲殿名，亦足證也。又《漢官儀》尚書奏事明光殿，故公詩下文又有「致於丹青地」之句。趙注引《鹽鐵論》「公卿者，神化之丹青」，是也。公《送李校書》亦云：「汝翁草明光。」《十二月一日》云：「明光起草人所羡。」

戎戎、湆湆

《放船》云：「江市戎戎暗，山雲湆湆寒。」《九家集注》無釋。劉辰翁謂：「戎戎、湆湆，亦不必所本，偶然適似。」語最可笑。朱注引《召南·何彼襛矣》毛傳：「襛，猶戎戎也。」炳案，孔疏謂毛以華狀物色言之，不必有文，是孔氏亦别無文可證。據《釋文》，《韓詩》：「襛，作茙。」則戎固猶襛，亦猶茙也。《邶·旄丘》：「狐裘蒙戎。」《左傳》僖五年，士蔿賦作「狐裘尨茸」，則戎又猶茸也。《説文》：「襛，衣厚貌。」《旄丘》《傳》訓「戎」爲「亂」。又《説文》：「茸，草茸茸貌。」《集韵》載一説：「茙茙，厚貌，通作戎。」合諸説觀之，則「戎戎」猶「茙茙」，亦猶「茸茸」，乃紛披雜沓之意。杜公「江市戎戎暗」者，以下文「山雲淰淰」、「荒林無徑」等語參之，蓋市在江畔，山林間景物蒙茸而昏暗耳。淰，《説文》：「濁也，乃忝切。」以《玉篇》、《廣韵》、《集韵》諸書考之，亦兼有奴感、鄔感、式稔、失冉諸音，水流及無波與踴躍諸義。《禮運》：「魚鮪不淰。」鄭注「淰」之言閃也，是鄭讀失冉切。《釋文》音審，非鄭音矣。杜詩云「山雲淰淰寒」，則或言雲色重濁，或以水貌擬雲，於義俱可，但不得讀閃，以雲無閃躍義耳。

織成

《張舍人遺織成褥段》云：「客從西北來，遺我翠織成。」朱注引《異物志》：「大秦國織成氍毹。」此非中土所作，不必引證。趙注云：「《後漢・輿服志》：『織成者多。』」炳案：《志》稱「乘輿刺史、公侯九卿以下，衣裳皆織成，陳留襄邑獻之」。又稱「虎賁將，虎文絝；虎賁武騎，虎文單衣。襄邑歲獻織成」者，而曹操《與楊太尉書》有「織成韡一量」，晉武帝令「織成帷不須施」，則不但用作衣絝矣。至劉宋時，織成衣帽遂爲禁物，見《宋書・禮志》，布帛皆待織而成，此獨名織成者，人物、鳥獸、花卉一切文采，不須繡畫，而以雜色經緯織成之，如後世所謂刻絲耳。

野航

《南鄰》云：「野航恰受兩三人。」《山谷詩話》、《漁隱叢話》俱謂「航」當作「艇」，以「航」是方舟、大舟之名，不止受兩三人耳。趙注及《野客叢書》俱據《詩》「一葦杭之」以證「航」之不必定爲大舟。案，「杭」、「航」字固通，然《毛傳》：「杭，渡也。」據《正義》，是束葦以渡河，非以「杭」爲舟名。惟《淮南子·主術訓》：「舟航杜樑。」高誘注：「方兩小船共濟爲航。」此則小舟亦得名航之證，且不必方兩小舟爲航也。古樂府有《夜航船》，《中吳紀聞》謂惟浙西有之。今蘇、松、常、鎮等處尚名夜航，並不方兩舟。舟雖不甚小，然非絶大可行江海者。且杜詩是七律，安得作「艇」字？《説文》、《玉篇》、《廣韵》、《集韵》，艇皆上聲，而無平。惟《韵補》叶田庚切，叶音平聲，非本讀平也。又古樂府用韵不拘平仄，故「沿江引百丈」之篇，以「艇」與「陵」爲韵，豈可用之律詩？而升庵據此謂杜用此音，殆不然矣。

黄姑渚

《季秋江樓夜宴》云：「星落黄姑渚。」《墨莊漫録》謂：「説者但見古詩『東飛百勞西飛燕，黄姑織女時相見』，意黄姑乃牽牛。後見張茂先、李淳風等云河鼓三星在牽牛北，昔傳牽牛、織女相見此星是也，故《爾雅》『河鼓謂之牽牛』。又古詩『黄姑織女時相見』，黄姑即河鼓，音訛而然，學者或謂是列舍牽牛而會織女，故析其疑」云云。炳案：《爾雅》作「何鼓」，郭注荆楚人呼爲擔鼓。擔者荷也，蓋字讀胡可反，以星形得名。《天官書》作「河鼓」，而後人仍之，失其義矣。牛女之會固非事實，然所指必一名何鼓之牽牛，非星紀之牽牛也。《小雅・大東》上言「織女」，下言「牽牛」，《毛傳》引何鼓不引星紀，是其證已。《通雅》譏《玄象博議》黄姑乃牛宿别名之説，此與《漫録》或説同，譏之良是。而《詩疏》引李巡曰：「何鼓、牽牛，皆二十八宿名也。」則竟以何鼓、牽牛爲二星，而俱是列宿，其説亦非也。《癸辛雜識》引李後主詩云：「迢迢牽牛星，杳在河之陽。粲粲黄姑女，耿耿遥相望。」此直以黄姑爲織女，不過因姑、女義同，誤作此説，無足深考。又案：織女與河鼓相近，世俗因《詩》言：「跂彼織女，終日七襄。」「襄」有反駕之義，遂附會而云渡河。觀《古詩十九首》稱牛女云：「河漢清且淺，相去復幾許。盈盈一水間，脉脉不得語。」雖不云七夕渡河，已有男女之意。而梁宗懔《荆楚歲時記》云：「七月七日爲牽牛、織女聚會之夜。」注引傅玄《擬天問》「牛女會天河」之語，以證其事，則其説俗傳蓋遠，而何鼓之訛黄姑，似只起於《伯勞歌》，歌詞輕艷，殆出南朝齊梁間人。其繼作此題者，梁簡文以下耳。《歲時記》注以河鼓、黄姑語之轉，《困學紀聞》以爲吴音之訛，蓋非謬也。黄姑渚則指天漢言。《北堂書鈔》引曹植《九詠》云：「臨回風兮浮漢渚，目牽牛兮眺織女。」是天漢稱渚也。又仇注云僞蘇注所引忠州黄惠女事，本屬妄撰，近《會稡》又託爲《十道志》，更謬。炳案：夢弼《箋》已引《十道志》「忠州有黄姑渚」，非始《會稡》，要不可以釋杜詩也。

薟草

《除草》云：「草有害於人，曾何生阻脩。其毒甚蜂蠆，其多彌道周。」《千家集注》本題下載公自注云：「去薟也。」東坡云：「蜀中謂之毛薟，毛芒可畏，觸之如蜂蠆。」《墨莊漫録》謂：「川峽間呼薟麻，枝葉拂人肌肉，即成瘡疱。」《本草圖經》作蕁麻，李時珍云：「字本作薟。子美有除薟草詩，是也。」炳案：薟草之毒如此，而《玉篇》、《廣韵》、《集韵》俱以爲菜名。夢弼注亦云：「薟，山韭。」案，《説文》「韱，山韭也。息廉切」。與「薟」讀徐鹽切相近，恐因此致訛。亦或同名異類，使誤以毛薟爲山韭而食之，殺人必矣。白樂天《送客南遷》詩：「颶風千里黑，薟草四時青。」本叙其氣候物産之險惡，或以爲山菜，亦非是。

烏鬼

《戲作俳諧體遣悶》云：「異俗吁可怪，斯人難並居。家家養烏鬼，頓頓食黄魚。」此夔州作也。「烏鬼」凡六説：《嬾真子》云：「親見峽中士人夏侯節立夫言，峽中人家多事鬼，家養一猪，非祭鬼不用，故於猪群中，特呼烏鬼以别之。」此以爲祭鬼之猪也。《冷齋夜話》云：「川峽路人家多供祀烏蠻鬼，俗人不解，便作養畜字。」讀此但言烏蠻所祀之鬼，而不著其爲何鬼。《野客叢書》以《冷齋》爲有據，證以《唐書・南蠻傳》「俗尚巫鬼，大部落有大鬼主，百家則置小鬼主，一姓白蠻，五姓烏蠻」云云。《補筆談》又載：「有近侍奉使過夔峽，見居人相率十萬爲曹，當從《邵氏聞見録》作「十百」。設牲酒於田間。衆操兵仗，群譟而祭，謂之養鬼。言烏蠻戰殤，《聞見録》作「戰場」，似與下文爲厲語不聯屬。案，戰死者爲國殤，不必定是童稚也，作「殤」爲是。多與人爲厲，每歲以此禳之，疑此所謂養烏鬼者」云云。此又以爲烏蠻戰死之鬼也。《埤雅》云：「《夔州圖經》稱：峽中人謂鸕鷀爲烏鬼，養使捕魚。」沈存中《夢溪筆談》載士人劉克説同，《緗素雜記》、《漁隱叢話》亦並有其説。此又以爲鸕鷀別名，即今吴中水老雅也。《山谷別集》以烏雅獻神爲烏鬼，此又烏以獻神得此名，非烏成神鬼也。升庵云：「峽中人養雞雛，帶銅錫環，獻神，名曰烏鬼。」此又雞以獻神得此名，非烏鴉也。蔡寬夫《詩話》引元稹《江陵》詩「病賽烏稱鬼，巫占瓦代龜」，謂烏鬼之名見於此，巴楚間常有殺人祭鬼者，曰烏野七頭神。又稹《投簡陽明洞》詩亦有「家神愛事烏」之句，杜時可、薛夢符、趙彦材並同此義。而《演繁露》引《國史補》一事：「裴中令節度江陵遣軍將譚洪受同王稹往嶺南，至桂林，館有烏，在竹林中。稹擲石，中腦，死。會洪受病，逗留於後。稹先達江陵，中令夢洪受訴，言爲稹所殺，棄尸竹林，亟付獄治，稹自誣伏法。而洪受乃至，始知是烏鬼報讎也」云云。謂此説甚怪，有以知唐俗謂烏能神，祠而事之，有自來矣。此又以爲烏鴉之鬼也。此六説者，除獻神雞烏不論外，所稱養鬼之猪，及鸕鷀、蠻鬼諸異義，亦祇出自宋人，恐其傅會杜詩，而成是説，尚未足據。内惟蠻鬼之説，《唐書・南蠻傳》頗具彷彿。然考本傳，鬼主乃主祭之人，既不聞名之爲鬼，如謂東爨烏蠻事鬼，因名其鬼爲烏鬼，則地本西南徼外，隋置恭、協、昆三州，何年内徙夔巫，至峽人盡染鑾風、家家養鬼耶？杜《夔府詠懷》云：「絶塞烏蠻北。」又《醉歌行》乃贈公安顔少府作，亦云：「烏蠻落照銜赤壁。」語本闊遠，俱不謂地方鄰近也。至鸕鷀之説，宋人盛言之，而宋人已駁之，如《演繁露》則云：「謂烏鬼爲鸕鷀，殆是臆度。」《爾雅翼》「鷀」下載：「或説峽人謂爲鬼烏。」駁之云：「峽人乃事烏爲鬼，非此物也。」是當時並無此語，爲傅會可知。又《通雅》引《爾雅翼》曰「鸕鷀峽中號爲烏鬼，此存中一助也」云云。鬼烏、烏鬼，容有一誤。然不別其爲或説，而遺却羅氏駁語，於義疏矣。五説既難憑信，惟烏鴉鬼之證出自唐人，寬夫、時可諸君取之，朱注亦謂「元去公時近。又夔隸荆南，必與江陵同俗」云云，殆確義也。再以杜第二首「瓦卜傳神語」合觀之，則夔俗二事，固與江陵之賽烏、占瓦適相合矣。

千里井、九州箴

《風疾舟中伏枕書懷》云：「畏人千里井，問俗九州箴。」唐蘇鶚《演義》云：「《金陵記》：江南計吏唐李匡乂《資暇集》以爲南朝宋之計吏即江南也，趙注引《演義》載《金陵記》作「日南計吏」，日字誤耳。止於傳舍間，及將就路，以馬殘草瀉於井中，而謂已無再過之期。不久復由此飲，遂爲昔時莝刺喉死。後人戒之曰：『千里井，不瀉莝。』」杜詩『畏人千里井』。注：諺云：『千里井，不反唾。』疑『唾』字無義，當爲『莝』，謂爲莝所哽也。據此，則杜詩在唐時已有注者。而於此詩主不瀉莝之説。以諺作「不反唾」爲非，此注義也。「玉臺」以下乃蘇氏案語。案：《玉臺新詠》載曹植《代劉勳妻王氏見出古樂府云：「王宋者，平虜將軍劉勳妻也。」而爲之詩》

曰：『人言去婦薄，去婦情更重。千里不瀉井，古樂府作不吐井。況乃昔所奉。遠望未爲遲，踟蹰不得共。』此古樂府之第二章。前一章云：「翩翩牀前帳，張以蔽光輝。昔將爾同去，今將爾同歸。緘藏篋笥裏，當復何時披。」二詩直以爲王宋道中作，不云曹植代，當以《玉臺新詠》爲覈也。然「翩翩」一章，《藝文類聚》以爲魏文帝《代劉勳出妻王氏詩》。觀此意，乃是嘗飲此井，雖舍而去之，亦不忍唾也。此足見古人忠厚，其理甚明。」以上大字皆《演義》。炳案：太白亦有《平虜將軍妻》詩，末云：「古人不吐井，一本作「唾」。莫忘昔纏綿。」正用樂府語。今杜云「畏人千里井」，則或主瀉莝，或主瀉唾，皆可通也。蓋「千里」字不必深泥，只是現成語耳。主瀉莝，則是畏人棄莝於井，而已誤飲之；主瀉唾，則已或誤唾於井，畏人詬詈，皆殊方淪落、心懷疑懼之意。故下云「問俗九州箴」也。「九州箴」者，《前漢書・揚雄傳》，雄以「箴莫善於虞箴，作《州箴》」。晉灼曰：「九州之箴也。」《後漢書・胡廣傳》注引《雄傳》云：「遂作《九州箴》。」殆以義添「九」字耳。如《雄傳》本有「九」字，晉灼何庸更注乎？但據《廣傳》，雄本作《十二州箴》，《古文苑》具載其辭，乃冀、兖、青、徐、揚、荆、豫、益、雍、幽、并、交十二州牧之箴也。而晉灼謂之九州，豈以十二州之地，不出《禹貢》之「九州」故耶？

榿木

《堂成》云：「榿林礙日吟風葉。」又《覓榿木栽》云：「飽聞榿木三年大。」蔡夢弼《箋》引《蜀中記》「玉壘以東多榿木，易成而可薪，美蔭而不害」，謂：「嘗歷考韵書，無『榿』字，詢之蜀人，相傳以爲丘宜切。後見《王荆公集》中有《薛秀才詩》云：『濯錦江邊木有榿，小園封植佇華滋。地偏幸免桓魋伐，歲晚聊同庾信移。』則知『欹』音爲是也」云云。《藝苑雌黄》、《齊東野語》亦據荆公詩定爲丘宜切。《野語》又云：「或讀作豈，鄭氏注五來反。若然，當作豈字。」謂讀作豈。據此，則榿有欹、豈、豈三音，而《正字通》作苦駭切，音楷，則凡有四音矣。升庵《丹鉛録》云：「守溪王公問先父：『榿字何音？』曰：『音欹。』守溪曰：『當依韵書音楷。』先父因舉荆公詩云云，即上「濯錦江邊」四句。王乃悦服。蓋王公平昔極愛荆公詩，而此詩偶不記憶耳。」以上皆升庵語。炳案：讀欹固有蜀人土音及荆公詩可據，然《野語》所載豈、豈二音，亦必宋以前相傳舊讀，未見其必不可也。升庵笑守溪極愛荆公詩而偶不記此，則此詩久爲蔡《箋》及《藝苑雌黄》、《齊東野語》所引，其父子渾不記，而據爲創獲者，何耶？升庵又嘗以榿木即《山海經》之机木，而《通雅》信之。案，《北山經》郭注但云：「机木似榆，可燒，以糞稻田。出蜀中，音飢。」不聞其即榿也。榿蜀産而可薪，與机略似，音亦近飢，故附會爲一耳。《野語》又載：「或説榿即榕樹。」此更非是，榕惟閩廣有之，既非蜀産，且嵇含《南方草木狀》稱其「燒之無烟，不可爲薪」，正與榿相反矣。惟《五雜組》稱：「榕木易長，三年之外，便可合抱。」略與杜詩合，説者因而附會之。

屠蘇

《槐葉冷淘》云：「願隨金騕褭，走置錦屠蘇。」杜田《補遺》：「屠蘇，屋名，或作廜廯。《玉篇》：

『廜穌，庵也。』《通俗文》：『屋平曰廜穌。』《廣韵》：『廜穌，草庵。』又廜穌酒，元日飲之，可除温氣。則廜穌有二義。是詩『走置錦廜穌』，乃屋也，非酒名」云云。又引劉孝威《結客少年場行》：「插腰銅匕首，障日錦廜穌。」《劉集》只作「屠蘇」。炳案：《補遺》以屠蘇爲屋名，是也。周王褒《日出東南隅行》：「繡角畫屠蘇」，亦言畫屋耳。若謂杜詩指酒名，則是以冷淘付馬遞走置酒中，不成文義矣。劉詩「廜穌」則指大帽言之，即《晉書・五行志》所載：元康中，天下商農通著大障日，童謡曰「屠蘇障日覆兩耳」者，亦非杜詩之義。《補遺》引劉詩而不著其爲帽，則與室屋混矣。《丹鉛録》引《晉志》而云商人皆著「大鄣」，遺却「日」字，義亦未完。又《丹鉛録》既以杜詩「廜穌」爲屋，而又云唐孫思邈有屠蘇酒方，蓋取庵名以名酒，此恐非是。案《本草綱目》屠蘇酒引陳延之《小品方》云：「此華佗方也。用赤木、桂心等藥，絳囊盛之，除夜懸井底，元旦取出，置酒中煎數沸，從少至長，次第飲之。」據此，則方出華佗，而非思邈，亦無以庵得名之説。惟杜修可《杜詩注》云：「蓋昔人居廜穌釀酒，因名。」亦是臆度之語。又類書引《歲華記》：「昔有人居草庵中，每歲除夕，遺里閭藥一帖，令囊浸井中，至元日取水，置於酒樽，名曰屠蘇酒。」其説較詳，當是後人附會耳。周祈《名義考》歷引《廣雅》、《通俗文》、《四時纂要》，以「廜蘇」、「屠蘇」爲庵屋。又引《廣韵》：「酴酥，酒名。」《玉篇》：「麥酒不去滓飲。」謂「屠蘇爲屋，酴酥爲酒，本不相混。唐人詩『手把屠蘇讓少年』、『先把屠蘇不讓春』，誤以屠蘇爲酴酥，後人遂謂屠蘇又爲酒」云云。炳案：此説殊有理。蓋《廣韵》廜穌雖兼草庵、酒名二義，而《玉篇》廜穌祇云「庵也」，酴字下則云「麥酒不去滓飲」，酥字下則訓爲酪，足見《玉篇》近古。屋作「廜穌」，酒作「酴酥」，時猶未混也。

菰米

《秋興》云：「波漂菰米沉雲黑。」「菰」與「苽」同。《丹鉛録》謂苽米色黑，《管子》謂之雁膳，人不收取，而雁亦不啄，但爲波漂雲沉而已。見長安兵火之慘。此説甚得詩義。其引《爾雅》「齧雕蓬」，經作「彫」字，同。孫炎云：米茭也。此則非是。蓋米茭即彫苽，而《爾雅》之齧雕蓬、薦黍蓬，俱是蒿類，與茭苽全不相似。自孫炎倡爲繆説，而鄭樵《通志》、楊慎《卮言》、李時珍《本草綱目》並宗之。慎之意亦頗礙於蓬之陸生，乃以爲蓬有水、陸二種，彫蓬乃水蓬，彫苽是也。黍蓬乃旱蓬，青科是也。《毛詩稽古編》謂蓬之名見古書史甚多，云「轉蓬」、「孤蓬」、「飛蓬」，並無言其水産者。炳案：蓬固陸生者多，然《本草》有黄蓬，「生湖澤中，葉如菰蒲，秋月結實成穗子，細如雕胡米，饑年，人采食之。」則蓬亦有水生者。但既稱「葉如菰蒲」，則非真菰矣。孫、鄭諸君殆因蓬之有子可食，與苽米略同，而雕蓬、雕苽又俱適有「雕」字，遂附會爲一耳。近人程瑶田《九穀考》亦謂蓬之與菰種類懸絶，又稱「吾歙業茭塘者云：茭有牝牡。根成菌者，俗呼茭筍，不抽莖，不秀不實。根不成菌者爲牡，秋末抽莖，吐秀結實。」程又云：「業是者不利於牡，初蒔即簡去之，故少見其有秀穗者。間有之，百不得一。余曾見秋分時，始作穗在苞中，又見霜降後作穗成穀，而猶未實」云云。此得之目驗，可信也。杜又有《行官張望補稻畦水》詩云：「秋菰成黑米。」而其源出於庾肩吾詩「黑米生菰葑」。葑，去聲。然菰米本白，黑者其皮耳。

紫宸朝

《晚出左掖》云：「春旗簇仗齊。」《臘日》云：「還家初散紫宸朝。」《丹鉛録》述唐時朝制，宣政前殿也，謂之衙，衙有仗。紫宸，便殿也，謂之閤。朔望不御前殿，而御紫宸，謂之入閤。以杜「簇仗」句爲正衙，「紫宸」句爲入閤。炳案：以上所説朝衙入閤之制，俱本《五代史·李琪傳》，而遺却「御紫宸乃自正衙喚仗由閤門入」之文，且此制已見王溥《唐會要》，不始於《五代史》也。據《會要》，開元以朔望上盤食，欲避正殿，遂移紫宸殿，喚仗入閤。杜公「春旗簇仗齊」之句，題爲《晚出左掖》，作於乾元元年，安知其時不承開元故事，朔望移御紫宸，喚仗入閤，而乃據詩中一「仗」字，定爲宣政正朝乎！公另有《宣政殿退朝晚出左掖》七律一首，不此之引，而引題無「宣政」字之詩，又何耶！若因《唐六典》，宣政殿東廡有門曰日華，日華之東爲左省，而左省即左掖。杜《晚出左掖》五言詩有「退朝花底散」之句，知是日爲宣政正朝，此又非也。蓋杜爲左拾遺，左省乃其本署，無論退自宣政、退自紫宸，總須歸此，故杜又有《紫宸殿退朝口號》詩，末云：「宫中每出歸東省。」此其確證也。時岑參爲補闕，有《寄左省杜拾遺》詩，云：「曉隨天仗入」，此亦無從定其爲朝衙、爲入閤，又豈可以岑詩有「仗」字、「入」字，定其爲喚仗入紫宸耶？《會要》又云：「貞觀五年，詔諫官隨中書門下及三品官入閤。」則杜、岑二公之入閤，乃國初以來舊制也。

褥隱、椒花

《李監宅》詩：「褥隱繡芙蓉。」只是花紋隱起，或茵褥重疊隱映之義耳。《丹鉛録》據《集韵》「縫衣曰纝」，謂即俗云「穿針纝線」，而杜詩爲借用隱字。然則升庵之本亦作隱，不作纝，特以纝字古奥，故欲改之。殊不知律詩用字，尤須侔色揣稱，上句「屏開金孔雀」，「開」字極是尋常，豈可以「纝」作對耶！且《廣雅》已云「纝，絣也」，《玉篇》亦有此字，而近據《集韵》，亦非是。又《十二月一日》云：「要取椒花媚遠天。」用晉劉臻妻元日獻《椒花頌》故事，《杜位宅守歲》詩「椒盤已頌花」事，正同。朱注云：「十二月一日去元日已近，故用之。」是也。一本作「要取楸花媚遠天」，最爲無理，而《丹鉛録》反以爲是。謂椒花色緑，與葉無辨，不可言媚。果如其言，則花必紅紫黄白而後可言媚耶？且椒花必非真花。今婦女猶用線穿椒實，作花果之狀，當即臻妻所頌椒花耳。椒以秋初生花，臘月、元旦安得有之？若楸花則更早矣。然古人固有插戴楸花者，崔實《四民月令》：「京師立秋，滿街賣楸葉，婦女兒童皆翦成花樣帶之。」蓋真楸花亦不可戴，乃是翦葉象之耳，然亦無藏至冬春之理。

鷹稱父子仇注誤作「鶻稱父子」，今改正之。

《義鶻行》：「陰崖二蒼鷹，養子黑柏顛。」又「其父從西歸，翻身入長烟。」仇注云：「鷹稱父子，語亦有本。」因引《吴都賦》：「猿父哀吟，犻子長嘯。」炳案：杜詩子者雛也，父則其生之者。而賦之「猿父」，字當音甫，與《爾雅》麢父、貜父同音，非謂此獸之父也。犻子恐亦如狼子、豹子之類，非必幼稚者也。注杜詩當引《淮南子・時則訓》「季秋」「候雁來賓」，高誘注：「八月來者，其父母也；是月來者，其子也。」又《藝文類聚》載《永嘉郡記》：「沐溪野，去青田九里，中有雙白鶴，年年生子，長大便去。只恒餘父母一雙在耳。」此禽鳥稱子稱父母之證。杜《猿》詩云：「前林騰每及，父子莫相離。」朱注亦引《吴都賦》「猿父哀唫，犻子長嘯」，亦非是。

戲爲六絶

《戲爲六絶》，杜公一生譚藝之宗旨，亦千古操觚之準繩也。説者多誤，兹故先爲直解，而後申明之。其一「庾信文章」云云，言庾文不專綺麗，亦且老健縱横，今人嘲笑其賦，遂「不覺前賢」之「畏後生」。後生即今人，乃當時淺學之徒。趙注以爲公之自謂，與上二句贊美意不貫。又「不覺」，覺也，仇注以爲未見其當畏後生語，亦非。其二「王楊盧駱」云云，言四子文體自是當時風尚，乃嗤其輕薄者至今未休，曾不知爾曹身名俱滅，而四子之文不廢，如江河萬古常流。所謂「當時體」者，非貶辭也。趙注據《玉泉子》稱：「時人之議楊好用古人姓名，謂之點鬼簿。駱好用數對，謂之算博士。」而云公以爲「當時體」豈過爲抵排，是認作貶辭矣，「輕薄爲文」，乃譏哂四子者之言。盧注以後生自爲輕薄之文，而反哂前輩，亦與上句不貫。其三「縱使盧王」云云，言盧、王諸人，翰墨雖不及漢、魏之近《風》《騷》，然其才力雄駿，如「龍文虎脊」之馬，堪充君馭，而超越都邑如歷片土，俯視爾曹真下乘耳。詩本言盧、王諸人劣於漢、魏，正以其不近《風》、《騷》也。而《九家集注》乃謂漢、魏雖近《風》、《騷》，未識其大全，語不可解。王褒《聖主得賢臣頌》：「過都越國，蹶如歷塊。」本極言馬之神駿，而趙注乃云：「龍文虎脊之馬過都而蹶，猶不爲良」，而以「爾曹」指盧、王，謬矣。仇注雖以「爾曹」指後生，然云「薄劣之才，試之長途，當自蹶耳。」此皆泥於顛蹶之義。殊不思詩言「歷塊」，不言「蹶塊」，且《説文》「蹶」有僵也、跳也二義。褒《頌》正訓跳，不謂僵也。朱注謂「龍文虎脊」雖堪充馭，然必試之「歷塊過都」，爾曹方可自見，此以「龍文虎脊」指「爾曹」，但上文「縱使盧王」二句，方説前賢未了，何得忽接後生？其説亦非也。其四「才力應難」云云，言今人才力，應無出庾、王數公之上者，就今論之，誰是出群之雄乎，不過容色鮮新如「蘭苕翡翠」，未有才力横絶如「掣鯨碧海」者。蓋力能掣鯨，斯爲跨越「數公」矣。「數公」只指庾信及四子。趙注乃兼漢、魏，但上章雖有「漢魏」字，而語意祇論庾與四子，此章承上言之耳。「凡今」指公同時人。《集注》謂：「今之爲文者，止得小巧。」是也。趙注既以「數公」中兼有漢、魏，及庾信、四子，而又云「數公」不過文采華麗，則并抹煞漢、魏矣。公雖遠追《風》、《雅》，然方以庾信爲「老健縱横」，四子爲「龍文虎脊」，豈忽以「蘭苕翡翠」比擬數公？若兼議漢、魏，更不合語脉矣。其五「不薄今人」云云，言我並「不薄今人愛古人」，今有清詞麗句，亦必與爲鄰矣。我所以竊攀屈、宋，謂宜與之並駕者，恐但學庾信、四子，未免步齊、梁之後塵耳。仇注以古人爲屈、宋，是已，而乃云：「今人愛古，取其清詞麗句，而必與爲鄰，我亦豈敢薄之。但恐志大才庸，意欲仰攀屈、宋，終作齊、梁後塵。」夫今人能愛屈、宋，公方欣服之至，又何「不薄」之可言？且愛屈宋而但取其清麗，何名「志大」？而取屈、宋之清麗，何至遂爲齊梁後塵耶？又趙注云：「公竊攀屈、宋，宜與之並駕矣。恐『與』字如『女與回也』之『與』，言恐共齊、梁之人皆作屈、宋後塵。」意謂學屈、宋而不至，恐共齊、梁人爲其後塵。夫學屈、宋而不至，亦不失爲漢、魏，何至遂同齊、梁？且齊、梁文人才美學富，誠未易及，公所以切戒今人之嗤點，然究不脱輕艷習氣，非能步屈、宋後塵者，公豈作是妄話乎？其六「未及前賢」云云，言今人斷不及前賢，然各有淵源，遞相祖述，復以何者爲先乎。此正不必限以時代宗派也。但須區別裁汰浮僞之體，而親近《風》、《雅》，則古今多師，莫非汝師矣。《杜臆》乃云：「今人未及前賢，以其遞相祖述，愈趨愈下，無能爲之先者。」語意不明。總而論之，前三章警戒後生不可輕視庾、王數公，蓋其文體雖不及漢、魏之高古，然非才美學富，莫之能爲，則亦終歸於身名俱滅，而後世之高心空腹者，可以返而從事讀書矣。後三章則公不欲以數公自限，而超然出群，由漢、魏、屈、宋以幾於《風》、《雅》，亦即以勉勵後生。蓋數公文勝於質，不免意爲詞累，必其尋源《風》、《雅》，然後足以通諷諭而盡忠孝，明乎得失之迹。此詩文之極致，所以有裨於世道人心也。公指點到此，後世之誇多鬥靡者，可以進而深求古義矣。

玉華宫

《玉華宫》云：「不知何王殿，遺構絶壁下。」宫爲唐太宗作，豈得云「不知何王」？趙注謂：「太宗勞人費財於營建，廢時逸豫於離宫，故詩人諱之。」因引徐賢妃諫興翠微玉華宫語爲證。炳案：賢妃之諫，因當時土木頻煩，陳此讜論耳。然據《唐書會要》：「玉華制度卑陋，正殿覆瓦，餘葺以茅。」既不甚勞費，而《元和郡縣志》載永徽二年有詔廢宫爲寺，迄乎杜公作詩時，又百餘年，陰房鬼火，壞道哀湍，荒頹已極，猶必追諱其區區興作乎？朱注云：「余意玉華宫久廢爲寺，與九成之置官居守者不同，故人皆不知爲何王之殿，非公真昧其蹟。」此説得之。蓋《九成》、《玉華》二詩，雖同時所作，而九成本隋之仁壽宫，貞觀間修以避暑，故詩有殷鑒不遠之意。《玉華》一篇，則全是感傷人代短促，俛仰之間，已爲陳跡，雖以開國遺構，而荒凉廢殿，或有不知爲何王者，至於美人之久化、石馬之斸存，更無論已。然所云：「美人爲黄土，况乃粉黛假。當時侍金輿，故物獨石馬。」亦殊難曉。夫粉黛曰假，似謂殉葬之木偶。美人自指當時生人，夢弼以爲木偶，「况」字如何解？而石馬又墓前物也，玉華並無唐家陵寢，何以云然？《千家注》載梅聖俞一説，云玉華宫近有晉苻堅墓，前有溪曰醽醁。夢弼因謂「公意蓋傷苻堅安在，美人已化爲黄土」云云。但堅身縊國亡，姚萇雖謬加謚法，未必更隆葬禮，有木偶、石馬之類也。

趙注謂有隨輦而死葬者，惟公相去之近能知之，則指爲太宗宫人。然詩意似指帝王陵寢，非宫人葬處也。

横參

《送嚴侍郎到綿州同登江樓》詩：「城擁朝來客，天横醉後參。」謂參星也。《九家集注》引曹子建「參横斗没」，以爲夜深之候，是矣。朱注乃引《史記・滑稽傳》淳于髡語「飲可八斗，而醉二參」。炳案：「參」與「三」字同，此言十分中有二三分醉，《索隱》語可證，非謂參星也，豈可以解杜詩乎！仇滄柱、張邇可注襲用之，大誤。

麗春

《江頭五詠》有《麗春》，舊注頗略。朱注引《圖經本草》：「麗春草，一名仙女蒿。」又引《格物論》：「麗春，罌粟别種也，一云長春花。」炳案：《證類本草》「草類」有麗春，載《圖經》。説草出檀嵎山，在高密界。河南淮陽郡、潁川及譙郡、汝南郡等並呼爲龍羊草。河北近山鄴郡、汲郡名叢蘭艾。上黨紫團山亦有，名定參草，亦名仙女蒿。今所在有之，療黄疸癊黄。三月采花，陰乾，根亦可療黄疸。而罌子粟别在「米穀」部，有象穀、米囊、御米諸名。其米主治丹石發動風氣、邪熱、反胃、痰滯，其殼主治瀉痢、遺精、久欬等證。是一名仙女蒿之麗春，與罌粟全非一類。《格物論》以麗春爲罌粟别種者，當指虞美人而言，此花亦名麗春，形類罌粟，而更嬌弱，非仙女蒿也。朱注連引《圖經》、《格物論》，混矣。又詩云：「紛紛桃李枝，處處總能移。如何此貴重，却怕有人知。」則所詠者當是罌粟，此花移栽輒死，異於群芳，故公云然。虞美人亦其同類，則罌粟或亦有麗春之名，故題作麗春耳。李東璧云：「江東人呼罌粟千葉者爲麗春花。」

色未填

《觀薛少保書畫壁》云：「慘澹壁飛動，到今色未填。」趙注謂：「『填』字即『寘』字，《字書》云：塞也，又訓久。今云『色未填』，則色未昏滅之意。未詳所出，豈言其色未久而尚如新耶」云云。炳案：此詩通首用先、仙韵。《大雅·桑柔》：「倉兄填兮。」《毛傳》：「填，久也。」《釋文》：「填，音塵。」是訓久之「填」當讀塵，不得與先、仙爲韵，則公詩只可作湮没解，而音讀如田。然《豳風·東山》：「烝在桑野。」《毛傳》：「烝，寘也。」鄭《箋》云：「古者聲寘、填、塵，同也。」《釋文》寘、填、塵，依字皆是田音。又音珍，亦音塵。陳完奔齊，以國爲氏，而《史記》謂之田氏，是古「田」、「陳」聲同。據此，則公詩「填」字讀「田」而訓久，未爲無出。

船可掘

《破船》云：「船舷不重扣，埋没已經秋。」又：「故者或可掘，新者亦易求。」蓋言破船雖埋没泥沙，或可掘而起之，新船亦易購買耳。朱注乃云：「掘，穿也。《幽明録》：陽羨小吏吴龕乘掘頭船過溪。」案，掘既訓穿，則所謂「掘頭船」者，船脣有洞，泊則植篙其中，深入水底，可不用纜。今溪河往往有之。仇注云：「船去頭尾者，江南謂之掘頭船。」竊恐未然。但公詩衹言「可掘」，何以知爲掘頭？而舊船可穿其脣，亦不成文義也。

吹、毳

《陪李金吾花下飲》：「見輕吹鳥毳。」吹、毳二字，見《四分律釋》。玄應《音義》云：「毳，充芮反。」

何階

《夜聽許十一誦詩》云：「余亦師粲可，身猶縛禪寂。何階子方便，謬引爲匹敵。」言己於禪理未能解脱，有何階梯得子方便接引乎？齊王融《懺悔三業門頌》曰：「不勤一至，何階四禪。」正杜所本。趙注引魏應德璉詩「伸眉路何階」，梁張纘《離别賦》「瞻郢路而何階」。案：德璉名瑒，詩爲侍五官中郎將建章臺作，仇注引作應璩詩，誤矣。又《南齊書·始安王遥光傳》：「天路何階。」謝朓《爲王敬則謝會稽太守啓》：「燮理之義何階。」王融《策秀才文》：「斯路何階。」梁簡文《爲王規拜吴郡太守章》：「製錦何階。」徐陵《與楊僕射書》：「何階耳目。」蓋自魏已來習用之。

雲逐風

《秦州雜詩》：「雲逐渡溪風。」句法本陳陰鏗《開善寺》詩：「花逐下山風。」仇注引鏗詩作：「山逐下溪風」，於義不妥，此誤本也。本言風逐下山花，風逐渡溪雲，却説花逐雲，逐此以倒裝見巧也。劉辰翁乃云：「可言雲逐風，不可言風逐雲。」詩本不須如此評以諭兒輩，劉此語殊所不解。

瑪瑙盌

《曹將軍畫馬引》「内府殷紅瑪瑙盤」，朱注引《唐書·裴行儉傳》：「平都支遮匐獲瑪瑙盤，廣二尺。」是已。本或作「盌」，語亦典雅。江總有《瑪瑙盌賦》，據云臻自西國。

無行亂眼多

《舟前小鵝兒》云：「無行亂眼多。」言鵝亂人眼也。仇注引庾信詩：「雲光偏亂眼。」案：信詩爲答賜酒、鵝而作，然通篇只説寒天得酒，全不及鵝，所云「亂眼」，謂雲不謂鵝也。摘「亂眼」字以證杜詩，固無不可，但庾題適有「鵝」字，仇取以解杜，豈誤會庾詩「雲光」句是説鵝耶？又杜第二句「對酒愛新鵝」，朱本刻作「愛鵝黄」，仇以爲不協歌韵，固已，然此寫手之誤，豈有長孺而不知韵耶。

信使

《將適吴楚留别章使君》云：「有使即寄書，無使長回首。」趙注引《玉臺新詠》所載《西曲歌》：「有客數寄書，無客心相憶。」案：此乃釋寶月《西曲歌》之《估客樂》詞也，今傳本作「有信數寄書，無信心相憶」。俱非「客」字。《丹鉛録》引《古樂府》亦與今傳本同，謂古以使者爲信，考證甚博，兹不具述。此外「信」字之見於右軍書者，如《章草帖》：「匆匆，當付良信。」《雲子帖》：「十四日疏，昨信未即取遣。」《丹陽帖》云：「自有書，不附此信。」《徐舍人帖》：「故遣信治徐舍人書。」《先生帖》：「此書因謝常侍信還。」《穆松帖》：「僕信還秦州，將去月十二日，告甚慰。」《知定帖》：「不審定，句何日當北，遇信復白。」《遠嘉興帖》：「今有書，想足下有旨信，別告具之。」《問慰帖》：「信既乏劣。」又書：「勿勿，未得遣信。」又：「信反得去月七日書。」又：「比信尋知足下有書可道。」此類皆謂使人也。又《宋書·傅亮傳》：「遣信報徐羡之。」《南史·何承天傳》：「信命相望於道。」梁武帝《孝思賦序》：「家無指信」、「頻煩信命」，責西豐侯詔：「遣信慰問。」簡文帝「春宵彩牋徒自襞，無信往雲中。」而杜寄高岑詩有云：「書成無信將。」並以「信」爲使之證，《千家》本作「無使將」，義則一也。

知禁、無良

《課伐木·序》：「山有虎，知禁。」詩云：「不示知禁情，豈惟干戈哭。」謂知所禁防即藩牆是也。「知禁」字亦有本。梁武帝除贖罪之科詔有云：「遐邇知禁。」《序》又云：「爲與虎近，混淪乎無良，賓客憂害馬之徒，可默息已。」語奥僻難解。仇注云：「言此地近虎，并有無良者混雜其間，致旅客負害馬之憂，得苟存活便爲幸。自柏公鎮此，可以默銷矣。詩云：『蕭蕭理體净，蜂蠆不敢毒。』即此意也。」炳案：此《序》及詩反覆只説虎害，未及民俗之險惡，恐「無良」仍謂虎耳。郭璞《山經圖讚》：「孟極似豹，或倚無良。」是「無良」亦可説獸矣。所云「害馬之徒」，蓋以《莊子》之害馬比虎之害人，「可默息已」者，猶言可爲屏息，即畏虎不得語之意，非惡人猛虎之害可以默銷也。詩雖贊美柏公，而《序》中並無一語及之，何得忽以「默息」爲銷害，指作政化乎。「蜂蠆不敢毒」，固是美其政化，然非《序》中「默息」之義也。

果栽

公有《詣徐卿覓果栽》詩，案，王右軍帖云：「知須果栽，便可遣取。」

草木長

《述懷》：「今夏草木長。」「長」字平、上皆可讀，陶淵明《讀山海經》：「孟夏草木長」、《歸園田居》：「道狹草木長」，讀亦如之。

「兵革自久遠」二句

《入衡州》詩：「兵革自久遠，興衰看帝王。」趙注云：「言兵革雖不息，徒自歲月之久而興起其衰謝自看帝王之舉耳。」《讀杜心解》則云：「言人久習於兵事，亦當觀夫國運。」二説恐非是。詩謂兵革自古有之，勝則興，敗則衰，歷代帝王事跡可見。故下云：「漢儀甚照耀，胡馬何猖狂。」此以漢比唐也，言唐家聲靈尚盛，未是衰時，何以寇盗猖狂乃爾乎？語意明甚。且上二句亦有所本。《吕氏春秋·蕩兵篇》云：「兵所自來者久矣，黄炎固用水火矣，共工氏固次作難矣，五帝固相與争矣。遞興廢，勝者用事。」疑杜正本此。

短衿

《鸚鵡》詩：「翠衿渾短盡。」衿言短，亦有所本。顔延之《白鸚鵡賦》：「服璅翮於短衿。」朱注「此詩似隱括禰衡賦語」云云，全是趙注，蓋朱引之，而偶遺趙云字耳。

甘菊

《歎庭前甘菊花》詩，即陶弘景所謂「吴下唯甘菊一種可食」者，以其味甘故耳。今處處有之。師注乃云：「甘，谷名，漢武帝西置甘、凉、瓜、沙等州，其谷産菊，可以入藥。」案：漢武帝元鼎六年，分武威、酒泉地，置張掖、敦煌郡，後魏太武以張掖爲軍，廢帝二年始改置甘州。其凉、瓜、沙三州，亦非漢武所置。沙州即《左傳》瓜州，然只是地名，非當時已立州也。而悉以爲漢武，其誤一。《元和郡縣志》：「甘州因州東甘峻山爲名，或言地多甘草而謂州，有甘谷，産菊。」以釋杜詩，似州因谷産甘菊得名者，其誤二。

《風俗通》：「南陽酈縣有甘谷，谷水甘美，其山有大菊，而移之甘州。」其誤三。

夏殷、褒妲

《北征》詩：「不聞夏殷衰，中自誅褒妲。」《日知録》云：「不言周，不言妹喜，此古人互言之妙。自八股學興，無人解此文法矣。」案：此謂後人文法，必云「不聞殷周衰，中自誅褒妲」，或云「不聞夏殷衰，中自誅妹妲」耳。然此不待八股興而後無解人，宋胡仔已云：「褒姒，周幽王后也。『夏』字疑誤，當作商周。」

因風想玉珂

《春宿左省》詩：「因風想玉珂。」夢弼云：「《本草》：珂，貝類，可以爲馬飾。《通俗文》：馬勒飾曰珂。」此謂以珂貝飾馬勒，因名馬勒爲珂也。《本草綱目》則云：「珂，馬勒飾，此貝似之，故名。」此謂貝似馬勒之珂，因名貝爲珂也。二説皆可通。師注又以爲導者所鳴之珂，而不言所鳴何物，由今考之，導者所鳴仍是馬勒之珂耳。《唐書・車服志》：「導從皆以騎，以騎則有勒。」可知。又《志》載：車制三品以上，珂九子。四品七子。五品五子。六品以下去通幰及珂。車必駕馬，則有勒，亦可知亦謂馬勒飾也。但古人每稱鳴珂，杜云因風而想，亦言其聲。而貝非能鳴之物，此蓋勒上別有金鈴，如古馬額之錫、馬口之鸞，《左傳》所謂「昭其聲」者。古人乘車，錫鸞在驂服。後世有車有騎，鳴珂在馬勒。勒者，所以絡馬頭，額與口俱在其内矣。又案，《玉篇》：「珂，石次玉也，亦碼碯，絜白如雪者。」則玉珂或亦以玉碼碯爲之。然貝白如玉亦可名玉珂。《名義考》云：「貝骨白謂之白玉珂，非真玉是也。」

三殿

《送翰林張司馬南海勒碑》詩：「詔從三殿去。」夢弼云：「《南部新書》：大明宫中有麟德殿，其殿三面，亦以三殿爲名。」李肇《翰林志》：「翰林院在麟德殿西廂重廊之後門東向，白樂天爲翰林學士，有詩云『三殿角頭宵直入』是也。『詔從三殿去』，謂詔自翰林院，經三殿而去也。」又載：「或説三殿謂蓬萊、拾翠、紫微。」炳以諸書所引《實録》及《兩京記》考之，蓬萊殿在紫宸殿北，拾翠殿在麟德殿東北，紫微殿在顯道。門内使者賚詔，豈迂迴其途，遍歷三所而後去哉？或説非是，自應以麟德三面殿當之，且唐世於三殿召對賜宴，史不絶書，亦必非一宴對而亟移三所也。又樂天《早朝賀雪》有「候對三殿裏」之句，而公祖審言有《蓬萊三殿侍宴》五言詩。三殿而冠以蓬萊者，入玄武門爲蓬萊殿，乃正中之後殿，而麟德、金鑾、拾翠等，皆在其内，乃便殿耳。蓬萊三殿，統屬之詞也，猶言蓬萊宫之三殿矣。

麝香

《山寺》詩：「麝香眠石竹」，謂似麞之麝耳。夢弼載：「或説以爲鹿。」失之矣。其前一説云：「麝香，小鳥，隴蜀人謂之麝香鶵。」案：鶵即伯鶵，亦即伯勞，不聞有麝香之號，未詳所本。

兩當縣

《兩當縣吴侍御宅》詩，説縣名者多端。《千家集注》：「歐陽公曰：『大散關與嘉陵地勢險隘相當，故名。』」此一説也。《圖經》謂：「古老相傳嘉陵江與朱沮水相會於縣界，故名。」此又一説也。黄鶴據趙清獻公《自成都被召還朝宿兩當縣廣鄉驛》詩注，引《圖經》云：「東京、西蜀至此，道里均，故名。」此又一説也。趙詩注《圖經》之説，最爲無理。兩當縣，後魏時置，而清獻，趙宋人也。自蜀都還汴梁，至兩當爲半路，不知後魏置縣時，何取於梁、蜀之半路，而錫此名也。歐公之説，亦未知所本。其《圖經》謂江沮相會故名者，差近之，而亦有未盡。何也？《水經注》：西漢水至槃頭郡南，與濁水合。東南行，與河池水合，又東南行，即有兩當水，注之。兩當水出陳倉縣之大散嶺，西南流入故道川。兩當縣，本漢故道縣地。又西南行，南入東益州之廣業郡界，始與沮水枝津合，謂之兩當谿。然則水自大散發源，流入濁，已名兩當水。又入故道川，至廣業，與沮合，乃名兩當谿。縣之得名，總以兩當一水，不必由於下流之谿也。《元和郡縣志》云：「後魏置固道郡，領兩當、廣鄉二縣，因縣界兩當水爲名。」語最圓渾。又載：「或説縣西界有兩山相當，因取爲名。」果爾山名，何以不傳？恐未確耳。又案，《舊唐書》謂晉置兩當縣，考《晉書·地理志》：「武都郡統縣五：下辯、河池、沮、武都、故道。」而無兩當。《元和志》亦不言晉置。

西戎逼、北斗殷

《諸將》云：「見愁汗馬西戎逼，曾閃朱旗北斗殷。」「殷」或從「閑」，豈以「殷」與「逼」不對耶？不知「汗」作活字用，與「逼」爲當句對，「朱」與「殷」亦爲當句對也。從「閑」則不成文義矣。不必以公父名閑當避爲辨。

巃嵸

《王兵馬使角鷹》云：「悲臺蕭瑟石巃嵸，哀壑杈枒浩呼洶。中有萬里之長江，迴風滔日孤光動。」《千家集注》鄭讀「巃嵸」皆平聲，非也。二字雖可讀平，但此乃首四句，「嵸」與「洶」、「動」爲韵，三字皆上聲耳。若謂「洶」亦有平聲，與「蓯」爲韵，則第四句「動」字竟無與爲韵耶。

早知乘四載

《禹廟》詩：「早知乘四載，疏鑿控三巴。」仇注謂：「禹乘四載以治水，向時早已知之。今親至三巴，而見其疏鑿遺蹟是也。」《千家集注補遺》載劉光庭述須溪説「早知」，言其氣力盛壯之時也。意謂禹壯時，早知治水之法。不成文義。

侍祠恧先露

《往在》篇：「侍祠恧先露。」劉須溪云：「愧死者也。」案：此謂先朝露而死耳。趙注亦云：「預事者爲榮，有合侍祠而不幸，所以慙恧史有先朝露，以言不幸也。」但臣下不幸遽死，不獲侍祠，在死者既無所謂慙，公豈代爲慙耶？又豈公自慙於死者耶？王原叔謂：「齋廊未備，猶恧霑露先字。」亦費解。朱長孺謂：「新進小臣，得與侍祠之列，故以先蒙恩露爲慙。」但先蒙恩澤，何得謂之「先露」？張邇可《會粹》又謂：「因朝廷祠祀，而亦切先人雨露之思。」此更少理。夫感念先人於春露秋霜之際，豈得名爲先露乎？惟仇注以先露爲「先路」之訛，最爲得之。然仇有二義，一據《郊特牲》：「先路三就」，指爲祭宗廟之路車，但侍祠而槧其君之車，亦覺無理。一據《離騷》「來吾導夫先路」。《舞鶴賦》「翺翥先路」。仇引「翺」作「翔」，今據《文選》及《鮑集》改。并公詩「起草鳴先路」，謂乃前導之義，其説致確，而惜未申明之。案：《唐六典》注補闕、拾遺掌供奉諷諫，扈從乘輿，公爲拾遺，則奉引正其職掌。故公《奉酬嚴公寄野亭之作》云「奉引濫騎沙苑馬」，《寄賈嚴兩閣老》云「此時霑奉引」，所謂先路矣。太和中舒元褒言：「遺補雖卑，侍臣也。」公以職叨近侍，故謙言忝耳。

「向時禮數隔」二句

《八哀·張九齡篇》：「向時禮數隔，制作難上請。」公自謂平生與張名位禮數尊卑懸隔，不敢以己之制作上請是正也。知非請張制作者，上文具稱張之詩篇牋誄，則非未嘗寓目矣。朱注引任昉《哭范僕射》詩：「平生禮數絶」，極是。趙注乃云：「九齡之死，帝眷已衰，難以所制作上請於朝。」此誤。以「向時禮數隔」爲九齡生平朝廷恩禮死後隔絶，故難以其制作上請於朝，爲之表章，其説非是。

行最能

《最能行》：「瞿塘漫天虎鬚怒，歸州長年行最能。」言二灘之險，舟人行之，最擅能事也。本或作

「歸州長年與最能。」宋景文《筆記》云：「蜀人謂柁師爲長年三老。」劉須溪據「與」字謂：「最能亦水手之稱。」是分長年、最能爲二，似乎太泥。案：詩義蓋長年亦名最能，而句當從「行」，不當從「與」，若從「與」，則二句猶言水勢險惡，柁師與水手，不成文義矣。從「行」字，則「最能」只作虚字用，然惟其最能行舟，因即以名其人。公直以此句自釋其題也。

休翻鹽井横黄金

《灧滪》詩：「寄語舟航惡年少，休翻鹽井横黄金。」趙注云：「此言販鹽惡少不顧危亡，而欲行舟，必沉溺充鹽於水，是横費黄金也。」又云：「翻鹽井者，翻出其物而他往也。」案：趙前説以「翻」爲沉溺，後説以「翻」爲出其鹽而外販，義既兩歧，且翻鹽於水，何得云「翻鹽井」耶？朱、仇本「横」皆從「擲」，而「翻」字亦主沉溺翻鹽之意。然仇又以「翻」爲翻飛舟行之疾，「擲」爲换也，賭錢也，亦自相矛盾。案：詩意戒販鹽惡少休翻弄鹽井之利，冒險販賣，取多金而作强横耳。又横費黄金，亦無但云横黄金之理。公有《驅豎子摘蒼耳》詩云：「寄語惡少年，黄金且休擲。」此則横費之義。仇云：「擲，换也。」謂以鹽换金，然《字書》無此訓。

星月

《江邊星月》詩：「歷歷竟誰種，悠悠何處圓。」星、月分句甚明。須溪云：「種謂星。《注》引白榆，繆。但賦雜他語，如何見是星月？子美詩每有此。」炳案：既知種謂星，則《注》引古詩：「天上何所有，歷歷種白榆。」爲不繆，豈「繆」上脱「不」字耶？且題是《江邊星月》，開首又有「江月」、「江星」句，而云「如何見得是星月」，何耶？

國容

《傷春》詩：「周還舊國容。」王原叔注引《周本紀》平王東遷雒邑，是已，而「容」字無著。案：《司馬法》：「古者軍容不入國，國容不入軍。軍容入國則民德廢，國容入軍則民德弱。」然則國容者，衣冠揖遜之容也。鮑昭《尺蠖賦》：「軍算慕其權，國容擬其變。」王儉《公府長史朝服議》：「軍國異容。」梁武帝《責賀琛勅》：「國容戎備，何者宜省。」其義並同。

七星在北户

《同諸公登慈恩寺塔》云:「七星在北户。」仇注引《史記・天官書》北斗七星,是也。朱《補注》載潘耕説「《天官書》: 七星頸爲員宫,主急事。本南方之宿,而今在北户。蓋季秋之月昏虚中,則七星在北」云云。炳案: 此以七星爲南方朱鳥七宿之一,大誤學者。無論季秋昏虚中,乃《月令》所紀,至唐已差十餘度,不應據以爲説。且虚爲北方玄武七宿之一,唐測虚距北極百一度,七星亦距北極九十三度半,皆赤道南之星。若以長安計之,即唐西京,今陝西省城。北極出地三十六度,七星在天頂南三十九度半,人所戴爲天頂。何由能至北户即北極最低之處?如廣東出地二十三度半,七星亦在天頂南二十七度,直至南極出地三度半以上,七星乃能在北耳。況季秋昏虚在南地平上,則七星在北地平下,何從得見乎?斷指北斗七星無疑也。

牽牛織女

《牽牛織女》詩:「牽牛出河西,織女處其東。」朱《補注》載潘鴻説引《步天歌》:「牛上直建三河鼓,潘誤作「直見」。鼓上三星號織女。」而云:「河鼓三星,世謂之牽牛。自漢以來,天文志皆以牽牛即牛宿，而謂河鼓在牽牛北，若牽牛是六星之牛宿，則當配以四星之女宿矣。織女固非女宿，牽牛亦非牛宿也。」炳案：以上潘説似是而實非。夫謂俗傳織女期會之牽牛乃河鼓，而非牛宿，語固不謬，至何鼓之一名牽牛，本於《爾雅·釋天》，《釋天》作「何鼓」，《天官書》作「河鼓」，非。非世俗稱謂也。牛宿之亦名牽牛，本於《爾雅》：「星紀，斗、牽牛。」又《月令》：「昏旦中星有牽牛。」非史志杜撰也。知牛宿之亦名牽牛，則何鼓在牽牛北之説，亦不誣矣。史志牽牛本指南斗後婺女前之六星，非指三星之河鼓。潘誤會志義，而又忘却《爾雅》、《月令》之文，故反以志爲誤耳。又謂若牽牛是牛宿，則當配以女宿，説亦非是。夫以二十八舍之牛女言之，則牽牛婺女也，以俗傳七夕期會之牛女言之，則河鼓，織女也。不知潘所謂配者，次舍耶？期會耶？

天棘蔓青絲

《巳上人茅齋》云：「天棘蔓青絲。」蔡夢弼、杜田據《抱朴子》、《博物志》「天門冬一名顛棘」，云即天棘，是也。又《本草》乃專門之學，其説亦並同《爾雅》「蘠蘼，虋冬。」即門冬。髦、顛棘分爲二物。朱注以爲錯簡者，得之。然天棘何以名顛棘，杜以爲方言，蔡以爲「顛」、「天」聲相近。炳案：《釋名》云：「天，豫、司、兖、冀，以舌腹言之，天，顯也，在上高顯。青、徐以舌頭言之，天，坦也，坦然高遠。」然則方言或呼「天」爲「顯」「坦」，非「顛」也。惟《説文》云：「天，顛也。至高無上。」此「天」、「顛」通呼之證，特未知許氏或亦舉方言，或但以聲詁義耳。

水府

《臨邑舍弟書至苦雨黄河泛溢寄詩》云：「徐關深水府。」仇注引晉木玄虚《海賦》：「水府之内，極深之庭。」然木賦又本魏劉劭《趙都賦》：「天浪水府，百川是鍾。」李善注引劉賦「鍾」作「理」。案：下文云：「包絡坤維，連薄大濛。」則字宜作「鍾」，「鍾」形近「理」而誤也。此水府皆説海。宋鮑明遠《河清頌》亦有「水府清涓」之句，故杜叙黄河泛溢，稱爲水府，又或偶同之耳。謝朓《祀敬亭山》詩：「水府衆靈出。」杜《遊何將軍山林》亦云：「石林蟠水府。」蓋府者聚也，水所聚則可名水府，不必定是河海。

口號

《承聞河北諸節度入朝口號》十二首，吴曾《漫録》謂郭思詩話以口號始此，殆似今通俗凱歌，軍人所道之辭，因引梁簡文《和新渝侯巡城口號》，云不始於杜。炳案：宋鮑昭已有《還都口號》五言詩，并不始於簡文也。

盍簪

《杜位宅守歲》云：「盍簪喧櫪馬，列炬散林鴉。」「簪」對「炬」，則「簪」爲實字，古人所以約髮者。《易·豫》：九四「朋盍簪」。王弼注：「盍，合也。簪，疾也。」《猗覺寮雜記》據此，謂「子美以簪爲冠簪，案古冠有笄，不謂之簪，當以弼言爲正。」炳案：侯果《易説》：「朋從大合，若以簪篸之固括也。」杜正用其義。簪，《説文》作兂，云首笄也。以簪爲俗字，雖不引《易》文，亦足見古者非無「兂」字，蓋古文易字作「兂」，其訓則笄也。《釋文》云：「古文作貣，京作撍，馬作臧，荀作宗，虞作戠，云戠叢合也。」蓋别本字異，則其訓亦從而異，王弼本既作「簪」，奈何訓爲疾。釋古經宜用古訓，簪之爲疾，《爾雅》家未之前聞。子夏傳「簪，疾也」。書本僞託。鄭注云：「速也。」恐鄭所據之本，乃别一字，非「簪」耳。

三鱣

《夔府詠懷》云：「勑厨惟一味，求飽或三鱣。」此公誤讀「鱣」爲平聲也。字有二聲，讀平者音邅，與鮪並稱，乃黄魚也。讀上者音善，俗作鱔，似蛇魚也。《後漢書·楊震傳》：「有冠雀銜三鱣魚，飛集講堂前。都講取魚進曰：『蛇鱣者，卿大夫服之象也。』」爲俗鱔魚甚明。故《注》「鱣」音善。又引韓子

「鱣似蛇」，《注》又云：「鱣魚長者不過三尺，黄地黑文。」語意若預恐後人誤認爲黄魚者。黄魚大至數百斤，小亦十數斤，冠雀雖大鳥，傳注云：「冠，音貫。即鸛雀。」斷無銜飛之理。蛇鱣極長數尺，短或數寸，鸛銜於理可信。而黄魚色青黑，與卿大夫服色亦不類。惟蛇鱣黄地黑文，爲象之耳。此注極其詳明。杜公既誤讀爲平，注者遂以爲鱣鮪之鱣，誤亦甚矣。傳注又謂：「《續漢》及謝承書，鱣皆作鱓，古字通，不誤也。」而吴曾據《震碑》「貽我三魚」之文，謂稱鱣稱鱓，皆未必得其真。何耶？又鱣鮪之「鱣」，《説文》以爲「鯉」，語固謬。「鱓」下云：「魚名，皮可爲鼓。从魚單聲。常演切。」亦非是。皮可爲鼓之鱓，與「鼉」字同，當音唐何切，非常演切。常演切者，蛇鱓也。

人日

《人日》詩：「元日到人日，未有不陰時。」《西清詩話》載：「都人劉克取架上書，示客曰：『此東方朔占書也。歲後八日，一日爲雞，二日爲狗，三日爲豕，四日爲羊，五日爲牛，六日爲馬，七日爲人，八日爲穀。其日晴，主所生之物育。陰則災。』少陵意謂天寶雜亂，人物歲歲俱災。豈《春秋》書『王正月』意耶？」趙次公駁之，謂：「公詩在大曆三年，自天寶十四載禄山之亂抵此，凡十三次見春矣，豈有歲歲正月不晴八日應作『七日』者乎！」洪興祖引東方占書同，亦有天寶之亂人物俱災之説。周必大《二老堂詩話》駁之，謂：「子美詩紀實耳，信如洪説，穀爲一歲之本，何以略之？」趙周言是也。申涵光則用周義，而不著所本。

意内稱長短

《端午日賜衣》詩：「意内稱長短，終身荷聖情。」趙注云：「蓋言天子意内稱量群臣身材長短而賜之，使有實用，所以終身荷聖情也。」如趙義，則「稱」字作平聲讀。别本作「恰稱身長短」，則「稱」讀去聲，句義尤爲明白，而「身」字犯複，未知孰是。案，公此語亦自有本，《南齊書・張融傳》：「太祖手詔賜融衣曰：『是吾所著，已令裁減，稱卿之體。』」則古真有其事矣。

孤雁相失

《孤雁》云：「誰憐一片影，相失萬重雲。」仇注引梁簡文帝「枝濃鳥相失」，此《答南平王賚朱櫻》詩，所謂鳥，非雁也。趙注引帝《隴坻雁初飛》詩：「霧暗早相失」，切雁矣，而非孤也。案帝又有《夜望單飛雁》詩，云：「早知半路應相失，不如從來本獨飛。」此「相失」字真杜公所本矣。公即未必有心用之，然帝詩三稱「相失」，惟用之單飛雁爲合情景耳。又吴均有「逶迤摇白團」，帝《怨詩》亦云「秋風與白團」。江總有「交枝落幔陰」，帝《晚日後堂》亦云「幔陰通碧砌」。而杜《餞裴二》「白團爲我破」、《寄佐還山後》「交横幔落坡」，亦皆用其語意。

小清華園詩談

小清華園詩談提要

《小清華園詩談》二卷，據道光七年北京本園刊本點校。撰者王壽昌，字介圖，號眉仙、養齋，雲南永北人。嘉慶十八年舉人，任尋甸州儒學訓導。有《王眉仙遺著》等。據王氏自序，書乃道光五年乙酉與大司農禧恩談詩整理而成。卷上「總論」以詩格出之，如「四正」、「六要」之類，備列詩學種種概念；「條辨」又各作摘句圖，一一釋其義。卷下再以古詩、唐詩之分析，例證卷上之説，體例甚善。其論莊雅周備，乃一篇傳統詩學之正論也。主《三百篇》外，即杜詩雖得遺意，猶爲變風、變雅，未可謂盛世之音。嚴滄浪「詩有別材」之「別」，亦非爲正體。其宗古之篤，一至於此。亦偶有誤，如「煉字不如煉句」一則，「竹憐新雨後，山愛夕陽時」乃錢起句，而誤署劉長卿。至以唐人七古爲「唐體」而非古體，則較李于鱗「唐無五古」説偏頗更甚，蓋五古猶可説，七古唐前僅爲濫觴而未成體，故斷無是理也。此書有《雲南叢書》本，僅一卷，少三十餘則，未可爲據。

序

聖人以詩立教，非徒示人以吟咏之適，實欲使人各得夫性情之正也。故曰：「《詩》三百，一言以蔽之，曰思無邪。」又曰：「温柔敦厚，詩教也。」雖好賢如《緇衣》，惡惡如《巷伯》，或未免於過情，然於無邪之旨，忠厚之意，罔或悖焉。漢、魏之間，去古未遠，餘意猶存，經六朝之綺靡，而遂蕩然矣。延及有唐，斯道大盛。然詩雖盛，而《三百》之意，其與存者幾何？顧嚴滄浪之言曰：「盛唐之詩，惟在興趣，如羚羊挂角，如鏡中之花，水中之月，言有盡而意無窮。」猶有非溢美者。「近代諸公，夫豈不工，而終非古人之詩也。」兹得門人王眉仙所著《詩談》一帙，其旨以《三百》爲宗，其源以「無邪」爲主，其意以「温柔敦厚」爲歸，而其法則專以漢、魏、晉、唐爲則。其談詩也，理真而法密；其論古也，辨確而識精。且以《春秋》之筆，律《風》、《雅》之文，其是非予奪，頗足以正人心，裨世教，懲悖亂，儆邪淫。其有功於詩教，不綦偉歟！昔人謂「不意永嘉之末，復聞正始之音」。兹固不啻正始已也。余方有幽憂之疾，眉仙以是編來質，乃焚香瀹茗而品誦之，心目爲之開朗焉。眉仙其今之有心人哉！時道光五年歲在乙酉小春之月，吴興戴鼎恒題。

自叙

乙酉夏日，與凝齋禧大司農談詩於清泉翠樾間。司農謙懷沖挹，谻詢殷殷，余亦不禁自忘其陋也，而大放厥辭。未及浹月，凡得若干紙，將裒而畀諸火，公子請留覽焉。爰檢平日緒論，并録以付之，且爲之説曰：詩者，志之所之；而志者，情之主，性之迹也。性正而後志正，志正而後思正，思正而後詩正，而後無邪之旨乃可言焉。天下競言詩矣，顧取而讀之，究茫然不知其志之所在，而遑問其性情？竊深懼夫無邪之旨之久不明，而聖人以詩立教之意之終古晦昧而莫或講也，因於小清華園談詩時，稍爲引其端倪，發其旨趣；且取古人及唐人詩類而繫之，以爲初學楷式。俾童子讀之，庶幾涵泳之下，悠然有以得其性情之正，而不至流爲放辟邪侈之歸。則是集也，謂之談詩可，即謂不止於談詩也，亦無不可。永北王壽昌養齋叙。

讀眉仙先生小清華園詩談二首

廿四司空品，深諳古作家。要知真指點，不在炫才華。理熟言彌粹，心空路不叉。願師忠厚旨，黽勉返無邪。

其二

著論從心闡，千秋考鏡深。無邪源乃正，辨古鑑於今。格律宗風雅，才思自毅沉。展篇中有會，綺靡得規箴。

凝齋禧恩題

凡例

是編所引諸詩，上自漢、魏，下至有唐而止，自宋以下無譏焉。

編中於古人間有所議，然亦不過略指其小疵，暨就所引之一章一句而論之，以示學者棄取之方，非論其人之生平與其全集也。倘初學之士不知此意，因所指之小疵與一章一句之微瑕，遂并疑其人與其集，則余之得罪於古人，貽誤於後學，爲不小矣。尚祈高明鑒之。

編中所引古、唐人詩，皆係人人所誦習者。緣學者但以詩視之，而不深求夫古人作詩之意，是以只得其詩，而不得其所以詩。今爲一一揭之，讀者亦可恍然於先哲之篇章，非盡徒吟風弄月之具矣。

各條所引之詩，不過略舉一隅以爲則，非以古人佳處只於此也。學者尚宜引伸觸類而觀之。

條中即在所訾之作，亦必擇其佳者，不敢混收濫惡，以災梨棗，閲者尚宜相賞於牝牡驪黄之外。

下卷所采古、唐人佳句及發端、結語，若已録其全篇者，即不另爲采取，參觀之可也。

小清華園詩談卷上

永北王壽昌養齋撰

總論

詩有四正：性情宜正，志向宜正，本源宜正，是非取舍宜正。

詩有六要：心要忠厚，意要纏綿，語要含蓄，義要分明，氣度要和雅，規模要廣大。

詩有四清：心境欲清，神骨欲清，氣味欲清，意致音韵欲清。

詩有三真：言情欲真，寫境欲真，紀事欲真。

詩有三超：識見欲超，氣象欲超，語意欲超。

詩有四高：格欲高，興欲高，地步欲高，手眼亦欲高。

詩有四近：宜近情，宜近理，宜近風雅，宜近畫圖。

詩有三深：情欲深，意欲深，味欲深。

詩有三淺：意欲深而語欲淺，鍊欲精而色欲淺，學欲博而用事欲淺。

詩有三嚴：紀律欲嚴，對仗欲嚴，棄取欲嚴。

詩有三寬：聲病無礙者宜寬，如蜂腰、鶴膝之類。俗論太刻者宜寬，如論杜詩每聯上句第七字，上去入間用之類。瑜多瑕少者宜寬。

詩有三留：留好意以待發揮，留好字以助警策，留好韵以振精神。

詩有四不可：骨不可露，氣不可浮，情不可過，意不可偏。

詩有四勿傷：鍊勿傷氣，曲勿傷意，淡勿傷味，瘦勿傷神。

詩有三不盡：景盡情不盡，語盡意不盡，興盡味不盡。

詩有三可借：故事可借，字意可借，古人句可借。

詩有三不欲勝：文不欲勝質，境不欲勝情，情不欲勝理。

詩有五不可失：麗不可失之艷，新不可失之巧，淡不可失之枯，壯不可失之粗豪，奇不可失之穿鑿。

詩有五可五不可：可頌不可諛，可刺不可訕，可怨不可疾，可樂不可淫，可哀不可傷。

詩有四能四不可不能：能放不可不能收，能入不可不能出，能呼不可不能應，能即不可不能離。

詩以古爲主，以高爲上，自然者次之，渾然者次之，超然者次之，純粹精鍊者次之，清新秀逸壯健者次之，奇麗瘦淡者次之。

古體欲無句，近體欲無字。

古體有句則體弱，近體有字則氣薄。

古體何以無句？曰：《十九首》，詩之祖也。吾見其詩矣，未見其句也。爾後惟陶堪嗣響，至謝乃有句可摘，而格斯降已。

近體何以無字？曰「江流天地外，山色有無中」，王維《漢江》較諸「樹點千家小，天圍萬嶺低」，岑參《西亭觀眺》奚啻天道人道之殊哉！

唐人七古氣勢縱横，文情變幻，如神龍翔空，離奇夭矯，不可方物，誠爲詩境奇觀。然只可謂之唐體，不可謂之古體。何也？以古氣皆已發洩無遺也。

作字者，可以篆隸入楷書，不可以楷法入篆隸。作詩者，可以古體入律詩，不可以律詩入古體。以古體作律詩，則有唐初氣味；以律詩入古體，便落六朝陋習矣。然於轉韵長篇，則又可不拘。

條辨

何謂性情？曰：詩以道性情，未有性情不正而能吐勸懲之辭者。《三百篇》中，其性情亦甚不一，而總歸于無邪，故雖里巷之歌謡，皆可爲萬世之典訓。自時厥後，以代而衰，遂至流爲放辟邪侈而不可止。間有賢者崛起其間，各樹騷壇之幟，而往往不能無偏倚駁雜之弊。略而言之，如李少卿之偏於忿懟，曹孟德之偏於深險，阮嗣宗之偏於幽憤，張茂先之偏於浮華，郭景純之偏於隱怪，陶元亮之偏於高尚，鮑參軍之偏於感時疾俗，謝康樂之偏於矯情肆志，江文通之偏於繁艷，沈休文之偏於瑣屑，徐、庾之偏於綺靡；又如王、楊、盧、駱之偏於浮薄，李太白之偏於豪縱，劉夢得之偏於褊狹，孟東野之偏於孤峭，玉川子之偏於險怪，李長吉之偏於奇幻，白香山之偏於坦率，元微之之偏於柔媚，李義山之偏於瑰異，温飛卿之偏於婉弱。其餘諸賢，亦各有弊。惟杜少陵性情真摯，憂國愛君之意，盎然於楮墨之間，猶有詩人遺意。但多憂傷感憤，擬諸《三百》，實爲變風變雅，終非盛世之音。若韓昌黎以唐代名儒，性情頗得其正，故篇什之間，每吐德音；然以文筆爲詩，往往不免過於豪放。要之古來作者，各有短長。學者貴取其所長，棄其所短，馴而至於温柔敦厚之歸，則《雅》、《頌》之音，庶可復覩耳。

又曰：于親當如東廣微之《補南陔》，謝康樂之《述祖德》，暨孟東野之「慈母手中線，遊子身上衣。臨行密密縫，意恐遲遲歸。誰言寸草心，報得三春暉」。《遊子吟》近體當如「君此卜行日，高堂應夢歸。莫將和氏淚，滴著老萊衣。嶽雨連河細，田禽出麥飛。到家調膳後，吟好送斜暉」。殷遥《送友人下第歸省》暨劉夢得之「兄弟盡鴛鸞，歸心切問安。貪榮五綵服，遂挂兩梁冠。侍膳曾調鼎，循陔更握蘭。從今别君後，常向德星看」。《送太常蕭博士棄官歸養赴東都》于君當如「行行重行行」，雖去國而猶念故君；「湛露改寒司」，王融《渌水曲》雖遊豫而必箴王度。處常則如杜少陵之「花隱掖垣暮，啾啾棲鳥過。星臨萬户動，月傍九霄多。不寢聽金鑰，因風想玉珂。明朝有封事，數問夜如何」。《春宿左省》遇變當如李義山之「玉帳牙旗得上游，安危須共主君憂。竇融表已來關右，陶侃軍宜次石頭。豈有蛟龍愁失水？更無鷹隼擊高秋！晝號夜哭兼幽顯，早晚星關雪涕收」。《重有感》暨少陵之「時危思報主，衰謝不能休」，張燕公說之「遥遥西向長安日，願上南山壽一杯」，錢員外起之「霄漢常懸捧日心」之類，斯爲純臣耳。至若孔文舉之「巖巖鍾山首」，痛疾權姦之跋扈；陳思王之「微陰翳陽景」，欲延漢祚于式微，則又耿耿孤忠，可與日月争光者矣。于兄弟當如陳思之《贈白馬》，康樂之《與惠連》。近體則如少陵之「亂後嗟吾在，羈棲見汝難。草黄騏驥病，沙晚脊令寒。楚設關城險，吴吞水府寬。十年朝夕淚，衣袖不曾乾」。《第五弟豐獨在江左近三四歲寂無消息覓便寄此》柳柳州之「零落殘魂倍黯然，雙垂别淚越江邊。一身去國六千里，萬死投荒十二年。桂嶺瘴來雲似墨，洞庭春盡水如天。欲知此後相思夢，常在荆門郢樹烟」。《别舍弟宗一》至若少陵之「此時同一醉，應在仲宣樓」，及「弟勸兄酬何怨嗟」，則不減《常棣》之歌。右丞之「遥知兄弟登高處，徧插茱萸少一人」，則無殊《陟岡》之詠。此外若謝宣遠瞻之答靈運，則勵以令猷；少陵之送侍御，則望其搏擊，是又能于友于之外，勉之以德者。于夫婦則當如蘇子卿之《别妻》，顧彦先榮之《贈婦》，潘安仁之《悼亡》，暨張正言謂之「南園春色正相宜，大婦同行小婦隨。竹裏登樓人不見，花間覓路鳥先知。櫻桃解結垂檐子，楊柳能低入户枝。山簡醉來歌一曲，參差笑殺郢中兒」。《春園家宴》元微之之「謝公最小偏憐女，嫁與黔婁百事乖。顧我無衣搜畫篋，泥他沽酒拔金釵。野蔬充膳甘長藿，落葉添薪仰古槐。今日俸錢過十萬，爲君營奠復營齋」。《遣悲懷》于朋友則當如蘇、李之贈答，陶靖節之《停雲》，杜少陵之《夢李白》，韓昌黎之「我願身爲雲，東野化爲龍。四方上下逐東野，雖有離别無由逢」。近體當如劉昚虚之《寄江韜求孟六遺文》，王摩詰之《酌酒與裴迪》，李校書端之「愁心一倍長離憂，夜思千重戀舊遊。秦地故人成遠夢，楚天涼雨在孤舟。諸溪近海潮皆應，獨樹邊淮葉盡流。别恨轉深何處寫？前程惟有一登樓」。《宿淮浦憶司空文明》劉夢得之「一夜霜風凋玉芝，蒼生望絶士林悲。空懷濟世安人略，不見男婚女嫁時。遺草一函歸太史，孤墳三尺近要離。朔方徙歲行當滿，欲爲君刊第二碑」。《感吕衡州》元微之之「樂事難逢歲易徂，白頭光景莫令孤。弄濤船更曾觀否，望市樓還有會無？自注：「望市樓，蘇之勝地。」眼力少將尋案牘，心情且强擲梟盧。孫園虎寺隨宜看，不必遥遥羡鏡湖」《戲贈樂天》與《送崔侍御之嶺南二十韵》，皆懇切周詳，無微不至，尤見交情之篤云。

何謂志向？曰：在心爲志，發言爲詩。志淫好辟，古有明徵矣。且如魏武志在篡漢，故多雄傑之辭。陳思志在功名，故多激烈之作。步兵志在慮患，每有憂生之嘆。伯倫志在沉飲，特著《酒德》之篇。劉太尉（崑）〔琨〕志在勤王，常吐傷亂之言。陶彭澤志在歸來，實多田園之興。謝康樂志在山水，率多遊覽之吟。他如顏延年志在忿激，則咏《五君》。張子同志和志在烟波，則歌《漁父》。宋延清志在邪媚，因賦《明河》之篇。劉夢得志在尤人，乃作看花之句。凡此之倫，不一而足。惟杜工部志在君親，故集中多忠孝之語。《曲禮》曰「志之所至，詩亦至焉」，不信然乎？故學者欲詩體之正，必自正其志向始。

何謂本源？曰：仇仁父曰：「古體吾主《選》，近體吾主唐。」近體主唐可也，古體主《選》，無乃已疎乎？或請其説，曰：「不有《三百篇》乎？吾于古體，得《斯干》之縱横變幻焉；吾于近體，得《陟岵》之情深意遠焉。」

何謂是非取舍？曰：好賢如《緇衣》，惡惡如《巷伯》。故賢愚不分，不足以論人；是非不辨，不足以論事；取舍不明，不足以御事變而服人心。是故太沖《咏史》，其是非頗不乖人心所同然；嗣宗《咏懷》，其予奪幾可繼《春秋》之筆削。他如陶題甲子，見受禪之非宜；謝過廬陵，雪沉冤于既死。此後惟杜工部，論事則云：「幽薊餘蛇豕，乾坤尚虎狼。諸侯春不貢，使者日相望。慎勿吞青海，無勞問越裳。大君先息戰，歸馬華山陽。」《有感》，下同。「丹桂風霜急，青梧日夜凋。由來强幹地，未有不臣朝。授鉞親賢往，卑宫制詔遥。終依古封建，豈獨聽簫韶！」又：「韓公本意築三城，擬絶天驕拔漢旌。豈謂盡煩回紇馬，翻然遠救朔方兵？胡來不覺潼關隘，龍起猶聞晉水清。獨使至尊憂社稷，諸君何以答昇平？」《諸將》，下同。「回首扶桑銅柱標，冥冥氛祲未全銷。越裳翡翠無消息，南海明珠久寂寥。殊錫曾爲大司馬，總戎皆插侍中貂。炎風朔雪天王地，只在忠臣翊聖朝。」論人則如：「蜀主窺吴幸三峽，崩年亦在永安宫。翠華想像空山裏，玉殿虚無野寺中。古廟杉松巢水鶴，歲時伏臘走村翁。武侯祠屋常鄰近，一體君臣祭祀同。」《咏懷古蹟》，下同。「諸葛大名垂宇宙，宗臣遺像肅清高。三分割據紆籌策，萬古雲霄一羽毛。伯仲之間見伊吕，指揮若定失蕭曹。運移漢祚難恢復，志決身殲軍務勞。」如此等作，讀之可見其經濟之實學，筆削之微權焉。他如「漢家青史上，計拙是和親。社稷依明主，安危託婦人。豈能將玉貌，便擬靖胡塵？地下千年骨，誰爲輔弼臣」。戎昱《和蕃》暨「猿鳥猶疑畏簡書，風雲常爲護儲胥。徒令上將揮神筆，終見降王走傳車。管樂有才原不忝，關張無命復何如！他年錦里經祠廟，《梁父》吟成恨有餘」。李商隱《籌筆驛》又「西師萬衆幾時回？哀痛天書詔已裁。文吏何曾重刀筆，將軍猶自舞輪臺。幾時拓土成王道？從古窮兵是禍胎。陛下好生千萬壽，玉樓常御白雲杯」。《漢南書事》數詩亦其後勁者矣。

何謂忠厚？曰：平子《四愁》，悲路遠之莫致；子建《七哀》，願爲風以入懷。《塘上行》陸機擬作之

「願君廣末光，照妾薄暮年」，被棄而猶懷顧戀；《石首城》謝靈運作之「皎皎明發心，不爲歲寒欺」，遭讒而素心不渝，可謂厚矣。然此非徒「臣罪當誅，天王聖明」，爲是善則歸親，過則歸己之語而已也。必其至誠惻怛之意充溢于中，隨其所發，無非慈祥豈弟之音。如元次山結之「追呼尚不忍，況乃鞭撻之」，《(春)〔春〕陵行》杜少陵之「彤廷所分帛，本自寒女出」，《自京至奉先縣咏懷》乃爲真忠厚耳。他如岑嘉州參之「不擇南州尉，高堂有老親。樓臺重蜃氣，邑里雜鮫人。海暗三山雨，花明五嶺春。此鄉多寶玉，慎勿厭清貧。」《送張子尉南海》雖不必爲忠厚之語，而忠厚之意自盎然於楮墨之間，乃所謂「仁者之人，其言藹如」者。餘如王右丞之「執政方持法，明君無此心」，劉隨州長卿之「得罪風霜苦，全生天地仁」，錢員外之「窮達戀明主，耕桑亦近郊」，裴僕射度之「道直身還在，恩深命轉輕」之類，亦猶有詩人温厚之遺云。

何謂纏綿？曰：如古之「客從遠方來，遺我一端綺」。及少陵之「暫往比鄰去，空聞二妙歸。幽棲誠簡略，衰白已光輝。野外貧家遠，村中好客稀。論文或不愧，重肯款柴扉」。《范二員外邈吴十侍御育枉駕闕展待聊寄此作》白香山之「平生心迹最相親，欲隱牆東不爲身。明月好同三徑夜，緑楊宜作兩家春。每因暫出猶思伴，豈得安居不擇鄰？何獨終身數相見，子孫還作隔牆人」《欲與元八卜鄰先有此寄》是也。

何謂語要含蓄，義要分明？曰：張曲江九齡之「孤鴻海上來，池湟不敢顧。側見雙翠鳥，巢在三珠樹。矯矯珍木巔，得無金丸懼？美服患人指，高明逼神惡。今我游冥冥，弋者何所慕」。《感遇》及少陵之「錦城簫管日紛紛，半入江風半入雲。此曲只應天上有，人間能得幾回聞」《贈花卿》是也。

何謂和雅？曰：晉《白紵舞歌》，及淵明之「孟夏草木長，繞屋樹扶疎。衆鳥欣有託，吾亦愛吾廬。既耕亦已種，時還讀我書。窮巷隔深轍，頗迴故人車。歡言酌春酒，摘我園中蔬。微雨從東來，好風與之俱。泛覽《周王傳》，流觀《山海圖》。俯仰終宇宙，不樂復何如」《讀山海經》是也。近體如賈舍人至之「銀燭朝天紫陌長，禁城春色曉蒼蒼。千條弱柳垂青瑣，百囀流鶯繞建章。劍珮聲隨玉墀步，衣冠身惹御鑪香。共沐恩波鳳池上，朝朝染翰侍君王」。《早朝大明宫呈兩省僚友》暨楊司業巨源之「晴明紫閣最高峰，仙掖開簾范彦龍。五色天書辭煥爛，九重春殿語從容。綵毫應染鑪烟細，清珮仍含玉漏重。二十年前同日喜，碧霄何路得相逢」。《寄中書同年舍人》如此等作，皆雍容和雅，盛世之音也。

何謂廣大？曰：顔延年之《郊祀》、《曲水》、《釋奠》以及《侍遊》諸作，氣體崇閎，頗堪嗣響《雅》、《頌》。近體則沈、宋、燕、許、右丞輩，亦時有宏壯之觀。然終不如少陵之「安得壯士挽天河，盡洗甲兵長不用」，暨「舜舉十六相，身尊道何高。秦時任商鞅，法令如牛毛」，及「洛陽宫殿化爲烽，休道秦關百二重。瀛海未全歸禹貢，薊門何處盡堯封？朝廷衮職雖多預，天下軍儲不自供。稍喜臨邊王相國，官銷金甲事春農」。《諸將》此真禹、稷己飢己溺之心，《三百篇》後，無此度量矣。

何謂氣象？曰：「絳幘鷄人報曉籌，尚衣初進翠雲裘。九天閶闔開宫殿，萬國衣冠拜冕旒。日色纔臨仙掌動，香烟欲傍衮龍浮。朝罷須裁五色詔，珮聲歸到鳳池頭。」王維《和賈至舍人早朝大明宫之作》不謂之「詩中天子」不可也。昔人評王摩詰爲「詩中天子」「訟堂寂寂對烟霞，五柳門前聚曉鴉。流水聲中視公事，寒山影裏見人家。觀風競善新爲政，計日還知舊觸邪。可惜陶潛無限酒，不逢籬菊正開花。」崔峒

《題桐廬李明府官舍》不謂之窮陬縣令不可也。

何謂真？曰：自來言情之真者，無如靖節；寫景之真者，無如康樂、玄暉；紀事之真者，無如潘安仁、左太沖、顔延年。少陵皆兼而有之，故往往有生字拙句，人皆不解其故，不知乃直書所見，初不假乎雕飾者，但嫌其發洩太盡耳。如言情，陶但云：「銜戢知何謝，冥報以相貽。」杜則曰：「誓將與夫子，永結爲弟昆。」又曰：「過門更相呼，有酒斟酌之。」杜則云：「高聲索果栗，欲起還被肘。」又曰：「脱有經過便，念來存故人。」杜則云：「何時一尊酒，重與細論文？」寫景，康樂但云：「昏旦變氣候，山水含清暉。」杜則曰：「岱宗夫如何？齊魯青未了。」玄暉但云：「天際識歸舟，雲中辨江樹。」杜乃曰：「吴楚東南坼，乾坤日夜浮。」又云：「白日麗飛甍，參差皆可見。」杜則曰：「俯視但一氣，焉能辨皇州？」又云：「餘霞散成綺，澄江浄如練。」杜則曰：「錦江春色來天地，玉壘浮雲變古今。」其氣韵非不超越前人，而格則變矣。獨其《彭衙》、《北征》諸作，叙事抒情，曲折如繪，誠有非潘、顔諸子所能者，謂之「詩史」，豈不信然。此外如李君虞益之「問姓驚初見，聞名憶舊容」，盧郎中之「少孤爲客早，多難識君遲」，司空文明曙之「乍見翻疑夢，相悲各問年」；又如太白之「秋色無遠近，出門盡寒山」，摩詰之「遠樹帶行客，孤城當落暉」，岑嘉州之「秋色從西來，蒼然滿關中。五陵北原上，萬古青濛濛」，錢員外之「返照亂流明，寒空千嶂浄」；又如韓吏部之《元和聖德詩》，柳柳州之《平淮夷雅》，李義山之《韓碑》、《西郊百韵》等作，皆切實締當之至者。

何謂古？曰「君子防未然，不處嫌疑間。瓜田不納履，李下不整冠。嫂叔不親授，長幼不比肩。

勞謙得其柄，和光甚獨難。周公下白屋，吐哺不及餐。一沐三握髮，後世稱聖賢」《古君子行》是也。他如少陵之《飲中八仙歌》，猶有古意存焉。近體則「東皋薄暮望，徙倚欲何依？樹樹皆秋色，山山惟落暉。牧童驅犢返，獵馬帶禽歸。相顧無相識，長歌懷採薇」。王績《野望》暨沈雲卿佺期之「龍池躍龍龍已飛，龍德先天天不違。池開霄漢分黃道，龍向天門入紫微。邸第樓臺多氣色，君王鳧雁有光輝。爲報寰中百川水，來朝此地莫東歸」。《龍池篇》此等詩乃太羹玄酒之味，《咸》、《英》、《韶》、《濩》之音，非世俗所能知者，但學者不可不本源於此。

何謂高？曰：《古詩十九首》尚矣，其次則陳思之《白馬》七篇，彭澤之《飲酒》六首，左太沖之《咏史》，顏延年之《五君》，亦皆邈不可追者。近體則宋員外之問之「歸來物外情，負杖閱巖耕。源水看花入，幽林採藥行。野人相問姓，山鳥自呼名。去去獨吾樂，無能愧此生」。《陸渾山莊》王右丞之「晚年惟好静，萬事不關心。自顧無長策，空知返舊林。松風吹解帶，山月照彈琴。君問窮通理，漁歌入浦深」。《酬張少府》暨沈雲卿之「盧家少婦鬱金堂，海燕雙棲玳瑁梁。九月寒砧催木葉，十年征戍憶遼陽。白狼河北音書斷，丹鳳城南秋夜長。誰爲含愁獨不見，更教明月照流黃」。《古意》崔司勳顥之「昔人已乘黃鶴去，此地空遺黃鶴樓。黃鶴一去不復返，白雲千載空悠悠。晴川歷歷漢陽樹，芳草萋萋鸚鵡洲。日暮鄉關何處是？烟波江上使人愁」《黃鶴樓》是也。

何謂自然？曰：古詩如「今日良宴會」、「庭中有奇樹」是也。其次則子建之《公讌》、《美女》二篇，暨淵明之「少無適俗韻，性本愛丘山。誤落塵網中，一去三十年。羈鳥戀舊林，池魚思故淵。開荒南野際，守拙歸園田。方宅十餘畝，草屋八九間。榆柳蔭後園，桃李羅堂前。曖曖遠人村，依依墟里烟。狗吠深巷中，鷄鳴桑樹顛。庭户無塵雜，虚室有餘閑。久在樊籠裏，復得返自然」。《歸園田居》周弘讓之「行行訪名嶽，處處必流連。遂至一巖裏，灌木上參天。忽見茅茨屋，曖曖有人烟。一士開門出，一士呼我前。相看不道姓，焉知隱與仙」《留贈山中隱士》亦庶幾焉。近體則王子安之「城闕輔三秦，風烟望五津。與君離别意，同是宦遊人。海内存知己，天涯若比鄰。無爲在歧路，兒女共沾巾」。《送杜少府之任蜀州》太白之「青山横北郭，白水繞東城。此地一爲别，孤蓬萬里征。浮雲遊子意，落日故人情。揮手自兹去，蕭蕭班馬鳴」。《送友人》又「見説蠶叢路，崎嶇不易行。山從人面起，雲傍馬頭生。芳樹籠秦棧，春流繞蜀城。升沈應已定，不必問君平」。《送友人入蜀》右丞之「杜門不復出，久與世情疏。以此爲長策，勸君歸草廬。醉歌田舍酒，笑讀古人書。好是一生事，無勞獻《子虚》」。《送孟六歸襄陽》少陵之「細草微風岸，危檣獨夜舟。星垂平野闊，月湧大江流。名豈文章著，官應老病休。飄飄何所似，天地一沙鷗」。《旅夜書懷》張正言之「八月洞庭秋，瀟湘水北流。還家萬里夢，爲客五更愁。不用開書帙，偏宜上酒樓。故人京洛滿，何日復同遊」《同王徵君湘中有懷》等篇是也。

何謂渾然？曰：「上山採蘼蕪」及「憶梅下西洲」是也。太沖之「鬱鬱澗底松」，淵明之「昔欲居南村」，亦其次也。近體則杜員外之「獨有宦遊人，偏驚物候新。雲霞出海曙，梅柳渡江春。淑氣催黄鳥，晴光轉緑蘋。忽聞歌古調，歸思欲沾巾」。《和晉陵陸丞早春遊望》沈雲卿之「長歌遊寶地，徙倚對珠林。雁塔風霜古，龍池歲月深。紺園澄夕霽，碧殿下秋陰。歸路烟霞晚，山蟬處處吟」。《遊少林寺》孟山人浩然之「八月湖水平，涵虛混太清。氣蒸雲夢澤，波撼岳陽城。欲濟無舟楫，端居耻聖明。坐觀垂釣者，徒有羨魚情」。《臨洞庭上張丞相》岑嘉州之「詔出未央宮，登壇近總戎。上公周太保，副相漢司空。弓抱關西月，旗翻渭北風。弟兄皆許國，天地荷成功」。《奉送李太保兼御史大夫充渭北節度使即太尉光弼弟》及「聯步趨丹陛，分曹限紫微。曉隨天仗入，暮惹御香歸。白髮悲花落，青雲羨鳥飛。聖朝無闕事，自覺諫書稀」。《寄左省杜拾遺》杜少陵之「帶甲滿天地，胡爲君遠行？親朋盡一哭，鞍馬去孤城。草木歲月晚，關河霜雪清。別離已昨日，因見古人情」。《送遠》張正言之「楚地勞行役，秦城罷鼓鼙。舟移洞庭岸，路入武陵溪。江月隨人影，山花趁馬蹄。離魂將別夢，先已到關西」。《送裴侍御歸上都》七言則杜少陵之「蓬萊宮闕對南山，承露金莖霄漢間。西望瑶池降王母，東來紫氣滿函關。雲移雉尾開宮扇，日暖龍鱗識聖顔。一卧滄江驚歲晚，幾回青瑣點朝班」。《秋興》「群山萬壑赴荆門，生長明妃尚有村。一去紫臺連朔漠，獨留青塚向黄昏。畫圖省識春風面，環珮空歸月夜魂。千載琵琶作胡語，分明怨恨曲中論」。《咏懷古蹟》高常侍適之「黄鳥翩翩楊柳垂，春風送客使人悲。怨別自驚千里外，論交却憶十年時。雲開汶水孤帆遠，路繞梁山匹馬遲。此地從來可乘興，留君不住益凄其」。《送前衛縣李宷少府》皇甫曾之「長安雪後見歸鴻，紫禁朝天拜舞同。曙色漸分雙闕下，漏聲遥在百花中。鑪烟乍起開仙仗，玉珮成行引上公。共荷發生同雨露，不應黄葉久從風」《早朝日寄所知》等作是也。

何謂超然？曰：古之「迢迢牽牛星」，司馬紹統彪之「百草應節生」，及淵明之「結廬在人境，而無車馬喧。問君何能爾？心遠地自偏。采菊東籬下，悠然見南山。山氣日夕佳，飛鳥相與還。此中有真意，欲辨已忘言」《飲酒》是也。其次則王右丞之「下馬飲君酒，問君何所之？君言不得意，歸卧南山陲。但去莫復問，白雲無盡時」。《送别》亦庶幾焉。近體則杜員外之「行止皆無地，招尋獨有君。酒中堪累月，身外即浮雲。露白宵鐘徹，風清曉漏聞。坐攜餘興往，還似未離群」。《秋夜宴臨津鄭明府宅》沈雲卿之「聞道黄花戍，頻年不解兵。可憐閨裏月，偏照漢家營。少婦今春意，良人昨夜情。誰能將旗鼓，一爲取龍城」。《雜詩》太白之「陶令辭彭澤，梁鴻入會稽。我尋《高士傳》，君與古人齊。雲卧留丹壑，天書下紫泥。不知楊伯起，早晚向關西」。《口號贈徵君盧鴻》又「牛渚西江夜，青天無片雲。登舟望秋月，空憶謝將軍。余亦能高咏，斯人不可聞。明朝挂帆去，楓葉落紛紛」。《夜宿牛渚懷古》右丞之「清川帶長薄，車馬去閒閒。流水如有意，暮禽相與還。荒城臨古渡，落日滿秋山。迢遞嵩高下，歸來且閉關」。《歸嵩山作》又「中歲頗好道，晚家南山陲。興來每獨往，勝事空自知。行到水窮處，坐看雲起時。偶然值鄰叟，談笑無還期」。《終南别業》岑嘉州之「正月今欲半，陸渾花未開。出關見青草，春色正東來。夫子且歸去，明時方愛才。還須及秋賦，莫即隱嵩萊」。《送下第歸陸渾别業》郎士元之「暮蟬不可聽，落葉豈堪聞？共是悲秋客，那知此路分。荒城背流水，遠雁入寒雲。陶令東籬菊，餘花可贈君」。《送錢大》馬戴之「孤雲與飛鳥，千里片時間。念我何留滯，辭家久未還。微陽下喬木，遠色隱秋山。臨水不敢照，恐驚平昔顔」。《落日悵望》七言則張燕公説之「去歲荆南梅似雪，今年薊北雪如梅。共知人事何常定，且喜年華去復來。邊鎮戍歌連日動，京城燎火徹明開。遥遥西向長安日，願上南山壽一杯」。《幽州新歲作》賈閬仙島之「此心曾與木蘭舟，直到天南潮水頭。隔嶺篇章來華嶽，出關書信過瀧流。峰懸驛路殘雲斷，海浸城根老樹秋。一夕瘴烟風捲盡，月明初上浪西樓」。《寄韓潮州愈》周朴之「東南一境清心目，有此千峰插翠微。人在下方衝月上，鶴從高處破烟飛。巖深水落寒侵骨，門静花開色照衣。欲識蓬萊今便是，更於何處學忘機」。《桐柏觀》僧齊己之「麓山南面橘洲西，聞道新齋與竹齊。野客可曾將鶴贈？山僧未説有詩題。窗中罨靄雲千嶂，枕上潺湲月一溪。此處正安吟榻好，松陰冷濕壁新泥」《聞尚顔上人創新居有寄》等作是也。

七言之自然者，如「漢文皇帝有高臺，此日登臨曙色開。三晉雲山皆北向，二陵風雨自東來。關門令尹誰能識？河上仙翁去不回。且欲近尋彭澤宰，陶然共醉菊花杯」。崔曙《九日登望仙臺呈劉明府》少陵之「一片花飛減却春，風飄萬點正愁人。且看欲盡花侵眼，莫厭傷多酒入脣。江上小堂巢翡翠，苑邊高塚卧麒麟。細推物理須尋樂，何用浮名絆此身」。《曲江》李東川頎之「朝聞遊子唱驪歌，昨夜微霜初渡河。鴻雁不堪愁裏聽，雲山況是客中過。關城曙色催寒近，御苑砧聲向晚多。莫是長安行樂地，空令歲月易蹉跎」。《送魏萬之京》岑嘉州之「迴風度雨渭城西，細草新花踏作泥。秦女峰頭雪未盡，胡公陂上日初低。愁窺白髮羞微禄，悔别青山憶舊溪。聞道輞川多勝事，玉壺春酒正堪攜」。《首春渭西郊行呈藍田張二主簿》滄洲子朱灣之「尋得仙源訪隱淪，漸來深處漸無塵。初行竹裏惟通馬，直到花間始見人。四面雲山誰作主，數家烟火自爲鄰。路逢樵客何須問，朝市如今不是秦」《尋隱者朱九山人草堂》等作是也。

詩之慷慨悲歌者，易見精神；其富貴頌揚及有所希冀者，往往委靡不振。少陵所以特出流輩，良由是耳。他如許郢州渾《金陵懷古》云：「《玉樹》歌殘王氣終，景陽兵合戍樓空。楸梧遠近千官塚，禾黍高低六代宮。石燕拂雲晴亦雨，江豚吹浪夜還風。英雄一去豪華盡，惟有青山似洛中。」何啻精神百倍。然而錢員外起《上中書李侍郎》云：「爽氣朝來萬里清，憑高一望九愁輕。不知鳳沼霖初霽，但覺堯天日轉明。四野山河通遠色，千家砧杵動秋聲。遥想青雲丞相府，何時開閤引諸生？」結句失粘亦未嘗不字字精神也。

何謂氣韵？曰：如張睢陽巡之「岧嶤試一臨，虜騎附城陰。不辨風塵色，安知天地心。門開邊月近，戰苦陣雲深。旦夕更樓上，惟聞橫笛音」。《聞笛》及祖員外咏之「燕臺一去客心驚，笳鼓喧喧漢將營。萬里寒光生積雪，三邊曙色動危旌。沙場烽火侵胡月，海畔雲山擁薊城。少小雖非投筆吏，論功還欲請長纓」《望薊門》是也。

何謂格調？曰：如張燕公之「涼風吹夜雨，蕭瑟動寒林。正有高堂宴，能忘遲暮心。軍中宜劍舞，塞上重笳音。不作邊城將，誰知恩遇深」。《幽州夜飲》暨李東川之「新加大邑綬仍黄，近與單車向洛陽。顧盼一過丞相府，風流三接令公香。南川秔稻花侵縣，西嶺雲霞色滿堂。共道進賢蒙上賞，看君幾歲作臺郎」《送綦毋三》是也。

何謂精？曰：如王右（丞）〔軍〕之「仰視碧天際，俯瞰渌水濱。寥闃無涯觀，寓目理自陳。大矣造化工，萬殊莫不均。群籟雖參差，適我無非新」。《蘭亭集》暨常少府建之「清晨入古寺，初日照高林。曲徑通幽處，禪房花木深。山光悦鳥性，潭影空人心。萬籟此俱寂，惟聞鐘磬音」。《破山寺後禪院》杜少陵之「花近高樓傷客心，萬方多難此登臨。錦江春色來天地，玉壘浮雲變古今。北極朝廷終不改，西山寇盜莫相侵。可憐後主還祠廟，日暮聊爲《梁父吟》」《登樓》是也。若「衆香天上梵仙宮，鐘磬寥寥半碧空。清景乍開松嶺月，亂流常響石樓風。山河杳映春雲外，城闕參差曉樹中。欲盡出尋那可得，三千世界本無窮」。武元衡《春題龍門香山寺》非不著意求精，而未免太覺費力，便乏自然之趣。

鍊字不如鍊句，鍊句不如鍊意，鍊意不如鍊格。何謂鍊字？曰：如王子安之「蘭氣薰山酌，松聲韵野絃」，岑嘉州之「澗花然暮雨，潭樹暖春雲」之類是也。何謂鍊句？曰：如少陵之「美花多映竹，好鳥不歸山」，太白之「山隨平野盡，江入大荒流」，劉隨州長卿之「竹憐新雨後，山愛夕陽時」之類是也。何謂鍊意？如左太沖之「非必絲與竹，山水有清音」，庾子山之「今朝梅樹下，定有咏花人」，常少府之「天際一帆影，預懸離別心」，暨王灣之「客路青山外，行舟緑水前。潮平兩岸闊，風正一帆懸。海日生殘夜，江春入舊年。鄉書何處達？歸雁洛城邊」《次北固山下》之類是也。何謂鍊格？如古之「橘柚垂華實，乃在深山側。聞君好我甘，竊獨自雕飾。委身玉盤中，歷年冀見食。芳菲不相投，青黄忽改色。人倘欲我知，因君爲羽翼」。及右丞之「絶域陽關道，胡沙與塞塵。三春時有雁，萬里少行人。苜蓿隨天馬，葡萄逐漢臣。當令外國懼，不敢覓和親」《送劉司直赴安西》。少陵之「西蜀櫻桃也自紅，野人相贈滿筠籠。數回細寫愁仍破，萬顆勾圓乍許同。憶昨賜沾門下省，退朝擎出大明宮。金盤玉筯無消息，此日嘗新任轉蓬」。《野人送朱櫻》其餘如《秋興八首》、《諸將五篇》等作，皆格之最整鍊者也。

何謂壯？曰：如曹孟德之《短歌》、《碣石》，陸士衡之《猛虎行》等篇是也。近體則杜工部之「玉露凋傷楓樹林，巫山巫峽氣蕭森。江間波浪兼天湧，塞上浮雲接地陰。叢菊兩開他日淚，孤舟一繫故園心。寒衣處處催刀尺，白帝城高急暮砧」《秋興》是也。若「擬膾樓蘭肉，蓄怒時未揚。秋鼙無退聲，夜劍不隱光。虎隊手驅出，《豹篇》心卷藏。古今皆有言，猛將出北方」。孟郊《猛將吟》便不免粗豪矣。因自笑曾有《偶興》一律云：「於今尚作仲宣哀，顛倒英雄有是哉！虎氣怒摇山月墮，龍文斜射塞雲開。天留一劍酬知己，士肯終身老不才？擊筑歌殘還痛哭，悲風獵獵起吹臺。」其叫嗥亦已甚矣。

何謂健？曰：「廣武原西北，華夷此浩然。地盤山入海，河繞國連天。遠樹千門色，高檣萬里船。鄉心日云暮，猶在楚城邊。」張祜《登廣武原》暨少陵之「風急天高猿嘯哀，渚清沙白鳥飛迴。無邊落木蕭蕭下，不盡長江滚滚來。萬里悲秋常作客，百年多病獨登臺。艱難苦恨繁霜鬢，潦倒新停濁酒杯」《登高》是也。

何謂清？曰：如謝希逸莊之「夕天霽晚氣，輕霞澄暮陰。微風清幽幌，餘日照青林。收光漸窗歇，窮園自荒深。緑池翻素景，秋懷響寒音。伊人倘同愛，絃酒共棲尋」。《北宅秘園》。暨沈雲卿之「獨遊千里外，高卧七盤西。山月臨窗近，天河入户低。芳春平仲緑，清夜子規啼。浮客空留聽，褒城聞曙鷄」。《夜宿七盤嶺》任翻之「楚國多春雨，柴門喜晚晴。幽人臨水坐，山鳥隔花鳴。野色連空闊，江流接海平。門前向溪路，今夜月分明」。《春晴》張燕公之「空山寂歷道心生，虛谷迢遥野鳥聲。禪室從來雲外賞，香臺豈是世中情。雲間東嶺千重出，樹裏南湖一片明。若使巢由同此意，不將蘿薜易簪纓」。《灉湖山寺》楊司業巨源之「白鳥閒棲庭樹枝，緑尊仍對菊花籬。許詢本愛交禪侶，陳實人傳有好兒。明月出雲秋館思，遠泉經雨夜窗知。門前長者無虛轍，一片寒光動水池」《題賈巡官林亭》是也。

何謂新？曰：如太白之「江城如畫裏，山曉望晴空。兩水夾明鏡，雙橋落彩虹。人烟寒橘柚，秋色老梧桐。誰念北樓上，臨風懷謝公」。《秋登宣城謝朓北樓》于良史之「春山多勝事，賞玩夜忘歸。掬水月在手，弄花香滿衣。興來無遠近，欲去惜芳菲。南望鐘鳴處，樓臺深翠微」。《春山月夜》暨蘇許公頲之「東望望春春可憐，更逢晴日柳含烟。宮中下見南山盡，城上平臨北斗懸。細草偏承迴輦處，飛花故落舞觴前。宸遊對此歡無極，鳥弄歌聲雜管絃」。《奉和春日幸望春宮應制》劉夢得之「常愛街西風景閒，到君居處便開顔。清光門外一渠水，秋色牆頭數點山。疎種碧松過月朗，多栽紅藥待春還。莫言堆案無餘地，認得詩人在此間」《秋日題竇員外崇德里新居》是也。

何謂秀？曰：如郭景純璞之「翡翠戲蘭苕，容色更相鮮。緑蘿結高林，蒙蘢蓋一山。中有冥寂士，靜嘯撫清絃。放情淩霄外，嚼蕊挹飛泉。赤松臨上游，駕鴻乘紫烟。左挹浮丘袂，右拍洪崖肩。借問蜉蝣輩，寧知龜鶴年」。《遊仙》近體如孟襄陽之「義公習禪寂，結宇依空林。户外一峰秀，階前衆壑深。夕陽連雨足，空翠落庭陰。看取蓮花净，方知不染心」。《題義公禪房》岑嘉州之「鷄鳴紫陌曙光寒，鶯囀皇州春色闌。金闕曉鐘開萬户，玉階仙仗擁千官。花迎劍佩星初落，柳拂旌旗露未乾。獨有鳳凰池上客，《陽春》一曲和皆難」《和賈至舍人早朝大明宮之作》是也。

何謂逸？曰：古之逸調，不可枚舉。略指其概，如左太沖之「昊天舒白日，靈景耀神州。列宅紫宮裏，飛宇若雲浮。峩峩高門内，藹藹多王侯。自非攀龍客，何爲欻來遊？被褐去閶闔，高步追許由。

振衣千仞岡，濯足萬里流」《咏史》是也。近體則如劉昚虚之「道由白雲盡，春與青溪長。時有落花至，遠隨流水香。閒門向山路，深柳讀書堂。幽映每白日，清暉照衣裳」。《闕題》李太白之「燕支黄葉落，妾望自登臺。海上碧雲斷，單于秋色來。胡兵沙塞合，漢使玉關回。征客無歸日，空悲蕙草摧」。《秋思》王右丞之「褒斜不容轜，之子去何之？鳥道一千里，猿聲十二時。官橋祭酒客，山木女郎祠。别後同明月，君應聽子規」。《送楊長史赴果州》儲太祝光羲之「縣官清且儉，深谷有人家。一徑入寒竹，小橋穿野花。碓喧春澗滿，梯倚緑桑斜。自説年來稔，前村酒可賒」。《張谷田舍》少陵之「江上愁多雨，蕭蕭荆楚秋。高風下木葉，永夜攬貂裘。勳業頻看鏡，行藏獨倚樓。時危思報主，衰謝不能休」。《江上》陳羽之「水隔群物遠，夜深風起頻。霜中千樹橘，月下五湖人。聽鶴忽忘寢，見山如得鄰。明年還至此，共看洞庭春」。《春園即事》賈浪仙之「半夜長安雨，燈前越客吟。孤舟行一月，萬水與千岑。島嶼夏雲起，汀洲芳草深。何當折松葉，拂石剡溪陰」。《憶吴處士》暨太白之「鳳凰臺上鳳凰遊，鳳去臺空江自流。吴宫花草埋幽徑，晉代衣冠成古丘。三山半落青天外，二水中分白鷺洲。總爲浮雲能蔽日，長安不見使人愁」。《登金陵鳳凰臺》少陵之「春山無伴獨相求，伐木丁丁山更幽。澗道餘寒歷冰雪，石門斜日到林丘。不貪夜識金銀氣，遠害朝看麋鹿遊。乘興杳然迷出處，對君疑是泛虚舟」《題張氏隱居》是也。

何謂奇？曰：語之奇者，如右丞之「仙官欲住九龍潭，毛節朱旛倚石龕。山壓天中半天上，洞穿江底出江南。瀑布杉松常帶雨，夕陽彩翠忽成嵐。借問迎來雙白鶴，已曾衡嶽送蘇耽」。《送方尊師歸嵩山》意之奇者，如元微之之「霆轟電熣數聲頻，不奈狂夫不藉身。縱使被雷燒作燼，寧殊埋骨颺爲塵？

得成蝴蝶尋花樹，倘化江魚掉錦鱗。必若乖龍在諸處，何須驚動自來人」。《放言》格之奇者，如少陵之「城尖徑仄旌旆愁，獨立縹緲之飛樓。峽坼雲霾龍虎卧，江清日抱黿鼉遊。扶桑西枝對斷石，弱水東影隨長流。杖藜嘆世者誰子？泣血迸空回白頭」《白帝城最高樓》是也。然奚必爾哉！但如右丞之「日落江湖白，潮來天地青」，少陵之「路危行木杪，身遠宿雲端」，張祜之「地盤山入海，河繞國連天」，曹松之「汲水疑山動，揚帆覺岸行」，柳子厚之「山腹雨晴添象跡，潭心日暖長蛟涎」，可矣。子美之「白摧朽骨龍虎死，黑入太陰雷雨垂」，已不免於駭人。至玉川子《月蝕》等篇，則鑿矣。

何謂麗？曰：美人香草，古人原有託而云，後人不究其旨，遂至流爲鄭衛之音，如西崑、香匳之類，可謂流蕩忘返矣。不知延年之《羽林郎》，子建之《美女篇》，宋子侯之《董嬌嬈》，繁欽之《定情篇》之類，皆非漫爲婉媚以摇動人心，其大旨實有在耳。要之情有所寄，則思婦怨女之辭，可以悟君親於頃刻；意無所指，則男女贈答之語，徒以啓蕩子之邪淫。所以同一情詩，張茂先不及陳思王之可貴者，其所指異也。然不必爾也。古體如康樂、玄暉諸作，近體杜員外之「年光陌上發，香輦禁中遊。草緑鴛鴦殿，花紅翡翠樓。天杯承露酌，仙管雜風流。今日陪歡宴，皇恩不可酬」。《梨園亭侍宴應制》暨少陵之「城上春雲覆苑牆，江亭晚色静年芳。林花著雨胭脂濕，水荇牽風翠帶長。龍武新軍深駐輦，芙蓉别殿漫焚香。何時詔此金錢會？暫醉佳人錦瑟傍」。《曲江對雨》如此等作，不必皆綺羅蘭麝，而亦何嘗不麗。若王容之「寶髻耀明璫，香羅鳴玉珮。大堤諸女兒，一一皆春態。入花花不見，穿柳柳陰碎。東風拂面來，由來亦相愛」。《大堤女》雖樂府之體，不嫌其艷，然已太冶矣。至若「繡衣公子宴池塘，淑景融融萬卉芳。珠翠照天春未老，管絃臨水日初長。風飄柳線金成穗，雨洗梨花玉有香。醉後不能離綺席，擬憑青帝繫斜陽」。劉兼《貴遊》則不惟冶，而且蕩矣。「殷紅淺碧舊衣裳，取次梳頭闇淡妝。夜合帶烟籠曉日，牡丹經雨泣殘陽。低迷隱笑原非笑，散漫清香不似香。頻動横波瞋阿母，等閑教見小兒郎」。元稹《鶯鶯詩》則不惟蕩，而且淫矣。

昔人謂獅子搏象用全力，搏兔亦用全力。余以爲杜詩亦然。故有時似淺而實不淺，似淡而實不淡，似粗而實不粗，似易而實不易。此境最難，然其秘祗在「深入淺出」四字耳。如「舍南舍北皆春水，但見群鷗日日來。花徑不曾經客掃，蓬門今始爲君開。盤餐市遠無兼味，樽酒家貧只舊醅。肯與鄰翁相對飲，隔籬呼起盡餘杯」。《客至》淺矣而不可謂之淺。「清江一曲抱村流，長夏江村事事幽。自去自來梁上燕，相親相近水中鷗。老妻畫紙爲棋局，稚子敲鍼作釣鉤。多病所須惟藥物，微軀此外復何求」。《江村》淡矣而不可謂之淡。若「去年花裏逢君別，今日花開又一年。世事茫茫難自料，春愁黯黯獨成眠。身多疾病思田里，邑有流亡愧俸錢。聞道欲來相問訊，西樓望月幾回圓」。韋應物《寄李儋元錫》便不禁咀嚼矣。

何謂瘦？曰：如劉隨州之「相思楚天外，夢寐楚猿吟。更落淮南葉，難爲江上心。衡陽問人遠，湘水向君深。欲逐征帆去，茫茫何處尋」。《逢(彬)〔郴〕州使因寄嚴協律》及右丞之「積雨空林烟火遲，蒸藜炊黍餉東菑。漠漠水田飛白鷺，陰陰夏木囀黃鸝。山中習静觀朝槿，松下清齋折露葵。野老與人争席罷，海鷗何事更相疑」。《積雨輞川莊作》少陵之「露下天高秋氣清，空山獨夜旅魂驚。疎燈自照孤帆宿，新月猶懸雙杵鳴。南菊再逢人卧病，北書不至雁無情。步檐倚杖看牛斗，銀漢遥應接鳳城」《夜》是也。若「閒看秋水心無事，坐對寒松手自栽。廬嶽高僧留偈别，茅山道士寄書來。燕知社日辭巢去，菊爲重陽冒雨開。淺薄將何稱獻納？臨岐終日獨遲徊」。皇甫冉《秋日東郊》則似近枯矣。

何謂深？曰：少陵之「夜闌更秉燭，相對如夢寐」，暨「喜心翻倒極，嗚咽淚沾巾」，情之深也。「不爲困窮寧有此，祇緣恐懼轉須親」，意之深也。「天明登前途，獨與老翁别」，味之深也。又情之深者，白樂天之「銀臺金闕夕沉沉，獨宿相思在翰林。三五夜中新月色，二千里外故人心。渚宫東面烟波冷，浴殿西頭鐘漏深。猶恐清光不同見，江陵卑濕足秋陰」《八月十五日夜禁中獨直對月憶元九》是也。意之深者，杜子美之「瞿唐峽口曲江頭，萬里風烟接素秋。花萼夾城通御氣，芙蓉小苑入邊愁。珠簾繡柱圍黄鵠，錦纜牙檣起白鷗。回首可憐歌舞地，秦中自古帝王州」《秋興》是也。味之深者，李義山之「井絡天彭一掌中，漫誇天設劍爲峰。陣圖東聚燕江石，邊柝西懸雪嶺松。堪嘆故君成杜宇，可能先主是真龍？將來爲報姦雄輩，莫向金牛訪舊蹤」《井絡》是也。

何謂曲？曰：「有心許斧子，言當采五芝。芝草不可得，汝亦不能來。汝來當可得，芝草與汝食。」《右英夫人吟》勢曲矣，而語未曲也。「不爲憐同病，何人到白雲」，劉長卿語曲矣，而意未曲也。若高常侍之「謫去君無恨，閩中我舊過。大都秋雁少，只是夜猿多。東路雲山合，南天瘴癘和。自當逢雨露，行矣慎風波」。《送鄭侍御謫閩中》暨王右丞之「明到衡山與洞庭，若爲秋月聽猿聲？愁看北渚三湘遠，惡説南風五兩輕。青草瘴時過夏口，白頭浪裏出湓城。長沙不久留才子，賈誼何須弔屈平」。《送楊少府貶(彬)〔郴州〕》如此深婉，乃爲真曲耳。憶幼時曾有《宫怨》一絶云：「聞道君恩重，果然勝太山。遥遥纔一望，壓損翠眉彎。」似亦得曲字之意者。

何謂嚴？曰：如右丞之「揚子談經處，淮王載酒過。興闌啼鳥緩，坐久落花多。徑轉迴銀燭，林開散玉珂。嚴城時未啓，前路擁笙歌」。《從岐王過楊氏别業應教》及賈員外曾之「銅龍曉闢問安回，金輅春遊博望開。渭水晴光摇草樹，終南佳氣入樓臺。招賢已從商山老，託乘還徵鄴下才。臣在東周獨留滯，欣逢睿藻日邊來」。《奉和春日出苑矚目應令》韓吏部之「天仗宵嚴建羽旄，春雲送色曉鷄號。金鑪香動螭頭暗，玉珮聲來雉尾高。戎服上趨承北極，儒冠列侍映東曹。太平時節身難遇，郎署何須嘆二毛」《奉和盧四兄曹長元日朝回》是也。

何謂沈雄？曰：如宋員外之「帳殿鬱崔嵬，仙遊實壯哉！曉雲連幕捲，夜火雜星迴。谷暗千騎出，山鳴萬乘來。扈從良可賦，終乏掞天才」。《扈從登封途中作》暨少陵之「昆明池水漢時功，武帝旌旗在眼中。織女機絲虚夜月，石鯨鱗甲動秋風。波漂菰米沈雲黑，露冷蓮房墜粉紅。關塞極天惟鳥道，江湖滿地一漁翁」《秋興》是也。

何謂豪宕？曰：「昔聞洞庭水，今上岳陽樓。吴楚東南坼，乾坤日夜浮。親朋無一字，老病有孤舟。戎馬關山北，憑軒涕泗流」杜甫《登岳陽樓》及柳柳州之「城上高樓接大荒，海天愁思正茫茫。驚風亂颭芙蓉水，密雨斜侵薜荔牆。嶺樹重遮千里目，江流曲似九迴腸。共來百粤文身地，猶自音書滯一方」《登柳州城樓寄漳汀封連四州刺史》是也。

何謂典重？曰：如張燕公之「東壁圖書府，西園翰墨林。誦《詩》聞國政，講《易》見天心。位竊和羹重，恩叨醉酒深。載歌春興曲，情竭爲知音」。《恩勑麗正殿書院宴應制》暨韓昌黎之「南伐旋師太華東，天書夜到册元功。將軍舊壓三司貴，相國新兼五等崇。鴛鷺欲歸仙仗裏，熊羆還入禁營中。長慙典午非材職，得就閒官即至公」《晉公破賊回重拜臺司奉和》是也。

何謂俊爽？曰：如右丞之「風勁角弓鳴，將軍獵渭城。草枯鷹眼疾，雪盡馬蹄輕。忽過新豐市，還歸細柳營。回看射鵰處，千里暮雲平」。《觀獵》劉夢得之「相門才子稱華簪，持節東行捧德音。身帶霜威辭鳳闕，口傳天語到鷄林。烟開鼇背千尋碧，日浴鯨波萬頃金。想見扶桑受恩處，一時西拜盡傾心」《送源中丞充新羅册立使》是也。

何謂明浄？曰：如少陵之「落日放船好，清風生浪遲。竹深留客處，荷浄納涼時。公子調冰水，佳人雪藕絲。片雲頭上黑，應是雨催詩」。《陪諸貴公子丈八溝攜妓納涼晚際風雨》暨盧郎中綸之「半夜中峰有磬聲，偶逢樵者問山名。上方月曉聞僧語，下界林疎見客行。野鶴巢邊松最老，毒龍潛處水偏清。願得遠公知姓字，焚香洗鉢過浮生」《夜投豐德寺謁液上人》是也。

詩貴有神，如「雲龍出水風聲急，海鶴鳴皋日色清」，誦之覺有一片天籟，悠然於耳目之間。他如同一「翻」字，而「返照入江翻石壁」，終不如「孤月浪中翻」之活者，返照之翻尚在石壁，孤月之翻即在浪中也。至若「五更鼓角聲悲壯，三峽星河影動摇」，讀之令人心神惕然，此是何等神氣！記幼時先祖鐵庵公諱極，字建中。每於花間小酌，輒呼壽昌至前，口授唐詩數首。一日，誦「星斗疎明禁漏殘，紫泥長卿只解《長門賦》，未識君臣際會難」。韓偓《中秋禁直》誦至前六句，忽覺無限晶光異彩，陸離于眉睫之間；一片金石清音，琳瑯於檐隙之際。此蓋有自然之神韵，溢乎楮墨之外，初非人力所能與也。此條語意雖含而不露，然學者誠於前數語内細玩之，則知「翻」字之神即在「浪」字上托出，「風聲」之神即在「雲龍出水」四字上托出，「鶴鳴」之神即在「日色清」三字上托出。其餘皆可觸類而求之也。受業曹倉謹識。

封後獨憑欄。露和玉屑金盤冷，月射珠光貝闕寒。天襯樓臺籠苑外，風鳴絃管下雲端。

小清華園詩談卷下

永北王壽昌養齋撰

頌美當如應吉甫禎之《華林園》，沈休文之《樂遊苑》。近體則當如張曲江之「宗臣事有征，廟算在休兵」，李太白之「君王多樂事，還與萬方同」暨右丞之「渭水自縈秦塞曲，黄山舊繞漢宫斜。鑾輿迥出千門柳，閣道迴看上苑花。雲裏帝城雙鳳闕，雨中春樹萬人家。爲乘陽氣巡時令，不是宸遊玩物華」。《奉和聖製從蓬萊向興慶閣道中留春雨中春望之作》與少陵之「得歸茅屋赴成都，直爲文翁再剖符。但使閭閻還揖讓，敢論松菊久荒蕪？魚知丙穴由來美，酒憶郫筒不用沽。五馬舊曾諳小徑，幾回書札待潛夫」。《將赴成都草堂途中先寄嚴鄭公》皆美不忘規，最爲得體。若李巨山嶠之「承恩咸已醉，戀賞未還鑣」，及「遽惜歡情歌吹晚，揮戈更却曜靈迴」，暨宋延清之「不愁明月盡，自有夜珠來」，皆導君以樂而忘返，殊非「臣卜其晝，未卜其夜」之心也。至若「麗藻飛來自相庭，五文對錯八音清。初瞻綺色連霞色，又聽金聲繼玉聲。才出山西文共武，歡從塞北弟兼兄。白頭老尹三川上，雙和陽春喜復鶯」。令狐楚《奉和僕射相公酬忠武李相公見寄之作》則太近諛矣。

韋孟之《諷諫詩》，辭嚴義正，真所謂法語之言，然惟保傅之尊乃可。其餘當如曹子建之「煮豆然豆萁」，章懷太子之「種瓜黄臺下」，意雖迫切而辭甚悽惋，聞者無不惻然動心。近體則當如太白之「宫中誰第一？飛燕在昭陽」，右丞之「明珠歸合浦，應逐使臣星」，及張正言之「銅柱朱崖道路難，伏波横海舊登壇。越人自貢珊瑚樹，漢使何勞獬豸冠？疲馬山中愁日晚，孤舟江上畏春寒。由來此貨稱難得，多恐君王不忍看」。《杜侍御送貢物戲贈》皆能寓嚴厲於和平，乃所謂婉而多風者。至李義山「鈞天雖許人間聽，閶闔門多夢自迷」，則更婉矣。若沈雲卿之「金榜扶丹掖，銀河屬紫闈。那堪將鳳女，還似嫁烏孫？玉就歌中怨，珠辭掌上恩。西戎非我匹，明主至公存」《送金城公主適吐蕃應制》已欠含蓄。至「左遷凡二紀，重見帝城春。老大歸朝客，平安出嶺人。每行經舊處，却想似前身。不改南山色，其餘事事新」。劉禹錫《初至長安》則似痛詆矣。若夫劉公幹之《贈五官中郎將》也，曰：「勉哉修令德，北面自寵珍。」則規之以正。少陵之《送嚴公入朝》也，曰：「公若登臺輔，臨危莫愛身。」則責之以忠。張秘書之《寄蘇州白使君》也，曰：「此處吟詩向山寺，知君忘却曲江春。」則曉之以義。他如魏鄭公徵之賦《西漢》，太宗謂其每言必約我以禮；李景伯之咏《迴波》，至忠稱爲此直諫之臣。此又非尋常諷諭之可比矣。

刺惡之詩，貴字挾風霜，庶幾聞者足戒。如阮嗣宗之「黄鵠遊四海，中路將安歸」，《咏懷》顔延年之「君子失明德，誰與偕没齒」，《秋胡詩》語雖含蓄而義實凜然。他如太白《古别離》，於父子君臣之際，不勝忿激悲痛之情；少陵《麗人行》，於戚里嬖倖之間，無限迫切隱憂之意，亦可謂淋漓盡致矣。近體如李義山之「東征日調萬黄金，幾竭中原買鬥心。軍令未聞誅馬謖，捷書惟是報孫歆。但須鸑鷟巢阿閣，豈假鴟鴞在泮林？可惜前朝玄菟郡，積骸成莽陣雲深」。《隨師東》又「七國三邊未到憂，十三身襲富平侯。不收金彈抛林外，却惜銀床在井頭。綵樹傳燈珠錯落，繡檀迴枕玉雕鎪。當關不報侵晨客，新得佳人字莫愁」。《富平少侯》此外如柳子厚「射工」、「颶母」之辭，李德裕「毒霧」、「沙蟲」之句，雖甚切直而終不失爲風雅之遺。若「破却千家作一池，不栽桃李種薔薇。薔薇花落秋風起，荆棘滿庭君始知」。賈島《下第題壁》則無怪乎其犯衆怒已。

怨詩如「冉冉孤生竹」，比之《緑衣》，似不減其敦厚；「悲與親友别」，較諸《谷風》，實倍覺其和平。他如婕妤之《紈扇》，子建之《佳人》，皆怨而不怒，尚有詩人之遺焉。近體如宋員外之「度嶺方辭國，停軺一望家。魂隨南翥鳥，淚盡北枝花。山雨初含霽，江雲欲變霞。但令歸有日，不敢怨長沙」。《度大庾嶺》李義山之「曾共山翁把酒時，霜天白菊繞階墀。十年泉下無人問，九日尊前有所思。不學漢臣栽苜蓿，空教楚客咏江蘺。郎君官貴施行馬，東閣無因再得窺」。《九日》皆能寓悲涼于藴藉。然不如韓昌黎之「一封朝奏九重天，夕貶潮陽路八千。欲爲聖朝除弊政，肯將衰朽惜殘年！雲横秦嶺家何在？雪擁藍關馬不前。知汝遠來應有意，好收吾骨瘴江邊」。《左遷至藍關示姪孫湘》雖不無怨意而終無怨辭，所以爲有德之言也。若「日高猶掩水窗眠，枕簟清涼八月天。泊處或依沽酒店，宿時多傍釣魚船。退身江海應無用，憂國朝廷自有賢。且向錢塘湖上去，冷吟閒醉二三年」。白居易《舟中晚起》語雖近《衛風》之《簡兮》，而心實似賭氣。他如「迢遞高城百尺樓，緑楊枝外盡汀洲。賈生年少虚垂涕，王粲春來更遠遊。永憶江湖歸白髮，欲迴天地入扁舟。不知腐鼠成滋味，猜意鵷雛竟未休」。李商隱《安定城樓》宜不免令狐氏之切齒也。至若李益之「感恩知有地，不上望京樓」，則竟成亂臣賊子語矣。

唐人之詩，有清和純粹可誦而可法者，如「北斗挂城邊，南山倚殿前。雲標金闕迴，樹杪玉堂懸。

半嶺通佳氣，中峰繞瑞烟。小臣持獻壽，長此戴堯天」。杜審言《蓬萊三殿侍宴奉勑咏終南山》「高嶺逼星河，乘輿此日過。野含時雨潤，山雜夏雲多。睿藻光巖穴，宸襟洽薜蘿。悠然小天下，歸路滿笙歌」。宋之問《夏日仙萼亭應制》「寒山上半空，臨眺盡寰中。是日巡遊處，晴光遠近同。川明分渭水，樹暗辨新豐。巖壑清音暮，天歌起《大風》」。張説《奉和聖製登驪山矚眺應制》孫逖之「香閣東山下，烟花象外幽。懸燈千嶂夕，捲幔五湖秋。畫壁餘鴻雁，紗窗宿斗牛。更疑天路近，夢與白雲遊」，《宿雲門寺》崔顥之「聞君爲漢將，虜騎罷南侵。出塞清沙漠，還家拜羽林。風霜臣節苦，歲月主恩深。爲語西河使，知余報國心」，《贈梁州張都督》「客行逢雨霽，歇馬上津樓。山勢雄三輔，關門扼九州。川從陝路去，河繞華陰流。向晚登臨處，風烟萬里愁」。《題潼關樓》李白之「羽林十二將，羅列應星文。霜仗懸秋月，霓旌捲夜雲。嚴更千户肅，清樂九天聞。日出瞻佳氣，葱葱繞聖君」。《侍從遊宿温泉宫作》「群峭碧摩天，逍遥不計年。撥雲尋古道，倚樹聽流泉。花暖青牛卧，松高白鶴眠。語來江色暮，獨自下寒烟」。《尋雍尊師隱居》岑參之「谷口來相訪，空齋不見君。澗花然暮雨，潭樹暖春雲。門徑稀人迹，檐峰下鹿群。衣裳與枕席，山靄碧氤氲」。《高冠谷口招鄭鄠》杜甫之「東郡趨庭日，南樓縱目初。浮雲連海岱，平野入青徐。孤嶂秦碑在，荒城魯殿餘。從來多古意，臨眺獨躊躇」。《登兖州城樓》又「清秋望不極，迢遞起層陰。遠水兼天净，孤城隱霧深。葉稀風更落，山迥日初沉。獨鶴歸何晚，昏鴉已滿休」。《野望》劉長卿之「到君幽卧處，爲我掃莓苔。花雨無時落，松風終日來。路經深竹過，門向遠山開。豈得長高枕，中朝正用才」。《集梁耿開元寺所居院》許渾之「紅葉晚蕭蕭，長亭酒一瓢。殘雲歸太華，疎雨過中條。樹色隨關迥，河聲入海遥。帝鄉明日到，猶自夢漁樵」。《赴闕題潼關驛》僧處默之「路自中峰上，盤迴出薜蘿。到江吴地盡，隔岸越山多。古木叢青靄，遥天起白波。下方城郭近，鐘磬雜笙歌」。《聖果寺》崔顥之「岧嶤太華俯咸京，天外三峰削不成。武帝祠前雲欲散，仙人掌上雨初晴。河山北枕秦關險，驛路西連漢畤平。借問道傍名利客，何如此地學長生」。《行經華陰》李頎之「遠公遁迹廬山岑，開士幽居祇樹林，片石孤雲窺色相，清池皓月照禪心。指揮如意天花落，坐卧閒房春草深。此外俗塵都不染，惟餘玄度得相尋」。《題璿公山池》杜甫之「老去悲秋强自寬，興來今日盡君歡。羞將短髮還吹帽，笑猜旁人爲正冠。藍水遠從千澗落，玉山高並兩峰寒。明年此會知誰健，醉把茱萸仔細看」。《九日藍田崔氏莊》「兵戈不見老萊衣，太息人間萬事非。我已無家尋弟妹，君今何處訪庭幃？黄牛峽静灘聲轉，白馬江寒樹影稀。此别應須各努力，故鄉猶恐未同歸」。《送韓十四江東覲省》「楚王宫北正黄昏，白帝城西過雨痕。返照入江翻石壁，歸雲擁樹失山村。衰年肺病惟高枕，絶塞愁時早閉門。不可久留豺虎亂，南方實有未招魂」。《返照》「佳辰强飲食猶寒，隱几蕭條戴鶡冠。春水船如天上坐，老年花似霧中看。娟娟戲蝶過閒幔，片片輕鷗下急湍。雲白山青萬餘里，愁看直北是長安」。《小寒食舟中作》皇甫冉之「北人南去雪紛紛，雁叫汀洲不可聞。積水長天隨遠客，荒城極浦足寒雲。山從建業千峰出，江至潯陽九派分。借問督郵纔弱冠，府中年少不如君」。《送李録事赴饒州》劉長卿之「春風倚棹闔閭城，水國春寒陰復晴。細雨濕衣看不見，閒花落地聽無聲。日斜江上孤帆影，草緑湖南萬里情。東道若逢相識問，青袍今已誤儒生」。《贈别嚴士元》錢起之「未央月曉度踈鐘，鳳輦時巡出九重。雪霽山門迎瑞日，雲開水殿候飛龍。輕寒不入宫中樹，佳氣常浮仗外峰。遥羡枚皋扈仙蹕，偏承霄漢渥恩濃」。《和李員外扈從温泉宫》韋應物之「夾水蒼山路向東，東南山豁大河通。寒樹依微遠天外，夕陽明滅亂流中。孤村幾歲臨伊岸，一雁初晴下朔風。爲報洛陽遊宦侣，扁舟不繫與心同」。《自鞏洛舟行入黄河即事寄府縣僚友》郎士元之「石林精舍武溪東，夜叩禪扉謁遠公。月在上方諸品静，心持半偈萬緣空。蒼苔古道行應徧，落木寒泉聽不窮。更憶雙峰最高頂，此心期與故人同」。《贈錢起秋夜宿靈臺寺見寄》盧綸之「東風吹雨過青山，却望千門草色閒。家在夢中何日到？春來江上幾人還？川原繚繞浮雲外，城闕參差落照間。誰念爲儒逢世難，獨將衰鬢客秦關」。《長安春望》劉禹錫之「渡頭輕雨灑寒梅，雲際溶溶雪水來。夢渚草長迷楚望，夷陵土黑有秦灰。巴人淚應猿聲落，蜀客船從鳥道迴。十二碧峰何處所？永安宫外是荒臺」。《松滋渡望峽中》

昔人謂「詩有别才」，而「别」實非詩之正體，但於莊雅嚴正之中，偶雜一兩篇，亦足豁人心目。如遊名山大川者，忽遇斷崖曲港，則耳目爲之一新。如聞《咸》、《英》、《韶》、《濩》者，忽聽移宫换羽，則神思爲之一豁。是「别」亦詩中不可少之一境也。兹於唐人中録取數則，以爲學者楷式。如李白之「白鷺洲前月，天明送客回。青龍山後日，早出海雲來。流水無情去，征帆逐吹開。相看不忍别，更進手中杯」。《送殷淑》杜甫之「涼風起天末，君子意如何？鴻雁幾時到，江湖秋水多。文章憎命達，魑魅喜人過。應共冤魂語，投詩弔汨羅」。《天末懷李白》「去郭軒楹敞，無村眺望賒。澄江平少岸，幽樹晚多花。細雨魚兒出，微風燕子斜。城中十萬户，此地兩三家」。《水檻遣心》釋景雲之「谿翁居處静，谿鳥入門飛。早起釣魚去，夜深乘月歸。露香菰米熟，烟暖荇絲肥。瀟灑塵埃外，扁舟一草衣」。《谿叟》王維之

「桃源四面絶風塵，柳市南頭訪隱淪。到門不敢題凡鳥，看竹何須問主人。城上青山如屋裏，東家流水入西鄰。閉户著書多歲月，種松皆作老龍鱗」。《春日與裴迪訪吕逸人不遇》李白之「鸚鵡來過吴江水，江上洲傳鸚鵡名。鸚鵡西飛隴山去，芳洲之樹何青青！烟開蘭葉香風暖，岸夾桃花錦浪生。遷客此時徒縱目，長洲孤月向誰明」。《鸚鵡洲》杜甫之「愛汝玉山草堂静，高秋爽氣相鮮新。有時自發鐘磬響，落日更見漁樵人。盤剥白鴉谷口栗，飯煮青泥坊底芹。何爲西莊王給事，柴門空閉鎖松筠」？《崔氏東山草堂》王建之「百官朝下五門西，塵起春風滿御堤。黄帕蓋鞍呈過馬，紅羅繫項鬬回鷄。館松枝重牆頭出，渠柳條長水面齊。惟有教坊南草色，古苔陰地冷凄凄」。《早春五門西望》張籍之「端坐吟詩忘忍飢，萬人中覓似君稀。門連野水風常到，驢放秋原夜不歸。日暖剩收新落葉，天寒更著舊生衣。曲江亭上頻頻見，爲愛鸕鶿雨裏飛」。《贈項斯》李山甫之「柳礙東風一向斜，春陰澹澹野人家。有時三點兩點雨，到處十枝五枝花。萬井樓臺疑繡畫，九原松柏似烟霞。年年今日誰相問？獨卧長安泣歲華」。《寒食》韓偓之「旅舍殘春宿雨晴，恍然心迹憶咸京。樹頭蜂抱花鬚落，池面魚吹柳絮行。禪伏詩魔歸净域，酒衝愁陣出奇兵。兩梁免被塵埃污，拂拭朝簪待眼明」。《殘春旅舍》于鵠之「少年初拜大長秋，半醉垂鞭見列侯。馬上抱鷄三市門，袖中攜劍五陵遊。玉簫金管迎歸院，錦袖紅妝擁上樓。更向苑西新買宅，月波春水入門流」。《公子〔行〕》朱長文之「蕪城西眺極蒼流，漠漠春烟間戍樓。瓜步早潮吞建業，蒜山晴雪照揚州。隋家故事不能問，鶴在仙池期我遊」。《春眺揚州西岡寄徐員外》如「一山門作兩山門，兩寺原來一寺分。東澗水流西澗水，南峰雲起北峰雲。前臺花發後臺見，上界鐘清下界聞。遥想吾師行道處，天花桂子落紛紛」。白居易《寄韜光禪師》已是詩中外道。至於雜取地理人物之名，飣餖成篇，乃小巧遊戲，非大方所尚，集中無此，不爲不備也。

詩之可寬者，如前人所論王勃「披襟乘石磴」之字意重沓。陳子昂「銀燭吐青烟」之八腰字皆仄。劉庭芳之「寒盡鴛鴦被，春生玳瑁床。庭陰幕青靄，簾影散紅芳」，「被」、「床」、「庭」、「簾」字連用。沈佺期「昔年分鼎地」，前四句句首之「昔年」、「今日」、「一旦」、「千秋」疊用。杜審言之「酒中堪累月，身外即浮雲。霜白霄鐘徹，風清曉漏聞」，「月」、「雲」、「霜」、「風」字連用。沈審言「獨有宦遊人」，中四句腰字之「出」、「渡」、「催」、「轉」疊用。宋之問「複道開行殿」，前六句腰字「開」、「列」、「吹」、「動」、「迴」、「入」疊用。杜甫「南國晝多霧」，中二聯腰字之「行」、「宿」、「吹」、「語」疊用。賈至《南州有贈》之前六句，句首「越井」、「湘川」、「江邊」、「海内」、「嶺嶠」、「京華」連用。皇甫冉「落日憑危堞」，中二聯腰字之「通」、「繞」、「依」、「動」疊用。王維「絳幘鷄人報曉籌」之衣服字太多，且重「衣」字「色」字。劉滄之「經過此地無窮事，一望淒然感廢興。渭水故都秦二世，咸陽秋草漢諸陵。天空絶塞聞邊雁，葉盡孤村見夜燈。風景蒼蒼多少恨，寒山半出白雲層」。《咸陽懷古》每上句第七字皆去聲，且「事」、「世」二字又一韻。又「蕭寺樓臺對夕陰，澹烟疎磬散空林。風生寒渚白蘋動，霜落秋山黄葉深。雲净獨看晴塞雁，月明遥聽遠村砧。相思不見又經歲，坐向松窗彈玉琴」。《秋日山寺懷友》不惟中四句「風生」、「霜落」、「雲净」、「月明」平頭，而每上句第七字亦皆去聲。有唐以詩取士，其律甚嚴，而當時名家猶不拘如此。後人乃執此等病以（純）〔繩〕詩，豈其律較唐尤嚴耶？抑亦不知詩者之妄談耳！

然亦有雖似無害而實不可援以爲例者，如沈佺期之「長歌遊寶地」，不惟中四句「雁塔」、「龍池」、「紺園」、「碧殿」既已疊用，而首句之「寶地」、「珠林」，結語之「歸路」、「山蟬」，又復重沓。楊庶之「萬乘臨真境，重陽映遠空。慈雲浮雁塔，定水護龍宫。寶鐸含飈響，仙輪帶日紅。天文將瑞色，輝焕滿寰中」。《奉和九日登慈恩寺浮圖應制》中四句之上三字語意一類。温庭筠「山近覺寒早，草堂霜氣晴。樹凋窗有日，池滿水無聲。果落見猿過，葉乾聞鹿行。素琴機慮盡，空伴夜泉清」。《早秋山居》中四句之「樹凋」、「池滿」、「果落」、「葉乾」疊用。僧皎然之「不下南昌縣，書齋每日閒。野花當砌落，山鳥逐人還。有興常臨水，無時不見山。千峰數可盡，不出小窗間」。《題沈少府書齋》重三「不」字。高適之「巫峽啼猿數行淚，衡陽歸雁幾封書。青楓江上秋天遠，白帝城邊古木疎」，連用四地名。此外如老杜之「韋曲花無賴，家家惱殺人」，「石角鈎衣破，藤枝刺眼新」之句法；岑嘉州「塞花飄客淚，邊柳挂鄉愁」，「澗水吞樵路，山花醉藥欄」之字法；孟山人「魚龍亦避驄」，岑嘉州「爲官好欲慵」，韋蘇州「浦樹遠含滋」之韻脚；温飛卿「野橋連寺月，高竹半樓風」之對法參差；韋左司「孤村幾歲臨伊岸，一雁初晴下朔風」之對仗不倫；張秘書「閒向春風倒酒瓶」之詠態可哂；杜牧之「一嶺桃花紅錦𩈃，半溪山水碧羅新」，及李咸用「蜀魂叫回芳草色，鷺鷥飛破夕陽烟」之晚唐習氣可厭；韋蘇州之「宫樹野烟和」，「宫樹」如何和「野烟」，是語病也；錢員外之「幽溪鹿過苔還静」，「苔」本自「静」，不應「鹿過」而忽有動時，乃著「還」字，是無味也。如此之類，不可枚舉，要皆不可爲訓者爾。

唐人有詩雖佳而不免有病，初學不可不知者，如王勃《春日還郊》之後四句，盧照鄰《春晚山莊》之前四句，陳子昂《晚次樂鄉縣》之前解，駱賓王《秋雁》之中四句，張九齡《三月三日申王園亭宴集》之中二聯之類，皆失黏。唐初詩律未嚴，是以諸家之作，時有出入，雖非病而亦不得不以爲病。若徐安貞《聞鄰家理筝》之中二聯，高適《送李寀少府》之前解、《夜別韋司士》之中二聯，宋之問《嵩山石淙侍宴》之前解，王維《積雨輞川》之前解、《送方尊師歸嵩山》之後解，岑參《九日使君席》之前解、《暮春虢州東亭》之中二聯，盧綸《酬崔侍御》之前半、《得耿司法書》之前半，錢起《贈闕下裴舍人》之前四句，韋應物《自鞏洛舟行入黄河》之前解，司空曙《長安曉望》之後解之類，皆失黏，斯則真所謂病也。又劉夢得「暮霞千萬狀，賓鴻次第飛」，及「酒對青山月，琴韵白蘋風」，皆不論平仄。王昌齡之「江上巍巍萬歲樓」，篇中凡四用叠字。如此之倫，皆白璧之瑕，明珠之類也。

至有全不拘律者，如王勃之「隴阪長無極，蒼山望不窮。石徑縈疑斷，回流映似空。花開緑野霧，鶯囀紫巖風。春芳勿遽盡，留賞故人同」，《入秦川界》杜審言之「今年遊寓獨遊秦」，《春日京中有懷》王維之「酌酒與君君自寬，人情反覆似波瀾。白首相知猶按劍，朱門先達笑彈冠。草色全經細雨濕，花枝欲動春風寒。世事浮雲何足問，不如高卧且加餐」，《酌酒與裴迪》岑參之「嬌歌急管雜青絲，銀燭金杯映翠眉。使君地主能相送，河尹天明坐莫辭。春城月出人皆醉，野戍花深馬去遲。寄聲報爾山翁道：今日河陽勝昔時」，《夜送嚴河南》李白之「宛溪霜夜聽猿愁，去國常如不繫舟。獨憐一雁飛南渡，却羡雙溪解北流。高人屢解陳蕃榻，過客難登謝脁樓。此處别離同落葉，朝朝分散敬亭秋」，《送崔侍御》杜甫之「青娥皓齒在樓船，横笛短簫悲遠天。春風自信牙檣動，遲日徐看錦纜牽。魚吹細浪摇歌扇，燕蹴飛花入舞筵。不有小舟能盪槳，百壺那送酒如泉」，《城西陂泛舟》如此之類，不勝枚舉。此體在五言中，謂之齊、梁體。唐初七言中亦有此體，然只可偶一爲之，不可援以爲例也。

唐人佳句，有可以照耀古今，膾炙人口者。如陳拾遺之「古木生雲際，歸帆出霧中」，玄宗皇帝之「春來津樹合，月落戍樓空」，張子容之「草迎金埒馬，花待玉樓人」，孟襄陽之「松月生夜涼，風泉滿清聽」，「荷風送香氣，竹露滴清響」，「微雲淡河漢，疎雨滴梧桐」，太白之「地形連海盡，天影落江虚」，「山隨平野盡，江入大荒流」，「池花春映日，窗竹夜鳴秋」，岑嘉州之「尋河愁地盡，過磧覺天低」，「竹深喧暮鳥，花缺露春山」，「日没鳥飛疾，山高雲過遲」，少陵之「水流心不競，雲在意俱遲」，「雲氣生虚壁，江聲走白沙」，「暗水流花徑，春星帶草堂」，綦毋拾遺之「塔影挂清漢，鐘聲扣白雲」，崔曙之「空色不映水，秋聲多在山」，「雲輕歸海疾，月滿下山遲」，錢員外之「一葉兼螢渡，孤雲帶雁來」，「一徑入溪色，數家連竹陰」，「驚蓬連雁起，牧馬入雲多」，郎士元之「河源飛鳥外，雪嶺大荒西」，皇甫冉之「驛路收殘雨，漁家帶夕陽」，李校書之「抱琴看鶴去，枕石待雲歸」，韋蘇州之「喬木生夏涼，微雲吐華月」，李嘉祐之「野渡花争發，春塘水亂流」，賈浪仙之「過橋分野色，移石動雲根」，楊司業之「鑪烟添柳重，宫漏出花遲」，嚴維之「柳塘春水漫，花塢夕陽遲」，劉方平之「萬影皆因月，千聲各爲秋」，張秘書之「長因送人處，憶得别家時」，崔峒之「清磬度山翠，閒雲來竹房」，于良史之「風兼殘雪起，河帶斷冰流」，李義山之「惜花春起早，愛月夜眠遲」，「池光不受月，野氣欲沉山」，「晚涼風過竹，深夜月當花」，馬戴之「猿啼洞庭樹，人在木蘭舟」，張喬之「夜火山頭市，春江樹杪船」，杜荀鶴之「風暖鳥聲碎，日高花影重」，僧處默之「到江吴地盡，隔岸越山多」，僧齊己之「前村深雪裏，昨夜一枝開」《早梅》沈雲卿之「雲間樹色千花滿，竹裏泉聲百道飛」，高常侍之「雲開汶水孤帆遠，路繞梁山匹馬遲」，岑嘉州之「到來函谷愁中月，歸去磻溪夢裏山」，李東川之「一聲已動物皆静，四座無言星欲稀」《琴歌送别》太白之「瑶臺含霧星辰滿，仙嶠浮空島嶼微」，「城隅緑水明秋日，海上青山隔暮雲」，少陵之「雷聲忽送千峰雨，花氣渾如百和香」，陶峴之「鴉翻楓葉夕陽動，鷺立蘆花秋水明」，劉隨州之「漢口夕陽斜渡鳥，洞庭春水遠連天」，韓翃之「蟬聲驛路秋山裏，草色河橋落照中」，司空文明之「風吹曉漏經長樂，柳帶晴烟出禁城」，劉方平之「秋後見飛千里雁，月中聞擣萬家衣」，楊司業之「立馬望雲秋塞静，射鵰臨水晚天晴」，劉夢得之「馬思邊草拳毛動，鵰眄青雲倦眼開」，元微之之「繞郭烟嵐新雨後，一家樓閣上燈初」，許郢州之「溪雲初起日沈閣，山雨欲來風滿樓」，李頻之「去雁遠衝雲夢雪，離人獨上洞庭船」，趙嘏之「殘星幾點雁横塞，長笛一聲人倚樓」，韋莊之「心如嶽色留秦地，夢逐河聲出禹門」，「載酒客尋吴苑寺，倚樓僧看洞庭山」，方干之「樹影不隨明月去，溪聲常帶落花來」，「鶴盤遠勢歸遥浦，蟬曳殘聲過别枝」，項斯之「月明古寺客初到，風動閒門僧未歸」，僧隱巒之「溪邊十里五里花，雲外三峰兩峰雪」。此等句當與日星河嶽同垂不朽。

古人名句，如范蔚宗之「山梁悦孔性，黄屋非堯心」，陸士衡之「夕息抱影寐，朝徂銜思往」，「和風飛清響，鮮雲垂薄陰」，潘安仁之「歸雁應蘭時，游魚動圓波」，謝康樂之「白雲抱幽石，緑篠媚清漣」，「雲日相輝映，空水共澄鮮」，「春晚緑野秀，巖高白雲屯」，顏延年之「庭昏見野陰，山明望松雪」，鮑明遠之「松色隨野深，月露依草白」，謝宣城之「日華川上動，風光草際浮」，「葉低知露密，崖斷識雲重」，簡文帝之「落花還就影，驚蟬乍失林」，丘遲之「風遲山尚響，雨息雲猶積」，庾肩吾之「殘虹收度雨，缺岸上新流」，何水部之「薄雲巖際出，初月波中上」，「岸花臨水發，江燕繞檣飛」，「夜雨滴空階，曉燈暗離室」，「江暗雨欲來，浪白風初起」，王籍之「蟬噪林逾静，鳥鳴山更幽」，陰鏗之「大江静猶浪，扁舟獨且征」，「鶯隨入户樹，花逐下山風」，江令之「見桐猶識井，看柳尚知門」，「露洗山扉月，霜開石路烟」，蕭慤之「泉高下溜急，松古上枝平」，庾子山之「荷風驚浴鳥，橋影聚行魚」，「樹宿含櫻鳥，花留釀蜜蜂」，「早雷驚蟄户，流雪長河源」，煬帝之「山虚弓響徹，地迥角聲長」，楊越公之「風起洞庭險，烟生雲夢深」，薛道衡之「遥原樹若薺，遠水舟如葉」，「人歸落雁後，思在發花前」，孔紹安之「墜葉還相覆，落羽更爲群」，明餘慶之「劍花寒不落，弓月曉逾明」等句，皆高華名貴，可誦可法者。

佳句自來難得有偶，如謝叔源混之「水木湛清華」，康樂之「池塘生春草」，「明月照積雪」，鮑令暉之「鴻歸知客寒」，謝宣城之「喧鳥覆春洲」，「香風蕊上發」，江文通之「秋日懸清光」，任昉之「叠嶂易成響」，庾肩吾之「山翠下添流」，顔之推之「鷄鳴起戍人」，鮑泉之「蓮寒池不香」，庾子山之「人衣香一園」，「城影入黄河」，又《梅花》之「枝高出手寒」，薛道衡之「空梁落燕泥」，沈雲卿之「高樹早涼歸」，宋員外之「銜花翡翠來」，常理之「小膽空房怯」，孟襄陽之「漁子宿潭烟」，常少府之「茅亭宿花影」，岑嘉州之「新雨帶秋嵐」，少陵之「月挂客愁村」，劉隨州之「千峰共夕陽」，「春歸在客先」，司空文明之「山翠借廚烟」，賈浪仙之「僧敲月下門」，少陵之「天顔有喜近臣知」，錢員外之「深樹雲來鳥不知」，楊司業之

「千花成塔禮寒山」，白香山之「雲碓無人水自舂」，杜牧之之「枕繞泉聲客夢涼」，項斯之「山當日午迴峰影」之類，皆係興會所至，偶然而得。强欲偶之，雖費盡苦思，終不能敵，是蓋有不可以力爭者。然賈浪仙「鳥從井口出」，積思至數年，始得「人自岳陽來」之對。戴叔倫偶得句云「夕陽山外山」，欲以「塵世夢中夢」對之，殊不愜意。偶行郊外，時春雨初霽，行潦縱横，忽得「春水渡旁渡」之對。是知物莫不有偶，亦由人無恒心耳。倘有偶得佳句而不能屬對者，宜題於清雅幽潔之處，庭軒花竹之間，常玩味而諷咏之，久之必有悠然來會者。

發端語如「皚如山上雪，皎如雲間月」，明遠效之而爲「直如朱絲繩，清如玉壺冰」，神氣雖减而風味不减。「生年不滿百，長懷千歲憂」，太白效之而爲「處世若大夢，胡爲勞其生」，體格雖遜而工力不遜。他如「渴不飲盜泉水，熱不息惡木陰」之排奡，「潛虬媚幽姿，飛鴻響遠音」之清灑，「郢客吟《白雪》，逸響飛青天」及「暮從碧山下，山月隨人歸。却顧所來路，蒼蒼横翠微」之超俊，「東風何時至，已緑湖上山」及「春草紛碧色，佳人曠無期」之森秀，「挽弓當挽强，用箭當用長」之古勁，「熊羆咆我東，虎豹號我西，我後鬼長嘯，我前狨又啼」之突兀險肆，「落日山水好，漾舟信歸風」之清麗恬適，「南山塞天地，日月石上生」之奇峭，「江上調玉琴，一絃清一心」之静細，「夜坐不厭湖上月，晝行不厭湖上山」暨「月色欲盡花含烟，月明欲素愁不眠」之瀟灑清逸，「君不見黄河之水天上來」與「棄我去者昨日之日不可留，亂我心者今日之日多煩憂」之豪放；近體如「海上生明月，天涯共此時」之清遠，「犬吠水聲中，桃花帶雨濃」及「窗影摇群動，牆陰載一峰」之幽秀，「人事有代謝，往來成古今」之奥衍，「山暝聽猿愁，清江急夜流」暨「南樓渚風起，樹杪見滄波」之遒邁，「片雨過城頭，黄鸝上戍樓」及「送客飛鳥外，城頭樓最高」之俊逸，「天官動將星，漢地柳條青」暨「莽莽萬重山，孤城山谷間」之沈毅，「萬壑樹參天，千山響杜鵑」之瀏亮，「夫子何爲者？栖栖一代中」暨「世上漫相識，此翁殊不然」之挺老，「萬壑樹聲滿，千巖秋氣高」之警鍊，「孤雲與飛鳥，千里片時間」之超遠；他如岑嘉州之「亭高出鳥外，客到與雲齊」，錢員外之「山色不厭遠，我行隨趣深」，皇甫侍御之「暝色赴春愁，歸人南渡頭」，王貞白之「山色四時碧，溪光七里清」，皆可法也。

七律發端倍難於五言，如杜員外「今年遊寓獨遊秦，愁思傷春不當春」之奥折，錢員外「二月黄鸝飛上林，春城紫禁曉陰陰」暨盧允言「東風吹雨過青山，却望千門色草閒」之幽秀，劉得仁「御林聞有曉鶯聲，玉檻春生九陌晴」之朗潤，竇叔向「夜合花開香滿庭，夜凉微雨酒初醒」之閒逸，司空文明「迢遞山河擁帝京，參差宫殿接雲平」之沉鬱，杜牧之之「江涵秋影雁初飛，與客攜壺上翠微」之清超，温飛卿之「澹然空水共斜暉，曲島蒼茫接翠微」之蒼秀，元微之之「鳳有高梧鶴有松，偶來江外寄行蹤」之鬆爽，尚可備脱胎换骨之用。然但宜師其勢，不當倣其意。如太白《鳳凰臺》詩，已不免世俗訾議，不若崔司勳《黄鶴樓》之於《龍池篇》，如鳴蟬之脱殼而出也。

結句貴有味外之味，絃外之音。言情則如沈休文之「夢中不識路，何以慰相思」，陳後主之「當由分别久，夢來還自疑」，包融之「春夢隨我心，悠揚逐君去」，王右丞之「解纜君已遥，望君猶竚立」，錢員外之「惟憐一燈影，萬里眼中明」，李昌符之「乍歸猶似客，鄰叟亦相過」，奚賈之「君是何年隱，如今成白頭」，岑嘉州之「山迴路轉不見君，雪上空留馬行處」，丁仙芝之「醉後留君待明月，還將明月送君回」，太白之「願隨夫子天壇上，閒與仙人掃落花」，又「請君試問東流水，別意與之誰短長」，「借問欲棲珠樹鶴，何年却向帝城飛」，高常侍之「聖代即今多雨露，暫時分手莫躊躕」，張秘書之「願君到處自題名，他日知君從此去」，韓翃之「別後依依寒夢裏，共君攜手在東田」。紀事則有顏特進延之之「屢薦不入官，一揮乃出守」，謝法曹惠連之「腰帶準疇昔，不知今是非」，木蘭之「雄兔脚撲朔，雌兔眼迷離。雙兔傍地走，安能别我是雄雌」，太白之「吾亦澹蕩人，拂衣可同調」，少陵之「萬方頻送喜，無乃聖躬勞」，戎昱之「自有盧龍塞，烟塵飛至今」，右丞之「玉靶角弓珠勒馬，漢家將賜霍嫖姚」，少陵之「西蜀地形天下險，安危須仗出群材」，元微之之「我是玉皇香案吏，謫居猶得住蓬萊」。寫景則有左太沖之「相與觀所尚，逍遥撰良辰」，謝康樂之「惜無同懷客，共登青雲梯」，鮑明遠之「不見長河水，清濁俱不息」，蕭慤之「不愁花不飛，到畏花飛盡」，儲太祝之「想見中林士，巖扉常不關」，太白之「只愁歌舞散，化作彩雲飛」，少陵之「天寒翠袖薄，日暮倚修竹」，劉隨州之「溪花與禪意，相對亦忘言」，錢員外之「曲終人不見，江上數峰青」，張若虚之「不知乘月幾人歸，落月摇情滿江樹」，白香山之「到岸請君回首看，蓬萊宫在水中央」，馬戴之「别有一條投澗水，竹筒斜引入茶鐺」，伍喬之「山磬數聲敲暝天」。寓諷則有王仲宣之「克符周公業，奕世不可追」，傅長虞咸之「但願隆弘美，王度日清夷」，謝宣城之「故人心尚爾，故心人不見」，沈休文之「願以潺湲沫，霑君纓上塵」，杜少陵之「故老思飛將，何時議築壇」，「願聞哀痛詔，端拱問瘡痍」，劉隨州之「行當蒙顧問，吴楚歲頻飢」，李東川之「早晚薦雄文似者，故人今已賦《長揚》」，盧允言之「幾日政聲流户外，九江行旅得相歡」。書懷則有魏文帝之「棄置勿復陳，客子常畏人」，阮步兵之「願覩卒歡好，不見悲别離」，劉太尉之「何意百鍊鋼，化爲繞指柔」，孟山人之「永懷愁不寐，松月夜窗虚」，韋蘇州之「何因不歸去，淮上有青山」，杜員外之「爲語洛城風日道，明年春色倍還人」，太白之「仰天大笑出門去，我輩豈是蓬蒿人」，少陵之「同學少年多不賤，五陵車馬自輕肥」，又「魚龍寂寞秋江冷，故國平居有所思」。言樂則有蘇許公之「宸遊對此歡無極，鳥弄歌聲雜管絃」。言哀則有少陵之「夜闌更秉燭，相對如夢寐」。是皆一唱而三嘆，慷慨有餘音者。

宜以詩生韵，不宜以韵生詩。意到其間自然成韵者，上也；句到其間韵自來凑者，次也；以句求韵尚覺妥適者，又其次也；若由韵而成詩，是詩由韵生而非由我作，詩之下者也。

詩之天然成韵者，如謝康樂之「遠巖映蘭薄，白日麗江皋」，鮑明遠之「複澗隱松聲，重巖伏雲色」，謝宣城之「魚戲新荷動，鳥散餘花落」，柳惲之「亭皋木葉下，隴首秋雲飛」，蕭慤之「芙蓉露下落，楊柳月中疎」，「泉鳴知水急，雲來覺山近」，庾子山之「路高山裏樹，雲低馬上人」，駱義烏之「樓觀滄海日，門對浙江潮」，杜員外之「日氣含殘雨，雲陰送晚雷」，宋延清之「風來花自舞，春入鳥能言」，郭代公之「久戍人將老，長征馬不肥」，楊師道之「芳草無行徑，空山正落花」，陳拾遺之「風泉夜聲雜，月露宵光冷」，張燕公之「洞房懸月影，高枕聽江流」，張曲江之「去舟乘月後，歸鳥息人前」，宗楚客之「太液天爲水，蓬萊雪作山」，王右丞之「樓高萬户上，輦過百花中」，「遠樹蔽行人，長天隱秋塞」，「五湖三畝宅，萬里一歸人」，「隔牖風驚竹，開門雪滿山」，孟襄陽之「落日池上酌，清風松下來」，「微雲淡河漢，疎雨滴梧桐」，太白之「即事已如夢，後來我誰身」，「碧雲斂海色，流水折江心」，岑嘉州之「近鐘清夜寺，遠火點江村」，高常侍之「夕陽連積水，邊色滿秋空」，「海對羊城闊，山連象郡高」，崔曙之「斜光照疎雨，秋氣生白虹」，少陵之「無風雲出塞，不夜月臨關」，「入簾殘月影，高枕遠江聲」，「遠水兼天净，孤城隱霧深」，「地平江動蜀，天闊樹浮秦」，祖員外之「林藏初霽雨，風退欲歸潮」，李東川之「春草日堪把，白雲心所親」，「秋聲萬户竹，寒色五陵松」，「漁舟帶晚火，山磬發孤烟」，李嶷之「月色徧秋露，竹聲兼夜泉」，劉隨州之「香隨青靄散，鐘過白雲來」，錢員外之「村落通白雲，茆茨隱紅葉」，李冶之「遠水浮仙棹，寒星伴使車」，賈浪仙之「轉壑驚飛鳥，穿山踏亂雲」，李義山之「五更疎欲斷，一樹碧無情」，温飛卿之「鷄聲茅店月，人迹板橋霜」，沈雲卿之「漢家城闕疑天上，秦地山川似鏡中」，岑嘉州之「朝登劍閣雲隨馬，夜渡巴江雨洗兵」，少陵之「路經灧澦雙蓬鬢，天入滄浪一釣舟」，劉隨州之「長安萬里傳雙淚，建德千峰寄一身」，楊夔之「數片石從青嶂得，一條泉自白雲來」，賈浪仙之「山鐘夜渡空江水，汀月寒生古石樓」，温飛卿之「波上馬嘶看棹去，柳邊人歇待船歸」，李義山之「内苑只知含鳳嘴，屬車無復插鷄翹」，李郢之「蘭葉露光秋月上，蘆花風起夜潮來」，譚用之之「秋風萬里芙蓉國，暮雨千家薜荔村」之類是也。

韵之自然與句凑者，謝宣城之「雲端楚山見，林表吴岫微」，范彦龍雲之「江干遠樹浮，天末孤烟起」，梁元帝之「遠樹雲裏出，遥船天際歸」，沈雲卿之「小池殘暑退，高樹早涼歸」，陳拾遺之「巖懸青壁斷，地險碧流通」，張燕公之「千峰出浪險，萬木抱烟深」，李巨山之「雲霞仙路近，琴酒俗塵疎」，太白之

「邊月隨弓影，胡霜拂劍花」，右丞之「窗中三楚盡，林外九江平」，「白雲迴望合，青靄入看無」，李東川之「萬物我何有，白雲空自幽」，少陵之「片雲天共遠，永夜月同孤」，錢員外之「牛羊下山小，烟火隔雲深」，郎士元之「河源飛鳥外，雪嶺大荒西」，李尚書憕之「雲飛北闕輕陰散，雨歇南山積翠來」，高常侍之「白雲勸盡杯中物，明月相隨何處眠」，少陵之「豫章翻風白日動，鯨魚跋浪滄溟開」，「思家步月清宵立，憶弟看雲白晝眠」，錢員外之「長樂鐘聲花外盡，龍池柳色雨中深」，李君虞之「幾處吹笳明月夜，何人倚劍白雲天」，元微之之「萱近北堂穿土早，柳偏東面受風多」，李義山之「一春夢雨常飄瓦，盡日靈風不滿旗」，温飛卿之「不見水雲應有恨，偶逢鷗鷺便成家」，李群玉之「城臨戰壘黄雲晚，馬度寒沙夕照微」，吴融之「雲低遠渡帆來重，潮落寒沙鳥下頻」之類是也。

以句求韵而尚妥適者，江文通之「庭樹發紅彩，閨草含碧滋」，沈雲卿之「月明三峽曉，潮滿九江春」，陳拾遺之「野戍荒烟斷，深山古木平」，太白之「霜威出塞早，雲色渡河秋」，丘爲之「鳥與孤帆遠，烟和獨樹低」，劉隨州之「春風吴渚緑，古木剡溪深」，錢員外之「鵲鶩隨葉散，螢遠入烟流」，郎士元之「春色臨關盡，黄雲出塞多」，張正言之「看花尋徑遠，聽鳥入林迷」，皇甫冉之「草色村橋晚，蟬聲江樹稀」，許渾之「魚沈秋水净，鳥宿暮山空」，宋員外之「巖邊樹色含風冷，石上泉聲帶雨秋」，少陵之「榿林礙日吟風葉，籠竹和烟滴露梢」，盧允言之「路繞寒山人獨去，月臨秋水雁空驚」，劉夢得之「沉舟側畔千帆過，病樹前頭萬木春」，許郢州之「山翠萬重當檻出，水光千里抱城來」，温飛卿之「鵰邊認箭寒雲重，馬上聽笳塞草愁」之類是也。

至若陸士衡之「鮮膚一何潤，秀色若可餐」，謝宣城之「池北樹如浮，竹外山猶影」，沈休文之「野棠開未落，山櫻發欲然」，杜員外之「雲標金闕迥，樹杪玉堂懸」，孟山人之「天邊樹若薺，江畔洲如月」，太白之「檐飛宛溪水，窗落敬亭雲」，常少府之「戰餘落日黄，軍敗鼓聲死」，王右丞之「鼇身映天黑，魚眼射波紅」，岑嘉州之「逐虜西踰海，平胡北到天」，高常侍之「思深常帶别，聲斷爲兼秋」，少陵之「薄雲巖際宿，孤月浪中翻」，又《孤雁》「誰憐一片影，相失萬重雲」，張均之「水光浮日出，霞彩映江飛」，韋蘇州之「日落群山陰，天清百泉響」，錢員外之「月臨朱戟静，河近畫樓明」，盧允言之「覆陣烏鳶起，燒山草木鳴」，李義山之「晚晴風過竹，深夜月當花」，少陵之「子規夜啼山竹裂，王母晝下雲旗翻」，「三年敵裏關山月，萬國兵前草木風」，錢員外之「輕寒不入宫中樹，佳氣常浮仗外峰」，皇甫侍御之「家住層城鄰漢苑，心隨明月到胡天」，白香山之「清句三朝誰是敵，白鬚四海半爲兄」，李義山之「夜捲牙旗千帳雪，朝飛羽騎一河冰」，鄭都官谷之「飲澗鹿喧雙派水，上樓僧踏一梯雲」，吴融之「水上驛流初過雨，樹籠堤去不離鶯」，沈彬之「邊騎不來沙路失，國恩深後海城荒」，一韵之響，遂能振起百倍精神，此又不可不知者。

從來咏物之詩，能切者未必能工，能工者未必能精，能精者未必能妙。李建勳「惜花無計又花殘，獨繞芳叢不忍看。曉艷動隨鶯翅落，冷香愁雜燕泥乾。緑珠倚檻魂初散，巫峽歸雲夢又闌。忍把一尊重命樂，送春招客亦何歡」。《落花》切矣而未工也。羅隱「似共東風别有因，絳羅高捲不勝春。若教解語應傾國，任是無情亦動人。芍藥與君爲近侍，芙蓉何處避芳塵？可憐韓令功成後，孤負穠華過此身」。《牡丹》又「暖觸衣襟漠漠香，間梅遮柳不勝芳。數枝艷拂文君酒，半里紅依宋玉牆。盡日無人疑悵望，有時經雨自淒涼。舊山山下還如此，回首東風一斷腸」。《杏花》暨李中之「森森移得自山莊，植向空庭野興長。便有好風來枕簟，更無閒夢到瀟湘。蔭來砌蘚經疎雨，引下溪禽帶夕陽。閒約羽人同賞處，安排棋局就清涼」。《竹》工矣而未精也。雍陶之「雙鷺應憐水滿池，風飄不動頂絲垂。立當青草人先見，行傍白蓮魚未知。一足獨拳寒雨裏，數聲相叫早秋時。林塘得爾須增價，況與詩人物色宜」。《咏雙白鷺》精矣而未妙也。鄭谷之「暖戲烟蕪錦翼齊，品流應得近山鷄。雨昏青草湖邊過，花落黄陵廟裏啼。遊子乍聞征袖濕，佳人纔唱翠眉低。相呼相唤湘江闊，苦竹叢深春日西」。《鷓鴣》暨杜牧之「金河秋半虜弦開，雲外驚飛四散哀。仙掌月明孤影過，長門燈暗數聲來。須知胡騎紛紛在，豈逐春風一一迴？莫厭瀟湘少人處，水多菰米岸莓苔」。《早雁》如此等作，斯爲能盡其妙耳。

擬古貴得其神，而後求之氣韵，而後求之趣味，而後求之格調，而後乃求諸語意之間。太白擬古而不似古，蘇州效陶而不似陶。謝康樂《鄴中八首》，如「排霧矚聖明，披雲對清朗」等辭，終不改生平本色。江文通《雜擬三十》，如「涼風盪芳氣，碧樹先秋落」諸句，究不似漢、魏古音。其《田居》一篇，可謂得其神似，然雜諸陶集中，後人猶辨其爲江詩者，神韵不同也。自是以還，代相倣效，優孟衣冠，聊存彷彿耳。惟陶徵君「榮榮窗下蘭，密密堂前柳。初與君別時，不謂行當久。出門萬里客，中道逢嘉友。未言心先醉，不在接杯酒。蘭枯柳亦衰，遂令此言負。多謝諸少年，相知不忠厚。意氣傾人命，離隔復何有」。《擬古》雖不規規揣稱，而神韵自不減於古人。其後則李義山之「勝概殊江右，佳名逼渭川。虹收青嶂雨，鳥没夕陽天。客鬢行如此，滄江坐渺然。此中真得地，漂蕩釣魚船」。《清河與趙氏昆季燕集擬杜工部》暨「人生何處不離群，世路干戈惜暫分。雪嶺未歸天外使，松州猶駐殿前軍。坐中醉客延醒客，江上晴雲雜雨雲。美酒成都堪送老，當壚仍是卓文君」。《杜工部蜀中離席》如此等篇，神情雖不能全肖，然已得其八九矣。

弔古之詩，須褒貶森嚴，具有《春秋》之義，使善者足以動後人之景仰，惡者足以垂千秋之炯戒。如左太沖之《咏史》，則曰「何世無奇才，遺之在草澤」，不勝動人以遺賢之憂；李太白之《懷禰衡》，則曰「才高竟何施？寡識冒天刑」，不禁深人以恃才之惕；謝宣城之《孫權城》，感盛衰於倏忽，知書軌之薦必同；杜少陵之《九成宫》，慨遺蹟於雕牆，見夏、殷之鑒不遠。他如「溪迴松風長，蒼鼠竄古瓦。不知何王殿，遺構絶壁下。陰房鬼火青，壞道哀湍瀉。萬籟真笙竽，秋色正瀟灑。美人爲黄土，況乃粉黛假？當時侍金輿，故物獨石馬。憂來藉草坐，浩歌淚盈把。冉冉征途間，誰是長年者」。杜甫《玉華宫》近體如少陵之「丞相祠堂何處尋？錦官城外柏森森。映階碧草自春色，隔葉黄鸝空好音。三顧頻煩天下計，兩朝開濟老臣心。出師未捷身先死，長使英雄淚滿襟」。《蜀相》錢員外之「漢家無事樂時雍，羽騎年年出九重。玉帛不朝金闕路，旌旗常繞綵霞峰。且貪原獸輕黄屋，豈畏魚人犯白龍？薄暮方歸長樂觀，垂楊幾處緑烟濃」。《漢武出獵》李義山之「紫泉宫殿鎖烟霞，欲取蕪城作帝家。玉璽不緣歸日角，錦帆應是到天涯。於今腐草無螢火，終古垂楊有暮鴉。地下若逢陳後主，豈宜重問《後庭花》」。《隋宫》「玄武湖中玉漏催，鷄鳴埭口繡襦迴。誰言瓊樹朝朝見，不及金蓮步步來？敵國軍營漂木柹，前朝神廟鎖烟煤。滿宫學士皆顔色，江令當年只費才」。《南朝》温飛卿之「蘇武魂銷漢使前，古祠高樹兩茫然。雲邊雁斷胡天月，隴上羊歸塞草烟。回日樓臺非甲帳，去時冠蓋是丁年。茂陵不見封侯印，空向秋波哭逝川」。《蘇武廟》如此諸作，其悽惻既足以動人，其抑揚復足以懲勸，猶有詩人之遺意也。至若劉夢得之「王濬樓船下益州，金陵王氣黯然收。千尋鐵鎖沉江底，一片降帆出石頭。人世幾回傷往事？山形依舊枕寒流。從今四海爲家日，故壘蕭蕭蘆荻秋」。《西塞山懷古》讀前半篇暨義山「敵國軍營」二句，令人凛然知憂來之無方，禍至之無日，而思患預防之心，不可不日加惕也。吁，至矣！

跋

先生性恬静，好讀書，生平以孔、孟心傳之學爲己任。一日，出所著《詩談》一編，命倉繕寫。倉拜而受之，再四誦讀。其立言命意，與歷代各家不同，而其大旨，則上以《三百》爲宗，下以漢、唐以來諸家之詩爲印證。深而求之，文人才士皆可得其指南；淺而求之，即里師童蒙亦可資爲課誦；而精而求之，則性命之功，經綸之用，暨聖賢立教之微意，亦於此可得其梗概焉。《法華普門品》有現身説法之説。夫子於此，其殆現風雅身而爲説法歟？道光七年丁亥仲春，受業曹倉書巖氏頓首謹識。

勸戒詩話

勸戒詩話提要

《勸戒詩話》八卷，據道光初經翼堂刊本點校。撰者黄坤元，字静軒，福建侯官人。此書全稱《勸善戒惡詩話》，而以簡稱行。全書隨編隨刊，道光三年癸未孟秋首二卷付梓，次年仲春輯成卷三、四，同年中秋續成卷五、六，越一年，丙戌孟春續完末二卷，前後歷四年。黄氏此書，乃廣徵唐宋以來筆記、詩話中有關忠孝倫常之詩，勸行父義、母慈、兄友、弟悌、子孝、婦貞、友信、臣忠、官廉諸善，又勸學、勸勤儉、勸忍讓、勸留餘地、勸盡職慎刑，及由人倫而至於咏仁禽義兽，有孝犬、訓虎、牛、羊、猪、鶴、雁、熊詩，用心可謂拳拳。戒律則有淫、貪、殺生、方术、嫌貧背友、文士偷書等，乃至戒食牛肉，戒伐十年以上樹齡之樹，皆有詩，亦勸行仁義之意。所輯有剪裁，編次不分類，亦無分先後，略顯隨意。本朝則多録尤侗、袁枚，卷八録及黄培芳《香石詩話》。道光初，詩教之風氣復盛。此書洋洋八卷，面面俱到，雖不外詩之教化功用，而幾陷詩於人倫教訓之工具矣。

勸戒詩話卷一

侯官黄坤元静軒編輯

朱考亭夫子云：「詩本性情，有邪有正。其爲言既易知，而吟咏之間，抑揚反覆，其感人又易入。故學者之初，所以興發其好善惡惡之心，而不能自已者，必於此得之。」此雖論葩經之旨，然後世之忠臣孝子、理學鴻儒、騷人淑媛，感詠詩篇，古今人未嘗不相及也。故余著《寶字録》，多採詩話爲注案。道光癸未，孟秋中元，復輯《勸善戒惡詩話》附梓，請正大方。但借書觀閲，續摘續刊，未序詩人年代之先後。初編輯成，感吟一截云：「静觀緗帙掩疎櫺，勸戒詩鈔舊典型。管見編成羞一得，未知賢哲肯垂青。」

唐杜如晦，少英邁，負大節。高孝基見之曰：「君當爲梁棟用。」房玄齡曰：「如晦，王佐才也。」太宗即位，進右僕射，與玄齡共理朝政。房善謀，杜善斷，二人深相知，當世稱良相，必曰房杜。皮日休《七愛詩》云：「吾愛房與杜，經濟膺公輔。黄閣三十年，清風一萬古。」

宋寇準，字平仲，華州人。八歲吟《華山詩》：「只有天在上，更無山與齊。舉頭紅日近，回首白雲低。」其師謂準父曰：「賢郎怎不作宰相。」《吟秋風亭》詩云：「野水無人渡，孤舟盡日横。」時人以爲必濟巨川。公年十八，進士及第。初知巴東縣，手植雙栢於庭，至今以比甘棠，名萊公栢。真宗朝大拜，決策成澶淵之功。鎮大名府，北使謂公曰：「相公望重，何以不在中書？」公曰：「北門鎖鑰，非準不可。」守長安，《寄同年向敏中宰相》詩云：「玉殿登科四十年，當時僚友盡英賢。歲寒惟有公兼我，白首猶持將相權。」敏中酬之曰：「九萬鵬程振翼時，與君同折月中枝。細思淳化持衡者，得到於今更有誰。」公爲相時，居第卑隘，或勸之起宅，公不從。魏野上詩云：「有官居鼎鼐，無地起樓臺。」公外奢内儉，寢處一青幃二十年。貶雷州，道出公安，公剪竹插神祠前，祝之曰：「準若無負朝廷，枯竹再生。」已而果生笋成竹，郡人號相公竹。仁宗朝，贈中書令，封萊公，謚忠愍。詔學士孫抃撰神道碑，御篆其首曰：「旌忠之碑。」

宋韓魏公琦，爲相十年，光輔三后。臨大節，處危疑，苟利國家，知無不爲，功勳蓋世，利澤及民。初爲定州安撫使時，歲饑行賑，全活者七百萬人。五代以來，學校久廢，公葺舍宇課儒生，絃誦比鄒魯。燕人謁公祠，題詩云：「有客能吟丞相栢，無人敢伐召公棠。」

宋司馬温公諱光，號涑水先生，陝州夏縣人。寶元初進士，累官端明殿學士。知永興軍，上疏極言青苗助役之法不便，因求去，判西京御史臺，歸洛。仁宗崩，赴闕臨衛，凡所至，民無不聚觀，曰：「無歸洛，留相天子，活百姓也。」光祐元年，論免五害，乞直降勑罷之，諸將兵皆隸州縣，軍政委守令通決。廢提舉常平司，歸之轉運。提點刑獄，邊計以和戎爲便。又立十科薦士法。遂罷青苗，復常平法。遼夏使至，必問光起居，勑遣吏曰：「中國司馬相公在，毋輕生事，開邊隙。」民得離新法之苦，歡若更生，君子稱其有旋乾轉坤之功云。晏青城贊詩云：「優游器宇豁如神，獨樂名園得趣真。出贊皇猷匡聖主，普施膏澤濟時人。洛中明月長留興，涑水清風永絶塵。更喜越南宗派在，相逢談笑一團春。」

宋龐籍字醇之，武城人。儂智高叛，狄青爲宣撫使。籍力贊其可用，且言號令不專，不如不遣，仁宗然之，故特專任之。乃捷書至，仁宗謂籍曰：「非卿執議，豈能成功。」後封潁公，致仕屏居，讀書自娱。作詩云：「田園貧宰相，圖史舊書生。」卒謚莊敏。

慶曆初，歐陽永叔、余安道、王素俱除諫官。蔡君謨以詩賀曰：「御筆新除三諫官，喧然朝野競相歡。當年流落丹心在，自古忠良得路難。必有謨猷裨帝右，直須風采動朝端。世間萬事俱塵土，留取功名久遠看。」三人以其詩薦于上，尋亦除諫官，時號爲「一棚鶻」。

韓忠武公世忠，延安人。目瞬如電，鷙勇絶倫，以應募立功。擒方臘，討河北盜賊，從高宗南渡，平苗傅、劉正彦之亂，累遷横海、武寧、安化三鎮節度使。初，世忠駐軍青龍鎮。金兀术欲濟江，世忠乃遣蘇德將百人伏龍王廟，戒之曰：「聞江中鼓聲，急出擊之。」兀术至，五騎趨廟中，伏兵先鼓而出，獲其兩騎。既而接戰江中，世忠妻親執桴鼓，敵終不得濟，虜兀术之婿龍虎大王。兀术懼，請盡歸所掠以假道。世忠以八千人拒兀术十萬之衆，金人自是不敢渡江矣。張浚薦世忠爲京東淮東宣撫使，屯楚州。世忠披草萊，立軍府，與士同力役。將士有怯戰者，世忠遺以巾幗，故人人奮勵。撫集流散，通商惠工，山陽遂成重鎮。世忠在楚州十餘年，兵僅三萬，而金人不敢犯。岳武穆被冤時，世忠心不平，往詰秦檜曰：「莫須有三字，何以服天下也。」遂抗疏言秦檜誤國之罪，檜諷言官論之。世忠連章乞解樞柄，請骸骨歸，遂罷爲醴泉觀使，進封福國公，節鉞如故。自是杜門謝客，絶口不談兵。時跨驢携酒，從一二童僕，遊西湖以自樂，澹然自如，若未有權。平時將佐，罕得見其面。世忠自號清凉居士，孝宗隆興初，追封蘄王。本朝尤侗《題韓蘄王廟》詩云：「忠武勳名百戰回，西湖跨蹇且銜杯。英雄短氣莫須有，明哲保身歸去來。夜月靈旗摇鐵甕，秋風白馬上琴臺。千年遺廟還香火，杜宇冬青正可哀。」查慎行《題湖上策蹇圖》詩云：「南渡何人主廟謨，清凉居士老西湖。兩朝和議分棋墅，百戰雄心付酒爐。策蹇山前逢故吏，參禪花底坐浮屠。只今猶恨丹青手，不畫麒麟閣上圖。」楊濬《題墓》詩云：「古碑崒嵂倚荒丘，宋室存亡仗運籌。十萬雄兵來假道，八千驍騎截中流。爲慙南國輸金辱，聊向西湖縱酒遊。埋骨青山遺恨在，寒風落日戰松楸。」

茗生分校禮闈，作詩云：「再燃桐炬照波心，恐有遺珠碧海沉。記得當時含木石，十年辛苦作冤禽。」朱香南子年有句云：「寄語群公高著眼，青衫明日淚痕多。」

魏扶登太和四年進士第。大中初，知禮闈，入貢院題詩云：「梧桐葉落滿庭陰，鎖閉朱門試院深。曾是當年辛苦地，不將今日負初心。」

宋楊徽之，清介尚名教，周顯德初，舉進士，累官右拾遺。見太祖爲人望所歸，上書言之。太宗見其書，稱爲王室忠臣。太宗召見，以詩數百篇爲獻，上選十聯書御屏間。梁周翰詩云：「誰似金華楊學士，十聯詩在御屏間。」

唐韓渥字致光，當崔允、朱全忠表裏亂國，獨守臣節不變，願不爲相，而在翰苑，竟忤全忠，貶濮州司馬，承旨謫嶺表，入閩，有詩云：「手風慵展八行書，眼暗休看九局圖。窗裏日光飛野馬，案頭筠管長蒲盧。謀身拙爲安蛇足，報國危曾捋虎鬚。滿世可能無默識，未知誰擬試齊竽。」其詞凄楚，不忘君也。

宋方升之字德順，莆田人，紹興二年進士。召對力言和議之非，忤秦檜意被斥。弟豐之贈以詩云：「流血叩頭期悟主，不應回首戀江湖。」

宋劉顗爲御史，以言事貶。東坡贈以詩云：「烏府先生鐵作肝，風霜捲地不知寒。」因目爲「鐵肝御史」。

有神仙效忠，陰護朝廷，令海隅出日，罔不率俾，亦奇聞也。余讀《福建通志》云：漢何氏兄弟九人，家閩中榕城之九仙山，同遊興化仙遊縣，煉丹湖上。丹成，各乘一鯉仙去，因顏曰九鯉湖。邑人建祠湖上，崇祀焉。凡人祈夢，無不靈驗。明朝南安傅行人凱，出使海外國，謁夢九鯉湖，有孺子歌曰：「青草流沙六六灣。」凱心識之。比至，番王設宴請曰：「小邦有一對句，願天使屬之，曰：黄河躍浪三三曲。」傅即舉神語，番王驚服久之。蓋中國黄河九曲，而彼國有流沙三十六灣，彼自謂知中華之勝，而吾乃悉彼疆域之詳，用是悚讋賓服朝貢，皆九仙效忠屬對之力也。神仙且然，况食君之禄者，可不盡忠報國乎。福清石竹山，亦祠祀九仙。縣内明宰相葉向高，爲布衣時，就近禱祈功名，夢有玉帶之兆。迨還鄉題詩石竹山祠，以彰赫濯，有「至今玉帶愧環腰」之句。

《消夏録》云：文文山、劉中齋，一般狀元宰相，晚節不同，流芳遺臭，較然可見。文山在獄中，北人有題詩云：「當今不殺文丞相，君義臣忠兩得之。義似漢王封齒日，忠如蜀將斷頭時。乾坤日月華夷界，岡嶺風雲草木知。未必史臣書到此，老夫和淚寫新詩。」中齋自北歸，過嚴陵，就養於其子府判者。何潛齋遺之詩曰：「昆明灰劫化塵緇，夢裏功名黍一炊。鍾子不將南操變，庾公空抱北臣悲。歸來眼底湖山在，老去心期淅水知。白髮門生憐未死，青山留得裹遺尸。」

李湖字又川，巡撫貴州。《入境口號》云：「雙旌遥指貴陽城，紫蓋紅旗夾道迎。自愧書生當重任，不知何以報昇平。」又巡撫廣東，以清嚴爲政。輿人歌云：「廣東真樂土，來了李巡撫。」薨時，面目手足如黄金色，光耀照人，亦一奇也。

楊淙《詠廉政》詩：「不以苞苴玷政聲，玉壺冰雪鬬清明。一錢還受思劉守，孤鶴隨行問趙生。楊震四知持雅操，魯恭三異播芳名。懸魚却竇皆廉德，萬古高風入史銘。」

吴隱之爲廣州刺史。地有貪泉，人皆言官不可飲，飲之便貪。隱之飲之，吟曰：「古人云此水，一歃懷千金。試使夷齊飲，終當不易心。」在州治民，清操愈勵。及歸，妻劉氏齎沉香木一片，隱之見之，投於湖亭之水。義熙間爲度支尚書，以竹蓬爲屏風，坐無氈褥。隱之將嫁女，令其婢牽犬賣之，此外蕭然無辦。

薛令之及第開元中，官右補闕，兼侍讀，積歲不遷。操守極廉，官次清淡。嘗題詩壁間云：「明月上團團，照見先生盤。盤中何所有，苜蓿長闌干。飯澀匙難滑，羹稀筯易寬。只可謀朝夕，何由度歲寒。」玄宗聞其貧，命有司資其歲賦，令之量受而已。肅宗立，以舊恩召，而令之已卒。因勅其鄉曰「廉村」，水曰「廉溪」。

宋張詠字復之，官樞密直學士，出知陳州。詠自奉寡薄儉陋，雖寒士不若。退闢静室，焚香危坐，聚書萬卷，往往誦讀校正，並無聲色之好。李畋嘗侍坐，因謂公寢禪室不如，公哂曰：「吾不爲輕肥爲官以至此。」初及第，以詩寄友傅霖有云：「前年失脚下漁磯，苦戀明時未得歸。寄語巢由莫相笑，此身不是愛輕肥。」嘗從陳希夷學道，欲分華山之半，陳以筆墨蜀箋贈之。後帥蜀，寄希夷詩云：「性愚偏愛建功勳，剛要清流擬致君。今日星馳宦蜀檄，回頭慚愧華山雲。」詠守郡日，有録曹參軍衰老，詠責之曰：「何不去。」明日參軍求歸，别以詩曰：「秋光多似宦情薄，山色不如歸興濃。」詠驚嘆曰：「僚屬能詩，而我初不識，可愧。」因慰而薦之。

趙奇彬爲貴溪令，廉以律己，嚴以御史，寬以恤民。真宗嘗手諭詠曰：「得卿在蜀，朕無西顧之憂矣。」嘗作詩書於座右曰：「俸薄儉常足，官卑清自高。」

陳信字履順，杭州人。任蘇州府通判，有惠政。廉正公直，正統十一年致仕，蘇人以重贐追送，一無所受，而其家實貧。郡人杜璚有詩送之曰：「人辭榮禄賦歸田，又却蘇民餽贐錢。一任此生貧到骨，只留清節與人傳。」

明丁俊，豐城人。宣德二年進士，授廣西道御史。剛直敢言，上書陳崇聖學、法祖訓、廣言路、辨奸黨、抑倖進、杜私門六事。正統間巡按福建，清操彌厲，食惟豆腐，人稱「豆腐御史」。其《送弟佩歸》詩曰：「菜根有味休嫌淡，茅屋無書可借觀。」又曰：「家中親故如相問，爲道烏臺徹底寒。」以忤王振，謫推官，卒於任，囊惟敝衣。人哀而祀之。

明張大光，福寧人。萬曆乙酉領順天鄉薦，授廣東長樂縣，遷知普安州。廉潔自矢，實心愛民，逾年乞休，父老醵金追送，大光却之。咏詩云：「陶潛有酒開三徑，劉寵何功受一錢。」歸築南山敝廬。臨終前五日，作詩文馳告親友。至期，衣冠兀坐而逝。

正統間，福建都司王勝，博學能文，廉介自持。出巡則齎食自隨，人呼爲「菜王」。一日，有千户奉白金，不受，命造亭衛北，名曰「却金」。明年，勝到亭，題曰：「每因性褊遭彈劾，四十年過不動心。匣内惟存三尺劍，囊中肯受四知金。一生節操何曾改，半點秋毫孰敢侵。今到此亭堪駐馬，仰天無愧發長吟。」

秦劍泉先生大士，咏「六事廉爲本」題，詩云：「周官傳弊吏，六事盡旌廉。勤慎從清始，猷爲賴守兼。草茅先砥礪，廊廟更針砭。冰鑑應方潔，瓜田敢涉嫌。四知深夜凛，一介古人嚴。補過心清白，焚香意静恬。長懷酬帝簡，顧畏凛民瞻。聖代欣澄叙，貞風遍里閻。」

山右張扶九先生翼，宰衡邑，能以廉潔自守。嘗聞其過洞庭，中流風浪大作，舟人索許羊豕致祭。張以居官清白無餘金，不克許，太夫人取銀簪投之，浪頓息。晚泊市魚，剖腹簪見，人皆奇之。故於衡邑大堂題聯云：「衾影無慚，此事敢盟衡岳廟；肝腸略轉，他年難過洞庭湖。」公以事去官，不能歸，衡人醵五百金以行，所取批首楊公作澤，學使屢遺，而公屢取之。後登賢書，改名棨。公復官汴梁，投刺相見，且驚且喜，猶惓惓念衡人不置，寄詩云：「莫因南北嘆萍踪，誰説雲山路萬重。衡岳祠前揮淚别，汴梁堤上又相逢。」「罷官堪痛亦堪娱，前後人情總不殊。試問清凉亭下過，去思碑石尚存無。」「三載拊循無恨事，一朝離别有前因。至今夜夜縈魂夢，盡是江干送我人。」「鐵石肝腸不自禁，冰操早已誓湖心。只因浪得虚名耳，費却衡人五百金。」

蔣子達詩云：「勳猷赫赫重朝紳，解組歸來幾度春。一點丹心猶愛國，數莖白髮爲憂民。」

宋薛利和，興化人。寶元元年進士，累遷屯田員外郎。王安石議榷茶，欲擢利和提舉廣東茶事。利和作詩謝之曰：「一路生靈陡頓貧，廟堂康濟豈無人。君侯若問茶租法，請把茶租乞與民。」乃就通判廣州卒。

宋郭潤，零陵人。成化七年令歸化時，縣治新設，人民雜附，潤加意撫綏，定户口，均賦役，勸貸富户以賑荒歉，興學造士，雅重農桑。自題其門云：「春雨有田宜蚤種，公門無事莫頻來。」

馬坤，通州人。進士。嘉靖初守汀，有來訟者以片言折之。讀書嘯咏，意趣澹然。榜於堂曰：「乾坤何事非吾事，堯舜之民即此民。」後歷官工、户二部尚書，加宫保。

宋治平中，張伯玉守福州。編户植榕，熙寧以來，暑不張蓋，緑陰滿城。程師孟詩云：「三樓相望枕城隅，臨去猶栽木萬株。試問國人來往處，不知曾憶使君無。」

真西山論菜云：「百姓不可一日有此色，士大夫不可一日不知此味。」余謂百姓之有此色，正緣士大夫不知此味，若自一命以上至於公卿，皆咬菜根之人，百姓何愁無飯吃。鄂西林相公，本此意作菜圃對聯云：「此味易知，但須緑野秋來種；對他有愧，只恐蒼生面色多。」

段敏，金壇人。進士，正德間任僉事。有操守，吏畏民懷。嘗自題其廳曰：「眼前皆赤子，頭上有青天。」

汪待舉字懷忠，衢州人。紹興中知處州，爲政寬厚，曲盡下情。民有訟，呼之使前，面究曲直，不仰屬吏。故衙無留事，箠楚罕用。百姓以詩頌之曰：「官舍却如僧舍静，吏人渾似野人閒。」

明洪都，青浦人。進士。萬曆間令歸化，政平訟簡。自題縣署曰：「民風僻壤同鄒魯，吏治深山但嘯歌。」

宋郭琪字人玉，仙遊人，慶曆二年進士，累官兵部郎中。有貴戚曾姓者，奪民田，歷讞不決。琪判歸民，竟被陷死。蔡襄哭以詩云：「如山判筆心常壯，爲國忠魂勢莫驚。」

興化鄭板橋燮，舉進士，任濰縣令。署中畫竹，呈年伯包大中丞括，詩云：「衙齋卧聽蕭蕭竹，疑是民間疾苦聲。些小吾曹州縣吏，一枝一葉總關情。」及告歸里，畫竹别濰縣紳士民，詩云：「烏紗擲去不爲官，囊橐蕭蕭兩袖寒。寫取一枝清瘦竹，秋風江上作漁竿。」

黄莘田任，康熙甲午舉於鄉，宰粤之四會，有善政。有《勸農》詩云：「暖風晴日捲雙旌，立馬來聽布穀聲。一事最饒田畯韵，木綿花下看春耕。」「今年轉餉逼徵輸，播種方新要緩紓。願汝上農吾下考，催科斷不擾耕鋤。」「貪巡阡陌土膏肥，幾點新泥污袷衣。贏得滿城知履畝，帶將春雨一犁歸。」莘田先中允公，舊令海陽縣，一日過宿斯縣，詠詩云：「清白兒孫過問津，昔年膏澤瘴江濱。先疇尚可爲廉吏，舊德猶能説國人。富庶漸馴驕悍習，魚鹽幾變誦絃新。烹鮮亦有家鷄例，慚愧鄰封接後塵。」

某太守任福州，上元日，令民間一家點燈七盞。陳烈作大燈長丈餘，大書云：「富家一盞燈，太倉一粒粟。貧家一盞燈，父子相對哭。風流太守知不知，猶恨笙歌無妙曲。」太守見之，還輿罷燈。

王中書《勸孝歌》云：「孝爲百行首，詩書不勝録。富貴與貧賤，俱可追芳躅。我今述俚言，爲汝效忠告。百骸未成形，十月懷母腹。渴飲母之血，飢飡母之肉。兒身將欲生，母命如在獄。惟恐生産時，身爲鬼眷屬。一旦見兒面，母命喜再續。呱呱抱娘懷，剃髮又沐浴。母卧濕簟席，兒眠乾被褥。兒睡正安穩，母不敢伸縮。兒啼心誠求，兒病不安宿。父往延名醫，祈神兼問卜。兒若能步履，舉足慮顛覆。乳哺經三年，血汗幾百斛。劬勞辛苦盡，年將十五六。衣食父經營，行止教端肅。專望子成人，延師課誦讀。敏慧恐賢勞，愚怠憂碌碌。有過常掩護，有善先表暴。弗自憂單寒，但祝兒遐福。子出未歸來，倚閭望注目。兒行十里程，親心千里逐。兒長欲成婚，爲訪閨中淑。納采與問名，戔戔帛一束。欣幸媳入門，粉白與黛緑。父母惟疾憂，勸兒節色慾。不思悦親心，惟給妻所欲。視親面如土，視妻顔如玉。親責反睁眸，妻詈不爲辱。母披舊衣衫，妻著新羅縠。人不孝其親，不如禽與畜。王祥卧寒冰，孟宗哭孤竹。蔡順拾桑椹，賊爲母奉粟。楊香拯母危，虎不敢肆毒。伯俞常泣杖，仲平身自鬻。郭巨埋生兒，丁蘭悲刻木。賢哲樹芳型，赫赫紀書牘。何不學古人，報答親鞠育。嚴慈罔極恩，與天同穆穆。勿以不孝首，枉戴人間屋。勿以不孝身，枉著人間服。勿以不孝口，枉食人間穀。及早悔前非，莫待天誅戮。」

楚平王聽費無忌讒太子建以秦女故生怨望，外結諸侯將爲亂。王召伍奢，奢極力諫王：「勿以讒賊小人而疎骨肉。」王怒，欲殺奢，因召其二子。長子尚至，父子俱戮。次子員，字子胥，遂奔吴。佐吴伐楚，師入郢，遂出平王尸鞭之。後因諫吴王夫差不從，太宰嚭讒入，乃賜子胥屬鏤之劍，以鴟夷革，浮之江中。吴人憐之，爲立祠於江上。明陳鳴鶴《題伍相國祠》詩云：「黄池宴罷羽書催，骨葬鴟夷櫝可材。西子已辭吴苑去，東門忍見越兵來。春風故國蘼蕪長，落日荒祠杜宇哀。千載忠魂何處問，滿城兒女弄潮回。」高學士啓詩云：「地老天荒伯業空，曾於青史見遺功。鞭尸楚墓生前孝，抉目吴門死後忠。魂壓怒濤翻白浪，劍埋冤穴起腥風。我來無限傷心事，都在越山烟雨中。」本朝王攄題祠詩云：「蕭條古堞樹棲烏，載拜祠門落日孤。報父有心終覆楚，殺身無計可存吴。英雄忠孝留天壤，山水蒼涼失伯圖。回首荒臺麋鹿地，屬鏤遺恨滿姑蘇。」

漢黄香字文强，江夏安陸人。年九歲失母，哀毁踰禮，鄉人稱爲至孝。十歲家貧，躬執勤苦，獨養其父，夏則扇枕席，冬則以身温被，奉侍父寢。太守劉護召署門下，甚見愛敬。香博通經典，能文章，京師號曰「天下無雙，江夏黄童」。肅宗詔詣東觀，讀所未見書。又召詣安福殿言政事，拜遷尚書令。生子瓊，封邱鄉侯。孫琬，封陽泉鄉侯。逸老跋詩三首：「都言孝悌本良能，白髮盈頭尚未曾。最愛髫齡知敬養，冬温夏清到今稱。」「馳名江夏羡黄童，淹博窮經悟化工。詔詣陳謨安福殿，文章經濟兩圓通。」「肖子慈孫世世昌，皇天錫類報文强。看來百行無如孝，青史留芳萬古揚。」

王士奇，福安人。初以鄉試赴省，聞弟達州教授知章訃，不赴廷對，即往蜀護其喪以歸。後就試，當得官，以母老乞養。當國者高其行，注莆田法曹。真德秀嘗語當路曰：「王法曹文行俱美，尤孝於親，當于古人中求之。」尋以奉議郎，贈緋致仕，自題其門曰：「立行孰先須孝悌，傳家有後是詩書。」

何子平，廬江灊人。事父母至孝。宋文帝時，爲吴郡海虞令，得禄惟以供母，不及妻孥。人疑其儉薄，子平曰：「希禄本在養親，不在爲己。」問者慚而退。母喪去官，哀毁踰禮，每哭踊頓絶方蘇。孝武末年，東土饑荒，繼以師旅，八年不得營葬，晝夜號哭，常如初喪之日。冬不衣絮，暑不就清凉，一日以米數合爲粥，不進鹽菜。所居敗屋，不蔽風日，兄子伯興，欲爲葺理，子平不肯，曰：「我情事未伸，天地一罪人耳，屋何宜覆。」蔡興宗爲會稽太守，甚加矜獎，爲管塚壙。永方詩云：「膝下承歡俸養親，未幾親逝泪沾巾。官骸未厝於冥壤，天地空留此罪人。屋老風穿常漏雨，年飢兵擾不知春。會稽太守營墳塚，爲愛廬江孝行純。」

元徐氏名彩鸞，浦城人。適李文景。每誦文天祥六歌，欷歔泣下。至正間，青田賊犯浦城，從父嗣源逃山谷，俱爲兵所掠。賊欲殺嗣源，氏直前願代父死。賊義釋之，顧語父曰：「父速去，兒必死之。」賊拘至桂林橋，拾炭題壁間云：「惟有桂林橋下水，千年照見妾心清。」遂投橋下死。世又傳其《寫懷》詩云：「萬水千山去路賒，青鞵踏破幾層沙。登山絶頂重逢嶺，渡水愁深又没涯。雁字只傳夫與子，魚書難寄母和爺。回頭遥望鄉關處，雲下峰前是我家。」苦調悽音，頗得信國公遺意。

賀逢聖致親友書曰：「據今日觀聽，咸謂逢聖爲台輔矣，乃逢聖自有根本不可忘者。先祖與祖母，嘉靖乙巳度荒年，三日僅食黄豆一升。歲除，一母鷄换米二升五合，後刊祠堂對聯云：『當年鷄豆休忘念，此日兒孫勿妄思。』逢聖今日不思，是自忘其祖也。先君處館數十年，一領青布衣，坐處一塊成藍色。先母借居嬸室，數尺陋屋中，上漏下濕，炊爨即在床前，烟薰眼淚。逢聖書至此，哽咽不能下筆，今日不念，是自忘其父母也。念之如何，亦曰罔敢作孽而已。」

《隨園詩話》云：「霞裳與其父役於慈湖，舟覆江中。時當臘月，兩人賴衣裘，故浮水不沉。有救船至，父曰：『我老矣，速救我兒。』兒曰：『不救吾父，我不受救。』父子推讓，適救父有船來，遂得兩全。陶京山明府贈以詩曰：『本是龍門客，龍宮今到來。孝慈應默佑，風浪不爲灾。』其孫渙悦亦贈詩云：『從今吸盡西江水，吐屬文章更不同。』」

鄭褒字成之，舉進士，來輦下，會詔罷去，枉趾滁上。是歲閏在孟秋，甚暑。王元之留褒，俟秋而行。褒曰：「褒有老母，向之去數千里。別數百日者，欲干名以顯親也。故雖遠且久，若褒之在母左右也。今詔下將及閩，鄉人必以告吾母，母必計程數日，以待褒矣。後至一日必貽母憂，用是不敢聞命。」元之與褒泣別，賦詩送之曰：「褒也甌閩士，文高行益脩。干名逢詔罷，歸計逼親憂。鷗鳥終相狎，公卿謾欲留。刺桐花下宅，蘭蕨奉晨羞。」

查初白除夕蒙廷賜羊鹿等件，詩云：「鄉風未敢分僚友，廷賜先應薦祖宗。欲爲思親成感涕，君恩歸遺已無從。」

永福之澄潭山，去城六十里，五代時陳嵩居此。嵩嘗出遊，有《辭父墓》詩云：「高蓋山頭日影微，野風吹動紙錢飛。墳前滴酒空垂淚，不見嚴親道早歸。」

洪浩熙寧中游太學，十年不歸。其父作書寄浩云：「太學羈留久不歸，十年甘旨誤庭闈。休辭客路三千遠，須念人生七十稀。腰下雖無蘇子印，篋中尚有老萊衣。歸時定約春前後，免使高堂賦《式微》。」浩得書，即歸養。

錢塘吴慥，洪武間官四川。其父敬夫寄詩云：「劍閣淩雲鳥道邊，路難聞説上青天。山川萬里身猶寄，鴻雁三秋信不傳。落葉打窗風似雨，孤燈背壁夜如年。老懷一掬鍾情淚，幾度沾衣獨泫然。」慥乞歸養不准。及敬夫卒，慥始以丁憂還家。嗟乎，天涯遊子，白髮高堂，想其倚閭望子之情，能無椎心泣血乎。

明鄭時敏，將樂人，善畫山水。宣德間應召至京，稱旨，大承寵幸，官錦衣衛鎮撫。有顯宦久仕京師，母未迎養，思親入夢。時敏丁艱歸，往謁，顯宦弗爲禮，敏請筆楮，繪作萱花，題云：「萱草堂前久未過，秖因遊宦隔山河。莫言兒有思親夢，親若思兒夢更多。」顯宦爲之感泣，即日乞養。

浦江鄭宗質，《詠姑惡鳥》詩云：「姑惡聲聲枝頭鬧，如何弗似啼烏孝。有姑不養反怨姑，至今爲爾傷風教。噫，君雖不仁臣當忠，父雖不慈子當孝。」由此觀之，誰謂五倫中可不自盡其責，而反怨乎上也。

每見祖宗墳墓樹植，庇蔭子孫，賢者保之，不肖者伐之，立心各異，獨不思塚内何人，而竟戕賊之耶。古人詠二絶云：「滿山松栢久成陰，魂魄依棲愛茂林。孝子慈孫當世守，年年瞻拜一憑臨。」又云：「可嘆兒孫意在錢，傷心古木已參天。斧斤伐盡無餘樹，空使啼鴉繞墓田。」

《丹桂籍·八反歌》云：「幼兒或詈我，我心覺喜歡。父母或嗔我，我怒髮衝冠。愛總角，惡暮年，待兒待父何相懸。勸君今日逢親怒，也將親作幼兒憐。」〇「兒曹出千言，君信非虚誕。父母一開口，便道閒多管。非閒管，高識見，皓首老成多諳練。勸君敬奉藥石言，莫聽乳口如鶯囀。」○「幼兒溺糞穢，君心無厭忌。老親洎涎流，反有憎嫌意。汝之軀，何處來，父精母血結成胎。古人舐目兼嘗糞，衰朽椿萱著意培。」○「看君晨入市，買餅又買糕。少聞供父母，多説供兒曹。幼乳哺，勤襁褓，子心不比親心好。勸君多出餻餅錢，尋常供養家雙老。」○「市間賣藥肆，惟有肥兒丸，未有肥親散，何故兩般看。最樂事，家具慶，須尋丹藥醫親病。高堂日薄在西山，勸君亟保親之命。」○「富貴養親易，親常有未安。貧賤養兒難，兒不受飢寒。奉膏粱，製文繡，多供衣食延親壽。勸君養親如養兒，凡事莫推家不富。」○「事親只二人，兄弟常分養。養兒雖十餘，獨自黍肉餉。兒飽暖，親掛心，顧復劬勞恩更深。勸君養親思竭力，當初衣食被君侵。」○「親有十分慈，君不念其恩。兒有一分孝，親喜對人言。愛親假，愛兒真，承歡膝下莫辭貧。君嘗冀望兒曹孝，兒曹樣子在君身。」○仁人孝子，天性自然。不待學而能，不待勸而善。所以生爲聖賢，終作仙佛。此歌爲世之不孝其親、溺愛其子者作，晨鐘暮鼓，苟有人心，不甘自墮者，當猛然發深省矣。

宋余良弼勤於課子。嘗教子詩云：「白髮無憑吾老矣，青春不再汝知乎。年將弱冠非童子，學不成名豈丈夫。幸有明窗並净几，何勞鑿壁與編蒲。功成欲自殊頭角，記取韓公訓阿符。」

侯官進士張利民，母陳氏，素耽書史，能詩。年二十四，夫亡，氏惻怛守節，課督藐孤嚴甚。常以詩自勗，且以誡子。有曰：「不亞和熊母，能爲斷鼻身。」又《聞雷》詩云：「空中霹靂聞天語，夫在山頭知不知。幼子未能傳古事，王裒抱塚亦人兒。」年三十三，以哀毁卒。後利民自疏其事於朝，得旌贈焉。

聶公大年掌教仁和，歷官九年，不以家眷自隨。嘗寄諭兒詩云：「四兒五歲六兒三，莫與肥甘習口甜。清白傳家無我愧，詩書世業要人擔。三餐淡飯何須酒，一筯黄虀略用鹽。聞説有人曾餓死，算來原不爲官廉。」

聶環溪燾，乾隆丁巳進士，授縣令。《折花𠑊兒》詩云：「童年景致爛如花，緑意紅情總一家。蝴蝶未來蜂未採，儘將能事答韶華。」

龔省齋志曾，浙江人。宰衡山。《寄内》詩云：「膝前兒女幼如初，女教針工子課書。莫學鄰家紈袴習，但憑溺愛廢居諸。」

《勸善編》詩云：「有好子孫方是福，無多田地不爲貧。」每見大富貴子孫，有破敗玷辱祖宗者，至貧賤子孫，有興隆立身揚名者。此皆乃祖乃父積善積惡，遠報兒孫故也。人可不勉行陰隲以裕後哉？

古有詠敬兄詩云：「親莫如同父，尊卑序易明。幼皆宜敬長，弟敢弗恭兄。誼合嚴慈範，心兼愛慤誠。吹篪隨伯氏，進酒奉先生。不用傷煎豆，旋當悔砍荊。感恩奚忍慢，循禮自忘争。束帶中宵度，推梨少日情。反身全悌道，式好賴相成。」

宋司馬温公與其胞兄伯康友愛尤篤。伯康年將八十，公奉之如嚴父，保之如嬰兒。每食少頃，則問曰：「得無饑乎？」天少冷，則拊其背曰：「衣得無薄乎？」仙僕贊詩云：「年高虚弱易飢寒，撫問慇懃老者安。友愛事兄如事父，羨君悌弟亦綦難。」

唐翼修曰：「孟子云：『仁人之於弟也，不藏怒焉，不宿怨焉，親愛之而已矣。親之欲其貴也，愛之欲其富也。』夫象之於舜，念念欲殺之，奪其所有。舜既爲天子，誅之甚易，舜不誅之，而反富貴之。憂與同憂，喜與同喜，此舜所以爲人倫之至，爲法於天下，可傳於後世也。今世之爲兄弟者，各立門户，各私妻子，一有牴牾，便相嫉如仇讎。我今日兄弟相殘，如殘我父母之手足，殘我父母之身心，是可忍也，孰不可忍也。苟痛癢一切關心。初不思父母生我兄弟之時，如十指同在手，不分長短大小，能平心觀理，不争細微之利，不聽妻子之言，以當日舜與象之情形，設身處地，反覆思維，則友愛之情，勃然不容已也。」法昭禪師詩云：「同氣連枝各自榮，些須言語莫傷情。一回相見一回老，能得幾時爲弟兄。」又云：「兄弟同居忍便安，莫因毫末起争端。眼前生子又兄弟，留與兒孫作様看。」

浦江鄭氏十一世同居，孝友冠天下，海内遵之爲典型。問其所得，初無異術，不過曰不聽婦人言而已。夫婦人之言，所見甚少，所爲不過錙銖財利，其言宜爲丈夫所不信。而丈夫每喜信之者，何也？以其心實爲我也，以其言實利己也，夫安得不信從之。雖然，爲我利我，誠有然矣，吾恐天倫骨肉，非財利所宜易，而亦非妻妾所宜間也。馬田谿詩云：「小窗莫聽嬌鶯語，踏破荆花滿院飛。」

唐王維客寓他鄉。九月九日，思父母兄弟，咏詩云：「獨在異鄉爲異客，每逢佳節倍思親。遥知兄弟登高處，遍插茱萸少一人。」

宋劉廷式既定婚，越五年登第，其所聘女已雙瞽矣。女家力辭不可以配貴人，劉曰：「失明於定婚之後，義不可棄。若此女某不娶，將何所歸？」爰擇吉成禮，夫婦相敬如賓，每携手而行。夫人生二子，及卒，廷式晝夜哀哭。時東坡爲太守，慰諭之曰：「哀生于愛，愛生於色。君娶盲女，愛何從生，哀何從出乎？」廷式曰：「某知亡妻哭妻，不知其有目與無目也。」東坡撫其背曰：「真丈夫也。」深嘆爲不可幾及。後二子皆登第。永方詩云：「卿卿原不論嬌容，只爲同衾愛便濃。貌醜情深思永夜，孤燈和淚聽晨鐘。」

黄文謨，光澤人。妻吴氏，生二子而卒。文謨年二十五，誓不再娶。與弟文楷，竭力養母，深得歡心，享年七十八。教諭張霍贈以詩云：「五十三年琴不鼓，九原相見韵如何。」俗共稱其義夫。

明吴人姜子奇，值大軍過吴，擾亂倉皇，因失其妻，乃爲兵弁携歸京邸。子奇流落至京，行乞到宦宅，見其妻而泣，貽以酒饌，又以布囊裹熟米一斗與之，訂以翼日再來，又與之。爲主母所覺，即令人追之。搜其乞囊中，有金釵一對，書一封，候其夫還以告。兵弁啓封，有詩云：「夫留吴越妾江東，數載恩情一旦空。葵藿有心終向日，楊花無力暫隨風。兩行珠淚孤燈下，千里家山一夢中。每恨當年遭此難，相逢難把隱情通。」兵弁見詩悲悼，仍賜錢米，以給其歸。子奇夫婦泣謝而去，伉儷復合。以此見姜婦之賢，兵弁之高誼。

襄陽衛敬瑜妻，年十六而敬瑜亡。父母舅姑咸欲嫁之，號哭截耳爲誓乃止。所居有燕巢，常雙來去，後忽孤飛，女感其獨棲，乃以縷繫足爲識。後歲此燕復來，猶帶前縷。女因爲詩曰：「昔年無耦去，今春又獨歸。故人恩既重，不復忍雙飛。」

海寧虞氏，董湄妻也。知書，善吟詠。年十六，歸董兩月，而湄卒，痛絶欲死。父母惜其年少，勸更他姓，女不應，作《井上吟》以見志云：「一片貞心古井泉，清寒徹骨自堪憐。相看歲暮青青色，歷盡冰霜戴一天。」以木刻夫像，晨昏奉事，全節而終。

閩郡守喪妻，兒尚幼，將斂而目不瞑。有諸生鄭堂往弔，高吟曰：「夫人一貌玉無瑕，四十年來鬢未華。何事臨終含淚眼，恐教兒子著蘆花。」吟訖而瞑。郡守厚禮之。録此，一以表婦人死後，懷愛子之情難恝；一以勸男子再娶，撫前妻之子宜慇。

祁氏莆田人，少聰明有志操，嘗讀《孝經》、《列女傳》，輒通其義。長適翁姓，夫蚤卒，祁氏年方二十，僅一子在襁。矢志靡他，坐閨閣以紡績爲事。一日洒掃室庭，妯娌戲曰：「豈今日有客至耶？」祁氏嘆咏云：「雖無賓客至，自有鬼神知。」後其子成立，氏年稍高，族中暨鄰家女以傅母事之，訓詁《孝經》、《女訓》諸書，嚴憚肅然。

某年十七登鄉科，新昏妻有艷色，善吟詩。某安於閨房笑語，弗應會試，其妻苦勸之。强上公車，臨行猶戀戀不舍。其妻送以詩云：「自古男兒志四方，牽衣何必淚成行。揮毫金玉文章貴，結髮夫妻歲月長。衾暖不如桃浪暖，奩香怎比杏花香。幽閨静候泥金信，衣錦還鄉宴畫堂。」

仙遊縣曾光奎妻黄氏，德化人。年二十九歲夫卒，母欲嫁之，泣曰：「受托幼孤，豈忍負之。若復相逼，有死而已。」郡人林俊贈以詩曰：「白日湘娥淚，紅顔子建詩。仙湫還本脈，慈竹又新枝。心事寒燈火，年華舊布帷。青鸞消冷影，春去不曾知。」

海虞女子吴静定生氏，嫁項生肇基而寡。婦扃户自經，姑救之。曰：「我在，汝不得死。」婦泣而誌之。越二年姑亡，婦又自經。叔母救之曰：「姑與夫未葬，汝不得死。」婦乃復生，遂析家産爲三，分其叔季，葬舅姑與夫而不食死，年二十六。婦生時，好觀綱鑑，吴竹橋太史爲之立傳。録其《咏史》云：「不學何須詆霍光，托孤寄命報先王。匡張孔馬多經術，青史于今若箇芳。」「更有名儒莽大夫，紫陽書法勝南狐。當年奇字人争問，曾識綱常二字無。」

宋黄氏，建寧縣人。名淑，字致柔。幼通經史，能詩文。適同邑進士王防，爲泗州户曹。卒，黄挈其柩以歸，未幾憂鬱死。臨終囑其婢曰：「吾所爲詩不忍棄，其以爲殉。」婢以稿置柩中。其父拾其遺者百餘首。有《詠竹》詩云：「勁直忠臣節，孤高烈女心。四時同一色，霜雪不能侵。」

嫁娶一節，無論貧窮者宜省約，即兩家殷實，亦宜節儉中禮，何必彼此破費争奇。古詩云：「婚姻幾見鬥奢華，金屋銀屏衆口誇。轉眼十年人事變，粧奩賤價賣人家。」

司馬温公詩曰：「清茶淡話難逢友，濁酒狂歌易得朋。」公雖造次間語，亦在於收直諒之益，而退便辟之損也。按詩意，甚見好友之難得，人須急於此著眼。果其真爲吾友，何妨清茶淡話，苟不然，即終日濁酒狂歌，亦奚益哉？劉在園歌行云：「嗟此紛紛假弟兄，五倫忘却真朋友。」

范文正公嘗遣子堯夫往姑蘇取麥。舟次丹陽，見故人石曼卿以三喪未葬，不得歸，盡以麥五百石付之。既歸，未言及。文正公曰：「江東曾見故人否？」堯夫曰：「石曼卿爲三喪未葬，留滯丹陽。」文正公曰：「何不以麥舟與之乎？」堯夫曰：「已付之矣。」文正聞而大喜。父子好義，成人之美如此，宜其連登相位也。全二山題辭云：「人情往往較錙銖，鄙嗇何知向善趨。千古麥舟佳話在，至今膾炙范堯夫。」

後漢朱暉，常游太學。同郡張堪，素有聲譽，見暉甚加敬重，接以友道，執暉臂曰：「堪欲以妻子托君。」時暉以堪先達，携手未敢對，後各散去。堪卒，家貧困，暉往候視，厚賑贍之。堪子頡曰：「從未聞大人與先君友，何爲來給？」暉曰：「爾父謂予爲知己，吾已信於心也。」後暉由臨淮守拜尚書僕射。晚香贊詩云：「初交片語托妻孥，死後顛連著意扶。不負知心常賑贍，千金一諾信相符。」

漢嚴子陵與光武友善，同遊學。及光武即位，乃披羊裘隱釣澤中。帝思其賢，駕幸其館，曰：「子陵不可相助爲理耶？」後引入内論道，因共偃卧，子陵以足加帝腹。明日太史奏客星犯帝座，帝曰：「朕與故人共卧耳。」除諫議大夫，不屈，耕於富春山。後人以其釣處，建東西二臺。張英贊詩云：「千嶂桐廬峙，清風幾溯洄。不知天子貴，猶是故人來。垂釣本無意，披裘亦浪猜。翻嫌人好事，高築子陵臺。」洪昉思昇詩云：「逃却高名遠俗塵，披裘澤畔獨垂綸。千秋一箇劉文叔，記得微時有故人。」張雲翼詩云：「漫整荷衣拜逸民，灘聲猶自動星辰。富春近日誰漁父，天子當年有故人。名到先生纔是隱，賢如光武不稱臣。只因曾作梅家婿，外氏風流愛隱淪。」章才邵詩云：「短棹夷猶七里灘，人亡依舊水光寒。漢家名節君知否，盡在先生一釣竿。」鄭江詩云：「可知遯世原持世，始信逃名是愛名。」

責善規過，謂之益友。陳烈幼與蔡君謨同硯席，後蔡守福唐，政尚嚴肅。陳烈過福唐，聞蔡嚴察，遂不往謁，維舟溪亭，留詩于亭上曰：「溪山龍虎蟠，溪水鼓角歡。中宵鄉夢破，六月夜衾寒。風雨生殘樹，蛟螭起怒瀾。殷勤告舟子，放棹過前灘。」吏録以呈公，公遽令追之，已不及矣。公自此爲之少霽威明。

有屬員媚長官者，損下益上，徒招怨尤，而于己毫無享受。有益友戲咏箸以諷之，詩云：「笑君攫取忙，送入他人口。一世酸鹹中，能知味也否。」因是知悔前非。

張詠性剛毅，忽于小節。其所善友蕭楚，見詠几案上有一絶，末二句云：「獨恨太平無一事，江南閒殺老尚書。」楚取筆改「恨」作「幸」。詠歸見之，云：「誰改吾詩？」左右以實對，楚曰：「公功高位重，奸人側目。筆墨之間，未可輕忽。且天下一統，而公獨恨，可乎？」詠嘆曰：「君真吾一字師也。」

交友不可蓄炎凉意，或值寒儒老友，尤當矜恤投贈，斯爲金蘭之契。林古度字茂之，工詩，居金陵。年八十餘，貧甚，冬夜眠敗絮中。自詠云：「老來貧困實堪嗟，寒氣偏歸我一家。無被夜眠牽破絮，渾如孤鶴入蘆花。」夏又無帷帳，或遺之，則舉以易米。愚山少參念舊交，自湖西製紵帳貽之，恐其貧不能守，囑仲調阮懷題詩其上，則人不問知爲林先生物，即謂之墨守可也。詩曰：「隆萬詩人林茂之，江關垂老益支離。從今睡穩蘆花被，孤鶴休教白鳥欺。」又曰：「北窗高卧豈知貧，料理偏愁白髮人。紵帳親題林處士，草堂長伴百年身。」

高陵縣有鏤身者宋元素，刺字七十一處。其左臂詩云：「昔日以前家未貧，每將錢物結交親。如今失路尋知己，行盡關山無一人。」按詩意，即諺所謂：「有錢有酒多兄弟，急難來時有幾人。」引此爲濫交不知人者鑒。

《陰隲文》云：「惡人則遠避之，杜災殃于眉睫。」昔劉惔與王濛共行，日旰未食。有相識小人，貽以餐甚盛，惔却之，濛曰：「聊與充飢，何峻拒耶？」惔曰：「小人都不可與作緣。」後日此小人賈禍，株累親友多人，而惔不與焉。其方正遠禍如此，誠可法也。仝三山詩云：「大抵人情忽目前，相逢交接便流連。却餐深羨劉惔語，群小終難與作緣。」

古詩云：「眼中閲世分青白，耳後憑人説馬牛。」與世相接，當擇端人正士親炙之，自然獲益。濫交損友，受害無窮。大凡自己作事，能得端人正士贊美之，便是好景，小人耳後擬議，付之一笑。先哲云：「從來君子多受謗。」惟鄉愿則無謗也。伊尹有要君之議，公旦有圖篡之譏，歐陽永叔有中媾之誣，程正叔有五鬼之誚。大聖大賢，尚皆不免，何況乎人？故古人謂止謗莫如自修。能自修德，品高行美，毁言自息，不足辯也。《警枕集》云：「聞謗不辯，即讒焰薰天，如舉火焚空，終將自息。」

《勤學十二鑑》云：「書中所載苦心勤學者，不可勝數，兹特舉數人堪楷式者，令人取法焉。桓榮少從師于長安，欲盡得師所學，十五年不歸家。劉向酷嗜經術，每夜讀書，竟至達旦。畢諴夜燃薪讀書，母恤其疲，奪火使寐，猶不肯息。沈約篤志讀書，每夜限十卷，母恐其致疾，常親自减油滅火。司馬温公以圓木爲驚枕，一轉身則驚而醒，即起讀書。吴越王錢鏐自少習兵法，學武藝，恐熟睡廢業，但枕圓木而睡，一驚即起，名曰驚枕。置粉板於床内，有所記即時書之，令勿遺忘，至老不倦。張無垢年六十，大寒及暑，猶斂膝端坐，誦讀六經不輟。王端毅公日則以政事請教賢士大夫，夜則燃燈翻閲經史。此數君子者，皆以勤學而致卿相，或爲公侯，又因學問過人，名垂不朽。然則後人安可以此事讓古人，而使古人專美於前也。」杜甫詩云：「富貴必從勤苦得，男兒須讀五車書。」吴萝舍詩云：「慇懃習讀莫蹉跎，成器皆因肯琢磨。多少芳齡慵懶者，老來方悔怨如何。」古有《勸勤讀》詩云：「讀書無了又無休，最忌心粗與氣浮。人自鬧時吾自静，不知春去豈知秋。學勤只在多温習，功密常因少應酬。懶惰優游由我便，天資雖好也須愁。」又詩云：「爲學渾如撑逆舟，一篙不接便横流。頻教舟子莫鬆手，不到龍門誓不休。」

朱考亭夫子《四時讀書樂》詩云：「山光照檻水繞廊，舞雩歌詠春風香。好鳥枝頭亦朋友，落花水面盡文章。蹉跎莫遣韶光老，人生惟有讀書好。讀書之樂樂何如，緑滿窗前草不除。」「修竹壓簷桑四圍，小窗幽廠明炎曦。晝長吟罷蟬鳴樹，夜深燈燼螢入幃。北窗高卧羲皇侣，只因素稔讀書趣。讀書之樂樂無窮，瑶琴一曲來薰風。」「昨夜庭前葉有聲，籬豆花開蟋蟀鳴。不覺商音滿林薄，蕭然萬籟含清虚。地爐茶鼎烹活火，心清足稱讀書者。讀書之樂樂陶陶，起弄明月霜天高。」「水盡木落千巖枯，迥然吾亦見真吾。坐對韋編燈動壁，高歌夜半雪壓廬。床頭幸有短檠在，對此讀書功更倍。讀書之樂何處尋，數點梅花天地心。」

子孫雖愚，詩書不可不讀，最忌與流俗人爲伍，誠恐少成習慣，玷辱家風。查初白詩云：「五經自課佳兒讀，半剌曾嫌俗客通。」劉峻坡公詩云：「政有餘閒兼課子，家無俗物只傳經。」

《勸善編》云：「少成習慣，以先入爲主。」余嘗輯古人五言絶句十二首，令髫齡朝夕訓誦，俾知讀書由苦得甘，爲大榮華之事。鼓厲其志氣，底於有成。此詩雖人人口頭念熟，然潛心玩索，確是千古不易格言。詩云：「天子重英豪，文章教爾曹。萬般皆下品，惟有讀書高。」「教子學前賢，休令恃少年。吾家無厚産，經史是良田。」「小少須勤學，文章可立身。滿朝朱紫貴，盡是讀書人。」「學問勤中得，螢窗萬卷書。三冬今足用，誰笑腹空虚。」「白日莫閒過，青春不再來。窗前勤苦讀，馬上錦衣回。」「遺子滿籯金，何如教一經。姓名書錦軸，朱紫佐公卿。」「莫厭寒儒苦，詩書不負人。達能治天下，窮可善其身。」「學乃身之寶，儒懷席上珍。君看爲宰相，原是讀書人。」「朝爲田舍郎，暮登天子堂。將相本無種，男兒當自强。」「舍中青錢選，才高壓衆英。螢窗新脱跡，雁塔顯標名。」「年少初登第，皇都得意回。禹門三級浪，平地一聲雷。」「養子教讀書，書中有珠玉。一子受皇恩，全家食天禄。」

朱考亭夫子《送五二郎讀書》詩云：「爾去事齋居，操持好在初。故鄉無厚業，舊篋有殘書。夜寢燈遲滅，晨興髪早梳。詩囊應令滿，酒盞固宜疎。鼎薦緣中實，鐘鳴應體虚。鵬摶非比隼，龍化本由魚。洞洞春天發，悠悠白日徐。成家全賴汝，逝此莫躊躇。」

家有夜讀聲，即是宅相吉祥。吕東萊先生《詠榕城》詩云：「路逢十客九青衿，半是同袍舊弟兄。最愛市橋燈火静，巷南巷北讀書聲。」董玄宰《江村夜泊》詩云：「小橋流水竹疎疎，舟過時聞夜讀書。姓氏未知何必問，料應不是俗人居。」

裴説詩云：「讀書貧裏樂，搜句静中忙。」貧而能樂，静可生慧，此中味唯真讀書人方能領此，不可爲俗人道也。

儒者處境雖困，立志不凡，不因久屈而自貶。宋黄裳，南劍人。貧困爲書生時，嘗有魁天下之志。元豐四年，郡之譙門一柱忽爲迅雷所擊，裳聞口占云：「風雷昨夜破枯株，借問天公有意無。莫是卧龍蹤跡困，放教頭角達亨衢。」次年對策，天下第一，官禮部侍郎。後遷尚書，贈資政殿大學士。

王勃《滕王閣序》有云：「老當益壯，豈知白首之心；窮且益堅，不墜青雲之志。」陸放翁詩云：「豈知鶴髮殘年叟，猶讀蠅頭細字書。」逸老詩云：「俗眼休將嗤蠖屈，壯懷猶冀舉鵬摶。」宋梁灝字太素，須城人。風姿粹美，閨門雍睦，與人交久而益敬。年八十二歲，雍熙中進士第一。謝啓云：「皓首窮經，少伏生之八歲；青雲得路，多太公之二年。」又謝恩詩云：「天福三年來應舉，雍熙二載始成名。饒他白髮巾中滿，且喜青雲足下生。觀榜更無朋輩在，到家惟有子孫迎。也知年少登科好，怎奈龍頭屬老成。」觀此，則讀書未可以年老而志衰矣。

馮京未第時，客餘杭縣，爲官逋拘窘，計無所出，題詩於所寓寺壁。一胥魁范生見之，爲白令，乞寬假。令疑胥受賄。胥云：「馮秀才甚貧，某但見其詩，他日必顯。」述其詩云：「韓信棲遲項羽窮，手提長劍鬥秋風。吁嗟天下蒼生眼，不識英雄未濟中。」令釋之。後京中三元及第，官至少傅。讀此，則貧士未遇時，詎可輕慢之哉。

蔡持正確，少於泗州道中山寺讀書。僧厭其久寓，書舍有竹，書一絶壁間云：「窗前翠竹兩三竿，瀟洒風吹滿院寒。常在眼前君莫厭，化成龍去見應難。」已有宰相氣味。蔡作相，其詩尚存。觀此，則儒者未得志時，究可厭怠之乎？

恩雨堂公普，嘉慶壬戌年視學閩中。詩序云：「昔夫子删《詩》垂教，厥後樂府代興。雖音節不傳，然其言婉而多風，則感人易入也。此間理學名區，而氣質未化者，或恐以耳濡目染失之。季春按學建州，試日巡場，因口占此以示諸生，亦他山攻錯之微意云爾。」詩云：「一領藍衫昑上身，便休辜負者頭巾。儒星門内量才别，不取文章只取人。」「嘉惠儒林仰卧碑，三朝寶訓共昭垂。每逢朔望勤宣讀，天語諄諄是爲誰。」「十户經官九不全，是誰唆訟使之然。且停夢裏生花筆，莫賺人間造孽錢。」「討得官批便遠颺，拖人縲絏在監房。豈知弄巧翻成拙，頭上青天有主張。」「鄉居意氣任飛揚，武斷公然勢莫當。宰相根苗虚好話，秀才幾个到中堂。」「種田盈畝課錙銖，奉勸諸生及早輸。山路崎嶇灘水惡，忍勞官長自催租。」「小學規模已漸忘，風流争説少年場。世稱諸葛真名士，曾否尋花縱酒狂。」「八叉手縱比飛卿，傳遞何堪誤後生。試看庭筠終不第，可知此事損功名。」「搜檢休容夾帶藏，頂名亂號更宜防。誰云小試從寬典，律例條條照大場。」「休墮奸人詭計中，木鐘撞騙枉成空。男兒自有淩雲筆，肯採香芹伏臭銅。」「偏旁點畫易沿訛，平日留心細琢磨。免得佳文因别字，致疑鈔襲不登科。」「春蚓秋蛇古篆縈，經旬鈔撮易描成。子雲莫漫詩奇字，載酒侯芭本世情。」「暗中摸索得真才，未冠人還入彀來。剛博一衿休自滿，從今根柢要深培。」「日月匆匆信擲梭，平心静氣事編摩。下流發達名流阨，數遍人間總不多。」「文武誰言判兩途，科名件件不曾殊。膠庠一入須知禮，莫逞粗豪作莽夫。」「此地人材往往奇，彎弓識字兩能之。從來大將皆儒雅，吴玠吴璘最可師。」「勉學通儒勉立身，斯言不厭誨諄諄。即看優行提高等，可悟朝廷作養人。」「穩善生涯是筆耕，也須文理略分明。誤人子弟天條重，鄉會難題榜上名。」「早聞闕里又南州，遺澤應從我輩留。多少男兒輸婦女，至今漳郡守公兜。」「賢者憂隨習俗移，追金琢玉忝人師。相期努力維風化，一片婆心廿首詩。」延平府知府鐵嶺廣善公謹跋云：「以温柔敦厚之旨，濟法語巽言之窮，而實權輿于戒休董威，勸以九歌之微意，此文宗恩憲訓士詩之所由作也。一片婆心，從十指流出，婉而多風，感人最易。誠美疢之藥石，繡譜之金針也。」

袁坤儀先生詩云：「從來賢士皆爲善，未有鴻儒不著書。」仲小海云：「人生著述，足以嘉惠後學，流傳奕世。即或有擬議其非，添改其句，益顯其大有福分人。不然，草亡木瘁，誰則知之？而誰議之？」蓋疾没世無名之意也。商寶意有句云：「明知愛惜須當改，但得流傳不在多。」

山陽司寇阮葵生吾山，著有《茶餘客話》十二卷。吴江楊復吉題詞於篇首云：「凛冽西風雪作冰，衡門匏繫望觚稜。一編入手雙眸豁，剔盡寒窗五夜燈。」「幾載長安碾轍環，素心攸託著名山。蒐羅都付如椽筆，思在《夷堅》《雜俎》間。」「史才學識擅三長，珥筆端宜入玉堂。曾見洛陽争紙貴，行間薰得馬班香。」「訪古常停問字車，生平癖嗜在《虞初》。漁洋而後君其續，苦吮霜毫讀素書。」

世有好訾議人賦詩作文，著書立説者，總因居心忌刻，一見人詩文書説，先存一否字在心，故每多吹毛求疵。如王阮亭先生《入蜀道》詩云：「高秋華嶽三峰出，曉日潼關四扇開。」有無識者議之，或曰：「此本昌黎，非杜撰也。」議之者憤然曰：「昌黎便如何？畢竟兩扇方穩。」又《詠涪州石鯉魚》詩云：「涪陵水落見雙魚，北望鄉園萬里餘。三十六鱗空自好，乘潮不寄一封書。」議之者曰：「既是雙魚，便應説七十二鱗方切。」傳之先生，先生笑曰：「有才氣人多如此。」然此何損先生之素望。徒自形其輕浮淺露，乃薄福之徵耳。

勸戒詩話卷二

侯官黄坤元静軒編輯

鄭所南工寫蘭，不妄與人。邑宰求之不得，因脅以他事，所南怒曰：「頭可斫，蘭不可得。」嘗畫一幅，自題其上云：「純是君子，絶無小人。深山之中，以天爲春。」又過齊子芳書塾，題云：「此世但除君父外，不曾别受一人恩。」又《題寒菊》云：「禦寒不藉冰爲骨，去國自同金鑄心。」其忠義之發於詞章者，多類此。

陸放翁自蜀東歸，正值朱子講學提倡之時。放翁習聞其緒言，與之相契。家居有朱元晦提舉詩，謝朱元晦寄紙被詩。又《寄題朱元晦武夷精舍》詩，所謂「有方爲子换凡骨，來讀晦翁新著書」也。及朱子卒，放翁祭之以詞云：「某有捐百身起九原之心，傾長河決東海之淚，路修齒耄，神往形留。」是可見二公道義之交矣。時僞學之禁方嚴，放翁不立標榜，不聚徒衆，故不爲世所忌。然其優游里居，嘯咏湖山，流連景物，亦足見其安貧守分，不慕乎外，有昔人衡門泌水之風。是雖不以道學名，而未嘗不得力于道學也。其集中亦有以道學入詩者，如《冬夜讀書》云：「六經萬世眼，守此可以老。多聞竟何爲，綺語期一掃。」又有云：「雖嘆吾何適，猶當尊所聞。從今倘未死，一日亦當勤。」《平昔》云：「皎皎初心質天地，兢兢晚節蹈淵水。」《書懷》云：「平生學六經，白首頗自信。所覬未死間，猶有分寸進。」《示兒》云：「聞義貴能徙，見賢思與齊。」又云：「《易經》獨不遭秦火，字字皆如見聖人。汝始弱齡吾已耄，要當致力各終身。」可見其晚年有得，非隨聲附和，以道學爲名高者矣。

胡敬齋先生，處家庭如在朝堂，對妻孥如對大賓。造次顛沛，未嘗少違，幾微隱約之地，則愈嚴愈密。嘗有詩云：「謹獨功深切，防微意最元。交争真在此，要不愧皇天。」

宋藍奎字秉文，程鄉人。進士，官文林郎，嘗授詔校文福州。文章、氣節俱佳，稱爲藍夫子。嘗有詩云：「懶思身外無窮事，願讀人間未見書。」有素位而行，不願乎外之意。

錢塘吴聖徵錫麒，著《有正味齋試帖》。作《行己有耻》題排律二首：「惟耻於人大，繩身士所諳。靈臺千頃濯，衾影四知參。但視躬能逮，何曾垢肯含。象焚深自戒，犀照信無慙。情似憂瓶罄，愆難望海涵。懷刑懲有北，取徑笑終南。玉質貞于一，金銘重以三。聖朝崇激勵，葆素仰恩覃。」其二云：「遠耻思前戒，持身貴静參。如城防果密，爾室相何慚。自妙先機燭，毋貽後日談。品同良玉貴，義不辱金貪。明白捫心早，黄昏對影堪。放教清夢穩，笑謝盗泉甘。風望傳閭北，鄉評重汝南。恩綸端士習，至鏡在中涵。」

世之獻書求薦，夤緣干進之流，殊屬可耻。鄭板橋詩云：「桃花嫩汁搗來鮮，染得幽閨小様箋。欲寄情人羞自嫁，把詩燒入博山烟。」

宜春王從謙，李璟之第九子。璟于苑中與宰相弈棋，令從謙賦觀棋詩。曰：「竹林二君子，盡日意沉吟。相對雖無語，争先各有心。恃强知易失，守分固難侵。若算機籌處，滄溟想未深。」

唐翼修先生曰：「氣之在人，忍則大事可以化小，不忍則小事可以變大。」古詩云：「放下一星火，能燒萬里山。」比喻最深切也。余見争岐界一木而致殺人者，因捕魚相争致傷人命者。夫一木、一魚，所值甚微，乃不細忖度，因忿致争，因争致命，控之於官，陷罪斬絞軍流。又見夫一言觸忤，興訟數年，費財無算，且積勞怨，憤而喪身者數人。噫，人孰不惜財惜命，畏罪畏刑？爲甚微之故，以致破家犯罪喪身，豈其心胸愚昧至此哉。乃一時不能忍耐，爲氣所使也，則人安可任氣而行也。古詩箴云：「人之七情，惟怒難制。制怒之藥，忍爲妙劑。醫之不早，厥躬斯戾。兩石相撞，必有一墩。兩虎相鬥，必有一斃。怒以動成，忍以静濟。」

怨有輕重，君父之仇，義不共戴天，豈可不報？若末隙自可相忘。昔史彌遠卒久，忽魂靈白晝回家，作詩自咎云：「早知泡影須臾事，悔把冤讎抵死分。」

楊翥厚德冠時，鄰家構舍侵其桷，溜墮其庭，公不問，曰：「晴日多雨日少也。」或侵其址，公賦詩云：「普天之下皆王土，再過些些也不妨。」其度量如此。

警世有歌云：「到處隨緣延歲月，終身安分度時光。休將自己心田昧，莫把他人過失揚。謹慎應酬無懊悔，耐煩作事好商量。從來硬弩絃先斷，每見剛鋒刃易傷。惹怨盡從閒口舌，招尤多爲熱心腸。喫些虧處原無害，讓幾分時也不妨。」

《隨園詩話》云：香亭以「雪獅」爲題，令諸少年分詠，糊名易書，屬袁簡齋評定。奇賞二句云：「蹲伏尚能驚百獸，强梁可惜不多時。」拆封乃胡甥吉光所作也。語可諷世。

曹翼修曰：「日至中必昃，月至滿必虧，花至盛開必謝。故凡事宜留餘地，不可盡做到十分。」邵康節先生詩云：「美酒飲交微醉後，好花看到半開時。」

馮古浦在西林相公席上詠牡丹云：「詩到清平能動主，花雖富貴不驕人。」隱示以高位當謙冲之意。

范文正公以晏元獻薦入館，終身以門生事之，後雖名位相亞，亦不敢少變。慶曆末，晏公守宛丘，文正赴南陽，道過特留歡飲數日。其書題門狀，猶稱門生。將别，投詩有云：「曾入黄扉陪國論，却來絳帳就師資。」聞者嘆服。此公不忘師生之誼，而自謙如此。

邵康節嘗讀希夷先生之語曰：「得便宜事，不可再作。得便宜處，不可再去。」又云：「落便宜是得便宜。」故康節詩云：「珍重至人嘗有語，落便宜是得便宜。」

馮瀛王諷世詩云：「窮達皆由命，何勞發嘆聲。但知行好事，莫要問前程。冬去冰須泮，春來草自生。請公觀此理，天道甚分明。」

《體願集》云：「人生事業，都是勤裏得。且看天上日月，晝夜何曾停留？舜竭力耕田，禹寸陰是惜，周公繼日待旦，孔聖發憤忘食。聖人勤勞如此，况常人乎！」古詩云：「少年輕歲月，不解早謀身。晚景無成就，低頭避故人。」

有人畫牽車圖，將妻子、奴婢、器具、衣服、食物，盡放車中，一枯瘦男子，牽長繩負背而走，空中一鬼持鞭驅之，亦醒世意也。袁簡齋題云：「人世肩頭各一擔，梅花馱過杏花殘。暗中何必長鞭打，就作神仙懶亦難。」即諺云「一勤天下無難事」之意。

方惟深字子通，以詩知名。適舟下建溪，詩云：「湍流怪石礙通津，一一操舟若有神。自是只憂無妙手，世間何事不由人。」語云：「人巧奪天工。」有才識者，何難濟險。

辰州嚴樂園汝煜，溆浦人。録用陝西知縣，不數年薦至太守。有句云：「吏不詩書真是俗，士能忠孝始爲奇。」又云：「報最慚增三事秩，退歸應讀十年書。」

陳勝柔《諷世》詩云：「仁者難逢思有常，平居慎勿恃何妨。争先世路機關惡，近後語言滋味長。可口物多終作疾，快心事過必爲傷。與其病後求良藥，不若病前能自防。」

閩中延平府上九里黯淡灘，有神廟極靈，舟人到此作福。此灘下水最險，陳御史會試時過此，詩云：「黯淡灘兮黯淡灘，上時容易下時難。吾儕本是龍門客，見此波濤膽亦寒。」王參政詩云：「不去燒香獻楮錢，應知廟裏有神仙。人間莫作虧心事，黯淡灘頭醉倒眠。」

族姓蕃昌，不能盡繼書香，然勤于男耕女織，世守其業，亦是好子孫。范成大《詠田家》詩云：「晝出耘田夜織麻，村莊兒女各當家。兒童未解供耕織，也傍桑陰學種瓜。」又詠《村景即事》云：「緑遍山原白滿川，子規聲裏雨如烟。鄉村四月閒人少，纔了蠶桑又種田。」玉山道者詩云：「處處勸耕梅子雨，家家繅繭竹籬烟。」正是山村美景，郅治醇風。

李紳《傷農》詩云：「鋤禾日當午，汗滴禾下土。誰知盤中飧，粒粒皆辛苦。」詠此則膏粱子弟，當知稼穡之艱難，宜惜穀惜食，爲保家之主。

諷世語最藴藉者，某《遊春》云：「地濕莎青雨後天，桃花紅近竹林邊。遊人本是農桑客，記得春深要種田。」《詠桑》云：「采采東風葉滿籃，禦寒功已在春蠶。世間多少奇花草，無補生民亦自慚。」

康克庵曾詔賜進士，出宰江南昭文、山西静樂，有古儒吏風規。晚年寄跡林泉，以園圃山林爲樂，固非汲汲於富貴者也。《灌園》詩云：「小園圍繞竹籬笆，半種時蔬半種花。灌罷更須勤護籍，消閒只是此生涯。」《課耕》云：「第一良謀是力田，君王耕籍尚躬先。披簑戴笠休辭苦，但祝今年勝去年。」《卜居》云：「湘水衡山共楚天，卜居豈必有腴田。芳鄰擇與兒曹處，爲語他時莫浪遷。」「創業守成原不易，析薪負荷古爲難。世間多少豪華子，終令傍人側目看。」

蔣貽泰《咏蠶》詩云：「辛勤得繭不盈筐，燈下繅絲恨更長。著處不知來處苦，但貪身上繡衣裳。」謝叠山作《蠶婦吟》云：「子規啼徹四更時，起視蠶稠怕葉稀。不信樓頭楊柳月，玉人歌舞未曾歸。」二詩言蠶事之艱難，勸人當惜衣帛，勿尚華侈。

王梅坡妻張氏能詩。幼子汝翰初上學，嫌衣服不華，張氏訓以詩云：「簞食應知顔子樂，緼袍誰笑仲由寒。」古有對聯云：「惜食惜衣，非爲惜財兼惜福；求名求利，當思求己莫求人。」

朱紫陽夫子作《小學》，終于「咬菜根」一語，極有深意。蘇東坡曰：「菜羹菽黍，差飢而食，其味與八珍等。而既飽之餘，芻豢滿前，惟恐不持去也。美惡在我，何與于物耶？」嘗與其子過，終年食菜，夜半擷而煮之，味含土膏，氣飽霜露，雖粱肉不能及。乃自賦一絶云：「秋來霜露滿東園，蘆菔生兒芥有孫。我與何曾同一飽，不知何苦食鷄豚。」江西梅先生以葱湯麥飯，餉其徒爲行臺御史者，賦一絶云：「葱湯麥飯丹田暖，麥飯葱湯也可憐。試向城樓高處望，人家幾處未炊烟。」

鄭雲叟《詠農》詩云：「一粒紅稻飯，幾滴牛頷血。珊瑚枝下人，銜杯飲不歇。」夜聞乞丐哀呼，有士人感咏云：「忽聞貧者乞聲哀，風雨更深去復來。多少豪家方夜飲，貪歡未許暫停杯。」《衛生集》云：「飲酒醉者，善念悉去，惡念熾發。醒時所必不敢爲，醉則悉爲之；醒時所必不敢言，醉則恣言之。故飲而能節者，謂之太和湯。飲而不能節者，謂之甘毒。」又曰：「酒，淫薪也。恣酒不恣淫，鮮矣。醉飽行房，五臟反覆，得病不小，尤宜痛懲。更有因醉鬥很，而受辱喪命者，悔之何及。或飲興方濃，則雖宜爲之事，亦置不爲；宜見之人，亦辭不見。坐失事機，獲罪親友，其貽害不淺。終宵歡飲，而司中饋值奔走者，守候常苦其艱。而且夜深人倦，門户啓閉疎虞，或致穿踰盜竊，火燭忽略謹慎，或恐住屋誤燃。種種爲患，可勝道哉？」曹月川詩云：「養性勿貪昏性水，成家宜戒破家湯。」

范希文有贈釣者詩曰：「江上往來人，盡愛鱸魚美。君看一葉舟，出没風濤裏。」一飲一食，當思來處不易。

鄭文華國初以薦辟爲廣東僉事，題齋自勵云：「一貧未必飢寒死，百病皆因飽暖生。」

湖南張豈石名璨，題所居云：「南軒北牖又東扉，取次園林待我歸。當路莫栽荆棘草，他年免挂子孫衣。」語可諷世。又戲題云：「書畫琴棋詩酒花，當年件件不離他。而今七事都更變，柴米油鹽醬醋茶。」風月場中，爲樂幾何，不若儉樸爲持家之要。

以言譏人，取禍之大端。稠人聚會之中，不可放肆議論，逞己之長，説人之短。古有因言以致殺身亡家者不少，最要謹慎簡默，若一言有失，慚愧無及矣。古詩云：「飽知世事慵開口，看破人情只點頭。若使連頭也不點，更無煩惱更無愁。」邵堯夫詩云：「但看花開落，不言人是非。」查初白詩云：「座中放論歸長悔，醉裏題詩醒自嫌。」

吴興陸蒙老，嘗爲常之晉陵宰。喜作詩。時州幕官有好讒謗同列者，一日同會，聞蟬聲，幕官請陸咏之。陸即席賦詩云：「緑陰深處汝行藏，風露從來是稻粱。莫倚高枝縱繁響，也應回首望螳螂。」其人愧而少戢。

少年習氣，每好談人閨閫事，尤不可不戒。昔江南壬午省試，頭場貼出一卷，洪字七號，添注塗抹下寫談人閨閫。初宋撫軍監臨，見一女子蓬首而趨，後一冠帶官人隨之，恍惚聞聲曰：「在洪字七號。」及貼出即此號。後查紅門，此卷首場已中了，次場被貼。噫，士人言語之禍，可不懼哉？仝二山詩云：「莫把芳閨細品評，捕風捉影玷聲名。幾多善行堪傳述，何惜稱揚四座傾。」

蘇子瞻在朝時，每議王安石之非。及出爲杭州通判，表親文與可恐其譏刺朝政取禍，故送行戒以詩云：「北客若來休問事，西湖雖好莫吟詩。」迨黄州之謫，正坐詩話，人以爲知幾。涉世當隱惡揚善，故聖人所譽，必有所試。唐項斯擢進士第，爲丹徒尉。爲人清奇雅正，尤工于詩。故楊敬之贈以詩云：「幾度見君詩盡好，及觀標格勝于詩。平生不解藏人善，到處逢人説項斯。」由此名益著。

林藴仕不稱意，縱酒自適，多忤時政。白居易以詩戒之曰：「世上如今重檢身，吾儕恃酒似狂人。西曹舊日多持論，慎莫吐他丞相茵。」

唐太宗問許敬宗曰：「人有言卿之過者，何也？」答曰：「臣聞春雨如膏，農夫喜其潤澤，行人惡其濘泥。秋月如鏡，遊人喜其玩賞，盜賊惡其光明。天且於人不足，何況臣乎？臣無美酒肥羊，焉能調其衆口？古風云：『讒言不可聽，聽之禍殃結。君聽臣遭誅，父聽子遭滅。夫婦聽之離，兄弟聽之別。朋友聽之疎，親戚聽之絕。人生六尺軀，畏此三寸舌。舌上有龍泉，殺人不見血。』」太宗曰：「卿言當書以曉後人。」

《平旦鐘聲·遏淫歌》云：「萬惡淫爲首，死路不宜走。天配男女緣，問人可亂否。他女貌雖華，難把良心負。譬如己閨中，那肯爲人有。淫邪易播聞，一口傳衆口。夫家母族人，心痛尖刀剖。名節關一生，損傷同破缶。秉禮待霜幃，保他冰雪守。婢僕近身傍，使令無可苟。三台北斗神，暗室時巡糾。陽律或能逃，難躲鬼神咎。起念莫敢私，何况行污垢。每見天降殃，報此偏加厚。好色多殺身，好色多短壽。好色多壞名，好色多斬後。淫言種禍胎，淫書揮毒手。福祿命裏多，削除十去九。臨終慘百般，枯骨拋荒畝。地獄陷酆都，刼滿爲彘狗。苦口説與君，洗心斷情誘。恐懼愛吾身，做箇長年叟。遷善日更新，榮昌從此受。尤勸了悟人，善念須持久。詳列戒淫條，廣爲斯人牖。」

武進張瑋應試南京，寓主有麗妾，遣婢通意，張不可，急徙他寓。同寓一友竊知之，遂與之通。場前五日，張夢各府城隍召土神議曰：「榜首已注某人，近因犯淫革去。奉勅別擇有陰德者，期已迫矣，若何？」旁一神曰：「何不即一張瑋申奏？」衆神稱善。榜發，張果解元，後成進士，官至總憲。彼犯淫之友，終身不第而卒。逸老詩云：「應折蟾宫第一枝，因貪佳冶榜名移。寒窗長抱芙蓉怨，痛悔風情只片時。」又云：「張公移寓却風情，博得秋闈第一名。共道文章登首榜，那知陰隲步前程。」秋香籍云：「好色者有女相窺，不啻惡曜臨門；修德者有女來奔，乃是福星拱照。」誠哉是言也。《元宰必讀書》云：「丙午鄉試，有一生在闈中，高歌達旦，題詩而出。云：『芳魂縹緲已多年，今日相逢矮屋前。誤爾功名污我潔，當初錯認是良緣。』」貪淫者讀此，毛骨竦然。故《丹桂籍·蕉窗十則》，以戒淫爲首。

太原仝二山先生，著《天香譜》書勸世，中有録《陰隲文》「勿淫人之妻女」句。注詩四首云：「萬惡惟淫禍易招，芳齡何必憶阿嬌。風流榜上閻公案，一一森羅罪不饒。」「相逢何事苦勾留，惹得紅顔到死羞。兩地相思雙淚落，十分差錯一生休。」「中懷飄蕩果何因，回首濃華愧此身。歡樂場中花月誤，不才原是過才人。」「好因緣即惡因緣，緑意紅情誤少年。從此喚歸巫峽夢，擁衾莫更伴花眠。」

夏醴谷督學廣東，有門生鄭齊一者，年少貌美。舟中妓醉而逼之，鄭勃然怒曰：「使不得。」夏贈以詩云：「柔情似水從頭抹，硬語如刀帶酒聽。」

程魚門北上，旅店主人招妓侑酒，魚門却其眠，作詩曰：「花明野店春無主，月黑秋林夜有燈。」潘筠軒曰：「次句有小説秉燭達旦之意。」

孫畏之先生曰：「語云：『姦必殺。』洵矣。其夫知覺，忿怒操刀則殺；同姦嫉妬，利刃相加則殺。醜事敗露，羞見親朋，赧顔則自殺。因姦致死，則王法殺之；幸而漏網，則冤鬼殺之。色癆沉涸，盧扁難醫，司命殺之。至于妓家雜色毒入肺腑，每至喪生，則娼妓又殺之。余每見淫妓種毒，有聾其耳者，有半身不仁者，有四肢癱軟、膝直不可屈伸者，有病久骨軟如筋者，有病蠟燭瀉去其陽者，有痿其陽終身不舉者。有惹毒于妻，致妻生瘡，終身不育者。有毒發在喉，聲啞無音者。有額下垂瘤者，有發魚口、下體迸裂者。有毒發在趾，漸漸脱落者。有毒發在腰，而五臟皆見者。有種毒懷孕，所生子女遍體無皮者。種種殺人，不可勝紀。男子以有爲之身，置之必殺之地，豈不愚哉？知命者戒諸。」慈受禪師詩云：「女色多殺人，人惑皆歆羡。蘭麝暗薰香，脂粉厚塗面。人呼爲牡丹，佛説是花箭。射人入骨髓，死路莫貪戀。」

趙清獻公帥蜀時，見有妓戴杏花，公偶戲曰：「髻上杏花真有幸。」妓應聲曰：「枝頭梅子豈無媒。」傍晚，公使老兵呼妓，幾二鼓不至，令人速催之。公周行室中，忽高聲叫曰：「趙抃不得無禮。」旋令止之。老兵自幕後躍出曰：「某度相公不過一時便息，某實未嘗往也。」

沈特貶筠州，買一歌女，携與俱行消悶。七年後歸，呼女父母使嫁之，仍然處子。或獻詩曰：「昔年單騎赴筠州，覓得歌姬共遠遊。去日正宜供夜值，歸來渾未識春愁。禪人尚有香囊媿，道士猶懷炭婦羞。鐵石心腸延壽藥，不風流處却風流。」傅青野曰：「遠遊異域，最宜調養精力充足，即瘴癘交侵，亦不爲害。使因旅况凄凉，稍不自持，一旦身染沉疴，湯藥誰親？即有知心好友，亦不過外面多情，而我方且感謝不遑，安能如至親骨肉，百般體貼，適我情性也。倘或不測，而衣衾殯殮，諸事草草，雖有家財，與貧無異。即有妻孥，與獨何殊？甚者津送無資，藁葬天涯。春露秋霜，永絶蒸嘗之望。鵑啼鶴淚，彌增忉怛之悲。其能瞑目于九泉耶？」

戒色謹遊於房，節欲保身，此養生要訣。能使身體壯健，精神富足，便是能飛能舉，絶頂神仙，當常常猛省。枕簟綢繆之樂，與疾病死亡之憂，緊緊相隨，不啻形影。古今好色傷身，不可勝數。夫既知爲傷身之具，乃終不能放出主意，自覓清涼，而甘逐赴火飛蛾之隊，可謂智乎？生死所關甚大，竟使粉面纖腰，居然爲我之敵讎害命，不但可惜，亦可愧矣。逸老口號五言二截，勸人日誦以自警。詩云：「即色成空想，休將欲界纏。精神留得聚，飛舉是天仙。」又云：「綢繆誠足樂，疾病緊相隨。烈火飛蛾赴，傷身悔已遲。」又詩云：「香能損肺薰宜少，露漸沾花採莫頻。」

胡澹庵銓十年貶海外，比歸日，飲於湘潭胡氏園。偶詩云：「君恩許歸此一醉，旁有黎頰生微渦。」謂侍妓黎倩也。後朱文公見之，題詩云：「十年浮海一身輕，歸對黎渦却有情。世上無如人欲險，幾人到此誤平生。」因書以自警。

龍麟州先生，過福建，憲府設宴，命官妓名玉帶佐觴。酒半，憲使舉杯請曰：「今日之歡，皆玉帶爲也。願先生酬之以詩，先生其毋辭。」先生負海内重名，雅畏清議，又不能違憲使之請，遂書一絶句云：「菡萏池邊風滿衣，木樨亭下雨霏霏。老夫記得坡仙語，病體難禁玉帶圍。」於是舉席稱嘆，極歡而散。蓋前輩既不肯拂人意，又不欲失所守，而且用事清切，一時風致可想見，信非野儒俗士所能及。

劉在園勸友不當納妓詩云：「閒花只合閒中看，一折歸來便不鮮。」可於唐人詩「黄金用盡教歌舞，留與他人樂少年」，下一轉語。

《陰隲文》云：「欲廣福田，須憑心地。」蓋萬行皆由心造。人之寸心，天堂在此，地獄在此。堯舜桀紂，只争此些子耳。非常之福，實實如田，可耕可收。虚靈之心，確確有地，可灌可沃。真修之士，須從此方寸地中，默默檢點，默默洗滌。純是濟世心，無一毫媚世心。純是愛人心，無一毫憤世心。純是敬人心，無一毫玩世心。純是遷改精進心，無一毫怠惰自欺心。斯爲簡净基福，彼良田美地，一時可了，惟此心主張萬化，在我確有可憑。仝二山詩云：「降福穰穰不可尋，全憑方寸下升沉。帝天日在丹田上，肯負斯人一片心。」「謀生良策果奚先，須識心田即福田。不向此中耕且耨，更從何處乞豐年。」

語云：「爲月憂雲，爲花憂雨，爲佳人才子憐薄命，却是菩薩心腸。」蓋人時時存憂世之心，切生物之念，真不愧爲仁人君子。姚端恪先生詩云：「常覺胸中生意滿，須知世上苦人多。」孫文定公詠梅花詩云：「天地心從數點見，河山春借一枝回。」游誠之先生詩云：「東風未肯吹桃李，留得疎籬淺淡香。」「閒處漫憂當世事，静中方識古人心。」數語皆從道學中流出。

范文正公在淮上遇風，詩云：「一棹危如葉，旁觀亦損神。他年在平地，無忽險中人。」此公之仁慈，常切救人之念有如此。

南唐練夫人，名窹，浦城人，章仔鈞妻。深沉端毅，終日不一言笑。仔鈞仕閩，爲行軍招討使，王審知使屯兵縣之西巖。南唐盧將軍以兵來侵，仔鈞遣二校請師於州，失期將斬之，夫人勸得免。二校逸入南唐，皆爲大將軍，即邊鎬、王建封也。南唐遣查文徽伐閩，取建州，鎬爲行營招討，建封爲先鋒，克之。時仔鈞殁已久，獨夫人存。二校遣使送金帛，遺以白旗，曰：「吾欲屠城，夫人宜植旗于門，已戒士卒勿犯矣。」夫人還其旗並金曰：「君幸念舊德，願全此城。必欲屠之，吾家與俱死耳。」二校感其言，遂止。曰：「夫人之仁，使鬼爲人。」後寓子十五人，孫六十八人，多躋貴顯，人以爲全城之報。寓二十世孫存道求遺像，學士宋濂贊之，樹蔭贊詩二首云：「南唐名媛性慈仁，前救兵丁後救民。還了旗金全萬姓，兒孫蟄蟄舉良臣。」又云：「陰功浩大活全城，巾幗留芳青史名。天地好生符大德，誰云婦道盡無成。」

侯官唐濵微時，泊舟永福溪，夜聞二鬼共語。一鬼吟詩曰：「隨波逐浪滯孤魂，白骨沉沙漾水痕。幾寸柔腸魚囓斷，不關今夜聽啼猿。」又一吟曰：「饑鳥隨我棠梨道，雨打風吹梨樹老。寒食何人奠一卮，髑髏戴土生春草。」既復相謂曰：「明日鐵帽生至，當得代矣。」越旦，濵候之水滸，果有戴釜而濟者。濵苦挽之，且告之故，得止。夜二鬼復語曰：「今日鐵帽生，乃爲唐參政所救，奈何？」唐聞大喜，遂請道士作章度鬼。數日坐齋中，彷彿見二人來謝，後果官至參政。此唐公陽能救人，陰復度鬼，並行不悖之陰隲耳。

莆田周石梁，每慨夫女子初生，輒以冷水浸殺之，此風天下有數處，閩之建陽崇安尤甚，雖富家亦養二女爲極。因作《戒殺女歌》云：「虎狼性至惡，猶知有父子。人爲萬物靈，奈何不如彼。生男與生女，懷抱一而已。生男則收養，生女遂入水。我聞殺女時，其苦狀難比。胞血尚淋漓，兩目瞪瞪視。咿嚶水盆中，良久乃得死。吁嗟父母心，殘忍一至此。我因勸吾民，毋輕殺其女。荆釵與裙布，未必能貧汝。隨分而嫁娶，男女兩得所。此歌播民間，萬姓共傳語。」

茶陵陳天福，宋孝宗時人。每年豐米餘，則平糶；若年荒米少，則轉貸於人。貴糴賤糶，以濟鄉里。偶一道人以錢百二十，要糴米一斗，陳曰：「道人要齋糧，當喜捨，何必用錢？」道人受米出，遂題壁間詩云：「遠近皆稱陳長者，貸錢糴米頻施捨。他時桂子與蘭孫，平步玉堂上金馬。」其後三子皆中科第，孫蘭亦登第，官至太常丞。

甯崇禮，浮梁人，常造棺櫬施人，貧不能葬者，贍以錢米，終其身不變，享壽八十餘。歿後，托夢家人曰：「我生平多造屋宅與人，以此積累陰功，慶流子孫。可說與十四郎，明年必發解，自此接續登科者不絶。」十四郎名謙光，次年果發解，子孫永無虚榜。逸老詩云：「也知無使土親膚，其奈家貧寸鐵無。施彼棺衾歸厚壤，幽魂有覺應歡娱。」

韓魏公出鎮中山，有門客夜踰墻出宿娼家，公作《種竹》詩以警之云：「殷勤洗濯加培植，莫遣狂枝亂出墻。」門客自愧，作詩云：「主人若也憐高節，莫爲狂枝贈斧斤。」公置一女奴贈之。此韓公成人昏姻，繼人嗣續，積德莫大焉。

緩急人所時有，凡見貧窮困乏者，贈以錢粟濟急，最爲善事。然不可作驕盈態，期望報心。仝二山詩云：「寒衣蘆花渴飲泉，丈夫原不受人憐。寄言親友如相贈，慷慨還須德色蠲。」

韓信貧甚，釣於城下。漂母憐而飯信，信曰：「吾必有以重報。」母怒曰：「大丈夫不能自食，吾哀王孫而進食，豈望報乎？」後信徙爲楚王，至楚，酬漂母以千金，立祠以祀之。本朝秦文超，過漂母祠，題詩云：「清淮水漲岸添痕，望裏長堤古廟存。一飯偶然憐餓者，千金何必重王孫。母能忘報真高誼，漢不酬功實寡恩。我亦江湖垂釣客，經過聊爲薦芳蓀。」

有爵位名望者，以文字救人貧，斯爲不費錢之功德。閩有貧生客京師，飢寒將死，然頗善丹青，不能售一錢。因以兩幅獻於楊文敏公榮，公題其上而還之。詩云：「誰家老屋枕溪濆，十里青山半是雲。此處更無塵跡到，祇應啼鳥隔花聞。」其二云：「小橋流水漾晴沙，策杖歸來日未斜。昨夜東風花落盡，一林高樹鎖烟霞。」明日張此畫並詩於市，價遂湧起，人争延致，因而饒裕。此楊公贈詩救貧活人，所謂行時時之方便也。

凡見人讀書才質超俗，因處境貧困已甚，改圖別業，有力者贈金造就其功名，誠爲積善之舉也。宋王奇少爲縣吏，縣令題雁詩於屏，云：「隻隻銜蘆趁曉霜，盡隨鴛鷺立寒塘。」奇續云：「晚來漁棹驚飛去，書破遥天字一行。」令奇其才，贈金，因激使學。奇後遊京師，真宗偶見其所作詩，召見賜第。奇作詩云：「不拜春官爲座主，親逢天子作門生。」官至侍御史。

宦後子孫，或犯小過，官員尤當矜恤。謝祖字繩夫，長樂之江田人，名家子，嗜酒落魄，歲暮有所逋負，縣令韓公紹繫之獄中，吟詩云：「陳情淚血叩蒼天，事去人非四十年。祖父乞骸沾帝禄，兒孫落魄負官錢。身長寄食丁猶歛，田已飛沙賦未蠲。安得于公開活路，此心一寸是龍泉。」吏以詩呈令，韓大驚，釋而禮焉。

羅夫人，楊誠齋妻。年七十餘，每寒月必早起到厨房，作粥令奴婢遍食，然後使令。其子東山啓曰：「天寒何自苦如此？」夫人曰：「奴婢亦人子耳。清晨寒冷，須使腹中有火氣，乃堪服役。」後三子皆登第。可見人家待下苛刻，不是福兆。蓋奴僕下人，亦是人子，但因貧寄食於我矣，不可任意苛虐打罵，能知細心體貼，真是仁人君子。劉紫瑞先生《戒錮婢》詩云：「少小離家受苦辛，愁紅慘緑幾經春。看看筋力行衰矣，猶是含酸忍凍人。」「煜爚星門九十儀，厨中赤脚淚雙垂。曾看主母生男日，今見郎君娶婦時。」「命不猶人墜濁溷，豈無風引入籬垣。更防牽惹垂楊柳，幄幕羞慚詎忍言。」「奉匜持箒敢云勞，翻把蘭閨作軟牢。和氣由來生瑞氣，恐令冤氣積彌高。」「何妨遣配與長鬚，欣侍閨中聽策驅。可笑頃筐梅早摽，還將身價較錙銖。」「憲慈條示比錞于，若罔聞知亦大愚。律法雖輕陰隲重，豈真惻隱竟全無。」「可是天良觸發時，動言獅吼意難移。試將報應輪迴講，尊閫還宜略皺眉。」古有賣兒女詩曰：「養汝如雛鳳，年荒值幾錢。辛勤當自愛，不比在娘邊。」又曰：「哭盡眼中血，灑汝身上衣。業緣如未斷，還望夢來歸。」家畜婢僕者，當知體此。《左傳》云：「君子之不虐幼賤，畏于天也。」

宋侍郎王敏仲喜放生，有邪見者語云：「放生則著相，不殺不放，付之無心爲妙。」敏仲生疑，以問法華禪師，師厲聲曰：「公大錯，豈可落空見耶？面前木頭，皆是無心，著幾箇木頭，能救得世間一箇苦衆生否？汝急懺悔邪見之罪。」敏仲駭汗，發心再放百萬命。因遇蛤蜊數十斛，買放之。忽轉念，恐彼感恩，來爲眷屬，豈不癡鈍。夜夢文殊現金身，慰諭曰：「我憶往昔劫，亦曾生蛤蜊中。但堅汝心救衆生苦，自然獲福。」佛言如此。蓋天地以好生爲心，人欲體天地之心，不可不全物命。雖至微之物，亦當愛惜救護。唐竇鞏《放魚》詩云：「金錢贖得免刀痕，聞道禽魚亦感恩。好去長江千萬里，不須辛苦上龍門。」仝二山《戒殺》詩云：「閒來自覺菜羹香，不料貪饕有別腸。萬種嘉殽皆物命，請君輟箸細思量。」世人往往無故殺牲，縱欲口腹，斷喉瀝血而不恤者，此獨何心哉？

壽光禪師放魚蝦生，不知億萬萬。遂脱度成佛。有勸人詩云：「放生超度出牢籠，無限陰功在此中。一歲積成千種福，十年培養萬重功。網羅困阨欣逃命，湯火焚燒得脱躬。彼壽長兮延我壽，循環報應自靈通。」

蔡襄喜食鶉，夢褐衣人告曰：「來日乞命。」且誦詩云：「食君數粒粟，存心何太酷。一羹殺衆生，下箸猶未足。口腹須臾間，禍福兆榮辱。願君戒勿殺，我命喜再續。」覺而悉舉黃鶉放之。

蘇東坡先生曰：「予嗜蠏蛤，惟此殺生。自去年下獄，始自悔恨，既得脱，誓不殺一物。有贈之者，即放江中，雖無活理，庶幾萬一，且愈于烹煎。彼人家不知戒殺，故往往子女不育，或如我有牢獄之災，亦循環道理。」作詩勸世云：「每饌必烹鮮，未見長肌肉。今朝血濺地，明日仍枵腹。彼命縱微賤，痛苦不能哭。殺我待如何，將人試比畜。」

牛者上天玄武之精，非郊廟祀聖不敢用。有功于世，無害于民。殺之者國有刑法，食之者幽有禍愆。牢字從牛，獄字從犬，牛犬不食，牢獄乃免。潘靈峰先生《勸戒食牛肉歌》曰：「最苦是耕牛，四時勞碌碌。背力負千觔，肩上擔横木。足步不停留，稍緩遭鞭扑。竭盡力耕田，栽種禾麻菽。腹飢不能言，力倦不能伏。人食飯和粥，牛食草蓼蓼。日食與夜飱，皆賴此苦畜。一切利人處，功多宜表暴。牛代人勞苦，人將牛屠戮。不念牛之功，反食牛之肉。皆有不忍心，奈何實鼎餗。牛死豈甘心，牛死不瞑目。牽至殺牛場，步步行躑躅。有冤不能伸，有淚不能哭。徬徨眼四顧，哀鳴動觳觫。巨斧擊其頭，利刃刺其腹。抽筋似斷弦，剖骨如破竹。傷天地之和，觸神明之蹙。如此有功勞，眼看淚一掬。所以殺牛者，無怪遭□□。所以食牛者，無怪疔毒蓄。天理何其彰，報應何其速。且看殺牛徒，人人皆煢獨。外則勸親友，内則勸宗族。尊則誡其卑，主則禁其僕。化忍而爲慈，轉禍而爲福。仁民兼愛物，風俗自清淑。從此免飢荒，年年慶豐熟。苦口作此歌，警心當熟讀。」

大凡舊樹栽有數十年，必不可伐，伐之每見不祥。苟能以文字勸止，亦爲愛物之仁。錢塘有净慈寺，兩旁種有松樹，已歷多年，趙府尹欲伐之，寺僧濟顛詠詩呈稟，爲草木乞其餘生。詩云：「亭亭百尺拂雲梢，曾與山僧作故交。最苦清晨飛去鶴，晚回不見舊時巢。」趙低徊吟咏，遂不忍伐。

《隨園詩話》云：有太史某，自稱生平不好名。袁簡齋曰：「人之所以異于禽獸者，以其好名也。孔子曰：『君子去仁，惡乎成名？』又曰：『君子疾没世而名不稱焉。』大聖人尚且重名如此，後世人不好名，而别有所好，則鄙夫事君，無所不至矣。」司空表聖詩曰：「名能不朽輕仙骨，理到忘機近佛心。」高東井贈方子雲詩曰：「從來貧士貪留客，未有庸人解好名。」

唐顔真卿字清臣，開元中遷監察御史。使河隴時，五原有冤獄久不決，天旱，真卿辨獄而雨，郡人呼爲「御史雨」。爲平原太守，禄山反，公獨倡義討之。李希烈反，朝廷使大臣往陳禍福。盧杞素憾真卿，舉之行。詔下，滿朝失色。真卿至東都，希烈欲脇之降。真卿叱曰：「汝知有罵賊而死顔杲卿乎？乃吾兄也。吾知守節而死耳，何必多端？」希烈乃謝之。後朝廷誅希烈弟希清，希烈怒，乃遣中使至蔡州，縊殺之，年八十。歷相四朝，忠直孝友，羽儀王室，故詩評云：「千百五年如烈日，二十四郡惟一人。」位太師，封魯國公，謚文忠。晏鐸贊詩云：「大節精忠凛若神，臨危罵敵操彌真。同心報國推難弟，視死如歸羡哲人。才略仔肩扶社稷，綱常繫念在君臣。煌煌勳業昭青史，落日荒丘尚有春。」

岳武穆公飛，相州湯陰人。少負氣節，沉厚寡言。家貧力學，尤好《左氏春秋》、《孫吴兵法》。未冠，輓弓三百觔，弩八石。靖康初，金人南侵，二帝蒙塵。飛應募，誓以忠義報國，用兵能以寡擊衆。建炎、紹興間，大小百戰，未嘗一敗。南薰門之戰，八百破五萬；桂嶺之戰，八千破十萬。背嵬騎五百，破兀朮十萬。又平湖廣大盜如李成、楊么等十數萬。入覲，上賜金絲戰袍、金帶衣甲等，御書於旗曰「精忠」。岳飛至朱仙鎮，金人已有捐燕以南之懼。時秦檜主和，遂詔班師。一日奉金字牌十二，飛東向再拜曰：「臣十年之功，廢于一旦。非臣不能戰，實秦檜誤陛下也。」回朝時，秦檜將莫須有之事，粧成圈套，陷岳父子入獄，仝受害于風波亭。孝宗即位，以禮致葬於棲霞嶺。木枝皆南向，蓋英靈所萃也。趙子昂題墓云：「岳王墳上草離離，秋日荒凉石獸危。南渡君臣輕社稷，中原父老望旌旗。英雄已死嗟何及，天下中分遂不支。莫向西湖歌此曲，水光山色不勝悲。」屠赤水詩云：「東來馬首解雕鞍，西去龍輿望漢官。水斷黄河旗影没，霜高白日鼓聲寒。當時部曲傷心過，此日行人掩淚看。墓草不隨宫樹盡，大堤楊柳路漫漫。」鄧雲鎬詩云：「英雄誓復舊山河，怎奈奸邪誤國何。鐵馬長驅河洛水，金牌亟返郾城戈。中原父老空遮訴，南渡君臣不耻和。五國城頭烟月慘，千年墳樹盡南柯。」夏樹德有句云：「四字生銘三字死，昭回遺跡起欽承。」陸密庵有句云：「南渡有枝羞向北，西湖流水只從東。」徐氏女題岳墓云：「青山有幸埋忠骨，黑鐵無辜鑄佞臣。」

宋陳東字少陽，丹陽人，俶儻負氣。宣和末在太學，高宗南渡，力陳請相李綱，罷黃潛善、汪伯彥，二人誣以訕上，殺之。祠祀於丹陽，鐵鑄汪伯彥、黃潛善，赤體跪庭下，長可三四尺，泥苔滅膝，推不可動。嘉靖戊戌，南安鄭普以無錫令入爲南户部，舟泊陳少陽先生祠下，登堂瞻拜畢，守祠者出紙筆求聯句，普題云：「一片忠肝，千古綱常可托；兩人婢膝，半生富貴何爲。」二像應筆而仆，頭抵階石，石爲斷。

宋李鉉字伯鼎，至正間，襲兄鈞萬户府副職。守延平，擒獲山寨寇魏梅受，解福州圍。擊福安寇於政和泗州橋，弗克，臨死賦詩云：「戰敗誠宜死，沉思恨復牽。君親恩莫報，忠孝事難全。埋骨應無地，知心只有天。孤魂托明月，夜夜白雲邊。」又曰：「忍將一掬思親淚，洒向西風作雨飛。」遂見殺。事聞，追贈鎮國上將、江東道都閫、護軍、隴西郡公。

宋曹覲世以詩禮名家，皇祐中，爲康州刺史。儂智高犯城，曰：「豈有爲天子吏而避賊者乎！」城陷，罵賊不止，賊殺之。子方生數月，覲棄之竹園，賊退，妻往視之，猶呱呱而泣。曾參政贈詩云：「轉戰譙門日已晡，空拳猶自把戈扶。身垂虎口猶安坐，命在鴻毛更疾呼。柱下杲卿存斷節，袴中杵臼得遺孤。可憐邑邑雄豪氣，不愧山西士大夫。」朝廷爵其子以旌其忠。

元王翰，靈武人。初除福州路治中，適三魁賊起，翰自造其壘，諭降之。又戢泉州土帥柳莽，擢福建江西行省郎中。迨元亡，屏居永福山中。明洪武中有薦之者，翰嘆曰：「女可更適人哉。」爲詩別友曰：「昔在朝陽我欲死，宗社如綫我無子。彼時我死作忠臣，覆宗斷祀良可耻。今日徵書忽到門，丁男屋下三人存。寸刃在手固不惜，一死了却君親恩。」遂自決。

于忠肅公諱謙，杭州錢塘縣人。少聰穎，同往祭墳，路過鳳凰臺，其叔父出一對云：「今朝同上鳳凰臺。」于公即應云：「他年獨占麒麟閣。」那時公方七歲，族人聽之，俱贊道：「此吾家千里駒也。」不數年入庠，閒步到石灰窑前，詠詩云：「千鎚萬鑿出名山，烈火焚燒若等閒。粉骨碎身都不怕，要留清白在人間。」曾同友人往西湖上飲酒，路遇人伐桑枝，詠詩云：「一年兩度伐枝柯，萬木叢中苦最多。爲國爲民都是汝，却教桃李聽笙歌。」永樂庚子中舉，辛丑聯捷進士，三十二歲拜江西道監察御史，出巡江西，審出誣枉，拿獲梟横中官，不避權貴。時江南、江西各奏災傷，宣宗授于謙兵部右侍郎，巡撫江南、江西。于公即單騎到任，延訪風俗利弊，日夜撫循賑濟饑民，全活甚衆。任滿九載，遷左侍郎還朝，囊乏餘資。賦詩見志云：「清風兩袖朝天子，免得閭閻議短長。」迨正統登基，寵幸内臣王振。番國也先兵掠大同、宣府，諸城堡失陷。王振勸上親征，正統深信其言，遂下詔親征。到了土木地方，全軍覆没，寇陷鑾輿於沙漠。報到京師，孫太后垂簾登殿，召于謙奏事。于謙奏曰：「天下不可一日無君，乞太后降旨，宣郕王上殿輔國。」太后允奏，降詔宣郕王代總國政，即皇帝位，尊正統爲太上皇帝，改爲景泰元年。誅罪人王振，抄没家産。以于謙赤心忠良，有安邦定國之策，知人善任之謀，即陞爲兵部尚書。當時用計兵攻也先，寇皆竄逃，自願送上皇回朝，景帝同百官迎駕入宫。八年正月，景帝病重，于謙議立沂王，仍爲東宫，奏請不允。不期徐有貞與石亨計議，欲乘機奪開南宫門，迎請上皇復位，以成大功。于謙亦整衣入班行禮，聞殿上傳旨，拿王文、于謙、范廣、太監王誠、舒良、張永、王勤等下獄，此皆徐有貞揑造其迎立外藩之謀也。後二日景帝駕崩，遂改天順元年，徐有貞又唆給事王鎮，上疏劾奏王文、于謙，直坐以謀反之律，嚴加拷掠，必要招承迎立外藩之事。王文曰：「若要迎立外籓，必要金牌符勅，見存禁中，不奏知皇太后，誰敢竊取而行？」石亨等曰：「雖無顯迹，其意則有。」王文曰：「若以意欲二字，誣陷臣等，實不甘心。」于謙曰：「石亨欲踵秦檜莫須有之故智也。忠臣豈恤死哉！」用是獄中取出王文、于謙、范廣、王誠等，於西市受刑。于謙遂口吟一律云：「成之與敗久相依，豈肯容人辯是非。奸黨只知讒得計，忠臣却視死如歸。先天預定皆由數，突地加來盡是機。忍過一時三刻苦，芳名包管古今稀。」吟畢受刑，公年六十一。是日陰霾四塞，日月無光，都人莫不垂淚。本朝秦松齡題于公墓詩云：「定策當年奠帝京，墓門遥見半湖明。傷殘松栢啼新鬼，寂寞祠堂卧老兵。宗廟有靈存社稷，英皇無意殺先生。古來遺恨錢塘水，又繞台山氣不平。」孫蕙題于公祠詩云：「出狩天王竟北征，烽烟已逼鳳凰城。有君定國真長策，奇貨難居始罷兵。群小邀功争復辟，孤忠枉殺患無名。最憐一事公遺恨，不使前皇羽翼成。」孟亮揆題于公墓詩云：「曾從青史弔孤忠，今見荒丘岳墓東。冤血九原應化碧，陰燐千載自沉紅。有君已定回鑾策，不殺難邀復辟功。意欲豈殊三字獄，英雄遺恨總相同。」王式丹題墓詩云：「自拚熱血洒高穹，隻手扶天日月中。帝位安危操上策，外藩影響滅孤忠。苔封石馬三春雨，烟暝巢烏萬木風。相望鄂王精爽在，靈旗蕭颯暮山空。」

袁簡齋枚哭鄂制府虚亭死節詩云：「男兒欲報君恩重，死到沙場是善終。」曉學仙者云：「服藥求長生，莫如孤竹子。一食西山薇，萬古長不死。」二詩言忠臣致身報國，有萬古常昭之榮。

嵊縣剡溪胡氏，名妙端，適同邑祝某。至正庚子春，爲苗獠虜至金華縣。將妻之，義不受辱，乘間齧血題詩壁上，赴水死，三月廿四日也。獠服其節，爲立廟祀之，邑人咸稱烈女廟。詩曰：「弱質空懷漆室憂，搜山千騎入深幽。旌旗影亂天同慘，金鼓聲淫鬼亦愁。父母劬勞無日報，夫妻恩愛此時休。九原有路還歸去，那個雲邊是越州。」

福清夏懷妻吴氏，夫卒殉之，有詩云：「百千投死急如煎，只恐夫亡在妾先。病骨不堪泉裏路，九原誰倩爲扶顛。」

陳氏名彩玉，莆田諸生昌言妻。言死，陳經理喪具畢，從容辭姑及娣姒，作絶命詩，飲藥死。詩曰：「結髪爲君婦，十年琴瑟調。秋風隨蝶化，誓與子同凋。針刺易書卷，冀君名業新。君既中途殞，何惜此一身。絶粒求速死，泉路喜相隨。姑姨苦相勸，留我欲何爲。或言俟卜葬，此事不欲遲。同室宜同穴，山移志不移。俯仰惟長嘆，捨身死若生。魂既與君俱，心同蘭水清。」

扈氏，北平人。年十七，歸鄧宦某爲妾。嫡妬，閉氏幽室，數年不得見。鄧没，嫡乃出之。氏奠柩前，自經死。衣帶有詩云：「征塵萬里伴夫君，冷落深閨哭不聞。薄命蛾眉終見妬，一縑傳送到燕雲。」又云：「飛燕伯勞此日分，斷腸無計暗消魂。願從野蝶依青草，携手雙雙到鬼門。」

陳氏名若瑛，義門人。許字舒郎，未嫁舒殁，陳不食死。題詩云：「有女名若瑛，義門陳氏子。女紅中饋餘，頗亦嫻書史。十九聘舒郎，雙璧燦盈貯。百年偕老期，竟爲天所阻。妾身雖未歸，妾心弗枉己。豈無輾轉匹，志奪妾所耻。名既爲君婦，能不爲君死。我生尚氣節，貞烈惟永矢。」

語云：「安莫安於知足，危莫危於多言。貴莫貴於不求，賤莫賤於多欲。」杜静臺詩云：「無求勝在三卿上，知足常如萬斛餘。」葛文康詩云：「身當静退緣知止，心不傾邪爲好還。」童二樹詩云：「所欲不求大，得歡常有餘。」吉人遺鐸詩云：「知止自能除妄想，安貧須要禁奢心。」又云：「良田千頃，日食一升。大厦千間，夜眠七尺。」陶靖節先生詩云：「傾心營一飽，少許便有餘。」可謂達人安命。

羅狀元《醒世詩》云：「要無煩惱要無愁，本分隨緣莫强求。無益語言休著口，不干己事勿當頭。」

崔唐臣與蘇子容、吕晉叔交善。二公登第，崔遂罷舉，久不相問。後二公偶乘馬偕出，經汴岸，見一人艤舟河次，則崔也。問以别後况味，應曰：「篋中有錢百千，以半買舟，往來江湖間。以半居貨，取其贏以自給。粗足即已，不求有餘，差勝應舉覓官時。」邀與歸，不可。明日還署，見崔留一刺，再訪之，舟已行矣。閲其刺後有詩云：「集賢仙客問生涯，買得漁舟度歲華。案有《黄庭》樽有酒，無風波處便爲家。」此詩有安居能樂、見險知止之意。

倪文一字元芳，福安人。咸淳間進士。元兵南下，遂隱居山林，世祖徵之不起。嘗作詩曰：「編籬已種淵明菊，鑿沼還栽茂叔蓮。」語有道學氣象。

國課早完，雖囊橐無餘，自得至樂。逸老詩曰：「瓶罄有人秋送酒，身閒無吏夜催租。」

鉛山費健齋宏，總角狀元，爲黑頭宰相，告歸年未五十。日居小樓，名曰「至樂大學士」。王守溪寄以詩曰：「横林特地起高樓，樓上書多擬鄴侯。目與聖賢相對語，身於天地復何求。三峰有意當窗見，一水無聲繞檻流。試問主人何所樂，本來無樂亦無憂。」

李謙庵先生曰：「昔人云：日行一善事，日聞一善言，庶不虛過一日。欲聞善言者何？蓋將以反觀而實踐之。如其未能，則必刻意勵行，以求合於其言，如是乃爲真能聽納善言者。若徒嘉歎之，稱述之，何異飄風浮雲之過耳目，雖日聞善言，有何益哉？」高忠憲公曰：「凡有善言入耳者，便是有善根的人，所以有此善緣。一句善言，提醒了一點善心，便做了一世善人，豈但轉禍爲福，正如起死回生也。切不可輕看過了好言語。」程伊川先生曰：「讀書一尺，不如行一寸。吾願讀是書者，乘其愧悔悦慕之心，奮勉而力行之。」振文詩云：「曾讀先賢藥石箴，方知字字值千金。尋常默識篇章訓，先杜朋從俗慮侵。」又云：「箴規獎勸甚周詳，平旦深思意味長。徹底遵循行匪懈，天公應必降禎祥。」

勸戒詩話卷三

侯官黄坤元静軒編輯

道光四年，歲次甲申，仲春花朝，余搜書翻閲，續編二卷，輯於厚山之聽濤書屋。適值群卉芳菲，飛蜂弄採，玩賞之餘，感詠一截云：「飛遍名園儘日忙，放衙採得百花香。因貪成蜜辛勤釀，可耐人曾著意嘗。」

于鐵樵先生曰：「人臣務期真實對君，舉心動念，全不爲自己身家起見，不畏權勢，不狥情面，不惜功名，並不求忠直聲譽，但求有益於國計民生。且視吾君真爲堯舜之君，不敢萌菲薄念，方是忠敬。」有《詠忠主》詩云：「奉一人爲主，人人願盡忠。况經分以職，宜不有其躬。啓沃君心密，光昭聖德隆。勿欺嚴進退，敬止勵初終。豈養廉循望，遑矜蹇諤風。立朝慚負學，報國忍居功。生死精誠合，行藏大節同。莫嗤芹曝獻，至愛實由中。」

元祐間，吕原明侍講，大雪不罷講，講《孟子》，忽感哲廟一笑，喜爲二絶云：「水晶宫殿玉花零，點綴宫槐卧素屏。特勅下簾延墨客，不因風雪廢談經。」「强記師承道古先，無窮新意出陳編。一言有補天顔動，全勝三軍賀凱還。」

司馬温公居洛，正直自持，風俗爲之一變，皆敦尚名教，不急貨利。後生小子，知畏廉耻，欲行一事，必相戒曰：「毋爲不善，恐爲司馬相公所知。」仝二山詩云：「舊染胥捐治象新，仔肩斯道在天民。

好將正直持風化，普覺閭閻蠢動人。」

海剛峰掌院留都，政尚嚴峻，大僚及郎丞，無不股栗奉法。御史陳海樓用紅票買米，減市半價，蓋積弊然也。民怒而不敢言。值經紀家有秀才何敬卿，持其票擊都察院鼓告狀。剛峰集諸御史，執高皇帝律，欲加懲治，賴諸御史懇求得免，仍責皂隸三十板，革其役，枷號於陳之衙前以辱之。海樓官箴有虧，恨之入骨。及剛峰死，憲副王用汲同海樓諸御史入視，見葛幃敝衾，檢其宦囊，止俸金八兩，葛布一端，舊衣數件，其清苦寒士所不能堪者。海樓乃曰：「迴吾怨恨之心矣。」死之日，民爲罷市，喪出江上，士民送者兩岸無隙地，沿途祭奠，數百里不絶。蘇人朱良育弔以詩曰：「批鱗直奪比干心，苦節還同孤竹清。龍隱海天雲萬里，鶴歸華表月三更。蕭條棺外無餘物，冷落靈前有菜羹。説與傍人渾不信，野夫親見淚如傾。」王鳳洲評之云：「不怕死，不愛錢，不立黨。」此九字斷盡海公生平，即千萬語諛之，豈能加於此評乎？

黄帝有屈軼之草，生於庭，佞人入朝則草指之，佞人不敢進。菊人曰：「讒諂之蔽明也，邪曲之害公也，方正之不容也。歷觀漢、唐、宋以來，未嘗不廢書三嘆久之。追維屈軼草，剛直立朝，不容佞臣入侍，凛然可畏。世傳蒲劍艾虎，第存其名，而未徵其事，猶未若此之指摘不爽也。」《感物吟》云：「季世人情好佞多，賢奸莫辨奈渠何。何如黄帝庭前草，直指奸邪信不阿。」

東北荒中，有獸如牛，一角，毛青，四足似熊。見人鬬，不直則觸，聞人論，則咋不正，名曰獬豸，一曰任法獸。菊人曰：「獬豸見鬬不直者觸之，可媲美於殿上虎、一棚鶻，故御史以獬豸爲冠。」《感物吟》云：「薰蕕分别鑑彌真，崇正驅邪妙入神。世上若還多此物，不知何處匿奸人。」

慶曆末，韓魏公琦鎮大名郡。有圃號衆春，會歲饑，涉春未嘗一遊。陳薦在幕府，以詩請公，云：「水底魚龍思鼓吹，沙頭鷗鷺望旌旗。」公亟答之云：「細民溝壑方援手，別館鶯花任送春。」在鎮五年，政聲流播，天下屬以爲相。

邵寶督學江西，李西崖臨行贈以詩曰：「職在文章官在憲，政宜嚴肅教宜寬。」邵語人曰：「某在江西，深得其力。」

明子瑛公諱華，余之遠祖也。景泰丙子經魁，任滄州學正。仁厚博雅，是道學中人，諸生仰之如山斗，邑内士大夫、鄉先生，皆愛敬，與之締交酬和焉。在庠講學之餘，賦詩一律訓諸生云：「程朱風範溯淵源，繼起儒生認本原。休慊一衿芹藻樂，當思千載姓名存。文章須倣登科式，品行宜知入德門。忝擁皋比司木鐸，作人雅化頌皇恩。」此詩當時都人士嘗貼齋頭以自警。

爲官廣置書院，延名師，造就後學，亦是積善之舉。陶悔庵《詠嘉山書院》云：「新開藝苑育群英，文學風傳古艾城。借得公餘無俗累，携朋來聽讀書聲。」

王仲德與兄叡同起義兵，興復晉室。與慕容垂戰敗，身被重傷，兄弟相失。又暴雨山水驟至，莫知津涯。有一白狼至前，仰天而號，號訖，銜仲德衣，因引路渡水，仲德遂濟，與兄相及。菊人《感物吟》云：「慷慨揮戈落日西，義師戰敗弟兄暌。白狼似識真肝膽，涉水登山引路迷。」

歸化明溪有莘七娘墓，五代時人。從夫征討，夫没於明溪鄉，七娘葬之，即居明溪。溪有驛，宋時有客假館驛中，夜聞吟詩聲甚悲苦。客使反之，再誦琅琅然。其辭曰：「妾身本是良家女，幼習女工及書史。笄年父母常愛憐，諧得良人作鴛侶。五季亂離多寇盜，良人被命事征討。提携奔逐道路間，忽染山氣命喪天。軍令嚴肅行緊急，良人命没難收拾。獨將骸骨葬明溪，數尺孤墳空寂寂。屈指經今二百年，四時絶祀長蕭然。未能超脱紅塵路，妾心積恨生雲烟。」達旦，客以語人，書其詩於壁間而去。鄉人因構祠墓前祀之，禱祈顯應。紹興、淳熙、端平間，每有草寇攻掠，屢獲神助陰兵克之，乃平寇亂，勅封惠利夫人，加福順。夫神女且猶效忠朝廷，况人食禄者，可不竭其忠勇乎。文文山天祥，提兵過廟，題詩云：「百萬貔貅掃犬羊，家山萬里受封疆。男兒若不平强寇，死愧明溪莘七娘。」

滎陽有厄井，相傳漢高祖爲雍齒所追，投匿井中，有蜘蛛結網蔽其井口得脱。汲黯爲滎陽守，立神蛛廟祀之。菊人《感物吟》云：「神蛛巨眼識賢君，厄井勤王建厥勳。汲黯表彰忠藎事，千年俎豆祀馨芬。」

蜀中有朝日蓮，花色或黄或白，葉浮水上。開則隨日所在，日入歛藏葉下，若葵藿傾太陽也。菊人曰：「《詩》云：『樂子之無知。』似無知者至草木極矣。今觀蓮之出入隨日，有若忠臣之夙夜事君，乃心王室者，濂溪稱爲君子，信可不愧。」《感物吟》云：「花中君子品高標，解識迎陽日日朝。濟濟衣冠廊廟上，更當敬恪事唐堯。」

海寧查秉彝爲諸生時，夢受杖，身在講室，仰見一額，懸「天上春回」四字。後任户部給事中，上疏劾論嚴嵩父子，詔廷杖六十，謫定邊縣吏，恍惚前夢。因作詩云：「九重天上春回日，二十年前夢裹身。」

高皇帝文集中，有記載天長縣郡牧監，奏本縣人民戴某，朝出其妻牧牛於野，平昔豢犬隨之，至是犬入草莽不出。戴氏之妻牽牛尋之，未百步，見虎據叢而食。虎見人至，棄犬趨人，而妻爲虎逐矣。牛見主難，忿然而前，虎乃釋人。二物相觸，虎哮吼弄爪牙，牛以二角擊之，虎負牛勝，人難消矣。因是朝廷賜一牛以代耕，待其自終。菊人《感物吟》云：「暴虎横行孰敢攖，只貪救主不貪生。聿昭忠義當頭觸，爲報多年豢養情。」

過昱皇祐三年，以秘書郎來知郯令事。連值歲祲，出常平錢糴米以活流民，復割俸麥七十斛爲種，假超化院田十餘頃，役饑民耕種之。明年得麥五百餘斛，民賴以活。熙寧中，昱已亡。劉彝過故院，與僧追頌欷歔，見民有談及公者，無不泣下。因作詩題院壁曰：「良田十頃接晴烟，曾假過侯救旱錢。俸麥一車開德濟，流民千里荷生全。人嗟逝水今亡已，俗感遺風尚泫然。獨對老僧談舊事，斜陽春色漫盈川。」

霍洞值歲大饑，見太守騎從出遊，洞作詩云：「朝來五馬去尋春，誰信家家甑有塵。枕席道傍宜細問，恐非芳草醉眠人。」守聞之，遂賑濟，民獲少康。

李頻之任建安，題渌溪亭詩云：「入境當春務，農蠶事並臻。逢溪難飲馬，度嶺更勞人。想取烝黎泰，無過賦斂均。不知成政後，誰是得爲鄰。」

宋辛仲甫知彭州，州有要路，險而難行，且少蔭息，暑無所可依。甫修補平坦，令民栽柳其傍，行人戴德，後召爲左補闕，人因名爲「補闕柳」。仝二山詩云：「鷓鴣聲裏夕陽殘，千里崎嶇行路難。來往人歡修築好，柳陰迢遞畫中看。」

毛君玉國華爲於潛令，有德政。當時各縣俱有蝗災，獨於潛邑蝗不害稻，稻乃有秋。蘇子瞻捕蝗至其邑，作詩戲之曰：「詩翁憔悴老一官，厭見苜蓿堆青盤。」又曰：「宦遊逢此歲年惡，飛蝗來時蔽天黑。羨君封境稻如雲，蝗自識人人不識。」

人臣雖解組後，宜念念不忘朝廷，方盡臣道。袁簡齋枚，與陶西圃鏞，俱以翰林改官，陶先乞病，庚午袁亦解組隨園。陶與袁同踏月云：「偷得閒身是此宵，白門何處不瓊瑤。芒鞋醉踏三更月，猶認霜華共早朝。」

李氏有鴝，午日剪其舌，能爲人言，見僮婢有私持物及摘花者，必告主人。晉人賈於吴者見之，欲以十金易焉。鴝覺其意，告主人曰：「我居此久，不忍去也。必欲市我他所，我且不食。」主人紿之曰：「我友有欲觀汝者，即携汝歸耳。」送至賈家，放於籠中，鴝不食告歸。賈人憐其志，以鴝還李氏，鴝乃食。陳卧子先生曰：「鴝，拙鳥也。不輕去就，其儀一兮，是以詩人比之君子。」永方詩云：「忍以鳴鳩善價沽，誰知義弗逐時趨。不輕去就標高節，羞殺當年莽大夫。」

宋徽宗時，隴西歲貢鸚䳇，徽宗置之安妃閣，教以詩文。宣和末，遣中使送還本土。後郭浩爲秦鳳提點刑獄，按邊至隴口，見紅白二鳥鳴於樹頭，知浩來自杭州，因訊：「上皇安否？」浩仰視之曰：「上皇崩矣。」鳥悲鳴不已。浩傷之，因賦詩云：「隴口深山草樹荒，行人到此斷肝腸。耳邊不忍聽鸚鵡，猶在枝頭問上皇。」張菊人《感物吟》云：「鸚鵡歸林別上皇，隴山雲樹自翱翔。逢人尚問皇安否，舊主恩深不敢忘。」

爲守令者，見聖賢廟宇傾頹，宜捐俸修理。或有侵奪其地，損壞其廟者，固當禁止。楊龜山廟祀在常州，有豪家欲奪其地者，郡守知之，行香日，題詩壁間，豪家愧而寢焉。詩曰：「瓣香覓路拜龜山，獨立斜陽未忍還。廟貌儼如生氣在，斷碑惟見蘚痕斑。道傳伊洛名千古，迹寄毘陵屋半間。黄鳥不知誰是主，隔林猶自語間關。」〇兖州修理先聖廟，有人嘗題詩壁間曰：「靈光殿古生秋草，曲阜城荒散晚鴉。惟有孔林殘照日，至今猶屬仲尼家。」

爲官雪人之冤，多從博學中來。袁簡齋枚，乙丑歲宰江寧，五月十日，天大風，白日晦冥。城中女子韓姓者，年十八，被風吹至銅井村，離城九十里，其村氓問明姓氏，次日送女還家。女已婚東城李秀才之子，李疑風無吹人九十里之理，必有姦約，控官退婚。袁令曉之曰：「古有風吹女子至六千里者，汝知之乎？」李不信，袁令取元郝文忠公《陵川集》示之曰：「郝公一代忠臣，豈肯作誑語者？第當年風吹吴門女，竟嫁宰相。恐汝子没福耳。」秀才讀詩大喜，兩家婚配如初。制府尹公聞之曰：「可謂宰官必用讀書人矣。」其詩曰：「八月十五雙星會，花月摇光照金翠。黑風當筵滅紅燭，一朵仙桃落天外。梁家有子是新郎，芈氏負從鍾建背。争看燈下來鬼物，雲鬟欹斜倒冠佩。須臾舉目視旁人，衣服不同言語異。自説吴門六千里，恍惚不知來此地。甘心肯作梁家婦，詔起高門蒙天賜。幾年夫婿作相公，滿眼兒孫盡朝貴。須知伉儷有因緣，富者莫求貧者棄。」

陸式齋容《詠舟中縴夫》詩云：「緑柳堤前雁鶩行，拽舟終日送官忙。舟中若載清官去，儘受辛勤也不妨。」此詩有關世道，宦者宜三復之。

陳恪懃公初宰江南，爲民祈禱得雨。張質夫贈詩云：「身從天上争民命，帝爲江南表吏清。」江右裘慎甫明府，借宰衡邑，仁聲載道。時值久旱，爲小民祈禱，得雨滂沱，喜詠一律云：「甘霖何事偶愆期，正是炎天望澤時。龍骨幾家依斷壠，豚蹄到處祝叢祠。忽聞淅瀝初霏雨，行看廉纖漸滿池。豈獨使君亭誌喜，農歌齊唱大田詩。」

徐公士林作臬司，題庭柱聯云：「看階前草緑苔青，無非生意；聽墻外鵲啼雀噪，恐有冤魂。」真仁人之言。

漢劉昆字桓公，光武時爲弘農太守。先是嶠澠驛道多虎，行旅不通，昆爲政三年，仁化大行，虎皆負子渡河。菊人《感物吟》云：「隱霧斑毛炳蔚新，獸中惟此最難馴。詎知太守風清日，負子相從渡水濱。」

龍鐲字琢成，乾德初任郊州守，有仁政。一日群鶴翔於公庭，州民繪來鶴圖，以頌其德。時學士竇儀以使過郊，留題云：「多少樊籠不敢開，强拘物性要相陪。何時得似郊州守，德政臨民鶴自來。」

景泰五年，遣周文襄忱賑饑，周進本作一詩致朝士云：「蕭蕭匹馬過長安，滿目饑民不忍看。十里路埋千百塚，一家人哭兩三般。犬銜骸骨形將朽，鴉啄骷髏血未乾。寄語當朝諸宰輔，鐵人聞著也心酸。」「艱難百姓實堪悲，大小人民總受饑。五日不燒三日火，十家姤殺一家糜。隻鵝祇换三升穀，斗米能求八歲兒。更有兩般堪嘆處，地無芳草樹無皮。」此詩不減《流民圖》，讀之酸鼻。治民者須知草野饑寒之苦，或值凶荒之歲，宜留心賑濟。

雍世龍泰，巡鹽兩淮，見竈丁貧而鰥者幾二千人，比及二年，俱與完室。既去，淮人詠曰：「客邊簡橐渾無硯，海上遺民盡有家。」又曰：「了却四千男女願，春風解纜去朝天。」

仁宗正月十四日御樓，遣中使傳宣從官曰：「朕非好遊觀，與民同樂耳。」翼日蔡君謨獻詩云：「高列千峰寶炬森，端門方喜翠華臨。宸遊不爲三元夜，樂事還同萬衆心。天上清光留此夕，人間和氣閣春陰。要知盡慶華封祝，四十餘年惠愛深。」

朝邑韓汝節邦奇，居官廉勁自持。宸濠令一士詐爲羽客，往説汝節，以所繪松請題。韓題云：「勁節貞心本自奇，四時常見緑猗猗。笑他江上桃花樹，爲放春光三兩枝。」士喻意，不敢言而退。

楊震爲荆州刺史，王密爲昌邑令，夜懷金十斤以遺震。震曰：「故人知君，君不知故人，何也？」密曰：「暮夜無知者。」震曰：「天知地知，子知我知，何謂無知者？」密愧而出。震性清廉，子孫蔬食步行，故舊勸其開業産，震不肯，曰：「使後世稱爲清白吏子孫，以此遺之，不亦厚乎？」後人建四知臺於昌邑縣以祀之。薛文清瑄題詩云：「人間無處不天公，却笑黄金餽夜中。千載四知臺下過，馬頭猶自起清風。」

明楊庭芳知連江縣，有政聲。嘗自題其門曰：「治已存三省，爲官畏四知。」

李竹溪守廣東惠州，有廉政。及歸里，邑人贈詩云：「此行曾向貪泉過，留得冰心見故人。」

黄煊號補山，泰州别駕也。有昏夜獻金者，題其函云：「感君厚意還君贈，不畏人知畏己知。」前明鄒君廷望，湖南新化人。官至觀察，比歸，兩袖清風。有句云：「清得門如水，貧惟帶有金。」雙江先生有句云：「地僻何妨兼吏隱，家貧原不爲官廉。」

顧瀾居臨頓里，受性介潔，不苟取與。宰山東淄川，入覲，父老邑民，出數十緡以獻，顧賦詩却之云：「笑舒雙手去朝天，榮辱升沉聽自然。珍重淄人莫相贈，近來劉寵不收錢。」

永樂中胡克仁壽安爲新昌令，以古靈先生教民之言，諭鄉耆里甲，俾知親睦安分之道，率皆從化。克仁性清介，不奢侈，在官惟粗衣糲食。題所眠紙帳云：「紫絲步障簇春華，卧雪眠雲自一家。雪又不寒雲又暖，扶持清夢到梅花。」

明鄱陽劉芝陽應麟巡撫吴中，有廉政。告歸終養，兩袖清風。臨發，題詩署中云：「來時行李去時裝，午夜青天一炷香。描得海圖留幕府，不將山水帶還鄉。」

張文炳字南麓，號質夫，官文登縣令，廉不受賄，善斷獄，民無含冤者。嘗寫懷詩云：「自信金來無暮夜，敢云筆落有陽春。」

爲官聲名，全憑輿論，涇渭攸分。身後書於簡策，留芳、遺臭，大相懸殊，可不慎哉。順治庚寅、辛卯間，秦公世積巡按江南，多所除剔，有「鐵面」之稱。繼之者李成紀，安静無爲，惟日飲醇而已，人目之曰「糟團」。有改崔護「人面桃花」句，粘於墻云：「去年今日此門中，鐵面糟團兩不同。鐵面不知何處去，糟團日日醉春風。」

樂平值大造稅册，彭綏之子屬司書者，飛稅他户。綏之知之，延司書飲，戲吟詩曰：「洛陽城中桃李花，飛來飛去落誰家。」司書曰：「舊時王謝堂前燕，飛入尋常百姓家。」綏之曰：「既不飛上天，飛入地，不過飛入百姓家，何忍如此？」乃爲詩答之曰：「洪水推沙塞兩涯，推來推去只交加。誰知二世宫中鹿，走過劉家又李家。」司書感其意，飛稅乃止。

唐李涉見官吏竊君之禄，浚民之膏，感慨作《贈盜詩》云：「風雨瀟瀟黑夜雲，穿窬豪客默成群。相逢不用驚迴避，世上於今半是君。」劉伯温詠梁山泊分贜臺詩曰：「突兀高臺累土成，人言暴客此分贏。飲泉清節今寥落，何但梁山獨擅名。」

定海太守沃泮性褊急，宦路鮮合。王襄敏越爲詩規之云：「今日牧民當尚簡，此行聽訟貴須寬。黄堂正是三公路，莫負吾儒洗眼看。」

成化中汝寧楊太守甚清，附郭汝陽劉知縣甚貪。太守夜半微行，至一草舍，有老嫗夜績，呼其女曰：「寒甚，命取瓶中酒。」酒將盡，女曰：「此一杯，是楊太守也。」後斟一杯，曰：「此是劉太爺。」蓋酒初傾，清者在前，濁者在後矣。聞者賦詩曰：「憑誰寄語臨民者，莫作人間第二杯。」

于忠肅公見山樵有畜狗，每日隨主入山，飼之以骨，感詠云：「護主有功當食肉，却銜枯骨惱饑腸。於今多少閒狼虎，無益於民更食羊。」

馬清痴諱愈，慨當路不能濟世救民，《詠蠶豆》詩云：「蠶忙時節豆離離，爛煮堪充老肚皮。却笑牡丹如斗大，可能結實濟人饑。」

大司寇長興顧箬溪應祥，弘治中爲江西刑官，著《檢屍篇》，云：「檢屍復檢屍，檢屍何其多。一月兩三次，後擁及前呵。臨場備百物，東移復西那。索酒猪鷄肉，一似蝗食禾。少有不遂意，平地起風波。不論是與非，先打血滂沱。仵作更要緊，目驗手摩抄。胥吏張饞吻，同索孔方哥。明明殺人者，錢多施恩波。原告問反造，嚴刑巧織羅。爪牙猛如虎，證佐佞於鮀。幸而獲解脱，所費恒沙河。問官以爲德，罰取顔不酡。某處金若干，某處米幾馱。我今貸汝死，汝辦莫蹉跎。田園賣已盡，賣牛及馬贏。設官本爲民，如此反爲魔。緬想先王法，政令無煩苛。人命須勘實，仔細驗真訛。所以民樂生，刑罰無偏頗。今也則不然，作聰明太過。深文書上考，平反遭譴訶。網密靡不舉，節外又生柯。富者已爲貧，貧者將奈何。不思先古訓，罪疑惟輕科。安得由也果，執法持太阿。坐令民不冤，彈琴樂舜歌。」顧公此篇，蓋感人命之至重，而嘆司刑之不慎也。爲官讀之，吏治民生，未必無補。

金陵方伯康茂園先生，諱基田，丁丑進士，山西興縣人。清風惠政，人所共知。其在睢寧，治河落水中，神扶以起。其在繁峙學署，懷母詠云：「吾懷仲夫子，負米欣然歸。吾愛楚老萊，蹁躚舞斑衣。人生離膝下，忽忽欲何之。憶我少年時，井里從兒嬉。甫壯營薄禄，出門意遲遲。一官爲親喜，山城復羈縻。官冷飯不足，嗟哉無鮓遺。感此傷客心，晨昏忍暫離。寒風生四壁，瑟瑟砭人肌。以我念母日，知母憶兒時。憶兒憐其少，憶母慮其衰。人生願爲兒，結念常在兹。」

平湖張香谷，與其兄斆坡最友愛，二人同愛梅花。斆坡殁後，香谷踰年亦病，臨終有「清魂同到梅花下」之句。斆坡之子熙河孝廉，繼先人之志，合葬墓旁，種梅三百樹，題云：「卜兆經營親負土，栽花愛護當承歡。」可謂事死如事生，能養志矣。

蠡口陳立興，家貧篤孝。母病，愛食城中王家糕，每旦入城買以奉母，七年無閒。一日路逢道士云：「我母亦有疾，思食此，能見予否？」陳即予之，復入城買，比還，則道士已持糕奉其母食之，病尋愈。立興夜夢道士授以藥方藥瓢濟人，旦起，几上有藥瓢藥書，并題一詩云：「蓬萊仙境幾千春，四海逍遥不染塵。勝地偶然閒一玩，無端不見本來人。」陳以其方濟人，果獲效，得資以養母。人以爲孝感，遠近神其術。及卒，鄉人立祠祀之。永樂中詔訪天下靈蹟，瓢遂歸天府。

韓伯瑜有過，其母笞之泣，母曰：「他日笞未嘗泣，今泣何也？」對曰：「他日得罪，笞常痛。今母力衰，不能使痛，是以泣也。」蓋恐母之將逝矣。仝二山詩云：「好向窗前讀《蓼莪》，承歡菽水莫蹉跎。流光一擲椿萱老，泣杖年來唤奈何。」

慈烏育子既成，母烏羽毛脱落，其子反哺，烏烏之聲，真不忍聞，所謂孝烏。張菊人《感物吟》云：「冷風細雨忽聞聲，共道慈烏哺母情。讀罷《蓼莪》方有恨，潸潸血淚不知傾。」楊子《法訓》云：「夫孝百行之本，替本而求末者，未見有得之者也。如或得之，君子不貴焉。烏烏尚知反哺，况人而無孝心事親乎？」

宗介驃外出，别母詠云：「垂白高堂八十餘，龍鍾負杖倚門閭。泣惟張口全無淚，話到關心只望書。」其婦送夫云：「君且前行莫回顧，高堂有妾勸加餐。」

元末鄧學詩，性至孝。母子爲盜所獲，盜魁知其儒者且孝，哀之，與酒食。口占一詩，命之和，約和免死。盜詩曰：「當此干戈際，負母沿街走。遇我慈悲人，與汝一杯酒。我亦有佳兒，雪色同冰藕。亦欲如汝賢，未知天從否。」鄧和云：「鐵馬從西來，滿城人驚走。我母年七十，兩脚如醉酒。白刃加我身，一命懸絲藕。感公恩如天，未知能報否。」盜喜，導之出城，得遠去。後鄧薦爲教職。

周豫學士性嗜鱓。嘗煮鱓，見有鞠身向上，而頭尾就湯者，怪而剖之，其腹中有子，乃知鞠身避湯者，爲護其子也。菊人《感物吟》云：「鞠躬黄鱓最堪憐，首尾投湯望腹全。只顧活兒身不顧，可知母德大如天。」

葉孟禎，惠安人，永樂丁酉舉人，司訓高州，念親老陳情乞歸省，隨改授泉州，朝夕在舍，備盡孝養。莆田林太史文，有《送歸省詩》，後四句云：「江燕迎人語，山雲傍馬飛。到家歡侍日，應著老萊衣。」

丁暉策，宋知幾之裔也。素有孝行，博洽經史。正統間，爲兇渠所獲，劫之爲主簿，曰：「不從，刃上汝頭矣。」暉策爲詩曰：「我祖知幾特奏名，區區也欲冀鵬程。青雲路杳身難到，白刃芒寒膽乍驚。地下修文知有分，兵中主簿拙經營。高堂老母無人養，懇向麾前丐一生。」賊笑釋之。

羅淑芳女史，孝弟可嘉，賦性貞潔，詩詞清秀，神韵天然。有遺稿一册，家貧不能付梓，録之以見一斑。《送父重赴粤西》詩云：「高堂今復重離愁，豈爲雲山憶舊遊。鬢白未紓兒女債，年豐猶作稻粱謀。關河迢遞人經慣，寒暑堤防老更憂。瘴雨蠻烟非樂土，唯希早自覓歸舟。」《秋日送伯兄遊幕》云：「年少他鄉客，家貧耐遠遊。去帆連日雨，别柳一亭秋。揮淚情難禁，牽衣語不休。高堂垂念切，莫惜報書稠。」又《送悦泉兄遊幕》詩云：「一別愁看隔楚雲，游人風雨渡江濆。　無情最是黃金物，能使人間骨肉分。」

頃年有人取得黄鶯雛，養竹籠中，其雌雄接翼，曉夜哀鳴於籠外，更來哺之，人或在前，略無所畏。一日閉籠室中，其雌雄繚繞哀鳴，無從而入，一投火中，一觸樹死。剖腹視之，其腸寸斷。菊人曰：「一微禽也，其恩至不惜餘生。父母之於子，顧復鞠育，更是何如？」讀至此，足動人以風木之思。《感物吟》云：「二人恩重未之思，長大多忘鞠育時。試看黄鶯亡子日，捐生腸斷爲悲兒。」

河南許州，離城東南四十里，地名五女店，人居稠密，爲往來孔道，仕商止宿之所。康熙戊辰秋，蘭谿章立之禮，過其地，因名詢實，訪之土人。相傳昔有夫婦，生五女而無男。五女漸長，父母欲以次第許人。五女不從，齊告父母，願侍父母終天，嫁亦未遲。及父母亡，五女殯葬周備，廬於墓側者三載，服除。人嘉其孝行，争欲娶之，五女竟不字人，同日從容自縊。土人震悼。上聞，并築五墓，分列親墓之側，號五女墩。惜不知五女爲何代人，其父母何姓也。嗚呼！五女以一介女流，性鍾純孝，因無兄弟，孺慕益堅，無心外嫁，不特以身依親於生前，且皆以身從親於地下。求之鬚眉男子，尚不易遘，况閨帷弱植，能敦一本以終其身，豈非天地間一罕覯事哉。以其可以風世，遂於景仰之餘，作歌以揚之：「人生天地間，父母最所重。但愧庸庸人，《蓼莪》鮮能誦。詎意弱息女，更勝漢緹縈。同懷五姊妹，上下無弟兄。願爲代老兒，不願諧婚娶。父母欲許人，婉言辭以故。云無弟與兄，膝下誰瞻顧。晨昏奉旨甘，左右不離步。待親百年餘，于歸未云暮。五女金石心，懿性敦孺慕。孝純義更篤，五人如一人。親存願同事，親没亦從親。喪葬禮具備，五女志已遂。相對各投繯，共隨親於隧。鄉黨皆贊嘆，海宇播芳名。既爲表其閭，復爲築其塋。君不見，許州城外五女墩，五墩旋繞二親墳。此間黄土蓋白璧，此中女魄勝男魂。又不見，往來多少鬚眉漢，幾人事親終不變。閨中有此丈夫行，名標簡策人争羨。」

趙閱道抃，致仕家居，子屺倅温州，迎以就養，作戲綵堂。閱道題詩堂中云：「我憩堂中樂可知，優遊踰月竟忘歸。老萊不及吾兒少，且著朱衣勝綵衣。」

龍廣寒，江湖異人也，事母至孝。六月一日，其母壽誕，方啓北牖，舉壽觴，忽梅花一枝入牖，香色絶佳，人遂以孝梅稱之。士大夫題詩甚多，張存菊詩最佳。詩云：「南風吹南枝，一白照萬緑。歲寒誰知心，孟宗林下竹。」厥後孝梅年百有五歲，猶童顔鶴髮，人爲孝感所致。

長洲洞城有一翁雅善詩。年老，子孫頗怠於奉養，翁意鬱鬱不樂。一日，大書一詩於堂壁云：「人生七十强支持，簾捲西風燭半枝。傳語兒孫好看待，眼前光景不多時。」二子方以文學有時名，大懼，托親戚懇請滌去，然其詩已遍傳矣。讀此，世之爲子弗知敬養其親者，知自反矣。

新野段錦居城西給孤灣，有别莊在里許。一日過焉，見佃户犬生三子，擇其黑者携以歸，名曰黑兒。晝馴夜悍，良於他犬。錦見日歸佃户家，莫解其故。伺之，始知銜食以啖母也。蓋佃家貧，母犬常饑耳。錦因試饑黑兒二日，值宴賓，投以饅頭肉塊，竊視之，亦不食，銜以遺母。滿室嘆息，有淚下者，皆以孝犬呼之。後二年，母犬病，孝犬徘徊其側，數日偎膚枕肱，依戀不已。母犬死，悲號籬下，不食數日。里人觀者如市，莫不酸楚。菊人《感物吟》云：「倫中何事最爲先，罔極深恩比昊天。不謂黑兒知此義，養生送死孝堪傳。」

眉州鮮于氏因合藥，磔一蝙蝠爲末。及和劑，有數小蝙蝠圍聚其上，目皆未開，蓋識母氣而來也。一家灑淚，自後合藥不復再用。菊人曰：「蝙蝠之物，最微而無知。至未開目，則無知中之更無知者也。乃一聞母氣，輒依戀團聚不去。彼號稱衣冠中人，不特不能孺慕終身，而或視堂上如奴隸、如路人，亦獨何心？」《感物吟》云：「蔡母當年指召兒，今朝雛蝠共圍時。祇緣一氣能相感，縱有剛腸淚欲垂。」

年少讀書，須體親心，切望上進，當勤勉方爲養志。聶環溪燾，乾隆丁巳進士。《夏日示奎兒》云：「一卷長携載寢興，深山無處避炎蒸。偶然聽爾書聲亮，頓覺心源冷似冰。」《閱奎兒課藝詩》云：「依我晨昏十二齡，岳雲深處湘之濱。高堂以外無他喜，見爾文章日日新。」

從古文人得功於母教者多，歐、蘇其尤著者也。王次山《題錢修亭夜紡授經圖》曰：「辛勤篝火夜燈明，繞膝書聲和紡聲。手執女工聽句讀，須知慈母是先生。」

畢太夫人名藻，字於湘，印江令笠亭先生之女，少儀觀察之妹也。太封翁早逝，嚴於教子，其子秋帆尚書，殿試第一，可媲美於陶、歐之賢母也。太夫人雖在閨閣，而通達政體。尚書出撫陝西，太夫人作詩箴之云：「讀書裕經綸，學古法政治。功業與文章，斯道非有二。汝宦久秦中，洊膺封圻寄。仰沐聖主慈，寵命九重賁。日夕爲汝祈，冰淵慎惕厲。譬諸樽櫨材，斲小則恐敝。又如任載車，失誡則懼躓。捫心五夜慙，報答奚所自。我聞經緯才，持重戒輕易。教勑無煩苛，廉察無猥細。勿膠柱糾纏，勿模稜附麗。端己勵清操，儉德風下惠。大法則小廉，積誠以去僞。西土民氣淳，質樸鮮靡費。豐鎬有遺音，人文鬱炳蔚。況逢郅治隆，陶鈞綜萬類。民力久普存，愛養在大吏。潤澤因時宜，撙節善調理。古人樹聲名，根柢性情地。一一踐履真，實心見實事。千秋照汗青，今古合符契。不負生平學，不存溫飽志。上酬高厚恩，下爲家門庇。我家祖德貽，箕裘罔或墜。痛汝早失怙，遺教幸勿棄。嘆我就衰年，垂老筋力瘁。曳杖看雲飛，目斷泰山翠。」讀其詩，可見訓詞深厚，不減顔家庭訓。未幾太夫人就養官署，一路關心訪察，政聲聞長安，父老俱稱尚書之賢，太夫人喜。抵署，又賦詩云：「驂騑乍解路三千，風物琴川慰眼前。到處聽來人語好，頻年豐樂使君賢。」

元世祖思太祖創業艱難，取所居之地青草一株，置於大内丹墀之前，名曰「誓儉草」，蓋使子孫知勤儉之節。至正間，大司徒達不花公作《宮詞》，其一云：「墨河萬里金沙漠，世祖深思創業難。却望闌干護青草，丹墀留與子孫看。」

揚州陳少卿亞，蓄書數千卷，名畫數十幅。致政閒居，有華亭唳鶴一雙，怪石一株，奇峭可愛，與異花數十本，列植於庭。爲詩以戒子孫曰：「滿室圖書雜典墳，華亭仙客岱雲根。他年若不和花賣，便是吾家好子孫。」

張總戎善吟詩。嘗作《戒子詩》云：「銀燈剔盡自咨嗟，富貴榮華有幾家。紅日難消頭上雪，黃金都是眼前花。時來言語風行草，運去田園水搏沙。寄語兒曹須勉力，各人尋箇活生涯。」

陳正獻俊卿，道德風烈，爲阜陵名相第一。築第卑隘，落成，作詩訓子云：「興來文字三杯酒，老去生涯萬卷書。遺汝子孫清白在，不須夏屋太渠渠。」

温州章文寶聘妻某氏，未成婚，先納一妾有娠，而文寶病將死，氏力請於父母往視之，文寶一見氏即逝。哭泣盡哀，具棺殮畢，撫妾守喪。妾生子綸，愛之如己出，親教讀書，通四書大義。遣就外傅，後成進士，官禮部侍郎。景泰中，欲疏請復立舊太子，恐貽母憂，未果。氏謂綸曰：「吾平日教汝云何，汝能直言死職，吾雖爲官婢，無恨也。」綸遂以疏入，忤旨謫戍，氏怡然。天順初，復綸官，終養。氏嘗爲詩見志云：「誰云妾無夫，妾猶及見夫方殂。誰云妾無子，側室生兒與夫似。兒讀書，妾辟纑，空房夜夜聞啼烏。兒能成名妾不嫁，良人瞑目黄泉下。」

張躍川名文淵，仕正郎，弘治間有名士也。嘗咏四絶云：「低低壁落矬矬柱，小小廳堂窄窄門。廣厦廣庭非不愛，欲留約束與兒孫。」「老去不嫌粳米粥，饑來嘗吃菜餛飩。好飯好羹非不愛，欲留淡泊與兒孫。」「來音去信嘗關念，嫁女婚男不出村。遠眷遠親非不愛，欲留近便與兒孫。」「鑿開石竇通泉脉，插種梅花入瓦盆。深紫深紅非不愛，欲留清白與兒孫。」此作法於凉，以儉訓子孫之意。試一玩味，豈獨張氏子孫所宜守哉？

聶樂山繼模，其子宰陝西鎮安時，不憚崎嶇至署，親爲指示。嘗曰：「僻邑須耐煩爲之，墾山田、驅虎患、修道路、分社倉，最爲緊著。」於鎮安署題云：「秦關百二古稱强，阡陌開來古法亡。多少山田開不盡，尚留一半卧豺狼。」「虎口餘生是爾民，脂膏賸出饜何人。請看今日提携意，痛癢關懷獨老親。」歸家後，作《誡子》一篇，諄諄以忠國愛民爲念。

唐隴西馮用和二子，長友仁，次友義，讀書明理。友義，繼室陳氏出也，兄弟睦若同母所生。陳氏分愛憎，屢肆長舌。一日，謂用和曰：「二子不知稼穡，可會治生。」用和召二子諭曰：「仁貿易天涯，義董治家事。」仁不日啓行，乃吟一絶別弟云：「十里河橋蔓草青，片帆瞬息短長亭。不禁又作天涯客，愁覩郊原有鶺鴒。」義亦吟云：「手足分離腸斷時，關山千里共相思。此行願促歸鞭早，莫待枝頭叫子規。」仁經商數月歸，見弟甚歡。自是連年營獲，悉歸父篋。母欲分爨，仁泣曰：「父母俱存，兄弟無故，何忍析居？」陳氏厲聲曰：「汝私藏不分，必欲困乏其弟也。」義泣諫不從，仁知不可奪，乃罄身逃出，題詩壁上云：「呼號三諫信言難，義利分明一念間。莫謂求名沽世譽，清風千古首陽山。」義見詩嗚咽，遍訪無蹤。數日仁又寄一律云：「義心既重利心輕，分異何乖手足情。飯糗自貽虞舜樂，採薇獨守伯夷清。析居不忍從親令，退遜甘當矯世名。賢弟晨昏勤定省，莫因流落念而兄。」義愈感傷，踵韻和云：「勢利鴻毛眼底輕，異居忍背雁行情。薛包讓德千年烈，泰伯存仁萬古清。棄禮亂倫趨薄俗，分門割户總浮名。懸懸早發歸家念，並奏塤篪樂弟兄。」義思之至，忘寢食，徒步尋覓，得於華山白雲庵。見兄泣拜，百計勸解。仁曰：「父母恩同天地，吾負罪奔逃，本非矯世，亦望親心感悟耳。」始歸。用和知二子義讓，深咎陳氏，陳氏曰：「友仁恐發私藏，盍檢點之。」用和搜其篋笥，皆書卷，無他物也。用和悔悟，陳氏亦感化焉。

明江州朱原虚有詩名。父亡時，二弟俱幼，原虚匿父所遺綾錦十餘篋，二弟流離居外。一日原虚召仙，即降筆云：「何處西風乍捲霜，雁行中斷各悲凉。吴綾越錦藏私篋，不及姜家布被香。」原虚得詩惶恐，召二弟分其資，勸勉之。後俱登科。

《詩》曰：「鶺鴒在原，兄弟急難。」注：鶺鴒共母者，飛鳴不相離，《詩》取以喻兄弟相友之道也。菊人曰：「唐太宗云：『諸子尚可復有，兄弟不可復得。』唐玄宗爲長枕長被，與兄弟同寢。宋太祖晉王病急灼艾，帝亦自灸分痛。鶺鴒微禽，亦有斯風。」《感物吟》云：「兄弟如同手足依，鶺鴒原上共鳴飛。微禽多有相憐意，不讓姜衾古所稀。」

魏博王永壽家，有母羊育兒三。其一盲目，與之群，二羊得草，必鳴以共飼，日暮必相扶以歸。草澤中有井，盲羊墜之，二羊咆哮四出，若呼人狀，又環井悲鳴，人訝之，乃救盲羊以出，死矣。二羊以鼻嘘之，比暮盲羊復活，人負之行，二羊相從以歸。永壽爲作《義羊記》。菊人曰：「一盲羊也，敦兄弟之誼如此。世俗之兄弟，炯炯雙目者，尚欲欺之，況盲乎！兹乃得食必呼共飼，墜井則求救於人，死必嘘活以同歸，仁至義盡，儼若手足之關情。人世間，求如此羊者有幾哉？」《感物吟》云：「骨肉情親聚首居，竟同仇敵鬭庭除。請看墜井盲羊義，可嘆人生獸不如。」

後周京兆氏民家，有豕生數子而死。其家又有獖猪，亦生數子，遂兼乳之，數子賴以全活。京兆陸尹逞奏事，帝命飼以美食，諸豕免殺。菊人《感物吟》云：「獖猪代乳性仁慈，蠢獸還將惠澤施。獨怪世人多嫉妬，悠悠陌路視同枝。」

某淑媛寄夫讀書嶽麓云：「春到垂楊緑滿溪，絲絲隔斷板橋西。濃粧不向高樓望，但願藍衣染柳堤。」

有一士居太學，其妻寄鞋襪并詩云：「紬襪弓鞋別樣新，殷勤寄與讀書人。好將穩步青雲上，莫向平康漫惹塵。」二詩相勗以正，可稱賢婦。

柳庄有側室韓氏，年逾二十，即守節教子。居竹栢樓，十五年而卒。子又愷請旌於朝，又畫《樓居圖》志痛，一時士大夫詠其事者如雲，號《霜哺遺音集》。進士顧鈺詠云：「非擬懷清築，蕭然坐一林。竹森環户翠，栢古落庭陰。畫荻慈親志，登樓孝子心。當年紡績處，傾聽有遺音。」

世俗貧婦，往往有交謫之聲。乃有安貧不慕富貴，賦詩自娱，可謂賢矣。李學卿諱黨，長女適巴長卿家，貧甚，處之恬然。其妹適富家鄒氏，常笑巴氏，巴氏作詩云：「誰道鄒家富，巴家十倍鄒。池中羅水馬，階下列蝸牛。燕麥儲無數，榆錢散不收。夜來添好景，新月掛銀鈎。」

昔有僕嫌其妻之陋者，主人聞之，召僕至，以銀杯瓦盞各一酌酒，顧僕問曰：「酒佳乎？」對曰：「佳。」復問曰：「銀杯者佳乎，瓦盞者佳乎？」對曰：「皆佳。」主人曰：「杯有精粗，酒無分別。汝既知此，則無嫌於汝妻之陋矣。」僕悟，遂安其室。杜少陵詩云：「莫笑田家老瓦盆，自從盛酒長兒孫。傾銀注玉驚人眼，共醉終同卧竹根。」蓋言瓦盆盛酒，與傾銀壺而注玉盞者，同一醉也。由是推之，蹇驢布韉，與駿馬金鞍同一遊，松床莞簟，與繡帷玉枕同一寢。知此，則貧賤、富貴，可以一視矣。

宋會稽郡守周卯，題朱買臣婦羞塚云：「當年一棄會稽侯，野墓烟蕪鎖別愁。惆悵不逢郎衣錦，至今粉骨尚含羞。」方孝孺題云：「青草塘邊土一丘，千年埋骨不埋羞。諄諄囑付人間婦，自結糟糠合到頭。」

宋張開妻孔氏卒，遺五子。後妻李氏悍惡，虐遇五子，開不能制。五子哭於母墓，恍惚見母來，撫之而慟，因咬指血，題詩於五子之衿云：「新人間故人，暗涕幾盈巾。同衾今已隔，對面永無因。有恨牽遺子，無情祇任君。欲知腸斷處，明月照孤魂。」且曰：「吾當訴之官。」子以詩呈父，父方駭嘆。忽連帥某遣人來索詩，云：「因夢婦訴冤也。」遂以其事聞於朝，有旨流李氏於嶺南。録此，爲娶繼室虐前妻之子者戒。

雲間許氏有二鶴，其雄斃歲餘，客有復以二鶴贈者。孤鶴踽踽避之，不同顧啄。一日，雄鶴窺其匹入林澗間，意挾兩雌，一倏然躡跡，孤鶴引吭長鳴，相搏擊，至舍之去，乃已。每夕，雙鶴宿於池，則孤鶴宿於庭。其在庭也亦然。每月明風清，雙鶴蹁躚起舞，嘹唳和鳴，孤鶴寂處不應。或風雨晦明，寒湍瀉石，霜葉辭柯，哀音忽發，有類清角，聞者莫不悲之。陳卧子先生曰：「縞帨之操，鋒刃不能變也。鷇卵之信，寒暑不能奪也。九三不恒，亦孔之醜也。」《感物吟》云：「朗月清宵只自行，晦明風雨獨聞聲。惟知從一嚴非匹，苦憶當年比翼情。」

成化乙卯，灤州城南有李氏弋雁，獲一雄，鎩其羽，雌隨飛，鳴三日而去。明春，其雌復來，飛鳴不已。其家異之，出雄於隙地伺之。雌夜鳴而下，周旋俯仰，鼓翅招呼，欲與之偕飛。雄以縶不得去，糾頸勿失，並死之。瘞於高坨，名曰「雙雁坨」。《感物吟》云：「失群孤鳥唳青天，糾頸捐生在隔年。聞説灤州雙雁坨，紅絲誼重至今傳。」又王義官騂云：「朱家畜一雌雁，僮執足招雄鵝，强與之合，既已，雁遽狂跳，觸地而死。」張菊人曰：「一雁也，貞烈之氣，直與毛氏刳腸、玉京割耳之輩，同昭天壤。彼鶉奔狐綏者，真堪愧死。」

交友當存久敬，勿以境遇通塞易其心。章子厚與劉子先友善，子先守姑蘇，以新醖洞庭春寄子厚。子厚答詩云：「洞霄宫裏一閒人，東府西樞舊老臣。多謝姑蘇賢太守，殷勤分送洞庭春。」後契闊十年，子厚拜相，亦不通問。子厚寄書，言其相忘遠引之意，子先以詩謝之曰：「故人天上有書來，責我疎愚喚不回。兩處共瞻千里月，十年不寄一枝梅。塵泥自與雲霄隔，駑馬難追騕褭才。莫謂無心向門下，也曾終夕望三台。」子厚得書大喜，召爲户部侍郎。

盧抱經學士有《張遷碑》，揭手甚工。其同年秦澗泉愛而乞之，盧不與。一日，乘盧外出，入其書舍，攫至袖中。盧知之，追至半途，仍篡取還。未半月，秦暴亡，盧往奠畢，忽袖中出此碑，哭曰：「早知君當永訣，我當時何苦如許吝耶！今耿耿於心，特來補過。」取帖出，向靈前焚之。袁簡齋感其風義，爲作詩云：「一紙碑文贈故交，勝他千萬紙錢燒。延陵劍掛徐君墓，仰此高風久寂寥。」

饑附飽颺，燠趨寒棄，古今通患。唐詩云：「花開蝶滿枝，花謝蝶依稀。惟有舊巢燕，主人貧亦歸。」又詩云：「谷口春殘黄鳥稀，辛夷花盡杏花飛。始憐幽竹山窗下，不改清陰待我歸。」誦二詩，令人不勝炎凉之感。安得舊巢之燕、山窗之竹，與之締貧交而共歲寒哉？噫！可以人而不如物乎？

湖湘程、鄭二生，同窗友也。程先第，授咸陽令，鄭貧甚，貸錢訪之。程遍出條約，禁鄉人不與相見。鄭乃浼人告乞數金，作回路費，程亦不與，鄭狼狽而歸。後鄭亦登第，除直隸公幹。程適以事調獲鹿丞，又被人告贓。鄭前來按郡，程乃遠迎叙舊，引蘇章二天等語，鄭笑而不答，留程宴。鄭私囑優人，具言前事。優人因扮二虎，一虎銜一羊自食，旁一餓虎踞地視之，作欲食狀，虎怒吼銜羊而去。少頃，餓虎獲一鹿，前虎復來，欲分食之，争不與。一山神判之以詩曰：「昔日銜羊不採揪，今朝獲鹿敢來求。縱然掬盡湘江水，難洗當初一面羞。」程知刺己，遂解印而歸。蓋朋友有通財之義，貧窮急需，尤宜周恤，此眼前情不容已，豈希後日之報酬。而程吝以拒鄭，天道好還，報應捷如影響。世之背義者，須當戒之。

萬曆癸卯年，慈谿楊克之守勤，赴京會試。道出維揚，因行李匱乏，適一同窗友作縣，遂投刺造假資斧。友批「查名」二字，楊遂狼狽而去。來春揭榜，聯魁天下，因作詩貽友曰：「蕭蕭行李上長安，此際誰憐范叔寒。寄語江南賢令尹，查名須向榜頭看。」令尹得詩大慚。録此，爲先達嚴拒貧友告貸者戒。

猓獤獸，性最相親與。劍南採取猓獤，得其一，而數十可得。蓋不忍傷其類，聚族而啼，雖殺之不忍去也。《國史補》云：「友道之亡也，同貴且相傾，况患難之際乎？」平日携手拍肩，遇事反唇掉臂者有之，嗟嗟，猓獤可爲聲應氣求之君子矣。菊人《感物吟》云：「六博酣歌意氣新，偶然失足弗相親。猓獤遇難群趨救，料得山隈獸笑人。」

晉升平中，有人入山射鹿。墜一窟，窅然深絶，内有熊子數頭。須臾，一大熊至，瞪視此人良久，出果實分諸子，最後作一分，置此人前。此人饑甚，食之自是日以爲常，遂與相狎。後熊子大，熊母一一負出，此人自思必死窞中，須臾熊母復入，背此人坐，此人解其意，便伏其背，熊負而出。菊人《感物吟》云：「人生失足痛顛連，墜入熊窩路不前。猛獸猶能知義俠，分甘出更伏承肩。」世有親朋失足時，而不竭力扶持者，老熊見之，能不一哂？

《體願集》云：「學者當有日新之功。自有常程，不貪多而務博，不一暴而十寒。積以悠久，自然日新。若乃驟勤而遽怠，方得而旋失，雖欲日新，豈可得乎？」宋杏州《詠槐花》云：「寄語世間諸舉子，不應才到此時忙。」又詩云：「窗前須記場中苦，燈下常懷榜後羞。」

舊傳《勉學歌》四章，其一云：「君不見東鄰一出騎青驄，笑我徒步真孤窮。讀書一日登樞要，前遮後擁如雲從。昔時孑身今富足，大纛高牙導前陸。始信出門莫恨無人隨，書中車馬多如簇。」其二云：「君不見西鄰美婦巧畫眉，笑我無妻誰嫁之。讀書一旦高及第，豪門争許成婚期。昔時孤房今花燭，孔雀屏開欣中目。始信娶妻莫患無良媒，書中有女顔如玉。」其三云：「君不見南鄰萬頃業有餘，笑我饑寒苦讀書。讀書一旦登雲路，腰間紫袋懸金魚。昔時簞瓢今粱肉，喜得全家食天禄。始信富家不用買良田，書中自有千鍾粟。」其四云：「君不見北鄰飛宇聳雲端，笑我屋漏門無關。讀書一旦居相府，更有廣厦千萬間。昔時葦簷今梁木，畫棟雕甍成突兀。始信安居不用架高堂，書中自有黄金屋。」

《記》曰：「學然後知不足。」可見知足者，皆懶學之人。鄂公《題甘露寺》云：「到此已窮千里目，誰知才上一層樓。」方子雲《偶成》云：「目中自謂空千古，海外誰知有九州。」

明錢昕幼習舉子業，從師張節之。送其外祖吳思庵訥，作詩遺之曰：「阿昕近喜習科場，百里從師日夜忙。老我曾聞前輩説，一憑陰隲二文章。」後登正統己丑進士，仕知府太守。

高忠憲公曰：「昔人語科第者曰：『半積陰功半讀書。』誠然。然陰功非但分人以財也，孜孜切切，惟以濟人救人爲事，行之數十年，此意純熟，動念即是，方謂陰功。何者？此乃仁心也。仁則生，生則吉，吉則百祥咸集，科第在其中矣。此萬驗良方，幸勿忽之。」仝三山詩云：「一生救濟願心堅，到處慈祥了善緣。勤苦讀書兼積德，神明早報大羅天。」

《體願集》云：「每見少年子弟，父母蔭下，教以讀書，如牽羊入肆，死不肯讀。及至父母歿後，家務纏擾，或境遇艱難，欲讀不能。無論不能顯達功名，出人頭地，甚至欲寫書信寄遠，或寫契券字據，舉筆重若千觔，措詞奚啻十年三賦。即酒席之間，欲講一口令，欲道一書語，便覺手足無措。若遇文人笑談，惟有瞪目而視，不知所言何事。追思從前父兄之訓，悔已晚矣。」古有《勸學詩》云：「三更燈火五更鷄，正是男兒立志時。黑髮不思勤學早，白頭方悔讀書遲。」又某少年讀書遊戲，至老勤而無成，遂自嘆，每輒詠：「賣花聲裏春三月，擊鼓樓頭夜五更。」以及「寸陰勸汝須知惜，到底秋花總讓春」之語，以見志。

延師不可不敬，即偶有館師失檢處，東家亦當容受，敬謹不衰，方見尊師之隆禮。虞山王次山先生竣，風骨嚴峭，館蔣文肅公家，晚不戒於酒，肆口嫚駡，蔣家人群欲毆之，文肅呵禁，次日待之如初。先生不自安，辭去。及文肅卒，王次山哭以詩云：「回首却傷門下士，少時無賴吐車茵。」此愈徵文肅之賢，而次山之不諱過也。

虞景星進士，年八十，有句云：「貧不賣書留子讀，老猶栽竹與人看。」蓋謂家貧不廢書香，年老猶樹德蔭之意。

語云：「人存善心，筆有神助。」《竹坡詩話》云：「錢塘闕子樂言熙寧中，有長老重喜，會稽人，少以捕魚爲生。不識字而敬字，素以慈悲爲念，日誦觀世音菩薩不少休。一日，忽然能書，又能作偈。常吟詩曰：『地爐無火一囊空，雪似梅花落歲窮。乞得苧蔴縫破衲，不知身在寂寥中。』此豈捕魚者所能作哉？蓋得觀音智慧力，而解悟者也。」

讀書不識文理道義，與蠹魚何異？明郭登《詠蠹魚》詩云：「瑣瑣如何也賦形，雖無鱗甲有魚名。原來全不知文義，枉向書中過一生。」

買書固爲樂事，即借書亦爲韵事，乃有偷書之賊，可耻孰甚，大玷儒風，文士當戒。朱文庵幼受學於李吟海先生，在齋頭書被人偷去，因詠七律云：「空空蓬蓽一窗虛，除却遺篇没羨餘。梁上何人窺秘橐，架中有軸失殘書。不於富室謀金穴，偏向寒廬索石渠。自是偷兒通亥豕，朗吟赤壁竟何如。」不怒駡而恢諧，嚴於斧鉞矣。

勸戒詩話卷四

侯官黄坤元静軒編輯

《易》曰：「謙尊而光，卑以自牧。」毛俟園詩云：「水惟善下能成海，山不矜高自極天。」

富文忠公弼有人呼名辱罵，佯爲不知。或告之，公曰：「想罵他人。」或又曰：「明斥公名，豈罵他人？」公曰：「天下豈無同姓名者？」終不問。罵者大慚。公終獲壽考，位至相國，子孫榮貴。

潘從先公待人寬厚。族有强梁者，因酒醉，誤失足舍旁泥塗中，踞門痛詈，多不堪聞。公閉户若弗知者，家僮忿欲與之辨，公徐謂曰：「彼詈我忍，庶令彼清夜自思，還自悔也。若與相角，則彼此均矣，彼豈有悟乎？」仝二山詩云：「滄海寬容度量洪，滿襟霽月與光風。眼前芥蔕知何限，都似閒雲過太空。」

《勸善編》云：「饒人是福，即《左傳》所謂君子不欲多上人也。」蔡州褒信縣，有道人工碁，嘗饒人先。自爲詩曰：「爛柯仙客妙通神，一局曾經幾度春。自出洞來無敵手，得饒人處且饒人。」

臨江胡秘校與客圍棋，有鄉民積欠胡賬甚多。一日入門，惡聲甚厲。問之，曰：「來算簿。」胡曰：「少待。」其人直前，推局大罵，客不能堪。胡徐曰：「無怒。」即取簿勾之，又與斗米送歸。明日聞其人死矣。蓋以計服毒而來，無隙可乘而去也。若當時少不忍，其能免禍乎？先哲云：「非理相加，其中必有所恃。」可與較乎？猶炎熱中，須投之以清凉散矣。仙僕詩云：「非理相加自有因，察言觀色帆時。」

有勢不可用盡，用盡恐至顛躓，須留餘地，以全後日之恩。詩云：「莫倚好風帆掛盡，好風也有卸辨須真。若非容忍寬洪量，惹得災殃倏爾臻。」

洪自誠先生云：「天地有無窮的力量，然一日纔到午後，便急忙晦冥，以蓄來日之光華。一年纔到秋來，便急忙收斂，以養來年之發育。人生才力幾何？分量幾何？而事必欲做盡，福必欲享盡，智巧必欲用盡，是焚林而狩，竭澤而漁矣，如明年之無獸無魚何？」永方詩云：「大有何爲受以謙，須觀人道惡盈占。箇中素履留餘地，勿致明夷恨轉添。」凡爲人必須忠厚謙抑容忍，留有餘之地而後可。古詩云：「養成大拙方爲巧，學到如愚便是賢。」

俗說神童多夭扎，而不盡然。蓋恃才目空一世，輕浮驕肆，此器滿則傾，不易之理。亦有寬容謙抑，穩重若老成人者，多獲壽算。宋蔡伯稀字景蕃，四歲應童子科試，誦真宗御製歌詩，即日授秘書正字。上賜詩曰：「七閩山水多才俊，三歲神童出盛時。家世應傳清白訓，嬰兒自得老成資。初能學步來朝闕，方及能言解誦詩。更勵孜孜圖進益，青雲千里有前期。」伯俙福清人，名爲四歲，齒未三週，令赴春宮伴讀。元符初，以司農卿致仕，年八十七矣。古稱早慧者，夏罣子、周項槖、秦甘羅、漢張辟彊、班固、孔融、魏植，皆生稟清秀之氣特厚，然亦未有未三週者。明朝解縉、張適、蘇福、鄒智、李東陽、程敏政、楊一清，皆稱神童，其後貴賤壽夭，既各殊別，而其人之賢否，尤迥不同，蓋有始以神童見推，而終與愚拙之夫，同一朽腐。然則人之早慧，尤貴於充養之力，生質所稟，不足恃也。

《灼艾集》：吴處厚論心相有三十六善：「喜焚香讀書、作事有剛有柔、慕善近君子、安分知命、不近小人、委曲行陰德方便、能治家、不厭人乞貸、改過不吝、不姦淫婦女、不縱口腹貪殺、謙以持己、凡事讓人、與人期不失信、逢失意不改善行所爲益力、無作好作惡、毋多言妄語、弗談閨閫事、不忘人恩、待人無炎凉醜態、揚善掩惡、濟人急難中、不助强欺弱、不忘故舊、爲事與衆謀擇其是者從之、知人詐僞含容之、横逆來能忍辱、忠厚存心、不好人諛語奉承、喜對人説陰隲事、不嫌惡衣服、省約惜福、知人饑渴勞苦、不念舊惡、常思退步。三十六相全者，五福俱全；不全者，福亦參半。故相形不如相心，求人相者不如自相。」晚香詩云：「觀形辨色驗精神，漫定榮枯總未真。吉相須憑方寸地，傾心向善福駢臻。」

《堅瓠集》云：「道家言人身有尸蟲三，謂之三彭。上尸彭踞，中尸彭躓，下尸彭蹻。每於庚申夜伺人昏睡，以其人之所作過惡，直陳於上帝。故學道者庚申夕不寐，謂之守庚申。」道士程紫霄詩云：「不守庚申亦不疑，此心嘗與道相依。玉皇已自知行止，任爾三彭説是非。」誦此，則尸蟲爲上帝耳目，似上帝亦信任左右矣。

孫沙溪先生云：「幼時見前輩某，讀王十朋詩云：『室明室暗兩相疑，方寸常存不可欺。莫道天高鬼神惡，直須先使自家知。』」

潘仲謀先生曰：「人生最忌是妄念。有習釋氏者，教之拜佛念經，使他常存敬畏，刻刻提醒，自然心地清明，惡念潛消，諸善可作，即是極樂世界。故佛經云：『念佛人，若一日二日三四五六七日，一心不亂，是人命終時，心不顛倒。』可見持心工夫，一息不可間斷，若不滌除妄想，一心齋戒，雖日誦彌陀，日禮梁懺，徒增罪業。」仝二山詩云：「浪笑何充佞佛深，豈知香國好登臨。但祈千葉蓮花露，灌滌凡間五濁心。」

寧波曹孝廉題詩，譏相士袁柳庄云：「英雄老眼識英雄，我正懷疑欲問公。九尺曹交湯九尺，重瞳項羽舜重瞳。形容奚以皆相似，功業如何兩不同。須向靈臺窺善惡，莫將皮相問窮通。」

宋倪思父云：「住場好，不如肚腸好。墳地好，不如心地好。」宋壺山謙父贈地師云：「世上盡知穴在山，豈知穴在方寸間。好山好水世不少，苟非其人尋不見。我見富貴人家墳，往往葬時本貧賤。迨其富貴滅禮義，山頹水反地又變。」前輩口占云：「汝也看兮我也看，弗見天然地一段。山神耐守幾多年，暗向善人耳邊喚。」錢水部仁夫詠詩云：「尋山本不爲親謀，大半多因富貴求。肯信人間好風水，山頭不在在心頭。」

信州朱夢得寶符，性耿介，有識量。崇禎戊辰，舟過小孤，風濤大作，汪千頃誦《觀世音經》垂救，令朱亦誦，夢得謝不應。及大孤，風十倍前，更雨雹，千頃以夢得篋中有《楞嚴》，宜升之高處，夢得以「死生有數」爲言，頃之風定。整帆達禦兒港，焚香向水謝，口占一絶云：「白頭浪裏此心閒，厭説存亡頃刻間。暗數生平纔一遍，危舟已過大孤山。」

長春真人曰：「人生世間，方便第一。力到便行，錯過可惜。」昔者大觀中一士人，其父久亡，忽於京師鋪中見之，父徑去，士追數里疾呼曰：「吾父何忍無一言教我？」父回首囑曰：「爾做人當學葛繁。」問：「葛爲何人？」曰：「世間人，爲鎮江太守。冥司皆設像禮拜之，但學此人足矣。」言訖不見。其子因往謁繁請教，繁曰：「某日行善事，或至四五條，或至一二十條，今四十年並無虚日。」士問：「何如爲善事？」乃指座間踏子曰：「若此物置之不正，便礙人足，某爲正之，亦利人事也。如人饑與飯，渴與杯水，幾微言語動作，有可以利益於人者，隨念隨時隨事，上自天子卿相，下至寒賤孤民，皆可爲之，但不可當面錯過。久久行之，乃有利益。」士拜受教，後葛以高壽坐化，子孫富貴不絶。士遵行數年亦登第。仝二山詩云：「不待旋乾與轉坤，眼前方便即推恩。區區此意何人會，只有當年一葛繁。」

舒春芳官福建僉事，升貴州提學，大興考亭西山之學，常詠云：「色貨兩關須打破，古今到此幾男兒。」又云：「對天頻首心無媿，終夜安眠夢亦清。」語有道學。

凡閱世間成敗，賢否才劣，只可自己心中著想，擇其善者從之，其不善者改之，不可在人前説短論長，恐招口禍。吴女茗華《詠古鏡》云：「閱世興亡疑有眼，辨人好醜總無聲。」

聞鄭鵬戒人讒言，有《感吟百舌鳥》云：「追逐黄鶯上苑遊，穿花渡柳亦風流。於今已是朱明景，莫弄東風巧舌頭。」

《堅瓠集》云：「世人貴緘默無事，以言多必失故也。」古有詩云：「獨坐清寥絶點塵，也無撓雜擾閒身。逢人不説人間事，便是人間無事人。」

杭州兩姬，置酒招女眷遊西湖。王健庵妻張瑶英，以詩辭云：「呼女窗前看刺鳳，課兒燈下學塗鴉。韶光一刻難虛擲，那有閒看湖上花。」婦人尚知勤業，矧男子詎容怠惰好遊耶？

唐一庵先生曰：「凡富人競直，涉世多致怨。前輩語之曰：我知汝心無他，但以富人處今之時，須屈抑一分，乃爲平理。如取諸人者以百計，當以九十爲平，與諸人者以百計，當以舍一百一十爲平。如此，則人皆親附，得以九而入吾用之資，棄其一而定吾得之之地，有其地而得順，聯其情而人安。況日以貨財交接，每多取妬鄉鄰，尤當顔色愉悦，言語和緩，禮儀卑抑，是不費之惠，庶可以消人之怨矣。」逸老詩云：「富爲怨府是何因，大半胥由競直人。謙讓存心消妬忌，須知蠖屈是求伸。」又云：「富人每欲占便宜，占了便宜反是癡。古道利人皆利己，損中受益有誰知。」

方正學孝孺有《諭俗四箴》：「子孝寬父心，斯言誠爲確。不患父不慈，子賢親自樂。父母天地心，大小無厚薄。虞舜日夔夔，瞽瞍亦允若。」「兄須愛其弟，弟必恭其兄。勿以纖毫利，傷此骨肉情。周公賦常棣，田氏感紫荆。連枝復同氣，婦言慎勿聽。」「夫以義爲良，婦以順爲令。和樂禎祥來，乖戾災禍應。舉案必齊眉，如賓互相敬。牝鷄一晨鳴，三綱何由正。」「損友懼而遠，益友宜相親。所交在賢德，豈論富與貧。君子淡如水，歲久情愈真。小人甘如蜜，轉眼如仇人。」

吴去盈先生曰：「貧富貴賤，病安壽夭，斯本非福非禍也。其爲禍福，各視所用。用以積善乃福，用以助惡乃禍也。因富貴而敬天濟人，則富貴爲福，若縱欲害人則禍也。因貧賤而貪得妄爲，則貧賤爲禍，若動心忍性，增益其所不能，則福也。君子或處順境，謂天慰勸我；或處逆境，謂天儆戒我。故順逆無常，修善惟一，往往獲福無量。」仝二山詩云：「莫言天道甚幽遐，福善由來報不差。試向小窗讀《周易》，便知餘慶在誰家。」

空青先生《風水論》云：「陽宅有三十六吉祥：居家尚禮義、子孫耕讀、勤儉、無峻宇雕墻、三姑六婆不入門、無俊僕、每聞紡織聲、能睦鄰族、早完官課、灑洒庭除、門外多士君子往來、閨門嚴肅、尊師重醫、宴客有節無長夜之歡、座上常有窮親友、不敢暴殄天物、居喪循禮、交易分明、女人不登山入廟、祭祀必恭必敬、幼者舉動必禀命於家長、器用常有三五十年前舊物不逐時興、閽人謙婉見主人親戚雖藍縷必恭敬起立、家僮不學彈唱不敢鮮衣華飾、不喜争訟、不信禱賽、不聽婦人言、寢興以時、不聞嘻笑駡詈聲、婚娶不慕勢利、田宅不求方圓、主人有先幾遠慮、敬惜字紙、座右多格言莊語、能忍、常畏清議畏法度畏陰隲。三十六相全者，鬼神福之，子孫保之。下手速脩，所謂移門换向，趨吉避凶之真訣也。」永方詩云：「富家大吉卜休徵，創業全憑宅相興。三十六條都則傚，入門便覺福頻增。」

《庸庸録》云：「我看世間待人不和好，病根大約有三：一曰損人利己，只顧自己快心，不管他人死活。却不知世上只有一個便宜，原是大家公共的，譬如一條路，能讓人先行，固是個君子，即與人同行，也没得争競。若是絶了别人的去路，只顧自己横行，那些人争你不過，只得忍受，待到那路逢險處，群起而推擠，墮坑墮塹，誰肯扶持？乃知從前討便宜處，就是吃虧的根本。不獨失了人情，損人即是損己，有何好處？二曰争强好勝，恃財藉勢，背理喪心。不揣内裏之是非，只圖外邊的體面，却不知恕人讓物，纔成豪傑，欺鄰壓里，不是英雄。語云：柔弱，護身之本；剛强，惹禍之由。常言道冤家路窄，不多時人怕汝，轉而怕人，更説甚麽好漢。須知這財勢，不是保得長遠的。平昔仗財靠勢，欺凌於人，一旦財去勢窮，人即以汝之所欺凌者，反欺凌於汝。自古道：人怕不是福，人欺不是辱。這不是誑話。三曰妄自尊大，舉止乖張，語言躁妄。恃著自己的才能，便覺眼中無物，把個鄰里親友，如同兒戲。却不知好歹盡在鄉評，是非全憑公論，照樣這人，大家唾駡。衆口交譏，失了鄉情，壞了人品，亦何益耶？然待人之法，也無甚難事，只要汝春風和氣，誰人反來惱怪汝？只要你謙恭忍耐，誰人還來凌辱汝？只要汝行善修德，誰人還來毁謗汝？只要汝隱惡揚善，誰人還來搬唆汝？凡親友鄉族之中，有德行的，要尊重他；有學問的，要就正他；有年紀長的，要恭敬他；有年紀小的，要愛惜他；有横逆的，要寬容他；有强暴的，要迴避他；有喜慶的，要拜賀他；有疾病的，要問候他；有惡事的，要勸化他；有官司的，要解和他；有冤枉的，要表白他；有患難的，要扶持他；有死喪的，要祭弔他；有孤兒寡婦老病殘疾以及喪婚困窮無資者，要憐憫他，要量力周濟他。比汝富貴的，不要妬忌他，亦不要詐騙他；比汝貧賤的，不要欺凌他，亦不要鄙笑他。但有一切相争相嚷的，自己只認了個不是，自然和好了他。縱有以非禮加汝的，汝只管平心静氣，以禮相待，自始至終，只是忍耐退謙，就是極不好的人，久久自然感動了他。這就是待人的法則，須要切切記著。」永方詩云：「交接逢人不憚煩，一團和氣自安敦。春風梅柳枝枝暖，冬日樓臺處處温。」

宗彝，獸屬，居於樹，老者居最上，子孫以次居下。老者不多出，子孫出得果，即傳遞於上。上者食，然後遞至下，下者始食。上者未食，下者不敢食。先王率彰其孝，用繪於衮，蓋取諸此也。菊人《感物吟》云：「齊家先要肅尊卑，倫紀毋容少長欺。因取宗彝敦上下，先王繪衮著威儀。」

《體願集》云：「安而忘危，必多債事，此所謂死於安樂。安而防危，必多成事，此所謂生於憂患。故無忌憚者，即爲小人；能戒懼者，方爲君子。」逸老詩云：「浪靜潮平晝舫開，聲聲欸乃曲江隈。頻教舟子須珍重，怕有狂風倏爾來。」

人當惜穀，勿縱禽獸踐蹈禾稻。孟賓于嘗作《君子行》，以譏不惜穀云：「錦衣紅奪彩霞明，清曉春遊向野亭。不惜農夫心力苦，驕驄馳處麥青青。」

謝良齋有《勸農》詩云：「莫入州衙與縣衙，勸君勤裏作生涯。池塘多放旋添稅，田地深耕足養家。教子教孫須教義，栽桑栽菜勝栽花。閑非閑是都休管，渴飲清泉困飲茶。」又云：「仕宦之人，南州北縣。商賈之人，天涯海岸。爭如農夫，六親對面。夏絹新衣，秋米白飯。鵝鴨成群，豬羊滿圈。官稅早輸，逍遥放誕。似此之人，值錢千萬。」

富貴人，當知蠶織之艱難，惜衣即是惜福。寇萊公妾蒨桃贈歌者詩云：「一曲清歌一束綾，美人猶似意嫌輕。不知織女寒窗下，幾度拋梭織得成。」南唐李詢《贈織錦》詩云：「扎扎機聲尺寸儲，眼穿力盡苦何如。美人一曲成千賜，心裏猶嫌花樣疏。」引此爲不惜衣者鑒。

臨海趙某爲中貴《題蠶婦圖》云：「蠶未成絲葉已無，鬢雲撩亂粉痕枯。宮中羅綺輕如布，爭得王孫見此圖。」高皇見之，詰問，以趙某對，即召知肇慶府。有廉聲，及歸嘆曰：「昔趙清獻持一硯，今吾倍之。」遂持二硯歸，人稱「趙雙硯」。

蘇州薛皆三進士有句云：「人生只有脩行好，天下無如喫飯難。」是千古格言。蓋貧窮者，苟知修行之好，不敢做無恒心之事，以充口腹，此喫飯之難也。富貴者，享天地之膏粱，當思修行以酬天地，不容虚度一日，此喫飯之尤難也。使但圖喫飯之易，而不知修行之好，則貧窮放辟邪侈，無所不爲，富貴驕奢淫泆，無所不至，可哀可懼也夫。

解大紳官詞苑，食天厨，未至於屢空也。第水旱頻仍，歲遭荒歉，每甘貧而歠粥。一日有感，詠詩云：「水旱年來稻不收，至今煮粥未曾稠。人言筯插東西倒，我道匙挑前後流。捧出堂前風起浪，將來庭下月沉鈎。早間不用青銅照，眉目分明在裏頭。」《戒庵漫筆》載《煮粥》詩云：「煮飯何如煮粥强，好同兒女熟商量。一升可作三升用，兩日堪爲六日糧。有客只須添水火，無錢不必問羹湯。莫言淡薄少滋味，淡薄之中滋味長。」紈袴之子，不識歲之凶荒，而惟欲飽食終日者，可以省矣。

朱晦翁訪婿蔡沈不遇，其女出葱湯麥飯留之，意謂簡褻不安。晦翁題詩曰：「葱湯麥飯兩相宜，葱補丹田麥補脾。莫謂此中滋味薄，前村還有未炊時。」

無錫秦廷詔《題菜》云：「翠葉蒙茸塌地鋪，曉炊初薦美如酥。世間此味人知少，乞報中州士大夫。」

唐伯虎詩云：「朱門公子饌鮮鱗，争詑金盤一尺銀。誰信深深江漢裏，滿身風雨是漁人。」文衡山詩云：「小舟生長五湖濱，兩笠風簑不去身。二尺鱸魚三尺鯉，長年辛苦只供人。」録此，爲富豪家放恣鮮食者唤醒。

書宜多讀，酒須少飲。曹六圃廷棟，自號慈山居士，有詩云：「廢書衹覺心無著，少飲從教睡亦清。」

楊伯雍性仁慈，年壯，貧不能娶，好行善事。所居之地，水極少，炎月行者苦之，伯雍晨夕挑水，作漿給飲，數年不懈。一日遇異人與以菜子升許種之，鋤土得白璧一雙，錢萬緡，因資得納婦。生子十，皆令德，歷顯官。仝三山詩云：「烈日征夫憚往來，地偏覓水費徘徊。道旁一解相如渴，賜勝金莖露一杯。」

《保元護命録》云：木有根則榮，根絶則枯。魚有水則活，水涸則死。燈有膏則明，膏盡則滅。人有真精，乃安身立命之本，保之則壽，戕之則夭。每見人家子弟，情竇初開，即偷看淫書，喜談穢事，因而相火妄生，尋求喪命一路。或有婢僕之事，而斲喪真元；或無男女之欲，而暗洩至寶。漸至肢體羸弱，飲食減少，内熱咳嗽，咯血、夢遺、虚勞等症叠見。父母驚憂無措，湯藥救治難痊。一以爲先天不足，一以爲補養失宜，一以爲風寒所致，不知皆自作之孽，而戕賊其性命者，深中毒於膏肓已久也。幸知自愛其身，翻然悔悟，萬端調治而後得痊，然其人早年受傷，終身致病，下元虚冷，子嗣艱難，腰疼腿痛，目暈頭眩，一切勞心用力之事，皆不能任。雖欲延壽益福，啓後承先，難已。仰貽憂於堂上，俯貽累於閨中，生則稱無用之軀，死難免宣淫之罪，伊可哀也，亦可恨也。吾願爲子弟者，自知珍惜，愛身以愛親，保身以揚名，萬勿以少年柔嫩之軀，爲暗室傷生之事，如木之絶其根，如魚之涸其水，如燈之竭其膏，則幸矣。唐雲叟寄霍山秦尊師云：「老鶴元猿共採芝，有時長嘯獨游移。翠蛾紅粉嬋娟劍，殺盡世人人不知。」國初高士徐貫時寄妾云：「善保玉容休怨别，可憐無益又傷身。」

唐司空圖《戒色自戕》詩云：「昨日流鶯今日蟬，起來又是夕陽天。六龍飛轡長相窘，更忍乘危自著鞭。」楊誠齋嘗謂好色者曰：「閻羅王未曾相喚，子乃自求押到，何也？」即此詩之意。《不可録》云：「乾隆丙午年九月十七日，立孝王司禄星君降筆示在壇諸子戒淫詩三首云：『唯有貪淫最可羞，痴人翻自號風流。當頭惡報方知誤，欲祝神休神不休。』『莫道邪緣事可成，相如名士誤生平。只因一作琴挑事，終古污名洗不清。』『行淫我且恕無知，速返迷途尚未遲。囑付眼前花柳客，從今莫再起相思。』」

陶文禧公大臨，年十七美姿容。赴鄉試，寓有鄰女來奔，三至三卻。自題詩云：「裙釵錯認舊相如，三至慇懃叩寓居。不敢妄生巫峽夢，只因曾讀聖人書。」遂徙他寓。寓主夜夢神語曰：「明日有秀才來，乃鼎甲也。因其立志端方，能不爲奔女亂，上帝特簡。」寓主以夢告陶，陶益自砥礪，後中榜眼，官至大宗伯。

元統三年，新喻傅與礪若金奉使安南。宿天使館中，其國王以侍姬薦寢，與礪以詩卻之曰：「夜宿安南天使館，玉人供帳□相輝。寶香爇起風過席，銀燭花偏月照幃。王母漫勞青鳥至，文簫先放綵鸞歸。書生自是心如鐵，莫遣行雲亂濕衣。」

宋有士人買妾，既而卧病。汪彦章以詩譏之曰：「但知瓊樹鬬清新，不道三彭接有神。處仲未聞開閤事，維摩空對問禪人。封侯燕頷何妨瘦，伐性蛾眉却怕顰。從此空花掃除盡，定須嚼蠟何横陳。」「温柔鄉裏事還新，便擬尊前賦洛神。定向中年多作惡，非干柔物解移人。莫愁阿鶩煩君嫁，且學西施爲我𦊨。争似農家無一事，從來婚嫁只朱陳。」

有一宦女年十六，秉性貞静，姿美詩工。嘗構有素心閣，在閣刺繡針工，獨吟風景，並不與文人親眷酬答。詠詩觀史之餘，惟與老母閒談故事。最愛閉閣焚香，戚屬欲一覯面而不得。一日有母姪某少年詣其家，授姑母以詩十首囑和，其母叩閣陳詩，强之使和焉。宦女曲順親心，而酬以詩曰：「瑶池仙子脱塵凡，最恨雲烟繞翠巖。寄語簾前飛燕子，好教别處語呢喃。」少年以後不敢獻詩。後宦女于歸李姓，半載夫亡，以貞烈聞。

《遠色編》云：「寄興青樓，自謂風流韵事，不知淫娼賤質，百種温存，狐媚千般，無非陷人鈎餌。一入其中，極聰明人亦被迷惑，遂至亂其心志，廢其正業，傾其家産。父母棄之，妻子恨之，親友疎之。一迷嬌妓之場，自絶倫常之外。况遇屍癆瘡毒之婦，延染及身，毁形害命，半生之富貴何存？一世之豪華安在？柳巷花街，爲歡有幾，巫雲洛水，轉眼成空。劫命之鄉，儘屬歌臺舞榭；埋金之窟，皆是楚館秦樓。少年浪子，可不戒哉！」沈石田詩云：「揮金買笑逞豪英，自愧當初欠老成。脂粉兩般迷眼藥，笙歌一派敗家聲。風中柳絮狂心性，鏡裏桃花假面情。識破這條真線索，等閒趯倒戲兒棚。」

古有詩云：「要知前生事，今生受者是。勸君今生爲，勿貽來生恥。」此詩爲越矩踰閑、不顧來生作禽獸殘疾人者，撞一晨鐘。

有客行貨買舟金陵，舟人見客孤身，六月初三夜殺客，而取其所有遂致富，棄舟不操。逾年生一子，甫弱冠，蕩費家業，父或訓戒，反被毆詈。鄰有術士召仙甚驗，舟人往拜，冀其庇護，仙附乩書曰：

「六月初三風雨惡，揚子江頭一著錯。汝兒便是搭船人，請君自把心頭摸。」悚懼而退，不數日憂悸而死。録此，爲謀財害命者戒。

萬曆己丑，新安商人自楚販米至吴，值歲大旱，斗米百五十錢，計利已四倍，而意猶未愜。請道士降乩問米價，南極上帝附乩判詩云：「豐年積穀爲凶年，一升米糶十升錢。天心若與人心合，頭上蒼蒼不是天。」又判著火部施行。道士未出門，火燒倉中，商人之米無遺粒，連近百餘倉，分毫不燬。

成化間，湖州凌漢章針術神靈，擅名吴浙。曾於市中見一丐，形軀長大，貌凶惡，頰上天生一手掌痕，有十餘丐從之。既去，漢章問於市人，市人曰：「此丐姓聶。父某爲司務官，因早朝吏失携笏板，怒而掌其面，仆地死。後妻有娠。聶一日忽見前吏入門，竟入其室，遂生一子，掌痕宛然在面，父心知之。始能言，即有報仇之語。比長，日以殺父爲事，雖謹防之，幾被其弒者屢矣，不得已逃避他鄉，不知所往。其子遂縱酒色，蕩盡家産，至爲丐。」漢章感其事，作詩記之曰：「平生不信有陰魂，丐面而今見掌痕。寄語世間君子道，莫教結怨種冤根。」

黄巖有顯者奪民山，民訟之。時高林爲令，批其牘曰：「一片青山一片金，百年人有萬年心。鴻溝未必常爲限，倏忽浮雲變古今。」「踏遍青山山轉峩，問山不語奈山何。若無山下纍纍塚，料得争山人更多。」顯者見詩，遂還民山。引此爲恃勢侵奪人産者戒。

富陽俞克明爲顯宦，鄰家有田與俞塍相連，每歲令人侵其畔，鄉民苦之。族人俞古章賦詩一絶云：「一年一寸苦相侵，一尺原來十度春。若使百年侵一丈，世間那有萬年人。」俞聞詩遂止。朱仁軏先生訓世云：「終身讓路，不枉百步。終身讓畔，不失一段。」與斯詩相表裏。

范直方先生云：「大輅與柴車相逐，圭璋與瓦礫相觸，君子與小人相較，不惟不可勝，兼亦不足勝，雖勝亦非也。」永方詩云：「氣象和平笑語温，休休容忍自安敦。明珠值有千金價，肯作隋侯彈雀丸。」

鶻一名隼，搏物萬無一失，然搏得有胎之鳥即釋而不食，故語曰：「鶻不搏姙。」滄州東觀寺，有蒼鶻住重閣之上，寺有鴿數千，於冬月每取一鴿以暖足，至曉放之，終冬月不殺一鴿，且護之，鷹鷂不敢侵凌，鴿皆往依之。菊人曰：「此禽中義俠者，非同齷齪輩，有勢必盡用其勢。」《感物吟》云：「羽中惟鶻最稱雄，振翮秋風戾碧空。縱有高飛難避擊，剛逢姙鳥弗相攻。」

出入權貴人家，能履朱門如蓬户，則炎涼之意，自無所動於中。宋人吟松云：「惟有君家老松樹，春風來似不曾來。」汪易堂蒼霖《詠菊》云：「不蒙春風榮，詎爲秋氣肅。」李清臣北都人，方束髮，即才調咄咄驚人。一日薄遊鄭州，時韓公爲帥，投刺往謁，並見其子太祝，吏報曰：「太祝方寢。」遂書詩於刺，授其吏曰：「太祝覺，則投之。」詩云：「公子乘凉卧絳幮，白衣老吏慢寒儒。不知夢見周公否，曾説當年握髮無。」魏公見詩云：「吾知此人久矣。」遂隆禮往謝，因有東床之選。以此見清臣之高風，魏公之下士。

人生窮達有命，處貧賤而逢迎富貴，殊屬可耻。金陵金元玉琮，《題袁安卧雪圖》詩云：「一片堅貞天地知，甘貧豈但雪中饑。平生耻作千人態，縱使晴天也不宜。」

朱望子先生《詠勢利》詩云：「看他勢利狀如何，諂笑腰彎與背駝。佳節大盤并大盒，良宵高宴又高歌。窮來即便交情絶，事到依然謝禮多。只有一般無用處，難將書帖送閻羅。」此詩不獨可資一噱，亦可喚醒愚夫矣。

于穀山先生曰：「求治不可太速，疾惡不可太嚴，用人不可太驟，聽言不可太輕，處己不可太峻。」樹蔭詩云：「過涉常憂滅頂凶，待人處己貴從容。性情激烈恒招禍，會得中和自可宗。」

助人埋葬，盛德之事，况有名望人停棺，更當厚力護理。袁簡齋丁巳流落長安，飯高怡園先生家，後四十餘年，先生亡矣，簡齋感其德，爲撰墓誌以報。怡園亡時貧甚，家有九棺未葬，夜托夢於童二樹公，以箋紙索畫梅十幅，童素不相識，驚醒，則案上有袁作墓誌銘存焉。所謂短而癯者，即其貌也。以告張果，果曰：「得毋高公欲假公畫以歸土耶？」童欣然握筆，及畫成，買者無人，適河南施我真太守見之，嘆曰：「畫梅助葬，真盛德矣。」乃取其畫而助葬資二百金。題詩曰：「十幅梅花十萬錢，詩中之伯畫中仙。耶溪太守捐清俸，了却幽人夢裏緣。」張果招人和其詩，號夢中緣云。

韓靈敏兄靈珍早孤，並有孝行。母没，貧不能葬，共種瓜半畝，朝採暮又生，因資得畢葬事。菊人《感物吟》云：「瓜憐孝子葬親軀，朝夕頻生濟急需。記得麥舟人膾炙，芳名不讓范堯夫。」

埋路旁孤旅之尸骸，功德最大。金陵太平門外，有乞丐斃於道，官往相驗，懷中得詩一首云：「賦性生來是野流，手持竹杖過通州。飯籃向曉提殘月，歌板臨風唱晚秋。兩脚踏翻塵世路，一肩擔盡古今愁。而今不受嗟來食，村夫何須吠未休。」方伯閔公聞之，掩埋其棺，並立碑以表之曰：「通州詩丐之墓。」

李穆堂侍郎云：「凡拾人遺編斷句而代爲之存者，比葬暴露之白骨，哺路棄之嬰兒，功德更大。」杭州嚴曙聲烺贈詩云：「但見三吴書版顧俠君先生選元百家詩，夢有古衣冠者數百人，拜而謝焉。盛，不知十載選樓忙。」

名士鴻儒，著有書籍詩文遺稿，貧莫能刊，歷久泯没無聞，後學有力者，搜訪代爲開雕，以廣其傳，則幽冥感恩無既矣。曾南村好吟詩，作山西平定州刺史，倣白香山，將詩集分置聖善、東林故事，乃將《上黨咏古》諸作，命門人李珍聘書藏文昌祠中。身故十餘年，陶悔軒來牧此州，過祠拈香，見其藏本，既愛詩之清妙，而又自憐同爲山左人，乃序而梓之，並附己作於後。陶《詠遺詩軒》云：「一代文章擅逸才，開軒吟罷興悠哉。官閒且喜能醫俗，爲與詩人坐卧來。」

唐黄子野，侯官人，年十三，隨父賈於杭州。其父就他郡，以子野守舍。適王伾微時，覆舟於羅刹江，子野見之，大呼曰：「能救得者予百金。」於是漁者救伾，子野即予以舍中所藏百金。其父歸，大異之。子野曰：「身得其名，乃令父喪贏，非孝也。」遂去爲人僕，主人聞其救伾事，義其爲人，陰倍其償，乃爲小賈生息，久之，既致蓄藏，以其半爲親甘毳費，以其半散之貧交，乃折節讀書，治《左氏春秋》。無何有勸之仕者，子野因自悔見知於人，遂變姓名耕於方山。其後王伾爲散騎常侍，使人訪之，得之於陽岐江上。有一男子扁舟披簑，獨卧雪中，忽扣舷歌曰：「早潮初上海門開，漠漠彤雲雪作堆。一百六峰都掩盡，不知何處有僧來。」又歌曰：「幾日江頭醉不醒，滿天風雪卧滄溟。定知酒伴無尋處，門外松濤坐獨聽。」使者徑呼之曰：「仲無恙乎？」子野曰：「唯唯。」於是遂達伾之命，隨子野至山中，家徒四壁，几上獨《周易》一卷。子野佯喜，設脱粟之食，與之約曰：「旦日雪霽，會於傳舍。」而子野已遁去矣。

西王斯泛海，風壞其舟，得登一山，遇猩猩救入穴内，飼以果實。越年餘，有商舟經其處，猩猩送之，附舟依依作惜别意。菊人《感物吟》云：「海風飄泊實堪憐，山獸相逢幾獲全。不謂猩猩多惻隱，舟邊惜别更惓惓。」

王昊廬宗伯，捐貲贖甲寅難婦百餘口。沈贈云：「紅淚千行濺鐵衣，傾家不惜拔重圍。揮金欲笑曹瞞吝，只贖文姬一个歸。」

宋劉懋越鄉授徒，歲暮歸，道逢孕婦携兒欲赴水，詢之，知爲債主所迫，因傾囊中七金，與之還債，婦遂回家。懋歸而妻詢之，亦無愠色。是夜篘酒炙蝦爲膳，因口占詩云：「蝦小紅爐炙，酒熟布裙篘。」及旦開門，見續題於門云：「門闗金鎖鎖，簾掛玉鈎鈎。」居數日，有人以吉壤告者曰：「此地金鈎掛玉簾形也。」懋以葬母。遂生子龠，謚文簡，官工部尚書，炳謚文安，亦顯仕。

濟幽亦是陰隲事，不可以杳冥無據而弗爲。邱韞巖家輝，江西廬陵人，秉性慈祥，好陰行善事。中年溷跡市肆，遨遊江湖，舟嘗夜泊小孤山下門岸側，聞有人吟詩云：「半生作客到南方，石破舟沉困水鄉。黑夜哀鳴深浪裏，黄昏躑跼淺灘旁。凄風颯颯寒衣敗，苦雨霏霏枵腹傷。竊得土神驅鬼令，乞憐枯骨渡慈航。」叩其里居姓名，曰：「吾江西人，黄姓，名九宗也。偶過小孤，破船於此，感而賦詩，聞君好善，特使聞之。」韞巖曰：「君何求？」曰：「但願多得錢耳。」韞巖乃多焚錢紙於舟上，焚畢，聞岸邊人稱謝而去。

《陰隲文》曰：「于公治獄，大興駟馬之門；竇氏濟人，高折五枝之桂。」仝二山題辭云：「于公門第竇家兒，不負斯人德澤垂。自古廢興皆自取，何曾果報有差池。」

司徒北平王馬璲家二猫，有同日生子者，其一母死焉，子鳴咿咿，其一母方乳其子，聞彼子號哭聲哀甚，復銜而乳哺之，如同己子。菊人曰：「每見同胞兄弟妯娌，各懷異心，而不肯一顧其遺孤者，往往有然。使人人皆如此猫，則太和在宇宙矣。」《感物吟》云：「失母遺孤最可憐，誰將惻隱保生全。今看馬氏猫堪異，哺乳他兒事可傳。」

揚州有富户，值年饑，煮粥賑濟，吃粥一碗者，償錢一文。或云：「汝既有此救人美意，併不索此一文錢，豈不大佳？」對曰：「吾非敢云賑饑以粥也，吾固賣粥而第損其價耳。蓋流俗常人，固無論矣。若寒儒正士，有廉耻體面者，雖饑餓欲死，而不肯至賑粥之處者矣。吾名爲賣粥，則彼持錢欣欣而來，吃之有名，并可買歸，給其妻子之在家饑餓者，於計爲得耳。」夢捷詩云：「年饑煮粥賤相售，欲掩寒儒乞貸羞。豈敢沽名誇賑濟，人多尚恐賣難周。」

有顯爵者遇貧士，或援引爲官，或送錢濟急，宜時行方便。丞相吕夷簡公，一日有儒者張球獻詩曰：「近日厨中乏所供，孩兒啼哭飯籮空。母因低語向兒道，爺有新詩上相公。」公見詩甚悦，因以俸錢百緡遺之，又爲引導貴官門館，得依棲之。

吴縣都元敬家貧，最好濟人之急，尤愛食客，所有輒盡，盡則解衣爲質。一歲除夕絶糧，作詩寄故人朱堯民曰：「歲云暮矣室蕭然，牢落生涯只舊氈。君肯太倉分一粟，免教人笑竈無烟。」堯民只儲錢千文，爲新歲之用，遂分半贈之。余觀元敬、堯民，貧而好施，尤人所難，視彼富貴家一毫不拔者，相去天淵矣。

優待貧儒，施者雖不望報，受惠者則得志報德，終不可忘。方敏慤公未遇時，祖父俱以罪戍塞外，公南北奔走，備極流離。清凉寺僧號中州者，知爲偉人，時周恤之。公贈詩云：「須知世上逃名易，只有城中乞食難。」後官制府，爲中州弟子麗雅，重建清凉寺，殿宇焕然。袁簡齋過而有感，題詩云：「知讀紗籠數首詩，尚書回首憶前期。英雄第一心開事，揮手千金報德時。」

孔雩谷贈龍明府雨樵公詩云：「有意憐寒士，無心媚長官。」嗚呼，古之人歟。

《迪吉録》云：凡救性命，所損無幾。特飽暖者不知饑寒之苦，丐者緣餓得病，病不能求乞，則愈餓愈深，此不過三四升調護之，累日便能求趁，便有生意。或乘其菜色將病時，早救尤妙。在富人花鳥之一費，足救十命矣，優唱之一費，足救百命矣。千金之子粒，十捐一焉，歲月之衣服飲食，十嗇一焉，足救千命矣。蓋人當病時，無揪無採，則益一病，吹風暴露，則益二病；空乏憂危，則益三病。加以腹饑衣穢、輾轉難安，豈有再生之望哉？試設身處此，痛苦何如，何惜損太倉一粒，不以惠此？且均是人耳，我輩若托生非地，便是這等樣子，幸得自足，又欲享豐席盛，爲子孫長久計，而眼前救人，一錢不捨。誰知心若不良，每每事出意外，水火盜賊，疾病横災，皆能令我家業頓盡，未聞因憐貧救難而破家者。當思逸居飽食，少少福分，皆是天地庇之，原不關吝嗇而致此也。倘一旦無常，衹供子孫酒色之資，何如積德邀庇於天之爲得矣。此理甚明，胡不思量到此耶？培元詩云：「富厚須知積德多，却教窮餓受恩波。持家若弗遭天禍，解食推衣費幾何。」

陳思判入蜀，遂爾成家，買魚放生詩云：「買得盆中魚，殷勤爲魚告。休覓夜珠來，小恩何足道。」貞元中，周存性喜放生。常放一鯉魚，因戲爲詩極佳，陸贄稱之，結句云：「倘若成龍去，還施潤物功。」後入試，試題爲「白雲向空盡」，詩既成，苦於無結，忽憶鯉魚詩，因改「成」字爲「從」字云：「倘若從龍去，還施潤物功。」主司大賞，遂得通籍。此因放生而獲雋也。

郎暉性愛物。地有惡少，每至夏，買藥毒魚。藥名雷公藤，傾汁上流一二里，魚鱉蝦蛤，大小俱斃。公歷年買此藤焚之曰：「我力不能救物，惟焚此亦可以少全數百千生命耳。」享壽九十，子孫貴盛。仝二山詩云：「最愛千頭水面饒，時偕紅子泛春潮。年年記取郎暉樣，多買雷藤付火燒。」

宋郊、宋祁兄弟同在太學，有僧相之曰：「小宋當大魁天下，大宋亦不失科甲。」後十餘年，春試既畢，復遇僧，相郊曰：「公丰神頓異，似曾活數百萬命者。」郊笑曰：「貧儒力何能及此。」僧曰：「不然，肖翹之物皆命也。」郊俯思良久曰：「旬日前，堂下有蟻穴爲暴雨所侵，群蟻繚繞穴旁，我以編竹渡之。得非此乎？」僧曰：「是也。小宋今歲固當首捷，然公終不出其下。」及唱第，祁果首選。時章獻太后當朝，謂弟不可先兄，郊改第一，祁改第十。此救蟻之陰隲也。仝二山詩云：「才藻翩翩邁衆英，當年難弟勝難兄。若非大宋多陰隲，怎得臚傳第一名。」

仝二山先生《勸勿宰耕牛題辭》云：「一犂春雨苦奔波，不是耕牛可奈何。勞碌自甘心力盡，讓人閒坐享嘉禾。」「朝出曾飡青草路，晚來只飲白蘋溪。誰知湯火猶難免，跪向庖丁灑淚啼。」「舐犢逡巡出遠村，一回觳觫一銷魂。渾身支解情何慘，那忍心腸下咽吞。」屠牛食牛者聞此，能不酸鼻而知戒乎？

龔邱農家寠甚，里胥至，欲烹抱卵母鷄爲供，胥不許。去數日復來，鷄已抱出一群雛，見胥飛鳴作感恩狀。胥出門遇虎，幾欲近，忽一鷄飛撲虎睛，胥得逸去。即還其家，不見母鷄，問之，答云：「朝來飛去。」胥具述其事，共往尋之，鷄折翼斃草間。菊人曰：「一鷄耳，固人人藐爲刀俎餘魂，匕箸常供者也，知恩報恩，飛撲虎睛，智勇俱備，以救里胥。奇矣！使其晨往奮飛時，哀此群雛，母子死别，稍一轉念，大義墮矣。一往決絶，毫無罣礙，愈奇。至於逆知里胥之有虎厄也，預往赶救，則前知神通，不但奇矣。」《感物吟》云：「倏聞供客便銷魂，深感官胥子母存。一念慈祥消虎厄，捐軀奮爪報洪恩。」

毛寶守邾城，軍人於市上得一白龜，長四五寸，養之漸大，放之江中。及邾城破，寶敗投水，如墜石上，視之即所養龜也，大六七尺，載之東岸獲免，回顧數次而去。今黄州大江側有白龜渚。菊人《感物吟》云：「利己胥由利物來，好將陰德廣栽培。試看毛寶靈龜放，戰敗銜恩俟水隈。」

一酒匠見蒼蠅投酒甕，即取放乾地，以灰擁其體，水由灰收，蠅命得活。如此日久，救蠅數多。後爲盜累，無能自白，獄將成，刑官欲援筆判決，蠅輒集筆端，揮去復集，判之莫得，因疑其冤，詳問則誣也。呼盜一訊而服，遂得釋。菊人《感物吟》云：「救物慈祥片念萌，仁人自應得長生。蒼蠅輒集刑官筆，快雪含冤舊案更。」

謝枋得字君直，因蘇東坡有「溪上青山三百疊」之句，故號疊山。德祐丙子，元師入信州，枋得變姓名入建寧山。至元中，御史程文海等交薦，累召不赴，行省參政魏天祐復被旨集守令成將追躡上道。臨行，劉洞齋華父送以寒衣不受，疊山曰：「罹羅納阱，何損麒麟。反君事仇，忍爲狗彘，凡勸吾入燕吐胸中不平而後死者，皆非忠於謀人者也。甘作男兒死爾，不可爲不義屈，豈敢曰將以有爲乎？平生學問，到此時要見分明。辱惠寒衣，義不當受，太顛果聰明，識道理，胸中無滯礙，何必受昌黎先生衣服爲別耶？小詩寫心，漫發一笑。」詩云：「平生愛讀龔勝傳，進退存亡斷得明。范叔綈袍雖見意，太顛衣服莫留行。此時要著英雄樣，好漢應無兒女情。只願諸賢扶世教，餓夫含笑死猶生。」又賦詩別各親知云：「霜中松栢愈青青，扶植綱常在此行。天下豈無龔勝潔，人間何獨伯夷清。義高便覺生堪捨，禮重方知死甚輕。南八男兒終不屈，皇天上帝眼分明。」張叔仁和詩送行云：「打硬修行三十年，如今證驗作儒仙。人皆屈膝甘爲下，公獨高聲罵向前。此去好憑三寸舌，再來不值一文錢。到頭畢竟全清節，留取芳名萬古傳。」枋得會其意，甚稱之，至燕不食而死。

成祖靖難後，命方正學孝孺草詔，正學麻衣陛見，執筆書一「篡」字曰：「萬世後脱不得此字。」成祖好言慰之曰：「此吾家事。」正學駡不絕口，成祖曰：「汝不怕夷九族耶？」正學曰：「即夷十族何妨？」命逮其親族至，縛而戮之，正學面不動色，惟駡詈而已。至縛其弟孝友，正學乃淚下。孝友作詩曰：「吾兄何必淚潸潸，取義成仁在此間。華表柱頭千載鶴，旅魂依舊到家山。」遂夷其九族，又夷師友一族，以足十族之數，謂之瓜蔓抄。

唐明皇每賜脯御樓，引大象班闕下，或拜或舞，動中音律。幸蜀之後，禄山掠舞象，盡入洛陽。一日大設宴樂，幽燕戎王，蕃胡酋長，皆與坐，禄山因出舞象，紿之曰：「此南海新進者，因吾有天命，雖遠方異類，莫不拜舞。」左右驅至前，再三頓抑，象皆瞑目憤怒，無一拜舞者。禄山慚怒，盡殺之。菊人曰：「黄巢陷長安，有樂工鄭慢兒善琵琶，巢頗狎之，因炙右手托以風發，終不與彈。一日謂其友曰：『吾聞忠節之士，有死而已。』與妻兒訣別，遂入見巢。巢促令一彈琵琶，曰：『某出身名役，朱紫之服，皆唐天子所賜，固不忍負前朝之恩，以此樂樂他人也。』巢大怒斬之，屠其家。禄山之亂，有此象甘死不辱，大義凛凛。子曰：『殺身以成仁。』孟子曰：『富貴不能淫，威武不能屈。』此之謂與。唐朝養士數百年，而忠烈之氣，反偏見於賤工異類也，悲夫。」《感物吟》云：「唐家天子暫蒙塵，千百衣冠拜賊臣。御象不甘隨率舞，任教權貴怒生瞋。」

唐昭宗播遷，隨駕有弄猴頗馴，能隨班起居。昭宗賜以緋袍，號孫供奉。朱梁篡位，令猴殿下起居，猴見全忠，徑趨其所，跳躍奮爬，全忠命殺之。菊人曰：「方供奉在官時，諒在朝諸臣，必有羞與共聯班者，共議朝廷濫名爵，逮易姓之日，惟孫供奉，與許知縣、顔太守、段司農、張將軍，先後輝映史册。彼纍纍輩反面事仇，與草木同盡，遺臭萬年矣。始知昭宗銓法，見識卓絶矣。」《感物吟》云：「當年供奉爵山猨，羞與班聯未敢言。一自滄桑經變後，誰人猶識舊君恩。」

本朝開國江陰城最後降，有女子爲兵卒所得，紿之曰：「吾渴甚，幸取飲可乎？」兵憐而許之，遂赴江死。時城中積屍滿岸，穢不可聞，女子嚙指血題詩云：「寄語路人休掩鼻，活人不及死人香。」

康熙間，杭州林邦基妻曾如蘭能詩。邦基死，招之相從，曾矢之曰：「有如皎日。」後立其兄子光節，葬畢舅姑，吞金而亡。詩曰：「鏡裏菱花冷，三年淚未乾。已終姑舅老，復咽雪霜寒。我自歸家去，人休作烈看。西陵松柏下，夫子共盤桓。」一時和者數百人。未死前十日，先具牒錢塘令周公，周加批用駢語慰留之，竟不從而死，可謂從容之至矣。

泖湖謝氏，松江右室也，明初被籍没坐誅。婦某有殊色，給配象奴，婦給奴曰：「待我祭亡夫乃從爾。」信之。婦攜麥飯至武定橋哭奠，賦詩云：「不忍將身配象奴，自攜麥飯祭亡夫。今朝武定橋頭死，一劍清風滿帝都。」遂伏劍死。

毛鶴舫先生女名孟，年十三，製繡帽遺柴夫人，以覆兒頭頂。許字方奕昭，暨年十七，隨父於浚儀宦邸。方子從京師來就婚時，患脾疾已劇，結褵甫三日而方子歿。毛女以三朝新婦，稱未亡人，墜樓不死，絶粒十有九日而卒。柴夫人臨終以繡帽囑家婦朱少君柔則曰：「當藏之篋笥，以垂永久。」康熙己卯春，少君發笥見帽，作七絶志感云：「烈婦從夫向九泉，因看遺繡一潸然。相逢記得持相贈，藏在香奩二十年。」王元禮詩云：「一段幽貞麗管彤，鍼神還與薛娘同。開奩忽墮思君淚，滴向當年手澤中。」嚴懷熊詩云：「深閨昔日贈羅巾，繡出名花不染塵。篋笥頻開香未絶，至今猶憶墜樓人。」吴婉羅詩云：「花羅半幅抵千金，持贈猶憐一片心。莫遣爾翁覩遺繡，白頭悲汝恐難禁。」此皆閨秀感懷唱和之詞。

虎林沈之問寓南都驍騎倉旁，家畜雌雄二鴨。一日家將烹其雄，預以籠罩之，雌即隨繞其籠，守之不去，飼之食不食，已而沸湯燖雄，雌哀鳴投沸湯中，宛頸而死。沈遂不忍食，同葬於竹園。菊人曰：「昔至正二十年，房山縣大饑。平章劉哈剌不花兵乏食，執李仲義欲烹之，其妻劉氏涕泣求放，兵不從，劉氏曰：『夫瘦我肥，願以身代。』兵遂釋其夫而烹劉氏，聞者哀之。今鴨求以身代而不能言，哀鳴而人又不解，於是只以身殉，哀哉。」《感物吟》云：「只認夫妻兩字真，投湯宛頸遂捐身。微禽尚解綱常理，世上曾看有幾人。」

古今名節最重，倘一失足，玷辱終身，萬年遺臭。衢州白沙渡酒館，有人題壁間《詠油污衣》詩曰：「一點清油污白衣，斑斑駁駁使人疑。縱饒洗遍千江水，争似當初不污時。」此蓋感人之失節而云然。

唐翼修先生曰：「安命二字，專爲世間人妄想妄念者言之。若終日束手聽命，則又大錯。試問世間命該有科甲，而不讀書可乎？命該有豐收，而不耕田可乎？惟循正理而行，盡人事以聽天命。余見治家克儉，謀事尚勤，未有不振興者，蓋人定勝天，自可轉禍爲福。古詩云：『勤儉黄金種，詩書宰相根。』格言可誦。」此語爲昏懦懶惰、甘居下人者，撞一晨鐘。仙僕詩云：「妄爲妄念費精神，富貴由天不自人。却怪偷閒多藉口，抛荒本業弗憂貧。」

善人有遭逆境，勿因此悔恨而改行，勿忿人嗤笑而别圖，勉行益力，雖暫時殘缺，久後自有好處。人定勝天，此不易之理。逸老《感詠殘月》云：「玉宇高懸月一鈎，揚輝清白暮雲收。今宵暫缺君休惱，更有團圓在後頭。」又《感詠落花》云：「灌溉栽培歷歲華，東風吹落一枝葩。優游耐守來春候，且看頻添富貴花。」

《勸善編》云：「貧窮多不安分，一病在懶，游手好閒，呼朋賭飲，拋荒本業。弄得日夕難度，出乖露醜的事，都做出來。一病在貪，棄了自己的事業，羨慕别人之營生，擔擱了這邊不就，那邊無成。至於囊乏餘資，饑寒交迫，盜竊乞丐之流，皆可做的，悔無及矣。要惟士農工商，各專一業，克勤克儉，敦倫常，尚廉耻，不貪意外之財，不作犯法之事，淡泊明志，訓了義方，往往作不費錢之功德，眼前雖見窮困，而興隆氣象，勃然有不可遏者矣。此作善降祥之理，有必然者。晚香詩云：「清貧何必説窮愁，勤儉傳家可掉頭。不忮不求安素位，好將居易俟天休。」

知急流勇退，方是明哲保身。錢相人方伯《詠嚴子陵釣臺》詩云：「圖畫功名安在哉，高風千古一漁臺。此情惟有江潮解，流到灘前便急回。」

《陰隲文》云：「垂訓以格人非。」注詩云：「獨抱婆心切，全提俗耳難。格非由己正，垂訓待人看。自是迷須覺，毋俾過遂安。箴規隆貺贈，著録廣雕刊。論性明皆善，閑邪戒勿寬。危微分界限，因果助波瀾。懸作千秋鑑，投如一粒丹。立言功德並，普發衆情歡。」

勸戒詩話卷五

侯官黄坤元静軒編輯

甲申中秋，復續輯詩話二卷於聽濤書屋。余家負山，植松環翠，天風送謖謖聲，似唱似答。編訂之餘，感成二截云：「百丈淩雲撼撼鳴，仙風玉骨助秋聲。蕭齋晝静焚香聽，陡覺心源徹底清。」「勁節貞心不改柯，吹嘘天籟舞婆娑。休嫌老幹添繁響，唤醒人間夢幾多。」

漢諸葛武侯，受先主三顧之恩，征吴伐魏，延漢統一綫之緒。卒葬定軍山，立祠於沔陽。明楊慎題祠詩云：「劍江春水緑沄沄，五丈原頭日又曛。舊業未能歸後主，大星先已落前軍。南陽祠宇空秋草，西蜀關山隔暮雲。正統不慚傳萬古，莫將成敗論三分。」本朝魏際瑞題墓詩云：「定軍山下柏蒙茸，曠古精神在此中。三尺孤墳猶漢土，一生心事畢秋風。孫曹未滅成何世，天地無知喪此公。千載傷情唯杜宇，年年啼血樹頭紅。」盛錦《謁昭烈武侯廟》詩云：「永安宫殿峽江頭，一體君臣祀武侯。天祖式臨傳詔夜，風雲色變出師秋。鳴鑾久絶空山道，籌筆猶懸古驛樓。瞻尚死忠諶死孝，千秋配食重貽謀。」王阮亭謁祠詩云：「天漢遥遥指劍關，逢人先問定軍山。惠陵草木冰霜裏，丞相祠堂檜栢間。八陣風雲通指顧，一江波浪急潺湲。遺民衢路還私祭，不獨英雄血淚斑。」又《詠武侯琴室》云：「竹篠娟娟静，江流漠漠陰。至今籌筆地，猶見出師心。遺恨成銜璧，元聲有故琴。千秋絃指外，髣髴遇高深。」《晚登夔府東城樓望八陣圖》題云：「永安宫殿莽榛蕪，炎漢存亡六尺孤。城上風雲猶護蜀，江間波浪失吞吴。魚龍夜偃三巴路，蛇鳥秋懸八陣圖。搔首桓公憑弔處，猿聲落日滿夔巫。」又過定軍山諸葛公墓下，詠云：「高密起南陽，文終從高祖。暴繫本見疑，數刎亦非武。堂堂諸葛公，魚水記心膂。二表匹謨訓，一德追伊吕。視操但如鬼，畏蜀還如虎。嗟彼巾幗徒，與公豈儔伍。紫色復蛙聲，抵隙各爲主。火井方三炎，赤伏更典午。志士耻帝秦，祭器猶存魯。陰平一失險，面縛忘奔莒。知公抱遺恨，龍卧功綦鉅。峩峩定軍山，悠悠沔陽許。鬱鬱冬青林，哀哀號杜宇。耕餘拾敗鏃，月黑聞軍鼓。譙侯豈足誅，激昂淚如雨。」孟瓶庵題祠詩云：「丞相勳勞大，高祠滿路衢。北門嚴鎖鑰，西蜀指輿圖。地接秦關險，山從劍閣趨。九原凄沔漢，八陣俯新都。檄魏程初發，忠劉志未輸。雜耕心況瘁，拜表淚模糊。肇造籩鉶處，依稀水木區。西廳迎節使，後閣供依蒲。柳是熙朝種，書還魯國摹。倚闌方沼闊，環竹一亭孤。廟貌無今古，神靈起懦愚。蛛絲頻拂拭，不復醉村巫。」

唐李泌字長源，京兆人。七歲能文，玄宗召至，使與太子亨爲布衣交，太子常稱爲先生。帝與泌出行軍，軍士指之竊言曰：「衣黄者，聖人也。衣白者，山人也。」上聞之以告泌曰：「艱難之際，不敢相屈以官，宜衣紫袍以絶群疑。」泌不得已受之，服之入謝。上勑以泌爲侍謀軍國大元帥府行軍長史。肅宗即位，帝謂泌曰：「朕已表請上皇東歸。」泌曰：「上皇不來矣。今請更爲賀表，言自馬嵬請留靈武勸進，今日成功，聖上思戀晨昏，請速還京師，就孝養之意則可矣。」上命泌草表，即遣中使入蜀，其後使還，言上皇初得上表，徬徨不能食，及群臣表至，乃大喜，十日啓行。上召泌曰：「卿之力也。」帝欲廢太子而立姪舒王，泌乃諫曰：「自古父子相疑，未有不亡國者。幸賴陛下語臣，臣敢以家族保太子無他。」上曰：「爲卿思之。」太子遣人謂泌曰：「若不可救，欲先自仰藥何如？」泌曰：「勿慮也，願太子起敬起孝，苟泌身存，必不使太子失所。」上一日開延英，召泌流涕曰：「非卿切言，朕今日悔無及矣。太子仁孝，實無他也。」泌拜賀曰：「臣報國畢矣，乞骸歸。」上不許，官至中書侍郎，封鄴侯。本朝李寅《書鄴侯傳》詩云：「衣白山人現宰官，每參帷幄繫危安。但清河朔風塵易，欲掃宮庭枳棘難。戰伐有功身屢退，副儲無恙膽猶寒。平生漫托神仙術，絶勝華陽早掛冠。」

唐張九齡字子壽，謚文獻，曲江人。七歲能屬文，後擢進士，中書舍人，爲詞人之冠，時號爲文場元帥，遷左拾遺。元宗千秋節，群臣皆獻寶玩，九齡乃述前世興廢之源，爲書五卷，謂之《千秋金鑑録》，以伸諷諭。累遷中書侍郎，常抑李林甫，反被所擠，上賜羽扇，遂罷家居，稱爲曲江公。本朝王攄題祠詩云：「祠堂突兀倚江開，瞻拜空餘海燕哀。只道主由金鏡致，豈知兵爲玉環來。文章自昔傳徐碣，香火嘗新傍舜臺。風度依然憑想像，停舟一薦渚蘋回。」楊煜會謁祠詩云：「濕雲濃護千峰頂，磴道盤空山中景。吁嗟天險由天開，横截百蠻此五嶺。開元宰相曲江公，金鑑千秋推骨鯁。淋鈴夜雨忠魂隨，羽扇秋風賦心冷。慨然欲建隨刊功，五丁鎚鑿闢靈境。海南郵貢輸中原，國賦常充金萬餠。巍巍石碣盤龍螭，萬古豐功昭垂永。我行其巔恣吟眺，仰接天光俯雲影。諸峰羅列拱靈祠，九頓階前發猛省。張公張公真偉人，我欲希蹤抱忠耿。肩夫牛喘足不前，廡下徘徊心自警。蠻烟四起翕然合，恍惚神來笏囊整。」朱竹坨謁祠詩云：「峻坂盤神樹，陰崖鑿鬼工。芳塵羽扇冷，春燕玉堂空。不覩關門險，誰開造化功。經過遺像肅，千載嶺雲東。」

唐張柬之字孟將，襄陽人。少涉經史，舉進士。初以賢良召對，策第一，時年七十餘，出爲合、蜀二州刺史。武后嘗求一奇士，狄仁傑曰：「張柬之雖老，宰相才也。」即召爲洛州司馬，轉司刑少卿，拜同平章事。誅二張，復唐社稷，以功封漢陽郡王，卒謚文貞。江潭夏大鼎《懷古詠張文貞公》云：「擊楫中流憤莫任，平章未拜計淵深。牝雞不使登天上，蔓草何因長禁林。恢復能延唐國脈，謨猷已遂老臣心。撫床彈指終無補，廟食炎荒悔到今。」

唐裴度字中立，聞喜人。貞元初進士，累官中書侍郎，督兵討平淮蔡，策勳封晉國公，加中書令。度赴敵時，題名華嶽廟之闕門。大順中，户部侍郎司空圖以一絶紀之曰：「嶽前大隊赴淮西，從此中原息戰鼙。石闕莫教苔蘚上，分明認取晉公題。」張籍《送裴相公鎮太原》詩云：「盛德雄名遠近知，功高先乞守藩籬。御恩暫遣分龍節，署敕還同在鳳池。天子親臨樓上送，朝官盡出道邊辭。明年塞北諸蕃落，應起生祠請立碑。」白樂天詩云：「天子旌旗分一半，八方風雨會中州。」後因閹豎擅威，力請罷，治第於集賢里，自詠云：「有意效承平，無功答聖明。灰心緣忍事，霜鬢爲論兵。道直身還在，恩深命轉輕。鹽梅非擬議，葵藿是平生。白日長懸照，蒼蠅漫發聲。嵩陽舊田地，終使謝歸耕。」作別墅自娱，號曲江公。每使臣自洛來，上必問曰：「裴相公安否？」一日聞有疾，上遣中使賜度詩云：「注想待元老，識君恨不早。我家柱石衰，憂來代祈禱。」御札及門而度卒。度以身繫天下輕重者三十年，歷事四朝，以全德終始，謚文忠。孟瓶庵謁墓，碑已仆在地，令州牧爲重立之。題詩云：「淮西已平韓碑立，將相功名公第一。宵旰纔寬北顧憂，錢刀巧入金丹出。令公蹇蹇謀王室，衰鬢成絲忠貫日。憂國頻勞龍馬神，鋤奸每奮風霜筆。嗚呼憲宗躬戡亂，忠奸晚節悲同貫。禁闈河北皆盜賊，鮮終開寶同三歎。養未成，繡尾魚。讀未竟，班范書。冥冥長恨事，真豈在區區。管城城南拜公墓，鏄乎稹乎安在乎。斷碑三尺鬼神扶，想見金甲行天誅。還須大書深刻闢榛蕪，藉以表曝勳德懲奸諛。」

唐魏徵字元成，下曲陽人。太宗時，拜諫議大夫。徵狀貌不揚，有膽氣，犯顔敢諫，雖上怒甚，徵神色自若，上若爲之霽威。徵嘗謁告上冢還，言：「人言陛下欲幸南山，外皆嚴裝已畢，陛下竟不行，何也？」上笑曰：「實有此心，畏卿直，故中輟耳。」上嘗得佳鷂自臂之，望見徵來，匿懷中，徵奏事故久不已，鷂竟死懷中。凡上二百餘奏，無不剴切當帝心者。後以秘書監預參朝政。及卒，帝嘆曰：「以銅爲鑑，可正衣冠。以古爲鑑，可知興替。以人爲鑑，可知得失。徵没，朕失一鑑矣。」登凌烟閣觀畫像，賦詩痛悼，封鄭國公，謚文貞。迨憲宗時，敕有司以官錢收贖舊第，使還後嗣，以勸忠臣。陳彦博詩云：「阿衡隨逝水，池館主他人。天意能酬德，雲孫喜庇身。生前由直道，殁後振芳塵。雨露新恩日，芝蘭故里春。勳庸流十代，光彩映諸鄰。共喜昇平際，從兹得諫臣。」

唐令狐楚，除守兖州，州方旱，米價甚高。迓使至，公首問米價幾何，州有幾倉，倉有幾石，屈指獨語曰：「舊價若干，諸倉出米若干，定價出糶，則可賑救。」左右竊聽，語達郡中，富人競發所蓄，米價頓平。後遷翰林學士，拜相。其子綯，字子直，吴興刺史。宣宗嘗問：「令狐楚有子乎？」白敏中曰：「子綯，今守湖郡，宰相器也。」召入知制誥。綯在翰林，夜對禁中，帝命以乘輿，金蓮華炬送還院，吏望見以爲天子來，俄傳呼曰：「學士歸院。」累官同平章事，輔政十年有聲。渭南尉趙嘏獻詩曰：「鶚在卿雲冰在壺，代天才業奉訏謨。榮同伊陟傳朱户，秀比王商入畫圖。昨夜星辰回劍履，前年風月滿江湖。不知機務時多暇，猶許詩家屬和無。」

漢李膺字元禮，潁川襄城人。性簡亢，無所交接，惟以荀淑爲師，陳實爲友。荀爽嘗就謁膺，因爲其御，既還喜曰：「吾今得御李君矣。」其見慕如此。膺嶽峙淵峻，貌貴重，世目之曰：「元禮謖謖如松下風。」嘗欲以天下名教是非爲己任。後舉孝廉，累官青州刺史。到部之日，守令貪殘者，望風解印綬去。遷司隸校尉時，内侍張讓弟朔爲野王令，貪殘無道，畏膺威嚴，逃還京師，匿於兄第合柱中。膺知其狀，率吏卒破柱取朔，付雒陽獄。受辭畢，即殺之。自此諸内侍皆鞠躬屏氣。時朝廷綱紀頹弛，而膺獨持風裁，以聲名自高，士有被其容接者，名爲登龍門。及陳蕃、竇武之敗，膺官復廢。後張儉事起，收捕鈎黨，鄉人謂膺曰：「可去矣。」對曰：「事不辭難，罪不逃刑，臣之節也。吾年已六十，死生有命，去將安之。」乃詣詔獄，拷死。王阮亭拜墓詩云：「潁水東流去不迴，漢家司隸汜成隈。西園官爵歸常侍，北部髡鉗記黨魁。一代荀陳師友誼，千秋蕃武死生哀。歲寒謖謖松風裏，猶似龍門御李來。」

漢馬援，字文淵，茂陵人。少有大志，援嘗謂賓客曰：「丈夫立志，窮且益堅，老當益壯。」建武中，拜爲伏波將軍，擊交趾，以銅鑄爲馬式獻之，嘗受薏苡之謗。軍還，故人孟冀迎勞之，援曰：「男兒要當死於邊野，以馬革裹尸還葬耳，何能卧牀上在女子手中耶？」冀曰：「諒爲烈士當如此矣。」武陵五溪蠻反，援年老自請行，據鞍顧眄，以示可用。帝笑曰：「矍鑠哉，是翁也。」進營壺頭失利，病卒，封新息侯。王阮亭《題伏波祠》詩云：「冥冥炎海伏波祠，肅肅靈旗故國思。萬里功名同馬式，五溪淫潦跕鳶時。隗囂詎識真王異，朱勃終慙地下知。空憶平生少游語，歸來欵段悔教遲。」金長孺虞謁祠詠二律云：「天邊銅柱古苔封，矍鑠依然漢殿容。不分乃公輸鄧禹，豈知兒輩有梁松。桄榔葉黑靈風颭，薏苡花殘瘴雨濃。二帝遨遊歸太晚，隔江先報馬頭鐘。」「南征一曲武溪淫，凄絶騷人弔古心。裹革勳名誰得似，跕鳶風景客重臨。群山尚作論兵勢，萬里常懷教子箴。畢竟何如乘欵段，拜來牀下獨沉吟。」

唐王維，字摩詰。擢進士。天寶末禄山陷兩京，明皇出幸，維扈從不及，爲賊所得。維服藥取利，僞稱瘖病，禄山素憐之，遣人迎置洛陽，拘於普施寺，迫以僞命。禄山宴其徒於凝碧宫，其樂乃梨園子弟、教坊工人。維聞之悲惻，潛爲詩曰：「萬古傷心生野烟，百官何日再朝天。秋槐花落空宫裏，凝碧池頭奏管絃。」賊平，陷賊官者三等定罪，維以凝碧詩傳上聞，肅宗嘉之，特宥之，受太子中允。

宋鄒浩，字志完，晉陵人。少以氣節自負，官右正言，論章惇之誤國，史稱古忠臣；佩盡忠之母訓，史稱古孝子；勉陽翟田畫以忠義，史稱古良友。哲宗末，廢孟后，浩上疏言劉妃與孟后争寵，而孟后廢，今乃立劉妃，殊累聖德，乞追停册禮。帝曰：「此祖宗故事，豈獨朕耶？」浩曰：「祖宗大德，可法者多矣。陛下不之取，而法其小疵耶？」帝變色，持其章躊躇若有所思，因附於外，章惇詆其狂妄，遂除名，勒停羈管新州。田畫迎諸途，浩見出涕，畫曰：「志完隱默官京師，遇寒疾不汗，五日死矣，豈獨嶺南之外，能死人哉？願君無以此舉自滿。士之所當爲者，未止此也。」浩茫然自失曰：「君贈我厚矣。」大觀中，復爲龍圖閣待制。江潭夏紫芝《懷古詠鄒公》云：「一自瑶華出詔居，中宫正位四年虚。

曾傳黃屋遴賢甲，終見青髹坐婕妤。有母能成移孝志，何人更著絶交書。清風不逐鑾烟散，立懦廉頑信有諸。」

宋韓魏公琦嘗謂保初節易，保晚節難，故晚年事事著力。在朝宁時，有《九日詠詩》云：「不羞老圃秋容淡，且看黃花晚節香。」公於居第作狎鷗亭，永叔以詩寄曰：「豈止忘機鷗鳥信，鈞陶萬物本無心。」魏公喜曰：「余在中書，進退升黜，未嘗置心於其間，永叔可謂知我。」

吴思庵爲御史時，巡歷貴州回，三司遣人賫饋黃金百兩，追至夔州，思庵却不受，就題其封上曰：「蕭蕭行李向東還，要過前途最險灘。若有贓私并土物，任教沉在碧波間。」

吴文定公原博，《雪後入朝》詩云：「天門晴雪映朝冠，步澀頻扶白玉闌。爲語後人須把滑，正憂高處不勝寒。饑烏隔竹餐應盡，馴象當庭蹈又殘。莫向都人誇瑞兆，近郊或恐有袁安。」其愛君忠國，感時念物之情，藹然可掬。

楊維楨築圃松江之上，戴華陽巾，披鶴氅，坐船屋上，吹鐵笛作《梅花弄》。洪武二年，遣詹同奉幣徵之，維楨謝曰：「豈有八十歲老婦再嫁者耶！」因賦《老客婦詞》進御云：「老客婦，老客婦，行年七十又一九。少年嫁夫甚分明，夫死猶存舊箕箒。南山阿妹北山姨，勸我再嫁我亦辭。涉江采蓮，山上采蘼。采蓮采蘼，可以療饑。夜來道過娼門首，娼門蕭然驚老醜。老醜自有能養身，萬兩黃金在織手。上天織得雲錦章，繡成願補舞衣裳。舞衣裳，爲妾佩，古意揚清光，辨妾不是邯鄲娼。」又有詩云：「皇帝書徵老秀才，秀才懶下讀書臺。商山本爲儲君出，黃石終期孺子來。太守枉於堂下拜，使臣空向日邊回。老夫一管《春秋》筆，留向胸中取次裁。」且曰：「皇帝竭吾之能，不强吾所不能則可，否則，有蹈海死耳。」上允之，賜安車，衣白衣，詣闕令脩《元史》，纂禮樂書，留百二十日遣還。宋濂贈詩云：「不受君王五色詔，白衣宣至白衣還。」

山右范琴山鶴年，己酉進士。出宰衡陽廉溪，愛民有政聲。後調移桃源，有留别士民七律云：「劬勞原自不求知，補屋牽蘿笑我癡。萬斛軍儲無菜色，五年民牧到瓜期。鼠牙未化當前俗，鴻爪難留去後思。種竹栽花携不得，宦囊空有一瓢詩。」「管領江城畫裏春，湘流一洗簿書塵。嘲風弄月原非吏，怨雨咨寒不在民。無米我愁中婦拙，多錢誰信好官貧。年來社燕分飛盡，只有沙鷗似送人。」「環堵人家鎖翠微，藕花香裏墨花飛。因知髦士談經好，益悔書生作吏非。桃李春風當日坐，菰蘆秋月幾時歸。竹林蓮社休相憶，山水文章愛者稀。」「五風十雨稻孫多，歲歲枌榆打鼓歌。報政任書官下考，勸農常醉節中和。愁添驛路塵雙屐，夢釣湘江雪一簑。借問山南諸父老，誰人撫字不催科。」

包邑令教化仁愛，民樂於豐年之耕耨，且無盜賊之驚。士人頌以詩云：「雨後有人耕緑野，月明無犬吠花村。」

黄莘田任辛四會縣，時值凶荒，捐俸賑粥，民沐其恩，因作《賑粥行》云：「今年米價高，乃自二月始。其時東作人，尚未及耘耔。綆短井水深，轆轤接不起。輾轉七八旬，十室九死矣。苟活始自今，登場十日耳。相傳此十日，艱苦更無比。譬彼行路人，九十半百里。一春發倉廩，賤價實倍蓰。奈今已懸罄，一錢亦坐視。甦我三閱月，難免須臾死。此語痛至隱，使我抱愧鄙。急令煮煎粥，讙呼遍邨市。其日正赤午，千百若聚螘。大半老羸多，肩摩足跛倚。叟叟與浮浮，津津於頰齒。長吏未朝餐，先汝嘗旨否。次乃恣饜食，流歠等波靡。癡嫗襁其兒，不肯輟箸匕。老翁不量腹，哽咽顙有泚。僉曰傷饑腸，徐徐乃可爾。明發當復來，漸漸平瘡痏。揮之不即去，不去察其旨。問官賑幾日，好共妻兒止。官卑俸錢薄，繼續斯爲美。官云汝無慮，缾罄罍之恥。計較兩歲禄，兼旬供食指。亦有懿德士，告乏助爲理。待汝刈穫聲，此舉我乃已。東郊一以眺，堅好惟穈芑。望歲如望梅，頞蹙變色喜。歸銜持單瓢，餘瀝飽稚子。」

蘇東坡先生詩集云：「熙寧中，柯侯仲常通守漳州，以救饑得民愛戴。有二鵲棲其廳事，迄侯之去，鵲亦送之。漳人異焉，爲賦此詩云：『昔我先君子，仁孝行於家。家有五畝園，么鳳集桐花。是時鳥與雀，巢鷇可俯拏。憶我與諸兒，飼食觀群呀。里人驚瑞異，野老笑而嗟。云此方乳哺，甚畏鳶與蛇。手足之所及，二物不敢加。主人若可信，衆鳥不我遐。故知中孚化，可及魚與豭。柯侯古循吏，悃愊真無華。臨漳所存活，數等江干沙。仁心格異族，兩鵲棲其衙。但恨不能言，相對空查查。善惡以類應，古語良非誇。君看彼酷吏，所至號鬼車。』」

郊原最苦大旱，爲民祈禱得雨，上格天心，下闢民瘼，甚盛典也。《于京集》紀四月十五日聖駕禱雨立降，尤侗喜成二律限韵詩云：「願覩昇平大有年，井田況在帝畿邊。今朝靈雨零三五，他日嘉禾取十千。膏澤應垂金掌露，餘波還瀉水簾泉。若非閶闔蒼龍駕，那得銀河下九天。」「深宫齋祓念蒼生，莫遣東南呼癸庚。旱魃敢同石燕舞，雨師早馭土神迎。隴頭麥浪如雲散，陌上花光照水明。佇聽薰風解愠曲，君王親奏五絃琴。」

農桑爲國家之要務，野耕户織，是太平景象，盛世休風。鄭慕林廷沚《題耕織圖》詩云：「邨邨迎賽鼓振振，鷄骨頻占拜水神。林外喚鳩紅杏雨，隴頭叱犢緑簑人。旋欣秠穲看維夏，深費耰鋤及早春。披卷應知田舍樂，得餘五畝未全貧。」又詩云：「戴勝初來碧草勻，家家相約祀蠶神。女桑濃葉江南滿，細綺流黄蜀國春。不敢焚絲嗔去婦，詎甘織素讓新人。即今絡緯蕭蕭夜，鐙火深閨玉漏頻。」

袁了凡先生《慎刑説略》曰：「吾治寶坻時，每念聖人制刑，不得已而用之。雖尋常用杖，必再三審慎。至於夾棍極刑，則斷斷不忍輕用。嘗設身處地思之，以吾輩肌膚足脛，而置諸三木之上，則與苦忍煎熬，以冀生全於辨白，必先避痛楚，而甘就死於屈招。大抵極刑之威逼，在良善冤枉者，每多畏受而誣服，在兇頑實犯者，梏之反覆而不供。蓋用夾訊而求情，而情之得者，僅十之二三，情之終不得，而釀成冤獄者，十之八九也。同此血肉，安見階下之囚徒，與堂上之貴介，竟判若犬馬之與我不同類哉。吾治寶坻，已非一日，豈無應用極刑之時，然吾卒不忍輕用，而民情卒未嘗不得，絶不貽譏於婦人之仁。蓋惟積誠推愛以感之，從容反覆以鞫之，多方設術以索其隱情，需時耐性以察其變幻，吾之精神既竭，而奸者無復遁之奸，屈者無不伸之屈，幾若有鬼神之告我者。刑固不必多用，而獄已無不折矣。吾之得力，正不在嚴刑鍛鍊，而專在誠意感孚。竊以愚衷，徧呈當世，願居民上者，悉鑒而戒之。古有《省刑箴》云：『杖頭人鬼判，筆底死生連。一髮摘知痛，一指嚙知憐。一日服敲扑，三時未粗懸。一夫繫圜扉，八口釜鬵捐。動植皆是命，血肉總關天。所以于東海，仁聲億萬年。』」

《仁化編·省罰箴》云：「無取民育兒貼婦之錢，以肥妻子。無攘民折產破家之資，以腴屋田。無斂民啼饑號寒、搶地呼天之怨，以供歌笑之筵。一牘百畝税，一紙十日饘。一粒耕夫血，風霜幾可憐。一綃織婦淚，宵晝幾殄眠。官府堆膏日，窮黎疾首年。神明不可昧，天道急復還。所以楊伯起，清風萬古傳。」

唐周匡物字幾本，漳州人。元和十一年，李逢吉下進士及第。時以歌詩著名，家貧徒步應舉，至錢塘乏僦船之資，久不得濟，乃題詩公館云：「萬里茫茫天塹遥，秦皇底事不安橋。錢塘江口無錢過，又阻西陵兩信潮。」郡牧見之，乃罪津吏，使濟之。此憐才重士，爲守令者，不當如是耶？

聲名涇渭攸分，爲官須當自愛。陶厚仲，寧波人，明洪武中，任福建按察使，劾布政使薛大昉貪墨，大昉亦疏厚仲，並逮至京。既而得直，復厚仲職，士人迎者數萬人，歡聲遮道。詠詩謡云：「陶使再來天有眼，薛藩不去地無皮。」後人因立天眼堂於其聽政之廳。

讀書者當通達時務，不可執定成法，流爲病國病民。如宋王安石字介甫，博學能文，善辯不屈，擢進士上第。神宗朝，大拜宰相，封荆國公。嘗變新法，有青苗、保馬、保甲、新經、字義、水利、僱役等名，貽害朝野。周静軒題詩云：「飾詐沽名白眼郎，幸逢時際掌朝綱。邪言既已欺神祖，正祀何堪配素王。十載病民千載怨，一人聚斂萬人亡。辨微惟有眉山叟，豫信堅冰在履霜。」又詠二截云：「訓釋詩書日月明，紛紛法令下朝廷。不知心本緣何事，苦勸君王用肉刑。」「每愧先生道絶倫，古來歸美是忠臣。門人李漢真堪罪，何用垂編示後人。」

爲官當思盡忠盡職，不可虚縻爵禄，致旁觀訕笑。李東陽在相位久，有無名子投詩云：「才名直與斗山齊，伴食中書日又西。回首湘江春草緑，鷓鴣啼罷子規啼。」

治平中，有吉州吉水令某，治邑嚴酷。有野人馬道爲《啄木》詩諷之曰：「翠翎迎日動，紅嘴響烟蘿。不顧泥丸及，唯貪得食多。纔離枯朽木，又上最高柯。吴楚園林闊，忙忙争奈何。」令見其詩即緩刑，時人目曰馬啄木。

《孟氏八録》云：「世之俗吏，有承委而不能盡心者，然猶不敢明言也。」元微之《遊三寺》詩，自叙云：「道出當陽，奉命覆視縣囚，牽於游行，不暇詳究。」詩云：「會緣稽首他方佛，無暇精心滿縣囚。」噫，國家安賴有此人哉，此則小人明目張膽，自許顛狂者。吾輩讀書人，斷不可如此。鄉前輩黄莘田先生，詩人也，在粤東歲暮録囚詩云：「情有可原惟勿喜，生求不得豈含冤。我來敢學疎狂吏，舉板看山出寺門。」

唐聶夷中有《公子行》云：「種花滿西園，花發春樓道。花下一禾生，去之爲惡草。」又《詠田家》詩云：「父耕原上田，子斸山下荒。六月禾未秀，官家已修倉。」又詩云：「二月賣新絲，五月糶新穀。醫得眼前瘡，剜却心頭肉。我願君王心，化作光明燭。不照綺羅筵，只照逃亡屋。」所謂言近意遠，合《三百篇》之旨也。

《陰騭文》注《詠孝親》詩云：「孝道人誰盡，深恩爾自思。一心容易動，百行首先推。底豫期能化，全歸慎勿虧。未違充順德，盍各認良知。膚髮從親受，精神鞠子衰。便堪娱暮景，何足報仁慈。

供職慚餘力，揚名顯後時。終天空抱恨，早誦《蓼莪》詩。」

晉王祥父融，祥性至孝，早喪母。繼母朱氏不慈，遇祥無道，數譖之，由是失愛於父。弟覽，朱出也。覽年數歲，見祥被楚撻，輒涕泣抱持，至於成童，每諫其母，其母少止凶虐。朱屢以非理使祥，覽輒與祥俱，又虐使祥妻，覽令妻亦趨而共之，朱患之乃止。祥喪父之後，漸有時譽，朱深疾之，密使酖祥，覽知之，徑起取酒，祥疑其有毒，争而不與，朱遽奪反之。自是朱賜祥饌，覽輒先嘗，朱懼覽致斃，遂止。初祥遇父母有疾，衣不解帶，湯藥必親嘗。母常欲生魚，時天寒冰結，祥解衣將剖冰求之，冰忽自解，雙鯉躍出，持之而歸。母又思黄雀炙，復有黄雀數十，飛入其幙，復以供母。鄉里驚嘆，以爲孝感所致焉。有丹柰結實，母命守之，每狂風暴雨，祥輒抱樹而泣。漢末遭亂，扶母携弟覽，避地廬江，隱居三十餘年，不應州郡之命。母終，居喪毁瘁，杖而後起。後祥爲别駕，魏咸熙初，遷太尉。覽後仕至大中大夫。祥、覽子孫，皆顯爵名人。樹蔭詩云：「敬養嚚親感格時，兩全孝悌事偏奇。休嫌遭際多艱苦，玉汝成名萬古馳。」

元郭全幼喪母，及壯，父廷玉又卒，事繼母唐古氏甚孝。唐古氏生四子皆幼，全躬耕以養。既長娶婦，各求分財異居，全不能止，凡田廬器物，悉自取朽敝者。奉唐古氏以居，甘旨無乏。唐古氏卒，全年六十餘，哀痛毁瘠，廬其墓終喪。永方詩云：「躬耕養母撫諸孤，居異財分愛不殊。朽敝田廬甘自取，嚴君地下更歡娱。」

抱樸齋感詠七截十二首，詩云：「問君讀過聖賢書，孝字當頭識也無。思到庭幃真性地，莫將此處認模糊。」「天自覆吾地載吾，親恩高厚亦奚殊。髮膚頂踵皆遺體，須保全歸七尺軀。」「略持甘旨慰晨昏，便詡能酬鞠育恩。肅敬銘心來就養，何嘗但藉此鷄豚。」「田地儘教付與兒，主張門户各分持。無端便起操戈鬬，防有高堂弗順時。」「入房便自解温存，細語聲聲枕畔言。白髮嘆愁全不管，誰來略話慰寒暄。」「望子榮名未有期，辛勤教誨閉門時。翦燈須奮鷄窗志，慰爾嚴慈待贈思。」「婉容愉色侍親傍，體貼心情要細詳。汝有天良當自省，莫將硬語惱爺娘。」「愁來背地暗傷神，魂夢全關子一身。奉侍衰年延嗣續，莫教老眼盼他人。」「具慶瞻依樂事優，尋常熟視莫悠悠。子能奔走親垂暮，能得多時爲汝留。」「離家不比在家多，抛却承歡可奈何。自古征人增別淚，春風時唱采蘭歌。」「貧窮遭際總由天，菽水承歡亦晏然。但得眼前親色笑，勝他華表墓門前。」「一生事業實難言，富貴功名水上痕。現有良能實踐處，須從生我認身原。」

明成化間，孝子黄文會，廬墓於嶺東村九梁坪處。服闋不返舍，築雲庵於九梁山中，晨夕抱親墳痛哭。雙鳩巢鬟旁，隨飲食，赤狐每乘夜伴宿。著《雲庵八詠》，有《孝感集》傳世。同里浦口村，弘治戊子舉人陳行健詩云：「茫茫天上雲，長使九梁翳。雲駐九梁原，親舍九梁際。見雲不見親，孝子動流涕。雲去親舍開，雲來親舍閉。捲舒雲何心，孝子情自繫。獨宿雲庵時，朝夕雲滿地。哀哀苦塊人，遺風及千世。」

《蓉峰詩話》云：世篤孝友，其後必昌。江右泰和姚氏，累世以孝聞。有姚公舜情，字一性，幼聞父爲寇所獲，見父縛洞中憊甚，號泣以身贖。寇欲其白鄉村之富者，即釋之，答曰：「我童子實不知。」

再三詰之，不言。寇怒縛之，以刃刺其股，血淋漓，終不言。寇以其孝且義，並釋之。亂平，父病二年以死，未幾母又病，前後侍牀蓐，備極甘苦。病稍閒，夜半遇大水，屋摧，母幾壓，因負母出水中，得大樹援而止，乃得救。無何母卒，於是合葬父塋，日夜哭其側。其子弟乃爲築茅廬於塲，設苫塊，獨居三年。聞哭聲者，莫不流涕，因稱爲廬哭子。生平未多讀書，唯幼從師授《孝經》，遂奉以終身。每手録百餘卷，以遺親友，且教其子曰：「人生根本，即此書也。」後廬哭子以士處多年，竟成廢疾。一日鄉鄰失火已及門，其子外出，知其父之難舉動也，乃取濕絮蒙身，往救得出，而子身已殘燒。子又嘗赴遠方，遇盜以矢射身，未中，伏水泅而行得免，沿途爲傭以歸。人爲之語曰：「水深火烈，孝子不滅。」孝行積兩代，天特生雪門先生，以光大其門閭。先生諱頤，丙戌第二人及第，文章品行，不愧古人。其奉命視學楚南，恭紀五言，其三云：「三湘多秀士，詩人夙所誇。斯文騷雅餘，歷歷凡幾家。流風未宜墜，況多蘭杜葩。我馳千里轍，遠浮八月槎。何以塞吾責，一心矢無瑕。願言衡嶽雲，散作士林霞。得人未可必，敢辭梳與爬。維聖有明訓，崇實黜浮華。」公所栽培，俱成秀士，蘭芷風騷，至今未艾。厥後秉臯重來，冰兢自矢，旋調甘肅，卒於位。愛公者，恒道公先德不置云。

閩縣嘉崇里吴肇聲有孝女，年十五。肇聲病，孝女刲股肉以進。每慷慨謂家人曰：「吾父脱有不諱，則吾不獨生。」洎父卒，孝女伺其母哭方迷，潛入小樓，自經於大士龕前。鄧君訥生與孝女居同里，爲傳其事，致書京師，孟瓶庵題絶句二首云：「少女風凄訣絶辰，蘭摧蕙折爲靈椿。重論刲股爲糜事，忍讀韓公對鄠人。」「由來女史書彤管，鄉黨傳聞此最奇。他日釣龍臺上過，江頭摸索孝娥碑。」

馬氏仙，廟祀於侯邑甘蔗洲。仙産於建安縣將相里，出嫁一歲，夫亡，守節養姑。每跣足出入溪漲中，或張傘仰置水上，乘之以濟。語人曰：「我有姑在，俟天年終，即仙去。」後人設像祀之。明謝肇淛詩云：「危峰俯控碧溪横，紺殿高標出太清。樹杪雲沉叠嶂色，座前風咽亂濤聲。道人禮斗書丹籙，里婦祈靈乞化生。始信神仙由節孝，世間巾幗擅芳名。」鄢正幾詩云：「世上神仙無别骨，原皆忠孝一流人。」

唐費冠卿字子軍，池州人。登元和二年第，母卒，既葬而歸，嘆曰：「干禄養親耳，得禄而親喪，何以禄爲？」遂隱池州九華山。長慶中殿院李行修舉其孝節，拜右拾遺，制曰：「前進士費冠卿，嘗預計偕，以文中第，禄不及於榮養，恨每積於永懷。遂乃屏身丘園，絶跡仕進，守其志性，十有五年。峻節無慚，清飈自遠。夫旌孝行，舉逸人，所以厚風俗而敦名教也，宜承高奬，以儆薄夫，擢參近侍之榮，載佇移忠之效。」冠卿竟不應命，賦詩云：「君親同是先王道，何如骨肉一處老。也知臣子合佐時，自古榮華誰可保。」

《蓉峰詩話》云：南嶽上封寺後，轉左側有石筧百餘丈許，云自炎宋來，有周女奉孀母不嫁，寸積鍼黹，緗紉之餘，施寺中作此功德，引虎跑泉入香積厨，至今不壞。守貞奉母，已極人間女子所難，而猶能於節儉之餘，廣行善事，尤爲人所難者。熊學橋前輩紀以詩云：「山下出泉蒙，山上亦有澤。汲綆煩轆轤，抱甕心惻惻。誰引灌齋厨，建此大功德。老女者氏周，事紀衡山册。力養矢不嫁，戀戀孀帷側。苦積紡績餘，傾囊無悋色。善哉甘露心，泉引衆香國。大會檀波羅，歷劫不消泐。雖無配耦緣，孝思允維則。表幽闡其微，留此真清白。」

董孝女苦親病篤，刲股養親，親疾遂愈。青浦廩生胡鳴玉贊詩二截云：「忠孝由來不惜身，剥膚斷體是完人。病痊轉恐芳名播，却説長桑術有神。」「至孝堪推巾幗師，銘椒頌菊詎稱奇。人間不乏高堂病，曾否聞風不俛思。」廩生葉榮梓亦贊一律云：「深閨至性少人知，大阮高吟動一時。腕弱那堪嘗白刃，病瘳端賴得瓊飴。忠能移孝原無忝，女勝生男匪所思。彤管他年編《列女》，上書不數太倉兒。」

爲官原爲顯親，亦當思白髮倚閭，乞歸侍養。李子德翰林檢討，請旨准其歸養，尤悔庵送以詩云：「高卧荆山三十年，竭來待詔賦甘泉。身依北闕君門下，夢繞西京親舍邊。抗疏遽辭彤管侍，歸田仍賜綵衣旋。閒居頻向燕臺望，閶闔雲深隔九天。」「都亭把酒送君歸，渭水高堂志不違。築圃正逢紅稻熟，扶筇常看白雲飛。未酬君命臣猶壯，暫解朝班世已稀。千里蓴羹吴地遠，自憐鄉思欲沾衣。」

閩縣張惕庵甄陶，與考博學鴻詞報罷，館於柴舍人宅，留京師未即去。有《秋懷》八首，但録其《思親》及《兄弟》三律，云：「非關遊子好言愁，萬里孤蹤易感秋。折柳一番傷老大，泛槎八月又沉浮。山陽日落驚聞篴，故國霜前獨倚樓。此景争教人遣得，歸心況復大刀頭。」「翹首庭闈萬里餘，白雲何處望吾廬。不才底日成投筆，善病經年累倚閭。隨計再抛藝稷黍，過江一見問葫蘆。撫琴彈曲《梁山操》，四壁蟲聲亦助余。」「壎篪越國復京華，兩地相思總憶家。詩思那從驢背得，秋懷偏感雁行斜。西風動地思班馬，夕照連天閃晚鴉。擬典鷫鸘拚一醉，莫教獨醒更聞笳。」

尤悔庵先生侗，受史職五年，奉假歸，賦詩别珍兒進士詞林，示訓云：「少年宜仕老宜歸，義在非關出處違。荷蓧溪山吾獨往，校書燈火爾誰依。莫傷離别臨南浦，勉效勤勞進北扉。自古事君資事父，皇闈原不異親闈。」

韓文公訓《符讀書城南》詩云：「木之就規矩，在梓匠輪輿。人之能爲人，由腹有詩書。詩書勤乃有，不勤腹空虚。欲知學之力，賢愚同一初。由其不得學，所入遂異閭。兩家各生子，提孩巧相如。少長聚嬉戲，不殊同隊魚。年至十二三，頭角稍相殊。二十漸乖張，清溝映汙渠。三十骨骼成，乃一龍一豬。飛黄騰達去，不能顧蟾蜍。一爲馬前卒，鞭背生蟲蛆。一爲公與相，潭潭府中居。問之何因爾，學與不學歟。金璧雖重寶，費用難貯儲。學問藏之身，身在則有餘。君子與小人，不繫父母且。不見公與相，起身在犁鋤。不見三公後，寒饑出無驢。文章豈不貴，經訓乃菑畬。潢潦無根源，朝滿夕已除。人不通古今，馬牛而襟裾。行身陷不義，况望無名譽。時秋積兩霽，新凉入郊墟。燈火稍可親，簡編可卷舒。豈不旦夕念，爲爾惜居諸。恩義有相奪，作詩勸躊躇。」

伊川程子《葬説》云：「卜其宅兆，卜其地之美惡也，非陰陽家所謂禍福者也。地之美者，則其神靈安，其子孫盛，若培壅其根而枝葉茂，理固然矣。地之惡者則反是。然則曷謂地之美者？土色之光澤，草木之茂盛，乃其驗也。父祖子孫同氣，彼安則此安，彼危則此危，亦其理也。而拘忌者，惑以擇地之方位，决日之吉凶，不亦泥乎！甚者不以奉先爲計，而專以利後爲慮，尤非孝子安厝之用心也。惟五患者不得不慎，須使異日不爲道路，不爲城郭，不爲溝池，不爲貴勢所奪，不爲耕犁所及。五患既慎，則又鑿地必至四五丈，遇石必更穿之，防水潤也。既葬則以松脂塗棺槨，石灰封墓門，此其大略也。若夫精畫，則又在審思慮矣。」長洲韓洽題地理書一册詩云：「方術種種皆誑語，相地之説害尤巨。人世禍福本自求，豈有種麻翻得黍。諉之天命已不然，何況駕言地所與。著書綦衆徒紛紜，智者誠宜付一炬。古人喪葬有定期，宅兆雖卜有常處。安有擇地並俟時，停喪不葬歷寒暑。悖禮非分覬福澤，致令死生胥失所。起爭滋訟傷骨肉，平地無端成險阻。願君悉屏非聖書，修道致福咸自舉。天經地義亘古垂，慎勿旁求别機杼。」

宋《孔氏雜説》曰：「天下之言葬者，皆宗郭璞，所謂《青囊書》是也。今之俗師，必曰某山某水可以求福，可以避禍，其説甚嚴，以爲百事纖悉，莫不由此。按《本傳》，璞母卒，卜葬地於潛陽，去水百許步，人以近水爲言，璞曰：『當即爲陸矣。』其後沙漲去墓數十里，皆爲桑田。未幾，王敦起璞爲記室參軍，敦舉兵，璞忤敦意，收璞詣南岡斬之。使吉凶壽夭，信皆由墓，則璞所擇地，宜有可以自免者矣。得非固有定數，而不可移耶？璞猶如此，則俗師之説，不足信也。世傳景純墓在金山足，過於詭奇，沈啓南詩云：「散氣衝風豈可居，先生埋骨意何如。日中數莫逃兵劫，世上人猶信《葬書》。」如叩晨鐘，寐者可以省矣。又有中心叟，日本使臣也，《弔郭景純墓》詩云：「遺音寂寂鎖龍門，此日《青囊》竟不聞。水底有天行日月，墓前無地拜兒孫。」亦足發笑。

陳一齋先生詩有《堪輿解》云：「貴人在草廬，祖父或無食。不知何從生，倏爾登槐棘。貨財既厭足，願望遂靡極。篤信風水言，潛求如弗克。山岡遍搜討，匪吝千金直。得之歡若狂，少選復惶惑。堪輿蚩蚩氓，奴隸罔知識。奉之同蓍龜，化權資其力。驕奢開釁端，子弟相戕賊。産業轉豪强，窮厄罹罪慝。欲爲千載謀，何如速樹德。不見咸陽城，周秦都共域。八百自延長，二世已滅息。以國來喻家，此理非難測。余心雖獨悟，難以挽頽風。上古誰同然，涑水司馬公。」孟瓶庵先生云：按一齋先生此詩，以國喻家，勉人脩德，千古不磨之論。其斥葬師云：「堪輿蚩蚩氓，奴隸罔知識。」或疑太過，不知談風水者，吾輩讀書人，相陰陽，觀流泉，時或有理，其諸挾術十人者，率多一字不識之徒，口念歌訣，詭云：「少日曾授秘術於江右某家。」自江西而來者，形跡詭秘，益不可究詰。買地則與山串朋比爲奸，先已分肥，營墳則爲工匠多估價值，隨又獲利。坐客舍而糜酒食，歷山場而勞輿從。主人有力者，以爲一家之貧富壽夭，皆在其掌握中，經年累月，資給不暇，成墳之後，厚爲酬謝。其尤甚者，得一地，則左右古塚，勸人抛棄，誘人侵佔，以致死者含冤重泉，生者叠成構訟，而彼方揚揚得意，置身事外。以余所聞見，皆實實可據者。昔癸酉、甲戌間，温陵葬師某，名籍甚。族人欲卜吉壤，邀先君子同往視之。葬師云：「此地寬敞綿長，百金可得也。」先君子曰：「如左側右塚何？」葬師曰：「此已籌之，廢祭掃者數十年矣，鋤平之可也。」先君子變色曰：「是何言與！」遂勸族人勿於此地營墓。又有江右某詭云：「贛州諸生來閩，談風水亹亹，予族叔延致於家，飲食之。經年乃得一地於僻遠處，糜費千金，實非吉壤也。予時年少，察其言論，殊不類讀書人。後十餘年，予在蜀成都，一日進衙，見有跪於轅門，狀類丐者，則即當年談風水者也。余因曾於族叔家相見，給以四金，後復來，乃絶之。」如此輩，得不謂之蚩氓奴隸耶？

邵康節先生《訓世詩》云：「子養親兮弟敬哥，休殘骨肉起風波。劬勞恩重須當孝，手足情深要取和。公藝同居今古罕，田真共處子孫多。如斯遐邇皆稱美，子養親兮弟敬哥。」「子養親兮弟敬哥，柔聲下氣自調和。難兄難弟名偏重，賢子賢孫裔足多。負米尚能爲薄食，讀書豈不擢高科。仲由陳紀皆如此，子養親兮弟敬哥。」「子養親兮弟敬哥，并教妯娌事公婆。好遵孟母三遷教，須讀張公百忍歌。孝友睦婣兼任恤，智仁信義與中和。當時曹子同楊播，子養親兮弟敬哥。」「子養親兮弟敬哥，光陰擲過疾如梭。公婆樂處兒孫樂，兄弟和時妯娌和。孝弟傳家千載業，金銀滿櫃一時過。要知名譽垂今古，子養親兮弟敬哥。」「子養親兮弟敬哥，天時地利與人和。莫言世事常如此，堪笑人生有幾何。滿眼榮華如夢醒，一家安樂值錢多。奇哉懷桔兼梨讓，子養親兮弟敬哥。」「子養親兮弟敬哥，晨昏定省莫蹉跎。一門孝友真難得，百歲光陰最易過。和樂且眈宜自翕，彝倫攸叙要謙和。斑衣舞罷塤篪奏，子養親兮弟敬哥。」「子養親兮弟敬哥，丈人休聽室人唆。眼前金玉無嫌少，膝下兒孫勿厭多。但得齊家貧也好，若然不義富云何。傳家孝悌垂青史，子養親兮弟敬哥。」

《關聖覺世經》注詠愛兄弟詩云：「肢體根身出，肢分血脈隨。弟兄通一氣，愛敬起連枝。斧洗三年雨，箕煎五步詩。推梨憐齒弱，先酌識鄉癡。棣萼春榮後，荆花艶到時。敢云蘭蕙臭，争似鶺鴒悲。鬩口情何忍，彎弓涕已垂。性天歌鼓舞，琴瑟和塤篪。」

宋張存績遷禮部尚書，存性孝友。嘗爲蜀郡，得奇繒文錦以歸，悉布於堂上，恣兄弟擇取。嘗曰：「兄弟，手足也。妻妾，外舍人耳。奈何先外人而後手足乎？」逸老詩云：「細君歸遺是情癡，鴦侶怎如雁影隨。痛癢相關吾骨肉，錦繒恣取樂怡怡。」

牛弘弟弼，好酒而酗，常醉射殺弘駕車牛。弘還宅，其妻迎謂曰：「叔射殺牛。」弘聞無所怪問，直答曰：「作脯。」坐定，其妻又曰：「叔忽射殺牛，大是異事。」弘曰：「已知。」顔色自若，讀書不輟。其寬和如此，官至吏部尚書。仙僕詩云：「弟兄誼重解牛輕，何必錙銖鄙吝萌。羡彼雲間群雁樂，惱他塒上牝鷄鳴。」

謝裕字景仁，弟甝、述。景仁愛甝而憎述。嘗設饌，請宋武帝，希命甝豫坐，而帝召述。述知非景仁夙意，又慮帝命之，請急不從。帝馳遣呼述，述須至乃殯，其見重如此。及景仁疾，述盡心視湯藥，飲食必嘗而後進，衣不解帶，不盥櫛者累旬，景仁深感愧焉，友愛遂篤。及景仁卒，哀號過禮。景仁肥壯，買材數具，皆不合用，述哀惶親選迺獲焉。晚香詩云：「只認弟兄兩字真，眼前芥蔕弗生瞋。累旬視藥勤朝夕，感愧吹壎友愛親。」

蘇東坡守彭城，弟子由來訪之，留百餘日而去，作詩二絶云：「逍遥堂上千章木，長送中宵風雨聲。誤喜對床尋舊約，那知漂泊在彭城。」「秋來東閣凉如水，客去山翁醉似泥。困卧北窗呼不醒，風吹松竹雨凄凄。」東坡以爲讀之殆不可爲懷，乃和其詩以自解。至今觀之，尚使人凄然於兄弟之情不容已也。

粤南新會縣區文廣越，在浙江署中，憶諸弟詩云：「望遠吴天雁，情深谷口陰。扁舟殊自滯，還負子由心。」痛思先人詩云：「一掬終天恨，千年苦海深。《蓼莪》曾有句，仰慕古人心。」

范文正公諱仲淹，字希文。輕財好施，猶厚於族人。皇祐中，守杭州時，於姑蘇買負郭常稔之田數千畝爲義莊，以養族之貧乏者。每人日給米一升，歲給絹一疋，乃至嫁娶喪葬，皆有周給。擇族之長而賢者主其計，而時其出納，因廣其居爲義宅，聚族其中，義莊之收亦在焉。公嘗曰：「吾宗族甚衆，於我雖有親疎，然自吾祖視之，均是子孫。且自祖宗以來，積德百年，始發於吾，若獨享富貴，不恤宗族，他日何以見先人於地下？今日何顔入家廟乎？」故其恩例俸賜，必均及宗族。公自政府出歸鄉，既至，搜外庫惟有絹三千匹，令掌吏録親戚及閭族故舊，自大及小，散之皆盡。公有勁節，仁廟朝知無不言，梅聖俞作《啄木》詩以見意曰：「啄盡林中蠹，未肯出林飛。不識黄金彈，雙翎墮落暉。」公卒，追封楚國公，祠祀於吴中天平山，嵒萃高聳，皆青石，卓筆峰爲最。康熙四十四年，御書「濟時良相」扁，懸諸南檐。祠有老楓三十本。朱竹垞謁祠題詩云：「范公祠屋此山中，石笥抽萌萬笏同。遺像依然窮塞主，義田不改舊家風。歸來散絹三千疋，没後題詩四五通。近覩天書銀牓在，年年秋色照丹楓。」

《陰騭文》注咏和睦夫婦詩云：「率婦綱須正，從夫德在柔。太和徵保合，相睦本交修。嘉耦恩先定，如賓敬有由。慎毋憐粉黛，切莫妬衾裯。脱輻羞教免，鳴鷄戒肯休。友應琴瑟似，翕與弟兄侔。不負牽紅線，還期到白頭。姻緣分好惡，男子善爲謀。」

林大輅諫南巡拜杖下獄，妻黄氏留邸舍，朝夕籲天祈免，緹騎偵得之，以呪詛告。上震怒，并逮入獄。大輅受訊楚毒不肯承，主者危辭怵黄，黄慷慨對曰：「妾夫被逮，妾焚香告天，幾幸皇輿不出，忠良獲宥，則誠有之，庸敢有他。妾以兒女子無知，使吾夫重獲罪戾，妾惟有一死以謝皇上，并謝吾夫。

妾方有身，分不受刑，請速賜以死，則徼惠於執事多矣。」主者口噤而罷。居五月得釋，夫婦偕出獄，都人夾道聚觀，嘆息泣下，稱爲鐵夫人。尤悔庵《擬樂府》云：「武皇南巡臣拜杖，良人繫獄妾心悲。妾家兒女本無知，焚香籲天誠有之。邏騎拏來坐呪詛，夫婦牽連入圜土。妾今有身不任刑，惟拚一死謝夫君。情辭慷慨相決絶，法吏滿堂誰忍聞。一旦天恩並放歸，都人夾道盡沾衣。還將前日香重爇，長祝君王罷六飛。」

唐親王憲貴盛，寵妓數十人。有賣餅之妻，纖白明媚，王一見屬意，因厚遺其夫求之，寵愛逾等。歲餘因問曰：「汝復憶餅師否？」使見之，其妻注視，雙淚垂頰，若不勝情。時王坐客十餘人，皆當時文士，無不悽異。王命賦詩，王摩詰先成云：「莫以今時寵，難忘異日恩。看花滿眼淚，不共楚王言。」坐客無敢繼者，王乃歸餅師，以終其志。

會昌中邊將張暌，防戎十有餘年，其妻侯氏，繡迴文作龜形詩，詣闕進上。詩曰：「暌離已是十秋强，對鏡那堪重整粧。聞雁幾回修尺素，見霜先爲製衣裳。開箱疊練嘗垂淚，拂杵調砧更斷腸。繡作迴文獻天子，願教征客早還鄉。」遂敕歸，賜絹三百疋，以彰才美。

義夫賢婦，可法可傳。尤悔庵侗，娶曹孺人，敬事翁姑，相夫課子，勤儉安貧，恬和而不妬忌，克盡婦道。死訃京都，悔庵奔喪回籍，詠《悼亡》詩六十首。余節録二十首，以表曹氏之賢、悔庵之義。詩云：「宛是當年曹大家，西風吹作斷腸花。故人宿草鴛鴦塚，愧我飄蓬老鬢華。」「貧家旨蓄百般無，朝屑胡麻暮剪蔬。嘗憶紙窗風雨夜，伴人猶自煮茶罏。」「名珠賣盡典釵梳，供奉郎君助讀書。讀破千篇贖未得，鷫裘貰酒愧相如。」「萬里扁舟寄五湖，罷官先畫灌園圖。閨中幸有同心約，君把長鑱妾辟纑。」「鷄鳴問寢向高堂，冬壓梨膏夏蔗漿。獻與公姑甘旨了，還留一盞阿郎嘗。」「兩度麻衣泣倚廬，尊章痛定復愁予。君歸應向官山塢，先到泉臺問起居。」「靈芸針指最聰明，舞鳳盤龍頃刻成。手把書編嘗太息，此身恨不作諸生。」「明智能如辛憲英，談言微中使人驚。平生崛强狂奴態，不覺低頭服老成。」「持家健婦治饔飧，井臼親操閱曉昏。樺燭三條人未寢，重重屈戌自關門。」「辛苦熊丸五夜儲，殷勤教子惜三餘。雖無絳帳宣文授，常剪青燈課讀書。」「勖兒日夜望青雲，桂樹難連杏苑春。一領錦衣消不得，誰家八座太夫人。」「最憐少子未成名，八月金陵自遣行。聞道秋風仍報罷，病中猶聽拊床聲。」「三年懷抱泣呱呱，御食營巢心血枯。養得兒成親已去，何時反哺報慈烏。」「千里奔喪哭望鄉，計程一月伴靈牀。河梁剩有生離苦，白髮吞聲倚夕陽。」「長卿消渴卧成都，憔悴文君擁藥罏。君病何曾親煮藥，白頭怨殺薄情夫。」「家貧賣盡嫁衣裳，蓬鬢荆釵不掃妝。翻笑亂頭粗服好，佳人難得是糟糠。」「蛾眉不妬見猶憐，我自鍾情小比肩。縱有玉簫同錦瑟，那能續得斷腸絃。」「平時舉箸勸加餐，珍重添棉護晚寒。今日征衣誰更寄，祇留針線手中看。」「笳聲吹斷續砧聲，數盡銅壺滴五更。更是惱人眠不得，隔墻夜哭聽驢鳴。」「淚眼模糊終夜開，車輪腸轉幾千迴。每思元相傷心句，貧賤夫妻百事哀。」

語云：「婦言不可聽。」然亦有諫夫以正，亦當順從，苟乖僻自是，恐取禍端，悔無及矣。正德中，帝星明江漢間，劉養正通天文，勸宸濠反。濠嘗作《秋懷》詩云：「莫向西風問彭蠡，盤渦怒欲起蛟龍。」濠妻婁妃，探知其意，泣諫不從，作詩云：「婦語夫兮夫轉聽，採樵須取擔頭輕。昨宵雨過蒼苔滑，莫何蒼苔險處行。」又作《早行》詩見意曰：「鷄聲忽叫五更月，馬足先追十里風。欲買三杯壯行色，酒家猶在夢魂中。」後宸濠兵敗成擒，陷在檻車，泣謂人曰：「昔紂聽婦言而亡天下，今我不聽婦言而亡家國。」及濠受戮，婁妃投水死。

聶大年掌教仁和，不以家自隨。其内子有婦德，能安貧，嘗寄衣答以詩云：「山妻憐我舊蘇秦，寄得衣來穩稱身。落日故園歌《白紵》，秋風京洛染緇塵。同心意重思偕隱，結髮情深不厭貧。萬里莫如歸去好，幾多衣錦夜行人。」

洞庭劉氏，有夫葉正甫，久客都門。劉克盡婦道，因寄衣侑以詩云：「情同牛女隔天河，又喜秋來得一過。歲歲寄郎身上服，絲絲是妾手中梭。剪聲自覺和腸斷，線脚那能抵淚多。長短只依先去樣，不知肥瘦近如何。」

《關聖覺世經》注咏信朋友詩云：「交友黄金重，金亡友也無。何如情似淡，祇是信相孚。范叔袍猶贈，華歆席異鋪。劍懸墳上獸，竿記日邊烏。春樹新樽隔，秋池舊雨俱。盟從千載訂，約不十年殊。剪燭思題史，論文若合符。五陵誇結納，大半在皮膚。」

朋友爲五倫之一，非酒食相徵逐即是，惟死生患難相恤，方爲義友。虞卿躡屩擔簦，説趙孝成王，一見賜黄金白璧，再見爲趙上卿。秦破趙長平索六城，虞卿固勸王勿予秦，秦求魏相魏齊急，窮抵好友虞卿，卿解相印與齊亡，依魏信陵公子。公子問侯生：「虞卿何如人？」侯生曰：「虞卿解相印，捐萬户侯，急士之窮，而歸公子。公子曰：何如人，人不易知，知人正自不易也。」齊自殺，虞卿窮愁著書，名《虞氏春秋》。黄莘田賦詩弔虞卿云：「當年説客取功名，口舌猶能見性情。解印逃亡爲朋友，擔簦談笑得公卿。誤依公子捐千户，若勸君王保六城。後世窮愁有生活，學他論著得芳聲。」

元微之爲御史，鞫獄梓潼。時白樂天在京，與名輩遊慈恩，小酌花下，爲詩寄元曰：「花時同醉破春愁，醉折花枝當酒籌。忽憶故人天際去，計程今日到梁州。」時元果入褒城，亦寄夢遊詩曰：「夢君兄弟曲江頭，也向慈恩院裏遊。驛吏唤人排馬去，忽驚身在古梁州。」千里神交，若合符契，亦奇聞矣。迨微之在江陵，病中聞樂天早降江州，作詩云：「殘燈無燄影幢幢，此夕聞君謫九江。垂死病中驚坐起，暗風吹雨入寒窗。」樂〔天〕以爲此句他人尚不忍聞，况僕心乎！故當世論締交者，共推元白。

生爲知己，死更不忘，足見交情之篤。尤悔庵年十八游庠，獲交湯子卿謀，驚才絶艷，援筆便成。悔庵日與唱和不迭，每脱稿，寄書日令小奚彳亍道中，得一佳句，互相擊賞，丹黄爛然，當時以爲樂事。癸未秋，悔庵柬卿謀云：「有詩應羨子，無病不成秋。」卿謀答云：「有詩應羨子，無病益愁予。冷淡知秋意，吟來定不如。」蓋悔庵病而卿謀無病故。後湯子逝，悔庵云：「今日不惟無病不可得，即長病亦不可得。」知風月於平生，感河山而涕泣。因哭詩六十首，余節録一十首，以表其膠漆之好。詩云：「漫言無病不成秋，君病誰歸僕病留。夜雨半牀詩訊少，藥烟影裏泣西州。」「王楊盧駱舊文壇，半卧牀頭半蓋棺。地角天涯生死隔，青衫有淚各輪彈。」「情生文語是耶誣，情到那堪文轉無。非爲病魔收拾去，淚痕深處墨花枯。」「西窗剪燭幾春宵，畫卷薰爐頓寂寥。有日佩環歸夜月，重聞閨語度花梢。」「不教奇字葬劉蕡，風雨山河護大文。簡盡錦囊人不見，一靈啼嘯夜深聞。」「不辭和淚寫新詩，墨點千絲淚萬絲。非爲哭君還自哭，他年月旦更憑誰。」「衣帶相逢未十年，管花猶印衍波箋。《高山》曲在人何在，一夜西風斬七絃。」「生友相憐寄慰真，一持慰語一傷神。九原有客知誰慰，秋雨空山鬼淚新。」「我今顧影已無儔，如此人間不願留。若許九原尋舊友，何妨蝴蝶化莊周。」「我歌《薤露》爾無哀，焚向靈牀飛作灰。只當平時相贈答，黄泉還寄和詩來。」

明弘治間，有徐振聲、吴叔厚、林世和，三人同肄業，稱莫逆交，死而同葬於桑溪之西荔枝林，顔曰「三友墓」。至今椶樹交加塚上，月明青翠中，村人時聞有彈碁聲。董應舉詩云：「生爲三益死三良，蜕骨同歸地下藏。宿草總成連理樹，夜臺原是締心堂。」

朋友有信，惟死生不食言、不負約，方爲善交。李泌與惠林寺僧圓澤契，嘗約遊青城峩眉山，泌欲舟行，澤欲步往，泌具舟强之行。路見一婦人錦襠汲水，澤曰：「此婦孕三年矣，吾當爲之子，所以不欲舟行者爲此也，今見無可逃矣。以三日洗兒一笑爲約，後十二年於杭州天竺一見爲信。吾以三生比丘，居湘西岳麓寺，有巨石常習禪其上。」即回，是夕卒。三日李往其家問之，得兒爲之一笑。後至杭赴約，月夜泊舟，岸下聞葛洪川畔，有乘牛扣角歌曰：「三生石上舊精魂，賞月吟風不要論。慚愧情人遠相訪，此身雖逝性常存。」泌曰：「澤公健否？」曰：「李公真信士，然俗緣未定，慎勿相見。」又詩曰：「身前身後事茫茫，欲話因緣恐斷腸。吴越山川遊已遍，却迴烟棹上瞿塘。」時大曆九年也。

仁和杭世駿，乙卯除夕辭家，以丙辰正月晦抵都。時被徵之士，麕集京師，赴考博學鴻詞。故人吴江迮雲龍、錢唐桑調元、符曾喜杭至，皆有次韵詩云：「海内知名士，神交第一流。異書多破冢，豪氣獨登樓。一面即相别，三年誰與遊。眄君頻數日，預擬豁煩憂。」「江鄉眇良覿，日下接名流。姓氏頻驚座，朋曹半選樓。盧鴻應新詔，紫燕及春遊。萬柳須修禊，憑銷契闊憂。」「君抱宏通識，詎居第二流。自能傾一座，底用感登樓。風雨思前日，鶯花指後遊。離懷今始慰，消盡别來憂。」與杭公同薦者凡十人。星齋自閩亦至，公讌於汪西顥小眠齋，徵歌選勝，極一時之盛。周蘭坡亦有詩紀事二絶云：「上元燈後届傳柑，香雪霏微喜盍簪。相馬人稱鳴騄駬，羅材予愧列楩楠。」「乍膺明詔聯同譜，共赴徵車駕曉驂。高會城南冠佩集，淋漓蘗玉酒初酣。」又七律三首云：「詞壇萬丈建旌旓，孑孑干旄賦在郊。繡虎才華矜論斗，射鵰身手欲鳴髇。枕經葄史甦儒術，雕雪鏤冰得素交。衮衮諸公齊振翮，好從阿閣覓新巢。」「明湖水漲碧留犁，柑酒還隨一聽鸝。盤落清歌珠大小，人逢舊雨浙東西。雪消檐角梅初笑，烟幕山腰柳漸稊。刻羽引商清吹滿，莫隨豪飲各如泥。」「翹翹車乘赴徵車，策獻天人上玉除。大雅如君真董賈，不才似我愧嚴徐。頌芝賦雪聯吟後，舞扇歌裙夜讌餘。知向承明同給札，紫烟縹緲拂衣裾。」

聶大年嘗言王柳庵冢宰求錢塘戴文進畫十年不得，何如移十年求畫之心，以求天下之才，則野無遺賢矣。此言頗聞於柳庵。及大年病不起，以詩投柳庵云：「鏡中白髮難饒我，湖上青山欲待誰。」柳庵見詩曰：「彼欲吾誌其墓耳。」迨大年卒，柳庵遂爲誌其墓，人以是知柳庵之量不可及，忘芥蒂而敦友朋之誼。

讀書人窮達不同，總是斯文一脈，不可以貴顯而白眼視人。傅昂霄感懷咏詩云：「蘭有國香同號草，梅無世態亦云花。」

勸戒詩話卷六

侯官黄坤元静軒編輯

朱紫陽夫子云：「讀書將以求道，不然，讀作何用？今人不去這上理會道理，皆以涉獵該博爲能，所以有道學、俗學之别。須要斂身静坐，緩視微吟，虚心涵泳，切己省察，有與聖賢不相似處，豈可不自鞭策？」敬録其《詠三省》詩云：「曾子尚憂三者失，自言日致省身功。如何後學不深察，便欲傳心一唯中。」「用工事上實根原，三省真傳入道門。理即是心隨事顯，事能盡理始心存。」《咏一貫》云：「一貫明言忠與恕，教人之意已昭然。當於用處求其一，謹勿懸空想聖賢。」

又云：「學者讀書，多緣心不在，故不見道理。聖賢言語本自分曉，若是專心，豈有不見？」「昔陳烈先生苦無記性，一日讀孟子『學問之道無他，求其放心而已矣』，忽悟曰：『我心不曾收得，如何記得書？』遂閉門静坐，不讀書百餘日，以收放心，却去讀書，遂一覽無遺。」「蓋心不定，故見理不得。今且要讀書，須先定其心，使之如止水，如明鏡，暗鏡如何照得物？」敬録其《詠唤醒》詩云：「爲學常思唤此心，唤之嫺熟物難昏。纔昏自覺中如失，猛省猛求明則存。」「二字親聞十九冬，向來已媿緩無功。從今何以驗勤怠，不出此心生熟中。」《詠心》云：「性外初非更有心，只於理内别虚靈。虚靈妙用由斯出，故主吾心統性情。」《詠莫知其鄉》云：「此心活物原無定，或出他鄉入此鄉。猛省不知誰是主，只因操舍有存亡。存以公兮亡以私，存亡倏忽動時機。莫教事過方纔省，辨析精須念慮微。」

又云：「學以静爲本。讀書閒暇且静坐，教他心平氣定，見得道理漸須分明。昔伊川見人静坐，便嘆其善學，門人問何謂也，伊川曰：『這個却是一身總要處，他日長進，亦只是在這裏。人只是一箇心做本，須存得在這裏，識得道義，條理脈絡，自有貫通處。』」「章子厚欲問康節先生傳數學，康節曰：『必相從林下二十年，而後可與語數學。』既能静坐二十年，則數學不待傳，静坐之久，而虚靈不昧，凡事自可知之。昔延平先生説羅先生解《春秋》也淺，不似胡文定，後來隨人入廣，在羅浮山住兩三年去，那裏心静須看得較透，二三年者尚得如此受用，而況二十年静乎！楊至之云：『聰明亦須是静，静方運得精神。』蓋静則心虚，道理方看得出。凡學者須是收拾此心，令專静純一，日用動静間，都無馳走散亂，方始得。」敬録其《詠静》詩云：「心惟動與静相乘，當静之時乃動源。所以工夫先要静，動而無静體難存。」「莫將靠静偏於静，須是探知格物功。事到理明隨理去，動常有静在其中。」

漢董仲舒，廣川人，少治《春秋》，下帷講授三年，不窺園圃。以賢良對《天人三策》，勸武帝勉强學問行道，設誠於内等語，帝嘉之，以爲江都相。仲舒學有源委，正誼明道之言，度越諸子，爲漢醇儒。著《玉杯》、《繁露》、《清明》、《竹林》之屬數十篇。本朝查慎行題祠詩云：「西風殘照廣川城，董相祠邊感慨生。官秩稍增秦博士，文章獨闢漢西京。醇儒豈以科名重，英主無如經術輕。却笑武皇親制策，牧羊牧豕盡公卿。」王阮亭題祠云：「董公祠廟已荒凉，憑弔西京事可傷。漫以園林勞主父，祇將經術奉驕王。時逢明主身空老，志在《春秋》道正長。我自愛傳《繁露》學，《玉杯》曾問廣川鄉。」朱竹垞題祠詩云：「漢日江都相，荒祠舊水濱。玉杯存俎豆，青簡重天人。夕鳥窺園下，秋花裛露新。淒凉《不遇》賦，千載一沾巾。」

古有《四時讀書歌》云：「春讀書，春日遲，柳風輕暖浴沂時。閉門經史埋頭處，花落花開總不知。」「夏讀書，夏日長，薰風吹透北窗凉。庭前緑轉芭蕉影，池畔紅摇菡萏香。」「秋讀書，秋氣清，金風蕭瑟井梧聲。五車黄卷三更雨，六尺梨床一短檠。」「冬讀書，是三餘，少年須用惜居諸。螢燈雪案功勤苦，紫閣丹墀定我居。」

儒者手不釋卷，總以書爲生涯，舍此别無所事。聶經田壽開《觀書詠》云：「究竟欲何如，療貧只是書。既堪娱耳目，還可較蟲魚。趣領千秋上，神交五夜餘。不然方寸地，無計得舒徐。」

楊田村先生岱，江西大庾人，癸亥進士，授縣令，卒罣吏議，授學城南、昭潭、朗江各書院。和吴半江見贈詩云：「自古儒生不易居，學從困後始心舒。三餘慎勿姑聊且，屢空何妨亦晏如。歲月不爲來者地，功名無負古人書。斲輪老手棄糟粕，生白原來是室虚。」

魏野詩云：「燒葉爐中無宿火，讀書窗下有殘燈。」家雖貧而讀書不輟，自得至樂。

楚寧鄉王九溪先生文清，以名進士授中書舍人。晚年還山，優游藝苑，享年九十有餘。著述書籍甚多。《志館即事》詠云：「血淚彈來濺研池，貞魂冷落莫教遺。敢云屋漏曾無愧，大有神明不可欺。此事自憑方寸地，他年遥許史臣知。兢兢把筆何珍重，正在躊躇一字時。」其用意正自深遠。

袁簡齋詩云：「兩眼自將秋水洒，一生不受古人欺。」讀書須有一番卓識見解，不可不自出手眼，致死於句下。

名士鴻文，後學毋得妄指瑕疵而毀謗。有蕭山某士，素不喜蘇東坡詩，一日復於座中訾謷之，汪蛟門起曰：『竹外桃花三兩枝，春江水暖鴨先知。』如此詩亦可道不佳耶？」某士怫然曰：「鵝也先知，怎只說鴨？」所謂禦人以口給，屢憎於人者矣。

王播少孤貧，嘗客楊州惠照寺木蘭院，隨僧齋飯，僧厭怠，乃齋罷而後擊鐘。後二紀，播自重位出鎮是邦，因訪舊遊，向所題作，皆以碧紗幕其詩。播繼以二絶句曰：「三十年前此院遊，木蘭花發院新修。如今再到經行處，樹老無花僧白頭。」「上堂已了各西東，慚愧闍黎飯後鐘。三十年來塵撲面，而今始得有紗籠。」世態大抵炎凉，而寒儒當有此揚眉吐氣之日，歌詩快志。

《陰隲文》注咏毋慢師長詩云：「匪獨年爲長，咸推德是師。先生毋敢慢，後學首須知。北面終身凛，春風匝月思。當仁原不讓，執業忍相欺。直配君親誼，常修弟子儀。程門頻立雪，馬帳自彈絲。始信尊嚴望，奚容禮貌衰。童蒙資教育，化雨及時施。」

《丹陽集》云：「賈島携新文謁韓愈云：『青竹未生翼，一步萬里道。安得西北風，身願變蓬草。』可見急于求師。愈贈詩云：『家住幽都遠，未識氣先感。來尋吾何能，無殊嗜昌歜。』可見謙於授業。此皆島未儒服之時也，洎愈教島爲文，遂棄浮屠學，舉進士。」

《仁化編·勸世百字歌》云：「慾寡精神爽，思多血氣衰。少杯不亂性，忍氣免傷財。貴自勤中得，富從儉上培。温柔終有益，强暴必招災。善處真君子，刁唆是禍胎。暗中莫使箭，乖裏放些獃。養性須修善，欺心休吃齋。官詞莫投入，鄉黨要和諧。安分身無辱，閒非口不開。世人依此説，應有福星來。」此歌尋常口頭念熟，自可警心獲益。

凡與人争執田地，須容忍讓人爲上策，當思無不破之家，轉眼成空，則争端自息。尤悔庵與一乘上人奕，偶成四首，詩云：「拈子尋思且喫茶，手譚殊勝話周遮。休疑山裏樵柯爛，殘局纔完日已斜。」「漫争得失似長安，贏得旁人袖手看。一著錯時千遍悔，收場猶喜是空盤。」「賭墅圍棋憶謝公，時乎不競惜南風。局間劫急君休問，奪角衝關滿眼中。」「世途黑白混難分，翻覆輸贏總未真。記得浮山曾説法，從來此路誤多人。」

坦途中有不虞之險，生平須謹慎而行，庶無差錯，若倚藉道平，揚趾急趨，恐一蹶不可復振。詩云：「一失足爲天下笑，再回頭是百年身。」裴説《咏棊》詩云：「十九條平路，言平又嶮巇。人心無算處，國手有輸時。勢迴流星遠，聲乾下雹遲。臨軒纔一局，寒日又西垂。」

唐子方謫官渡淮，至中流風作，舟欲覆，作詩曰：「聖宋非狂楚，清淮異汨羅。平生仗忠信，今日任風波。」日暮泊舟上岸，續云：「舟楫顛危甚，黿鼉出没多。斜陽幸無事，沽酒聽漁歌。」自信生平正直，臨險不驚。

《贅言録》云：謹按《涅槃經》，昔有人讚佛爲大福德相，或曰：「何以見之？」曰：「打亦不瞋，罵亦不報，非大福德相乎？」今人不知此爲福德相，而本身耻之曰受辱，旁人鄙之曰軟弱，此怒心所以日熾也。抑思人來辱我，定非無因，但思我有可辱，何怒於彼；我無可辱，彼自妄耳，我又何怒？如火燒空，不久自息耳。勸人當受打受罵時，但自念曰：彼來成就我大福德相矣，榮孰甚焉，則芥蔕遂忘耳。

《感應篇》詩云：「只要心平氣便和，憑他横逆起風波。自家未必全無錯，好借他山細細磨。」樹蔭詩云：「詈辱埒驢鳴，何須心不平。成吾福德相，名號大尊榮。」桐城相國何文端公，諱如寵。爲少宗伯時，偶寓樅陽鎮之古道庵。一日赴酌，張燈步歸，遇某姓子醉酒，直撞而來，從者呵之，遂肆詬駡，且大吟曰：「相逢盡道休官好，林下何曾見一人。」踢其燈籠而去。公約束僕從，不許究問，次早其父領子跪門持杖請罪，公曰：「我昨日未出庵門，汝誤認耶？」卒不問姓名。相國之受辱不較如此，此所謂量大福亦大也。

孫真人曰：「養成自性，雖絶藥餌，可保延年。若德行不充，雖玉液金丹，亦自無益。」斯言可爲修仙大印證。《感應篇》詩云：「金丹一粒在靈臺，善行圓時自脱胎。堪笑凡夫無見識，年年海上望蓬萊。」

古詩云：「盛夏紅鑪鐵匠，隆冬白雪漁翁。彼豈不知寒暑，只因業在其中。」昌黎所謂「業精於勤荒於嬉」也。

富貴勿太奢華，須儉用有節，留爲子孫長享。唐羅鄴《詠牡丹》詩云：「落盡春紅始見花，花時比屋事豪奢。買栽池館恐無地，看到子孫能幾家。門倚長衢攢秀轂，幄籠輕日護香霞。歌鐘到處争歡賞，豈信流年鬢有華。」

凡乍見人藍縷潦倒，不可輕慢，或有高才落魄，暫屈終伸。熊皎《閒居》詩云：「深逢野草皆爲藥，静見樵人恐是仙。」

凡事預先布置，自然整裕，臨時急迫追尋，恐無及矣。徐㴬《閒居》詩云：「未春預借看花騎，欲雨先徵種樹書。」

唐姚崇《口箴》云：「君子欲訥，吉人寡辭。利口作戒，長舌爲詩。斯言不善，千里違之。勿謂可復，駟馬難追。惟静惟默，澄神之極。去甚去泰，居物之外。多言多失，多事多害。聲繁則淫，聲希則大。室本無暗，垣亦有耳。何言者天，成蹊者李。似不能言，爲世所尊。言不出口，冠時之首。無掉爾舌，以速爾咎。無易由言，亦孔之醜。欽之謹之，可大可久。欽之伊何，三命而走。謹之伊何，三緘其口。勉哉夫子，行矣勉旃。書之屋壁，以代韋弦。」

誇己之長，未能深藏，即是短處，何必於人前鋪張揚厲，招人妬忌冷笑？即令有人褒嘉，更當遜謝自卑，方是謙謙君子。昔歐陽修長於文章，對客多談政事，不及文章。蔡端明長於政事，對客每談文章，不及政事。二公皆不矜所長也，誠足法矣。《感應篇》詩云：「以短相形便覺長，所長究竟也平常。人前切莫輕誇嘴，藏得深時賈始良。」

吟詩譏刺當路，多惹禍端。賈似道令人販鹽百艘，與民争利，至臨安太學生有詩云：「昨夜江頭湧碧波，滿船都載相公鹺。雖然要作調羹用，未必調羹用許多。」賈又行均田法，士人刺以詩云：「失樊失蜀失荆襄，猶把山川寸寸量。縱使一丘添一畝，也應不似舊封疆。」賈聞之，拘兩人入獄。

《陰隲文》注咏勿淫人之妻女詩云：「孰爲無父女，總是有夫妻。受辱人誰願，宣淫爾自迷。擎珠從掌護，舉案與眉齊。亦欲全清操，當思去禍梯。目嫌窺繡户，口患玷香閨。况效雙飛鳳，而忘一點犀。陽臺酣雨夢，陰獄慘泥犂。勿到償前債，回頭悟噬臍。」

浙有指揮使，延師訓子。師病，子取被爲師發汗，誤捲母鞋一隻，墮師床下，師徒皆不知。指揮見而疑之，入問妻，不服。因使僉夜遣婢，詭以妻命邀師，而已持刀伺其後，俟其門啓即殺之。師聞叩門，問何事。婢曰：「主母相招。」師怒叱其婢，不肯開門。指揮復强其妻親往，師復固拒之曰：「某蒙東家相延，豈以冥冥墮行哉？」叩之終不啓，指揮怒頓平。明日，師詠一絶云：「閉門弗納慎操持，肯以冥冥墮節時。户外玉人敲夜月，瓜園斷不涉嫌疑。」遂告辭去。指揮謝曰：「先生君子也。」始述其事謝罪。師是年即登第，後居顯爵。馮太史曰：「此時若無貞操，不但後日不能居顯爵，而立刻爲刀下之鬼矣。凡人當境難持，都作是想，則慾念瞿然自止。」

時邦美之父，鄭州牙將也。年六十無子，押鋼至成郡，妻令娶妾而歸，得一女甚美。時窺見其用白布總髮，問之，泣曰：「父本都下人，爲州掾卒，扶櫬至此，不能歸，賣妾以辦喪耳。」邦美父惻然，携金助其母，還其女，又爲幹理歸計。因自詠曰：「扶櫬沽身孝可嘉，還他完璧不疵瑕。携金助理非干譽，只爲靈輛未到家。」時歸告妻以故，妻曰：「濟人危急，爲德甚大，當更爲君圖之。」未幾妻有孕。一夕，夢一金紫人端坐中堂，旦生邦美。中會元，官至吏部尚書。馮太史曰：「屢見稗官所載，往往因娶妾而爲還女贈金之事，此非以沽輕財遠色之名也。由其一念惻隱之動，出於不容已，覺得不還其女，便不能全人一家骨肉，僅還其女，而不贈以金，其歸櫬需用甚迫，勢必至於轉鬻此女，仍不能令其母子團聚，故必還其女，併贈以金，而此不忍之心乃大慰也。迨後來子息功名之報，此乃彼蒼之不負人處，而時公之初心，何嘗計及此哉？」

明田某丰姿俊雅，讀書於南山寺。一婦人悦慕而奔之，田亦心知其非，而不能忍斷，遂與私之。有一神甚短小，初每見夢寐，繼則白日相隨，謂之曰：「汝原有大福，因花柳多情，削去殆盡。若自今改過，猶不失爲進士御史。」田遂痛切懺悔，詠一絶云：「沉迷花柳悔前非，了却風情獨掩扉。色即是空空是色，埋頭經史看鵬飛。」又書一律於壁上以自警云：「英年何苦戀柔情，片刻陰功藉此成。心上有天辭種子，胸中無妓答難兄。書空字顯端人操，詠月詩全少女貞。記得曹公三不可，臚傳玉殿唱先聲。」後田果登第，官爵悉如神言。馮太史曰：「田公若不猛省悔過，則所謂削去殆盡者，誠不可挽矣。」

《勸善編》云：「閨房之樂，本非淫邪。妻妾之歡，疑無傷礙。然而樂不可極，欲不可縱。縱慾成患，極樂生悲，古人已言之矣。蓋人之精神有限，淫慾無窮，以有限之精神，資無窮之淫慾，無怪乎青年而遽夭，未老而先衰也。況人之一身，大有功名富貴之期，小有薄産微資之養，内有父母妻兒之樂，外有親朋戚友之遊，乃皆付之不問，祇貪目前宴樂，不顧日後憂危，愚莫甚焉。且寡慾者必多男，貪淫者每無後，其故由於精力衰薄，養育難成，遂至伯道之悲，若敖之餒，亦可哀也已。嘗考醫書所記，精髓枯竭，遇病即亡，縱外面行止如常，而腎經本實先撥，倘偶感風寒，遂不可救。其奈狂生至死不悟，反謂命數難逃。譬之兩燭齊燃，一置帷内，一置風前，帷内未殘，風前先盡，是豈燭之有數哉？實戕賊使之然也。夫人情莫不貪生惡死，獨至房幃衽席之地，偏甘視死如歸，真不可解。然此自作自受，固無足憐，所傷者，少子魂遥，高堂腸斷，曾憶昔日之承歡，倍痛今朝之割愛，覩衣冠而泣血，對閭里而汗顔，眼穿而望子難回，睡熟猶呼兒不置，九泉有覺，能不椎心？更有芳年少婦，致累孀居，彼尚容態嬌妍，我已皮囊臭腐。在富室宦門，有恒産可依，遺孤可撫，或免再醮之羞。然而青春之日正長，黄口之兒誰訓，洒血淚於孤嬰，感寒衾於雪夜，孤燈涕泣，實命不猶，冷枕凄凉，誰貽伊戚。至若寒素之家，或有素服未更，遂想赤繩别繫，雖臨終之日，心憂失節，囑付諄諄，無如衣食空虚，難以駐足，分襼時如漆如膠之好，結他家鼓琴鼓瑟之歡，興言及此，懊悔莫追。訓誡少壯之夫，於貪歡恣慾之時，作慘别傷離之想，須期百歲綢繆，勿圖一時狎昵，庶幾永結絲羅，同登壽域云爾。」《感應篇》詩云：「長夜歡娱怨曉鐘，醉生夢死爲情濃。可憐一字從尸穴，多少愚夫葬此峰。」

劉山英先生曰：「世人嗜酒無厭，以致亂性失儀，廢時敗事。或昏迷賭博，或沉湎荒淫，或詈罵叫號，或逞兇鬬狠。甚至損肺腐腸，招疾致死。蘇易簡爲學士，平生好飲，因此衄血而終。王全爲殿中丞，自恃量高，一日大醉，臍裂而卒。故古人斥之曰禍泉，曰狂藥，非虚語也。」《感應篇》詩云：「最能誤事是貪杯，嫖賭因由打架媒。壞了肺腸猶未覺，醉鄉引入死鄉來。」

從來散棄五穀者，多遭雷震之禍，紀載不勝枚舉。蓋民以食爲天，輕之即褻天也，故其事甚微，而受罰最重。順天吏魁沈判司，累世敬奉玄帝，一夕夢帝謂曰：「家人抛棄五穀，罪歸家長，汝奈何聽奴婢狼戾，全不覺察？數日大厄至矣。」夢覺，入厨下視之果然，沈因令家人盡出泛湖，約以湖上相候。家人出，乃浄淘溝中棄飯，加椒菜爲炊以待。家人日晚俟沈不至，怒歸餒甚，争取食之，踰數日方道其故，家人由是知戒，沈無恙。此天不禍改過之人也。《感應篇》詩云：「至寶同推五穀生，百般辛苦得收成。如何輕棄多狼籍，可怕青天霹靂聲。」

寒儒眼前落魄，切不可侮慢，後日遠大功名，誠未可量。閩俗臘月念四日，祀竈送神昇天。榕城吉庇巷鄭性之微時，以是日貸肉於巷口屠者之妻，屠者歸大怒，徑入其舍，取爨内熟肉去。性之畫一馬，題詩其上，以送竈神曰：「一匹烏騅一隻鞭，送神騎去早昇天。玉皇若問凡間事，爲道文章不值錢。」後以寧宗嘉定狀元，歷官江西安撫使樞密院事，參政知事，加冠文殿學士。及歸第，屠者曰：「向日鄭秀才，固如是耶？」性之傳屠者至庭，責其事而遣之。

朱子云：「見富貴而生諂容者小人，遇貧賤而作驕態者賤相。」唐羅鄴《賞春》詩云：「芳草和烟暖更青，閒門要路一時生。年年點檢人間事，惟有春風不世情。」世之炎涼者，可發一笑。

洞庭山蔣舉人剋剥營利，致富十萬，雖至親不拔一毛。盜劫其家，鞭撻炮烙備施，罄其所有席捲去。盜喜過望，殺牲載酒，同往賽願於小雷山神。山在湖中斷崖，絶無人居，盜登祭畢，酒飲大醉，不虞廟祝與舟人截纜而去，分其所劫之財。盜歸無計，嚴冬凍餒，共斃廟中。此取財害命之報也。然世之取財害命者，不必盡是劫盜。如貪吏取財，斃人刑獄之中；豪家取財，迫人死喪之際；庸醫取財，誤人性命之時。其爲害命一也，揆之往蹟，皆墮惡報。《感應篇》詩云：「只爲貪心起殺心，冤愆那怕海般深。却愁命債都難賴，討了頭還討了金。」

唐鄭雲叟爲詩，皆祛淫靡絶囂塵，如《富貴曲》云：「美人梳洗時，滿頭間珠翠。豈知兩片雲，戴却數鄉税。」有《咏西施》云：「素面已云妖，更著花鈿飾。臉横一寸波，浸破吴王國。」又七言《傷時》云：「帆力劈開滄海浪，馬蹄踏破亂山青。浮名浮利過於酒，醉得人心死不醒。」

世有設計詭騙財利，令人墮其術中，以巧言誑誘愚頑，貪心取其貨寶，似無難可致豐殷，乃往往疾病纏綿，官符破耗，死喪災殃，相續不絶，則向之奸謀採取者，反覺轉眼成空，何也？蓋智工於謀人，而拙於謀天也。湯霍林詩云：「越奸越巧越貧窮，奸巧原來天不容。富貴若從奸巧得，世間癡漢吃西風。」《贅言録》云：「益都孫相國諱廷銓，朴誠無華，世祖章皇帝呼之曰『孫老實』。每部堂缺員，輒曰：『還是用孫老實。』凡三呼孫老實，而大拜矣。」老實何嘗負人哉！噫，世之以奸巧爲心者，亦可以憬然而自悟矣。

湯睡庵咏風鳶詩云：「飽看飀去情如紙，强與争來命抵絲。莫把風光都使盡，春風亦有下場時。」有無限感懷，真可警世。

人孰無過，有過每自掩覆，苟旁觀談笑而彰之，則彼之名從此壞，有不招人怨恨者乎？古有一聯云：「在我有何長，安敢説人之短；論渠皆不是，必須知己之非。」《感應篇》詩云：「人短休將漫直陳，一言關繫彼終身。自家短處知多少，那有工夫别説人。」

禽鳥在曠野山林，飛鳴飲啄，一段天機活潑，足以娱目適情。乃有愚昧之夫，必欲放在籠中玩賞。抑知囹圄哀號，有何景趣？且有縱口嗜炙，或用弓箭、鳥銃、藥鎗、粘竿、張網之類，害物命而充己腸，問心何忍？《感應篇》詩云：「誰説天空任鳥飛，山林處處有危機。勸君莫打三春鳥，子在巢中望母歸。」

鄭雲門云：鄭三懷鄰家寓一丁艱縣令，日遣家僮演唱，三懷作一詩，擲其牆内云：「風流仙令著麻衣，愛坐朱床捲絳帷。分付歌童呈艷曲，就中莫唱《蓼莪》詩。」縣令見之，星夜移走。

李翺在潭州席上，有舞柘枝者，顔色憂悴，殷堯藩侍御當筵贈詩曰：「姑蘇太守青娥女，流落長沙舞柘枝。滿座繡衣皆不識，可憐紅臉淚雙垂。」翺詰其事，乃姑蘇臺韋中丞愛姬所生之女，曰：「妾以昆弟夭折，委身樂部，恥辱先人。」言訖，啼咽情不能堪。亞相爲之吁嘆，且曰吾韋族姻舊，速命更其舞衣，飾以袿襦，延與韓夫人相見。顧其言語清楚，宛有冠蓋風儀，遂於賓榻中，選士而嫁之。舒元輿侍郎聞之，自京馳詩曰：「湘江舞罷忽成悲，便脱蠻靴出絳帷。誰是蔡邕琴酒客，魏公懷舊嫁文姬。」

廖有方元和十年，失意遊蜀，至寶鷄西界，窆旅逝者，書版記之曰：「余元和乙未歲，落第西征，適此聞呻吟之聲，潛聽而微輟也。問其疾苦住止，對曰：『辛勤數舉，未遇知音昐睐。』叩頭久而復語，唯以殘骨相託，餘不能言，俄而逝。余乃鬻所乘馬於村豪，備棺瘞之。恨不知其姓字，臨岐凄斷，復爲詩曰：『嗟君没世委空囊，幾度勞心翰墨場。半面爲君申一慟，不知何處是家鄉。』」明年李逢吉擢有方及第，唐之義士也。交州人柳子厚以序送之。

曾文恪公驛，爲孝廉時，屬遠行遇雨雪泥濘，夜止旅舍。憐其僕寒苦，呼卧之衾下，因賦詩云：「半破青衫弱稚兒，馬前怎得浪驅馳。凡由父母均爲子，欲藉親朋更有誰。事在世情皆易忽，恩從吾幼不難推。泥途還借來朝力，伸縮相加莫致疑。」今人於奴僕鞭撻罵詈，不啻牛馬，尚能恤其饑寒勞苦哉？

《廣愛録》云：「司馬温公時至獨樂園，危坐讀書。嘗云：『草妨步則薙之，木礙冠則芟之。其他任其自然，相與同生天地間，亦欲各遂其生耳。』」張文潛《庭草》詩云：「人生群動中，一氣本不殊。奈何欲自私，害彼安其軀。」亦此意也。觀此，則知周子窗前草不除之意。

崔郊寓居漢上，有婢端麗善音律。既貧，鬻婢於連帥，給錢四十一萬。寵眄彌深，郊思慕無已。其婢因寒食來從事家，值郊立於柳陰，馬上漣泣，誓若山河。崔生贈之以詩曰：「公子王孫逐後塵，緑珠垂淚滴羅巾。侯門一入深如海，從此蕭郎是路人。」或有嫉郊者，寫詩於座，公覩詩令召崔生，左右莫之測也。及見郊握手曰：「『侯門一入深如海，從此蕭郎是路人。』便是公作耶？」遂命婢同歸，至於幃幌奩匣，悉爲贈遺之。此見曲遂婢女感故主之恩，深羡連帥之行方便。

一念慈悲，遂成仙佛。靈巖在茶陵州，石室幽邃，居然大廈。後唐蕭禪和耒陽人，爲弓手催租，宿逋負家，夜聞兩鵝對語。一云：「主人明日將烹我，以待蕭老。」詰其主，果欲然，遂索其鵝以去，隱居此巖。後坐化永新慶寧寺，鵝亦飛去。壁鐫黄山谷題靈巖詩云：「太厦高堂未足論，鑿時功力借乾坤。廣長可坐三千客，今古惟留十八尊。谷口白蓮生玉沼，壁間青蔓掛雲門。開山蕭老今何在，六股鳴環錫杖存。」今好事者並爲刻雙鵝於巖中，以誌遺跡。

張尚絅先生云：「不殺生命，最可養心，最可惜福。一般皮肉，一般痛苦，物但不能言耳，不知其刀俎之間，何等苦惱，我却以日用口腹，人事應酬，略不爲彼思量，豈復有人心乎？供客勿多餚品，兼用蔬菜，切切爲生命計算，稍可省者便省之，省殺一命，於吾心有無限安處。積此仁心慈念，自有無限妙處，此又爲善中一大功德也。」陶石簣詩云：「一指納沸湯，渾身驚欲裂。一針刺己肉，遍體如刀割。魚死向人哀，鷄死臨刀泣。哀泣各分明，聽者自不識。」

嚴紹庭先生戒殺云：「無賴今日爲盜，明日就縛，猶且爲盜不已，以爲盜當下得金帛，就縛且在明日也。況食物當下快口，而罪過在身後，無怪人率不肯戒也。予但請下刀就湯時，回心一看，慘酷何如。彼擒獲衆生時，逃竄飛投，恨無隙可避，與人類犯法追擒，魂飛魄震何異？彼衆生同檻棲啄，乃割一鷄則衆鷄驚啼，屠一豕而群豕側目，與人類被執臨刑，合門駭痛難割何異？彼衆生臨縛加刑，悲鳴宛轉，血出命斷，身猶動牽，與人類疾病將危，號神保護，神識已離，尚冀或存何異？若謂有異，即今請觀。若謂無異，即今請戒。何必言報復不爽，只回心一看，殺生恐無是處。王西樵先生《長齋歌》云：「我從憂患來，每食惟茹素。敢希次道佛，此事蓋有故。念我與四生，值如惡又聚。雖復殊胎卵，各是生機寓。置身砧几旁，呼天苦無路。茲意渠所同，能不軫群趣。那須介葛盧，方解犧牛訴。烹葵噉藜羹，吾腹亦可飫。胡取恣炮炙，冥然不相顧。一人戒饕餮，萬物息憂懼。所抱區區心，詎止吐吾哺。尚欲告哲人，罷此畋漁具。鮰鯆與糖蠏，居士毋乃誤。」

《無悶堂集》云：「秦景天自連江籠鷓鴣寄曹秋岳先生，先生作《開籠行》。張超然和詩云：『鼇江之山削蒼玉，鼇江之水浮深緑。石榴花發春茫茫，鷓鴣無數啼山麓。一聲兩聲紛如泣，落日銜山聲漸急。其中有客思江南，怪爾曾聞行不得。羅入籠中寄遠人，不傷其羽傷其神。深林叢草那可問，却看燕雀心酸辛。聰明文采古所戒，生人生物同至仁。開籠放入青霄去，還爾悠悠天地身。』」

東坡先生詩集云：「元豐三年正月，余始謫黄州，至岐亭北三十里，山上有白馬青蓋來迎者，則余故人陳慥季常也。爲留五日，賦詩一篇而去。明年正月復往見之，季常使人劳余於中途。余久不殺，恐季常之爲余殺也，則以前韵作詩爲殺戒以遺季常，自爾不復殺，而岐亭之人多化之，有不食肉者。詩云：『我哀籃中蛤，閉口護殘汁。又哀網中魚，開口吐微濕。刳腸彼交病，過分我何得。相逢未寒温，相勸此最急。不見盧懷慎，烝壺似烝鴨。坐客皆忍笑，髠然發其幕。不見王武子，每食刀几赤。琉璃載烝豘，中有人乳白。盧公信寒陋，衰髮得滿幘。武子雖豪華，未死神先泣。先生萬金璧，護此一蟻缺。一年如一夢，百歲真過客。君無廢此篇，嚴詩編杜集。』」

唐張巡南陽人，開元末擢進士第，爲清河令，有治績。後調真源令，禄山反，起兵雍丘，與許遠同拒賊。賊蟻附而上，巡束蒿灌油，焚而投之，積六十餘日，大小三百餘戰，賊敗走，追之獲三千人。賊將令狐潮至城，巡囑縛草爲人，衣黑衣，夜縋城下，賊兵以爲人下城，争射之，得矢數十萬。復縋城，賊笑不設備，乃以死士五百斫營，潮軍大亂，焚壘而去。潮益兵圍之，使郎將雷萬春，擒賊將十四人，賊乃夜遁。後巡入睢陽，與許遠合兵，尹子奇引兵圍城，累戰皆克。後至城中乏食，馬匹絺布茶紙鼠雀，煮而食之俱盡，殺愛妾享士，謂將士曰：「吾受國恩，所守只有死耳。但念諸君捐軀力戰，而賞不酬勳，以此痛心耳。」諸將皆感激。又賦詩以厲將士曰：「接戰春來苦，孤城日漸危。合圍侔月暈，分守效魚麗。屢厭黄塵起，時將白羽揮。裹瘡猶出戰，飲血更登陴。忠信應難敵，堅城諒不移。無人報天子，心既欲何施。」又《夜聞笛》曰：「岧嶤試一臨，虜騎俯城陰。不辨風塵色，安知天地心。雲開星月近，戰苦陣雲深。旦夕更樓上，遥聞横笛聲。」時許叔冀在譙郡，尚衡在彭城，賀蘭進明在臨淮，皆擁兵不救。巡以睢陽爲江淮保障，不可棄，被圍七旬，城陷，賊脅降南霽雲，巡呼曰：「南八男兒死矣，不可爲不義屈。」雲笑曰：「將欲以有爲也，公有言，雲敢不死。」巡西向再拜曰：「臣力竭矣，不能全城，生無以報陛下，死當爲厲鬼以殺賊。」遂與許遠等三十六人，皆被殺。後贈揚州大都督，郡人廟祀焉。本朝陳葉筠《題睢陽廟》詩云：「喪亂逢天寶，江淮障一身。死甘爲厲鬼，生豈負人倫。卞壼拳還握，萇弘血尚新。靈旗風捲處，猶似掃黄塵。」王式丹題廟詩云：「曾披唐史傳遺烈，百戰孤城蹟不磨。犄角力堪殲寇盜，殞身功已障山河。名先李郭懸青簡，血並南雷染碧莎。此日楹間修一拜，陣雲邊月想悲歌。」又詩云：「繡幰烟沉鐵面寒，衝冠餘怒尚桓桓。戴天定不偕阿犖，斫地還應滅賀蘭。萬古歲時尊俎豆，九幽靈爽託筳篿。即今燈火傾城市，彩繪旌旗徹夜看。」黄莘田任，題歸德府西雙忠廟，祀張巡、許遠，以南霽雲、雷萬春、姚誾等配享，詩云：「裹創飲血獨登陴，寶馬名姬並命時。溝壘孤軍當保障，江淮諸將擁旌旗。七旬絶粒知無援，百戰空城遂不支。將欲有爲何遽死，可憐南八是男兒。」

晉卞壼，冤句人，官尚書令，與庾亮同心輔政。時蘇峻犯順，至東陵口，詔以壼都督大桁東諸軍事。及峻進攻青溪，壼發背創，扶疾與戰，不克而死。子眕、盱相隨赴賊，同時見害。眕母裴氏，撫二子哭之曰：「父爲忠臣，汝爲孝子，夫何恨乎？」卒謚忠貞。王阮亭題墓詩云：「松栢何蕭蕭，云是卞公墓。背據冶城顛，前臨大桁路。緬昔永嘉時，流人竟南渡。舉國扇清言，作達相矜慕。惟公執鄙吝，巖巖瞻丰度。一朝荒傖來，旌飛歷陽樹。取節慚王公，種薤笑庾誤。堂堂卞將軍，授命青溪潞。父子忠孝俱，大節光國步。快意温平南，屢及雷田戍。一箭剪長鯨，鐘簴仍如故。握爪識忠貞，死綏表風素。英爽載雲旗，陟降神靈雨。咫尺袁司徒，異哉同金鑄。」

宋文天祥字履善，號文山。舉進士第一，歷仕湖南提刑。宋亡，丞相求宋二王後於温州。常駐師江滸。過中川詠詩云：「萬里風霜鬢已絲，飄零回首壯心悲。羅浮山下雪來未，揚子江心月照誰。祇謂虎頭非貴相，不圖羝乳有歸期。乘潮一到中川寺，暗讀中興第二碑。」元兵至皋亭山，天祥往説之，被脅。至真州遁，募兵勤王，拜右相，挾二王入閩廣，兵敗被執，遂拘燕三年，坐卧一小樓，足不履地。元主聞其賢，一日乃召天祥入殿中，問曰：「汝欲何言？」天祥曰：「我大宋以堯舜之道平一天下，北朝滅我宋之宗廟，欺人孤寡，萬世之耻也。吾英雄無用武之地，不能復興。」言訖頓足。元主喻曰：「天之所廢，非人力可爲，朕承天眷命，誠非偶然。汝以忠宋之心事我，以汝居丞相位，何如？」天祥對曰：「吾受宋恩甚厚，惟思盡忠而已，豈有事二姓之理？宋室既亡，願賜一死足矣。」乃詔有司殺於燕京柴市。臨刑顔色自若，吟一詩云：「昔年單舸下維揚，萬死逃生輔宋王。天地不容興社稷，邦家無主失忠良。神歸嵩岳風雷變，氣吐烟雲草樹荒。南望九原何處是，塵河黯淡路茫茫。」是日大風揚沙，天地盡晦。死年四十七。元主臨朝嘆曰：「文丞相真男子，本朝將相，皆不能及，誠可惜也。」士民觀者，無不流涕。虞伯生輓詩云：「塵海焉能活壑舟，燕臺從此築詩囚。雪霜萬里孤臣老，光岳千年正氣收。諸葛未亡猶是漢，伯夷雖死不從周。古今成敗應難論，天地無窮草木愁。」邊貢《謁文山祠》詩云：「丞相英靈迴未消，絳帷燈火颭寒飈。黄冠日月燕雲斷，碧血山河龍馭遥。花外子規燕市月，水邊精衛浙江潮。祠堂亦有西湖樹，不遣南枝向北朝。」朱竹垞題祠詩云：「尚憶文丞相，當年此誓師。計成猶轉戰，事去祇題詩。竹栢空祠屋，牲牢列歲時。鴟夷他日恨，異代有同悲。」

明楊椒山繼盛，諫仇鸞被謫，因仇鸞既誅，上思繼盛嘉言，自謫所遷至兵部員外郎。繼盛中夜咤嘆曰：「何以報上恩？」妻張氏曰：「公休矣。一仇鸞困公幾死，今宰相嚴嵩父子，百倍仇鸞也，何以報爲？且歸耳。」繼盛慨然曰：「吾知所報矣。」遂上疏，劾嵩十大罪五奸，上怒其引用二王，擬詐傳親王令旨律絞。或曰：「不犯律，犯聖經直而無禮則絞也。」繼盛每朝審杖瘡腐痛，或進以蚺蛇胆，敷之可愈。繼盛辭曰：「椒山自有胆，不用蚺蛇敷。」及出禁受害，都人夾道擁觀，指曰：「此天下義士。」繼盛沿途口吟云：「風吹枷鎖滿城香，簇簇争看員外郎。寄語兒曹焚筆硯，好將耕犢聽鸝黄。」及臨刑，口占詩云：「浩氣還太虚，丹心照千古。平生未報恩，留作忠魂補。」獄吏應生，奉事倍至，繼盛感之曰：「藏吾血三年而化碧，必有以報應生。」卒謚忠愍，建祠祀之。本朝方覲題祠詩云：「倔强楊員外，鄉閭尚有光。何須冠獬豸，直欲問豺狼。伏鎖差無補，當車肯自量。荒祠臨野水，肅拜奠椒槳。」王懋竑題祠詩云：「忠愍千秋總不忘，折奸那惜觸鋒鋩。不須蚺胆當三木，祇請龍顔質二王。讞上霜飛章急下，城中風慘鎖猶香。平生未了伊誰補，浩氣常餘百鍊剛。」吴學濂題祠詩云：「祠宇重新古驛旁，姓名猶覺滿城香。五奸已褫權臣魄，一疏堪争烈日光。謝却蚺蛇真有膽，撑將鐵骨不隨楊。階前請鑄分宜像，斫地行人共激昂。」孟瓶庵祭椒山先生詩云：「將相邦之重，奸欺即蟊賊。朝廷舉錯乖，諫官舉其職。嗟哉明中葉，分宜實枋國。媚主有青詞，厚賄自封殖。正人氣不昌，邊疆事孔亟。誰與峩豸冠，寒蟬同默默。維公志致身，再拜先彈劾。但期寤主心，微臣死亦得。當年阻馬市，已分遭誅殛。再起念餘生，詎惜回天力。嗚呼公生平，忠義貫胸臆。鳳凰鳴九霄，豈學鷹鸇擊。牲牢今具陳，後學心孔惻。配食惜無人，應生宜侍側。再拜捧瓣香，鬚眉瞻奕奕。生世逢明良，守官期正直。餕餘醉飽歸，流汗媿肉食。」

明末彭了凡，蠡縣人。遭闖亂，棄諸生，客饒陽，爲鄉塾師。已而從孫徵君於蘇門，或授之粟，不受，竟坐死嘯臺之旁，徵君題曰餓夫墓。王阮亭題詩云：「黔敖呼餓人，不受嗟來食。使之當大事，必讓千乘國。靈輒餓翳桑，倒戟一何力。簞食不忘報，竟脱宮甲逼。蘇門有餓夫，風節夙所植。生餓蘇門下，死葬蘇門側。嘯臺高峨峨，百泉流湜湜。清風一相映，水石起寒色。遐哉首陽薇，千古長太息。」

閩中耿逆之變，范部院謚忠貞公，不屈被害，祠祀於烏山之麓。有士人題祠詩云：「妖氛散後鼓鼙閒，帶礪宗臣恨未删。三載烽烟沉碧血，一燈香火重青山。松杉風雨蒼龍舞，贔屓風雷玉殿頒。陸贄莊荒人漸老，燭堂吟望淚潸潸。」孟瓶庵題范公祠詩云：「《百苦詩》如《正氣歌》，忠貞大節壯山河。山中樵採無須禁，竹栢萊陽淚不磨。」又咏許鼎從祀公祠云：「虎丘山下英魂在，聞説穹碑歷劫新。欲問當年武夷子，高牙大纛是何人。」

乾隆癸亥年，侯邑蘭堂陳翁子貴之女，諱擬，許配厚山黄翁木嘉之子，諱凡一，字超塵。是年秋，黃家行聘禮，涓以十一月十三日爲合巹期。詎料十月中旬，超塵病即危篤，陳氏女一聞，爲之絶粒者幾半月，心日夜懸懸於夫，恨不得至。至十一月初八日，中夜忽驚起，呼曰：「夫死，夫死。」同床妹以爲睡夢中狂言，次早訃果至。陳氏女刻欲奔喪，與夫偕逝，忙櫛盥，穿于歸吉衣，向母兄乞小婢以從，母與兄無奈俞肯，即具鼓樂以送。一路中乘轎無戚色，俄而至黃門，拜祖先，謁翁及姑，造次中無少失禮。已而易素服，直詣夫死所，揭被而顧，撲夫面慟哭，以手按夫胸者三四，拜畢，仍從容脱環珥等物付姑，指其從婢告姑曰：「儂今不能爲婦敬事姑，請以婢代。」且勸其姑罷悲，即入内寢投繯死。同里庠生鄭資嘉國輿、孝廉林漱川芳，俱爲記傳。辛巳歲孝從林君，適館吾地，追輓以詩云：「合併愁痕與淚痕，殉亡時節自登門。獨多世上剛貞概，未識人間夫婦恩。蓮蕊淺含摧並蒂，桐枝捨死博連根。古來儘有奇男子，慷慨應將一樣論。」「鶼鳥何嘗一並飛，紅絲短繫是耶非。芙蓉半認親郎面，泉土長埋待嫁衣。鵲鏡分時羞獨活，鴛墳合處是于歸。立頑起懦推巾幗，生氣猶存世所稀。」

侯邑鏡江烈婦林氏，宋思殷妻也。殷客遊臺灣十餘載，婦上乏舅姑，下無娣姒，獨立煢煢，惟紡績自給，比鄰妯娌輩，莫不矜而周恤之。婦每焚香籲天，祈夫早返，乃鵲占燈卜，而山上有山，菖蒲無迹。迨乾隆癸卯冬，藁砧抱疾旋里，猶冀缺月重圓，奈病入膏肓，越宿而逝。婦矢志捐軀，從夫地下，乃於静夜投繯，怡顔瞑目而終。與所天殯同時，葬同穴，鄉之人奉主入祠而祀焉。初婦之未殁也，常以舅姑二喪未葬爲慮，百計營謀，卜其宅兆而安厝之，里黨嘖嘖稱羨，咸賻以微貲，以成其志，則又以孝而兼烈者矣。其夫姪元書輓詩云：「當年曾上望夫山，望得夫回頗解顔。其奈風霜侵旅斧，空教閨閣賦刀環。菱花永抱中分恨，湘竹徒餘幾點斑。婦職還能兼子職，一腔孝烈兩稱艱。」

侯邑吴氏，許婚鏡江宋思璧。吴氏結褵時，年十九，其姑已逝，思璧旋得瘋疾，彌留不起。閲三歲，吴氏服事無閒，癸亥春二月二十七日，思璧絶息人寰。吴氏誓不苟延殘喘，遂請尊長，允於三月初一日，登臺捐生赴義，乃絶食四天，談笑自如，至期永訣。親屬入拜廟祠，初六日合葬於三都高岐山。嘗聞烈婦六齡時，與其祖母謁毓麟宫，甫納拜而神爲之起立，祖母異之，以爲貴徵，則其奇節勵行，神明早有默鑒之者。後緣恩學憲採訪潛德幽光，編修節烈，與烈婦宋思殷之妻林氏、烈女黄超塵之妻陳氏，同時各稟請附録，兼豎旌匾，長垂不朽矣。翁燮軒調元輓詩云：「蠶絲燭淚最堪傷，斷了哀情絶了緣。衣腐猶成雙蛺蝶，魂歸應作兩鴛鴦。三湘篁竹斑餘恨，九畹滋蘭死亦香。自是名完兼節盡，不教人世歷風霜。」林蓼瀼爲光詩云：「堵墻人盡仰幽貞，鏡水春光别樣明。緑鬢塵泥心不死，白楊風雨氣猶生。謁神已報雛年讖，遂志應登羽客程。料得髡髦泉下佇，也蒙擡舉到三清。」陳敦會詩云：「宇宙茫茫渺一身，直將凛烈脱凡塵。非關榮辱千年事，只認夫妻兩字真。自有貞心能就義，方知婦道是從人。九原再振梁鴻案，依舊團圓敬似賓。」桐峰林秉禄詩云：「脱身未許出塵寰，一練何曾怨命艱。女伴邀期鬬芳草，春風不度鬼門關。」「誓將破鏡擬重圓，節義還同介石堅。嫁得文蕭終不負，托身原是綵鸞仙。」「鏡江春望水漫漫，道是湘波一點寒。洗却此生諸熱腦，儂家何慕白旃檀。」「三載恩情撥不開，生天種福意無媒。何如長嘯登天去，認取當年玉鏡臺。」「清風嶺上薄層雲，廿載凡塵撤手分。爲報釵頭雙白燕，可能憑弔玉京墳。」

本朝員外郎伊嵩安，繼娶原任總督愛必達女鈕祜祿氏爲妻。甫經二載，夫病篤時，氏親侍左右，朝夕無倦，醫藥罔效，乃割肉以進。未愈夭亡，氏遂欲身殉，因救得免。彼時戚屬，諭以汝夫弱弟未婚，幼妹未嫁，前室遺有二女，諸事皆仗汝照管，但盡心存孤，即與殉夫無異，且汝夫臨終，亦曾囑汝死節不難，存孤爲難。氏遂哭泣留生，誓以數事完畢，必欲殉節。十年以來，守節持家，辛勤備至，先爲夫弟完婚，次將夫妹及二女先後出嫁。料理始終，堅貞不變，凡内外親族，均無間言。於三月十七日，壁間留詩二首，遂完節自盡。其别夫弟妹詩云：「别却塵寰不記秋，此行聊有數言留。一身孤子宜加意，百事紛紜要豫籌。骨肉貧時須顧恤，姻親久後益綢繆。承先裕後誠難事，節儉終爲遠大謀。」其殉節詩云：「數年勁節埒松筠，白璧無瑕不染塵。畢世投艱成往事，遺詩題壁别諸親。魂歸地下同心契，名在人間萬古春。取義成仁今不媿，殉夫素志始知真。」乾隆四十七年三月二十五日，協辦大學士永貴謹繕摺奏聞，奉旨加恩，准其旌節。

見幾而作，不俟終日。覃玉芳咏風箏云：「萬里扶摇謝未遑，春風一綫便飛揚。兒童拍手看雲表，荆棘叢中好下場。」

《説詩樂趣》云：「前有一萬古，後有一萬世。中間一百年，作得幾多事。而况人之生，幾人能百歲。如何不喜歡，將身自憔悴。」此邵堯夫詩也。伍芝軒涵芬曰：「按此理古人屢言之，不獨堯夫先生也，只是俗人不悟耳。如魏詩云：『且以喜樂，且以永日。宛其死矣，他人入室。』魏武云：『來日苦短，去日苦長。對酒當歌，人生幾何。』古詩云：『人生不滿百，常懷千歲憂。晝短苦夜長，何不秉燭遊。』先後發明，同是一意。然堯夫先生『喜歡』二字，包含藴藉，理自正當。他人但説飲酒遊玩，未免偏礙儒理，愚則以爲歡喜及時讀書行善爲是。」

司馬温公熙寧間，自長安得請留臺歸，始至洛中，以詩言懷云：「三十餘年西復東，勞生薄宦等飛蓬。所存舊業惟清白，不負明君有樸忠。早避喧煩真得策，剛逢危辱可收功。太平觸處農桑滿，赢取閭閻鶴髮翁。」

《關聖覺世經》注詠「垂訓教人」詩云：「教不分門户，人原共性情。直垂吾訓誨，爲發彼聰明。鎬邑鐘初動，尼山鐸有聲。慎母因類别，正好與機迎。化雨千年潤，春風一座清。斯文留後死，到處拜先生。都覺愚蒙啓，何論大小鳴。譽髦欽雅化，多士荷裁成。」

《關聖覺世經》注詠「我作斯語，願人奉行」詩云：「以上凡諸語，余懷信不欺。特爲提命爾，願即奉行之。慧眼雙開日，婆心獨抱時。敢辭先覺任，欲唤後人癡。反覆詞非贅，分明道在兹。最宜深體認，慎勿啓猜疑。到處應堪佩，從中曷自思。倘仍聽藐藐，辜負寸衷期。」

勸戒詩話卷七

侯官黄坤元静軒編輯

道光六年，歲次丙戌，孟春上元，復續編詩話二卷並《寶字録》，送呈余友丁丑詞林廖君竹臣四兄鴻苞，贈余以詩云：「世間畫餅皆名士，澄量能如叔度無。味道蓬蒿張仲蔚，式躬金玉傅堯俞。高才豈羨身紆紫，盛德咸推澤及枯。更喜殘篇加護惜，知君大雅獨輪扶。」「鐵畫銀鈎耀彩毫，右文伊古重球刀。光芒直欲冲牛斗，波磔何堪棄弁髦。筠籠拾來金並惜，洪爐鼓處影偏韜。即今寶字添詩本，覺世深心肯憚勞。」

《化書·廣忠諭》曰：「忠之一字，所包甚廣，豈但出仕者所當盡哉？爲士人者，輸正課不誤其期，讀卧碑常守其法，不以筆墨濫投公庭，不以言談妄及政事，端他日居官之品，盡今時安分之心。或倡率善類，而勸導愚氓。或宣揚告條，而感化頑輩。此士人之忠也。爲農工商賈者，當思力田安樂，守業經營，莫非太平休養所致，並宜勉爲善良，各循本分，此庶民之忠也。在蜂蟻微物，尚知主臣之義，可以人而不如物乎？」〇竊謂今之人民，生逢盛世，踐土服疇，飲和食德，沐膏被澤，浹髓淪肌。自高曾祖父以來，海宇承平，歷年久遠，保聚室家。就農工言之，力穡者安處田疇，習藝者恬居市肆，既無差徭追呼之苦，常有勸農給賞之休，並享治安，群樂豐阜。或偶遇水旱之年，發帑賑濟，減賦緩征，抑或地方偶有修作，擇可勞而勞，必稱事給予餼廩，無非重農恤工之意。此農工所宜感戴聖朝深恩，各抒忠悃，安分而勤本業者也。就商賈言之，闤闠有交易之通，江湖無萑符之警，舟車之流通坦蕩，關市之稽察肅清。權量必謹，税斂從輕。此商賈所宜感戴聖朝深恩，各抒忠悃，安分而阜通貨財者也。就行伍言之，月有分給之銀，倉有支放之米，考校弓馬步伐之精，題陞兵弁官員之貴。此行伍所宜感戴聖朝深恩，各抒忠悃，習訓練而嚴汛守者也。若夫士爲四民之首，沐恩視百姓尤深，建書院而育才，頒銀以爲膏火，入膠庠而勵學，養秀以給廩糧，鄉薦公車，既領路費，禮闈登第，復予坊金。至正途赴任，或乏裝資，許預支養廉，免需稱貸。計自諸生及登仕籍，無一非躬承厚澤之隆。況闢四門而籲俊興賢，遇萬壽而加科廣額，凡右文選士之典，亘古獨隆，宜致身報答之思，矢懷彌摯，不特期一己竭誠盡敬，尤當倡四民革薄從忠。且既肄業稱儒，可藉文章報國，作箴規而勸懲族戚，採子史而訓導鄉閭，俾人人漸仁摩義，一道同氣。頌四表放勳之光被，卜萬年國祚之綿長。雖未能贊聖德之高深，亦聊藉抒忠悃於萬一也。坤元敬頌以詩云：「帝德如天大，光昭四海中。人人思革薄，念念欲從忠。阜貨遵《周禮》，成材本《考工》。藏修庠上下，作息畝南東。絃誦崇文教，蒐苗講武功。施恩寰宇遍，報國寸心同。愛戴葵傾日，平章草偃風。萬方沾厚澤，芹獻竭誠衷。」

泉州府治署庭，有宋太宗御製戒石銘，其碑尚存。銘曰：「爾俸爾禄，民膏民脂。下民易虐，上天難欺。」王忠文先生十朋修戒石碑，題跋詩云：「君以民膏脂，禄爾大夫士。脂膏飽其腹，曾不念赤子。貪暴以自謀，誅求不知耻。指呼有鷹犬，嗜慾肆蛇豕。但言民至愚，孰謂天在邇。昭然甚可畏，殃必反乎爾。聖訓有十六，簡嚴具天理。大字刻山骨，朝夕臨坐起。一念苟或違，方寸豈不愧。清源庭中石，整頓自今始。何敢警同僚，兢兢惟惕己。」

宋真德秀字景元，浦城人。慶元中第進士，累官至參知政事，世稱西山先生。負一時重望，端平更化，人徯其來，若元祐之涑水翁也。是時楮輕物貴，民生頗艱，意謂真儒一用，必有建明，轉移其間，立可致治。於是民間爲之語曰：「若要百物賤，直待真直院。」乃入朝敷陳之際，首以尊崇道學，正心誠意爲第一義。繼而復以《大學衍義》，進愚民無知。上殿直前奏邊事，不顧忌諱，一疏援引古今，鋪陳方略，忠義感激，辭章浩瀚，有補於國家也。天台戴復古見此疏，伏讀再三，感咏云：「禁城鷄唱金門開，起居舍人攜疏來。榻前一奏一萬字，歷歷寫出忠義懷。」西山再鎮温陵，劉克莊送以詩云：「父老香花夾路催，朱旛那忍更徘徊。泉人畢竟修何福，消得西山兩度來。」及帥長沙時，郡人爲立生祠，大書一詩於壁間云：「舉世知君不愛名，湘人苦欲置丹青。西天又出一活佛，南極添成兩壽星。幾百年方鍾間氣，八千春願祝修齡。不須更作生祠記，四海蒼生口是銘。」西山卒，謚文忠公。

韓忠獻公在相府，作《久旱喜雨》詩云：「何假嗔雷擊怒桴，默然嘉澤浹民區。經時亢旱群心駭，數日焦熬一陣蘇。已發宋苗安在揠，再生莊鮒不虞枯。須臾慰滿三農望，却斂神功寂若無。」言雲行雨施，群民安而神功斂，相業相度，即此可見。

胡忠簡公銓，乞斬秦檜，掇新州之禍，直聲振天壤。士大夫畏罪箝舌，莫敢與立談，獨安福王盧溪廷珪以詩送之曰：「囊封初上九重關，是日清都虎豹閑。百辟動容觀奏牘，幾人回首愧朝班。名高北斗星辰上，身墮南州瘴海間。豈待他年公論出，漢廷行召賈生還。」又詩云：「大厦元非一木支，欲將獨立柱傾危。癡兒不了宫中事，男子要爲天下奇。當日奸諛皆膽落，平生忠義只心知。端能飽吃新州飯，住處江山足護持。」於是有以聞於朝者，檜怒，坐以謗訕，流夜郎，時年七十。既而檜死，孝宗初政，召對除官不受，再召再辭，年九十三卒。

福清鄭俠字介夫，第進士，調光州司法參軍。秩滿入都，見王安石，言新法非便，安石不悦，使監安上門。會久旱，俠繪所見《流民圖》，發馬遞投銀臺進之，神宗覽圖噓唏，罷新法，浹日大雨。用事者諍置俠擅發馬遞之罪，編管汀州，改英州。哲宗立，放還歸，有句云：「未言路上舟車費，尚欠城中酒藥錢。」俠性清儉，布衣糲食終其身，平居進止，必以禮法。閨門怡然，不肅而治。喜賓客，樂教訓，嗇用廣施，鄉里敬之。暇日聞子姪誦詩，講《考槃》之義曰：「弗諼者，弗忘君之惡。弗過者，弗過君之朝。弗告者，弗告君以善。碩人之於君，有眷眷不忍也，故永矢以絶之。」俠嘆曰：「是何言與？古之人在畎畝不忘其君，況於賢者一不用，而忿戾若是哉？蓋弗諼者，弗忘君也。弗過者，弗以君爲過也。弗告者，弗以告他人也。」其存心如此。俠雖流落頓挫之餘，一話一言，未嘗忘君云。宣化元年，俠夢客遺之詩，視之乃蘇子瞻也。俠與子瞻同貶嶺外，以風節相高，見於唱酬，其詩云：「人間真實人，取次不離真。官爲憂君失，家因好禮貧。門闌多杞菊，庭檻盡松筠。我友迂疎者，相從恨不頻。」俠寤而嘆曰：「吾將逝矣。」作詩二首云：「薄食延殘喘，麤衣覆病身。貧居避風雨，仁義保天真。」「似此平生只藉天，勝如過鳥在雲烟。如今身畔無餘物，贏得虚堂一枕眠。」授其孫而卒，年七十九。

方孝孺字希直，浙江寧海人。官爲翰林博士，進侍講學士，與董倫備顧問，凡將相大政議，輒咨孝孺。建文君好讀書，每有疑，即召使講解，臨朝奏事，臣僚面議可否，必命孝孺就扆前批答。孝孺詩云：「斧扆臨軒几硯寒，春風和氣滿龍顔。細聽天語揮毫久，擕得香烟兩袖還。」又曰：「風軟彤庭尚薄寒，御爐香繞玉欄杆。黄門忽報文淵閣，天子看書召講官。」時大召名儒，修《高廟實録》，及《類要》諸書，孝孺爲總裁，獻銘獻頌，皆規正君德，比定官制，其賢能忠貞有如此。

章孟端，宣德間爲御史時，多所彈劾。正統初，權貴忌之，罷歸京師，士大夫以宋人贈唐子方「去國一身輕似葉，高名千古重如山」之句，分韵作詩送之，送者皆被遠謫。不數年孟端諸子，連中進士，爲京官同處一邸，書春題於壁曰：「四壁金華春宴罷，滿床牙笏早朝歸。」人多羨其忠直之報。

唐主與馮道從容語及年穀屢登，四方無事，道曰：「臣昔在先皇幕府，奉使中山，歷井陘之險，臣憂馬蹶，執轡甚謹，幸而無失。逮至平路，放轡自逸，俄至顛隕。凡爲天下者，亦猶是也。」唐主深以爲然。又問道：「今歲雖豐，百姓贍足否？」道曰：「農人歲凶，則死於流殍，歲豐則傷於穀賤，豐凶皆病者，惟農家爲然。臣記進士聶夷中詩云：『二月賣新絲，五月糶新穀。醫得眼前瘡，剜却心頭肉。』語雖鄙俚，曲盡田家之情狀。農於四民之中，最爲勤苦，人主不可不知也。」唐主悦，命左右録其詩常諷誦之。

宋趙鼎字元鎮，聞喜人。崇寧中進士，隨高宗南渡，累官殿中侍御史。陳四十事，遷御史中丞。自鼎薦張浚後，並相協心以圖興復之功。與秦檜論和議不合，罷政謫嶺南，在吉陽不食而卒。自題旌銘云：「身騎箕尾歸天上，氣作山河壯本朝。」孝宗時，贈太傅、豐國公，謚忠簡。

閩中陳侍御琳，典南畿學政，甚得士心。正德間，以諫去國，諸生皆作詩以送之，惟朱良育詩最爲傳誦。其詩云：「春風露冕出郊原，落日停驂望國門。抗疏要談天下事，謫官應過海南村。湯湯江漢羈人淚，納納乾坤聖主恩。歷試古來名節士，爲言身屈道尤尊。」識者以爲不下李師中送唐御史也。

《堅瓠集》云：王陽明守仁字伯安，初授刑部主事。博學有文，好談神仙，後改兵部。正德丁卯，抗疏救言官戴銑等，忤劉瑾，拜杖謫貴州龍場驛丞。行至錢塘，憩勝果寺，夢使者持書二緘，一書「滄浪之水清兮」二句，并伍員名；一畫水上覆一舟，題「屈平」字。覺而未喻。越三日，有二軍校至，言：「有旨使汝死。」伯安告校曰：「少緩須臾，留詩於世。」乃以紙展几上，題二律云：「學道無成歲月虛，天乎致此意何如。身曾許國慚無補，死不忘親恨有餘。自信孤忠懸日月，豈知遺骨葬江魚。百年臣子悲何極，夜聽濤聲泣子胥。」「敢將世道一身擔，顯被生刑萬死甘。滿腹文章方有用，百年臣子獨無慚。涓流歸海今真見，片雪填溝舊亦談。昔代衣冠誰上品，狀元門第好奇男。」二校縛至江邊，投於水，伯安初入水，即得覆舟負之不溺，凡七晝夜，所見皆如夢中。舟偶及岸，見一老人率四卒來云：「汝何致此？」解縛登岸，伯安拜謝，且問老人此是何處，老人曰：「福建界也。」伯安欲老人送至福建，老人曰：「此去福建尚遠，當送君往廣信。」乃命四卒與之共往，不半日已至廣信矣。詣一僧寺，僧聞其名，延款甚恭，伯安囑僧先飯四卒，且請老人來，僧覓之皆不見，詢之知自岸至此，頃刻已千里，始信爲神祐也。食罷，僧達郡邑皆館穀之，遂赴龍場。劉瑾敗，陞廬陵知縣，仕至贛州巡撫，以討宸濠功，封新建伯。此見盡忠自獲神祐之報。〇《寄園寄所寄》云：「王水部伯安，正德間言事，謫閩中。過溪，舟覆幾危，時有漁人泛溪中，拯之上岸。方徘徊間，適遇一道者，稱舊職，邀至中和堂主人處，盤桓數日，主人乃仙翁也。臨行作詩送之云：『十五年前始識荆，此來消息最先聞。君將性命輕毫髮，誰把綱常重一分。寰宇已知誇令德，皇天終不喪斯文。武夷山下經行處，好對清樽醉夕曛。』」

成化間羅一峰諱倫，以李賢父喪奪情，上疏極言不可，謫市舶。出京時，並無士大夫送公行者，獨有士人餞别詩云：「江左風流此丈夫，纔於楓陛聽傳臚。百年事業丹心苦，萬古綱常赤手扶。郭隗臺前折疎柳，考亭祠下掃寒蕪。問渠榮辱升沉事，天際浮雲自有無。」未踰年，李賢死後，羅復官於朝。是時羅公之貶，雖時相李賢，爲之畫策者，學士陳文也。文死，山陰薛綱御史挽之曰：「學士先生早蓋棺，薤歌聲裏路人歡。填門客散名猶在，負郭田多死亦安。鹽井已非今日利，冰山不似舊時寒。九原若見南陽李，爲道羅倫已復官。」士林快之。

賈似道當國時，行公田關子兩法，民間苦之。葉太白李，時爲太學生，上書力詆，似道怒，嗾林德夫告葉泥金飾齋扁不法，令獄吏鞫之云：「只要你做一個麻糊。」葉即口占一詩云：「如今便一似麻糊，也是人間大丈夫。筆裏無時那解有，命中有處未應無。百千萬世傳名節，二十三年非故居。寄語長安朱紫客，盡心好上帝王書。」遂遭黜流嶺南。及似道敗，放還。

文徵明有《病起遣懷》二律，詞婉而峻，蓋不就宸濠之徵而作也。詩曰：「潦倒儒官二十年，業緣仍在利名間。敢言冀北無良馬，深愧淮南賦小山。病起秋風吹白髮，雨中黄葉暗松關。不嫌窮巷頻回轍，消受爐香一味閒。」「經時卧病斷新過，自撥閒愁對酒歌。意外紛紜知命在，古來賢達患名多。

千金逸驥空求骨，萬里冥鴻肯受羅。心事悠悠那復識，白頭辛苦服儒科。」宸濠敗，凡應辟者崎嶇萬狀，公獨晏然。

林舉人章字初文，福清人。七歲能詩，塾師試題群羊，應聲而就，落句云：「曾從北海風霜裏，伴過蘇卿十九年。」又題韓文公像云：「獨立藍關雪，回看秦嶺雲。非因馬不進，步步戀明君。」塾師嘆曰：「此子他日，必忠而苦節者。」

漢李善，南陽李元家奴也。元家染疫盡死，只遺一孫名續，未滿週歲。諸奴咸欲謀殺，分其財産，善乃潛負續入山，親自哺養，推燥居濕，備嘗辛苦。續雖孩稚，奉之不異長君，每出入必跪告而行。至續十餘歲，出山告縣令鍾離意，意捕諸奴悉殺之。後朝廷聞之，拜善及續俱爲太子舍人，復遷善爲日南太守。道經南陽，至元塚，一里外即脱朝服，易故衣，持鋤去草，拜墓哭甚哀，自執爨以祀曰：「主君、夫人，善在此。」數日乃去。晚香詩云：「只延一綫繼宗祧，救主功同日月昭。欲表精忠酬舊誼，豈知姓氏舉天朝。」

仁和許菊船乃來，以名孝廉宰粤邑，大有政聲。時盜匪充斥，賴菊船力，卒以安靖。有《出洋捕盜》詩云：「莫辭險阻入雲烟，隊隊旌旗拂曉天。盜起萑符慚太叔，槎乘溟渤學張騫。直追狡兔窮三窟，要斬潛蛟障百川。怪底將軍不好武，飛廬空自擾江邊。」時武弁懈弛，故末句諷之。黄香石常與同舟返仙城，贈句云：「山如好友沿途送，官似澄江徹底清。」

漢劉寵字祖榮，牟平人。以明經舉孝廉，遷會稽太守，簡除煩苛，禁察非法，郡中大化。徵爲將作監大匠，山陰五六老叟，齎百錢送寵，且曰：「自明府下車以來，狗不夜吠，民不見吏。某山野老鄙，遭值聖明，今聞棄去，故來奉送。」寵爲之選一大錢受之。累遷至司徒太尉，廟祀在紹興錢清鎮。王叔能過廟下，題詩曰：「劉寵清名舉世傳，至今遺廟在江邊。近來仕路多能者，也學先生揀大錢。」

宋張之才，知陽城縣，清謹愛民。及去任，辭湯廟詩云：「一官來此四經春，不愧蒼天不愧民。神道有靈應信我，去時猶似到時貧。」

白樂天守杭州日，以清介自持。及代還，取天竺片石攜歸，因賦詩曰：「三年爲刺史，飲酒復食蘗。唯向天竺山，取得一片石。」後守吴門，復取洞庭雙石，一以支琴，一以貯酒。又賦詩曰：「萬古遺水濱，一朝入吾手。」其清廉可謂始終不渝矣。又賦詩云：「敢辭爲俗吏，且欲活疲民。」一日新製綾襖成，作詩云：「百姓多寒無可救，一身獨暖亦何情。心中爲念農桑苦，耳裏如聞饑凍聲。」其愛民有如此。

沈鞠山字袁州，宜春人。由進士知錢塘，爲廉吏，嘗植菊數百本以自樂。晚節益堅，適以九月九日殁，朱文公挽之以詩云：「愛菊平生不愛錢，此君原是菊花仙。正當地下修文日，恰值人間落帽天。」

宋蒲壽晟，咸淳七年知蒲州，性儉約，於民一毫無所取。適曾井汲水二瓶置座右，有取於忠孝潔清以自勉。邑人頌以詩曰：「曾氏井泉千古洌，蒲侯心事一般清。」

羅景倫先生曰：「士大夫若愛一文，不值一文。」陳簡齋詩云：「從來有名士，不用無名錢。」楊伯子先生嘗爲予言：「士大夫清廉，便是七分人了。」蓋公忠仁，民皆自此生也。伯子誠齋冢嗣，號東山先生，清節高文，踵美克肖。其帥番禺將受代，有俸錢七億緡，盡以代下户輸租，有詩云：「兩年枉了鬢霜華，照管南人没一些。七十百緡都不要，脂膏留放小民家。」又《别石門》詩云：「石門特特泊歸舟，江水依依别故侯。欲把片香投贈汝，古人清節擬相侔。」蓋昔吴隱之守五羊，不市南物，歸舟有香一片，舉而投諸石門江中，用此事也。其帥三山，不請供給錢，以忤豪貴劾去，作詩貽羅公云：「與世長多忤，持身轉覺孤。奩緣新齒舌，收拾老頭顱。我已歌瀧吏，君誰誦子虚。同歸燈火讀，家裏石渠書。」時羅君與之同入閩故也。林自和送行詩云：「公來無琴鶴，君去有芒鞋。」又有幕官送詩云：「從渠腰下有金帶，何處山中無菜羹。」

正統間，東莞令盧秉安，莅任十九年，清操不易，臨行不受士民一物，惟受士民之餞詩。乃自賦一詩云：「不貪自古人爲寶，今日貪民詩滿囊。十有九年官劇邑，幸無一失掛心腸。」

蕭山陵平泉先生，庚申典試楚南，得人最盛。未幾復視學黔中，門下遠送道中，先生賦詩留别云：「客歲征軺曾莅楚，今年使節復臨黔。君恩互渥何由報，臣職無他首在廉。心抱壺冰盟潔白，手披珊網綴幽潛。服膺聖訓唯公正，從此南行馬首瞻。」

江西徐大衡尹處州龍溪縣，有一僧獻一楮衾，并上以詩曰：「寒泉瀉出剡溪藤，白勝秋霜冷若冰。願比君廉清似水，梅花紙帳伴孤燈。」徐公見之甚喜，因與之宴。

吕叔簡先生有《刑戒》八章。一曰五不打：「老不打，幼不打，病不打，衣食不繼不打，人打我不打。」二曰五莫輕打：「宗室莫輕打，犯官莫輕打，生員莫輕打，童生莫輕打，婦人莫輕打。」三曰五不就打：「人急勿就打，人忿勿就打，人醉勿就打，人行遠路勿就打，人跑來喘息勿就打。」四曰五且緩打：「我怒且緩打，我醉且緩打，我疑且緩打，我見不真且緩打，民驚恐説不出且緩打。」五曰三莫又打：「已拶莫又打，已夾莫又打，要枷莫又打。」六曰三憐不打：「嚴寒酷暑憐不打，佳節良辰憐不打，人方傷心憐不打。」七曰三應打不打：「尊長該打，與卑幼訟不打；百姓該打，與衙役訟不打；工役鋪行該打，爲修理衙門，及買辦自用物件不打。」八曰三禁打：「禁重杖打，禁從下打，禁佐貳非刑打。」仁人之言，性暴者宜書座右。逸老詠七言排律云：「吏治操持生殺權，須知民命保安全。那堪鞭扑膚糜爛，争忍呼號淚涕漣。懲惡行刑仍可憫，秉公聽訟總無偏。嚴加箠楚多冤屈，勿仗錢神暗斡旋。俯念眼前皆赤子，仰觀頭上是青天。陽春有脚君當倣，廣積仁慈種福緣。」

陳子長輾守瑞陽，用刑甚峻。西山真公勉以詩曰：「粉省郎官出把麾，故人何以贈箴規。孔門仁恕真心法，漢史循良乃吏師。聽訟莫嫌刀似筆，愛民終見口成碑。玉麟夜語如相問，爲祝如今兩鬢絲。」

蘭谿章某，以拖欠錢債，被人控告，爲縣令所拘繫，追其繳還。章夜不能寐，題詩獄壁云：「静數譙樓鼓，一二三四五。惟有獄中人，聲聲聽得苦。」縣令見章所題，問知其爲文懿公之後，念其名宦後裔，貧士工詩，即日破械出獄中，寛其追比。

大中丞鄭漢奉先生瑄云：「人命關天，誣賴一節，極爲慘酷。貧窮以此勒詐富豪，下輩恃此放刁上人，奴僕脅主人，頑佃梗業主，妻妾制夫長。一有不虞，則鄉鄰族黨，乘而攘臂，地保都差，因而磨牙。屍親踏門破屋，搶家私，辱婦女，以求賄賂，則有子激死母，妻氣殺夫，恃多男爲賴死之根，指富家爲甘脆之貨。倘不遂慾，則捏指其主唆，妄控其威迫，貧冤對袖手旁觀，富親戚遭殃坐罪。迨報命時，而刑科、仵作、官差，共相勒索，蠶食難堪，種種未易殫述。佇望廉明官長，屍場一檢，足以辨冤稱快，而孰知魚糜肉爛，鯨吞虎噬已至此也。此弊不革，不惟啓人自殺，且令父子兄弟以死爲利，暴屍滅法，揣其情由，與手刃無異。今既難概置不理，但嚴誣告加等之法。凡割死、縊死、投水死、服毒死，而不即首明者，擬問如律。其係親人迫死，以爲圖賴之本者，勘明重處。有乘機索騙，冒認挾打者，嚴究號令。庶親戚無利死之心，風俗絶搬搶之害，其保全不既多乎？」晚香詠三截云：「服毒投繯最可憐，原來藉此勒人錢。群趨利藪思圖富，只恐餘貲不過年。」「圖賴揮金費幾多，都緣無事起風波。旁觀勿哂豪家破，遭此欺凌可奈何。」「屬望琴堂鑑察明，好將嚴律警蚩氓。從兹人不思拚命，即是菩提度衆生。」

孫一謙爲南都司獄，前任發囚米日一升，率爲獄卒盜去，飯因不給。又散時强弱不均，至有不得食者。囚初入獄，獄卒驅穢地索錢，不得錢，不與燥地，不通飲食，而官因以爲市。一謙一切嚴禁，手創一秤，秤米計飯，日以卯巳時，持秤按籍以次分給，食甚均。見囚衣敝，時爲澣補。視病者輕繫之，尤餓者多予之飯，囚得不死，獄卒無敢横索一錢者。每曹郎視獄，問囚有苦欲言者乎，皆對曰：「幸甚孫君衣食我。」謙滿三載，轉靈山吏目。王司寇世貞贈以詩曰：「青衫白馬帝城西，祖道無人日欲低。

惟有傳聞囹圄地，赭衣猶作數行啼。」蓋紀實也。

錢武肅時，西湖漁者日納魚數觔，謂之使宅魚，有不及數者，必市以供，實爲害民。羅隱侍坐，壁間有《磻溪垂釣圖》，武肅令隱咏之，隱即題詩云：「吕望當年展廟謨，直須釣國更誰如。若教生在西湖上，也是須供使宅魚。」武肅大笑，遂蠲其税例。

宋汪綱字仲舉，乾道中，知紹興府，創月臺於堂之前。王十朋規以詩云：「人望使君如望月，要須如鏡莫如鈎。」

蔡真，元延祐中任興化尹，有善政，士民悦之，刻石頌之曰：「游洋山水高且清，蔡侯作宰稱神明。不貪以昧如壺冰，不反以側如衡平。田野以闢學校興，盜賊以息訟獄清。棹楔謂何先民旌，義廪謂何窮餓矜。磨崖有石我鐫銘，彼來嗣者監典型。」

鄭漢奉先生云：「凡奸猾吏胥，不利無事，無事則法行令熟，何所生釁？故往往以爲國興利之説，慫慂官長，而增丁覈餉，及税畝丈量，種種而起。上開一孔，下鑽百竇，納賄一身，叢謗上人。城郭富家，猶能支吾，若山谷僻陋，目不識文告，耳不辨官音，舌不解敷陳，見里長則面色青黄，望公門則心膽戰驚，稍有桀驁，皆得望風索騙，於是獄訟日滋，愁怨日積矣。」樹蓤詩云：「狡猾胥差最下流，多端勒索似仇讎。窮簷糜爛情誰訴，未識官司解也不。」

食人之禄，而不忠人之事，殊屬可耻。古有《咏猫》絶句三首，語可諷世。劉士亨詩云：「池角風來菡萏香，緑陰庭院醉斜陽。向人只作狰獰勢，不管黄昏鼠輩忙。」劉潛夫詩云：「古人養客乏車魚，今爾何功客不如。食有溪魚眠有毯，忍教鼠嚙案頭書。」劉伯温詩云：「碧眼烏圓食有魚，仰觀蝴蝶坐階除。春風漾漾吹花影，一任東郊鼠化鴽。」

寧宗朝，韓侂胄以定策功，進位太師，威權隆重，天子拱手而已。一日過南園山庄，趙師睪偕行，至東村别墅，桑麻掩映，鷄犬相聞，一牧童騎犢，且行且歌曰：「朝出耕田暮飯牛，林泉風月兩悠悠。九重雖竊阿衡貴，争得功名到白頭。」睪呵曰：「平章在此。」牧童笑曰：「但識山中宰相，安知朝内平章。」胄曰：「宰相何人？奈未識荆。」童曰：「公如欲見，枉駕草廬。」至則竹籬茅舍，石磴藤床。屏間有二詩云：「病國妨賢主勢孤，生民無計樂樵蘇。僞名枉玷朱元晦，謀逆空污趙汝愚。羊質虎皮千載耻，民膏血脈一時枯。若知不可同安樂，早買扁舟客五湖。」「定策微勞總是空，一時狐假虎威風。不知積下滔天罪，尚欲謀成蓋世功。披露奸心愚幼主，彰聞惡德辱先公。玉津園内行天討，怨血空流杜宇紅。」胄勃然變色，方欲促駕，童曰：「主人至矣。」見一叟龐眉鶴髮，深衣幅巾，扶笻而來，年可七八旬，態度閒雅，自稱袁處士，揖胄進曰：「貴人光賁，有失祗迎，乞恕不恭。」揖遜而坐。胄徐曰：「屏間之詩，何人所作？」處士答曰：「老朽寫懷，不意見讓於貴人也。」胄曰：「軍國重事，誰敢私議？」處士笑曰：「太師挾振主之威，操爵賞之權，群小盈朝，國事日非，土崩瓦解，可立而待。雖欲建恢復之功，誠恐北方未可圖，而南方已騷動矣。愚意勢倒冰山，危如朝露，誠孔子所謂不在顓臾，而在蕭牆之内也。太師其審圖之。」胄面色如土，左右欲兵之，胄歎曰：「真謀士也。」扶而去之。後胄用師，果無功效，未幾禍作，爲史彌遠誅於玉津園。

宋淮南閫師夏貴，年七十九，降於元，而家僮洪福，時知鎮巢，悉力捍禦。貴引元兵至城下，好語誘福，伏兵執之。福請南向死，以明不背國，後四年貴卒。有人贈詩云：「自古誰無死，惜公遲四年。問公今日死，何似四年前。」又有弔墓者云：「享年八十三，何不七十九。嗚呼夏相公，萬代名不朽。」貴不特偷生，且負愧於福矣。

唐荆川順之罷官後，家居著書，頗自特立。因趙甬江文華以逢合嚴介谿，遂得復職，陞淮陽巡撫，殊失初心。越中王龍溪送行詩云：「與君廿載卧雲林，忽報徵書思不禁。登閣固知非昔日，出山終是負初心。青春照眼行應好，黄鳥求朋意獨深。默默囊琴且歸去，古來流水幾知音。」鄉人以詩弔之曰：「海門潮湧清淮水，燕塞雲埋白羽旄。子美文章空寄世，孔明事業等輕毛。避人焚草甘辭諫，策馬先師不憚勞。莫訝今朝歸未得，出山何似在山高。」

《桐下聽然》云：「獲鹿曹中丞，家有空舍，每風雨凄其之夕，輒數十無頭鬼出自舍中，雁行序立廳前，齊聲咏詩云：『沈龜細柳兩建旗，田有一竿下有日。暮雨只争三兩點，遥望江南海潮汐。』其聲悲慘，唱畢，復以次入舍。未幾，中丞與其子孝廉皆身故，中外構難，家業蕩盡，皆此數十人之冤鬼報讎耳。考中丞初撫江南，再督河漕，或云『兩建旗』也。前備兵蘇松，駐劄婁東，或云『海潮汐』也。田有一竿爲『曲』，下有日合爲『曹』字也。餘俱不解。」

元至正間，太師秦王伯顏，專權蠹政，貪惡無比，貶嶺南，道江西，至隆興卒，寄棺驛舍。有人題於壁曰：「百千萬錠猶嫌少，堆積金銀北斗邊。可惜太師無運智，不將些子到黄泉。」又有《草木子》題云：「人臣位極更封王，欲逞聰明亂舊章。一死有誰爲孝子，九泉無面見先皇。」「輔秦應已如商鞅，辭漢終難及子房。俯視南人同草芥，天教遺臭在南荒。」

吉州趙某，嘗於城外隆慶寺建塔十三層，規模壯麗，其聚歛以百萬計。時人刺以詩云：「仁山寶塔實崔嵬，那是君家把出來。百萬貫錢民骨髓，十三層土禍胚胎。一堆空積無情木，萬劫難銷不義財。浪説天花誰得見，只聞平地一聲雷。」咸淳庚午，塔爲火所焚。文文山有詩，中一聯云：「四城扶起吴胥眼，一柱燃成漢卓臍。」

有人以十八學士軸獻，豪士甚愛之，許以百金，及數畫中只得十七人，却還之。其人抱軸而泣於途，遇白玉蟾問，告以故。玉蟾題詩於上曰：「臺閣峥嶸倚碧空，登瀛學士久遺踪。丹青想出忠良手，不畫當年許敬宗。」詩可諷世。其人仍獻於豪士，復予以百金。

弘治初，錢塘安溪山多虎患，縣令獵人捕之，一日而獲三虎。令獻於鎮守，鎮守以美言獎之，以爲善政所致，而令實貪墨。時俞鳴玉瑶作詩嘲之曰：「虎告相公聽我歌，使君比我殺人多。使君若肯行仁政，我自雙雙北渡河。」

張東海過蘇步坊，賦詩曰：「東坡昔日此閒行，此地遂留蘇步名。何事章惇瘗毛骨，子孫羞認是先塋。」蓋東坡投荒嶺海，章惇實爲之，而後世流芳遺臭乃如此，孰謂人心無春秋哉？

正德間容師偃，香山人，自少純孝。父春泉罹癱疾，兄弟六人，惟師偃侍側弗離。丁丑歲值寇掠，鄉人各竄，師偃負父而逃，賊至被執，縱火焚其父，偃泣曰：「父老且病，請以身代。」遂就焚死，年二十二。父哀之甚。當時士大夫各賦挽詩，有曰：「淚看諸挽極傷情，子不亡身父不生。賊火縱饒千丈焰，也知終古不燒名。」又云：「千秋烏石江頭月，還照當年孝子心。」

孝子祖浩然，字養吾，建寧浦城人也。世儒家，至元中，盜黄華起政和，朝廷命將往討，道經浦城，孝子母遭掠而北，是時孝子年六歲。母子相失，獨與父居，不聞問者二十有八年。至大三年，福建都閫府檄爲三山書院山長，將之任，忽得母書，云在河南，而不名其處，孝子棄職辭父爲河南行。既渡江抵河南，當時從軍之人，猶有存者，或曰：「此間有趙副使，自軍中得婦人全氏，非而母耶？趙死而家替，全氏歸於蒙古氏，挈之而南，當在唐、鄧間耳。」孝子知母定在，驚喜遂回汝州，抵鵶路山不遇。行八百里，至牛蹄白石不遇。又行七百里，至棗陽雀橋，又不遇焉。投宿旅舍，舉其狀以問人，或指唐州以告曰：「彼有别蓋山，可尋討也。」孝子夢神人顧而言「有月再圓」之語，益喜，拚自雀橋行三百餘里，至别蓋訪其母在焉。時七月之望也，相與抱持涕泣，奉母南歸。當時聞其事者，自朝廷達官，以至湖海名勝，莫不歌詩以美之。奚斯詩云：「浦城孝子身姓祖，自憐性命如糞土。生才六歲遭亂離，有母更被官軍擄。零丁二十八春秋，母縱得生何處求。天地茫茫明月恨，江山漠漠白雲愁。忽得母書驚母在，看書未盡淚先流。書云流落河南縣，河南踏遍無由見。唐州境上忽相逢，白髮蕭蕭霜滿面。誰知喜極情轉悲，旁人更問初别時。千生萬死到今日，始知母子東南歸。東南迢遞關山路。入門猶記階前樹。居人傳説盡相看，鷄黍扶攜竟朝暮。祖生母子真可憐，少壯離别老大還。同時鄉井被兵者，幾人骨肉能生全。願生母子長壽考，四海昇平永相保。」

明陳義姑，長樂人。兄亡遺孤，并盲母在堂，嫂欲他適，姑留不從，遂矢志不嫁。事母送終，撫孤婚娶，年四十而卒。今陳稱望族，姑之力也。其裔陳復升立祠，求詩文以揚其德。閩士人何洽詩頗賦其詳，詩曰：「今聞陳義姑，矢志撫兄孤。劬勞四十載，終身不適夫。大義日月昭，奇行古今無。堂上有盲親，殷勤飼其餔。孝弟萃此心，綱常賴以扶。雖曰姪之姑，一身當父母。雖曰女之流，此心良丈夫。綿綿陳望族，千載祀廟謨。皎皎丹青在，萬古仰女模。何日拜芳祠，一奠此清酤。」

明林旗峰先生春澤，素敦孝友。痛母喪之未葬，輟試南宫；感禄養之長違，輒形涕泗。事繼母如自出，人無間言。拊庶弟若同胞，久而逾篤。忌辰必泣，不以遠而或忘；墓祭必躬，不以老而或廢。正德甲戌舉進士，聞父喪奔歸，哀毁幾不勝。禫祭夕夢中自詠，覺而紀之。詩云：「兩鬢覺漸短，百憂踵相感。虚名竟支離，莫釋終天憾。陟岵頻咄嗟，守廬奄及禫。歲月不我羈，我心良黯黯。殘月下窗隙，蕭蕭中夜闇。夢回成獨嘆，蛩聲入悽慘。」服闋，授户部主事，外任程番知府，致仕歸里，至萬曆己卯一百歲。劉中丞、商御史爲建人瑞坊，旗峰謝詩云：「翠旗谷口萬松風，喘息猶存一老翁。詎意夔龍黄閣上，尚憐園綺白雲中。擎天華表三山壯，醉日桑榆百歲紅。願炙末光垂晚照，康衢朝暮頌華封。」又四年卒。子應亮，嘉靖乙丑進士，户部侍郎。孫如楚，嘉靖壬辰進士，廣東提學副使，除工部侍郎。人皆稱爲孝友之報。

楊一，武進圩橋人也。行乞養父母，所得食，雖極饑不敢嘗，必先以奉親。有酒則跪進，跳躍起舞，唱山歌以悦之，如是者十年。鄉人感其孝，與之金爲傭不受，曰：「吾親烏可一日離也？」父母相繼死，乞得棺，脱己衣殮之，雖嚴寒赤身弗恤。葬於野，即露宿棺旁，日夜哀號。歲時拜獻，未嘗缺失。厥後天賜穴金，得娶婦，生子科第，孫曹富貴蕃昌。永方詩云：「雙親侍養已多年，哀懇千家米與錢。富貴諸君休見哂，恐君不及乞人賢。」

真志道，西山先生冢子也。志道以先生蔭補承奉郎，累遷户部司農。象賢衣德，自少而已然。稍長，工書法，得羲之、獻之之妙。先生以王家父子忠孝大節勉之，詩云：「少令多堪法，毋耑字畫妍。」又於生日勉志道云：「我聞洙泗言，惟仁静而壽。」又曰：「但存達德三，可卜與齡九。」先生之庭訓，可法可傳矣。

善化唐陶山仲冕，癸丑進士，官海州刺史。嘗題《吟秋圖》訓子云：「兒曹解事托雲林，寫向秋山秋樹深。便覺冥鴻飛遠響，莫隨四壁候蟲吟。」

大中丞鄭公瑄，詠詒謀古風云：「父兄勞於官，子弟逸於家。一逸已過分，况乃事奢華。軒軒傲里閭，僕僕過彤衙。不知禍所伏，方謂勢所誇。勢亦有時歇，禍來或無涯。不如慎德業，庶幾永無譁。」

桂薴先生訓子詩云：「戒汝休貪酒與花，纔貪花酒便亡家。多因酒醉花心動，自是花迷酒性邪。酒後看花情不厭，花前酌酒興無涯。酒殘花謝黄金盡，花不留人酒不賒。」

查初白至兒建束鹿縣署内，題詩以勗之云：「一身飽暖逾初望，百里絃歌盡國恩。成就汝爲無過吏，保全家是舊清門。」

詩詠天倫之事，俱有真氣味。杜少陵思弟云：「海内風塵諸弟隔，天涯涕淚一身遥。」蘇東坡思子由云：「憶弟淚如雲不散，望鄉心與雁南飛。」查初白喜德尹弟至都，詩云：「可憐半世爲兄弟，兩度相逢在路岐。」

伯夷、叔齊，兄弟讓國。閩中鄭堂詩曰：「扣馬歸來坐緑陰，天倫父命重千金。首陽山下中霄月，照見忠臣孝子心。」

《碧溪詩話》云：「韋應物兄弟最爲友愛，凡吟詠思及兄弟者，十之二三。《在廣陵覲兄》詩云：『收情且爲歡，累日不知饑。』《冬至寄諸弟》云：『已懷時節感，更抱别離酸。』《元日寄弟》云：『日月昧遠期，念君何時歇。』《社日寄》云：『遥思里中會，心緒恨微微。』《寒食寄》云：『聯騎定何時，吾今顔已老。』又云：『把酒看花想諸弟，杜陵寒食草青青。』《初秋寄》云：『高梧一葉下，空齋歸思多。』《聞蟬寄弟》云：『緘書報是時，此心方耿耿。』《登郡樓寄諸季》云：『追兹聞雁夜，重憶别離秋。』《懷京師寄》云：『上懷犬馬戀，下有骨肉情。』余謂觀此集者，雖兄弟讒鬩交痛，當必一變而怡怡也。」

宋黄庭堅字魯直，號山谷。舉進士，教授北京國子監。蘇軾見其詩文，薦之云：「瑰奇之文，絶妙當世。孝友之行，追配古人。」遷著作佐郎，後爲章惇、蔡京等所惡，遂謫黔州。兄元明送至摩圍山，掩淚握手，臨别有警句云：「急雪鶺鴒相並影，驚風鴻雁不成行。」其友愛之情彌篤矣。

王復齋侍御夫人甚妬，侍御買妾生子，潛育於張總兵家。及侍御卒，嫡子毓俊，撫愛其弟特至，母曰：「彼占汝一半家資，吾每恨之。」答曰：「貧富有命，豈在兄弟之多寡？且人貴自立耳。讀書節用，自能起家。若不成人，如魏家表兄，非獨子乎？恃財淫蕩，家貲數萬，今無立錐耳。」母意漸解，宗族甚敬之。仙僕詩云：「君曾讀過鶺鴒詩，急難伊誰共護持。奚必因財疎骨肉，愈多愈覺樂怡怡。」

永樂間，尚書夏原吉送弟還長沙，詩云：「颯颯金風八月闌，汝今歸去寸心安。菜根有味休嫌淡，茅屋無書可借看。日具旨甘宜奉母，秋收租稅早輸官。明年此際還來望，莫遣寥寥雁影寒。」

仁和許乃普遊粵，初夏寄兄云：「入夏清和草漸肥，江郵蝶懶野花稀。離家逾遠思逾切，惆悵春歸我未歸。」

《交州記》云：「李祖仁兄弟十人，皆慈孝廉讓，因名其地有江曰廉讓江。」仝二山詩云：「平居天顯貴周旋，姜被能同幾夜眠。廉讓江頭堪眺望，勸君莫唱《上留田》。」

古岡黎先生，名真，號林坡。嘗以非罪謫戍遼左，同里馬某與焉。迨先生蒙恩放回，而馬獨不與。馬之兄一日盛席以邀先生，侑觴之妓，皆絶色也，先生不往，遺之以詩曰：「錦瑟銀箏白玉卮，賞音原自有鍾期。可憐孤雁長城外，叫斷南雲總不知。」其兄得詩，爲之墮淚而罷宴。

盧韓妻李氏，名妙惠，有貞操。弘治初，盧會試不第，留京講學，有同姓名者死，誤傳至家。會歲饑，父母憐寡，强以聘江西新淦巨商謝能之子啓，李自經者再，不得死，迫歸謝。謝繼母亦揚州人，李懇乞爲婢以全節操，啓不得奪，李侍母不離。啓先載鹽赴江西，母與李繼歸，舟泊金山，母與李登寺酬願，李題詩於壁云：「一自當年折鳳凰，至今消息兩茫茫。蓋棺不作懷金婦，入地還尋折桂郎。彭澤曉烟歸宿夢，瀟湘夜雨斷愁腸。新詩寫向金山寺，高掛雲帆過豫章。」署其後曰：「揚州盧韓妻李氏題。」既而盧舉進士，以收實録差往江西，過揚州，知李已嫁，登金山寺，見所題詩而泣。及至江西，訪鹽船多艤河下，教隸誦詩，往來鹽船間。二日李聞知，喚問詩從何處得，隸告以故，李驚喜曰：「吾夫尚存耶。」密約暮夜以舟來迓，蓋恐明言之，則聲揚不雅也。是夜果附舟至盧寓館，爲夫婦如初。蓋李歸謝二年，貞操益勵，謝母亦爲護持，以遂其志。及是歸盧，母亦嘆異。

王雪窗，福清人，爲番禺尉。生女於官舍，名娙，字美君。愛而教之以《孝經》，六歲即能通曉。年及笄，父攜入覲於長安，字林初文，以爲得婿。初文讀書鼓山，每有寄物，必佐以詩。初文舉於鄉，攜上春官下第，遂居南京。初文十年不歸，先後下吏。值萬曆間歲凶，美君以女紅爲活，教其二子君遷、古度，備嘗荼苦，無怨尤焉。詩作後，即焚其稿，存者其百一也。《白門感述》二首詩云：「白門連歲值饑荒，十載良人旅朔方。顧影自嗟還自笑，妾身贏得是糟糠。」「生平淡飯與黄虀，不道饑荒乏五齊。嫁得文人非薄命，人間多少富家兒。」《咏鳳仙花》云：「鳳鳥久不至，花枝空復名。何如學葵蕊，開即向陽傾。」

解大紳縉，翰林學士，久住京師。有寄妻詩云：「一去京華忽幾秋，夢魂嘗在錦江遊。堂前塵垢尋常掃，架上詩書仔細收。禾黍熟時頻照顧，籬園破處早增修。阿姑當奉兒當訓，辛苦終爲遠大謀。」

成化中，奉新女蕭鳳質，因夫游學郡城，聞有小疾，作書以寄云：「聞不安，恨東西相隔，妾職有所不能盡，徒涕泣懷念而已。」因賦詩慰勉云：「欲把相思寄遠方，恐教牽動讀書郎。閒花野草休關念，養取葵心拱太陽。」

閩中林子羽，在京爲員外郎。妻朱氏長於詩詞，勉夫盡臣職，寄京邸有詩云：「玉食叨陪近上方，五雲深處列鵷行。經綸樹績從人仰，竹帛流芳與世長。待漏衣沾仙掌露，趨朝身惹御爐香。功成身退歸田日，一榻清風緑野堂。」朱氏年十九卒，子羽終身不娶。

錢塘吴慥，官四川歸里，兩袖清風，妻無怨意。一日見翟宗吉，自矜妻賢，詩云：「薄宦蕭然作遠遊，行囊那得一錢留。孟光不比蘇秦婦，肯笑歸來只敝裘。」

杜羔妻劉氏善爲詩，羔累舉不第，將至家，妻先寄詩要之曰：「深羨良人有雋才，年年俱是落名回。如今妾面羞君面，君若來時乘夜來。」羔得詩不回，尋復至京，讀書登第，可謂能勉夫以正矣。

明宜山鄧氏，賢而能詩。嫁同邑吴某，以罪被逮赴省，鄧寄以衣而附一絶云：「欲寄寒衣上帝都，連宵裁剪眼糢糊。可憐寬窄無人試，淚逐東風洒去途。」又題畫菊云：「良工妙手恁安排，筆底移來紙上栽。葉緑花黄長自媚，等閒不許蝶蜂來。」

其中年喪妻，而子女甚多，意欲續絃，其子作詩規之云：「南山頭上鷓鴣啼，見説親爺娶晚妻。爺娶晚妻猶自可，前娘兒女好孤棲。」遂不娶。

四明鄔氏乏子，勸夫娶妾，赴任入閩驛，宿崇安别司，題詩壁上云：「五月天氣佳，山行不厭遠。他年抱子還，彩輿入何館。」傍注云：「丙寅仲夏，攜侍妾四五輩，赴任嶺南，宿此館中，漫題鄙句。四明鄔氏書。」褚稼軒先生曰：「嗚呼，婦人媢於詞翰，而能不妬，爲夫求子，真人情之所最難者。天眷有德，豈有不憐而賜之子者哉？」

嘉興女子朱静庵，周教諭之妻，能詩多佳句。一日父執某，有青衣妾曰寒梅，妻亡欲圖再娶正室，妾泣訴於静庵，對曰：「吾能止之。」因題一絶於扇，令人持送父執，詩云：「一夜西風滿地霜，青衣著後勝無裳。春來若覩桃花面，莫負寒梅舊日香。」父執見詩，感其意，不復再娶。

湯沂樂沐釋褐時，見同年初得官，多即娶妾，因作《買妾行》云：「東鄰買妾費萬錢，西鄰亦不減十千。半爲身衣置羅綺，半爲首飾收花鈿。歸來粧束潤膏沐，夜夜歡聲徹華屋。自言龍虎得同登，管取鴛鴦不孤宿。張姑李姊日往來，貰酒烹羊會親族。不知荆布糟糠人，憂君衣食並寒燠。佇望挈家勤奉侍，枕上夢魂千里逐。」

劉喬松先生曰：「妻妾爲人内助，苟有善言，固當從之。但婦人賢明者少，愚暗者多，且其性多褊愎，不耐事情，又巧飾短長，語似中欵，故爲丈夫者易於迷惑。或畏其悍戾，惟命是從；或惜其嬌癡，有言必聽。近則一家離心，遠則終身受累。敗亡之禍，率由於此。夫用妻妾語而悖逆父母，此固罪之大者，至於離間兄弟，侵欺鄉黨，偏私兒女，凌虐婢僕，種種惡語，又當隨事審察。推之聽信妾語，薄棄正妻，尤人情所易惑，而不可不慎者也。」仙僕詩云：「清宵牀第語聲聲，禍患多由枕畔生。長舌厲階詩有戒，司晨莫聽牝鷄鳴。」

五倫之中，惟友爲莫逆，以志同則相合，情深則相契。閒居無事，與二三知己，賞奇析疑，焚香煮茗，賦詩講學，小酌半醺，相送而别，其樂殆未可以他端易也。《鶴林玉露》云：「自昔瓌奇之士，必有同志相與往還，故有以自樂。陶淵明詩云：『昔欲居南村，非爲卜其宅。聞多素心人，樂與數晨夕。』

『鄰曲時往來，抗言談在昔。奇文共欣賞，疑義相與析。』則南村之鄰，豈庸庸之士哉！杜少陵在錦里，亦與南村朱山人往還，其詩云：『錦里先生烏角巾，園收芋栗未全貧。慣看賓客兒童喜，得食階除烏雀馴。秋水纔添四五尺，野航恰受兩三人。白沙翠竹江村暮，相送柴門月色新。』又詩云：『相近竹參差，相過人不知。幽花欹滿徑，曲水細通池。歸客村非遠，殘尊席更移。看君多道氣，從此數追隨。』則朱山人亦非常流矣。李太白《尋魯城北居士誤落蒼耳中》詩云：『忽憶范野人，閒園養幽姿。』『還傾四五酌，自詠猛虎詞。近作十日歡，遠爲千歲期。風流自簸蕩，誰論便相宜。』則范野人亦可人之流也。」

吴季札號延陵季子，與徐君友善。季札聘魯過徐，徐君好季札劍，口不敢言，季札心知之，爲使上國未獻。及使還至徐，徐君已死，解劍繫於徐君冢樹而去。從者曰：「徐君已死，尚誰予乎？」季札曰：「始吾以心許之，豈以死背吾心哉？」明林旗峰先生《咏掛劍墓》詩云：「唐虞遜四海，夷齊棄孤竹。太虚浮雲流，達人豈步局。嗟爾紇紛場，刀錐競馳逐。飄飄吴季子，骯髒振頹俗。千乘且不居，長劍何足恤。長劍光陸離，上與星文燭。烈士許與心，肯以死生拂。墓土長夜封，墓樹摇春緑。我劍白日寒，高掛表敬肅。徐君如可生，我心良不恧。千秋盻故墟，徘徊想遐矚。」

《香石詩話》云：「交道之不終，每因名心太重，或緣勢位相隔，始而標榜，繼相攻擊。王、李、四溟，嘖有煩言，可鑒也。李秋田書《四溟集》後云：『布衣亦足玷騷壇，白雪樓中起暮寒。此地雲泥揮手別，當年風雨對床歡。一生俠骨高王李，五字長城逼杜韓。驟與盧柟脱幽獄，山人名已動長安。』此詩可爲山人吐氣。」

劉魯風在江西，投刺於知己官員，爲典謁所阻，因題一絶云：「萬卷書生劉魯風，烟波千里謁文公。無錢乞與韓知客，名紙生毛不爲通。」爲官居衙内，每爲親朋怨憾者，多由於此，可見門丁勒索銀兩，倚勢欺人惡態，不可不懲。

陽山鄭貫亭侍御士超，未第時，深爲馮魚山先生器重。既而通籍爲諫官，正色立朝，能不負先生知人之鑑。後乞假還粤，而先生已捐館，彌留時，猶呼侍御思得一見。侍御親至羊城，經紀其喪，而哭以詩曰：「楓陛辭歸萬里行，竟來滄海哭先生。祇云蓬島三神近，誰信天南一柱傾。十載瓣香餘涕淚，九州推轂枉聲名。難堪元伯彌留頃，猶自呻吟待巨卿。」「儒林文苑孰當先，閒氣應論五百年。真性瀰漫忠與孝，寄懷空闊海兼天。詩名李杜韓蘇後，題筆嵩衡泰華巔。一事竟遺千古恨，嶺南職志未成編。」「蘇湖模範久淪亡，大啓儒門振此鄉。屬志千秋惟絶業，論交四海一空囊。風流雲散都成恨，木壞山頹亦可傷。有道墳前碑待立，人間定有蔡中郎。」「書策頻年滯海濱，去留心跡總難陳。感恩長戀新天子，返國今無舊史臣。熱血灑空終萬古，狂瀾力障復何人。天涯此日歸丹旐，五嶺雲山慘不春。」黄香石培芳詩云：「身後蒼茫付與誰，群賢經紀事堪悲。蓋棺定論真無愧，殉研鐫銘尚有辭。欲返靈車愁蹶蹶，兼憂嗣子病支離。問存弔死情何限，况是淪亡大雅時。」魚山先生於嘉慶己巳年祀欽州鄉賢。

勸戒詩話卷八

侯官黄坤元静軒編輯

古有咏西施詩云：「朝爲浣紗女，暮爲吴王姬。」蓋托言讀書人，未可以暫時貧賤而輕忽之也。李巽累舉不第，爲鄉人所侮曰：「李秀才應舉，空去空回，知席帽何時得離身。」巽亦不較。及登第擢爲第一人，乃遺鄉人詩曰：「當年蹤跡困泥塵，不意乘時亦化鱗。爲報鄉閭親戚道，如今席帽已離身。」

○蔡君謨襄微時，泉人多輕慢之，嘗譏襄曰：「雨打衰鷄形。」襄即應曰：「脚下有龍鱗。五更高聲叫，驚起世間人。」後登科，仁宗朝爲學士。

唐皋字守之，徽州歙縣人。在歙庠日，每以魁元自擬，雖累蹶場屋而志不怠，鄉人誚以詩曰：「徽州好箇唐皋哥，一氣秋闈走十科。經魁解元荷包裹，争奈京城剪綹多。」唐聞之，志益勵，因題書室壁曰：「愈讀愈不中，唐皋如命何。愈不中愈讀，命如唐皋何。」又嘗見人所持畫一漁翁網魚圖，題曰：「一網復一網，終有一網得。笑殺無網人，臨淵空嘆息。」洎正德癸酉、甲戌，果連捷經魁，狀元及第。

醇厚簡默人，切不可欺侮。曾鶴齡會試日，與浙中數舉子同舟，皆年少狂生，談論鋒出。曾爲人簡默，在坐若無能者，各舉書中疑義問之，曾遜謝不知，衆皆笑曰：「凡夫也，偶然預薦耳。」遂以「曾偶然」呼之。既而衆俱下第，曾占榜首，乃寄以詩曰：「捧領鄉書謁九天，偶然趁得浙江船。世間固有偶然事，豈意偶然又偶然。」

相士不可以貌欺人。王介甫乃進賢饒氏之甥，鋭志讀書，舅黨以介甫膚理如蛇皮，目之曰：「行貨亦欲求售耶？」迨介甫尋舉進士，以詩寄之曰：「世人莫笑老蛇皮，已化龍鱗步帝墀。傳語進賢饒八舅，如今行貨正當時。」

名士淹博，凡作詩文僻語，俱有來歷。見聞未廣者，不可輕議其非。世傳王介甫《咏菊》云：「黄昏風雨過園林，殘菊飄零滿地金。」蘇子瞻續之云：「秋花不比春花落，爲報詩人仔細吟。」因得罪介甫，謫子瞻黄州，蓋菊惟黄州落瓣，子瞻見之，始愧服。

齊丘好學，工屬文，尤喜縱横長短之説，烈祖擢爲昇州刺史。齊丘因騎將姚克瞻得見，暇日陪燕游，賦詩以獻曰：「養花如養賢，去草如去惡。松竹無時衰，蒲柳先秋落。」烈祖奇其志，待以國士。

古人重筆，用敗則瘞，今人委之糞土，似非雅厚。趙光逢薄遊襄漢，濯足活流，見方磚積成爲筆冢，有苔痕，上題云：「髠友退鋒郎，功成鬢髮霜。塚頭封馬鬣，不敢負恩光。」

徐常駇歷州縣，所至有聲，每慕二宋爲人，而與蘇氏兄弟遊從甚久。嘗有詩云：「事業要須師二宋，文章端是學三蘇。」長蘇嘗稱其爲天下奇男子。

黄子厚銖自序有曰：「予年逾知命，寒窶日深。今歲以來，饑困尤劇。嗚呼，士而寒且饑，可謂天下之至窮者矣。方且自念古人貧而有德，已獨無德而貧，慨然仰慕顔、曾於千載之上，而自警以詩曰：『先聖有遺訓，憂道不憂貧。』繼之曰：『私意苟未克，放心何由馴。每念古人事，終夜嘆以呻。』」噫，子厚之所憂，非貧可知矣。

《群談採餘》云：「身閒可以養氣，心閒可以養神。身心俱閒，與道合真。韓退之詩曰：『斷送一生惟有酒，尋思百計不如閒。』陶淵明詩曰：『形迹憑化往，靈府獨常閒。』朱晦翁詩曰：『深源定是閒中得，妙用原從樂處生。』是閒一也。韓不如陶，陶不如朱。韓也放，陶也達；陶也虛，朱也實。」羅念庵洪先詩曰：「影滿棠梨日正長，筠簾風細紫蘭香。午窗睡醒無他事，胎息閒中有秘方。」可謂通於閒之旨趣者。

蘇紹成，德化人，委業天慶觀，後隱北山。朱文公嘗造其廬，書「廉静」二字贈之，且銘其琴曰：「養君中和之正性，去子忿慾之邪心。乾坤無言物有則，我獨與子鈎其深。」

楊與立，字子權，浦城人。受業朱子之門，嘗知遂昌縣，因家蘭溪，學者稱船山先生。有《幽居》詩云：「柴門闃寂少人過，盡日觀書口自哦。餘地不妨栽竹木，放教啼鳥往來多。」見《濂洛風雅》。咏《溪頭》詩云：「溪頭石磴坐盤桓，時見修鱗自往還。可是水深魚極樂，不須妄意要投竿。」吴正傳謂其有道之言，氣象自别，頗與「魚鳥不驚，窗竹不除」同意。

范忠宣先生曰：「人雖至愚，責人則明。雖有聰明，恕己則昏。但以責人之心責己，恕己之心恕人，不患不到聖賢地位。」《醒書》云：「兩人相非，不破家亡身不止，只回頭認自家一句錯，便有無邊受用。兩人自是，不反目稽唇不止，只温語稱他人一句好，便有無限歡忻。」詩云：「非聖誰無過，居心貴不佻。於人須薄責，在己莫輕饒。彼此情宜審，寬嚴理自昭。外緣忘計較，内訟立科條。未暇攻他惡，惟應戒我驕。半生尤漸寡，一世怒潛消。易地思原合，厚躬志肯銷。求仁先强恕，衾影勵中宵。」

邵康節先生《醒世》詩，摘録其警句云：「施爲欲似千鈞弩，磨礪當如百鍊金」、「不作風波於世上，自無冰炭到胸中」、「大得却須防大失，多憂元只爲多求」、「欲爲天下屠龍手，肯讀人間非聖書」，語語皆藥石。

《静齋談》云：「聖人齋心戒事，致敬神明，蓋尊神以檢其心也，安有不修德，而徒每月齋素以祈福哉？」甚矣匹夫匹婦之愚也。仙僕詩云：「齋之爲言齊，靈通一點犀。澄心如水月，潔已去塵泥。不許朋從雜，豈爲世味迷。如云惟食素，果可進菩提。」

世人多信子平算命，以爲終身禍福，一定不易。孰意命由造物轉移，未可因富貴而自恃，因貧賤而自棄，須知命吉爲善則愈吉，命凶爲善則不凶。朱文公遊山寺，逢僧談命，作詩云：「此地相逢亦偶然，漫將牛斗話因緣。時行時止非人力，莫問流年只問天。」

《言鯖》云：「人居天地間，有生必有死，乃理之常。生順死安，或壽或夭，惟修身以俟之而已。或有偷生怖死，盜竊天機，欲爲長生不死之計，斯惑矣。」司馬温公示道人有云：「借令真有蓬萊山，未免亦居天地間。君不見，太上老君頭似雪，世人論説駐紅顔。」朱文公《感興詩》云：「刀圭一入口，白日生羽翰。但恐逆天理，偷生誰能安。」二公可謂達生死之理，而安性命之常者也。

邢和尚書，嘗以丹遺程伊川先生，先生以詩謝之云：「至神通化藥通神，遠寄衰翁救病身。我亦有丹君信否，用時還解壽斯民。」

《托素齋文集》曰：「古人云：生寄死歸。又云：大塊勞我以生，而息我以死。死生晝夜，定理不移，則死生亦小矣，何足痛哉？惟平時讀真西山詩云：『人心難得今已得，天道難聞今已聞。此身不向此生度，更向何生度此身。』每吟誦再三，輒聳焉汗下。老耄無聞，虛生浪死，是所謂慚惶入地者耳。」

羊城西賣卜者周泰來，潮州人。有句云：「竹瘦非無節，花香不在名。」有窮且益堅之意，可玩。《警世詩》云：「堪嘆人心毒似蛇，誰知天眼轉如車。去年竊取東鄰物，今日還歸北舍家。不義錢財曦照雪，强來田地水推沙。若將狡猾爲生計，恰似朝開暮落花。」

徐文貞公階歸里，適海剛峰、蔡春臺莅吳按其事，鄉人多登門罵詈，文貞公諭僕云：「慎勿報復，譬之犬嚙人，人亦嚙犬耶？」口占云：「昔年天子每稱卿，今日煩君罵姓名。呼馬呼牛俱是幻，黃花白酒且陶情。」

韋蟾贈商山僧詩云：「商嶺東西路欲分，兩間茆屋一溪雲。師言耳重知師意，人是人非不欲聞。」讀斯詩者，因會心《勸善編》云：凡被人詈辱，及聞人醜事，能假耳聾者，可謂真君子。

杜鎬少年登科，嘗與同年遊一寺中，老僧問其姓氏，旁人遂以科名誇之，老僧顧而笑曰：「皆不知也。」杜内愧其言，因題詩曰：「家在城南杜曲旁，兩枝丹桂一時芳。禪師都未知名姓，始覺空門意味長。」此不以貴自誇而知内愧者，其福量不可幾及矣。

《堅瓠集》云：「詩曰：『興爲半生愁病減，囊因一片熱腸貧。』不知愁病正爲熱腸而來。昔有人遊寺，見一佛腹甚巨，或指之曰：『此中何物？』一人應曰：『是一團冰耳。』曰：『如此冷人，何能濟世?』應曰:『正此一團冰,纔救得千坑火也。』」

張文端公《格言》云:「昔人論致壽之道有四:曰慈、曰儉、曰和、曰静。慈者何?人能慈心於物,不爲一切害人之事,即一言有損於人,亦不輕發。推之戒殺生以惜物命,慎剪伐以養天和,胸中一段吉祥愷悌之氣,自然災沴不干,而可以長齡矣。儉者何?人生福享,皆有分數。惜福之人,福常有餘。暴殄之人,易至罄竭。故老氏以儉爲寶,且不止財用當儉而已,一切事,常思節嗇之義,方有餘地。儉於嗜慾,則精神聚。儉於飲食,則脾胃寬。儉於衣服,則肢體適。儉於言語,則元氣藏。儉於思慮,則心神安。儉於交遊,則匪類遠。儉於酬酢,則歲月寬。儉於書札,則後患寡。儉於干求,則品望尊。儉於僮僕,則防閑省。儉於嬉遊,則學業進。凡事省得一分,即受一分之益耳。和者何?人常和悦,則心氣調而五臟安。昔人所謂養歡喜神是也。曾見有鄉人過百歲,余扣其術,答曰:『僕鄉邨人無所知,但一生只是喜歡,從不知憂惱。』噫,此豈名利中人所能哉?静者何?《論語》曰:『仁者静。』每見氣躁之人,舉動輕佻,多不得壽。古人謂研以世計,墨以時計,筆以日計,動静之分也。静之義有二:一則身不過勞,一則心不輕動。凡遇一切勞頓憂惶喜樂之事,外則順以應之,此心凝然不動,如澄潭,如古井,則志壹氣定,外間之紛擾皆退聽矣。此四者於養生之理,極爲切實。銘之座右,時時體察,當有裨益耳。」夢捷以此四字冠頂,詩云:「慈祥繫念是生機,儉約持身失必稀。和悦儘逢歡喜地,静存自足得心肥。」

《昨非庵日纂》云:「俗諺有淺水長流之説,余深有味其言。每見精神太用者,無何而竭矣。恩意太濃者，無何而絶矣。勢燄太熏灼者，無何而滅矣。受用太豐美者，無何而歇矣。進趨太捷疾者，無何而跲矣。」唐人詩云：「一團茅屋亂蓬蓬，驀地燒天驀地空。爭似滿爐煨榾柮，漫騰騰地暖烘烘。」亦正此意。

蜀中一耆儒，贊《張果老倒騎驢圖》詩曰：「舉世多少人，誰似這老漢。不是倒騎驢，凡事回頭看。」語淺而意深。

司空圖《勸世》詩云：「爲人品行最須先，甘以因循豈固然。端樸雖貧風自遠，淫邪縱富侈難堅。鄙夫詎是吾儕取，俊彦方爲我輩憐。不孑不同中砥柱，軒昂一世樂無邊。」又云：「最是邪人惹禍深，暗施伎倆不能禁。與其中毒方知悔，怎若初逢早辨心。多少名流俱被陷，憑稱穎悟總相侵。由來群小機關惡，勿使聰明頃刻沉。」

劉東山自入仕以來，至大司馬，凡遇賓客，必恂恂待之有禮，未嘗以貴勢驕人。嘗賦詩曰：「憂民如有病，見客似無官。」其慈惠謙冲若此。

《知新録》云：「龍州劉改之詩曰：『退一步行安樂法，道三個好喜歡緣。』真西山喜誦之。蓋好佞惡直，人之常情，直言賈禍，在昔不免。故萬事道好，不特司馬德操爲然，即孔子亦有危行言孫之説。真西山喜誦，亦有感而然也。」

談賓有云：「辯不如訥，語不如默。動不如静，忙不如閒。」予愛之重之，因作五言詩云：「不言成吉慶，無事是神仙。」七言詩云：「對天可説方開口，閉户潛修始快心。」又云：「花如解語還多事，石不能言最可人。」

南充陳玉壘云：「今人談人則易，自責則寬。常見當事者指摘前人，殆不絶口，及觀其所爲，不若遠甚。」宋楊大年《咏傀儡》詩云：「鮑老當筵笑郭郎，笑他舞袖太郎當。若教鮑老當筵舞，轉更郎當舞袖長。」此詩曲盡事情，張子所謂以責人之心責己，則盡道是也。

《昨非庵日纂》云：「稠人廣衆之中，不可極口議論，非惟惹妬，抑亦傷人，豈無有過者在其中耶？議論到彼，則彼不言而心憾矣。如對官言清，則不清者怒。對友言直，則不直者憎。彼謂我有意而道之耳。惟有簡言語、和顔色、隨問即答者，庶幾可乎。」培元詩云：「守口如瓶恐起羞，祇因談吐易招尤。三緘常凛金人戒，欲語還須著意留。」

先哲詩云：「記得離家日，尊親囑一篇。逢橋須下馬，過渡莫争先。色慾須當戒，塵勞要早眠。束裝防盜賊，謹慎免迍邅。」此征途藥石之言。

金陵後湖西南洲，有郭璞墓，四圍皆水，浪齧苔侵，不可復辨。劉後村詩云：「先生精數學，卜穴未應疎。因捋虎鬚死，還尋魚腹居。如何師鬼谷，却去友靈胥。此理憑誰詰，人方寶葬書。」古人云：求地爲致福之基，積德爲求地之本。未得地，當積德以求之，既得地，當積德以培之。是以後代富貴鼎盛綿遠。李近吾先生《咏心地》有云：「俯仰乾坤何處嘉，人人有地盡精華。性由天命真龍結，道衛吾身輔峽遮。脈到靈臺方是正，穴尋華蓋不曾差。倘能修德培陰隲，富貴綿延積善家。」

汪少宰《閒齋語》曰：「人家富貴如牡丹花，今春開盛，要當培植，爲來春膏液，恐爲凋謝之漸，奈何不加滋灌，而自戕之斤斧乎？魏紫姚黄，忽然糞土，誰之過歟？」逸老感咏牡丹詩云：「伊誰不愛牡丹花，魏紫姚黄莫漫誇。只恐風吹飛落葉，須妨雪壓殞萌芽。尋常頻掩膏腴土，次第方開富貴葩。著意栽培根已固，年年競發永繁華。」

凡人無事閒居，便思奕碁，偶然則可，久戀則不可。郭登咏《奕碁》詩云：「怕死貪生錯認真，運籌多少費精神。看來總是争閒氣，笑殺旁觀袖手人。」「失勢休嗟得勢歌，當場變態幾争多。旁觀半日頭先白，莫怪深山易爛柯。」人生要緊之事甚多，而或以此虚度光陰，大爲可嘆。語云「戲碁多失事」是也。

《昨非庵》詩云：「飲食於人日月長，精粗隨分塞饑腸。纔過三寸成何物，不用將心細較量。」觀此，則疏食菜羹，可以自適，何必羡人之珍饈異味哉？

《稗史彙編》云：「西湖之盛始於唐，至宋南渡建都，則遊人士女，畫船笙歌，日費千金，侈靡極矣。時人目爲銷金鍋。」元人上饒熊進德所作《竹枝詞》一首云：「銷金鍋邊瑪瑙坡，争似農家春最多。蝴蝶滿園飛不去，好花紅到剪春羅。」賨叔山、天然閣上諸作，惟蘇吴杜公一聯云：「四季笙歌，尚有窮民悲夜月；六橋花柳，全無隙地種桑麻。」更關國計民生，又藴藉可玩。有交趾使游西湖，咏絶句云：「一株楊柳幾枝花，醉飲西湖賣酒家。我國繁華不如此，春來遍地是桑麻。」

蘇城淤川，張士誠嘗以彩漆金花舟施錦帆，載美人泛此，列妓女於上，使唱尋香採芳曲。高太史啓詩云：「水繞芳城柳半枯，錦帆去後故宫無。窮奢畢竟輸漁父，長保秋風一幅蒲。」語可諷世，遂名其處曰錦帆涇，今府治西衣帶水是也。

長沙有朝士某還鄉，意氣滿盈，賓至鼓吹喧闐。里中有執友來謁，朝士曰：「翁素好誦詩，近日誦得何詩？」答曰：「近誦得孫鳳洲贈歐陽圭齋一詩，甚有意味。」乃朗然誦曰：「圭齋還是舊圭齋，不帶些兒官樣回。若使他人居二品，門前簫鼓鬧如雷。」朝士聞詩，默然有愧，明日賓至，門庭寂然。

南蘭黄含仲曰：「人無壽夭，禄盡則死，是以一生財禄，皆有定數。服用之際，豈宜過享？譬如人有錢一千，一日用盡，則明日無有一文。若日用一百，則可至十日。日用五十，則可至二十日。凡人惜福，當作如是觀。」樹蔭詩云：「眼前奢侈樂陶然，禄盡人亡了夙緣。寄語世間須惜福，多留餘澤養殘年。」《感應篇》詩云：「安樂鄉中是死鄉，况乎過節立遭殃。何如及早知勤儉，惜福終須享福長。」

汪兵部尚書，總督閩浙部堂示人云：「世俗嫁女，矜誇粧奩，首飾必滿金珠，衣襦必用錦繡，几案必需檀楠，器皿必極雕鏤。房中之飾不足，復增以廳堂之陳設。女子之供不足，復繼以舅姑之衣冠。六禮所需，饋答無算。盈庭溢席，誇耀鄉間。一物不備，女不登車。且或勒索隨車田業，折儀銀兩，癡人遂其貪慾，或勉强無措，稽延歲月，女至逾笄，不得出閣。内有怨女，外有曠夫，習俗相尋，伊於胡底。抑知娶婦只求淑女，詎可論財？擇婿宜訪美才，豈容較産？且子弟誠賢，何藉乞憐裙帶？苟其不肖，安能長保篋箱？惟有安分量力，慈而且義，是爲正道。乃身無一命之秩，而作百兩之將，是越分也。家無儋石之儲，而效盈門之爛，不量力也。翁姑不問婦之賢淑，但以嫁粧厚薄爲愛憎，非所以示慈也。父母不訓女之順正，第欲挾所有以驕其夫，非所以教義也。古者桓少君貴族之女，屏飾而改布裳。吴處默清德之門，遣嫁乃無幗帳。名賢巨室，猶尚素風，矧在凡庶，豈宜崇侈？强博外觀，彌形内窘，未幾而子孫赤貧，父母凍餒，悔無及矣。」晚香謹跋詩云：「奇珍古玩最繁華，羅綺鮮妍信足誇。欲博里閭稱盛飾，怎知人哂汝驕奢。」「永圖儉德仰汪公，力挽時趨汰侈風。嫁女粧奩宜有節，須知從殺弗從豐。」更有人家未真富足，而嫁女欲效殷户所爲，往往變産不顧傾囊，借錢願納重息，辦理粧奩，殊爲失計。晚香又續咏四截云：「癡人設想甚奇離，不愛男兒愛女兒。變産俱將供嫁具，忍令孫子乏餘資。」「囊裏無錢欲强求，多方告貸費營謀。但思之子盈門爛，憂在蕭牆解也不。」「百般諂媚外家豐，一到貧時眼便空。姑姐榮華誇富貴，肯憐兄弟姪兒窮。」「昔人嫁女只裙釵，但願乘龍得婿佳。何不黜奢師古道，留些囊橐作生涯。」

《座右編》云：「人肯捐百萬錢粧奩嫁女，不肯捐十萬錢延師教子。肯捨百萬錢爲風流歌舞之快樂，不肯捨十萬錢爲修理路橋之危險。肯出百萬錢以媚權貴，不肯出十萬錢以濟貧窮。世情往往如此，弗思耳矣。」仙僕咏錢詩云：「誰云銅臭儘無良，用得著時亦覺香。只恐俗情多誤用，是非顛倒臭彌彰。」

蘇東坡先生詩云：「黄沙枯髑髏，本是桃李面。而今不忍看，當年恨不見。」好色者當一反觀。

解學士縉遊春京郭外，遇美妓，固請入館，酣歌宴飲，縉飲畢遂出。因題詩云：「京華城外一登臨，燕語鶯啼柳巷深。紅粉倚門圖有意，白雲出岫本無心。縱教共宴敲檀板，未許聯牀擁錦衾。莫怪書生心似鐵，翰林聲價重千金。」時稱爲清白學士。

西蜀卓沃，飽學而貧，應四川鄉試，至巫江搭船乏鈔，梢子辱之，令宿於舟尾，沃吟詩自悼曰：「搭船誰敢道心酸，梢尾中門一斗寬。縮頸睡時如鳳宿，屈身坐處似龍蟠。九天雨下渾身濕，五夜風生遍體寒。最是有錢真個好，官艙裏面樂盤桓。」將登岸，梢子故意開之，竟跌水邊，衆笑之。沃又吟曰：「一到江邊船便開，天公爲我洗塵埃。時人莫笑衣衫濕，乍向龍門跳出來。」試畢，及揭榜，春秋俱中亞魁，登進士第，授職雲貴，過巫江，舟子已早避矣。乃拘其母禁之，十日不出，復執其妻，次早投見，沃乃斷之曰：「禁母十日，拘妻一宵。倚門之望何疎？結髮之情何厚？昔辱儒生，今違孝道，用申法律，以警將來。」遂杖而釋之。

貴州廩生某，爲人奸惡貪婪，綽號奪錢虎。凡小試遇人有倩代入泮者，有冒籍入泮者，即往他家索銀，若不遂慾，及覆試即呈禀其情弊，學憲掛牌革退者不少。或向鄉間富豪家，無故勒借銀兩，若不借他，即默探其人做有犯法事，串出族房長地保禀報縣官，鄉豪懼罪，傾家賄官，脱罪銷案。生平所爲往往如是。後廩生被人控告主唆詞訟，出入公門，學憲責革功名，憤鬱而死。仝二山詩云：「名韁利鎖兩艱辛，鼓弄難堪鬼蜮頻。暗箭到頭還自殺，枉抛心計壞他人。」

山間林木草茅，叢生蕃盛，皆飛禽走獸蟲蟻所棲，若縱火燒之，則禽獸蟲蟻，俱爲滅盡，豈不大干天怒乎？唐内侍徐可範，性好焚獵，殺害甚多。後從僖宗幸蜀得疾，每見群獸諸鳥雀啄食其肉，痛苦萬狀，命將盡，惟存一束黑骨而已。振文詩云：「田獵焚林事可傷，一人快志衆遭殃。忍戕億萬生靈命，幾世輪迴那儘償。」

某有與舟行者，利其同伴之資，殺而瘞於沙河碑之旁，戲碑曰：「你知我知，且勿語人。」碑忽應曰：「我不語，恐爾自語。」某驚駭而去。後與一少年甚暱，復過其地，共憩碑陰，告少年曰：「是碑能作人言。」少年詢其故，某以素暱，不覺傾吐。少年口應而心動，後偶乖隔至相毆，訴之官，因指劫殺舊處，驗視抵服。計少年之生，即同伴死之日也。李義山詩云：「明神司過豈含冤，暗室由來有禍門。莫爲無人欺一物，他時須慮石能言。」

浦城陳子文好賑施，貴糴賤糶。真西山先生爲作《勸糶詩》云：「陽和二月春，草木皆生意。那知朝野間，斯人極憔悴。殷勤問由來，父老各長喟。富室不憐貧，千倉盡封閉。只圖價日高，弗念民已敝。去年值饑荒，自恨無噍類。幸哉活至今，且復遇荒歲。庶幾一餉樂，養育謝天地。豈期新春來，米穀更翔貴。況又絶市無，縱有濕且碎。何由充饑腸，何由飽孥累。恨不死荒年，免復見憂畏。我聞父老言，痛切貫心肺。行行至平洲，境象殊頓異。白粲玉不如，一升纔十四。問誰長者家，作此利益事。父老合掌言，子文姓陳氏。起家本儒生，疇昔樂賑施。憶作艱食時，巨室争謀利。斗米三百餘，獨收七十二。三都數千口，受彼更生惠。開庫質敝衣，假此賑貧匱。取本不取息，所活豈勝計。我曹非此翁，久作溝中胔。吁嗟薄俗中，乃有此高義。吾邦賢使君，愛民均幼穉。一聞平糶家，褒賞無不至。或與旌門閭，或與錫金幣。獨有潁川翁，寵光未之被。故作行路謡，庶徹鈴齋邃。且俾殖利徒，聞風默知媿。並生天地間，與我皆同氣。富者盍憐貧，有如兄恤弟。惻隱仁之端，人人均有是。頑然鐵石心，何異犯風痺。不仁而多財，聚易散亦易。惟有種德家，福禄可長世。不聞眉山蘇，盛美光傳記。賣田救年荒，生子爲國器。不見南浦毛，一唯利是嗜。積穀幸年荒，生子遭黥隸。天道極昭明，勿作幽遠視。誰與爲斯謡，西山真隱吏。」

鄭伯淵號秋浦，急公好義，邑青衿半出其門。咸淳六年，邑大旱，伯淵年七十餘，徒步至福源潭爲民祈禱，翼日大雨如注。明年又旱，亦如之。邑有三溪，歲久壅塞，伯淵捐金發粟，協衆力復疏通之。居民感其德，頌以詩曰：「十里清溪流活水，連村緑稼有甘霖。羅川野叟千年史，秋浦先生一片心。」

金華張安仁積穀數千石，歲大饑，或勸之出糶，張曰：「我豈圖利己者耶？」乃盡發所積，僱傭除道，修官塘一百八十里，築堤四十餘里，邑人争受役，皆賴全活，而行旅居民，又均得利。後張享年九十有三，子孫相繼登科。永方詩云：「荒年積穀僱傭工，修了崎嶇路可通。半爲濟饑半濟險，餓夫行旅俱銘功。」

顔耐庵先生曰：「家中富足，親戚之望澤必多，不爲提攜，匪特刻薄有減算之禍，且同舟皆敵客之兵矣。提攜者，或濟其饑寒，或助其成家，或代其埋葬，或佐其嫁娶，或益其資本，或教其成名，或廣其義莊，或修其廬舍之類是也。彼既沾惠，則必感激報恩，或有要緊急事，自己辦理不及處，群相盡力，佐助扶持，然後知前此之提攜，非枉費也。」《陰隲文》詩云：「漫説仁難富，須知富易仁。提攜何事急，親戚幾家貧。葛藟懷同姓，葭莩念舊姻。呼兄衡孰重，使鬼儗非倫。封殖惟吾厚，赢餘與衆均。曆濃根益固，情密誼如新。持拔皆寒士，相招盡故人。嗤他奴守藏，枉自役心神。」

裴晉公貧時，遇一相者謂曰：「公形神污濁必饑死。」一日遊香山，拾玉帶、犀帶，追失者不及，待之復未至，擕以歸。明日復往候，見一婦大慟而至曰：「父以罪繫獄，昨購得玉帶一，犀帶二，往贖父罪。因祈禱慌忙，急欲渡江，亡失於此，吾父必死矣。」公遽還之，婦願留半以謝，公不受。後相者復見公，大驚曰：「公陰隲紋起，前程萬里，未知作何大功德致此也？」後裴公登進士，官上柱國，封晉國公，享年七十有六，五子皆貴。仝三山詩云：「莫道天公未足憑，眼前近報悉堪徵。香山還帶君知否，餓相潛移福相增。」

天台宋氏家本富，後貧鬻廬於鄰，價成作詩曰：「自嘆年來刺骨貧，吾廬今已屬西鄰。殷勤説與東園柳，他日相逢是路人。」富者見詩惻然，即以券還之，亦不索其直。以此濟貧，功德無量。

趙尚書與常省元孝廉園相近，百計賺之。孝廉一日立券，後題一詩曰：「乾坤到處好安身，機械從來未必真。覆雨翻雲成底事，清風明月冷看人。蘭亭禊事今非晉，桃洞仙居昔笑秦。園是主人身是客，問君還有幾年春。」尚書慚甚，亟返其券。

吴郡詩僧月舟居祇園庵，貧而好客，士大夫喜與之遊。一日以詩呈春官顔寶之索衣云：「西風吹破木綿裘，徹骨春寒似水流。摘取芙蓉難禦臘，製來荷芰不禁秋。朝陽空補千里衲，載月常虚一個舟。寄語故人顔户部，新衣肯爲太顛留。」寶之見詩，贈衣一襲。此施僧授衣，亦爲善果。

雲南嚴清，父用和，爲醫生。一日其鄰人死三日復甦，語人云：「至一大第宅，有穹碑，主者令記碑上詩，傳示人間。詩曰：『醫生嚴用和，施藥陰功多。自壽添一紀，養子登高科。』」誦畢，遂瞑。已而清生，嘉靖甲辰弱冠登第，萬曆初，爲冢宰。

顏耐庵先生曰：「天生草木，一物治一疾之苦，此天地拯人之疾苦也。但物之生有多寡，地之産有遠近，而藥材遂有貴賤之殊。在富貴者何求不得，哀此煢黎，安得以治其病痛乎？所賴有仁人長者，廣行方便，覓應驗良方，以修丸散，販地道藥材，以濟顛連。藥不論貴賤，求者必施；病不論淺深，知者必救。則是天生藥材，僅可以濟有錢之疾苦，而發心廣爲施捨，實可以拯窮困之哀號。非補天地生成之未逮，而德同覆載耶？特患求之者無窮，施之者難繼，則亦可廣開藥鋪，取富者之財，以供貧者之取，亦生生不竭之道也。推之爲醫者，筆資不計財利，延請無待再邀，不以風雨寒暑憚勞，不以路遠夜深阻滯，其陰功亦不小矣。丁彦文以藥材起家，三十無子，發心將藥材施捨救人，三年遂得一子，名天應。自後益施無倦，雖貴重之味，拯人疾苦，毫無吝色。一日販藥渡海，風波大作，同行三十七舟，無一不覆，獨丁舟安然無事。將抵岸，衆人見丁舟下有神龍擁護。廣施二十餘年，家益充裕，後天應登第，彦文親受誥封，享壽八十有九而卒。」晚香詩云：「貧病交加最可憐，醫須妙劑苦無錢。若教以藥相持贈，更勝廬山種杏仙。」

朱紫陽夫子患足疾，有道人爲針熨，旋覺輕便，公喜贈以詩曰：「幾載相扶藉瘦筇，一針還覺有奇功。出門放杖兒童笑，不是從前勃窣翁。」道人得詩去數日，足病大作，追尋莫知所往。公嘆曰：「非欲罪彼，但索前詩，恐持此誤人耳。」是夜夢神曰：「公一念動天矣。」足疾旋瘳。

孫叔敖爲嬰兒時，出遊還，憂而不食，母問故，泣對曰：「偶見兩頭蛇，恐去死無日矣。」母曰：「蛇安在？」對曰：「吾恐他人又見，已埋之矣。」母曰：「汝不死矣。吾聞有陰德者，天必報以福。」及長爲楚令尹。《陰隲文》詩云：「結念關同類，埋蛇卜爾昌。妖因雙首作，禍以隻身當。遺蘗嚴誅磔，餘腥密掩藏。殘生猶未殞，後患尚能防。己與人何異，威行愛不妨。仁心存造次，大度越尋常。種福災先弭，調元德更彰。孫公名勒石，相業靖蠻方。」

彌勒佛偈曰：「刀割畜生心上肉，自家面上要添肥。與汝黄金千萬兩，誰肯將刀割自皮。」蘇子瞻詩曰：「爲鼠長留飯，憐蛾不點燈。」至人好生如此。

《昨非庵日纂》云：「今世我所殺之衆生，彼皆作殺業而得報。我今殺衆生爲食，又自作殺業而待償。人有百金産而負千金逋，則卧不貼席。今人逋殺生之債，雖百千其身，不勝償矣，可無懼乎？」古詩云：「前生縱殺轉生償，暗裏鳴冤總不忘。物命雖微同怕死，忍加刀匕弗心傷。」

詩人袁孟逸死無子，夫婦寄棺於法水寺之旁，上雨旁風，暴露者十年。林若撫草疏告哀，莫有應者。閩人林古度，寓法水寺，弔而悲之，取一摺扇，畫兩棺貯敗室中，極荒凉慘淡之狀，而題詩其上曰：「兩柩荒荒牆翣存，雨淋日炙傍頹垣。君平善卜難逃數，伯道無兒孰與言。倘仗詩篇埋白骨，猶憑風雨感黄昏。從來名墓因人顯，千古山松共姓袁。」以扇授僧牧庵，俾爲募葬。新安程月樵見而慨然出錢，以庇窀穸，乃得葬於袁氏祖山，而古度題其碣。

嘉靖中，福清諸生韓夢雲過石湖山，見遺骸哀而掩之。是夜宿藍田書舍，一麗人歛衽拜燈下曰：「妾王秋英字澹容，楚人也。父德育，元至正間以兵曹郎參軍入閩。妾從父之官舍，遇寇投崖死。荷君子厚德，惠及骼胔，是亦宿世緣也。」遂定情焉，生一子曰鶴算。萬曆癸巳，言塵緣已盡，揮淚而別。

詩曰：「兩年歡會夢魂中，聚散人間似轉蓬。歲月無情催去燕，關河有信寄來鴻。劍沉延浦光終合，瑟鼓湘靈調自工。他日扁舟尋舊約，夕陽疎影楚雲東。」

明經范子眉生，卒於都城報國寺。龔芝麓都憲來靈前哭之，越二句發引，潤州潘江如、古歙孫夢在、星源潘二南、同邑吴子謀、汪禹成，暨其内姪黄敬明，扶櫬登舟。趙恒夫吉士從陸路至淮，先經營家事，不負死者所托，因與其兄元敷、其弟臨萬，共立繼子宣勳，奉眉生嗣，而三分眉生之業。元敷兄弟一塵不染，因以閨女許配趙恒夫長兒道敳爲室。事畢，仍進都赴吏部投供。汪太史舟次有贈詩云：「吾鄉范良湖海士，九州結客燕都死。生平不少游俠人，遠隔關河千萬里。趙侯籍籍邦之彦，匹馬承明方謁選。長安趨走無時閒，十日因依視含斂。范生笑入廣柳車，左右競出臨危書。書中絮絮意何如，托君煢煢藐諸孤。諸孤遠在江之沚，饑鷹卧虎眈眈視。誰得一矢解重圍，全憑義氣换征衣。黄沙北走雁南飛，故人骸骨須臾歸。拉劍坐使風波息，食肉羞看狗彘肥。」

范文正公鎮越，有屬官户曹孫居中卒，子幼家貧，公助以俸錢送歸，作詩示關津吏曰：「十口相依泛巨川，來時暖熱去淒然。關津不用詢名姓，此是孤兒寡婦船。」

細思文人心血，没後澌湮，得人爲之刻稿表揚，在没者銜感之情無既矣。鄭慕林廷湓，爲張息廬先生刻詩，丘如衡贈詩云：「孟陽遺集事開雕，身後清名慰寂寥。料得詩魂歡欲語，夜深和月拜書寮。」

鄭少谷初不識王浚川，作《漫興》十首，中有云：「海内談詩王子衡，春風坐遍魯諸生。」後鄭卒，王始知，對詩而哭，走千里致奠，爲經紀其喪，仍刻其遺文。

宋蕭振，温州平陽縣人。生平好善，見大江以敝壞小舟渡客，或值狂風，每多飄溺，因造巨舟以濟人，往來數十年皆無患。人頌其德，名其地曰蕭家渡。後登第，爲成都太守。夢捷詩云：「巨浸滔滔萬里程，欲排雁齒苦難成。造舟普濟行人到，不啻慈航度衆生。」

顏廷表先生曰：「橋所以濟渡，千萬人來往之處，那可少得？人能於向所未有者而創建之，或於向所坍毁者而復興之，功豈淺鮮？然有實心者必有實事，存乎其人之心力耳，不必定讓有財之人始能爲之也。蓋有心者未必有力，有力者未必有心。今有力者當勉其所能爲，有心者當倡其所欲爲。或獨造，或勸成，或修理，及其成功，獲報則一耳。峽州程伯彝，年三十九，夜夢至一官府，見左廊下男婦衣冠嚴整，不勝懽悦，右廊下枷鎖縲絏，無任哀號。傍有一人云：『左邊是修造路橋者，右邊是毁壞路橋者。爾宜擇取。』伯彝夢醒，自是修治路橋，用功不倦，並及一切濟人利物之事。後享年九十有四，歷五世昌盛，子孫榮貴。」永方詩云：「險阻風濤路不通，婆心欲建濟川功。長排雁齒人來往，十里烟波卧彩虹。」

李一松詠女婢詩云：「梅香苦，梅香之苦憑誰訴？赤脚蓬頭年復年，及笄尚未摽梅賦。汲水昏迷溪上雲，拾薪曉踏山頭露。夜績無更身上衣，採桑空望蠶絲吐。剪燭成灰恨未消，見花血淚汪汪注。飲食烹調戒弗嘗，不諳食性頻遭怒。昏倦欲眠不得眠，事冗心勞誰惠顧？勤家未必主翁憐，淡粧亦被嬌娘妬。纖毫有犯罪莫逃，毒手老拳不知數。羅幃内外冷暖分，咫尺風光空思慕。殘燈明滅更漏長，量矣。

前猶未了，房中又唤抱孩兒。」二詩曲盡婢女苦況。居家養婢，能以此詩體貼之者，仁慈自可獲福無不説旁人怎得知。簷下雨多柴又濕，竈中風急火頻吹。梳粧娘子嫌湯冷，上學書生罵飯遲。打掃堂欹枕衾寒不成寤。舉眼無親是他人，自悲自泣自憂懼。」又有《貧家婢自訴》詩云：「貧家一婢任驅馳，

瓦石磚塊，棄擲途中，則凡老幼病瞽，風雨夜行，有大不利。存心方便之人，一舉一動，不使纖毫錯過。新安盛世澤，立心忠厚，見路上有瓦石、碎碗、磚塊，必除去，謂人曰：「老幼跛瞽，月黑夜暗，遇之必顛。勿以小善忽之也。」年六十七病卒，至一朱門中，見判官查陽壽已絶，一紫袍者曰：「此人舉步必存方便心，除道路之瓦石已多，應增壽二紀。」遂命還魂，醒以告人，益加勸勉。後壽至九十一，無病而終。子孫以賢良著。培元詩云：「瓦礫紛投路不平，往還誠恐礙人行。隨時隨見拋除盡，也是仁慈片念萌。」

陳覺闔門盡遭雙瞽，醫禱兼行無效。一日遇高僧語之曰：「汝一生以智巧欺瞞愚昧，故以此報，禱何可贖？」覺願改過自新，以求療治之法。僧曰：「應點夜燈以照行人，行人之目明，家人之目，或可不昧。」覺即奉行不倦，併勸里中共施點照。三年之内，始終如一日，一門俱不藥而愈。來年瘟疫徧及，獨陳覺里中，俱得安然。《陰隲文》詩云：「匆匆殘照没，杳杳暮烟生。夜得懸燈照，人如秉燭行。月華沉不起，雲色晦難晴。單步全憂窘，雙眸半苦盲。分光蒙接引，落影趁縱横。薄向風前罩，高從木末擎。黄昏遮去路，照耀送歸程。倣此施功德，昭昭眼自明。」

顔廷表先生曰：「剪除道上荆榛，此雖是方便小事，然而舉足動念，觸目菩提，又不論事之大小矣。蓋仁人用心，不以小者爲可忽，不以大者爲可諉，凡有濟於人，有利於物者，無不竭力爲之，故一舉手而人俱沐其德也。劉先生云：『勿以善小而不爲。』豈欺我哉！臨州縣民周士元，入山採藥，被荆棘鈎衣，傾跌於地，刺入肉，血流不止。因念同伴俱欲從此路來，有礙行走，即忍痛掙起，將荆棘用力拔去根，土中灼爍有光，視之乃黄金一錠，持歸作資本，販賣三年，遂成巨富。」振文詩云：「我已山行刺棘鍼，憂人繼此復鈎襟。芟除滋蔓連根去，初念何嘗望賜金。」

元余闕謚忠宣，淮西宣慰副使，分治安慶，號令嚴而信，與下同甘苦。時寇兵環布四外，闕屢却之，屹然爲江淮保障。後陳友諒大會兵攻城，闕以孤軍血戰，自刎清水塘，妻子皆赴井死。練公子遊嘗過安慶，謁余忠宣祠，有詩云：「將軍忠節冠荆揚，千載精神日月光。血戰孤城身已殞，名垂青史汗猶香。殘碑墮淚空秋草，折戟沉沙自夕陽。我亦有懷追國士，爲君感慨奠椒漿。」

朱服遠遥，授部郎。丁亥守曲靖郡，城破不屈，爲川逆刖手，不食而死。二兒賓遠，任陸凉州，己亥城破，投崖而死。兩亥伯仲相繼歿，真不愧先榮禄公之教矣。潮音哭有詩云：「誓守封疆伯氏擒，忠魂碧血晝陰陰。賊同莽操奸偏毒，地處滇黔禍更深。一死以酬君父志，半生不負聖賢心。於今身後孫連舉，節孝根芽萬里森。」紫兒哭有詩云：「禍及全滇丁亥春，垂髫小姪未歸閩。百年同祖荆三幹，萬里離鄉父一人。亂後音書今始見，生前忠義此時真。欲知浩氣乾坤滿，斷臂投崖血尚新。」

休寧吴克敏，爲元義兵萬户，保關嶺兵敗，題詩扎溪石壁云：「怪石有痕龍已去，落花無語鳥空啼。」遂自刎死。後孔從善爲足成一律云：「萬里西風起馬蹄，金戈回首塞雲低。未爲豫讓先亡趙，欲學田單獨下齊。怪石有痕龍已去，落花無語鳥空啼。至今天與英雄恨，嗚咽泉聲下扎溪。」

顔伯瑋，江西廬陵人，名瓌，唐魯公之後也。孝友婣睦，鄉黨稱其行。建文元年以賢良徵，授沛縣知縣。北兵起，李景隆屯兵德州，伯瑋率淮北民給軍餉三年。六月北兵掠濟，游兵過沛，沛人逃匿，伯瑋招徠會設豐沛軍民指揮司，集民兵五千人，築堡備禦。又調三千人益山東兵，所存皆老弱。是月望日，北兵攻沛，伯瑋遣縣丞胡先、百夫長邵彦莊，間行至徐告急，援兵不至，度不能支，令其弟珏、次子有爲還曰：「汝歸白大人，予職弗克盡矣。」題詩察院壁曰：「太守諸公監此情，只因國難未能平。丹心不改人臣節，青史誰書縣令名。一木豈能支大厦，三軍空擬築長城。卑官雖死終無憾，望採民艱達聖明。」二十二日，夜二鼓，北兵入東門，指揮王顯迎降。伯瑋冠帶升堂，南拜慟哭曰：「臣無能報國。」乃自經死，時年五十，有爲不忍去，遂刎以從。胡先收葬伯瑋父子於沛南關外，珏脱走。正統中，御史彭勗爲伯瑋起墓立祠祀之。尹直贊詩曰：「忠孝二端，天經人紀。烈烈顔侯，宰沛百里。堅守孤城，俟死無二。力屈援絶，詩以言志。衣冠自經，子亦刎死。父爲忠臣，子爲孝子。文山之鄉，魯公之裔。惟忠惟孝，照耀青史。」

明末崇禎甲申，副都御史施邦耀聞變慟哭，題詩於几云：「愧無半策匡時難，但有微軀報主恩。」飲藥而死。左庶子周鳳翔聞變，作詩以遣其親云：「碧血九重依聖主，白頭二老泣忠魂。」自縊死。吏部員外郎許直作詩云：「丹心未雪生前恨，清節空留死後聲。」縊死，神氣如生。錦衣衛指揮同知李若珪作《絶命詞》云：「死矣即爲今日事，悲哉何必後人知。」大學士丘瑜作《絶命詞》云：「百歲春光最易過，匡時力短愧嗚珂。詩書萬卷都無用，唯有先賢《正氣歌》。」

弘光末，南京失守，一丐題詩武定橋上曰：「三百年來養士朝，如何文武盡皆逃。綱常留在卑田院，乞丐羞存命一條。」投秦淮河而死。彼食禄偷生者，有愧此丐多矣。

蕭參將出鎮雅黎，其妻流寓楚雄。本朝兵至，泣將七歲子托於家丁，手刃幼女，取壁間舊句「驛梅驚别意，堤柳暗離愁」十字，拆字冠頂，賦詩七截十首云：「馬革何人能裹屍，四維不振笑男兒。幸逢碩果存幽閣，驛使無由到雅黎。」「木偶同朝只素餐，人情説到死真難。母牽幼女齊含笑，梅骨稜稜傲雪寒。」「苟活何如決意休，文姬回漢總堪羞。馬嘶芳草香魂斷，驚醒人間節婦流。」「口中節義是誰無，力挽江河總是虚。刀鋸不移巾幗志，别無沾滯是吾徒。」「立也悲傷坐也傷，日沉誰與起殘陽。心憐夫婿兒還幼，意慘蠅污女伴娘。」「土兵劫去又官兵，日望征人不欲生。疋練有緣紅粉斷，堤邊一撮是佳城。」「木架原知冠蓋凋，夕陽古道冷蕭蕭。節垂不朽魂長逝，柳絮因風若爲招。」「日前送別囑陽關，立意當如張别山。音問須憑隴外寄，暗傳夫信已投環。」「凶莫凶兮國喪亡，内庭無救各奔忙。佳人命薄成何用，離却塵囂骨也香。」「禾黍離離最可憐，火焚誰與救眉燃。心灰猶念舊夫子，愁殺妻孥盼杜鵑。」題畢自縊死。

至元十三年冬，王師渡江，至天台。有千户掠得一王氏婦，臨海人。婦有美色，千户盡殺其舅姑與夫，欲强脅之，不可，遂驅北行。至嵊縣清風嶺，婦乃嚙指出血，題詩石上曰：「君王無道妾當災，棄女抛兒逐馬來。夫面不知何日見，妾身此去幾時回。兩行珠淚偷頻滴，一片愁眉掃不開。回首家山看漸遠，捐軀盡節苦哀哉。」至今字跡尤可讀。至治間，官立廟以旌之，五峰李孝光爲之記。

薄少君，婁東人，秀才沈承妻也。承字君烈，有雋才而夭，薄爲詩百首以弔之。踰年值君烈忌辰，酬酒一慟而絶。節録其哭夫詩二十四首云：「海内風流一瞬傾，彼蒼難白古今争。哭夫莫作秋閨怨，《薤露》須歌鐵板聲。」「上帝徵賢相紫宸，賦詩未足屈君身。仙才天上原來少，故取人間學道人。」「英雄七尺豈烟銷，骨作山陵氣作潮。不朽君心一寸鐵，何年出世剪天驕。」「藿食蕉衣道氣癯，天公毒手亦何須。雖然奪得文人算，能奪文章半句無。」「筆成精祟墨成神，一半憐才一半嗔。文字漫傳當世口，果然知己屬何人。」「環堵蕭然風雪紛，一盂久已絶諸葷。生平消福緣何事，惟有雄文遏彩雲。」「場中無命莫論文，有鬼能遮秉鑑人。却怪君文遮不住，故將奇疾殺君身。」「果然天道忌才名，一刻難留欲去程。贏得篋中奇字在，據將千古與天争。」「鐵骨支貧意獨深，有睛不屑顧黄金。時人漫想雕蟲技，没却英雄一片心。」「碧落黄泉兩未知，他生詎有晤言期。情深欲化山頭石，劫盡還愁石爛時。」「獨上荒樓落日曛，依然城市接寒雲。恍疑廊下閒吟句，遥憶鬚眉莫是君。」「水次鱗居接葦蕭，魚喧米閧晚來潮。河梁日暮行人少，猶望君歸過板橋。」「梧下寒窗護草籬，隔紗猶似見支頤。去年此地床頭月，正是同君夜話時。」「墨改朱塗紙染黄，中原望氣識奇光。爲君什襲藏金匱，留與千秋認沈郎。」「鶴程冠佩漸高寒，想見丰儀欲畫難。心似蓮花腸似雪，神如秋水氣如蘭。」「痛飲高談讀異文，回頭往事已如雲。他年縱有浮萍遇，正恐相逢不識君。」「濁世何争頃刻光，人間真壽有文章。君文自可垂天壤，翻笑彭公是夭亡。」「北邙幽恨結寒雲，千載同悲豈獨君。焉得長江俱化酒，將來澆盡古今墳。」「長門賦買甕頭香，文渴詩枯自引觴。筆債而今仍謝絶，耻爲人作嫁衣裳。」「兒幼應知未識予，予從汝父莫躊躇。今生汝父無由見，好向他年讀父書。」「男兒結局賤浮名，回首空嗟一未成。遺得八旬垂白父，淚枯老眼泣無聲。」「他人哭我我無知，我哭他人我則悲。今日我悲君不哭，先離煩惱是便宜。」「君聽哀詞意勿悲，傷蜉弔槿亦何爲。仙人一局滄桑變，百歲原同幾著碁。」「沉沉夜壑燃幽炬，塚入松根逼寢處。風凄月苦知者誰，夜與山前石人語。」

莆田鄭三娘，許嫁生員吴世勳。及笄，其母兄見世勳家貧，凂托二鄉宦爲其告悔，三娘流涕，示以一許不二之意。既悔之後，獨卧一樓不起，時常託病不食，間或强啜一粥，尚冀母兄感悟。後竟改議陳一鵬爲婚，三娘憂憤成疾，却藥絶食，骨立而逝。巡按聶公雙江，奏表其閭墓，爲之立碑題詞，復弔以詩云：「未親夫面爲夫亡，不比尋常女子行。白髮尚難存晚節，青年誰肯喪春光。魂飛天上乾坤老，名在人間歲月長。我淚莫將容易洒，爲他千古立綱常。」

元至正間，衢州陷。龍游有一大家婦何氏，爲兵所掠，蠱之不從，裂帛題詩云：「妾長朱門十九春，豈期今逐寇讎奔。失身無補君王事，死節難酬夫婿恩。江静從教沉弱質，月明誰與弔歸魂。只愁父母難相見，願與來生作子孫。」書畢即投江死。

蘇子瞻謫黄州，蔣運使餞之，子瞻命婢春娘勸酒，蔣問春娘去否，子瞻曰：「欲還父母家。」蔣曰：「公行必須馬，乞以馬易春娘可乎？」子瞻諾之。蔣題詩云：「不惜霜毫兩雪蹄，等閒分付贖娥眉。雖無金勒斷明月，却有佳人捧玉卮。」子瞻答詩曰：「春娘别去太匆匆，無限離情此夜中。只爲山行多險阻，故將紅粉换追風。」春娘亦賦一絶云：「爲人莫作婦人身，苦樂無端總屬人。今日始知人賤畜，君前碎首又何瞋。」遂下階觸柱而死。

《勸善編》云：「生爲賢臣，死作神佛。」信不誣也。《泊宅編》云：「朝奉郎李遘，知興化軍，時蔡君謨襄自福帥尋罷歸鄉，病革，以後事屬李守。守夜夢神人紫綬金章，從數百鬼物，升廳與守云迓代者。守問何神？代者復何人？神曰：『予閻羅王，蔡襄當代我。』明日蔡襄薨。李作挽詞云：『不向人間爲冢宰，却歸地下作閻王。』蓋紀實也。」

高僧修行成佛，轉生多是名宦。王陽明字守仁，常遊僧寺，見一室封鎖甚密，王欲開之，寺僧不可，答云：「中有入定僧坐禪，閉門五十年矣。」陽明開視之，見龕中一僧，儼然如生，貌酷肖己。陽明曰：「此豈吾之前身耶？」既而見壁間一詩曰：「五十年前王守仁，開門即是閉門人。精靈剥後還歸復，始信禪門不壞身。」陽明悵然久之，建塔以瘞之。

爲僧工詩，已是不俗，然詩中有素位而行、不願乎其外之意，更爲高人一等。僧中邈《翠微山居八詠》云：「閒來石上卧長松，百衲袈裟破又縫。今日不愁明日飯，生涯只在鉢盂中。」「臨溪草草結茅堂，静坐安然一炷香。不是息心除妄想，却緣無事可思量。」「老老山僧不下階，雙眉恰似雪分開。世人若問枯松樹，我作沙彌親手栽。」「幼入空門絶是非，老來學道轉精微。鉢中貧富千家飯，身上寒暄一衲衣。」「一池荷葉衣無盡，數樹松花食有餘。剛被世人知住處，又移茅屋入深居。」「茅簷静坐千山月，竹户閒棲一片雲。莫送往來名利客，階前踏破緑苔紋。」「爐中無火已多時，早起惟將一衲披。莫怪山僧常冷淡，夜深懶去拾松枝。」「豈是栽松待茯苓，且圖山色鎮長青。他年樵採休摧折，留與人間作畫屏。」詩語却是僧家本色，不得以蔬筍氣議之。

司馬温公曰：「人生一耐字，極有意味。如傾險之人情，坎坷之世路，若不得一耐字撐持過去，幾何不墮入榛莽坑塹哉？」嘗吟詩云：「登山思險路，踏雪耐危橋。」

元中書左丞吕仲實思誠，嘗作詩云：「世態炎凉總莫論，雀羅曾設翟公門。慚無金玉疏親友，喜有詩書教子孫。桃李競華開又落，松篁含雪勁猶存。任他勢利多更變，自掩柴扉咬菜根。」先正有言：「權貴之門，雖係通家知己，也須見面稀、行踪少。」嘗愛唐詩有云：「終日帝城裏，不識五侯門。」

宋李文正公云：「士人當使王公聞名多而識面少。」太華逸民李薦云：「可使王公憾其不來，無使王公厭其不去。」姚合亦有詩云：「時過無心求富貴，身閒不夢見公卿。」士人之自重若此。

范氏早寡，讀書能詩，時朝廷欲選女學師，楊文貞在館閣，因薦之，召入禁中數年。一日題《老婦牧牛圖》云：「貴妃血濺馬嵬陂，出塞昭君怨恨多。争似阿婆牛背穩，笛中吹出太平歌。」宣廟見之曰：「彼不樂居此矣。」封爲夫人，厚賚而遣歸。此淑媛知急流勇退，詩可醒世。

《昨非庵日纂》云：「自古豪傑之士，立業建功，定變弭難，大抵以無所爲而爲之者爲高。三代人物，固不待言。下此爲范蠡覇越而扁舟遊五湖；魯仲連下聊城而辭千金之謝，却帝秦而逃上爵之封；張子房顛嬴蹶項，而飄然從赤松子游，皆足以高出秦漢人物之上。」左太冲詩云：「功成不受賞，長揖歸田廬。」李太白詩云：「事了拂衣去，深藏身與名。」可想見其爲人。

嘉靖中上元，顧華玉璘官南京刑部尚書，致仕居閒，多縱遊山水。室後築息園，曰：「息之義，止也，生也。形貴止，神貴生。動而不止，形乃日敗；静而不撓，神乃日生。」園有載酒亭，以待問字者。東有小軒曰「促膝」，諸故人至，解帶密坐，茗椀爐香，細談農圃醫藥，不及朝政。座側有二銘，左曰：「言行擬之古人，則德進；功名付之天命，則心閒。報應念及子孫，則事平；受享慮及疾病，則用儉。」右曰：「好辯以招尤，不若訒默以怡性；廣交以延譽，不若索居以自全。厚費以多營，不若省事以守儉；呈能以誨妬，不若韜精以示拙。」永方詩云：「閣老閒居常鎮静，二銘座右自箴警。吟詩酌酒玩風光，煮茗焚香消日永。聚首清談故舊人，愜心娱樂桑榆景。山青水緑縱遊觀，不啻神仙蓬萊境。」

元德昭字名遠，撫州南城縣人，仕吴越忠獻王，官至丞相。理家以孝友慈愛聞，每時序，置酒環列幾席者，凡四從。嘗爲詩云：「滿堂羅綺兼朱紫，四代兒孫奉老翁。」人稱其善齊家之報。

《鄧禹傳》云：「鄧氏種德，累世寵貴，凡封侯者二十九人，公爵二人，大將軍以下十三人，餘爵禄不可勝數。」仝二山詩云：「蒼天福善語非虚，世德相承樂有餘。横几閒披《鄧禹傳》，寵榮一代有誰如。」

《勸善編》云：「或問余曰：『四書五經中，論遷善改過，爲聖爲賢之學，正心修身、齊家治國平天下之道，詳且盡矣，何必復著勸善書？刊刻印送，不亦贅言乎？』余應之曰：『經書中皆論去私存理工夫，勉人上達，弗詳果報，而流俗反爲老僧常談，不加猛省。而勸善書中，分類採輯，顯然報應不爽，當頭棒喝，易返迷津，令人歆羡福慶，急欲爲善，畏懼禍災，不敢爲惡。且措辭淺明，俾人易曉，非若經書之説理幽深，必待師授而後知也。夫經書雖家購人誦，然不治舉業者弗習之，治舉業者得科第後，亦弗習之。而勸善書則人人各置案頭，朝夕尋常翻閲，觸目警心，不儼然爲嚴師益友也哉。』」逸老詩云：「金科玉律豁心胸，賢聖鍼砭切景從。好似春宵殘夢裏，一聲清漏一聲鐘。」「閒來閉户滌塵襟，静讀箴規要會心。萬事無如爲善樂，書中佳句細沉吟。」

生香詩話

生香詩話提要

《生香詩話》四卷，俞儼撰述，據道光間刊本點校。俞儼（一七九四—？），浙江海寧人，有《生香詩集》。此書有道光二年自序，卷四末數則記其道光六年丙戌赴瑞金蔣渌初幕，又記其妻花蘊（徐静安）卒於是年，則書當補成於此年後不久。俞氏説詩主「有我」、性靈，屬袁枚一路。評隨園詩「俱從嘔心鏤骨而出」，「隨園病根未免故作狡獪，然非隨園亦安能故作狡獪耶」，誠能搔着癢處。詩話中「英雄、兒女本非二事」云云，亦與《隨園詩話》首則「古英雄初無大志」同趣。其論詠物詩重切物，「寄托」反落第二義。故評本朝徐波（元歎）「落花詩」，嫌其「太離」，「令人摸索不着」，而不滿漁洋、歸愚之嘉許。東坡「作詩必此詩，定非知詩人」非合詠物，被翻作「作詩非此詩，亦非知詩人」，而《隨園詩話》亦早有此反論矣。又賞王次回爲「千古香奩之冠」，所録戚友詩亦多有情味。至其爲放翁「詩到無人愛處工」作調停之論，則未爲解人，而稍露軟俗之相矣。其父宦游江西三十餘年，又轉任山東，作者隨侍，録及李秉禮、李憲喬等人，皆彼時兩地之詩名不俗者。

自序

詩話昉自卜氏《小序》，厥後如鍾嶸《詩評》、表聖《詩品》、《滄浪詩話》，以及《石林》、《竹坡》、《冷齋》諸書，大抵比量聲韵，軒輊字句，各成一家言。予也匡坐之餘，以生平耳所聞目所見，或友朋寄答之章，或居恒唱酬之什，或單辭片語，或妙論諧言，洎乎古今詩集，伏讀仰思，有得於胸而爲胸所欲言者，皆筆之於紙。意取其真，而一以性情爲主。若夫險怪、譎詭、輕靡、俗膩，有失詩人之旨，雖工勿取焉。間亦有前人所已言，亦復引證一二，以見心理相同，非襲也。魏冰叔有言曰：「古人以性情爲詩，今人以詩雕刻其性情。」知此意始可與言詩。幾述既成，統曰《生香詩話》。聊綴數言於卷首，不復例序云。道光二年秋九月俞儼序。

生香詩話卷第一

俞儼㡴述

古詩有顛倒壓韵者，如地天、坤乾之類，不一而足。《漢書·揚雄傳》稣氏瓏璁，與清、傾、嚶、嬰、成爲韵。《文選》左思《雜詩》「歲莫常慨慷」，與霜、明、光、翔、堂爲韵。韓愈、孟郊以参差爲差参、江湖爲湖江、紅白爲白紅，盧仝揶揄爲揄揶，白居易揣摩爲摩揣，以及黄昏、團蒲之屬。大抵兩字兩義者則可，兩字一義者則不可。

余家有山水四幅，上題一詩云：「不見茅簷舊隱君，隔溪烟樹暮紛紛。斷橋水滿無人渡，誰向青山管白雲。」不知何人所作也。元遺山論詩云：「乾坤清氣得來難。」潘閬苦吟云：「詩須字字清。」東坡云：「俗士不可醫。」馬子才云：「願取萬斛秋光爲人間療俗。」可知清固難能，俗未易免。近有人輒易視曰：「某僅能免俗。某不過清才。」故余寄吴香圃有句云：「人如免俗原非易，才到能清亦費修。」蓋有爲言之也。

天都徐蓮峰實善寄懷余詩云：「贈我春花留芍藥，思君秋水隔芙蓉。」琢句韶秀，不減花鳥六朝文也。

杭州陸某《緑肥》詩云：「蠶絲經雨潤，馬齒入春肥。」煞有句法。

徐春園祖勳内弟工吟詠，著有《思不群齋詩稿》。稿中五古多撫樊榭山人，頗得其勝境。詩話中不能備載，僅録其近體斷句。五言如《山居》云：「門閒唯有鶴，屋古自生雲。」《撫州曉發》云：「深林下寒月，客思在孤舟。」《夜泊》云：「空山愁説鬼，老樹夜吟秋。」《舟次夜話》云：「殘月白沉樹，秋河明竟天。」《泊白汊》云：「夜鐘傳客枕，歸夢醒村鷄。」七言如《梨花》云：「香雪無聲迷白燕，輕雲有影夢黄昏。」《落葉》云：「聲來小院秋殘後，腸斷涼宵夢醒時。」《入詩社》云：「見面都教刪揖讓，定交豈但論文章。」《夕陽》云：「弔古何人來白下，記遊有巷是烏衣。」以及「殘漏有聲偏到耳，亂蛩如語最愁人。」「酒因獨酌偏難醉，夢到還家恨早醒。」「好山應與我俱古，此地從無客到門。」「涼月有情依我白，好山無數向人青。」如此類者數十聯，不名一體，不拘一格，可謂極詩人能事矣。

鄭晉樵言浙江武士某有句云：「城頹雲自補，花密雨來删。」惜忘其全首。

生之八弟嘗有句云：「野狐奔破塚，飢鳥墮殘雲。」余曰：「下句無憾，上句『奔』字不稱。」爲易「竄」字，生之嘆服。

己卯新正，與子蓮賦詩。子蓮有《歲朝四詠拇戰》云：「挑戰舒螳臂，招徠縮鷺拳。」余和之云：「一杯挑戰急，雙手出懷遲。」其最喜余《呼盧聲》兩語云：「一人思白戰，衆口喝紅么。」謂天然巧對。

杭州湯文玉字茗生，春園内兄也。《送吴若拙先生》有句云：「長江流萬里，夫子去何之。」此種起法，何減唐人。

内子花蘊《園居即事》云：「貍奴花下閑追蝶，鸚鵡簾前學誦詩。」余次其韵云：「貪迎涼坐頻移几，每到秋來怕作詩。」且戲效王驃騎語曰：「珠玉在旁，覺我形穢。」

雲卿女弟不解吟詠，學詩於花藴。一日偶得「杏花紅一墻」五字。花藴見之，笑曰：「紅杏尚書遜步矣。」

傅夢垣師之甥左掖門採芹時，試帖題爲「春水緑波」，以詩示余，極賞其「春在水中多」五字。後見夢垣師評此句云：「好句本天然，妙手偶得之。」自喜所見相同。

近有人作詩動輒引典，每以人所不知自矜博雅。作詩箴之曰：「胸須有我方提筆，人到無情莫作詩。」

詠物詩須細膩風光，不粘不脱。杜少陵「美人細意熨貼平，裁縫滅盡鍼線迹」，此詠物詩中不二法門也。東坡云：「作詩必此詩，定非知詩人。」余爲詠物詩下一轉語曰：「作詩非此詩，亦非知詩人。」

蕭中素《度關》詩云：「長城鎖亂山。」香圃云：「長江走亂山。」句法相似，而不覺其雷同。

吾鄉吴畹芬女史適沈氏，早卒。於子蓮處得其《早花遺稿》一册。其詩一片性靈，毫不雕琢，洵名媛中領袖也。《秦淮雜詠》云：「塞北鷄聲新樂府，江南燕尾小朝廷。」「萬古怒濤流戰血，六朝衰草賸寒烟。」《書事》云：「頻商繡事呼新嫂，閒話深更難阿兄。」《于歸》云：「見人每怕稱名誤，問婿無如出口難。」《蓮兒生》云：「短才如我應呼犬，舊例從詩也弄麞。」《寄外》云：「未消癡骨難成佛，暗斷柔腸總爲卿。」《閨怨》云：「莫雨西窗燈焰短，春波南浦淚痕多。」《病減》云：「坐能片晷姑差慰，瘦似何人婢共猜。」《夜懷》云：「身能惜病因安枕，夢亦如人不到家。」《夜坐》云：「婢真頑骨神先倦，兒有驚魂夢亦啼。」《落花》云：「富貴怕逢初失意，別離終覺易消魂。」五言如：「情多易起猜，愛極翻善怒。」「静言忽孤啼，失意欲獨語。」又：「老樹忽春色，前溪有斷冰。」俱爲士林傳誦。

女史又有《接書》一詩云：「望書眼欲穿，得書心大喜。及至拆書時，手忽顫不已。字露見平安，萬種愁略徙。情語有二三，平時亦及此。何以書紙間，讀之淚不止。未畢忽抛書，抛後忽重視。小别尚如斯，安可論生死。」一種悲惋之氣，流露行間。憂能傷人，宜其不永年矣。

子蓮嘗誦潛山伯父《春草》詩云：「斜日有情三月路，春風無恙六朝山。」又：「竄雉猶藏草，飢魚屢唼萍。」《濟寧道中》云：「殘月掛樹馬前白，欲落不落風騷騷。」老年自訂詩稿，嫌少作不工，如此類盡删之，惜哉。又言服姊十一歲時《詠粉團花》詩：「粉團花，粉團花，賽圓月，年年歲歲無盈缺。」殊有古致，惜早夭。又寧姊於歸前溪有「唯有多情枝上鳥，啼時不改故鄉音」句，亦佳。

子蓮之弟子石，七歲時偶吟小詩云：「小院一株樹，是我親手栽。雖然春已去，猶有數花開。」洵天籟也。

己卯季春，隨侍家慈作山左之行，阻風女兒港，得句云：「長風扶水立，驟雨壓山低。」蓋用東坡「天外黑風吹海立，浙東飛雨過江來」詩意也。

明日又得「山頭戴雲背，雨脚插江心」兩語。子蓮曰：「精神全在『插』字。微嫌『戴』字太平。」爲换一「聳」字。

吾鄉殷時良字笠湖。《春雨》云：「鎮日閑愁鎮睡魔，驚眠聞唤乳鶯過。梅花雪後棠梨雪，約略春消一半多。」《病起贈内》云：「無眠長自傍床看，料理茶鐺到夜闌。只恐小鬟呼不應，羅衣耐盡五更寒。」《書人悼亡詩後》云：「彩雲吹散太無情，碧海青天夜夜横。月影團圞花並蒂，一人看得最分明。」又《雪美人》七律一首，獨愛其落句：「笑爾熱腸曾未有，一般憔悴爲何人。」

趙甌北先生有句云：「一鷺草邊白。」「香圃浪痕鷗外白。」兩押「白」字，極佳。余《舟行喜晴》亦有「野水流殘白」五字。

子蓮檢舊篋，有《香奩雜詠詞》一卷，不知何人所作。《一剪梅・送别》云：「不解愁人不喜聽。敲罷鐘聲，又是鷄聲。昨宵風雨曉來晴。一晌多晴，半晌無情。莫到臨卭撫素琴。欲向丁寧，羞向丁寧。但將魂夢伴郎行。郎也登程，妾也登程。」《憶秦娥・采桑》云：「花牆角，緑陰深處無人覺。無人覺，折來滿地，羅裙兜着。遲遲不勝腰肢弱，歸來直到殘陽落。殘陽落，明朝須記，鄰娃有約。」《鵲橋仙・對鏡》云：「殘機慵理，粧臺獨倚，寶鑑微塵盡掃。曉來無語乍相逢，更有箇、人兒同老。淚痕長在，朱顔半改，爲問幽情多少。一腔心事不須言，應似我、這般煩惱。」又《春恨》下半闋云：「愁腸百折，雙眸望斷，依舊天涯無信。楊花飛去不飛來，恰似你、一般情性。」均鬆秀可愛。

又有《題新歲門簿》駢體，小引中多好句，如：「一百五日之韶華，自今伊始；三十六宫之寒意，從此潛消。」「邀桓公之笛，曲終不叙寒温；乘王子之舟，興好何嫌往返。」「袖藏半刺，出門我已同人；巷駐高軒，看竹君休問主。」「來兮其突，未遑倒屣以迎；去也何嗔，即擬望塵而拜。」下署「露湑堂主人」，不知何許人也。

福先重兄名超。《詠鉢》云：「洗來江動月，擊罷雨催詩。」《鐘》云：「能通峰曲曲，不隔雨迢迢。」

《秋螢》云：「光仍依草緑，暖欲就燈青。」《秋柝》云：「月光隨路轉，人意怯霜寒。」《秋扇》云：「障宜歌《子夜》，題欲賦秋聲。」《秋蟲》云：「不是聲聲急，誰知秋意深。似憐人寂寞，故與夜沉吟。」《坐》云：「松間煮茗參禪候，花下圍棋小隱時。」《行》云：「偶經花嶼如尋約，未出柴扉便當遊。」均極超詣。

福先之子霞軒，名興瑞。工詩、古文、詞。於子蓮處見其《滴翠樓望雪》詩云：「萬物聲希成太古，四山影合入長天。」讀之覺静氣迎人。

吾鄉張荔園進士，名駿。《送窮》云：「奴今結柳卿須去，孫或窮經爾再來。」《祭詩》云：「汔可小休須潤筆，呼之欲出可通神。」戊寅小除日，余與弟姪輩賦詩亦詠此題。《送窮》云：「背我好從今日去，送君猶恐隔年逢。」《祭詩》云：「一年心血全歸汝，百歲聲名半賴君。」

江城字峙金。《詠菊》云：「贈我芬芳成好友，愛他消瘦近幽人。」又《詠新燕》云：「掠影帶春紅。」五字亦佳。

淡寧書屋小集，以風脚、月眉、雨拳、星眸分詠。子蓮得月眉，有「偷覰任星眸」五字，余甚擊節。余詠風脚，忽得「軟踏落花行」句，示子蓮，子蓮曰：「倘非『偷覰』一語，幾爲癡叔壓倒矣。」

荔園又有《禿筆》云：「毛遂囊空殘穎去，謫仙夢斷落花多。」《藏墨》云：「不信鍊形能入道，轉愁傲骨欲磨人。」《殘燈》云：「黄卷十年幽士夢，碧紗一夜美人心。」《敝帚》云：「阿母休還防碎語，家僮贏得遂慵疎。」《折鐺》云：「酒纔滿處須防覆，茶到盈來在善持。」

今人謂讕語爲説謊，見明金華吴少君詩：「説謊定推何太史。」何元朗有《叢説》。

天下最侵漁百姓者，莫若胥吏舞文弄法，譎詭百出，稍有不察，即爲所欺。阮雲臺中丞詩云：「天下有好官，必無好胥吏。」二語深中隱微。余《城中謡》：「胥吏肥，飢民瘦。取我厨瓦，補彼屋漏。」亦有所感而云。然使胥吏得以逞其譸張之志，司牧者亦安得辭其咎哉。

古今勝蹟往往有名不副實，爲文人附會而傳者。即如章江滕王閣，聊可望遠，然亦了不見奇，於子安一序，未免聲聞過情之耻。後閲《泊鷗詩鈔》《登滕王閣》云：「千古增華藉詞賦，教人彌重子安才。」先我言之矣。

家君莅治艾城，余隨侍官閣。閣後有鳳巘山，古今題詠甚衆，俱載州志。然峰巒平曠，草木皆無，有負詩人評品，豈牛山之木嘗美耶？余曾作詩二首，中有句云：「學人應借例，莫浪作名流。」非僅爲兹山發也。

嚴陵釣臺在七里瀧，自臺至江岸，相懸幾百尺，當日不知何以垂釣，頗疑之。泊鷗詩云：「漁磯千仞高，綸竿修幾許。願問嚴先生，垂釣在何處。」實獲我心。後聞土人言山上别有池，當爲先生垂釣處，所謂「子陵魚」即出於此，然余未之見也。

家大人遊宦西江三十餘年，余兄弟俱生長官閣。丙子秋，旋里鄉試，家中親戚多有見面不識者。蓮石重兄名賓華，曾讀其《一丈紅薔閣詩鈔》，久耳其名，從未一見。是年會於逆旅，出數詩與觀。閲至《虞兮》一首，謂余曰：「吾家又添一詩人矣。」蓮石尤工駢體。庚午科三場俱四六，主司恐有關節，抑置副車，士林共爲惋惜。

次回詩：「迎來纔得近，背去又成遥。」曝書亭詩：「背人來冉冉，唤坐走佯佯。」摹寫兒女情態，各有流風迴雪之妙。

戊寅仲夏，偕春園、花蘊水閣納涼。春園偶誦《褚氏雜説》所載《乩仙詠萍用梁字韵》詩，即以是題請余用「窗」字韵。余云：「楊花一夜落池塘，化作浮萍滿釣矼。能否來生仍作絮，東風相約入紅窗。」笑謂春園曰：「校前詩何如？」

「緑陰堆裏亂雞啼，幾簇人家住澗西。忽聽一聲孤棹響，黄鶯飛過野棠梨。」此余《舟行曉發》詩也，頗自喜其超雋。後見内子次韵，不覺爽然。詩云：「推篷恰值曉鶯啼，旭日穿林影盡西。記得昨宵繫舟處，那人門外有棠梨。」

英雄、兒女本非二事，今人必欲判若天淵，此必非真英雄也，並非真兒女。次回有句云：「閒情本屬英雄事，未許凡才晝一籌。」斯言得之。

粹齋六弟扇頭有蘇臺錢錫陛《送春》絶句三十首，用上下平韵。録其最佳者云：「别離消息五更風，無限情懷悵碧空。燕子不歸庭院悄，緑陰深處泣殘紅。」「癡夢連宵睡思濃，夫容城下幾回逢。夜深重撥熏籠火，珍重千金到曉鐘。」「半將愁緒付空江，脉脉無言對綺窗。流水不知花已落，緑波還打槳雙雙。」「紅紫芳心化作灰，曇華一霎返瑶臺。明年重入羅浮夢，應帶天風海月來。」「封姨除道國東門，祖帳名園酒正温。瞥眼韶華頓消歇，馬蹄從此怨王孫。」「長安分手出芳郊，一覺華胥等幻泡。不信海棠花影下，有人紅豆尚輕抛。」「輕烟不到故侯家，零落蛛絲冒碧紗。千古埋香問黄土，揚州明月玉鉤斜。」「躑躅雙輪客裏停，天涯又過短長亭。滿身風雪來時路，山在梅花香處青。」「芳魂空向畫圖尋，薄寐難成倚繡衾。顧影可憐成獨立，鬢痕消瘦到琴心。」「好把殷勤托鏡奩，藥爐香燼手頻添。日斜花院棋聲静，時有落英掀繡簾。」「不因風骨判仙凡，收拾吟囊倩鶴銜。鸜鵒那堪癡似我，最無聊賴亦喃喃。」深情遥怨，往復低徊，豈義山之《錦瑟》、長吉之《惱公》乎？讀之有不輒唤奈何者，定非情種。

陶澧字甘坪，有句云：「一時餐菊客，兩屐落花泥。」《彭蠡阻風》云：「春花憐影瘦，山鳥帶愁飛。」又：「波開雙槳健，浪湧一帆懸。」亦皆駘宕可喜。

詠梅詩最難超脱古人。如林和靖「暗香疎影」，東坡「竹外一枝斜更好」，最極高渾。若石曼卿「認桃無緑葉，辨杏有青枝」，此種詩讀之，恐令人有蔡謨食蟛蜞，吐下委頓之思，坡老嘲之，宜也。近人姚星緯《憶梅》云：「停雲官閣人千里，古調江城笛一枝。」吴逢甲《夢梅》云：「淡雲微月香浮屋，細雨疎烟冷閉門。」余啓紱《吟梅》云：「休將舊引吹黄鶴，不遣新詩到緑楊。」吴焜《晚梅》云：「雪消籬落人無影，春老羅浮鶴不知。」皆工。

偶檢書篋，得《春雪》七律一首，不知姓氏，而詩極藴藉。詩曰：「已覺閑愁太寂寥，况逢飛雪下春朝。學成柳絮終無賴，上得簾櫳已欲銷。酒力總難回夢冷，風威須爲惜花嬌。也知寒到纖纖玉，按住么絃未肯調。」

揚州爲南朝極勝之區，古今題詠名作如林。最喜玉溪「於今腐草無螢火，終古垂楊有莫鴉」，感慨遥深，不失詩人之旨。己卯春，余過此地，亦有句云：「幾處垂楊新畫閣，一分明月舊春愁。」雖不敢希踪前哲，頗自喜一往情深。

落花詩唯玉溪「高閣客竟去，小園花亂飛」二語爲古今絶唱。本朝徐元嘆「花意寒欲去」一詩，筆意雖高雅，終嫌太離，令人摸索不着。漁洋、歸愚兩先生深賞之，余未敢心肯也。

生香詩話卷第二

俞儼𦝼述

偶於書市購得《百秋詩》一卷，其中姓字俱不相識，而詩有極佳者。彭元琥《秋山》云：「風遲聲尚在，葉落瘦偏多。」《秋葉》云：「空谷無人掃，禪房有客書。」章瑝《秋郊》云：「淺草多依郭，荒烟半在山。」《秋波》云：「野蓼生何處，孤鴻正未眠。」《秋霽》云：「葉飛殘溜響，蟬噪夕陽明。」《秋琴》云：「鶴夢回空澗，松濤到畫樓。」《秋漁》云：「尊酒荒亭柳，殘燈隔岸蘆。」《秋閨》云：「剪刀深夜雨，機杼五更霜。」《秋棠》云：「院静仍燒燭，窗寒不捲簾。」《秋蓼》云：「映水常飛鷺，遮橋不見人。」《秋鶴》云：「聲落野田闊，影横江水重。」《秋夢》云：「短笛山中路，殘砧水外橋。　帶烟歸橘柚，和雨上芭蕉。」段㶌章《秋塞》云：「雁聲邊地月，榆葉戍樓霜。」《秋涼》云：「梧桐纔滴雨，河漢已横秋。」《秋草》云：「徑滿無人跡，亭荒有鳥啼。」《秋猿》云：「空山人淚洒，古木客愁多。」吴甡《秋曉》云：「板橋霜有跡，茅屋杵無春。」《秋織》云：「人間工擣素，天上好填河。」《秋林》云：「山寺疎鐘斷，江亭暮雨空。」《秋懷》云：「獨對一尊酒，孤吟看白雲。」

詩中用「虎」字點綴者甚多。東坡云：「畏虎關門早，無村得米遲。」俞紫芝云：「夜深童子唤不起，猛虎一聲山月高。」吴尊萊云：「樵聲密雪隔，虎跡落花封。」趙甌北云：「俗有鬼神蠶放蠱，夜無盗賊虎巡街。」朱草衣云：「土人防虎門書字，水屋叉魚樹有燈。」車静研云：「蹇驢覓路人家遠，日暮山坳虎眼紅。」陶篁村云：「虎跡深留雪，人烟淡隔村。」數人用意不同而各臻妙境。余亦有句云：「村遠市聲寂，山荒虎跡多。」「鳥文穿石緑，虎跡入崖青。」

己卯四月，舟過界首。於米店中見壁上横軸一幅，上書《春郊閑步》七律一首，中兩語云：「疎雨落花村犬吠，淡烟芳草水禽啼。」句甚秀逸，惜書法欠佳，下署「八十老人李錫讓題」。

古詩通韵、疊用韵前古已然。通韵如《毛詩・楚茨》「濟濟蹌蹌」一章，「庚」、「陽」二韵相通。《瞻彼洛矣》末章，「陽」、「東」、「江」三韵相通。《鳬鷖》首章，「庚」、「青」二韵相通，並旁及「侵」韵，四章「東」、「冬」、「江」三韵相通。疊用韵如《七月》第五章兩用「户」字。《伐木》首章兩用「聲」字。《正月》第三章兩用「禄」字。《十月之交》第六章兩用「向」字。《卷阿》末章兩用「多」字。此皆短章亦用疊韵。至《商頌・那》一章連用三「聲」字。《烈祖》一章連用兩「疆」字、兩「將」字。諸如此類，不可僕數。今人見通韵、疊用韵，則震而驚之，不知《三百篇》中已有之矣。又《史記・龜筴傳》「乃刑白雉」一段，「東」、「江」、「陽」、「庚」、「元」、「寒」、「先」、「香」八韵通用。韓愈《此日何足惜》與《元和聖德詩》亦多從古韵。至疊用韵，若《焦仲卿詩》、陳思王《棄歸詞》、謝康樂《述祖德詩》、阮公《詠懷》、少陵《飲中八仙歌》等篇皆然。

孫韶字九成，隨園高弟子也。吐屬風流，與隨園如出一手。《有贈》一首云：「十二珠簾盡上鈎，湖光山色對梳頭。春風似妬雙眉黛，楊柳一枝青上樓。」風神奕奕，秀絶寰區。

人謂長吉不可學，學之必死。余謂此不善學者。學長吉宜兼學太白，學太白亦宜兼學長吉，庶幾能放能收。

作近體詩如畫美人，須有嫋嫋婷婷之態，苟無生氣，何異泥塑木雕。隨園云：「人悦西施，不悦西施之影。」謂其無生氣也。余謂果是西施之影尚自可悦，若無鹽、嫫母之影，人真不悦矣。

余詩稿編成，請序於夢垣師。中四語云：「正如洞庭始波，木葉微脱。又如美女獨立，一顧嫣然。」余爲首肯。

詩所謂天驚石破，並非盡牛鬼蛇神。太白《烏棲曲》一章何等鮮妍，何等嫵媚，賀知章見之曰：「此詩可泣鬼神矣。」近人往往薄温、李、冬郎，太白此詩安見必非温、李、冬郎耶？此中語言可爲知者道也。

古有玉東西杯，樂府《六么曲》有《花十八》。王禹玉《寄程公闢》詩用以作對，甚新。詩曰：「僸急錦腰迎《十八》，酒酣玉盞照東西。」蘇子容亦曰：「舞奏未終《花十八》，酒行先困玉東西。」「支干」原作「枝幹」，後人省文，以「幹」爲「干」，以「枝」爲「支」，非也。見《宋稗類鈔》。

用成語作對偶，宋人最多。如：「禮樂自天子出，籩豆則有司存。」「文王之德之純，周公之才之美。」「欣欣然有喜色，蕩蕩乎無能名。」「於緝熙殫厥心，念終始典於學。」「聞俎豆未學軍旅之事，聽鼓鼙則思將帥之臣。」「兵於五材，誰能去之；臣無二心，天之制也。」「險阻艱難，備嘗之矣；造次顛沛，必於是焉。」他如：「平生能着幾緉屐，長日惟消一局棋。」「數點雨聲風約在，一枝花影月移來。」「勸君更盡一杯酒，與爾同消萬古愁。」「梨園弟子白髮新，江州司馬青衫濕。」「臨邛道士鴻都客，錦里先生烏角巾。」「丈夫不學曹孟德，生子當如孫仲謀。」「人言盧杞是奸邪，我覺魏徵更嫵媚。」「公獨未知其趣爾，臣今時復一中之。」「天之未喪斯文也，我獨何爲不豫哉。」「何無忌酷似其舅，嚴挺之乃有此兒。」皆膾炙人口。

今人富貴時作窮愁語，少壯時作衰病語，往往以爲詩讖。白香山《病中作》云：「久爲勞生事，不學攝生道。年少已多病，此身豈堪老？」此詩公十八歲時作。後位至太子少傅，壽至七十五。因憶辛未除夕，時余年亦十八，書窗枯坐，一燈青熒，意有所觸，書一絶云：「謫向人間十八年，渾身都是舊雲烟。而今一去無消息，知是先天是後天。」自謂不祥，然十年來了無他異，則知詩讖之説不盡然也。

淵明隱居不仕，非無康濟之心，其所以放懷樂道、躬耕自資者，乃欲有爲而不得也。張九成謂「結廬在人境」一詩，可見淵明畎畝不忘君之意。知此方可讀淵明之詩。

山東濱州，漢爲濕沃地，隋爲蒲臺地，唐置渤海縣，後周始名濱州。己卯，家大人莅此土，余隨侍官閣。六房如水，四季無花。春盡日，次子蓮韵云：「不見花開與花落，那知今日又春歸。」因憶白樂天「花少鶯亦稀，年年春暗老」之句，濱地荒寒，有類乎此。

《碧溪詩話》云：「杜甫《劍閣》詩『吾將罪真宰，意欲鏟疊嶂』與太白『搥碎黄鶴樓』、『剗却君山好』語亦何異？然《劍閣》詩意在削平僭竊，尊崇王室，凛凛有忠義氣。『搥碎』、『剗却』之語，但覺一味粗豪。」固哉言詩也。《劍閣》詩意，蓋形其險隘，故作危語。「疊嶂」豈真可鏟？不可鏟而欲鏟之，所以愈見其妙，與太白所云毫無軒輊。若云太白此詩不關忠義，當時禄山縱横海内，天子蒙塵，安見太白非欲削平僭竊，尊崇王室而作耶？黄山谷曰：「少陵之詩所以獨絶千古者，爲其即景言情，存心忠厚故也。若寸寸節節，皆以爲有所刺，則少陵之詩掃地矣。」誠哉是言也。

詩不苦心經營，便有一種供給應付之語，聊以充役，故每不得佳。王敬美云：「此乃應急輿隸，須驅遣去，另换正身。能破此一關，沉思忽至，種種真相見矣。」余深味此言。

元微之貶通州司馬，樂天在江州寄詩云：「努力安心過三考，已曾愁殺李尚書。」自注：「李實尚書先貶此州，身殁於彼處。」是引死人事寄之，若在今人，必多忌諱矣。元、白交情，即此可見。

俗傳五月十三爲竹醉日，故移竹、栽竹必以是日。杜子美詩：「東林竹影薄，臘月更須栽。」則種竹冬月亦可，俗傳似不必拘也。

徐秋濤曰：「擬作古樂府須極古雅，發以峭勁，有儵然蒼古之色。若一涉議論，便失本旨。」

今世俗稱茶多用「雨前」，不知有「社前」、「火前」。「社前」，見《學林新編》云：「茶之最佳，造在社前。」「火前」，寒食禁火之前，見香山詩「緑芽十片火前春」。

唐路德延有《孩兒詩》五十韵，爲摘其警句云：「乍行人共看，初語客多憐。」「排衙朱榻上，喝道畫堂前。」「楊花争弄雪，榆葉共收錢。」「指敲迎使鼓，筋撥賽神絃。」「匿窗肩乍曲，遮路臂相連。」「等鵲潛籬畔，聽蛩伏砌邊。」「蟻窠尋徑斸，蜂穴繞階填。」「壘材爲屋木，和土作盤筵。」「忽昇鄰屋樹，偷上後池船。」後張公錫次其韵作《老兒詩》，亦五十韵，最佳者云：「無病常供粥，非寒亦倚棉。」「形骸將就木，囊橐尚貪錢。」「膠睫乾眵綴，粘髭泠涕懸。」「坐多茵易破，行少履難穿。」「看嫌經字小，敲喜磬聲圓。」

「食罷羹流袂，杯餘酒帶涎。」「長吁思往事，多感聽哀絃。」「客到唯求藥，僧來忽問禪。」「怒僕空睁眼，嗔兒謾握拳。」「觀瞻多目眩，牽動即頭旋。」「呼稚臨牀畔，看書到枕邊。」「冷疑懷貯水，虚訝耳聞蟬。」「雞皮塵漸漬，齯齒食頻填。」其形容之妙，真有吴道子寫生手段。

宋僧仲殊《潤州》詩云：「北固樓前一笛風，斷雲飛出建昌宫。江南二月多芳草，春在濛濛細雨中。」本朝厲樊榭《春寒》云：「漫説春衣浣酒紅，江南二月最多風。梨花雪後荼蘼雪，人在重簾淺夢中。」二詩風調相似。

余生平不喜集句，謂竊他人之物爲己物，且使古人受剥膚之苦，於心何安。昔晁秘監美叔以集句示劉貢父，貢父非之曰：「集古人句，譬如蓬蓽之士，適有佳客，既無自己庖厨，而器皿肴簌悉假貸於人。收拾餖飣，意欲强學豪奢，而寒酸之氣，終是不去。何如貴公供帳不移，水陸之珍咄嗟而辦。」

曹子建云：「月落參横，北斗闌干。」注：闌干，横斜貌，象斗之將没也。白香山詩：「玉容寂寞淚闌干。」又：「涕淚一闌干。」按毛晃《增修禮部韵略》：「闌干，流貌。又眼腔謂之闌干。」則闌干不止一解可知。

諺稱物最新者謂之「斬新」，二字亦有所本。杜詩云：「斬新花蕊未應飛。」白詩云：「斬新蘿徑合。」

近見作詩者多用柴桑令爲陶淵明。白樂天《宿西林寺》詩云：「心知不是柴桑令，一宿西林便欲回。」自注：柴桑令，劉遺民也。

詩有無心而詞意相合者。謝康樂詩:「千巖盛阻積,萬壑勢縈回。」太白詩:「千巖泉洒落,萬壑樹縈回。」庾子山詩:「終封三尺劍,長卷一戎衣。」少陵詩:「風塵三尺劍,社稷一戎衣。」太白詩:「人烟寒橘柚,秋色老梧桐。」黄山谷云:「人家圍橘柚,秋色老梧桐。」唐僧詩:「經來白馬寺,僧到赤烏年。」皇甫子循云:「地是赤烏分教後,僧同白馬賜經時。」近人許紅橋云:「蘆花兩岸白,雁叫一天秋。」僧玉峰云:「蘆花兩岸白,江水一天秋。」余亦有句云:「波影尚摇萍未合,打魚人去不多時。」及閲《隨園詩話》載禪上人句云:「水藻半開苔半濕,浣紗人去不多時。」余又云:「吹得花開又吹落,最難憑信是春風。」後見湯茗生云:「昨日吹花開,今日吹花落。開落同是爾東風,昨日今日何厚薄。」黄常明曰:「雷同相從,非善學者。」余滋愧矣。

陸放翁詩:「此酒定從何處得,判知不是文君鑪。」「文」字作仄聲用。又:「殿背無人緑錢滿,小盆零落珊瑚花。」「珊」字亦作仄聲。

今人用「賣癡」爲除夕故事,而立春天未明,兒童相呼「賣春困」,不甚見也,見放翁「賣困兒童起五更」詩注。

吾鄉陳薰號梧生。完姻之歲即遊幕安徽,其夫人中秋寄詩云:「如何盼到團圞夜,仍與年年一樣看。」詩固靈俊,而在新昏,尤妙。

謝丙號梅圃,山陰人。《遊白下》詩云:「絶好湖山似故人,暫時相對亦清新。苔邊積雨痕猶在,壁上留題跡已陳。風過枝頭花半面,月臨池水影全身。落花已盡遊人少,蜂蝶還尋未了春。」他如:

「看到落花悲舊夢，拈來飛絮認前身。」「暖風淺水晴生縐，細雨輕塵濕不飛。」「江上輕寒微雨後，船頭新水長潮時。」皆妙。

《梅圃日記》中載觀音閣題壁詩云：「五度危樓上，難尋斷墨痕。」「片帆飛樹杪，怪石限潮痕。」「洞窅狐吹火，秋深葉打門。」「六朝何處是，鐘磬自黄昏。」詩情疎逸，宜梅圃見而録之。

谿崗苗歌有《相思曲》云：「妹相思，不作相思到幾時。只見風吹花落地，不見風吹花上枝。」末二語張、王樂府不能到。

詩有用虚字落脚，最佳者如韓昌黎：「一噴一醒然，再接再厲乃。」東坡：「公獨未知其趣爾，臣今時復一中之。」王次回：「夢回聞至矣，喜極欲仙乎。」均無軟弱之病。

周樂號二南，爲濂溪之後。移居歷下，著有《白雪樓吟草》。五言如《初雪》云：「半天兼雨落，到地一花無。」《喜春榮姪病愈》云：「吾兄獨遺汝，今日竟重生。」《途中遇風》云：「病葉落無數，愁心吹不開。」《宴集也可園》云：「泉過水争立，雲移山欲行。」《訪道士不遇》云：「水連漁舫凍，山帶女墻高。」《自適》云：「攤書僮並懶，落葉鳥同飛。」《新月》云：「影易流雲掩，光從積雪添。」《雪天野望》云：「白到無餘地，青留幾點山。」《郊外》云：「水聲城角折，螢火樹根多。」《野望》云：「荒路水侵斷，遠天山截開。」七言《項王》云：「重瞳至竟興三户，一炬差堪慰六王。」《登北極樓》云：「風疎偶落松間雪，蘆盡重窺水底山。」《遊湖》云：「半城烟出林梢白，隔郭山從水底青。」《泛舟》云：「雨餘蘆帶泥痕長，風過水連山影摇。」皆佳。七古如《雁字》中四語云：「青天爲紙雲作墨，月中兔毫任所使。若倣鳳鳩鳥名官，中書咨汝雁臣侍。」亦奇倔可喜。他若《詠張子房百里奚》五古二首、《偶感》二首，俱有新意，因倦録，棄之。

於友人處見人《出塞》詩一卷，了不見佳。卷首有甘亭彭兆蓀題詞四首，甚妙。詩曰：「袓後縵纓萬里還，一囊青縷紀樓蘭。珍珠帳底羊皮紙，應有盤雕側眼看。」「曾隨飛將射黄麞，浩唱龍沙古戰場。可惜凌雲好才調，屬車無分賦《長楊》。」「廿年前記走明駝，我亦聽殘《勑勒歌》。一樣隴頭嗚咽水，料應分與淚痕多。」「此日江南看好春，低眉何事又風塵。香溪帶水菱歌緩，輸與桃弓射鴨人。」

吴山尊學士名鼒，全椒人。子蓮曾見其《京邸雜詩》三十首，獨愛其一絶云：「屋山一角草青青，榆莢爲花落滿庭。婦理繡奩兒伏案，獨攜嬌女捉蜻蜓。」宛然一幅行樂圖也。

臨洮李苞號元方，以劍州刺史權巴邑篆，刻有《巴塘詩鈔》。最愛其五古三首，起四語極佳。《發化林坪》云：「林深反無鳥，山曉猶烟霧。欲早起却遲，竟爲幽谷誤。」《打箭鑪》云：「孤城鎮山脚，低窪如井臼。一道水穿心，三面嶺開口。」《西俄洛晨起》云：「寒驛無更柝，夢回天已曉。山窗上朝暾，不聞有啼鳥。」五律如《治圃》云：「鋤從鄰舍借，事與小人齊。」《晚眺》云：「春雲和雪泠，暮雨入山深。」《宿野屋》云：「囊槖堆如堵，門扉卸作床。」七律如：「一爐火作寒宵伴，千卷書爲舊日朋。」「蠻村早挂黄昏月，佛寺猶燃白晝燈。」皆可誦。若《爲梅花解嘲》一首云：「梅花豈肯受人憐，入夢羅浮語妄傳。自是山精呈伎倆，迷魂化作一嬋娟。」蓋偷東坡「山鬼何知託老聃」之意，語句且生硬不醇，絶無興趣可賞。而李實之偏以意新詞老稱之，所謂好人之所惡也。花蘊曰：「作翻案詩必有得間之處。未經拈出，爲人人胸中所無；一經拈出，又爲人人胸中所有，方妙。」

新建裘元量先生名萬頃，起家淳熙進士，官終大理司直。以學行見重於真西山先生，而詩不與。集其詩刻於明嘉靖中，後板燬，世遂未見其全。裔孫奏復鏤板行之，朱竹垞、宋牧仲兩先生爲之序。集中佳句如：「機杼蛩聲裏，犁鋤鷺影邊。」「歸心五湖夢，病眼一牀書。」「敢言天下事，不負案頭書。」「一段清愁詩句裏，十分寒事酒杯中。」「僧房夜月琴三疊，客舍秋風酒一巵。」「金貂换酒非吾事，鐵甲屯邊正此時。」竹垞謂其詩不作硬語，清疏韶亮，異乎魯直流派。

太平崔龍雲號雨蒼。《阻風登岸》云：「荒村唯見草，古寺不逢僧。」《宿孫家庄》云：「瘦馬飢嘶月，荒鷄冷叫霜。」《荆園詩鈔》中詩筆高秀者，莫如此兩聯。

偶得抄本詩賦一册，不著姓氏。中有《燕剪》一律，獨愛其「裁雲豈爲補烏衣」七字，餘俱班君之政。

子蓮過任邱旅店，見題壁詩四首，僅記其三聯云：「花開三蒂從來少，梅爲分嘗分外酸。」「願從世界栽紅豆，敢向天涯録小名。」「一枕夢回雙蛺蝶，百年人得幾團圞。」下署「蠡莊」二字，不知何人。玩其詩意，蓋深于情者。

生香詩話卷第三

俞儼箋述

牧石和尚名默可，字杲堂，蘇之洞庭東山人也。神明内蘊，不喜與人言禪。長洲彭允初請居海會，閉關二十餘年如一日。博通内外典，而不事著述，故詩不多。長洲顧承爲刻《牧石居詩集》行世。集中七律最佳，五律次之。五律如：「暮雲留共宿，春草戒頻删。」「閑雲君子跡，枯木老僧心。」「澗壑必無恙，松筠應更多。」七律如：「留鶴平分晨鉢飯，避蚊不點夜窗燈。」「吟成瘦句慵存稿，著破寒衣自補雲。」「野鳥有情頻對語，孤雲無約偶同龕。」「寒窗補衲雲嫌薄，老眼題詩紙畏紅。」《贈村叟》云：「五夜捫心無恨事，四時買笑有閑錢。」《贈毛意香》云：「舊交泠落身將老，長物飄零硯尚存。」五絕如《聽琴》云：「花下撫焦桐，知音頻點首。我有無絃琴，欲彈君聽否。」《懺業圖》云：「懺業如掃塵，日掃而日有。欲作塵外人，放下手中帚。」七絕如《庵居》云：「庵居日用懶安排，一掬梅花作午齋。野鳥不知人辟穀，誤隨鳴磬下幽階。」「屋繞脩篁數百竿，從來紅紫眼慵看。而今我相消磨盡，一樣階前種牡丹。」《翻經》云：「獨坐蒲團手捧經，浮雲冉冉目前生。等閒放下回頭看，依舊林梢片月明。」《達磨大士像》云：「滿身衣染翠微烟，寂歷寒巖坐九年。一樣春花與秋月，西來空費草鞋錢。」皆自抒性靈，脱盡方外習氣，坡仙所謂「無蔬筍氣」，正指此種。

琅邪王溥唐名瑋慶。《詠春》云：「春來無處不銷魂，緑水紅橋白袷新。買得枝頭花似笑，東風應是費錢人。」《春園遊春》云：「鶯聲睆睍起高柯，攜得雙柑斗酒過。無數榆錢夾城路，好春應是買來多。」全用「買」字而各出新意，可謂異曲同工。

吾鄉查宣門名開，查浦先生叔子也。著有《吾匏亭詩鈔》，七言最佳。《汝州》云：「馬爲長途嘶漸嬾，人因歸里侶偏多。」《憶舊遊》云：「石欄草色新詩料，驛路征衣舊酒痕。」《寄大兄》云：「淋漓卯酒終宜減，遇合丁年却未遲。」宣門緣門房負罪，遠戍秦中，而無磈磊不平之鳴。歸愚尚書稱其得詩人之温厚，信然。

集中多附唱和之作。施竹田《贈別》云：「相逢曾就湖中宿，日日烟波夢白鷗。山亦有情頻惜別，酒真何物可忘憂。涼蛬滿院作人語，落葉空階和水流。忍向西風折楊柳，蕭蕭吟遍六橋秋。」曹謙齋《寄答見懷》云：「勞君寄我新詩句，展向燈前酒後哦。舊壘有懷飛社燕，故山無恙長林蘿。春逢羈客尋常遣，人到中年感慨多。最是三間竹屋下，時時清夢索塗過。」陳希馮《遠山》云：「嵐翠層層雨乍過，高樓幾處拂簾波。雲扶合德窗中黛，江寫文君鏡裏蛾。斷靄郊邊藏不盡，夕陽天外數尤多。悠然欲動披尋興，髣髴清猿叫綠蘿。」數作均極清妙。又有宣門姪如岡《聞蟋蟀》二首，最喜其「殘陽新堠館，秋色古行宫」一聯。若第二首「征人歌出牧，思婦怨空樓」，微嫌着迹，轉不如前二語渾成也。

於小市中買得《鍾水堂詩》一本，攜歸讀之，乃曲阜顏肇維作也。《洛陽》云：「瘦馬荒林酒欲醒，洛陽耆舊已凋零。梅花綠野春何處，榆葉沙城曲乍聽。落日漢唐隋故墓，東風二十五長亭。行人雨後崤函路，百里關河一半青。」其他佳句如：「榨酒偏逢人病酒，補詩仍是自删詩。」「三秋畫舫楓橋路，十月梅花短簿祠。」「飛蝶撲簾花落後，眠蠶上箔午晴初。」「庭因向日冬無雪，厨喜留賓食有魚。」「只宜自分還存我，縱欲干人已後時。」「水邊喬木多歸鳥，寺外酒家仍舊名。」「奇花半自看山得，澆灌還從學圃來。」「農家杵臼猶存古，雲外烟霞不近名。」「酒旗修竹廉纖雨，春鼓梅花料峭風。」「二月酒旗懷杜牧，三秋楊柳病侯芭。」皆卓然可傳。

浙東周湜渠工詩，其族弟秋浦亦以詩名，有《曉劍堂詩鈔合刻》。中有《無題》四首，如「花開原不關人事，春老何須怨化工」，「愁多不解埋何地，腸斷還能曲幾迴」，「眉非綵筆描能展，笑亦黄金買不開」等語，獨能推陳出新，不受前人籠絡。秋浦亦有「愁中望遠應成石，夢裏留歡總是雲」之句，亦佳。

隨園詩寫性靈處，俱從嘔心鏤骨而出。當其下筆時，其心蓋欲天下之人無不愛，所以力闢恒畦，獨標新意。其空前絶後在此，其貽人口實亦在此。蔣心餘論詩云：「隨園法香山，善道意中語。照影苧蘿村，况復嫻歌舞。麻姑弄狡獪，旁有方平覰。」隨園病根未免故作狡獪，然非隨園，亦安能故作狡獪耶？

花蘊嘗謂名家詩，無論長篇短章，自有一種真氣彌淪其際，學者當於是求之。若徒以貌襲爲工，則無鬚者皆孔子，面如削瓜者皆臯陶矣。

夢垣師曰：「詩貴温柔敦厚。嘗觀古今負奇抱異放蕩不羈之士，類多以一言干天地之和，片語折平生之福，竊爲惜之。」花蘊嘗摘一言二語，繡於巾，以爲余佩，亦子張書紳意也。

詩有學人之詩，有詩人之詩。白、陸，詩人之詩也。蘇、韓，則學人之詩矣。

壬午秋，旋里鄉試。寓杭城，聽香書屋主人宋勉齋誦其先人笠田先生《過莊周墓》詩。中一聯云：「春風驅馬過，蝴蝶滿城飛。」極嘆其高妙。因憶春園《登滕王閣》有「蝴蝶至今多」句，可與並傳。

江寧承恩寺建自前明景泰間，寺僧多能詩者。行犖字介庵，《寄王司馬》云：「可奈王司馬，風霜白盡頭。悶憑僧説鬼，閑借酒澆愁。滿徑碧苔雨，一籬黄菊秋。琵琶聽不得，莫漫過江州。」《登金山》云：「海門曙色射滄濱，晴日和烟染翠屏。山勢平分雙練白，天光倒浴一螺青。塔含舍利雲俱活，窟近蛟龍水亦腥。笑指老僧乘舸慣，怒濤深處汲中泠。」《過潘氏别業》云：「莫問君家住何處，讀書聲裏夕陽斜。到門恰值雨初歇，秋水滿田開稻花。」慈舟字普利，《送栖碧還山》云：「只覺心同印，偏憐手暫分。琴龢流水奏，詩借佛香薰。習静一樓月，看山四壁雲。江城若回首，有客夢尋君。」《偶作》云：「陰何撥盡一爐灰，一笑開門屐滿苔。顧影忽驚閒客至，不知明月上身來。」緒宏字螺庵，《春陰登清涼山》云：「雙杵微鐘下界聽，一笻穿破碧冥冥。孤帆幾點望疑近，小鳥數聲飛不停。高樹遠生江月白，亂山斜對寺門青。六朝烟雨知多少，送盡東風折柳亭。」自如字月潭，《詠笳》云：「天上一天月，地下一地霜。悲笳莫多作，多作斷人腸。」

余有茶癖，且嗜苦吟。僑寓長安，内子寄詩云：「詩會瘦人吟要少，茶能損胃飲毋多。」真知我者。

壬午春，過采石磯，偕子蓮登太白樓，分韵賦詩。子蓮得「江分抱一洲」句，甚激賞之。又見吴山尊楹帖云：「宣城何許人，竟憑江上五言詩，教先生低首；荆州差解事，能借階前盈尺地，使國士揚眉。」子蓮曰：「若删去『憑江上五言詩』、『借階前盈尺地』十二字，如何？」余曰：「不可。」

花蘊有《舟行雜詩》六首，最佳者云：「輕烟淡泊日朦朧，緑樹陰中卧釣翁。睡熟船頭呼不醒，渾身吹滿落花紅。」「灘聲入夢枕流泉，偏到春深愛晏眠。睡起不知風順逆，推篷先看别人船。」「鎮日揚舲不厭遲，人家都是畫中詩。牧童愛看行舟過，小立沙汀學鷺鷥。」「夕陽時節愛憑窗，閑數汀洲鷺幾行。一陣打頭風過處，菜花送與滿船香。」又《泊姑塘》云：「岸低春漲大，家近客愁遥。」上句思所能到，下句非閱歷深者不辨。

郭麐字頻伽，有《詞品》十二首，可與表聖《詩品》並有千古。《幽秀》：「千巖巉巉，一壑深美。路轉峰迴，忽見流水。幽鳥不鳴，白雲時起。此去人間，不知幾里。時逢疎花，娟若處子。嫣然一笑，目存而已。」《高超》：「行雲在空，明月在中。瀟瀟秋雨，冷冷好風。即之愈遠，尋之無蹤。孤鶴獨唳，其聲清雄。衆首俯視，莫窮其通。回顧藪澤，翩哉蜚鴻。」《雄放》：「海潮東來，氣吞江湖。快馬斫陣，登高一呼。如波軒然，蛟龍牙須。如怒鶻起，下盤浮圖。千里萬里，山奔電驅。元氣不死，乃與之俱。」《委曲》：「芙蓉初花，秋水一半。欲往從之，細石凌亂。美人有言，玉齒將粲。徐拂寶瑟，一唱三嘆。非無寸心，繾綣自獻。若往若還，豈曰能見。」《感慨》：「人生一世，能無感焉。哀來樂往，雲浮鳥仙。銅駝巷陌，金人歲年。鉛水迸淚，鵾鷄裂絃。如有萬古，入其肺肝。夫子何嘆，唯唯不然。」《奇麗》：「鮫人織綃，海水不波。珊瑚觸網，蛟龍騰梭。明月欲墮，群星皆趨。凄然掩泣，散爲明珠。織女下眎，雲霞交鋪。如將卷舒，貢之太虛。」《含蓄》：「好風東來，幽鳥始哢。陽春在中，萬象皆動。一花未開，衆緑入夢。口多微詞，如怨如諷。如聞玉管，快作數弄。望之邈然，鶴背雲重。」《逋峭》：「清霜警秋，微月白夜。其上孤峰，流水在下。幽尋欲窮，乃見圖畫。愜心動目，喜極而怕。跌宕容與，以觀其罅。翩然將飛，倘復可跨。」《穠艷》：「雜組成錦，萬花爲春。五醞酒釅，九華帳新。異彩初結，名香始薫。莊嚴七寶，其中天人。飲芳食菲，摘星抉雲。偶然咳唾，明珠如塵。」《清脆》：「美人滿堂，金石絲簧。忽擊玉磬，遠聞清揚。韵不在短，亦不在長。哀家一梨，口爲芳香。芭蕉洒雨，芙蓉拒霜。如氣之秋，如冰之光。」《神韵》：「雜花欲放，細柳初絲。上有好鳥，微風拂披。明月未上，美人來遲。却扇一顧，群妍皆媸。其秀在骨，非鉛非脂。眇眇若愁，依依相思。」《名雋》：「名士揮麈，羽人禮壇。微聞一語，氣如幽蘭。荷雨夜歇，松風夏寒。之子何處，秋山槃槃。萬籟俱寂，惟鳴幽湍。千漱百噍，奉君一丸。」

壬午閏三月，居廣昌。有仙降於室，自稱亡是公，所言皆克復之學，言極純粹。而所作詩非人間語，殆古詩仙之流與？初到時，詩云：「壺中風味有誰同，十丈珊瑚映日紅。西海今年春水長，亂流花片到樓東。」余與春園皆次韵，仙又自用前韵云：「寸心直與化工同，真火時時透頂紅。約略梅花三萬樹，冷香隔斷海西東。」次日復降，又作七古一章，筆勢縹緲，字字欲飛。詩云：「五雲車乃飛來矣，旃檀香細沉還起。玉彈千堆貯袖中，金丸兩箇探懷裏。蓬萊山高高插天，雲房雪竇相鉤連。紫芝白石隱庭户，不見野馬來窗前。落花片片不到地，上下時與風周旋。眼波摇蕩華頂日，心苗開放瑶池蓮。攫取五岳懸肘後，發想獨超天地先。詩成吟嘯我與我，興高下筆仙乎仙。有時飛行到人世，杖頭愛挂青銅錢。劍光重壓黄鶴背，酒氣直透洪崖肩。醉眠忽醒醒忽醉，一醉一醒三千年。忽然歸去隨青鳥，人寰一點如星小。枯桑已死海水乾，只有三山青不了。」

桐鄉陸春霆名以潤，余内表也。工書善琴，詩亦疏亮可喜。《送徐蓉初回里》云：「涣水經年別，并州一笑逢。幽尋雙屐雨，清話五更鐘。詩骨憐花瘦，鄉心得酒濃。故園歸去好，目斷嶺雲重。」《越谿虎嘯圖》云：「一笑不知處，空林聞虎聲。高風自千古，送客此閒行。猨鳥添新侣，松篁結舊盟。此情君獨領，誰與話三生。」佳句如《曾經滄海圖》云：「波濤今日夢，鼙鼓昔年愁。」《遊狐歧山》云：「聽泉疑雨至，坐石待僧來。」《雉媒》云：「作合好隨青鳥使，相逢誰是碧雞才。」《鹿峰挹爽》云：「長松幾點有時雨，幽澗一聲何處琴。」又《和凌少茗秋吟》三十首，《秋釭》云：「伴我長吟消永漏，任他明月到疎窗。」《秋衣》云：「錦箧從頭勞檢點，酒痕到眼認依稀。」《秋芸》云：「文士反愁消脉望，美人端合號靈芸。」《秋蓑》云：「十載江湖誰伴我，半生風雨不離他。」《秋潭》云：「寫出寥天波是一，照來明月影成三。」《秋簾》云：「垂處似妨歸燕去，卷來轉怕晚風添。」此數聯余所最喜，故摘録於此。

古今詠楊花者不可勝數。《隨園詩話》所載查他山諸人，皆能自出新意，不蹈前人窠臼。黄石牧之「不宜雨裏宜風裏，未見開時見落時」，筆意已落下乘。若薛生白「飄泊無端疑白也，輕盈真欲類虞兮」，對仗雖工，纖巧已極，隨園賞之，何也？偶憶臨川李夢巖先生有「縱爾隨風去，猶懷作雪心」之句，便大雅不群矣。

吴興徐沅舲名保字。《寄衣曲》云：「寄衣曲，不可聽，征人聽之淚欲零。齊紈蜀錦年年换，惟有儂情終不變。剪刀落手衣新裁，針線密密縫難開。尺幅鮫綃腸斷絶，九月關前天雨雪。不怕郎衣單，但怕郎心寒。郎見新衣能惜舊，十指何妨爲郎瘦。」情致纏綿，去樂府未遠。

德清沈朱點著有《南游小草》，從硯山姊婿處得其抄本。《二妃祠》云：「南巡不復返蒼梧，帝子何由到此殂。一自左徒歌北渚，至今風雨走靈巫。」「傍水神祠列錦旛，巫陽何處與招魂。湘江江畔斑斑竹，不信猶存有淚痕。」《題女郎小影》云：「詠絮人遥淚溢腮，鉛黄未御髮毰毸。傷心最是更闌後，三百唐詩口授來。」《送人》云：「江濤嗚咽不堪聞，客裏傷春又送君。萬點落花舟一葉，春愁别緒兩平分。」《山居待客圖》云：「北高峰下結幽棲，傍樹依巖竹屋低。吩咐白雲須凈掃，恐教谷口路凄迷。西泠餘溪距百里，何時撥棹欵荆扉。候門稚子隔籬語，黄蝶一雙相對飛。」其他佳句如《飲汪廣文署》云：「雲蒸瘴癘常如暮，花到苗蠻不肯香。」《落葉》云：「棖觸有聲涼鶴怨，依棲何地夜烏飛。」《荻影》云：「估帆泊處疑聽雨，釣艇横時正落潮。」

張淑華夫人工詩善畫。歸甘泉黄秋平先生，倡和甚樂，孔傳經夫人爲刻《緑秋書屋詩鈔》行世。《緑梅》云：「半放猶含意態殊，迷離香夢仗春扶。月明偶揭湘簾看，不是紅兒是緑珠。」《清明即事》云：「枝頭布穀唤春辰，官吏忙忙爲賑貧。日費太倉千斛米，路旁猶自有饑人。」《武林道中》云：「滸墅關前晚泊船，客舟鱗集各争先。米家船上惟書畫，關吏空勞説税錢。」集中五古多佳，不能備載，兹所録者僅一班耳。

揚州詩多用「二分明月」。隨園云：「人間此後論明月，未必揚州只二分。」篁村云：「若論揚州二分月，紅橋應占一分多。」硯山云：「滿湖春水碧于油，廿四橋邊泛客舟。一自吹簫人去後，二分明月爲誰愁。」春園云：「問雨尋花暮復朝，美人芳信竟迢遥。二分明月原無恙，夜夜還來廿四橋。」四人同使一事，絶不相類，此可悟推陳出新之法。

夢垣師《自瓜步赴維揚舟中即景》云：「棹歌聲裏帶潮行，此去維揚又幾程。一水一灣堤一曲，賺人向背不分明。」脱口如生，七言妙諦。又《揚州曉發》云：「來當新月上，別在早潮先。芍藥相思地，瓊花離恨天。」真天然佳句也。

宜園在豫章百花洲畔，爲先大夫遊息之地。南、北、西三面架屋，東面蓋樓，樓臨東湖，花洲全局，盡在樓中。樓之東南隅，微露遥青一點，遠望如斷雲，殘烟縹緲無定者，蓋西山也。園中桃、柳、梅、桂、梧、竹、芙蓉以及牡丹、海棠、山茶、石榴、蒲萄之屬，約略數百株，每到春夏之交，衆緑接天，群紅壓地，詩情畫意，目不給賞。己卯春，先大夫赴任山左，眷屬隨行，園爲樸庵外舅賃居，居一年，亦赴任銀城。春園有《留別宜園》詩四首，絶佳。詩云：「小住名園又一春，行裝檢點暗傷神。群花定有愁千斛，少箇詩人替寫真。」「樹影花光繞四圍，暮春可惜駕征騑。小園似欲留儂住，故遺殘紅撲面飛。」「良宵久坐漏迢迢，離思愁聽紫竹簫。對着海棠無箇事，畫闌且把燭高燒。」「行跡還同水上萍，摇鞭欲去又重停。最難忘是園中柳，臨別儂時眼尚青。」

戊寅春，偕春園登滕王閣賦詩。春園詩云：「一序流傳大雅才，珠簾重捲客登臺。與君同有千秋想，各把新詩誦幾回。」悵望千秋，神情獨往，登高時每有此想。後五年，又偕登平西之數山亭，余亦有句云：「人登絶頂心都壯，胸有千秋感易生。」吾兩人蓋各寫懷抱，非敢狂也。

三原劉次園先生名騰蛟，以名孝廉宰南豐十餘年，政聲素著。尤工吟詠，刻有《次園詩草》行世。獨愛其七律，機括風情，合白、陸爲一手。《春興》云：「鹿鶴琴書共一家，今年興比往年賒。偶翻舊句如逢友，但得閑時即種花。無病方知春日好，有山還喜淡雲遮。門前新漲清溪水，幾個漁郎學放槎。」《重宿旅店》云：「旅店荒涼動客思，小樓重上意遲遲。鷄聲聽到三更後，細雨吹來半夜時。對枕仍尋前度夢，挑燈細改舊題詩。一杯香茗頻頻咀，心境清涼祇自知。」《苦熱》云：「梅湯點點口生津，透我重衫汗滿身。絶少清風來北牖，還依緑樹借東鄰。蚊蠅每惹終朝厭，筆硯常封半月塵。盼到黄昏紅日落，一樽冷酒犒詩人。」《對酒》云：「梨花夜月銷魂日，柳絮春風話别天。」《送窮》云：「一歲徒添沽酒債，三春孤負賣花聲。」他如：「每遇節時常作客，但逢夢裏即還家。」「窗前蝶亂知花放，梁上泥新識燕來。」「門因交寡來人少，庭爲山高見月遲。」「事經過後皆知易，境遇窮時始覺安。」「冰骨漸因紅日瘦，山頭常爲白雲低。」皆繇胸次高朗，故出筆悱惻動人。乃先生自謂：「不過抒寫性情，於詩之道仍茫然。」噫！性情外，安有詩耶？先生自言之旨微矣哉。

次園曰：有友人寄書問古詩平仄，先生答書云：「古詩有平仄而無平仄者也，無平仄而有平仄者也。」二語極精，覺阮亭尚書《聲調譜》之作，殊屬多事。

隨園言東坡近體少情，謂其能剛不能柔也。余披閱全集，其五七言詩芬菲慨惻，令人低徊欲絶者不可枚舉。隨園持論最公，不知何以忽作是語。

費補之曰：「詩人詠史最難，須要在作史者不到處别生眼目，正如斷案不爲胥吏所欺，一兩語中須能説出本情，使後人看之便是一篇史贊。此非具卓識者不能。」

東坡在嶺外，《和淵明懷古田舍》詩云：「休閒等一味，妄想生愧靦。」自注云：「淵明本用『緬』字，今聊取其同音。」《和程正輔同遊白水山》詩：「恣傾白蜜收五稜，細劚黄土栽三椏。」自注云：「來詩本用『硜』字，惠州無書，不見此字所出，故且從木奉和。」古人作詩，一字不苟如此。若在今人，必以不勝人爲耻，而人亦必笑其不能叶韵也。

《獨醒雜志》載宋坦作八景圖，如洞庭秋月則不見月，江天暮雪則不見雪，第狀其清朗苦寒之態。若瀟湘夜雨，尤難形容，常畫者至作行人張蓋以别之，渠但作漁舟吹火於津渡，以火明髣髴有見，則危亭在岸，連檣在步耳。此可悟作詩死活之法。

世間好語，往往壞於相似。前輩要作不經人道語，然用意過當，反累正氣。爲文務大體，似不當如此，要自清新簡遠爲佳。此沈明遠先生論爲文法，余謂作詩不當如是耶？

生香詩話卷第四

俞儼牋述

春園《雨夜即事》云：「良宵風雨滿江城，客舍輕寒睡不成。只爲惜花心事重，挑燈孤坐到三更。」余向有「惜花心事夜燈知」句，與之同一畦町，而風調遠遜，乃自知拙於語言。

白香山《和微之追越游》云：「白首舊寮知我者，憑君一詠向周師。」自注：「周判官師範，去『範』字，叶韵。」此種句法今人斷不敢作，以其割截無理也。

阮雲臺《跋海鹽吴思亭謫仙樓詩後》云：「學青蓮者，學其浩然奔放處易，學其自然委宛處難。」此真善學太白。

郭頻伽題云：「萬古有明月，千年無此人。」二語詞調雖舊，細按之恰是太白身分，移易他人不得。

夢垣師云：「有口頭而成絶妙辭者。某年冬大雪，平明未起時問婢曰：『有雪否？』應曰：『山都不見了。』五字逼真。曉起望雪之神，較之『開門雪滿山』句尤爲渾涵。」

張雲璈《詠燕》云：「如何入户還飛去，我亦尋常百姓家。」香圃《嘲燕》云：「自從飛傍雕梁宿，不到尋常百姓家。」此種詩真句外有句，味外有味，不僅舊曲翻新調也。

紹興許碩夫與先大人爲忘年交，機鋒相對，傾倒畢至。年四十無子，大人每以有余兄弟九人戲爲誇詡。官艾城時，聘掌錢穀。倩畫工寫小照，曰「聽月圖」，蓋取意「桂子月中落」也。一日小飲，出圖求詩於大人。時余侍立於側，大人顧謂余曰：「汝爲我代作一詩。我意汝知否？」余立成一絶云：「夜來月色到西軒，知有𡞞娥鏡裏喧。一自當頭親指點，許棠得意欲忘言。」閲畢，大人大笑，噴飯滿案。詩中「鏡」「軒」二字蓋碩夫字。末語「言」字，乃大人諱也。

無題詩最難下筆，非有芬菲悱惻之懷，未易言此。本朝王次回爲千古香奩之冠，而村學究往往輕之者，蓋由天性少情故也。湯茗生頗擅此長，詩云：「生來胆怯更多心，相愛相猜不自禁。偷得隔窗纔一語，聞呼阿姊避花深。」「工愁善病兩無何，慵倦還疑被睡魔。料恐檀郎生薄倖，而今見面淚痕多。」又《赴約歸》云：「一院秋聲一盞燈，眼花力軟酒瞢騰。小鬟代解衣裳罷，笑問今朝醉未曾。」《有感》云：「魂夢時聞唤小雙，相思無賴對銀釭。夜深幾陣西風急，孤月無聲泠到窗。」

茗生又有《閨詠》四首云：「別郎立江干，別淚墮江水。淚墮江水中，隨郎去千里。」「儂夢見郎夜，郎夢見儂時。夢郎郎不見，見儂儂不知。」「飛鳥從西來，西來應見郎。向鳥問殷勤，郎曾寄一行。」「儂向閨中嘆，郎向塞下悲。囑郎須自愛，郎在是生離。」四作古音琅琅，雖不能與漢魏諸名作並驅中原，要不在六朝以下耳。

茗生有極似太白者，《古意》云：「欲語不忍語，時時對鏡嗟。西風一夜起，憔悴芙蓉花。」是爲神來之作。

李少鶴云：「青天無片雲，何必是牛渚？江山留勝跡，何必是峴山？古人登臨懷古，惟在意興，無取臚衍故實，乃爲切也。」

國初詩人閏湮没不傳者甚多。錢幼鯤□□（原闕）人有鈔本詩一册，樸庵外舅得自某氏廢紙堆中，春園愛而藏之。余曾大略一觀，卷首有幼鯤自書小序二篇。其詩先撫長吉，後摹仿少陵，遂兼有衆體。兹録數章，不過鄧林一枝，吉光片羽而已。《林逋墓》云：「客子臨寒流，聞歌復誰語。白鶴招不來，黄泉竟歸去。湖月自娟娟，偏照栽梅處。夜深啼鶺鴒，飛上西陵樹。」《蘇小墓有感》云：「蘇小結同心，願與天長久。十萬買笑錢，三千合歡酒。至今西陵下，松柏青相守。寄語同心人，此心還在否。日莫碧潭邊，風吹堤上柳。」又有《懊儂歌》百首，爲録十首云：「阿郎年紀多，大儂三兩歲。碧桃花樹邊，齊肩等兄妹。」「郎來看儂粧，頭髪被兩肩。側持雙玳瑁，爲儂梳作鬟。」「蘭葉香徑紅，宜男色可把。鬭草出珠簾，揉花向郎打。」「共郎捉迷藏，郎嬉何太毒。引儂入羅幃，吹燈滅蘭燭。」「歡是聰明子，導儂非一事。儂手採芙蓉，宛轉隨蓮意。」「昨聽爺娘語，道郎好情懷。與儂本無關，祇覺心中佳。」「陌上郎唤儂，恰恰笑開口。細語人不聞，隔花但招手。」「阿婆故相問，底欲嫁郎否。面赤不答言，垂鬟理雙袖。」「空水不可劃，膠漆不可刓。阿婆解物理，親許儂嫁歡。」「折蓮下西浦，折蓮心自知。能斷藕下蓮，不斷心中絲。」

於孫雲帆處得焦南浦先生袁熹《此木軒直寄詞》二卷。《減字木蘭花》云：「花星恰照，簾底屏間緣不少。風有佳時，准擬將心説與伊。　銀河多礙，今世縱休來世在。來世情親，不是新人是故人。」《清平樂·題落帽圖》云：「踈踈柳影，遮了聽還静。卯飲酡顔拚茗艼，早被涼風吹醒。　鬢邊可有霜華，霎時捲却烏紗。多事山童捉住，不成飛做寒鴉。」《西江月》云：「紅泣露桃艷艷，翠顰烟柳斜斜。

一雙燕子已成家，聽盡些些情話。　倦眼愁窺繡陌，纖腰怯上鈿車。東風庭户思無涯，小立秋千旗下。」《少年遊》云：「傷離懷遠，總在心苗，瞞人怎麽。向衆裏暫時也，略展放、眉兒則箇。　柳邊花底，月廊風榭，多應怨我。只怕你、自家顛頞，累别人罪過。」《浪淘沙·漁竿》云：「潮漲水平磯，嫋嫋垂垂。一竿何事鎮相依，馬上垂鞭渾不慣，心下憐伊。　新月一鉤微，家具攜歸。嚴陵事業未全非，多少英雄曾不了，手裏抛伊。」《漁家傲》云：「兒解轉船妻撥棹，潮平兩岸眠初覺。新月一鉤懸樹杪，涼影小，天公也學儂垂釣。　沽酒前村風味妙，相酬相勸還舒嘯。説着仙源堪一笑，儂不要，興亡閑話何時了。」《聲聲慢·詠閨人聲》云：「深深媚靨，小小天脣，天然出落嬌聲。笑語花間，輕風攙入鶯聲。尋常共人酬對，勝他家、清脆歌聲。鎖蛾緑，被些兒懊惱，引出啼聲。　暗憶當年歡會，有深遮燈影，一晌低聲。月底星前，知他幾許愁聲。商量甚時重見，小窗中、唧唧儂聲。相見也，又嗔人、偏不做聲。」此數闋，心所最愛，故摘録之。人第知先生以文名，而不知詞之工妙亦若是。

東萊單紉香夫人，蕅塘太史佳配也。有《碧香閣遺稿》一卷。《寄外》云：「獨坐空庭對晚暉，秋風瑟瑟逼單衣。生憎連理枝頭鳥，偏向離人比翼飛。」《送燕》云：「葉底枝頭蹴落花，忽然辭去隔天涯。故巢留待歸應早，莫忘當年舊主家。」《憶家》云：「獨對寒燈百感生，霜天寥唳雁魂驚。夜來時有還鄉夢，猶聽雙親唤小名。」數作頗有性靈。

新城魯肅齋女史工詩能畫，著有《墨雲軒詩稿》。《述志》一首云：「少奉庭闈訓，深閨時誦書。紈綺非所羡，金玉寧求餘。既欣圖史樂，深愧女紅疎。夫婿慕隱遯，亦不願華裾。卜宅鄰母氏，仍是先人廬。歸寧僅咫尺，何用升筍輿。閑時學吟咏，夫唱和者予。亦或課侍婢，花圃勤芟鋤。兒女兩玉雪，咿唔在庭除。貧家風味淡，心意轉自舒。孟桓有遺徽，嚮往奚能如。」又《菊花》云：「性淡自能甘隱逸，格高偶爾寄籬墻。」志趣高尚，真有林下風。

偶見友人案頭七絶二首，不著姓氏，末語最佳。一云：「世間多少閑惆悵，花要飄零月要殘。」一云：「説到别離無遠近，幾多比屋似天涯。」

余忠宣公名闕，字廷心，著有《青陽山房集》。《南歸偶書》二詩曰：「帝城南下望江城，此去鄉關半月程。同向春風折楊柳，一般離别兩般情。」「二月不歸三月歸，已將竹篋换征衣。殷勤爲報家園樹，緩緩開花緩緩飛。」公爲有元一代忠臣，英風勁節，炳耀寰區。而詩情藴藉如此，所謂宋廣平賦梅花，不類其爲人也。

先大夫耐庵公工琴，善楷法，不甚作詩。偶有斷句，亦懶於成篇，隨得輒棄之。存者唯《彈琴》詩一、斷句八。詩云：「林木飄敗葉，臺榭霏輕烟。萬象一時古，心超天地先。活活幽泉鳴澗底，涼雲滿地如流水。一彈再鼓思悄然，海在堂坳月在指。」斷句云：「青山逐客行還止，紅葉如人醉不醒。」「巉崖路仄驚疲馬，大野風高落餓鷹。」「紅樹釀成秋世界，白雲隔斷路東西。」至「書卷豈緣科第重，心田留與子孫耕」二語，則嘗書楹帖，以爲座右箴銘。

司馬宣王曰：「諸葛君可謂名士。」「名士」二字，惟諸葛君足以當之。今人略能詩作畫刻圖章，便自居名士不疑。嗟乎！何名士之多也。玉蓉女校書題予小照云：「對我喜無名士氣，披圖争當美人看。」其亦有感於斯乎。

放翁詩高朗圓美，正如彈丸脱手。然其《答鄭虞》詩云：「區區圓美非絶倫，彈丸之評真誤人。」何也？愚謂詩不可太圓，太圓則失之滑；不可太滯，太滯則失之窒。放翁云云，豈鄭虞有太圓之失，乃作是語耶？

放翁又有句云：「詩到無人愛處工。」愚謂詩至無人愛，必非好詩；然至無人不愛，亦非好詩，各從人之所好而已。放翁胸次高朗，故出筆悱惻動人。計其爲人，必穌平樂易，决不作此矯論。杜少陵云：「莫使衆人傳。」放翁之論即此意夫。

又云：「工夫在詩外。」此即輪扁對桓公讀書之意。學人深悟是旨，自無凝滯於物之病。東坡《嘲子由》云：「誰知聖人意，不在古書中。」乃知古人讀書必先養此心，於活潑潑地，魚躍鳶飛，隨在是道。一有凝滞，便扞格不通。此靈蠢所由判，亦逸休勞拙之分途也，豈獨詩已哉？

《廣虞初新志》載双卿女郎《病後》詩九首，極佳者曰：「細紉麻鞋綫幾重，采樵明日上西峰。乍寒一夜風偏急，莫向郎吹盡向儂。」「浸透春酸一點心，病中疎夢易銷沈。鏡奩已賣酬方藥，自削楊枝照水簪。」「四屏山影遠如臺，郎負寒薪下幾回。歸後勸郎晨晏起，日高低禁外人催。」「家雞双宿笑棲鸞，比翼齊肩並紫冠。燈暗結花光滿室，灶稜堪倚勝闌干。」又七古一章曰：「斜羅仄布零星片，自綴寒衣費鍼線。白烟遮夢抱梅花，繁霜夜洗佳人面。書生漫負憐才癖，妾在田家静安帖。雨後黄鸝乍一聲，春愁唤上青青葉。」双卿所偶非倫，宜其怨矣。而詩之温柔敦厚如此，以視吟漱玉、賦斷腸者相去何翅九牛毛也。

史悟岡震林遊婵玲時，正苦旱，題詩石上曰：「涼滿峰頭晚眺遲，天風吹面月生時。題詩付與雲東去，飛到蓬萊未可知。」爲民丐澤之情，隱然言外。

甲午之歲，西寧王攻新會，城閉糧盡，守將屠人以食。有林應雒妻莫氏者，代姑受烹。有李氏者，代夫死。又有黄師讓妻，亦代夫死。又有梁氏女，年十一，代父死。人作詩哀三婦曰：「可憐窈窕三羅敷，再拜乞君充庖厨。解妝請代姑與夫，妾年尚少甘且腴，姑與夫老肉不如。」哀梁氏女曰：「有女年十餘，緹縈亦不殊。哀求赴湯鑊，保父千金軀。勿嫌女身小，一飽只須臾。」見馮山公名景《新會四孝烈傳》。

新安江越門太守名權。刻有《鳳城集》兩册，詩多龢平都雅之音。《雜詩》云：「驅車涉水，不如舟航。驅牛涉遠，不如驌驦。纖縞禦寒，不如布帛。肥甘充饑，不如菽麥。釜鍾無當，不如斗筲。金玉弗完，不如陶匏。良田荒蕪，不如瘠土。勁翮參差，不如弱羽。」《蘭溝渡河》云：「河水莽湯湯，立馬河邊路。踟躕不渡河，知是河深處。」二作古趣盎然，非漢魏以下物。觀序中尚有《蜀道》、《東歸》二集，惜未得見，他日當搜求之。

臨川李敬之名秉禮，因嗜韋左司詩，遂號韋廬，復顔其軒曰韋軒。刻有《韋廬詩》，内外各四卷。壬午春，余得自沈春帆表兄處。其詩清遠静邃，每一擥結，如遊層巒幽壑中，令人有翛然出塵想。

桐鄉程原道名本立，宋伊川先生之後。明初舉明經秀才，擢引禮舍人，歷任至江西按察副使，未行，死建文之難。著有《巽隱集》傳世。其詩沉鬱頓挫，合少陵、東坡爲一手。其一腔忠義之性，亦與二公相頡頏。唐孫華序曰：「足以翼人倫而維風教，非徒使綴文之士誦其辭章，搴其菁藻已也。」

王軒遊諸暨，過西施灘，題詩罷，回顧，見素衣女子，呼軒與語，以詩留軒，久之乃歸。時有郭素者，聞其事，亦往題詩，寂無所見。或嘲之曰：「三春桃李苦無言，却被斜陽鳥雀喧。借問東鄰效西子，何如郭素學王軒。」此事與渚亭脱釵、湘江贈珮相似，故可遇不可求者，而郭素乃復往留詩，希冀一遇，真癡人哉，然亦未免有情矣。

遊仙詩始於郭璞，其時專尚五古。李長吉、李義山乃間用七古，曹、唐則專用七律、七絶，而又有大遊仙、小遊仙之分。大抵多托詞比諭，若屈大夫之美人香草也。余極嗜此種，嘗謂亦不必盡有寄托。偶一尋覽，如與天上人絮談，非復世間笑語也。昔東坡喜人説鬼，余乃喜遊仙詩，性情嗜好將毋同。

世尊云：「昨説定法，今日説不定法。」解脱法門如是。吾謂撚鬚覓句，又手尋詩亦如是。

花蘊曰：「詩貴工，尤貴切。陸士衡所謂愜心貴當，不獨文也。倘移於彼而不爲非，必置於此而不爲是矣。」

於友人扇頭見《梅花》七古一章，不知何人作。詩云：「翠禽偷夢窺籬門，飛英墮石苔花温。八方玉照玻璃盆，剪綃亂綴羅浮雲。銅烏啼落千花魂，明蟾挂夜來仙人。拏舟待訪孤山春，東絹縮入烟無痕。」其貌似長吉，其神味則絶似飛卿。

乾隆朝于滄來刺史牧太倉，因秋水傷禾稼，遂捐廉爲廠，施粥以活貧民。里人金佩繪圖，蕭掞爲文紀之，當時名公鉅卿及海内能文之士題詠殆遍，獨喜鉛山熊謙山枚一絶云：「嗷嗷萬口泣飢寒，此際爲民父母難。不是畫圖誇善政，要人常向飽時看。」

詩貴含蓄，不可説盡。余《七夕》詩云：「漫説天孫花様巧，可能償得聘錢清。」花藴爲易「漫」字爲「共」字，「可能」爲「幾時」。余不覺頫首，如此方不死句下。

丙戌春，蔣淥初明府招至瑞金，爲掌書記。瑞金地多竹，筍最賤，錢一流可得三斤。館餐每食不離此品，久之頗有何曾無從下箸之苦。一日早食，座客某吟曰：「一心咒筍莫成竹。」余吟曰：「一心咒竹莫生筍。」滿座不知所謂，獨寧都盧元圃秀才大笑噴飯。

《生香詩稿》序及諸家題詞，深愜余懷。不染酬應習氣者，唯夢垣師一序、錢小南一詩耳。

夢垣師有《紅葉》上下平三十詠，清詞麗句，不可枚舉。中有二聯云：「縱經點染清仍在，每到冰霜艷更奇。」「文章境到三秋老，氣節心含一寸丹。」吾師品學即此可見。

武進何湘春先生《述夢》一首云：「恍惚立斗轂，雨師導華斿。直上四千萬，耳畔聲飀飀。黄赤交兩絲，沙屑恒星稠。舉袖捫天殼，青滑手不留。俯身睇璧月，風拂螢西流。日光隔地影，白眼安黑眸。須臾東北隈，火珠耀浮球。萬國鷦鷯巢，蚊睫窮離婁。天帝坐嚄唶，元理誰深鈎。羲和娠方育，盤古呱未休。轉眼九烏死，盤古成白頭。語汝地上臣，營營信奚求。稽首受帝語，素位其優游。夢醒聊有述，何必非齊鄒。」筆勢排奡，逼肖昌黎，余曾次韵，詩載集中。

余生平每作詩文，一字一句，無不與内子商訂者。語云：「人生得一知己，可以不恨。」内子與余實文章知己也。故《次韵内子遲家書不至》詩云：「有夢每隨卿共去，無詩不與我同吟。」丙戌歲，内子竟先我而逝。嗚呼！青琴已斷，知己無人。私誓從此永不作詩文矣。故《悼亡詩》云：「可憐譜到離鸞曲，從此牙琴永不彈。」